Hintergrund

1940 lebten im Königreich Belgien 100.000 bis 110.000 Juden. Die meisten von ihnen waren in den 30er Jahren als illegale Einwanderer und Flüchtlinge aus Mittel- und Osteuropa ins Land gekommen. Nach dem Sieg über die Westmächte und die Besetzung Belgiens durch die Wehrmacht gerieten sie in die Mühlen der NS-Vernichtungspolitik. 56 Prozent aller Juden blieb die Deportation in ein Arbeits- oder Vernichtungslager erspart, weil sie mit Hilfe der belgischen Bevölkerung untertauchen konnten.

Diese in Europa beispiellose Rettungsaktion gelang dank des selbstlosen Einsatzes von einfachen Bürgern und der Verantwortlichen von 225 privaten und kirchlichen Einrichtungen. So gründete Louis-Joseph Kerkhofs, Bischof von Lüttich, mit Hilfe des Rechtsanwaltes und Notars Albert Van den Berg ein eigenes Netzwerk zur Rettung jüdischer Kinder. Sie wurden unter falschem Namen in Internaten, Klöstern, Ferienheimen und Hospitälern versteckt. Im Bistum Lüttich, das damals den Provinzen Limburg und Lüttich entsprach, überlebten so achtzig Prozent der Juden.

W0337893

Die belgische Provinz Lüttich
1940-1944
Geer
Herstal
Liège/Lüttich
Stockay
Seraing
Meuse/Maas
Amb
Belgien
Ourthe
Arden
Amsterdam
Berlin
Brüssel
Luxemburg

Marcel Bauer

Schattenkinder

RHEIN
MOSEL
VERLAG

© 2020
2. überarbeitete Auflage
RHEIN-MOSEL-VERLAG
Zell/Mosel
Brandenburg 17, D-56856 Zell/Mosel
Tel 06542/5151 Fax 06542/61158
Alle Rechte vorbehalten
ISBN 978-3-89801-437-3
Lektorat: Christine Kaula
Ausstattung: Stefanie Thur
Titelfoto: Jean-Pierre Dumont
»Die Patrouille der Kängurus (1944)«
mit Pierre Thonnar (stehend, zweiter von rechts)
Autorenfoto: Arne Houben

Damit die kulturelle Vielfalt erhalten und für die Leser bezahlbar bleibt, gibt es die gesetzliche Buchpreisbindung. Deshalb kostet ein verlagsneues Buch in Deutschland jeweils immer und überall dasselbe. Ob im Internet, in der Großbuchhandlung, beim lokalen Buchhändler, im Dorf oder in der Großstadt – überall bekommen Sie Ihre Bücher zum selben Preis.

Marcel Bauer

Schattenkinder

Eine Kindheit im Krieg

Rhein-Mosel-Verlag

Für meine Enkel Luc und Max

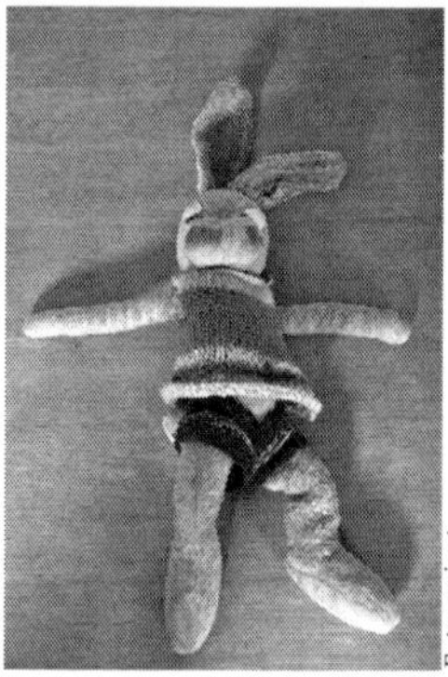

Foto: privat

Niederlande
Aachen
Deutschland
Berwinne
Eupen
Vesdre
Vennbahn
Roer/Rur
Monschau
Hoegne
neux
Spa
Eifel
Warche
Stoumont
Malmedy
Stavelot
n
Deutsch-belgische Grenze
vor 1920 und 1940–1944
Amelbahn
Luxemburg

Personen

Joshua Rozenberg alias Pierre (Pierrot) Thonnar
Roro, sein Plüschtier
Ariel und **Elsa Rozenberg**, Joshuas Eltern
Menahim (Mendel) Rozenberg alias Jean-Marie Thonnar, sein Bruder

Hanna und **Nathan Goldstein**, Cousins von Ariel Rozenberg
Leewi, Hirsch, Bad-Sebah und **Elias** genannt Fred, Nathans Kinder aus erster Ehe
Benjamin (Ben) alias Jos, gemeinsamer Sohn aus zweiter Ehe

Siegmund und **Gerda Meyer**, Kusine von Elsa Rozenberg, geb. Meyer
Hedwig und **Emil**, ihre Kinder

Jean-François und **Florentine Stevens**, geborene Dupuis
Annie und **Jean**, ihre Kinder
Geneviève Dupuis, Stevens Schwägerin
Albert Goor, Annies Verlobter

Louis-Joseph Kerkhofs, Bischof von Lüttich
Max-Albert Van den Berg, Notar und Rechtsanwalt
Pierre Coune, dessen Sekretär
Sr. Amanda, Franziskanerin von der hl. Familie

Marcel Stenne, Pfarrer von Stoumont
Robert und **Leonie Schmitz**, geborene Stenne, seine Schwester
Mojsesz (Moshe) Schargorodski alias Arnaud Pirenne, genannt Bouboule
Charles Chavez und **Oscar Evrard**, Erzieher
Charles-Albert de Harenne, Bürgermeister
Ernest Natalis, Grundschullehrer
Dr. René Robinson, Landarzt
Sr. Germaine Martin, Oberin der Vinzentinerinnen

Joachim Peiper, Kommandant der gleichnamigen SS-Kampfgruppe

Die Namen einiger Personen, die in diesem Buch vorkommen, wurden auf Wunsch von Angehörigen geändert.

Prolog

Dies ist die Geschichte einer jüdischen Kindheit im Krieg. Von allen unschuldigen Opfern des Zweiten Weltkrieges sind die Kinder die beklagenswertesten, weil sie nicht verstanden, was ihnen geschah. Auch ist die Erinnerung an sie nicht so lebendig wie die an andere Opfer, weil sie zu jung waren, um Spuren zu hinterlassen.

Während die meisten Menschen sich darum sorgten, selber zu überleben, gab es einige, die nicht nur an sich selber und an die dachten, die ihnen nahe standen, sondern an Kinder, deren Angehörige zwischen die Mühlsteine der Vernichtung geraten waren. Dass in Belgien mehr Kinder als in anderen Ländern der Schoah* entkamen, ist der Verdienst von Männern und Frauen, von denen die meisten anonym geblieben sind. An einige möchte dieses Buch erinnern.

Die Deutschen hatten für das besiegte Land, das sprachlich und kulturell zerrissen war, nur Verachtung übrig. Da es dort unverhältnismäßig viele Israeliten gab, sprachen sie vom »völkischen Mülleimer Europas«. Die Geringschätzung sollte sich rächen. Vom ersten Tag der Besatzung an regte sich Widerstand, der alle Schichten der Bevölkerung erfassen sollte. Im April 1943 ereignete sich ein Vorfall, der im besetzten Europa einmalig war: drei Studenten stoppten auf freiem Feld einen Transportzug nach Auschwitz und befreiten einige Hundert Juden aus plombierten Viehwaggons.

Die Deutschen hatten sich von Anfang an entschlossen gezeigt, das kleine Land von Juden zu säubern. Im Oktober 1940 hatte eine allgemeine Judenzählung dafür die Voraussetzungen geschaffen. Alle Gemeinden mit mehr als 5.000 Einwohnern mussten eine detaillierte Namensliste der gemeldeten Juden vorlegen. Demnach lebten in Belgien 60.000 »Glaubensjuden«,

** Begriffserklärung Glossar Seite 414*

davon 55.000 als illegale Ausländer. Auch wenn die amtliche Zählung überaus mangelhaft war, verfügten die Nationalsozialisten damit über eine Kartei mit Todeskandidaten. Laut einem internen Bericht des deutschen Sicherheitsdienstes gab es im Königreich Belgien jedoch viel mehr Juden als die belgischen Behörden eingestanden. Schon 1938 waren es mindestens 90.000. 1939 war deren Zahl noch einmal sprunghaft auf geschätzte 116.000 angewachsen.

1941 richtete die NS-Führung in Brüssel eine Zelle der Sicherheitspolizei ein, um die Judenpolitik nach deutschem Muster voranzutreiben. Als die sogenannte Endlösung anlief, glaubte die Sipo-SD mit der Deportation der Juden leichtes Spiel zu haben, denn die Maßnahme sollte angeblich nur staatenlose Juden betreffen und die belgischen Juden verschonen. Um die Öffentlichkeit zu täuschen, sprachen die Besatzer zudem nicht von einer Deportation, sondern von einer Evakuierung, die als Arbeitseinsatz getarnt war und möglichst unauffällig ablaufen sollte.

In der Brüsseler Zentrale der Gestapo war man verwundert und verärgert, dass die Maßnahme nicht den erhofften Erfolg brachte. Ausgenommen in Antwerpen, wo Bürgermeister Leo Delwaide mit den Deutschen kollaborierte, beteiligte sich keine städtische Behörde am Judenfang. Offenbar schienen die Belgier keinerlei Ressentiment gegen die Juden zu hegen, obwohl der größte Teil von ihnen illegal im Lande war. Die Schuld daran gab der Kopf des Brüsseler Büros SS-Obersturmführer Kurt Asche der einflussreichen katholischen Kirche und der weitverbreiteten Freimaurerei.

Auffallend war, dass neben den Kommunisten, die seit dem deutschen Überfall auf die Sowjetunion, die entschlossensten Gegner der Nationalsozialisten waren, auch viele Christen sich am Rettungswerk der Juden beteiligten. Dabei hatte die belgische Amtskirche in den ersten Jahren der Besatzung wenig

Interesse an der sogenannten Judenfrage gezeigt. Kardinal Joseph Ernest Van Roey von Brüssel und Mechelen, unter dessen Fenster in der Residenz sich die Endlösung quasi abspielte, geißelte in seiner Korrespondenz mit dem Vatikan zwar schonungslos den Antisemitismus der Deutschen, setzte sich in seinen Demarchen bei der Besatzungsmacht aber lediglich für die getauften Juden ein.

Nach der Flucht der Regierung nach England und der Kaltstellung des Königs war die katholische Kirche die einzige im Land verbliebene Autorität. Die Bischöfe waren bemüht, das religiöse Leben sicherzustellen und größeren Schaden von der Bevölkerung abzuwenden. Sie vermieden daher jede öffentliche Kritik an den Besatzern, solange diese sich nicht in die inneren Angelegenheiten der Kirche einmischten. In der Judenfrage blieb die katholische Kirche gespalten. Während viele Gläubige noch dem herkömmlichen Antisemitismus anhingen und die Juden wie eh und je als Gottesmörder betrachteten, suchten andere den religiösen Dialog mit dem »auserwählten Volk«.

Der Bischof von Lüttich Louis-Joseph Kerkhofs bewegte sich anfangs auf der vorsichtigen Linie des Episkopates – obwohl er in der Vorkriegszeit in Hirtenbriefen unverblümt vor dem Neuheidentum der Nationalsozialisten gewarnt hatte, was ihm in deutschsprachigen Teil seines Bistums herbe Kritik und heftige Proteste einbrachte. Als die Nationalsozialisten 1940 im Hinblick auf eine bevorstehende Invasion Englands 3.000 Juden aus Antwerpen in die Provinz Limburg, die zu seinem Bistum gehörte, evakuierten, forderte er die katholischen Gemeinden auf, den Vertriebenen beizustehen. Zum Jahreswechsel machte er einer verzagten Bevölkerung Mut, indem er seine Zuversicht aussprach, dass der Krieg noch nicht verloren sei.

Kerkhofs war im Volk beliebt. Obwohl er ein gebürtiger Flame war, sprach der wallonische Volksmund von »noss binamé – unser Vielgeliebter«. Als ihn 1942 Nachrichten erreichten, die keinen Zweifel daran ließen, dass die Nationalsozialisten die Vernichtung der Juden anstrebten, rückte er von der Beschwichtigungspolitik des Episkopates ab. In einem Rundbrief forderte er alle Priester seines Bistums dazu auf, den Schwächsten zu Hilfe zu eilen. Damit konnten nur die jüdischen Kinder gemeint sein, die überall herumstreunten. Bei Besuchen in Pfarreien erkundigte er sich bei Priestern und Ordensleuten, welchen Beitrag sie für die Rettung des Landes leisteten. Er ermutigte sie, entlaufene Zwangsarbeiter, geflüchtete Kriegsgefangene und rassisch Verfolgte aufzunehmen.

Kerkhofs ging selber mit gutem Beispiel voran. So oft er konnte, nutzte er seine Stellung, um politisch oder rassisch Verfolgten zu helfen. Seinen Dienstwagen, den er aufgrund seines diplomatischen Status behalten durfte, benutzte er zum Transport von Flüchtlingen und illegalen Waren. Wenn er vom Stadtkommandanten die Erlaubnis erhielt, den berüchtigten Block 24 in der Lütticher Festung zu besuchen, wo die politisch Verfolgten auf ihr Urteil warteten, schmuggelte er Zigarren und Weinflaschen hinein, die nachher vom Gefängnisseelsorger Mathieu Voncken an die Inhaftierten verteilt wurden. Es war bekannt, dass der Bischof, der aus kleinen Verhältnissen stammte, keinen Bittsteller abwies und keinerlei Berührungsängste hatte.

Kerkhofs war ständig in Sorge um das Schicksal der »Hebräer«, wie er im Sinne des Apostels Paulus die Juden nannte. Er sah in ihnen die Nachkommen Abrahams, des Stammvaters des Glaubens. Um sie zu retten, war er bereit, mit dem kommunistischen Widerstand und dem jüdischen Untergrund zu kooperieren. Kerkhofs förderte nach Kräften den »Gebetsbund für Israel«, eine Bewegung, die von der Ordensgemeinschaft *Unserer Lieben Frau von Sion* ausging, die 1843 von einem konvertierten Juden Théodore Ratisbonne gegründet worden war. Ratisbonne betrachtete es als die Mission seines Ordens, »in der Kirche und in der Welt die Treue und die Liebe Gottes für das jüdische Volk zu bezeugen«. Der Gebetsbund für Israel war um die Jahrhundertwende eine weltweite Bewegung mit 100.000 Mitgliedern.

Für Louis-Joseph Kerkhofs war die Haltung der Kirche bezüglich der bedrängten Juden entscheidend für ihre Glaubwürdigkeit. Ohne die Juden namentlich zu nennen, äußerte er Kritik an der Judenverfolgung. Er hatte gute Gründe, vorsichtig zu sein, denn die belgischen Bischöfe hatten das Beispiel der benachbarten Niederlande vor Augen. Der Protest der beiden großen Kirchen und ein Hirtenbrief der katholischen Bischöfe gegen die Judenverfolgung im Juli 1942 hatten zu einer drastischen Verschlimmerung der Lage für die Juden geführt.

Kerkhofs handelte pragmatisch. Öfter las er auf der Straße Kinder auf, die sich herumtrieben und Gefahr liefen, von der Polizei wie herrenlose Hunde gejagt und einmal eingefangen, in ein Erziehungslager gesperrt zu werden, das einer Strafanstalt glich. Kerkhofs brachte etliche dieser Kinder in kirchlichen Einrichtungen unter. Drei rumänische Juden, die sich als fliegende Händler durchschlugen, ließ er unter falschem Namen als Studenten im Priesterseminar von Sint-Truiden einschreiben. Auf dem Speicher seiner Residenz ließ er ein jüdisches Paar verstecken, was insofern problematisch war, weil die beiden nur verlobt und nicht verheiratet waren.

Den belgischen Oberrabbiner Salomon Ullmann, der einen Hafturlaub aus dem KZ Breendonk zur Flucht genutzt hatte, nahm er als persönlichen Sekretär und Hauskaplan auf. Ullmann hatte sein Amt als Vorsitzender des Nationalen Judenrates niedergelegt, nachdem er erkannt hatte, dass der Judenrat nur ein willfähriges Instrument der deutschen Vernichtungspolitik war. Kerkhofs sorgte dafür, dass Ullmanns Frau und seine Töchter in Klöstern unterkamen.

Kerkhofs nahm sich auch anderer Persönlichkeiten an wie des Vorstehers der Lütticher Synagoge und seiner Familie, die er im Wallfahrtsort Banneux am Rande der Ardennen verstecken ließ. Louis-Joseph Kerkhofs war ein tatkräftiger Förderer des Wallfahrtsortes, zu dem in der Vorkriegszeit trotz der Reisebeschränkungen viele deutsche Katholiken pilgerten. Er sah in den Marienerscheinungen vom Januar 1933 einen Fingerzeig Gottes. Ähnlich wie die Ereignisse von Fatima im Jahre 1917 als Warnung vor dem Bolschewismus verstanden wurden, sah er in denen von Banneux eine Verbindung zu Deutschland. In dem Moment, als Adolf Hitler und die Nationalsozialisten im Deutschen Reich die Macht an sich rissen, richtete die Jungfrau der Armen eine Botschaft des Friedens und des Gebetes an alle Nationen.

Anders als die Unterbringung von Kindern erforderte die von Erwachsenen besondere Vorsichtsmaßnahmen, denn die NS-Behörden hatten 1940 für alle Erwachsenen Personalausweise eingeführt, was bis dahin in Belgien unüblich war.

Falsche Papiere und geheime Unterkünfte besorgte der juristische Berater des Bischofs, der Notar und Rechtsanwalt Max-Albert Van den Berg. Seinen Vorrat an gefälschten Ausweisen verbarg dieser in seiner Kanzlei im Futter eines Ledersessels. Bei der Ausstellung von Pässen für die untergetauchten Juden musste Van den Berg darauf achten, dass die Fälscherwerkstatt nirgendwo Namen und Geburtsdaten von Kindern vermerkten, damit die deutschen Sicherheitsbehörden ihnen nicht auf die Spur kamen.

Nach den Razzien in Antwerpen und Brüssel im Spätsommer 1942 hatte sich ein Komitee zur Verteidigung der Juden (CDJ) gebildet. Die jüdische Untergrundorganisation begann damit, verlassene und herumstreunende Kinder einzusammeln. Denn den deutschen Judenfängern und ihren lokalen Helfershelfern waren zwar viele Erwachsene ins Netz gegangen, aber nicht unbedingt deren Kinder.

Wenn nachts jemand an ihre Türe klopfte, brachten manche Eltern ihre Kinder in vorbereitete Verstecke – in der Hoffnung, dass sich nachher jemand ihrer annehmen würde. Juden, die auf offener Straße oder an ihrem Arbeitsplatz aufgegriffen wurden, verschwiegen beim Verhör, dass sie daheim Kinder hatten. Andere hatten sich frühzeitig von ihren Kindern getrennt und sie in die Obhut von Freunden oder Nachbarn gegeben. In Belgien gab es Tausende solcher verlassenen und verlorenen Kinder, deren Überleben am seidenen Faden hing.

Eine Schlüsselrolle bei der Rettung von tausenden Kindern spielte Andrée Geulen, die aus katholischem Umfeld kam, aber schon als Kind glaubte, herausgefunden zu haben, »dass es keinen Gott geben konnte« und sich daher früh der kommunistischen Bewegung angeschlossen hatte.

Als an ihrer Schule, wo sie als pädagogische Praktikantin arbeitete, die ersten Kinder mit einem gelben Stern auftauchten, war sie so schockiert, dass sie ihren Beruf an den Nagel hing und als Erzieherin in ein jüdisches Waisenhaus wechselte. Als die Gestapo dort die Direktorin, ihren Ehemann und alle jüdischen Kinder festnahm, beschloss sie, etwas dagegen zu unternehmen.

Sie trat dem Comité de Défense des Juifs (CDJ) bei. Dort machte sie Bekanntschaft mit Ida Sterno, einer gebürtigen Rumänin, die im CDJ für die Unterbringung und Betreuung der verlassenen Kinder zuständig war und Ausschau nach einer verlässlichen und unverdächtigen Partnerin hielt. Bald sprach man im jüdischen Untergrund von »einem blonden Engel mit blauen Augen«.

Geulen und Sterno gingen allen verfügbaren Adressen nach, um ausgesetzte und verwaiste Kinder einzusammeln und sie dem Roten Kreuz und dem Nationalen Kinderhilfswerk zu übergeben, die sie wiederum an private und staatliche Einrichtungen weiterreichten oder bei Familien in Pflege gaben.

Als alle Mittel und Möglichkeiten des CDJ erschöpft schienen, wandte sich das Komitee an die katholische Kirche, die über eine Vielzahl von sozialen und karitativen Werken verfügte.

Der Kontakt kam über Priester zustande, die dem Widerstand angehörten und ähnliche Hilfsnetze betrieben.

Der Benediktinermönch Henri Reynders (Dom Bruno) baute mit dem Segen seines Ordens ein Netzwerk auf, das 390 jüdischen Kindern das Leben retten sollte. Der Jugendvikar Joseph André unterhielt auf dem Engelsplatz von Namur direkt gegenüber der örtlichen Kommandantur ein Auffanglager für verwahrloste Kinder, das bald zu einer Anlaufstelle jüdischer Kinder wurde. Dom Bruno und Abbé André standen ständig in Kontakt mit dem Komitee zur Verteidigung der Juden, obwohl deren führende Köpfe Kommunisten oder linke Zionisten waren. Der Einsatz der beiden Priester diente dem Bischof von Lüttich als Vorbild für die Stiftung eines eigenen Netzwerks zur Rettung der Kinder.

Die Nationalsozialisten täuschten sich nicht, wenn sie in Louis-Joseph Kerkhofs einen ihrer schlimmsten Widersacher sahen. Die Abteilung der deutschen Sicherheitspolizei in Lüttich, die mit der Judenfrage betraut war, war im gleichen Büro untergebracht wie die, die für die Überwachung der katholischen Kirche zuständig war. Wiederholt hatte sich SS-Gruppenführer Eggert Reeder, Stellvertreter von Generalleutnant Alexander von Falkenhausen, dem Chef der deutschen Militärverwaltung, bei Kardinal Van Roey über dessen feindselige Umtriebe beschwert. Doch der Kardinal ließ den eigenwilligen Mitbruder gewähren.

Im Juli 1942 ergriff Bischof Kerkhofs erste Maßnahmen zur Rettung jüdischer Kinder. Er rief eine Rettungsaktion ins Leben, die keinen Namen und keine feste Struktur hatte. Intern sprach man nebulös von einem »réseau«, von einem Netzwerk. Mit der praktischen Durchführung beauftragte er seinen Vertrauten, den Rechtsanwalt Van den Berg. Der Junggeselle genoss als hochdekorierter Kriegsinvalide hohes Ansehen. Außerdem war er ein rühriges Mitglied des Gebetsbundes für Israel, dessen Sekretär er war. Als Verantwortlicher der Sozialwerke im

Bistum, zu denen viele karitative und kulturelle Einrichtungen gehörten, verfügte er über organisatorische Erfahrungen. Van den Berg nahm Kontakt zum Komitee zur Verteidigung der Juden auf, das sich kurze Zeit später im August 1942 bildete.

Van den Berg konnte sich auf freiwillige Helfer stützen, von denen viele aus dem Umkreis des Gebetsbundes kamen und die bereit waren, für die Rettung der Juden Kopf und Kragen zu riskieren. Bei ihnen handelte es sich in erster Linie nicht um politische Überzeugungstäter und notorische Weltverbesserer, sondern meistens um einfache, anständige Leute, die nicht tatenlos zusehen wollten, wie andere Menschen wegen ihres Glaubens oder ihrer Abstammung diskriminiert, verfolgt und mit dem Tode bedroht wurden.

Mit Hilfe seines Sekretärs Pierre Coune legte Van den Berg – nach einem Modell, das Andrée Geulen für den CDJ entwickelt hatte – ein Register mit Namenslisten der versteckten Kinder an. Fünf Listen wurden an unterschiedlichen Stellen versteckt. In einem Heft war der Name des Kindes mit einer persönlichen Chiffre vermerkt, in einem anderen der neue Name mit dem Geburtsdatum. Im dritten Heft waren Name und Anschrift der Eltern, im vierten die der Gastfamilien oder ihrer Unterkünfte. Im fünften Heft, das Van den Berg im Kamin seines Hauses versteckte, waren noch einmal die Namen der Gastgeber mit den jeweiligen Chiffren aufgeführt.

Das bedeutete, dass jedes Kind eine neue Identität brauchte. Da der Jurist Van den Berg in Lüttich gut vernetzt war, konnte er sich beim Einwohnermeldeamt die nötigen Dokumente besorgen. Die Behörden waren in der Regel zu jeder Schandtat bereit, wenn dies den Besatzern zu schaden versprach. Kennkarten für Kinder waren leicht zu erstellen, da es nur eines amtlichen Stempels und zweier Zeugen bedurfte. Seine Vorräte an amtlichen Dokumenten deponierte der Anwalt an Orten, die nur Eingeweihten bekannt waren.

Van den Berg ging hohe Risiken ein, indem er sich an Rettungsaktionen beteiligte. Als 1942 in Banneux eine Razzia drohte, half er in einer Nacht-und-Nebel-Aktion ein Dutzend jüdischer Kinder in die Wälder von St-Remacle zu bringen, um sie so lange der Résistance zu übergeben, bis neue sichere Quartiere gefunden waren. Nach seiner Verhaftung 1943 übernahmen sein Schwager Michel Fosny und seine Ehefrau Germaine, eine Schwester Van den Bergs, die Leitung der Organisation.

Die Zahl der Schattenkinder, die in christlichen Familien und in kirchlichen Einrichtungen überlebten, ist umstritten. Einige Quellen sprechen von mindestens 3.800. Neben Van den Berg gab es noch andere kirchliche Netzwerke wie das der oben genannten beiden Priester und das der Journalistin Jeanne de Moulienaere in Brüssel. Auch die katholischen Orden versteckten Hunderte von Kindern.

Die Entscheidung des CDJ, die Kinder in die Obhut der Kirche zu geben, sollte nach dem Krieg zu einem unrühmlichen Gerangel zwischen Synagoge und Kirche um das Seelenheil der geretteten Kinder führen. Die einen pochten auf die Kraft des Blutes, die anderen beriefen sich auf die Freiheit des Geistes.

Die Argumente, die beide Seiten ins Feld führten, waren stichhaltig. Die einen verwiesen auf die Notlage der Kinder und darauf, dass die Täuflinge auch nach kirchlichem Verständnis die Einwilligung ihrer Eltern bedurft hätten. Die anderen sagten, dass das bei den herrschenden Zuständen schwierig gewesen sei und gaben an, die Konversionen seien aus freiem Willen erfolgt, weil viele Kinder und Jugendliche auch nach jüdischem Gesetz volljährig waren.

Louis-Joseph Kerkhofs erkrankte 1950 so schwer, dass er bis zu seinem Tod im Jahre 1961 seine Amtsgeschäfte nicht mehr ausüben konnte. So blieb ihm die hässliche Auseinandersetzung, die sich in jenen Jahren um die scheinbare oder wirkliche Bekehrung von Schattenkindern entspann, erspart. Unabhängig von diesem peinlichen Streit wurden nach jahrelangen Querelen alle

Protagonisten, auch die umstrittensten unter ihnen, von Israel in die Liste Yad Vaschems der »Gerechten unter den Völkern« aufgenommen. Die Rettung der jüdischen Kinder war nicht nur ein Verdienst einzelner couragierter Christen sondern das Ergebnis einer Maßnahme der Kirchenleitung, die die Rettungsaktion plante und durchführen ließ.

Als mit Beginn der Razzien viele Kinder dringend ein sicheres Versteck brauchten, bot sich der Wallfahrtsort Banneux als Auffanglager an, weil dort seit Ausbruch des Krieges viele Pilger- und Pflegeheime leer standen. Zwei der fünfzig bis sechzig Schattenkinder, die im Spätsommer 1942 nach Banneux kamen, waren der elfjährige Joshua Rozenberg und sein zwei Jahre älterer Bruder Menahim.

Auftakt

Obwohl er die Nase fest ans Fensterglas der Straßenbahn drückte, um zu erkennen, was da draußen vor sich geht, nahm Joshua nur fliehende Schatten wahr. Obwohl er mehrmals mit dem Ärmel den Dunst abwischte, den sein Atem verursacht hatte, blieb die Scheibe beschlagen.

Joshua war früh am Morgen aufgebrochen, weil er mittags in Stoumont* sein wollte. Die Kleinbahn mit der Nummer 17 hatte nur wenige Fahrgäste und rumpelte durch menschenleere Straßen. Die Straßenbahnen waren erst seit einigen Wochen wieder in Betrieb. Seitdem die Amerikaner eine Notbrücke über die Ourthe geschlagen hatten, war es vom Rathaus in Seraing bis zum Bahnhof Guillemins in Lüttich mit der Straßenbahn nur noch ein Katzensprung.

Zum ersten Mal in seinem Leben war Joshua alleine unterwegs: Es war eine Fahrt in eine Vergangenheit, die teils düster und tragisch, teils unbeschwert und aufregend gewesen war.

Die Reise ging in ein kleines Kaff in den Ardennen, das ihm ans Herz gewachsen war. In dem abgelegenen Dörfchen Stoumont gab es die Ferienkolonie »Au grand Air«*, in der er einige Jahre als Schattenkind gelebt hatte. »Schattenkinder«, so hießen die »unsichtbaren« Kinder, die den Krieg und die deutsche Besatzung mit einer geborgten Identität überlebt hatten. Joshua hatte den Namen Pierre angenommen, wurde aber in der Kolonie Pierrot gerufen.

Während des Krieges gab es in den Ardennen viele solcher Ferienlager. Sie waren ursprünglich als Sommercamps für Kinder in Notlagen vorgesehen, aber als der Bombenkrieg zunahm und die Versorgungslage in den Städten immer kritischer wurde, wurden aus Provisorien häufig dauerhafte Einrichtungen. Wenn jemand Joshua fragte, was das für eine Einrichtung gewesen sei, konnte er keine genaue Auskunft geben, denn es war eine Mischung aus Kinderheim, Jugendherberge und Internat.

Bei der Befreiung Belgiens waren die Brüder Rozenberg zu ihrer Mutter, die als Magd auf einem Bauernhof überlebt hatte, heimgekehrt. In Stoumont waren nur jene Kinder zurückgeblieben, deren Eltern umgekommen oder verschollen waren, oder die keine andere Bleibe hatten.

Die Erinnerungen an die Jahre, die Joshua gemeinsam mit seinem Bruder Mendel in der Kolonie verbracht hatte, waren ihm nicht unangenehm. Es kam ihm vor, als habe er an einem verlängerten Ferienlager teilgenommen, das erst mit der Befreiung des Landes im letzten September zu Ende gegangen war.

Eigentlich war dieses Kapitel seines Lebens abgeschlossen. Aber am Vorabend des Sabbats hatte ihn Marcel Stenne, der Pfarrer von Stoumont, telefonisch über die Gastwirtschaft »Zum Wagemutigen Vogelfänger« in der Rue du Bœuf kontaktiert. Die Kneipe war eine der wenigen Adressen in Joshuas Nachbarschaft, die über einen Telefonanschluss verfügte.

Der Abbé hatte ihn gebeten, über Weihnachten nach Stoumont zu kommen, um in der Pfarrei auszuhelfen. Er benötige ihn als Ministranten und als Sänger im Kirchenchor. Zusammen mit seinem Freund Arnaud, der noch in der Kolonie war, solle er in der Mitternachtsmesse als Solist auftreten. Der Abbé hatte gemeint, es wäre sinnvoll, wenn er ein paar Tage früher käme, um an den Proben teilzunehmen.

Seine Mutter war über Joshuas Absicht, unverzüglich aufzubrechen, nicht sonderlich erbaut. Sie hätte es lieber gesehen, er hätte das Ende des Lichterfestes abgewartet. Gestern hatten sie erst die vierte Kerze des Siebenarmigen Leuchters entzündet. Außerdem würde Joshua in wenigen Tagen seinen dreizehnten Geburtstag feiern. Das war im Leben jedes jüdischen Jungen ein großer Tag, denn an diesem Tag würde er nach dem Gesetz Mose mündig und ein vollwertiges Mitglied der Gemeinde.

Aber Joshua hatte sich nicht umstimmen lassen, und da sein Bruder keine Lust gezeigt hatte, ihn zu begleiten, war er alleine aufgebrochen. Er brauchte nicht lange zu überlegen. Zu groß schien ihm die Bringschuld dem Abbé gegenüber. Wenn Joshua über die Zeit in der Kolonie und den Abbé Stenne nachdachte, fiel ihm das Bild von einem Ast mit vielen Blättern ein. Über all die Jahre hatten er und die anderen Jungen sich wie die Blätter eines Baumes an diesem Ast festhalten können, auch wenn es draußen wehte und stürmte. Der Abbé hatte ihnen immer Halt und Zuversicht gegeben.

Nachdem Joshua sich vergewissert hatte, dass ihn in der Straßenbahn, die nur schwach besetzt war, niemand beobachtete, holte er seinen Stoffhasen aus dem Rucksack hervor. Das Häschen hatte ein hellblaues Fell. Seine Nase war flach, und die hellen Glasaugen, die bei jedem Lichtstrahl aufblitzten und funkelten, gaben ihm ein verschmitztes Aussehen. Besonders drollig war das Schwänzchen, das in der Hasensprache Blume hieß. So lange Joshua zurückdenken konnte, war der Plüschhase sein ständiger Begleiter. Als kleines Kind hatte er ihm den Namen Roro gegeben, weil er so selig wie ein Kater schnurren konnte, wenn er schlief.

Das Häschen war ziemlich abgenutzt und in die Jahre gekommen. Sein Fell war nicht mehr so flauschig wie ehedem, seine Gliedmaßen und Schlappohren waren abgegriffen. Da es im Dezember in den Ardennen kalt ist, hatte er ihm den Pullover angezogen, den seine Mutter ihm gestrickt hatte. Er hatte auch ein Säckchen dabei, in das er ihn stecken konnte, um ihn überall unbemerkt mitnehmen zu können.

Joshua setzte Roro auf den Fensterrand, damit er sich recken und strecken konnte. Der Hase war erfreut gewesen, als er erfahren hatte, dass sie für ein paar Tage dem Schmuddelwetter und dem Smog, der um diese Jahreszeit immer in Seraing herrschte, entfliehen würden, um in den Ardennen frische Luft zu atmen.

Joshua hatte den kleinen Kerl immer dabei. Er war sein Vertrauter und Ratgeber in allen Lebenslagen. Da Joshua wusste, dass viele Menschen es für lächerlich hielten, dass ein großer Junge noch ein Schmusetier brauchte, hielt er ihn vor fremden

Augen verborgen. Nur seine Eltern, der Bruder und sein Freund Arnaud wussten von seiner Existenz.

Der Hase war nicht bei allen wohl gelitten. Mendel lästerte gerne, es handele sich nicht um einen Feld- sondern um einen Stallhasen und sprach abfällig von einem Karnickel. Wegen Roro musste Joshua viel Spott und Häme ertragen. Für einen jüdischen Jungen war ein Hase als Kuscheltier insofern ungewöhnlich, weil Hasen bei den Israeliten als unreine Tier gelten und deshalb noch nicht einmal wert waren, in den Kochtopf zu wandern.

Die Mutter, die ihrem Sohn den Plüschhasen zu seinem dritten Geburtstag geschenkt hatte, hatte eine dunkle Ahnung, dass irgendwann irgendetwas Schlimmes passiert sein musste, um die beiden Spielkameraden so eng aneinander zu schweißen. Aber was es war, konnte sie nie herausfinden.

Tatsächlich war der Beginn ihrer unverbrüchlichen Freundschaft ein Ereignis gewesen, das Joshua traumatisiert hatte. Er zählte vielleicht vier oder fünf Jahre. Die Rozenbergs lebten damals noch im polnischen Lodz. Joshua glaubte sich zu erinnern, dass seine Eltern zu einer Hochzeit oder einem Familienfest eingeladen worden waren. Während sie seinen älteren Bruder mitnahmen, ließen sie ihn in die Obhut einer Bekannten zurück. Als die Eltern zur verabredeten Uhrzeit nicht zurückkamen und sich auch Stunden später noch nicht blicken ließen, hatte die Nachbarin ihn einfach vor die Tür des Elternhauses abgesetzt.

Als Joshua mutterseelenallein vor der verschlossen Türe seines Elternhauses hockte, hatte er den Eindruck, von allen verlassen zu sein. Er kam sich vor wie eine überflüssige Bestellung, wie ein Paket, das falsch zugestellt, nicht abgeholt und bei den Remittenden gelandet war. In ihm stieg ein dumpfes Gefühl von Verrat und Untreue auf, denn er hatte mitbekommen, dass seine Eltern Auswanderungspläne schmiedeten. Teile ihres Hausstandes hatten sie schon veräußert. Darum dachte er, dass das mit der Hochzeit nur ein Vorwand, ein Trick, eine Finte gewesen waren, um ihn loszuwerden.

Er war so verzweifelt, dass er noch nicht einmal fähig war zu weinen. Lediglich aufschluchzen konnte er hin und wieder. Er konnte es den Eltern nicht einmal verdenken, dass sie ihn abgeschrieben und alleine zurückgelassen hatten, denn selbst in seinen Augen war Mendel der bessere Sohn.

Wie es sich gehörte, trug Mendel als Stammhalter den Vornamen ihres Großvaters. Zeitlebens hatte Joshua ihn beneidet. Sein Bruder war klüger als er und, wie er meinte, auch hübscher. Mendel hatte von seiner Mutter eine helle Haut und glattes Haar geerbt, sodass er nirgendwo auffiel, während er selber eher nach dem Vater geraten war und sich wegen seiner dunklen Haut und seinem lockigen Haar schämte. Er glaubte, dass jeder, der ihn sah, sofort eine jüdische Herkunft erkennen müsse.

Joshua rechnete damals nicht damit, die Eltern und den Bruder jemals wiederzusehen. Er würde sich zukünftig alleine durchs Leben schlagen müssen. Besonders schmerzte ihn der Verlust der Mutter. Nur Roro war ihm geblieben. In der Stunde der Ungewissheit über ihr künftiges Schicksal hatten sie sich ewige Treue geschworen. Von diesem Tag an war der Hase für Joshua unersetzlich, denn er war bei ihm geblieben, als alle anderen ihn verließen.

Immer wenn Joshua an diese schlimme Erfahrung denken musste, spürte er in der Brust einen undefinierbaren Schmerz. Ansonsten hatte er kaum Erinnerungen an seine frühe Kindheit.

Aufbruch ins Gelobte Land

Im Spätsommer 1942 hatte Joshua Rozenberg zur Tarnung den unverfänglichen Namen Pierre Thonnar angenommen. Mit seinem richtigen Namen, der ihn als Juden auswies, hätte er den Krieg schwerlich überlebt. Vom ersten Augenblick an fand er, dass der neue Name ihm wie ein Handschuh saß. Er hat sich so sehr daran gewöhnt, dass er ihn am liebsten für immer gegen seinen alten ausgetauscht hätte. Er gab ihm das Gefühl, ein Junge wie alle anderen zu sein.

Joshua hatte immer Merkmale und Auffälligkeiten gescheut, die ihn zum Außenseiter oder Sonderling hätten abstempeln können. Wenn die Familie an hohen Festtagen die Synagoge* aufsuchte, setzte er die Kippa* erst beim Betreten des Gotteshauses auf, weil er befürchtete, er könne unterwegs einem Klassenkameraden begegnen, der ihn als Juden identifizieren würde.

Joshua Rozenberg alias Pierre Thonnar wurde am 26. Dezember 1931 im polnischen Lodz als zweiter Sohn der Eheleute Ariel und Elsa Rozenberg geboren.

An seine frühe Kindheit in Polen erinnert er sich kaum noch. Vermutlich sind die meisten Erinnerungen und Bilder, die noch in seinem Kopf spuken, das Resultat der Erzählungen seiner Eltern. Manches hat er irgendwann aufgeschnappt und so sehr verinnerlicht, dass er glaubt, es selbst erlebt zu haben. Wenn Vater oder Mutter von ihrer polnischen Heimat erzählten, tauchten in seiner Vorstellung belebte Märkte mit fremdartigen Gestalten auf, die lange Bärte und Hüte aus Zobel trugen.

Lodz war die industrielle Herzkammer Polens. Die Stadt genoss den Ruf eines polnischen Manchester. Nach einer amtlichen Zählung waren mehr als ein Drittel der Einwohner, 230.000 von 670.000, Israeliten. Entsprechend augenfällig und vielfältig war das jüdische Leben: Es gab jüdische Zeitungen, jüdische Schulen, Theater und Sportvereine, Hospitäler und Waisenhäuser. Es gab an die 250 Synagogen.

Viele Juden kamen aus den umliegenden Dörfern, den sogenannten Schtetl*. Die Suche nach Arbeit und Brot hatte sie in die Stadt gelockt. Mit der Unabhängigkeit Polens strömten auch viele Juden aus Galizien und der Ukraine ins Land, von denen viele Analphabeten waren. Sie lebten in geschlossenen Vierteln: entweder in der Altstadt von Lodz oder in Ghettos wie Brzezinv, Stryków oder Zgierz. Dort prägten orientalisch anmutende Basare das Straßenbild. Die ärmsten Juden wohnten in Baluty, einem Slum, der weder über elektrischen Strom noch über eine Kanalisation verfügte.

Die Rozenbergs wohnten in Gorna, einem Viertel mit gemischter Bevölkerung: Neben Juden und Polen gab es dort noch viele Volksdeutsche, im Volksmund Schwob oder Szwaby genannt. Zu diesen zählte auch Joshuas Mutter Elsa, geborene Meyer. Sie war die Tochter eines jüdischen Tuchhändlers und einer deutschen Mutter, die ihrerseits von schlesischen Webern abstammte, die im 19. Jahrhundert eingewandert waren.

Eigentlich hieß sie mit Vornamen Ruth, aber ihre Eltern hatten sie von klein auf Elsa gerufen. Die Meyers waren eine weit verzweigte Familie, die die deutsche Kultur angenommen hatte. Elsa Rozenberg betrachtete sich zwar als Jüdin, war aber nicht sonderlich religiös, was nichts daran änderte, dass sie in allem dem entsprach, was man mit einer »jiddischen Mame« verbindet. Ihr gingen das Wohlergehen und das Glück ihrer Familie über alles.

Joshua liebte seine Mutter abgöttisch. Sie war ein richtiger Wonneproppen. Er erinnerte sich gerne daran, wie er als kleiner Junge bei Gewitter zu ihr ins Bett gekrochen war und sie ihn dann so fest an ihre gewaltigen Brüste drückte, dass er glaubte, ersticken zu müssen. Als er sie einmal fragte, wozu diese schwabbeligen Dinger eigentlich dienten, strich sie ihm sanft durch die Haare und sagte, dass der Allmächtige die Frauen Israels mit großen Busen ausgestattet habe, damit ihre Kinder ein Ruhekissen hätten, wenn das auserwählte Volk auf seiner langen Wanderung durch die Wüste eine Rast einlegte.

Ariel Rozenberg, Joshuas Vater, kam aus Ostpolen und stammte aus ärmlichen Verhältnissen. Er hatte lange um Elsa Meyer geworben. Obwohl sie von kräftiger Statur war, während er eher klein und schmächtig war, hatte sie ihn wegen seines Fleißes und seiner Redlichkeit zuerst schätzen, dann lieben gelernt. Wie es der Anstand verlangte, ließ sie ihre deutsche Herkunft und ihre höhere Bildung nie durchschimmern und ließ ihm in der Öffentlichkeit den Vortritt, obwohl er neben ihr eher wie ein erwachsener Sohn als wie ein Ehemann aussah. Dafür durfte sie in den eigenen vier Wänden nach Gutdünken schalten und walten. Unangefochten schwang sie daheim das Zepter, egal ob es die Form eines Kochlöffels oder eines Staubwedels hatte.

Nach der Neugründung Polens 1920 hatten viele Volksdeutsche das Land verlassen. Viele kultivierte Juden, die zum aufstrebenden Bürgertum gehörten, schlossen sich ihnen an und zogen nach Berlin, Breslau und in andere deutsche Großstädte.

Elsa Rozenberg legte großen Wert darauf, dass ihre Söhne eine deutsche Schule besuchten. Erst als diese wie viele andere im Lande auf Druck der polnischen Kulturbehörde schließen musste, wechselte ihr ältester Sohn Menahim auf eine polnische Schule. Das behagte ihm nicht, denn es kam häufig vor, dass er als »niemiecki Zyd«, als deutscher Jude, von seinen Klassenkameraden gehänselt wurde. Von den Lehrern fühlte er sich benachteiligt.

Die Erziehung der Söhne überließ Rozenberg seiner Frau. Diese bezeichnete ihre Sprösslinge als Beracha, als einen Segen des Allmächtigen. Der Vater griff in die Erziehung nur dann ein, wenn ihm etwas gegen den Strich ging – etwa bei dem Zinnober, das Joshua um seinen Stoffhasen veranstaltete.

Es missfiel ihm, dass der Junge ihn überall mitnahm, sich angeregt mit ihm unterhielt und ihn wie ein menschliches Wesen behandelte. Der Bursche ist nicht leicht zu handhaben, pflegte der Vater zu sagen, womit er das Plüschtier meinte. Er konnte es nicht lassen, sarkastische Bemerkungen über Joshuas ständigen Begleiter zu machen und allerlei Hasenwitze zu erzählen.

Einer handelte von einem Hasen, der in einer Apotheke nach Möhren fragt. »Nein, ich habe keine Möhren«, antwortet der Apotheker. Der Hase kommt tags darauf wieder und fragt: »Had du Möhren?« – »Nein, ich habe keine Möhren.« So geht es die ganze Woche, bis der Apotheker am Ende verzweifelt ein Schild an die Tür hängt: »Möhren ausverkauft!« Der Hase macht dem Mann daraufhin Vorhaltungen: »Ich wusste es, du bist ein schäbiger Lügner. Had du doch Möhren gehad!«

Joshua ließ sich von solchen Hänseleien nicht beeindrucken, aber Roro war jedes Mal beleidigt, weil er es nicht mochte, dass man ihn für blöd hielt. Joshua wunderte sich manchmal, wie eingenommen Roro von sich selbst war. Der Hase ließ keinen Zweifel aufkommen, dass er etwas Besonderes sei. Angeblich stammte er in direkter Linie von Meister Lampe, dem Stammvater aller Hasen, ab. Er legte Wert darauf, dass Joshua seine einzelnen Körperteile korrekt benannte. Ein Feldhase, belehrte er ihn, habe keine Ohren, sondern Löffel, keine Beine, sondern Sprünge. Statt eines Fells habe er einen Balg, statt Augen Seher. Besonders stolz war er auf seine Hasenscharte, die seine Oberlippe in zwei gleiche Hälften teilte.

Vater Rozenberg unternahm mehrere Anläufe, um seinen Sohn bezüglich des Hasen zur Räson zu bringen. Als das nichts fruchtete, beschlossen die Eltern, ihn für eine gewisse Zeit aus dem Verkehr zu ziehen.

Tatsächlich war Roro eines Tages spurlos verschwunden. Die Mutter erzählte, der Hase habe beschlossen, sein eigenes Leben zu führen und sei ausgewandert. Doch Joshua durchschaute das Manöver, durchsuchte das ganze Haus und nörgelte so lange, bis die Mutter schließlich nachgab und den Hasen wieder herausrückte. Nach diesem Vorfall fanden die Eltern sich damit ab, dass ihr jüngster Sohn ein problematisches Verhältnis zu einem blauen Stoffhasen hatte.

Von den dreieinhalb Millionen Juden in Polen sprachen die allermeisten Jiddisch, was in polnischen Ohren verdächtig deutsch klang. Nach dem Tod des Staatsgründers Józef Piłsudski, der sich um ein gutes Verhältnis zwischen den verschiedenen Volksgruppen bemüht hatte, kam es zu antisemitischen Übergriffen. Die Israeliten wurden mehr und mehr aus dem öffentlichen und wirtschaftlichen Leben gedrängt, ihren karitativen und kulturellen Einrichtungen wurde jegliche Unterstützung entzogen.

Für Mendel bedeutete das, dass er aus dem Schachclub Rochade, die ihre wöchentlichen Wettkämpfe in der städtischen Bibliothek austrug, verwiesen wurde. Ab 1935 waren höhere Ränge in der Armee und Karrieren im Staatsdienst den Juden verwehrt. An den Universitäten wurde ein Numerus clausus verhängt.

Joshuas Vater betrieb in Gorna, wo es neben säkularen viele strenggläubige Juden gab, eine koschere* Metzgerei, die »Kol Tiv – Das Beste für Sie« hieß. Rozenberg war Schächter* und Metzger in einer Person. Das rituelle Schächten hatte er bei einem Onkel erlernt. Um ein von der Religionsbehörde anerkannter Schochet* zu werden, bedurfte es einer speziellen Ausbildung. Die Vorschriften für die Ausübung des Berufes verlangten, dass man sich in den Geboten Mose genauso gut auskannte wie im Umgang mit den Schlachttieren. Zur Geschäftsgründung hatte die Mutter dem Vater zwei handgeschnitzte Schächtmesser geschenkt. Die Griffe waren mit Rinderköpfen sowie Gänsen und Truthähnen verziert.

Bei der Geschäftsgründung hatte Rozenberg sich hoch verschuldet. Da er als Jude von der polnischen Genossenschaftsbank keinen Kredit bekommen hatte, hatte er sich das nötige Kapital bei einem jüdischen Wucherer geliehen. Anfangs verlief alles zu seiner Zufriedenheit, aber nach 1935 verschlechterte sich seine wirtschaftliche Situation, weil viele Kunden auswanderten.

Der traditionelle Antisemitismus schlug hohe Wellen. Immer wieder geschah es, dass Juden auf offener Straße angepöbelt, einige sogar umgebracht wurden, ohne dass die Behörden eingriffen. Als es in Lodz zu Plünderungen jüdischer Geschäfte kam, dachte Rozenberg darüber nach, Polen zu verlassen.

Die Idee nahm mit der Zeit immer konkretere Formen an. Von der allgemeinen Verunsicherung der Juden profitierten vor allem die Zionisten, die kräftig Werbung für eine Auswanderung nach Palästina machten, um Eretz Israel* wieder aufzubauen. Rozenberg hielt das alles für ein Hirngespinst. Er verspürte keine Lust, »Ananas in der Wüste zu züchten«, wie er es formulierte. Er träumte von einer neuen Existenz in einem zivilisierten Land.

Rasch geriet Belgien in seinen Fokus, weil er dorthin familiäre Beziehungen unterhielt. Vor dem Krieg hatte eine Kusine einen Kantor* in Lüttich, Nathan Goldstein, geehelicht, einen Mann, den sie nie gesehen hatte, sondern nur von Fotografien her kannte. Das war durchaus üblich. Solche Ehen wurden von Heiratsvermittlern, sogenannten Schadchen, arrangiert. Goldstein war früh verwitwet, und da es sich für einen frommen Juden im besten Mannesalter nicht schickte, lange ledig zu sein, beschloss er, sich in seiner polnischen Verwandtschaft nach einer neuen Ehefrau und einer Ersatzmutter für seine vier unmündigen Kinder umzusehen. Er beauftragte Ariel Rozenberg per Brief mit der Brautschau.

Nach einigem Suchen zeigte sich eine andere Kusine, ein älteres Fräulein um die dreißig, die in einer Spinnerei arbeitete, an einer Ehe mit dem Witwer interessiert. Nach einem kurzen Briefwechsel schlossen sie die Ketubba, den in Aramäisch verfassten Ehevertrag ab.

Mit guten Wünschen versehen trat Hanna Nejmann 1934 die Reise in ein Land an, das der künftige Ehemann als Gelobtes Land beschrieben hatte. Die Ehe schien unter einem guten Stern zu stehen, denn sie war bald mit einem Kind gesegnet. Nach der Geburt eines Sohnes, der den Vornamen Benjamin erhielt, ließ Goldstein seine polnischen Verwandten wissen, er glaube, dass er damit dem göttlichen Gebot, Nachkommen in die Welt zu setzen, um den Fortbestand Israels zu sichern, Genüge getan habe.

In Rozenbergs Auswanderungsplänen nahm der ferne Cousin einen zentralen Platz ein. Er hegte die Hoffnung, dass Goldstein sich wegen seiner Verdienste bei der Ehestiftung revanchieren und ihm bei einer Übersiedlung behilflich sein werde. Er wurde nicht enttäuscht. Nathan Goldstein versprach, ihn nach Kräften zu unterstützen.

Damals wanderten viele Polen nach Belgien aus. Sie ließen sich von staatlichen und privaten Agenturen als Arbeitskräfte für das wallonische Kohle- und Stahlrevier anwerben. Die belgische Schwerindustrie erholte sich nur langsam von den Verlusten und Verwüstungen, die der Weltkrieg angerichtet hatte: Für die Arbeit in den Bergwerken und an den Hochöfen wurden vorzugsweise Italiener und Polen eingestellt, weil die im Ruf standen, genügsame, tüchtige und disziplinierte Arbeiter zu sein. Mitte der 30er Jahre lebten im wallonischen Stahlbecken 60.000 Polen. Den Behörden war es gleichgültig, welcher Konfession und Nationalität die Einwanderer waren, solange sie nur gesund und fleißig waren.

Insofern war Rozenberg guten Mutes, als er im belgischen Konsulat von Krakau vorsprach und einen Antrag auf Einwanderung stellte. Als er im Gespräch freimütig erklärte, er beabsichtige, nicht in einem Bergwerk oder an einem Hochofen zu arbeiten, sondern ein Geschäft zu eröffnen, erfuhr er eine rüde Abfuhr.

War der Ton bis dahin freundlich gewesen, wurde er mit einem Mal schroff und ablehnend. Man sei nicht gewillt, jüdische Hausierer und Hungerleider ins Land zu lassen. Alle diplomatischen Vertretungen im Ausland seien angewiesen, ein Einreisevisum nur solchen Kandidaten zu erteilen, die schon einen Arbeitsvertrag mit einem Unternehmen der Schwerindustrie vorweisen konnten.

Als Rozenberg seinem Cousin von seinem Missgeschick berichtete, ermunterte der ihn, mit seinen Bemühungen fortzufahren und sich nicht entmutigen zu lassen. Es gebe andere, verschwiegene Wege, um nach Belgien zu gelangen. Er habe von gut organisierten Schleusernetzen gehört, die Juden bei der Einreise behilflich seien. Der Kantor versprach, sich bei polnischen Juden umzuhören, die es nach Belgien geschafft hatten, um zu erfahren, wie sie vorgegangen waren. Von ihnen erfuhr er, dass sie die Hilfe deutscher Glaubensbrüder erfahren hatten, die unmittelbar an der Grenze zu Belgien lebten.

Der Kantor lieferte erstaunliche Details über die »Eifeljuden«. Eine Ortschaft namens Hellenthal diente angeblich als Drehscheibe im organisierten Menschenhandel. Dort, schrieb Goldstein seinem Vetter, gebe es einen Viehhändler namens Karl Haas, der schon viele Juden nach Belgien geschleust habe.

Um sich ein genaues Bild über die Eifel und die Situation an der Grenze zu machen, suchte Rozenberg die Bibliothek der Großen Synagoge auf und stöberte in Handbüchern und Atlanten. Eines Tages fand er in einer älteren Ausgabe des »Jiddischen Wortes« einen Beitrag über die ominösen Eifeljuden. Demnach hatten sie sich nach der Bartholomäusnacht im Jahre 1346, als die jüdische Diaspora im Rheinland ausgelöscht wurde, in die Eifel und an die Mosel geflüchtet. Obwohl sie auch dort Verboten unterworfen waren, passten sie sich gut ihrer neuen Umgebung an. Viele wurden wohlhabende Bürger und besaßen Grundbesitz. Als die Eifel 1815 an Preußen fiel, wurden alle Beschränkungen, die ihnen bis dahin noch auferlegt waren, aufgehoben.

Seitdem sie die Bürgerrechte besaßen, gingen sie normalen Berufen nach und genossen besonders als Makler und Händler hohes Ansehen bei ihren christlichen Nachbarn. Auffallend war, dass es unter ihnen viele Metzger und Viehhändler gab.

In dem Heft gab es eine Landkarte mit dem Verzeichnis jüdischer Gemeinden in der Eifel: Münstereifel, Wittlich, Gemünd, Schleiden und Hellenthal waren die wichtigsten. Aber selbst in winzigen Ortschaften wie Kyll oder Blumenthal gab es Synagogen. Erfreut unterrichtete Rozenberg seinen Vetter, dass er nun wisse, welchen Weg er nach Belgien nehmen müsse.

Mendel und Joshua blieben die Pläne, die die Eltern schmiedeten, nicht lange verborgen, denn ihr Vater verbrachte von nun an die Abende damit, Landkarten zu studieren und sich eifrig Notizen zu machen. In der freudigen Erregung, Schlupflöcher an der deutsch-belgischen Grenze gefunden zu haben, übersah Rozenberg, dass die rosigen Zustände, die in der Zeitschrift beschrieben wurden, älteren Datums waren. Das »Jiddische Wort« wusste noch nichts von den Repressionen, denen die Eifeljuden seit der Machtergreifung der Nationalsozialisten ausgesetzt waren. Inzwischen gab es die Nürnberger Gesetze, die darauf abzielten, allen Juden die existenzielle Grundlage zu entziehen und das Zusammenleben zwischen Juden und Ariern unmöglich zu machen.

Um die Jahreswende 1935–1936 traf Rozenberg Vorbereitungen für die Ausreise. Da er ein rechtschaffener Mann war, der sich nicht wie ein Dieb in der Nacht davonstehlen wollte, plante er eine geordnete Übergabe seines Geschäftes. Der Erlös aus dem Verkauf der Schlachterei reichte gerade aus, um die Restschulden bei dem Wucherer zu begleichen. Da er keinerlei finanzielle Reserven besaß, wusste er nicht, wo er die Mittel für eine Existenzgründung in Belgien finden sollte. So sehr er auch rechnete, es langte vorn und hinten nicht.

Da er mit seinem Schicksal haderte, schlug ihm seine Frau vor, ihre Verwandtschaft in Deutschland zu kontaktieren. Einer ihrer ausgewanderten Verwandten hatte in der Freien Hansestadt Bremen mit dem Handel von Kaffee ein Vermögen gemacht. Sie schlug vor, sich mit ihrem Halbvetter Siegmund Meyer in Verbindung zu setzen, in der Hoffnung, dass er ihnen finanziell unter die Arme greifen werde.

In Erwartung einer Antwort schwankte die Stimmung im Hause Rozenberg für einige Wochen zwischen Hoffnung und Entmutigung. Groß war die Erleichterung, als der Bremer Kaffeebaron wohlwollend auf die Anfrage der polnischen Kusine reagierte. Er lud sie ein, auf der Durchreise nach Belgien mit der Familie in Bremen Station zu machen. Dort würde man in aller Ruhe die Angelegenheit bereden und das Finanzielle regeln.

Im Frühsommer des Jahres 1936 war es soweit. Da die Reichsregierung im Rahmen ihrer Bemühungen um eine Revision des Versailler Vertrages gerade einen Schmusekurs mit dem polnischen Nachbarn fuhr, stellte sie problemlos Touristenvisa für die Dauer der Olympischen Spiele aus. Als im Hause bereits riesige Unordnung herrschte, weihten die Eltern ihren ältesten Sohn in ihre Reisepläne ein, während sie den jüngeren weiterhin im Ungewissen ließen, um das Projekt nicht zu gefährden.

Mendel wollte von den Eltern wissen, warum die Reise ausgerechnet über Deutschland erfolgen sollte. Die polnischen Klassenkameraden würden so schlecht über die Deutschen reden. Der Vater antwortete, das sei der direkte Weg, um nach Belgien zu gelangen. Außerdem redeten nicht nur die Deutschen, sondern auch die Polen schlecht über die Juden. Insofern solle er sich keine Sorgen machen. Es gebe überall gute und böse Menschen. Rozenberg hatte eine positive Sicht der Welt, und die wollte er sich nicht vermiesen lassen.

* * *

Am Hauptbahnhof gab es einen tränenreichen Abschied. Alle Freunde und Verwandten hatten sich auf dem Bahnsteig eingefunden. Sogar der Rabbi war gekommen, um ihnen seine Beracha, seinen Segen, für die Reise mitzugeben. Elsa Rozenberg fiel der Abschied von ihren Geschwistern und besonders von der hoch betagten Mutter schwer. Es war, als ahne sie, dass sie sie in diesem Leben nicht wiedersehen würde.

Bis auf zwei Koffer mit persönlichen Sachen ließen die Rozenbergs alles andere in Polen zurück. Alles sollte so aussehen, als ginge es auf eine Urlaubs- und Vergnügungsreise. Die Einrichtung seiner Metzgerei hatte der Vater unter der Hand verkauft. Möbel und sonstige Geräte und Wertsachen waren in der Verwandtschaft verteilt worden. Von ihrem Hausstand durfte die Mutter nur einige Familienfotos mitnehmen. Die beiden Brüder mussten sich mit einem Spielzeug und einem Buch ihrer Wahl begnügen. Nachdem er sich mit Roro beraten hatte, entschied Joshua sich für ein Bilderbuch mit Burgen und Rittern, während Mendel seinem pragmatischen Temperament entsprechend ein Handbuch für Modelleisenbahnen auswählte.

Der Vater bestand darauf, die Trompete mitzunehmen, die er sich vom Munde abgespart hatte. Seine beiden Schächtmesser, die unentbehrlichen Werkzeuge seines frommen Gewerbes, hatte die Mutter ins Futter eines der beiden Koffer eingenäht, um Schwierigkeiten am Zoll zu vermeiden.

Von Lodz aus ging es über Posen nach Frankfurt an der Oder und von dort weiter nach Berlin. Die Passkontrolle an der deutsch-polnischen Grenze bei Neu Bentschen erfolgte reibungslos. Die Schaffner waren höflich und zuvorkommend. Der Vater musste allerdings seinen gepolsterten Trompetenkasten öffnen, weil der Beamte sichergehen wollte, dass es sich wirklich um einen Behälter für ein Instrument handelte und nicht um ein Versteck für illegale Waren.

Im Rückblick kam es Joshua vor, als habe die Reise nicht siebzehn Stunden sondern eine Ewigkeit gedauert. Seinen Plüschhasen hatte er zwischen die Koffer auf dem Gepäckständer gesetzt, damit er aus luftiger Höhe alles genau verfolgen konnte, was sich im Zugabteil abspielte.

Mendel hatte seinem Bruder das Denk- und Ratespiel »Schiffe versenken« beigebracht. Mendel kommandierte die deutsche, Joshua die englische Kriegsflotte. Es gelang Joshua auf Anhieb, einen Zerstörer Mendels sowie eine Fregatte zu versenken. Als er dann auch noch das Prunkstück von Mendels Flotte, das Schlachtschiff der Bismarck-Klasse, traf, war Mendel erbost. Er beschuldigte Roro, von seiner hohen Warte aus Joshua die entsprechenden Tipps zu geben und verlangte, dass er seinen Platz wechselte. Bevor der Streit zwischen den Jungen eskalierte, schritt der Vater ein.

Bei der nächsten Fahrscheinkontrolle entdeckte ein Schaffner den Hasen in der Gepäckablage, sprach von einem blinden Passagier und verlangte dessen Fahrschein zu sehen. Während der Vater auf Polnisch eine Entschuldigung stammelte und schon nach seinem Portemonnaie griff, weil er mit einer saftigen Ordnungsstrafe rechnete, lachte der Beamte auf und sagte, es sei alles nur ein Scherz gewesen. Joshuas Vater war trotzdem verärgert. Er meinte, das blöde Stofftier bereite nur Scherereien und mache die Familie lächerlich. Joshua schloss daraus, dass er umsichtiger sein müsse, um Roro keinen unnötigen Gefahren auszusetzen.

Als sie den Schlesischen Bahnhof in Berlin erreichten, fanden sie sich in einem Fahnenmeer wieder. Im Hinblick auf die Olympischen Sommerspiele waren die Bahnsteige nicht nur mit der olympischen Fahne und der Hakenkreuzflagge, sondern mit den Fahnen aller teilnehmenden Nationen geschmückt. Aus Lautsprechern dröhnte die olympische Hymne. Die Besucher, die zum Fest der Völker anreisten, sollten einen guten Eindruck vom Dritten Reich bekommen. Alles sollte festlich und freundlich wirken.

Über Hannover erreichten sie die Hansestadt Bremen. Übermüdet, aber erleichtert verließen sie den Centralbahnhof. Wie der Vetter es beschrieben hatte, befanden sich auf dem Vorplatz des Bahnhofes die Haltestellen der Straßenbahnlinien 2 und 3, die zum Bremer Ostertor fuhren. Bis zur Humboldtstraße, wo die Meyers wohnten, waren es nur noch einige Fußminuten.

Der Besuch bei der deutschen Verwandtschaft hinterließ einen zwiespältigen Eindruck. Konsul Meyer und seine Familie bewohnten ein repräsentatives Stadthaus aus der Gründerzeit. Die Eingangshalle war so groß, dass man darin hätte Federball spielen können. Der Hausherr erwartete sie wie ein Feldherr auf der Empore zum Obergeschoss. Konsul Meyer war eine Respekt einflößende Erscheinung, hochgewachsen und herrschaftlich im Auftreten. Er trug einen etwas aus der Mode gekommenen Zwirbelbart, wie Kaiser Wilhelm ihn getragen hatte.

Der Konsul empfing die polnischen Gäste im Jagdzimmer. Der große Raum auf der Beletage war unterteilt: auf der einen Seite stand ein Billardtisch, der so groß und hoch war, dass Joshua kaum über den Rand gucken konnte. In der Mitte lagen in einem dreieckigen Rahmen neun weiße Kugeln bereit, davor eine rote Kugel. An den Kreidewürfeln konnte man erkennen, dass es schon lange her war, dass jemand gespielt hatte.

An den Zimmerwänden hingen Jagdtrophäen, Hirsch- und Rehgeweihe sowie der mächtige Kopf eines Keilers. Eigentlich, klärte der Hausherr seine Gäste auf, sei er immer noch ein leidenschaftlicher Waidmann, aber seit dieser fette Parvenü von Göring Reichsjägermeister geworden sei und das christliche Kreuz im Geweih des Hirsches durch ein Hakenkreuz habe ersetzen lassen, mache ihm das Weidwerk keine Freude mehr.

Seine Frau erzählte hinter vorgehaltener Hand, dass man ihren Mann nach Einführung des Arierparagrafen aus der Lüneburger Jägerschaft ausgeschlossen habe, was er nicht verschmerzt habe.

Auf der anderen Seite des Raumes gab es eine Leseecke mit Polstermöbeln. Die Wände waren ganz mit Bücherregalen zugestellt. Gegenüber stand ein Flügel, auf dem die Tochter des Hauses ihre Partituren übte. Über dem Klavier hing eine Fotogalerie. Auf einem Foto war die Tochter Hedwig bei ihrer Konfirmation zu sehen, ein anderes zeigte den Hausherrn in der Uniform eines Leutnants des Infanterieregiments »Bremen«. Auf seiner Brust prangte das Eiserne Kreuz, das ihm für Tapferkeit vor dem Feind verliehen worden war. Als er die fragenden Blicke der Jungen bemerkte, begann der Konsul lang und breit von seinen Kriegserlebnissen zu erzählen.

Als Reservist hatte er sich im August 1914 freiwillig gemeldet. Er war mit dem 1. Hanseatischen Regiment an die Westfront gezogen und hatte bei Noyon in Nordfrankreich seine Feuertaufe bestanden. Sein Regiment habe im Stellungskrieg schwere Verluste erlitten, was seiner Überzeugung, dass er für eine gerechte Sache kämpfte und am Ende den Sieg davontragen werde, nichts anhaben konnte. Leider war es aber anders gekommen. Die Schuld dafür wies Meyer unfähigen Politikern zu, die den kämpfenden Truppen in den Rücken gefallen seien.

Meyers Ehefrau Gerda war eine geborene Scholl und stammte aus gutem hanseatischem Hause. Neben Hedwig gab es noch den jüngeren Sohn Emil, ein aufgeweckter Junge in Joshuas Alter. Die Kinder begegneten ihren Eltern voller Respekt und redeten sie nur in der dritten Person an.

Emil hatte einen goldbraunen Teddybären, der Petsy hieß, ein drolliges Kerlchen, das allerlei lustige Geschichten zu erzählen wusste und immer zu Späßen aufgelegt war. Sehr stolz war das Bärchen auf den Knopf in seinem linken Ohr. Das zeichne ihn vor allen anderen Teddybären aus, klärte er den Plüschhasen auf. Die beiden freundeten sich an, obwohl Roro von Natur aus eher reserviert war.

Als Vertreter des hanseatischen Bürgertums und Mitglied des Deutschen Kaffeevereins war der Konsul sich seiner gesellschaftlichen Stellung bewusst. Um diese zu betonen, gab er sich Mühe, wie ein preußischer Junker zu näseln und redete in der Familie vorzugsweise Bremer Schnack, den örtlichen Dialekt. Man merkte ihm an, dass es ihn einige Überwindung kostete, Jiddisch zu reden, das er nur mangelhaft beherrschte. Von Mendel und Joshua ließ er sich mit »Oheim« anreden. Die Jungen mochten diesen deutschen Onkel wegen seiner überheblichen und herablassenden Art nicht sonderlich. Sie machten sich einen Spaß daraus, ihn abends auf ihrem Zimmer zu parodieren und nachzuäffen.

Meyers Frau war sehr viel umgänglicher als ihr Mann. Sie verstand sich auf Anhieb gut mit Joshuas Mutter. Während die Männer in der Bibliothek über hohe Politik redeten und die Kinder im Garten spielten, hielten die Frauen nebenan ihren Kaffeeklatsch. Da Joshuas Mutter von Hause aus gut Deutsch sprach, konnten sie sich zwanglos unterhalten.

Gerda Meyer klagte darüber, dass sie ohne Haushaltshilfe auskommen mussten, weil es Juden durch die Nürnberger Rassengesetze verboten war, Nicht-Juden als Hauspersonal anzustellen. Noch schmerzlicher seien die beruflichen Einschnitte, die ihr Mann in seinem Geschäft erfahren habe. Man habe ihn im Rahmen der Arisierung gezwungen, seine Anteile am Unternehmen, das seinen Namen trug, zu einem Schleuderpreis zu veräußern. Aber man habe ihn nicht entlassen, sondern auf einen untergeordneten Posten abgeschoben, weil er über viele Kontakte ins Ausland verfügte, die über die Jahre gewachsen waren und die für das Unternehmen unerlässlich waren.

Sie sagte, das antisemitische Klima, das sich selbst in der feinen hanseatischen Gesellschaft breitmache, mache ihrem Mann zu schaffen. Er leide sehr unter den Anfeindungen, die er auf offener Straße erfuhr. Hatten früher die Nachbarn artig den Hut gezogen, wenn sie dem Herrn Konsul begegneten, titulierten Lausbuben aus der Nachbarschaft ihn nun ungestraft als »Saujuden« oder »Judensau«. Vermutlich war diese Demütigung ein Grund dafür, dass Meyer sich auf seine jüdischen Wurzeln besann und bereit war, seinen entfernten Verwandten eine finanzielle Unterstützung zukommen zu lassen.

Siegmund Meyer erging sich gerne in weitschweifigen Erörterungen, die er mit zahlreichen historischen Bemerkungen und Anekdoten spickte. Ariel Rozenberg war ein dankbarer Zuhörer, umso mehr als er nicht alles verstand, was der Konsul zum Besten gab. Ungeachtet der widrigen Tagespolitik bezeichnete der Konsul sich als deutscher Patriot. Was seine persönliche Zukunft betraf und die Situation der Juden im Reich, blieb er zuversichtlich. Der Nazi-Spuk werde irgendwann vorüber sein. Danach würden wieder geordnete Zustände im Reich einkehren.

Seine Überzeugung stützte sich auf die Beobachtung, dass neuerdings alle antisemitischen Parolen aus dem Stadtbild entfernt worden waren. Es fänden auch keine Übergriffe gegen Juden oder jüdisches Eigentum mehr statt. Zu den Olympischen Spielen präsentiere sich Deutschland als gastfreundliches, weltoffenes Land. Alles sei auf einmal viel entspannter. Jüdische Sportler, die aus der deutschen Nationalmannschaft entfernt worden waren, seien mit allen Ehren wieder aufgenommen worden. Deutschland sei eben eine Kulturnation, und daran würden »diese Banausen aus den bayerischen Bergen«, die derzeit in Berlin das Sagen hätten, auf Dauer nichts ändern.

Dass Meyers zur Schau gestellte Gelassenheit nur gespielt war, sollte der Metzger Rozenberg an den Umständen ersehen, mit der die Geldübergabe stattfand. Statt eine Bank aufzusuchen, begleitete er den Konsul auf den Söller des Hauses, wo dieser unter einer losen Bohle des Fußbodens sein mobiles Kapital verborgen hatte. In einer Schuhschachtel hatte er Bargeld, ausländische Devisen sowie Wechsel und Aktien gehortet. Zur Erklärung sagte er, die Reichsregierung habe Devisenstellen eingerichtet, mit dem Ziel, die Juden auszuplündern. Hier dagegen sei sein Geld sicher und gut angelegt. Dieses Geld würden diese Brüllaffen nicht kriegen, betonte er, als er Rozenberg eine beträchtliche Summe in ausländischer Währung aushändigte.

Abschließend ließ er Rozenberg einen Schuldschein unterschreiben. Da es immer öfter vorkam, dass aus dem Ausland angewiesene Beträge an jüdische Firmen oder Privatpersonen von der deutschen Bankaufsicht unter fadenscheinigen Vorwänden kassiert wurden, vereinbarten sie, dass Rozenberg die monatlichen Raten für den Kredit nicht nach Deutschland überweisen, sondern auf ein belgisches Sperrkonto einzahlen sollte.

Nachdem die Mutter die Geldscheine ins Futter ihrer Jacke eingenäht hatte, traten die Rozenbergs voller Optimismus ihre Reise ins »Gelobte Land« an. Von Bremen ging es über Köln nach Aachen. In einem Branchenbuch, das in der Bahnhofshalle auslag, fanden sie die Anschrift eines Gasthofes im Ostviertel von Aachen. Dort wollten sie übernachten, um in Ruhe die Lage an der deutsch-belgischen Grenze zu erkunden.

Die Wirtin der Pension »Zum Postillion« erwies sich als rabiate Person. Bevor sie die Gäste über die Schwelle ließ, wollte sie die Reisedokumente prüfen. Als sie polnische Pässe sah, setzte sie eine Miene auf, die offenes Missfallen bekundete. Bevor sie den Zimmerschlüssel aushändigte, verlangte sie Vorkasse. Die Einrichtung des Fremdenzimmers war bescheiden. Neben einem Doppelbett gab es zwei Kinderbetten, die für einen Siebenjährigen wie Mendel zu knapp bemessen waren. Immerhin gab es in dem Zimmer fließend Wasser.

Im Zimmer unterhielten sie sich nur im Flüsterton. Die Mutter schärfte den Jungen ein, den Raum nur auf leisen Sohlen zu verlassen. Wenn sie zur Toilette auf dem Flur müssten, sollten sie sich vorher vergewissern, dass die Luft im Treppenhaus rein sei. Ihr war aufgefallen, dass die Herbergsmutter ständig auf der Lauer lag und keine Gelegenheit ausließ, um ihre Kinder auszufragen und zu behelligen.

Am nächsten Morgen verließen die Rozenbergs getrennt die Pension. Während die Mutter und Joshua die Kleinbahn nahmen, um den Aachener Dom zu besuchen, machten der Vater und Mendel sich auf die Suche nach den Eifeljuden. Da Mendel aus seiner Schulzeit in Lodz noch einige Brocken Deutsch sprach, hatte sein Vater, der nur Polnisch und Jiddisch sprach, gemeint, dass er ihm bei der Suche behilflich sein könne. Er hatte seiner Frau versprochen, am Abend zurück zu sein.

Mit dem Zug ging es von Aachen nach Düren. Dort nahmen sie die Eifelbahn. Die erste Station war Euskirchen, eine Stadt, die im »Jiddischen Wort« wegen ihrer prächtigen Synagoge als Zentrum jüdischen Lebens beschrieben worden war. Als sie vom

Bahnhof die Straße zum Alten Markt hinuntergingen, fanden sie dort eine seltsame Schautafel, auf der Namen und Fotos von Juden sowie Namen von »Judenknechten« und »Volksverrätern« geheftet waren. Der Pranger jagte ihnen einen solchen Schrecken ein, dass sie beschlossen, schleunigst umzukehren und sich gleich in die nächste Ortschaft zu begeben.

Den Ort Hellenthal unmittelbar an der belgischen Grenze hatte der Kantor in seinen Briefen mehrmals erwähnt. Als sie mit dem Schienenbus dort eintrafen, waren die Geschäfte bereits geschlossen. Sie sahen, dass auf einigen Rollläden Davidsterne gepinselt waren.

Als sie ein altes Mütterchen sahen, das über die Straße humpelte, drängte Rozenberg seinen Sohn dazu, sie anzusprechen. Ob sie den Viehhändler Karl Haas kenne, fragte Mendel. »Sitt der ooch Jüdde?«, erwiderte die Frau. Sie hatte es nicht böse gemeint, aber Mendel war erschrocken. »Nee, nee«, stammelte er: »Nix Jüd, Polack.«

»Ah, e sue is dat«, nickte die Alte. Dann zeigte sie mit dem Finger auf die Kölner Straße. »Do önne want d'r Haas.«

Tatsächlich gab es am Ende der Straße an einem Haus, das unbewohnt schien, eine Hausklingel mit diesem Namen. Nach mehrmaligem Klingeln öffnete ein Mann mittleren Alters die Tür.

Als er sah, dass es sich um Fremde handelte, wollte er die Tür gleich wieder schließen. Rozenberg hatte gerade noch Zeit den Friedensgruß »Schalom*, Schabbat Schalom« zu sagen. Es war an einem Freitag, und da es bereits dunkelte, war nach jüdischem Verständnis bereits der Sabbat angebrochen.

Als der Mann den vertrauten Gruß hörte, schaute er sich kurz um, um sicher zu gehen, dass sie niemand beobachtete. Dann zog er den Mann und das Kind zu sich ins Haus. »Kommen Sie herein«, sagte er auf Jiddisch. Er führte sie in eine Wohnküche und sagte, er müsse sich in Acht nehmen: die Nachbarn würden jeden Besucher bei der Polizei melden. Daran könne

man sehen, dass die ständige Hetze gegen die Juden und die Gräuelpropaganda der Nazis ihre Wirkung zeige.
Haas schenkte Rozenberg einen Wacholderschnaps ein und fragte ihn nach seinem Anliegen. Als der erwähnte, er habe wunderbare Sachen über die Eifeljuden gelesen, wiegelte der Viehhändler ab. In der Eifel gebe es fast keine Juden mehr. Ihre Zeit sei abgelaufen. Von den dreihundert Glaubensjuden, die es noch vor ein paar Jahren alleine in Euskirchen gegeben habe, seien nur noch einunddreißig übrig. Und die seien von der Kreisverwaltung in sogenannte Judenhäuser gesperrt worden.

Alles habe damit angefangen, dass die Behörden auf den Viehmärkten getrennte Plätze für jüdische und arische Händler eingerichtet hätten. Von amtlicher Seite habe es geheißen, das sei notwendig, weil die Juden notorische Betrüger seien, die man besser kontrollieren müsse. Dann sei es immer öfter zu Handgreiflichkeiten der SA gekommen. Wenn die jüdischen Händler nicht freiwillig ihren angestammten Platz geräumt hätten, habe man nachgeholfen. Seinen Freund Andreas Baer von der Baumstraße, der im Krieg das Eiserne Kreuz bekommen habe, habe man grundlos zusammengeschlagen. Er habe selber mit ansehen müssen, wie die Braunen ihn gezwungen hätten, Schweinefleisch zu essen.

Rozenberg sagte, der Kantor der Synagoge von Lüttich habe ihm seinen Namen genannt, weil er von anderen Juden wisse, dass er ihnen geholfen habe, über die Grenze zu gelangen. Dem Viehhändler war es sichtlich unangenehm, das zu hören. Nein, das tue er schon lange nicht mehr. Das sei zu gefährlich. Die Grenze sei stark gesichert und nicht mehr so durchlässig wie vor zwei oder drei Jahren. Sein Bruder sei kürzlich als Judenschlepper enttarnt worden und dafür in einem Konzentrationslager gelandet.

Beim dritten Glas Wacholder schilderte Haas die Lage an der Grenze. Früher sei der Handel mit Flüchtlingen in der Eifel ein florierendes Gewerbe gewesen. Ganze Berufssparten, Fuhrunternehmen und Transporteure hätten sich als »Judenfänger« und »Kommunistenschieber« eine goldene Nase verdient. Ohne viel nachzufragen hätten sie gegen gutes Geld politisch und rassisch Verfolgte über die Schmugglerpfade nach Belgien geleitet. Bauern, die jenseits der Grenze Wiesen oder Äcker besäßen, hätten Flüchtlinge unter Heuhaufen oder Zuckerrüben versteckt und mit Pferdekarren über die Grenze gebracht, wo sie von belgischen Komplizen in Empfang genommen worden waren. Selbst NS-Parteigenossen und Nutznießer des Regimes hätten vom lukrativen Judenhandel profitiert, denn die Schanzarbeiter am »Westwall« und die Bauarbeiter an der braunen Ordensburg »Vogelsang« hätten sich rege daran beteiligt, um ihr mageres Salär aufzubessern.

Damit sei es nun vorbei. Die Preise, die professionelle Schleuser inzwischen verlangten, hätten astronomische Höhen erreicht: Für eine Passage würden Kopfprämien von 1.000 bis zu 10.000 Reichsmark verlangt. Früher hätte man für einen Juden höchstens ein paar Hunderter gefordert. Nun würden die Flüchtlinge regelrecht ausgeplündert, ohne dass diese sicher sein konnten, dass die Schlepper ihre Versprechen hielten. Sie nähmen ihnen nicht nur ihr gesamtes Bargeld ab, sondern auch Schmuck, Uhren und sonstige Wertsachen. Das nenne man im Volksmund »den Hut rund gehen lassen«. Er warnte Rozenberg dringend davor, sich mit solchen Leuten einzulassen.

Der Viehhändler wirkte resigniert. Er sagte, seine Familie sei bereits »nach drüben abgehauen«, und er werde ihnen bald nachfolgen, denn es gebe hier für ihn kein Auskommen mehr, seitdem sie ihn aus der Metzgerinnung geworfen hätten. Er müsse noch ein paar Dinge regeln, dann werde er verschwinden.

Inzwischen war es Nacht geworden, und Mendel war bereits am Tisch eingeschlafen. Haas lud die Besucher ein, die Nacht bei ihm zu verbringen. Für eine Rückreise nach Aachen sei es eh zu spät. Auch sei es nicht ratsam, die Nacht auf dem Bahnhof zu verbringen, und die wenigen Pensionen und Hotels, die es im Ort gebe, würden wegen der Grenznähe von der Gestapo überwacht. Die Rozenbergs nahmen das Angebot dankbar an.

* * *

Niedergeschlagen trat Rozenberg am nächsten Morgen die Rückreise nach Aachen an. Als sie in der Pension eintrafen, fand er seine Frau völlig aufgelöst vor. Sie hatte sich große Sorgen gemacht, weil sie nicht wie versprochen am Abend zurückgekehrt waren. Umso glücklicher war sie, Vater und Sohn wohlbehalten in ihre Arme schließen zu können. Für die beiden Söhne waren solche Emotionen ein ungewohntes Schauspiel.

Die Mutter berichtete aufgeregt, dass sie während seiner Abwesenheit mit der Pensionswirtin aneinandergeraten sei. Die habe ihr auf den Kopf zugesagt, dass sie keine harmlosen Reisenden, sondern flüchtige Juden seien. Solcherlei dulde sie nicht in ihrem Haus. Sie habe mit der Polizei gedroht. Nach einigen Beschimpfungen habe sie ein überraschendes Angebot gemacht. Sie kenne da jemanden, der könne ihnen helfen über die Grenze zu kommen: wenn sie bereit wären, dafür den entsprechenden Preis zu zahlen! Obwohl Haas ausdrücklich vor solchen Judenfängern gewarnt hatte, beschlossen die Eltern, auf das Angebot einzugehen.

Am Abend fand sich der Schlepper in der Pension ein. Der Mann machte einen ungepflegten und gemeinen Eindruck. Rozenberg war auf der Hut und entschlossen, sich nicht über den Tisch ziehen zu lassen. Das Gespräch verlief in angespannter Atmosphäre. Während die Mutter dolmetschte, lauerte die Wirtin im Hintergrund.

Der Mann begann damit, die Gefahren an die Wand zu malen, die ihnen drohten, wenn sie sich ohne ortskundige Führer auf den Weg machen sollten. Die größte Gefahr ginge nicht von deutschen Zöllnern, sondern von belgischen Gendarmen aus. Wer sich von denen in der Grenzzone erwischen lasse, werde sofort ins Reich abgeschoben. Und sie wüssten ja, was ihnen dann blühte. Selbst, wenn sie es auf die andere Seite schaffen würden, wären sie noch nicht in Sicherheit. Die Bewohner der Grenzgebiete sympathisierten mit den Nationalsozialisten. Sie würden sie verraten und der Gendarmerie ausliefern.

Rozenberg war verunsichert: Von solchen Schwierigkeiten hatte der Viehhändler nichts berichtet. Er wollte den Schlepper auf die Probe stellen und fragte, wie er es denn anstellen werde, um sie unbemerkt über die Grenze zu bringen, wo doch alles hermetisch abgeriegelt sei. Der Schleuser lächelte maliziös, beugte sich vor und begann zu flüstern: Es gebe immer noch ein Schlupfloch an der Grenze, ein Nadelöhr, das weder die Deutschen noch die Belgier hätten schließen können. Ob sie jemals von der Vennbahn* gehört hätten? Rozenberg horchte auf: eine Vennbahn? Was war damit?

Der Mann erläuterte, diese Bahnstrecke sei eine von den verrückten Sachen, die in Versailles ausgeheckt worden wären. Die Bahn stamme aus preußischer Zeit und führe quer durch die Eifel. Sie verbinde das Aachener Kohlerevier mit dem luxemburgischen Stahlrevier. Um den Deutschen zu schaden, habe man die Vennbahn zusammen mit den Kreisen Eupen und Malmedy Belgien zugesprochen.

Seitdem schlängele sie sich als belgische Staatsbahn wie ein Bandwurm fünfzig Kilometer weit durch deutsches Staatsgebiet. In den Zügen gebe es streckenweise kein deutsches Personal, da einige Bahnhöfe auf belgischem Hoheitsgebiet lägen. Wenn sie sich am Bahnhof in Aachen als Wanderer und Sommerfrischler ausgeben würden, würde niemand Verdacht schöpfen. Den Rest würde er besorgen.

Rozenberg witterte Morgenluft: Das war es! Er schlug die Warnungen des Viehhändlers in den Wind und fragte den Schlepper, was eine Passage kosten würde.

Alles hinge von der Höhe der Gage ab, sagte der süffisant: je höher das Honorar wäre, umso besser der Service. Manche Kunden habe er schon komfortabel mit dem Taxi über die Grenze chauffiert. Er schaute Rozenberg etwas herablassend an. Wie viel er denn zu investieren gedenke?

Der Metzger bot 1.000 Reichsmark an, für alle vier wohlgemerkt. Der Schlepper grinste abfällig, erhob sich und tat so, als wolle er den Raum verlassen. Da packte Rozenberg ihn beim Ärmel, drückte ihn wieder auf den Stuhl und sagte, er verdoppele das Angebot. Schließlich wurden beide sich bei 2.200 Reichsmark handelseinig: 600 RM pro Erwachsenen, 500 RM für jedes Kind. Hinzu kam eine Provision von 350 RM für die Wirtin. Das Honorar solle vor Antritt der Reise bar gezahlt werden.

Auf dem Zimmer berichteten die Eltern den Söhnen, die aufgeregt gewartet hatten, dass alles geregelt sei. Morgen Abend würde ein Mann sie über die Grenze bringen. Dann wären sie in Sicherheit.

Allerdings dämpften die Eltern die Freude der Jungen, indem sie mitteilten, der Schlepper habe verlangt, dass sie ihr gesamtes Gepäck zurücklassen müssten, um keinen Argwohn zu erregen. Die Wirtin habe sich angeboten, es in Verwahr zu nehmen, wobei die Mutter sich keine Illusion machte, dass sie je etwas wiedersehen würde. Joshua fürchtete schon, er müsse Roro zurücklassen, aber die Mutter beruhigte ihn, davon könne keine Rede sein. Der Vater bestand darauf, die Trompete mitzunehmen. Mendel musste sie in seinen Rucksack stecken und dafür seinen Metallbaukasten zurücklassen.

In der Nacht hatte es geregnet. Als sie sich auf dem Regionalbahnhof Aachen-Brand einfanden, trafen sie auf dem Bahnsteig auf eine Gruppe Wanderer, die angeblich genau wie sie selber die Eifel erkunden wollten. Alle schienen auf den gleichen Wanderführer zu warten. Auch die Rozenbergs wunderten sich, dass sie den Schleuser nicht sahen.

Schließlich stellte sich ihnen kurz vor der Abfahrt ein Mann vor, der vorgab, im Auftrag des Herrn Soundso zu kommen, der leider verhindert sei. Es sei aber alles geregelt: Wie besprochen seien die Eisenbahner, sowohl die deutschen wie die belgischen, eingeweiht und hätten ihre Provisionen schon kassiert. Niemand werde sie behelligen. Allerdings habe er Fahrscheine für die gesamte Strecke, also von Aachen bis nach Luxemburg, lösen müssen, und diesen Aufschlag müssten sie extra bezahlen.

Zähneknirschend fügte auch Rozenberg dem Geld, das er schon abgezählt in seiner Hosentasche hatte, noch einige Scheine hinzu. Ihm blutete das Herz, denn er wusste, dass es ihm für eine Geschäftsgründung fehlen würde. Nachdem der Mann diskret nachgezählt hatte, überreichte er die Fahrscheine und gab allen Anweisungen über den Verlauf ihrer anstehenden Reise.

In Monschau, an der 13. Haltestation, sollten sie aussteigen. Dort erwarte sie ein Kurier, der sie über die nahe Grenze bringen werde. Im Bewusstsein, dass sie einem Betrüger auf den Leim gegangen waren, bestiegen sie den Zug. Mendel schlug dem Vater vor, den Kerl bei der deutschen Polizei anzuzeigen, aber der meinte, das sei keine gute Idee.

Unterwegs gaben sie sich Mühe, wie harmlose Reisende zu wirken. Die Söhne spielten Karten, die Eltern blätterten in deutschen Zeitschriften. Mendel hatte sich bei dem Ausflug in die Eifel erkältet und hörte deshalb nicht auf zu husten und zu schniefen, was den Vater auf Dauer nervös machte. »Reiß dich zusammen«, fuhr er ihn an, »willst du unbedingt, dass wir auffallen?«

Aber die Sorge war unbegründet, denn auf der gesamten Strecke begegnete ihnen kein Schaffner. Aus dem Zug konnten sie beobachten, dass auf den Bahnhöfen, die sie passierten, abwechselnd deutsche Schutzpolizisten und belgische Zöllner patrouillierten und die aussteigenden Reisenden kontrollierten.

Die Landschaft, die an ihnen vorüber zog, veränderte sich zusehends: Heide- und Moorflächen lösten die Wiesenlandschaft ab. Die Sonne stand schon tief am Horizont, als sie die Haltestation Monschau erreichten.

Der kleine Bahnhof, der eine belgische Enklave in Deutschland bildete, lag oberhalb des Städtchens an einem Flachhang, der mit Ginster und Dornengestrüpp bewachsen war. Vor einem Schuppen drängte sich eine größere Menschengruppe. Alle waren sommerlich gekleidet, als ginge es auf einen Jahrmarkt oder in den Biergarten: die Frauen trugen luftige Kleider, die Männer offene Hemden. Einige hatten Wanderstöcke dabei, trugen grüne Knickerbocker und Jägerhüte mit Gamsbart. Die Frauen hatten leichtes Schuhwerk an den Füßen, einige sogar Stöckelschuhe. Ein junges Paar hatte einen geflochtenen Picknickkorb dabei, der mit einem Küchentuch abgedeckt war und aus dem verdächtige Geräusche drangen, die sich als das Gequäke eines Säuglings entpuppten.

Nachdem man sich gegenseitig gemustert und festgestellt hatte, dass alle auf den gleichen Betrüger hereingefallen waren, beratschlagten sie gemeinsam, was zu tun sei.

Den meisten schien es ratsam, nicht länger zu verweilen, sondern sich alleine auf den Weg zu machen, weil sie sonst unweigerlich einer deutschen Zollstreife in die Hände fallen würden. Eine kleinere Gruppe wollte weiterhin an der Station ausharren, in der Hoffnung, dass der Kurier doch noch auftauchen werde. Da niemand eine Landkarte besaß, übergab die größere Gruppe die Führung einem jungen Mann, der behauptete, das Gelände zu kennen. Man brauche nur der Bahnlinie zu folgen und sich irgendwann nach Westen wenden.

Bei leichtem Nieselregen zogen sie los. Elsa Rozenberg nahm ihren Jüngsten bei der Hand und drückte seine Hand so fest, dass es Joshua wehtat. Sie ließ nicht zu, dass er sich auch nur einen Fußbreit von ihr entfernte. Immer wenn er zu straucheln drohte, fing sie ihn auf.

Bald begann es zu dunkeln, und die Flüchtlinge begannen auf den Gleisen zu torkeln. Öfter rutschten sie auf nassen Bahnschwellen aus und stolperten über den Schotter, wobei etliche sich blutige Knie und Ellbogen holten. Wer so unvorsichtig war und den Bahndamm verließ, riskierte die Böschung hinab zu rutschen und in einem Wassergraben zu landen. Vor allem für die Frauen mit ihrem schlechten Schuhwerk war der Marsch beschwerlich. Immer wieder mussten die Männer warten, damit Frauen und Kinder aufschließen konnten.

Der junge Mann führte sie an eine Stelle, wo die Bahnstrecke angeblich die Staatsgrenze bildete. Nun hieß es, über Wiesenzäune zu steigen und durch Büsche und Hecken zu kriechen. Jedes Mal, wenn ein verdächtiges Geräusch sie aufschreckte, suchten sie Deckung. Joshuas Mutter warf sich auf den Boden, zog Joshua zu sich herab. Sie drückte dabei sein Gesicht so tief ins Gras, sodass er kaum noch Luft bekam. Doch jedes Mal stammten die Geräusche nur von Rindern, die neugierig nachschauten, wer da mitten in der Nacht durch die Wiesen schlich. Zu ihrem Glück begegneten sie keiner Menschenseele.

Nach einer Weile stießen sie auf ein Ortschild mit einem deutschen Adler: »Gemeinde Mützenich – Kreis Monschau«. Sie waren im Kreis gelaufen. Erschrocken kehrten sie um und tasteten sich wieder durch das Gehölz, aus dem sie gerade gekommen waren. Schließlich gelangten sie über einen Karrenweg auf eine Lichtung.

Als die Wolkendecke kurz aufbrach, konnten sie im Mondlicht eine baumlose Ebene erkennen. »Schaut her, das ist das Hohe Venn«*, sagte der junge Mann: »es gehört schon zu Belgien. Wir haben es geschafft!« Alle fassten wieder Mut, auch wenn der Weg noch mühsamer wurde, als der Steig auf einmal aufhörte.

Joshua spürte, dass der Boden unter seinen Füßen zu wabbeln und zu schwabbeln begann. Irgendetwas federte seine Schritte ab, und bald gluckste in seinen Schuhen Wasser. Es ging also durch Sumpf und Morast. Statt über Bahnschwellen stolperten sie nun über Grasbüschel. Sie wateten durch Pfützen und Rinnsale, die ihrerseits in Tümpeln und Wasserlöchern mündeten. Vom Regen völlig durchnässt schlotterten sie vor Kälte. Die kleinen Kinder begannen zu wimmern.

Sie waren am Ende ihrer Kräfte, als unverhofft die Umrisse eines Bauernhofes auftauchten. Einige Männer pirschten sich heran, um sich zu vergewissern, dass sie die Grenze passiert hatten und wirklich in Belgien waren. Als sie näher kamen, schlug ein Wachhund an. Im oberen Stockwerk ging ein Licht an, und ein Mann mit einem Gewehr spähte aus einem Fenster, um zu sehen, wer da in Nacht und Nebel Einlass begehrte.

Als er im Schein einer Petroleumlampe erkannte, dass es sich um Männer, Frauen und Kinder handelte, schloss er das Fenster, stieg die Treppe hinunter und bat die erschöpften Wanderer einzutreten. Er hatte offenbar erkannt, dass es sich um Flüchtlinge handelte, sprach das aber mit keinem Wort an. Er entschuldigte sich nur wegen der Flinte, mit der er ihnen gedroht hatte. Man könne in diesen schlechten Zeiten nicht vorsichtig genug sein. Es gebe genügend Strolche, die sich nachts in der Gegend herumtrieben.

Während er ein Feuer im Herd anzündete, kam eine Frau im Schlafrock hinzu und reichte den Frauen Handtücher und Decken für die Kinder. Für jedes Kind gab es einen Becher Milch. Bald strömte der Duft von echtem Bohnenkaffee durch die Stube, ein Genuss, den es in Deutschland schon lange nicht mehr gab.

Wie alle anderen waren auch Mendel, Joshua und Roro von dem Marsch sehr mitgenommen. Sie waren mehrmals hingefallen und hatten sich blutige Schrammen geholt. Unter Roros linken Arm war eine Naht geplatzt, sodass Stroh hervorquoll. Als die Mutter den bedauernswerten Zustand des Hasen sah, tröstete sie Joshua, indem sie versprach, die Blessuren mit ein paar Nadelstichen zu behandeln. Nach einem ordentlichen Bad in der Wanne werde Roro wieder ganz der Alte sein.

Der Bauer eröffnete ihnen, dass sie auf Reinhardshof seien, einem Weiler im Hohen Venn, der seit 1920 zu Belgien gehöre. Er bot ihnen an, sie in die nächste belgische Stadt zum Bahnhof zu geleiten. Von dort könnten sie problemlos ins Innere des Landes reisen. Ob dieser Ankündigung begann eine Frau vor Freude und Erleichterung heftig zu schluchzen. Sie wollte der Bäuerin die Hände küssen, was diese aber zu verhindern wusste. Was sie täten, sei selbstverständlich, sagte die Frau.

Die Bauersleute machten keinen Hehl aus ihrer Abneigung gegen die Nationalsozialisten. Der Bischof von Lüttich habe schon lange vor dem braunen Gesindel gewarnt, ereiferte sich der Hausherr. In Zeiten, da Deutschland von einem hergelaufenen Landstreicher und einer Bande gottloser Burschen regiert werde, würden sie allen helfen, die verfolgt würden – ganz egal um wen es sich handele.

Als sie am frühen Morgen loszogen, machte Joshua drei weitere Bauernhöfe in der Dämmerung aus. Mit der aufgehenden Sonne wurde es wärmer, und das Moor begann nach den Regenfällen der vergangenen Nacht wie eine Waschtrommel zu dampfen. Aus Furcht einer Zollstreife zu begegnen, führte der Bauer sie mitten durchs Moor. Als Wegweiser dienten ihm einige verwachsene Moorbirken und die eine oder andere windschiefe Eberesche. Als sich die Wasserrinnen zu einem Bachlauf sammelten, folgten sie diesem aus dem Sumpfland hinaus bis in dichte Fichtenwälder.

Nach einigen Stunden erreichten sie, ohne einer Menschenseele begegnet zu sein, eine Stadt, die am Saum des Hertogenwaldes lag. An staunenden Passanten vorbei zog die bunte Truppe schnurstracks zum Bahnhof. Dort verabschiedeten sich die Flüchtlinge von ihrem Führer. Als einige dem Bauern Geldscheine zustecken wollen, lehnte der energisch ab. Er habe nur seine Christenpflicht getan. Dann verschwand er, ohne seinen Namen zu hinterlassen.

* * *

Am frühen Abend erreichte die Familie Rozenberg Lüttich. Als die Jungen die vielen Lichter und Leuchtreklamen vor dem Bahnhof sahen, glaubten sie sich wirklich im »Gelobten Land«: Sie hatten es geschafft. Zur Feier des Tages leistete der Vater sich ein Taxi. Er winkte eine der Limousinen, einen Peugeot 402 L, herbei und bat den Chauffeur, sie in die Rue du Parc zu bringen. Als Mendel und Joshua über den breiten Boulevard d'Avroy fuhren, kamen sie sich wie Staatsgäste vor.

Die Familie Goldstein bewohnte ein solides geräumiges Haus in der Nähe des Parks de la Boverie. Der Empfang war überaus herzlich. Nachdem vor Wochen jeglicher Kontakt abgebrochen war, waren die Goldsteins in Sorge gewesen, ob den polnischen Verwandten die Flucht nach Belgien gelungen war. Mit seinem fusseligen Bart und den langen Schläfenlocken glich der Kantor den galizischen Juden, die Joshua aus Lodz kannte. Wie es die chassidische Tradition verlangte, trug auch Hanna, seine Angetraute, einen bodenlangen schwarzen Rock, eine hochgeschlossene Bluse und eine Perücke.

Nathan Goldstein und seine Frau boten ihnen unbegrenzte Gastfreundschaft an: Sie gehörten schließlich zur Familie und die »Mischpoche*« ist den Juden heilig. Sie sollten so lange bleiben, bis sie etwas Eigenes, Dauerhaftes gefunden hätten Rozenberg war dafür sehr dankbar, weil er wusste, dass ein fester Wohnsitz bei der Suche nach einem Domizil und bei Behördengängen, die anstanden, um ein Gewerbe zu eröffnen, hilfreich sein würde. Vorübergehend bezogen sie im ersten Stock des Hauses zwei Zimmer.

Nacheinander trudelten die Kinder des Kantors ein, die neugierig auf die ferne Verwandtschaft waren. Die Familienverhältnisse der Gastgeber waren für Außenstehende schwer zu durchschauen.

Aus Nathans erster Ehe stammten vier Kinder: Leewi, der älteste Sohn, war ein Hausierer, der von Haus zu Haus zog und mit Knöpfen, Reißverschlüssen und Garn handelte. Er war ein lebenslustiger Geselle und hatte ein ausgefallenes Hobby: er züchtete Kanarienvögel. Hirsch, der zweitälteste Sohn, war der Stolz des Vaters. Er studierte im vierten Semester Zahnmedizin an der Universität. Die Tochter Bad-Sebah war Verkäuferin in der Schuhabteilung eines großen Kaufhauses und mit Aaron Rubinstein, einem Grubenarbeiter, verlobt. Elias, der jüngste

Sohn aus erster Ehe, den alle Fred nannten, ging noch zur Mittelschule. Fred war das Enfant terrible der Familie. Schließlich gab es noch aus Nathans zweiter Ehe mit Hanna Nejmann den dreijährigen Benjamin. Mit seiner Namenswahl hatten die Eltern dem Allerhöchsten signalisieren wollen, dass es nun genug sei mit dem Kindersegen.

Das Haus lag ganz in der Nähe der Synagoge. Mangels eines Rabbis leitete Goldstein als Chasan* den Gottesdienst am Schabbat*. Schon Nathans Vater Noah, der vor der Jahrhundertwende aus Kongresspolen eingewandert war, hatte das Amt des Vorbeters ausgeübt. Damals versammelten sich die Lütticher Juden noch in Privathäusern. Die prächtige Synagoge in der Rue Léon-Frédericq war erst um die Jahrhundertwende auf einer Flussinsel erbaut worden. Als Joshua sie zum ersten Mal erblickte, war er überwältigt. Die Fassade, die orientalische und italienische Elemente in sich vereinte, erinnerte eher an ein verwunschenes Märchenschloss als an ein jüdisches Gebetshaus.

Nathan Goldstein, der wie sein Vater den Beruf eines Schusters ausübte, zeichnete sich durch besondere Frömmigkeit aus. Ohne größere Studien absolviert zu haben, verstand er es, die Thora so auszulegen, dass sie einen konkreten Bezug zum Alltag der Menschen hatte. Aber in der Auslegung der Heiligen Schriften war er unerbittlich. Von den Gläubigen wurde er respektvoll »Rabbi« genannt, was ihm nicht zustand, aber ihm sichtlich schmeichelte. Goldstein war nicht irgendein namenloser Chasan. Er hatte sich als Autor verschiedener Hymnen, die nicht nur in Lüttich sondern auch in anderen Synagogen übernommen wurden, einen Namen gemacht.

Die jüdische Gemeinde in Lüttich war klein und überschaubar. Die ersten Juden, die sich in der Maasmetropole niedergelassen hatten, stammten aus den Niederlanden. Nach dem Krieg war die Zahl der Gläubigen angewachsen, weil die Lütticher Hochschulen viele ausländische Studenten anzogen. Darunter waren etliche Juden aus Osteuropa und vom Balkan, die in ihren Heimatländern einem Numerus clausus unterlagen. Bei den Neuankömmlingen handelte es sich meist um säkulare und liberale Juden, deren religiöse Kultur minimal war. Insofern fristete die Lütticher Gemeinde weiterhin ein kümmerliches Dasein, bis immer mehr gläubige Juden aus Osteuropa einwanderten. Mit der Ankunft polnischer Juden stieg die Gemeinde sprunghaft auf 2.560 Mitglieder an.

In den ersten Jahren besuchte an hohen Festtagen ein Rabbi aus den Niederlanden die Gemeinde. 1938 erhielt Lüttich mit Efraim Dombrowicz endlich einen eigenen Rabbiner. Zu dessen Aufgaben zählte die Durchführung der vorgeschriebenen Rituale bei Beschneidung, Trauung und Beerdigung. Seine Ernennung war eine Erleichterung für die Gläubigen, da sie nun nicht mehr für jede größere Amtshandlung die Synagogen in Brüssel oder Antwerpen aufsuchen mussten.

Die Ankunft des Rabbis führte zu Reibereien mit dem Kantor, weil Nathan Goldstein sich in seinem Amt und seiner Autorität geschmälert sah. Anders als Goldstein hatte Dombrowicz in Polen eine Jeschiwa* besucht und an dieser religiösen Hochschule die Thora* und den Talmud* studiert. Er schien daher eher dazu geeignet zu sein, eine Gemeinde zu leiten.

Damit musste der Kantor das angesehene Amt eines Vorbeters, das er bisher wahrgenommen hatte, abtreten und sich mit der Rolle eines Organisten und Vorsängers begnügen. Auch die Leitung des Cheders*, der Thoraschule, fiel nun in die Verantwortung des niederländischen Rabbis. Die Leitung eines Cheders war ein einträgliches Amt, denn die Eltern mussten für ihre Sprösslinge Schulgeld zahlen. Von seinen früheren Ämtern blieb Goldstein am Ende nur das eines Mohels*, eines Fachmanns für rituelle Beschneidungen, übrig.

Von einem Kantor durfte man nicht nur eine gute Stimme und eine gründliche Kenntnis der Liturgie erwarten, sondern auch eine repräsentative Frömmigkeit und ein einwandfreies Verhalten. Entsprechend hatten sich auch die Mitglieder seiner Familie aufzuführen. Ohne dies ausdrücklich auszusprechen, erwartete Nathan Goldstein, dass sich seine polnischen Gäste als fromme Juden gebärdeten. Er achtete darauf, dass die vorgeschriebenen Gebetszeiten von allen Hausgenossen eingehalten wurden. Besondere Aufmerksamkeit widmete er dem gemeinsamen Abendgebet am Vorabend des Schabbats.

Im Hause Goldstein tauchte Joshua in die chassidische Frömmigkeit ein, wobei der Kantor sich als strenger Lehrmeister und Joshua als gelehriger Schüler erwies. Anders als sein Bruder Mendel, der nie um eine Ausrede verlegen war, um sich vor einer Gebetsübung zu drücken, begleitete Joshua den Onkel öfter zum Schacharif*, dem Morgengebet, in die Synagoge. Wenn er morgens mit dem Kantor in seinem schwarzen Kaftan und dem Hut aus Zobelfell auf dem Kopf loszog, begegneten ihnen nirgends feindselige, sondern höchstens verwunderte Blicke. Nie gab es Beschimpfungen oder Anpöbelungen, wie Joshua es in Polen erlebt hatte.

In der Synagoge beobachtete Joshua, wie der Onkel den weißen Gebetsmantel anlegte und sich die Gebetsriemen um Arme und Stirn band, bevor er die Schriftrollen aus dem heiligen Schrein holte. In der Synagoge fanden sich morgens einige alte Männer ein, um mit dem Kantor die Psalmen, das Schma Jisrael*, und das Achtzehnbittengebet, das Schmone Esre, anzustimmen.

Wenn die Männer sangen, wippten sie mit dem Oberkörper hin und her, als wären sie angetrunken. Die Männer hielten Bücher mit Goldrand in ihren Händen. Joshua hätte sich gerne eines mit nach Hause genommen, aber Onkel Nathan meinte, dafür sei er noch zu klein, weil er noch nicht einmal lesen könne.

Der Onkel besaß eine warme Baritonstimme. Sein Gesang war sehr gefühlsbetont. Offenbar legte er wenig Wert auf die Bedeutung des gesungenen Liedes, denn viele Gesänge beschränkten sich auf ein einziges Wort oder einige Silben, die der Kantor manchmal bis zur Ekstase wiederholte. Die Geräusche, die er dabei ausstieß, erinnerten Joshua an das Gebrabbel und Glucksen von Säuglingen.

Als Joshua einmal nach dem Sinn dieser Übung fragte, belehrte der Onkel ihn, dass der Mensch sich dem Allmächtigen am ehesten nähern könne, wenn er seine Gebete als kindliches Gestammel vortrage. Das ständige Kopfnicken und das Schaukeln mit dem Oberkörper hülfen der Seele, das Alltägliche zu verdrängen und mit dem Allmächtigen eins zu werden.

Joshua war von dem, was er in der Synagoge hörte und sah, beeindruckt. Wenn er sich unbeobachtet glaubte, plapperte er einzelne Silben, die er in der Synagoge aufgeschnappt hatte, nach, wobei er nach Art frommer Juden mit dem Oberkörper schockelte*. Roro hielt das alles für Firlefanz. Er mochte den Kantor und seine aufgeblasene Sippe nicht und machte dies auch gegenüber Joshua deutlich: als dieser ihn nach den Gründen fragte, sagte Roro, er habe eines Tages mitbekommen, wie der Schuster bei seiner Frau darüber lästerte, dass der jüngste Sohn des Metzgers ein unreines Tier als Schmusetier habe. Daran sähe man, wie es um die Frömmigkeit des Metzgers und seiner Familie bestellt sei.

* * *

Unterdessen war Ariel Rozenberg bemüht, eine Aufenthaltsgenehmigung zu erhalten, was die Voraussetzung für die Eröffnung eines Gewerbes war. Da Nathan Goldstein, der die belgische Staatsangehörigkeit besaß, ihn als Schustergesellen eingetragen und ihm so ein Bleiberecht erwirkt hatte, konnte er sich bald auf die Suche nach einer passenden Immobilie machen.

Tagelang streifte er durch die Innenstadt und die Peripherie. Anders als in Polen wurden in Belgien Mietangebote, Hauskäufe und Geschäftsübergaben nicht über Inserate in Zeitungen oder Agenturen angeboten, sondern durch Aushänge an Türen und Fenstern. Wenn Rozenberg ein interessantes Objekt entdeckte, schob er einen Brief in den Briefkasten, der sein Anliegen erklärte, in der Hoffnung, dass man darauf reagierte.

Die wirtschaftliche Situation war für Geschäftsgründungen nicht gerade günstig. Im Gefolge der Weltwirtschaftskrise von 1929 war die Arbeitslosigkeit innerhalb weniger Jahre drastisch angestiegen: von 15.000 Arbeitssuchenden auf 213.000. Gleichzeitig sanken die Löhne. In den 30er Jahren verdiente ein Arbeiter weniger als sein Vater oder Großvater. Im Lütticher Kohlerevier mussten sogar einige Zechen schließen. Gleichzeitig wurden moderne Kokereien eingeführt, die weniger Personal erforderten, was wiederum zu erbitterten Streiks führte.

Eines Tages entdeckte Rozenberg im Lütticher Vorort Seraing in der Rue du Buisson ein Aushängeschild für eine Geschäftsübergabe. Es handelte sich um eine Pferdemetzgerei. Da er der Landessprache noch nicht mächtig war, nahm er am nächsten Tag Mendel mit, um mit dem Inhaber zu verhandeln. Der Betreiber sagte, er wolle sich zur Ruhe setzen und sein Geschäft übergeben. Der Verkauf von Pferdefleisch sei nämlich stark zurückgegangen.

Die Schuld daran gab er den Briten, die im Krieg in Belgien gekämpft hatten. Sie wären ausgesprochene Pferdenarren gewesen und hätten es nicht ertragen, dass solch edle Geschöpfe in die Kochtöpfe wanderten. Die hiesigen Essgewohnheiten hätten sie als Kannibalismus bezeichnet. Mit der Zeit habe die Polemik Wirkung gezeigt. Seit dem Krieg schien das süßlich bis säuerlich schmeckende Fleisch, das doch so nahrhaft sei, selbst den Gruben- und Stahlarbeitern, die nicht wählerisch waren, nicht mehr zu munden.

Der Standort der Metzgerei kam Rozenberg gelegen, denn Seraing lag zehn Kilometer vor den Toren Lüttichs und bedeutete eine räumliche Distanz zu seinem aufdringlichen und übermächtigen Vetter. Seraing zählte 60.000 Einwohner, darunter viele italienische und polnische Gastarbeiter. Die Bewohner nannten ihre Stadt kurz und knapp »Srè«. Dieses »Sräà« war keine schöne Stadt, denn selbst im Ortskern gab es Schmelzöfen und Fabrikhallen. Jedes Viertel führte ein Eigenleben, hatte einen eigenen Marktplatz und eine Geschäftsstraße. Die Rue du Buisson lag in einem Viertel, das im Volksmund Quartier Verrière hieß, weil dort viele Glasmacher lebten, die in der Kristallerie du Val St-Lambert arbeiteten.

Die Stadt Seraing war weit über Belgien hinaus ein Begriff, denn hier stand die Wiege der industriellen Revolution auf dem Kontinent. Am Rathaus hatte man eine Tafel angebracht mit einem Ausspruch des Schriftstellers Victor Hugo, der während seines Exils aus Frankreich die Stadt besucht hatte. »In Seraing stehen die Kathedralen der Neuzeit«, stand auf der Tafel. Der englische Industriepionier John Cockerill hatte im vorigen Jahrhundert das frühere Sommerschloss der Fürstbischöfe erworben und es in eine Eisenhütte verwandelt. Später kamen ein Stahl- und ein Walzwerk, eine Kesselschmiede sowie eine Maschinenfabrik hinzu. In Seraing wurden die allerersten Lokomotiven Europas gebaut.

Rozenberg wurde sich mit dem Ladeninhaber handelseinig. Im September 1936 kaufte er das Reihenhaus mitsamt seiner Einrichtung. Den Kaufakt tätigten Käufer und Verkäufer in einer Lütticher Kanzlei, die einem Notar Van den Berg gehörte. Da es ihm an Kapital mangelte, sah Rozenberg sich genötigt, für den Hauskauf einen Kredit aufzunehmen, was nur möglich war, weil Nathan Goldstein bereit war, für ihn zu bürgen.

Den Kredit nahm Rozenberg bei der Privatbank Nagelmackers auf. Nathan Goldstein, der kein ungebildeter Mensch war, klärte seinen polnischen Vetter darüber auf, dass diese Bank nicht irgendeine Bank sei, sondern etwas Besonderes. Sie stamme aus dem Jahre 1747. Die Familie Nagelmackers zähle in ihren Reihen bedeutende Bankiers und Politiker. Einer von ihnen, Georges Nagelmakers, sei ein Pionier der Eisenbahn.

Der Lütticher Filialleiter hieß Jean-François Stevens und war – wie Goldstein nicht ohne Stolz vermerkte – mit einem seiner Söhne befreundet. Da er fließend Deutsch spreche, würden viele Israeliten, zu seinen Kunden zählen. Wie Rozenberg es mit Siegmund Meyer vereinbart hatte, richtete der Metzger neben seinem laufenden auch ein Sperrkonto ein, auf das er die monatlichen Raten für das bei ihm geliehene Geld einbezahlte.

Das Reihenhaus war um die Jahrhundertwende erbaut worden. Im Erdgeschoss war neben der Haustüre ein großes Schaufenster. Hinter dem Metzgerladen befanden sich die eigentliche Schlachterei und ein Vorratsraum. Im Obergeschoss gab es drei Zimmer und im Dachgeschoss zwei weitere Kammern. Das Haus war mit allem Komfort ausgestattet. Anders als in dem Mietshaus, das sie in Lodz bewohnt hatten, wo es nur einen Wasserkran im Flur gegeben hatte, verfügten alle Schlafzimmer über fließendes Wasser. Statt eines Plumpsklos im Hof gab es auf halber Treppe zwischen Erd- und Obergeschoss in einem Erker ein Wasserklosett. Es schwebte wie ein Schwalbennest über dem Innenhof. Auf dem stillen Örtchen war es recht gemütlich und Joshua verbrachte dort viel Zeit, vor allem wenn er sich vor häuslichen Arbeiten drücken wollte.

Das Höfchen wurde bald zu Mendels und Joshuas bevorzugtem Spielplatz. Hier konnten sie ungestört mit ihren Zinnsoldaten spielen oder in einem vom Vater gebastelten Holzkasten Sandburgen bauen, ohne dass die Nachbarn Einblick hatten. Joshua kam eines Tages auf die Idee, dort ein Terrarium einzurichten. Bald sammelte er in der Umgebung alles, was da kreucht und fleucht.

In seinem Privatzoo gab es Raupen, Regenwürmer, Schmetterlinge, Heuschrecken, Blattläuse, Marienkäfer und andere Insekten. Als Käfige dienten alte Einmachgläser, die ihm die Mutter überlassen hatte. Joshua fütterte sie mit Gras und Blattwerk. Er verbrachte viele Stunden damit, das Treiben der Tierchen zu beobachten, sodass sein Bruder ihn spöttisch nach einem berühmten Naturforscher Professor Joshua Picard nannte.

Wie in der alten Heimat herrschte auch in der neuen eine klare Arbeitstrennung zwischen Vater und Mutter. Während Ariel Rozenberg seinen Geschäften nachging, schaltete und waltete seine Frau Elsa im Hause nach Gutdünken. Ihr oblag die Erziehung der Söhne. Ariels Verhältnis zu seinen Söhnen war eher pragmatischer Natur. So gut wie möglich ging man sich gegenseitig aus dem Weg.

Das einzige private Vergnügen, das der Vater sich gönnte, war das Trompete blasen. Das Instrument hatte er gegen alle Widerwärtigkeiten bis nach Belgien gebracht. Nachdem er eine Weile alleine gespielt hatte, spürte er das Verlangen einer Blaskapelle beizutreten. Da es für ihn undenkbar war, bei einer Kapelle, die unter der Fahne der katholischen Kirche auftrat, mitzumachen, trat er schließlich der Harmonie »Polonia« bei, obwohl die meisten Mitglieder überzeugte Kommunisten und Trotzkisten waren.

Beim Einzug ins neue Heim überraschte Rozenberg die Familie mit einem Röhrenradio. Das Rundfunkgerät erhielt einen Ehrenplatz auf der Nähmaschine in der Wohnküche, die Leewi Goldstein der Mutter günstig auf dem Schwarzmarkt besorgt hatte. Die Mutter häkelte ein Deckchen und stellte rund um das Radio Familienfotos und zwei Blumentöpfchen auf, sodass alles wie ein kleiner Hausaltar aussah. Von nun an war man über Kurzwelle mit der weiten Welt verbunden. Am Sonntagabend gab es im Radio die Sportresultate, die am Montag in der Schule eifrig kommentiert wurden.

* * *

Die ersten Jahre in Belgien waren glücklich und unbeschwert. 1937 wurde Joshua eingeschult. Die Gemeindeschule war nach dem Pädagogen und Lokalpolitiker Léon Deleval benannt und lag in der gleichnamigen Straße. Als sich der erste Schultag näherte, versuchte die Mutter, ihm klarzumachen, dass er nun ein großer Junge sei und es an der Zeit wäre, sich von seinem Spielkameraden zu verabschieden. Bisher hatte sie geduldet, dass er sein Stofftier überall mitnahm und wie ein Lebewesen behandelte. Nun sei es an der Zeit, solche Kindereien abzulegen. Auf keinen Fall dürfe Roro mit in die Schule. Das schicke sich nicht.

Joshua wollte davon nichts hören. Gegen den Rat der Mutter schmuggelte er den Hasen in seinem Schulranzen ins Klassenzimmer. Als Schulkameraden ihn entdeckten, gab es Schmähungen und sogar Handgreiflichkeiten, sodass Joshua um Roros Leben fürchten musste. Danach hielt er es für klüger, ihn daheim zu lassen.

Während Joshua das Einmaleins und das Alphabet erlernte, saß Roro mürrisch und untätig daheim. Abends beschwerte er sich bei Joshua, dass er sich langweile und aus dem Radio den ganzen Tag über Schlager und Schnulzen von Luis Mariano, Toni Rossi oder Ray Ventura anhören müsse, von denen Joshuas Mutter nicht genug bekam. Joshua schlussfolgerte daraus, dass Roro wissbegierig war. Um ihn zu beschäftigen, gab er ihm Papier und Malstifte, damit er sich zerstreuen konnte. Nach Schulschluss schaute Roro Joshua bei den Hausaufgaben über die Schultern. Auffallend war, dass er ständig an Klugheit und Verstand zunahm.

Die ersten Wochen waren für die Brüder Rozenberg schwierig, weil sie daheim nur Jiddisch sprachen, in der Schule aber Französisch und auf dem Pausenhof Wallonisch gesprochen wurde. Aber anders als in Polen, wo sie als Juden auf die hinteren Schulbänke verbannt und von den Lehrern weitgehend ignoriert worden waren, waren sie hier willkommen. In der Masse der Einwanderer und Wanderarbeiter fielen sie nicht auf. Antisemitismus gab es in Wallonien schon deswegen nicht, weil es kaum Juden gab. Die einzigen Kinder, die auf dem Schulhof gehänselt wurden, waren kleine Flamen, die als »dumme Bauerntrampel« beschimpft wurden und es daher vorzogen, auf dem Schulhof unter sich zu bleiben.

Mendel entwickelte sich zum Klassenprimus. Der Schulträger entsandte ihn als seinen Vertreter auf interschulische Wettbewerbe, von denen er meist mit einem Preis, etwa mit einem Lexikon oder einem Globus zurückkehrte. Die wurden von der Mutter auf einem Regal in der Wohnküche ausgestellt. Joshua bewunderte seinen Bruder grenzenlos, weil ihm das Lernen so leicht fiel. Mendel hatte eine ruhige Art, die Respekt einflößte, was ihn unter seinesgleichen als natürlicher Anführer empfahl. Für Joshua war er ein unerreichbares Vorbild. Dabei hatte er selber auch gute Schulleistungen vorzuweisen. Bezüglich seiner Zensuren lag er im oberen Mittelfeld.

Zur Belohnung für ihr gutes Zeugnis durften die Söhne sich zum Jahresende in einer Buchhandlung ein Buch aussuchen. Joshua entdeckte ein Märchenbuch mit schönen Bildern, das von einer Hasenschule handelte. Darin waren putzige Langohren abgebildet, die sich wie Menschen benahmen. Die Hasenkinder hatten ein hübsches Zuhause und gingen morgens zur Schule auf eine Waldlichtung. Wie andere Kinder spielten und rauften sie und trieben allerlei Schabernack. Wie im echten Leben wurden sie zur Bestrafung in eine Ecke gestellt, wo ihnen Schulmeister Lampe die Ohren langzog.

Als Roro das Buch sah, war er begeistert. Immer wieder schaute er sich die bunten Bilder mit den hübschen Häschen an. Da die Mutter ihnen abends im Bett Geschichten aus dem Hasenbuch vorlas, konnten sie vieles auswendig aufsagen. Vor allem die gruseligen Verse mit dem Fuchs waren Roro im Gedächtnis geblieben, weil Joshua sie gerne benutzte, um ihm Angst zu machen: »Von dem alten Fuchs, dem bösen, wird erzählt und vorgelesen, wie er leise, husch, husch, husch, schleicht durch Wiese, Feld und Busch.«

Ein Kapitel handelte vom Osterhasen. Es bestätigte Roros Annahme, dass der Feldhase nicht nur eine noble Herkunft, sondern auch eine besondere Bestimmung hatte. Das habe, so erklärte Joshuas Mutter, mit dem Osterfest zu tun. Bis dahin hatte Joshua wie alle polnischen Kinder geglaubt, dass der Storch es war, der den Kindern bemalte Eier in vorbereitete Nester legte. In Belgien erzählte man sich hingegen, dass die Kirchenglocken am Karfreitag nach Rom zögen und am Ostersonntag schwer beladen mit Ostereiern zurückkehrten. Nun stand in dem Buch aber schwarz auf weiß, dass es die Hasen waren, die sich die Eier in den Hühnerställen besorgten, sie bunt bemalten und im Gras versteckten.

Das Häschenbuch hatte unerwartete Folgen. Roro beschloss, es den putzigen Häschen gleichzutun und sich weiterzubilden. Da es in der Nachbarschaft keine eigene Hasenschule gab, beschloss er, sich Lesen, Schreiben und Rechnen im Selbststudium anzueignen. Joshua war etwas überrascht, welch seltsame Wünsche sein Plüschhase äußerte, war dann aber sichtlich stolz auf den Wissensdurst seines Spielkameraden und besorgte ihm das nötige Lehrmaterial.

Roro hatte nun keine Langeweile mehr, denn er studierte ununterbrochen. Er wollte das Alphabet beherrschen, um in dem Heft, das Joshua ihm gegeben hatte, seine Gedanken und Beobachtungen für die Nachwelt aufzuzeichnen. Da die meisten Menschen ihn nicht beachteten, schnappte er viele Bemerkungen auf, die die Gesprächspartner lieber für sich behalten oder zumindest gerne vertraulich behandelt gesehen hätten. Er würde sich kleine Notizen anfertigen. Die sollten ihm helfen, eines Tages seine eigene Biografie zu schreiben.

Im Laufe des dritten Schuljahres wurde Joshua mit der großen Geschichte seiner neuen Heimat vertraut gemacht. Er erfuhr, dass »die Belgier die tapfersten aller Gallier sind«. Das hatte schon Julius Cäsar erkannt, als er den Stamm die Eburonen und ihren Anführer Ambiorix, der einen großen Aufstand gegen die Römer angezettelt hatte, geschlagen hatte. Joshua kannte diesen Ambiorix, denn er war auf dem Karton eines Markenschuhs abgebildet, den Onkel Nathan in seinem Lädchen verkaufte.

Nachdem die Römer irgendwann verschwunden und die Franken gekommen waren, wurde Kaiser Karl der Große geboren. Das war ganz in ihrer Nähe von Lüttich in Herstal passiert. Leider gab es dort keine Spuren mehr von Charlemagne, vermutlich weil an seiner Geburtsstätte nun ein Hochofen stand.

Im Jahre 1099 zog Gottfried von Bouillon in den Ersten Kreuzzug. Nach der Eroberung der Heiligen Stadt wurde er von den Kreuzrittern wegen seiner Tapferkeit zum König von Jerusalem ausgerufen, lehnte aber die Königswürde ab. Nach der Schlacht der Goldenen Sporen im Jahre 1302, als ein belgisches Bauernheer die Blüte der französischen Ritterschaft niedermachte, ging es im Unterricht im Galopp weiter durch vier bis fünf Jahrhunderte, wobei unklar blieb, was die wechselnden fremden Landesherren in Belgien eigentlich verloren hatten.

Im Jahr 1830 erkämpften die Belgier sich ihre Unabhängigkeit von den Holländern. Unter König Leopold II. eroberten sie im Herzen Afrikas ein Kolonialreich, das 80-mal größer als das Mutterland war. Die angeborene Tapferkeit der Belgier hatte die Welt zuletzt 1914 in Staunen versetzt, als ihre Armee sich hinter gebrochenen Deichen verschanzte und diesen Flecken Vaterland vier Jahre lang heldenhaft verteidigte. Joshua war stolz darauf, Belgier zu sein.

Daheim verbrachten Joshua und Roro viele Stunden vor dem Rundfunkempfänger. Es gab zwei Höhepunkte im Wochenprogramm. Mittwochs gab es ein Hörspiel, das sich bis spät in die Nacht hinzog, was öfter zu Streit mit der Mutter führte, die darauf achtete, dass die Jungen rechtzeitig ins Bett kamen. Joshuas Lieblingssendung waren aber die »Schönen Stimmen« an jedem zweiten Freitag. Wenn Joshua das Radio lauter stellte, um besser zu hören, gab es Ärger mit den anderen Familienmitgliedern, weil die sich gestört fühlten.

Danach versuchte Joshua die eine oder andere Arie nachzusingen. Am ehesten war das auf der Toilette möglich, weil man da ungestört war. Eines Tages ertappte ihn ein Aufseher auf dem Schulhof dabei, wie er einige Takte aus dem Sklavenchor von Verdi schmetterte, was ihm unter den Klassenkameraden den Nimbus eines »polnischen Caruso« einbrachte.

Während ihre Eltern sich schwer taten mit der fremden Sprache und der neuen Umgebung, fanden Mendel und Joshua rasch Anschluss. Sie freundeten sich mit den Kindern in der Nachbarschaft an, beteiligten sich an allerlei Kinderstreichen. Einer bestand darin, Laubfrösche einzufangen, sie in trockenes Gras oder Gestrüpp zu setzen, dieses anzuzünden und nachzusehen, wer von ihnen überlebt hatte. Ein anderes Spiel bestand daraus, junge Katzen einzufangen und sie in einen Sack zu stecken, den sie in die Maas warfen, um zu sehen, wie lange sie im Wasserstrudel um ihr Leben kämpfen würden.

Als Joshua davon erzählte, war der Hase empört, denn Frösche und Katzen waren in seiner frühen Kindheit, die er im Schaufenster eines Spielwarengeschäfts verbracht hatte, seine liebsten Spielkameraden gewesen. Er sagte, er schäme sich für Joshua, dass er sich an solchen Schandtaten beteilige und es würde ihn nicht wundern, wenn er eines Tages auch ihn aufspießen und an einem Lagerfeuer braten würde.

Nach dieser heftigen Auseinandersetzung beschloss Joshua, Roro nur noch solche Sachen zu erzählen, von denen er annahm, dass sie ihm gefallen würden.

Auf der Straße herrschte ein rauer Umgangston. Die Jungen beschimpften sich gegenseitig als Korinthenkacker oder Fliegenfotze. Mit jedem neuen Schimpfwort, das sie lernten, verschafften sich die Rozenbergs unter Ihresgleichen etwas mehr Respekt. Ein beliebter Zeitvertreib war das Schwarzfahren mit der Straßenbahn. Die Jungen mischten sich an den Haltestellen unter die Wartenden oder sie sprangen auf die Trittbretter auf, wenn die Tram in einer Kurve ihr Tempo drosseln musste. Joshua und Mendel liebten es, wenn es bergab und in die Kurven ging und der Fahrtwind ihnen um die Ohren pfiff. Einige

Schaffner ließen sie gewähren, aber andere drohten ihnen die schlimmsten Strafen an.

In Stoßzeiten, wenn die Stahlkocher und Bergleute von der Schicht nach Hause fuhren, fielen sie im Gedränge weniger auf. Die Proletarier saßen eng zusammen im hinteren Teil der Straßenbahn, während im vorderen gegen einen Aufpreis die Damen und Herren der besseren Gesellschaft Platz nahmen. Hinten roch es nach Schweiß und Rauch, weil ununterbrochen geraucht und auf den Boden gerotzt wurde, obwohl das verboten war. Einmal schenkte ein Schaffner ihnen das schwarze Kartenbrett, als es leer war und alle Fahrscheine abgerissen waren. Solche Bretter waren auf dem Schulhof sehr begehrt und wurden hoch gehandelt.

Ohne dass die Eltern es ahnten, schlossen Mendel und Joshua sich einer Kinderbande an. In jedem Viertel von Seraing gab es eine solche Gang. In ihrem Viertel waren es die Sioux. Die Sioux trieben sich meistens auf dem Gelände einer stillgelegten Ziegelei herum. Dort hatten sie ihr Hauptquartier, Pow-Wow genannt.

Der Anführer, ein bulliger Typ, nannte sich Donnernder Büffel und war wegen seiner Brutalität gefürchtet. Er war Herr über Leben und Tod. Wer sich gegen ihn auflehnte, der wurde aus dem Stamm ausgestoßen. Das Gesetz der Sioux verlangte, dass der Häuptling seine überragende Stellung jedes Jahr aufs Neue durch einen Boxkampf behauptete. Doch dieses Ritual wurde nicht mehr praktiziert, denn nachdem einige Jungen dabei ordentlich Prügel bezogen hatten, wagte keiner mehr, gegen den Dicken anzutreten.

Um in den Stamm der Sioux aufgenommen zu werden, musste Joshua eine Mutprobe bestehen. Sie bestand darin, dass er in einem Krämerladen um die Ecke etwas stehlen sollte, was mindestens zwei Franken kostete. Eine gefährliche Operation. Nachdem er die Prüfung bestanden hatte, musste er dem

Donnernden Büffel Gehorsam und seinen Blutsbrüdern ewige Treue schwören.

Dazu musste er sich mit der Faust auf die Brust klopfen und »ugh, ugh« rufen und danach, ohne einen Muckser von sich zu geben, ertragen, wie der Medizinmann ihm mit einem Messer in den Unterarm schnitt, bis das Blut triefte. Das Blut wurde in einem Becher aufgefangen, mit Wasser vermischt und allen zum Trunk gereicht. Damit war Joshua in den Stamm aufgenommen. Von nun an durfte er sich »Kleine Sturmwolke« nennen.

Von allen Straßengangs in Srää waren die Comanchen die berüchtigtsten. Da ihr Revier genau auf Mendels und Joshuas Schulweg lag, mussten sie öfter Umwege machen, aus Furcht, unterwegs ihren Erzfeinden zu begegnen.

Die Jugendbanden veranstalteten manchmal Wettkämpfe, um die Rangordnung zu bestimmen. Zu verabredeter Zeit bewarfen sie sich je nach Jahreszeit mit Kieselsteinen, Kartoffeln oder Kastanien, bis der Sieger feststand und der Unterlegene um Gnade bat. Voller Stolz zeigte Joshua Roro die Blessuren, die er bei solchen Schlachten davongetragen hatte.

Die unterlegene Gang musste den Siegern eine Geisel stellen, die an einen Marterpfahl gefesselt und so lange mit scharf gespitzten Stöckchen gepikst wurde, bis sie um Gnade winselte. Nach einer verlorenen Schlacht wurde Mendel vom Donnernden Büffel als Geisel bestimmt. Das wurde ihm nachher hoch angerechnet, denn er stieg in der Hackordnung des Stammes gleich um mehrere Ränge auf.

Weniger ruhmreich war seine Heimkehr. Als er in übler Verfassung und mit zerrissener Hose zu Hause auftauchte und keine plausible Erklärung abgeben konnte, verabreichte ihm der Vater zur Strafe eine zusätzliche Tracht Prügel.

* * *

Dank der Dokumente, die Rozenberg aus Polen mitgebracht hatte und die er von einem vereidigten Dolmetscher hatte übersetzen und beglaubigen lassen, erhielt er die Anerkennung als

Schlachter durch die Lütticher Metzgerinnung. Nathan Goldstein trat wiederum als Bürge auf. Ein feierlicher Augenblick kam, als Rozenberg an der Metzgerei das Schild »boucherie chevaline« abmontierte und durch ein neues mit der Inschrift »boucherie belgo-polonaise« ersetzte: In kleinerer Schrift stand darunter: Inhaber Ariel Rozenberg. Nun war es für alle ersichtlich, dass sie im Gelobten Land angekommen waren.

Kaum im Geschäft musste Rozenberg feststellen, dass er sich den örtlichen Essensgewohnheiten anpassen musste, wenn er überleben wollte. Dass der Verzehr von Pferdefleisch rückläufig war, wusste er bereits. Aber anders als in Lodz, wo es viele strenggläubige Juden gab, die nach koscherem* Fleisch verlangten, gab es deren in Lüttich und Umgebung nur eine Handvoll. Die wenigen Rechtgläubigen, die die Speisegebote beachteten, hatten die finanziellen Mittel, um sich in Brüssel oder Antwerpen Fleischwaren, die den Kaschrut*-Vorschriften entsprachen, zu besorgen. Rozenberg musste sein Warenangebot den Wünschen der Kundschaft anpassen.

Bei den ortsansässigen Wallonen, den flämischen Tagelöhnern und seinen polnischen Landsleuten stand das Hausschwein ganz oben auf dem Speisezettel. Das bedeutete, dass er vor allem treifes, nach jüdischen Vorstellungen unreines Fleisch anbieten musste. In der »boucherie belgo-polonaise« gab es neben Pferde- und Rinderfleisch bald auch Schweinefleisch in allen Variationen: Schweinshaxen, Schweinsohren und Bratwürste, den Römerbraten und polnische Delikatessen wie geschmorte Schweineleber und Schweinerippchen eingelegt in Honig.

Anfangs bot Rozenberg in einer separaten Theke noch koscheres Fleisch an. Da dies von der Kundschaft nicht honoriert wurde, stellte er das Angebot bald ein. Fortan gab es solche Ware nur noch auf Bestellung oder zu hohen jüdischen Feiertagen. Die erforderlichen Schächtungen führte Rozenberg an der belgischen Gesundheitsbehörde vorbei im Innenhof seines Hauses durch.

Mit dem Angebot von Schweinefleisch, dass Rozenberg zu Roros Empörung an Feiertagen um Kaninchen und Tauben erweiterte, verbesserte sich seine finanzielle Situation zusehends. Zumindest reichte es, um die Schulden bei der Bank und dem deutschen Vetter abzustottern.

Während im Hause Goldstein am Sabbat Grabesruhe herrschte, war in der »Boucherie belgo-polonaise« am Samstag reger Betrieb. Als der Kantor vernahm, dass der Vetter seinen Laden am Sabbat offen hielt und die Dreistigkeit hatte, unreines Fleisch anzubieten, dachte er anfangs, Rozenberg sei meschugge* geworden. Er machte ihm bittere Vorwürfe und nannte ihn einen Chammer, einen dummen Esel. Er sagte, er solle sich schämen, um des schnöden Mammons willen die Gesetze Israels und die Vorschriften der Thora zu missachten. Er appellierte an seine Selbstachtung und erinnerte ihn daran, dass er als Jewiche* »a jiddischen Kopp« habe.

Als das alles nichts half, sagte er ihm in Anwesenheit seiner Frau und seiner Söhne ins Gesicht, er führe sich auf wie ein Goy*. Joshua wusste nicht, was das war. Mendel erklärte ihm, das sei das hebräische Wort für »Heuschrecke!«. Es sei das schlimmste Schimpfwort, das es gebe, und gelte für Menschen, die ein lasterhaftes und törichtes Leben führten.

Auf die Vorwürfe des Kantors erwiderte Rozenberg, er könne es sich nicht leisten, seine Kundschaft zu verprellen, wenn er überleben wolle. Die meisten Arbeiter könnten sich nur einmal die Woche einen Braten leisten, und das sei eben der Schweinsbraten am Sonntag. Er versuchte, den Vetter milde zu stimmen, indem er darauf hinwies, dass sie daheim durchaus die Speisevorschriften Moses beachteten und seine Frau am Sabbat, wenn er in seinem Laden und die Jungen in der Schule wären, das kleine Oratorium in Seraing in der Rue du Marais aufsuche. Das alles ließ der Kantor nicht gelten. Er drohte mit dem Entzug der Bürgschaft, aber Rozenberg wusste, dass das nur eine leere Drohung war.

Dass sie samstags in die Schule mussten, gefiel den Jungen. Der Besuch der Synagoge hätte bedeutet, dass sie ihre besten Klamotten anziehen mussten, was wiederum zur Folge gehabt hätte, dass andere Unternehmungen am Nachmittag nicht infrage kämen. Das einzig Erfreuliche am Sabbat war das gute Essen am Vorabend. Die Mutter legte dann eine weiße Tischdecke auf und holte das beste Geschirr aus dem Schrank. Nachdem der Vater den siebenarmigen Leuchter angezündet und den Kiddusch, den traditionellen Segensspruch, gesprochen hatte, gab es gewöhnlich Tscholent, ein leckeres Eintopfgericht mit Fleisch, Bohnen, Graupen und Kartoffeln. Die Mutter bereitete es schon am Donnerstag vor, weil es mehrere Stunden bei geringer Hitze garen musste.

An hohen Feiertagen wie an Neujahr oder am Versöhnungstag besuchten alle gemeinsam die Synagoge – auch auf die Gefahr hin, dass der Kantor nachher mit dem Vater wieder Tacheles* reden würde. Nicht nur an seinen Geschäften, sondern auch an der Erziehung seiner Kinder störte sich der fromme Vetter. Er warf Ariel vor, seine Söhne sähe man nur selten im Cheder zum Studium der Thora. Er sei mit seinen Söhnen viel strenger verfahren. Der Metzger war versucht zu erwidern, davon sei nicht mehr viel zu spüren, wenn er beispielsweise an den vorlauten Fred denke, der nicht eben ein Muster von Frömmigkeit sei. Aber er unterließ es, weil er den Streit nicht auf die Spitze treiben wollte.

Die Streitereien belasteten Joshua, weil er öfter zu hören bekam, dass derjenige, der die Gebote Moses nicht befolgte, mit Höllenfeuer bestraft würde. In seiner Fantasie sah er den Vater schon in Gehinnom, in der jüdischen Hölle, schmoren. In den Cheder gingen sie nur selten. Joshua hatte die Talmud- und Thoraschule auch deshalb in schlechter Erinnerung, weil man dort nichts Nützliches und Vernünftiges lernte. Die meiste Zeit verbrachten sie damit, die lange Liste der Gebote Gottes aus den Sieben Büchern Mose auswendig zu lernen. Es gab deren

613: 248 Gebote und 365 Verbote. Während Mendel auf Anfrage die wichtigsten auflisten konnte, tat Joshua sich unendlich schwer damit.

Trotz der unablässigen Kritik Goldsteins änderte Rozenberg nichts an seinem Geschäftsgebaren. Als der Kantor eines Tages wieder zu einer seiner üblichen Tiraden ausholte, riss dem Metzger der Geduldsfaden. Er sagte ihm, er solle sich nicht so aufspielen und es unterlassen, anderen ständig die Moral zu predigen. Er solle sich lieber an die eigene Nase fassen. Das Schusterhandwerk, das er betreibe, sei auch nicht gerade koscher. Denn wer totes tierisches Material verarbeite, stünde in der Gemeinde nicht unbedingt in hohem Ansehen. Nach diesem Schlagabtausch wurde der Kantor ziemlich kleinlaut und unterließ für einige Zeit seine Attacken.

Am Sonntag, wenn die Metzgerei geschlossen blieb, machte die Familie einen Spaziergang, der meist entlang der Maas führte. Er endete in einer Gastwirtschaft, wo es ein kühles Bier und eine selbst gebraute Limonade gab.

Soweit Joshua sich erinnern konnte, wurde dieses Ritual nur einmal anlässlich des Geburtstags der Mutter unterbrochen, als der Vater allen eine Schifffahrt spendierte. Von der Anlegestelle des Dampfers am Schloss von Seraing ging es die Maas hinab nach Visé. Dort gab es eine Insel mit einem Ausflugslokal, wo man Kuchen essen, Zwergziegen streicheln und Hühner und Enten füttern konnte. Die Kinder durften Tretboot fahren und auf einem Kettenkarussell durch die Luft schweben.

Damit die Streitereien nicht die Eintracht der Familien Goldstein und Rozenberg trübten, dafür sorgten die Mütter, die darüber wachten, dass bei den geselligen Abenden, die einmal in der Woche abwechselnd in Lüttich oder Seraing stattfanden, nicht gestritten wurde. Joshua und Mendel liebten diese Treffen, weil sie dann bis spät abends herumtollen konnten.

Ihr Idol war der 15-jährige Fred. Fred war ein Tausendsassa, ein vorlautes Bürschchen, das den starken Mann markierte. Er prahlte gern mit seinen Streichen und brüstete sich mit amourösen Abenteuern. Wenn er glaubte, die Luft sei rein, zog er ein Päckchen Zigaretten der Marke Boule d'Or aus der Hosentasche, zündete eine an und machte einen Lungenzug. Einmal stachelte er Mendel an, es zu versuchen. Mendel wurde dabei so übel, dass er sich übergeben musste.

Wenn sie ungestört waren, holte Fred eine Illustrierte hervor, die »Paris-Hollywood« hieß, und in der Fotos von halbnackten Frauen in anzüglichen Posen zu sehen waren. Er war auch der stolze Besitzer einer großen Sammlung von Piccolos, schmalen Comic-Heftchen, die »Sigurd«, »Akim«, »Fulgor«, »Kit Carson« oder »El Bravo« hießen. Es waren Groschenhefte, die bei allen Jungen begehrt waren und auf dem Schulhof unter der Hand getauscht wurden. Es galt dabei vorsichtig zu sein, denn die Lehrer betrachteten die Hefte als Schundliteratur. Wenn sie Schüler damit ertappten, gab es eine schallende Ohrfeige und die Heftchen wurden konfisziert.

Die wöchentlichen Treffen waren auch deshalb so beliebt, weil Hanna, die Frau des Kantors, eine hervorragende Bäckerin war. Sie verstand sich besser als jede andere darauf, einen traditionellen Käsekuchen aus geronnenem Lab herzustellen. Dazu gab es Kaffee oder Tee und für die Männer ein Glas Rotwein.

Wenn alle satt waren, sagte Hanna Goldstein: »Lasst uns mameloschen*!« Das war das Zeichen, einfühlsame Lieder aus der polnischen Heimat anzustimmen. Sie begannen meist mit religiösen Weisen, die von Welt- und Gottesschmerz getragen waren. Danach folgten Liebes-, Wiegen- und Kinderlieder. Zu vorgerückter Stunde wurden lustigere Lieder angestimmt, die aus dem Repertoire der Klezmorim* stammten, jüdischen Musikanten, die von Schtetl zu Schtetl zogen und auf Hochzeiten, Festen und an Feiertagen aufspielten.

Diese Bänkelsänger genossen bei frommen Juden nicht den besten Ruf, weil sie gerne chassidische Gesänge parodierten und sich nicht scheuten, Zigeuner in ihre Reihen aufzunehmen.

Eines Tages brachte Fred ein Grammofon mit, das er ohne Wissen der Eltern gegen seine Briefmarkensammlung eingetauscht hatte. Nun konnten sie auf einmal die volkstümlichen Weisen mit musikalischer Begleitung hören. Fred hatte auch Schallplatten mit Melodien aus jiddischen Musicals besorgt. Die kamen aus Amerika und lösten bei den jungen Leuten Begeisterung aus. Als Fred einmal Anstalten machte, zu den Klängen eines Swings mit seiner Schwester Bad-Sebah zu tanzen, griff der Kantor ein. Er verbat sich diesen Unsinn. Seitdem war das gottlose Ding aus den Familientreffen verbannt.

Wenn Ariel Rozenberg ein paar Gläschen Wein getrunken hatte, konnte er sich von einer anderen, lustigen Seite zeigen. Für großes Gelächter sorgten seine nachgestellten Kundengespräche, die er in einem entsetzlichen Kauderwelsch aus Polnisch, Jiddisch und Wallonisch vortrug.

Er kannte eine Vielzahl von jiddischen Witzen. Mit großem Vergnügen nahm er die Chassidim aufs Korn, was seinem frommen Vetter böse aufstieß. Einer handelte von einem gewissen Moische, der jeden Tag zu Gott betet, damit er ihn reich macht. »Herr, lass mich im Lotto gewinnen«, betet er inständig. So geht das über viele Wochen, bis ihm Gott antwortet: »Moische, gib mir a Chance. Kauf dir a Los.«

Ein anderer Witz handelte von galizischen Juden, die den Vatikan besuchen und den Papst sprechen wollen. Der Schweizer Gardist, der gerade Wache schiebt, sagt, sie sollten ihr Anliegen schriftlich einreichen. Sie antworten, das sei nicht möglich, weil es sich um eine private und dringende Angelegenheit handele. Nach langer Diskussion werden sie zum Papst vorgelassen. Der fragt sie, was ihr Anliegen sei. »Entschuldigen der Herr Papst«, sagt der Wortführer, »kennen Sie nicht den Jesus Christus und seine Jünger, bittschön?« – »Aber ja doch«, erwidert der Papst,

»die kenn ich!« – »Da wäre nämlich noch eine unbezahlte Rechnung für ein Abendessen.«

Neben den Chassidim und den Christen waren die Yekkers*, die Deutschen, eine bevorzugte Zielscheibe seines Spotts. Ariels Witze begannen meistens mit der Redewendung: »Ein armer Schwob sucht einen weisen Rabbi auf …« Einer handelte davon, wie ein Jude einen deutschen Metzger aufsucht, auf einen Schinken zeigt und sagt, er hätte gern diesen fetten Fisch dort. »Aber das ist doch ein Schinken«, antwortet der Schwob und will ihn belehren, dass es Schweinefleisch sei. »Nun geben Sie mir schon den Fisch«, unterbricht ihn der Jude, »mich interessiert nicht, wie er heißt!«

* * *

Bei den Wahlen von 1936 hatte die Sozialistische Arbeiterpartei in Wallonien, dem industriellen Herz des Landes, über 40 Prozent der Stimmen geholt. In Seraing, einer Hochburg der Linken, regierten sie schon lange, aber die Kommunisten waren ihnen auf den Fersen und stellten mit sechs Abgeordneten ein Viertel aller Sitze. Von den Linksparteien erhofften sich die Migranten bessere Lebens- und Arbeitsbedingungen, die Juden eine baldige Einbürgerung und eine Überwindung von Diskriminierungen.

Es waren unruhige Zeiten. Wie in anderen Städten gab es auch in Seraing Aufmärsche und Kundgebungen. Unter den Freiwilligen, die über die Avenue de la Concorde paradierten, um mit den Internationalen Brigaden in den spanischen Bürgerkrieg zu ziehen, waren auch Juden. Sie trugen rote Halstücher, ballten ihre Fäuste und sangen die Internationale.

Schon von Natur aus vorsichtig, war Rozenberg als Geschäftsmann darauf bedacht, sich aus der Tagespolitik herauszuhalten, umso mehr als er nur eine befristete Aufenthaltsgenehmigung besaß. Dass er in Belgien weder an Parlaments- noch an Gemeinderatswahlen teilnehmen durfte, störte ihn nicht, weil er am politischen Gezänk sowieso nicht interessiert war. Das schade dem Geschäft, pflegte er zu sagen. Auf Fragen der Kundschaft nach seiner politischen Meinung gab er an, in diesen Dingen als Pole nicht bewandert zu sein.

Rozenberg verordnete auch den Söhnen politische Abstinenz. Er duldete nicht, dass sie sich einer Jugendorganisation anschlossen, weil die alle weltanschaulich gebunden waren. Auch die zionistischen Jugendgruppen, die am Sabbat in der Synagoge eifrig Werbung machten, waren ihm nicht geheuer. In seiner Furcht vor Vereinnahmung verbot er seinen Söhnen sogar, am Sonntag das Haus des Volkes in Seraing zu besuchen, obwohl dort kostenlose Filmvorführungen stattfanden. Er vermutete dahinter ein Ränkespiel der marxistischen Parteien, um neue Anhänger zu ködern und die Seelen unschuldiger Kinder mit linken Parolen zu vergiften.

Bei den geselligen Treffen im Familienkreis galt die Regel, nicht über Politik zu reden. Dieses Tabu wurde immer öfter durchbrochen, weil die große Politik gewaltsam ins Leben der Menschen eingriff.

Auf einmal standen die finsteren Pläne der Nationalsozialisten im Mittelpunkt des Interesses. Die deutsche Propaganda sprach von einer jüdischen Weltverschwörung, obwohl es in Deutschland nur eine halbe Million Juden gab. In vertrauter Runde wurden die Nationalsozialisten nie bei ihrem Namen genannt, denn »Nazi« bedeutet im Hebräischen »Prinz« und war ein Ehrentitel des obersten Richters im Sanhedrin*. Statt von Nazis sprach man deshalb von Swastikas*, von Hakenkreuzlern. Auch der Name Adolf Hitler wurde nie ausgesprochen. Man sprach lediglich von »diesem Schmock da«, einem Wort, mit dem man einen Tölpel oder einen Menschen mit unangenehmen Eigenschaften umschreibt.

Während die Frauen sich häuslichen Themen widmeten, begannen die Männer nun immer öfter und offener über die hohe Politik zu fachsimpeln. Mendel und Joshua saßen still dabei, um andächtig zuzuhören, was da besprochen wurde. Eines Tages schaltete sich unerwartet Nathans Frau in die Diskussion ein. Sie sagte unumwunden: »Macht euch doch nichts vor, die Deutschen haben nur das eine Ziel, die Juden zu vernichten.«

Zunächst herrschte Überraschung, dass eine Frau es wagte, sich in einer Runde zu Wort zu melden, die Männern vorbehalten war. Nathan, dem die Sache peinlich war, raunzte sie an, sie solle sich um die Gäste kümmern und nicht um Dinge, von denen sie nichts verstehe. Aber Hanna ließ nicht locker: »Sie haben nur das eine Ziel. Sie wollen uns umbringen.« Einen Moment lang herrschte betretenes Schweigen. Als sie wieder in der Küche war, meinte ihr Mann, seine Frau sei in Gedanken immer noch in Polen und nie so richtig in Belgien angekommen.

Nach dem Anschluss Österreichs und des Sudetenlandes und der Besetzung der restlichen Tschechoslowakei durch Hitlerdeutschland strömten viele deutschsprachige Juden ins Land, die schlimme Dinge berichteten. Allen Juden in Belgien war damit klar, was ihnen blühte, wenn ein Krieg ausbrechen sollte und die Deutschen ihn gewinnen würden.

Auch die Nachrichten, die sie aus Polen erreichten, gaben Anlass zur Sorge. Die Juden, die dort immerhin zehn Prozent der Bevölkerung ausmachten, wurden angesichts der internationalen Spannungen als »fünfte Kolonne« diffamiert. Die antisemitischen Maßnahmen wurden verschärft, mit dem Ziel sie zur Emigration zu treiben. Die Juden wussten nicht mehr, wohin sie sich überhaupt noch wenden sollten. Sie saßen in der Falle.

Die polnische Regierung blieb bemüht, das gute Verhältnis zum Deutschen Reich, das der Staatsgründer Józef Piłsudski gestiftet hatte, aufrecht zu erhalten. Der Marschall hatte einen Nichtangriffspakt mit Deutschland abgeschlossen, obwohl er sich keine Illusionen über die Natur des Regimes und die strategischen Ziele der Nationalsozialisten machte. Nach seinem Tod im Jahre 1935 verschlechterten sich die Beziehungen. Ein zentraler Streitpunkt zwischen beiden Ländern waren die ungeliebten Juden.

Im März 1938 bürgerte die polnische Regierung alle Juden, die mehr als fünf Jahre außer Landes waren, aus. Damit wollte sie verhindern, dass nach Deutschland ausgewanderte Juden nach Polen zurückkehrten. Umgekehrt beschlossen die Nazis, alle »Ostjuden« auszuweisen. Tausende Juden steckten im deutsch-polnischen Niemandsland bei Bentschen fest. Als Joshua den Namen der Grenzstation hörte, erinnerte er sich daran, dass er dort gewesen war.

Das Unglück nahm seinen Lauf, als ein jüdischer Heißsporn aus Rache für die Abschiebung seiner Eltern einen deutschen Botschaftssekretär in Paris erschoss. Für die Nazis war das ein willkommener Anlass, einen lang geplanten Pogrom anzuzetteln. Die Hatikwah, eine jiddische Wochenzeitung, auf die Rozenberg abonniert war, berichtete ausführlich über die Gräueltaten der Swastikas. Es brachte viele Fotos von brennenden Synagogen und geplünderten Geschäften, die in der jüdischen Diaspora Angst und Schrecken verbreiteten.

Nach der sogenannten Reichskristallnacht ergossen sich wahre Flüchtlingsströme über Westeuropa. Diese führten notgedrungen über Belgien. Viele Juden blieben wegen der Einreisebeschränkungen, die die Nachbarländer erließen, in Belgien hängen. Innerhalb von fünf Jahren wuchs ihre Zahl von 6.000 auf 65.000 an. 1939 waren es nach Schätzungen des Innenministeriums 116.000.

Durch den massiven Zustrom von Juden kam es in Belgien zu einer kurzen Blüte jüdischen Lebens, aber auch zu ersten Fällen von Antisemitismus. Da die meisten Flüchtlinge sich illegal im Lande aufhielten und nicht auf eine dauerhafte Aufenthaltsgenehmigung hoffen konnten, tauchten sie unter und bauten eine Schattenwirtschaft auf. Sie eröffneten kleine Geschäfte, waren Hutmacher, Schuster oder Schneider. Dadurch wurden sie zu Konkurrenten des eingesessenen Mittelstandes, der ohnehin unter der Wirtschaftskrise zu leiden hatte.

Das sorgte für böses Blut. Orientalische Juden, die als Hausierer und Messerschleifer von Tür zu Tür zogen, erregten durch

Kleidung und Auftreten Aufsehen und Widerwillen. Einigen Zeitungen zufolge hegten die Juden finstere Pläne, um den belgischen Staat zu unterwandern. Am rechten Rand entstanden Parteien, die den Unmut schürten. Diesen bekamen alle Israeliten zu spüren, auch jene, die wie Nathan Goldstein die belgische Staatsbürgerschaft besaßen.

Um des Flüchtlingsandranges Herr zu werden, sah sich die Regierung genötigt, Internierungslager einzurichten: eines im Kempenland, ein anderes in den Ardennen. Außerdem bemühte sie sich, die deutsch-belgische Grenze hermetisch abzuriegeln. An die Stelle der biederen Zöllner traten nun kasernierte Gendarmen ihren Dienst an. Sie hatten Befehl, unerbittlich Jagd auf illegale Grenzgänger zu machen.

Um Flüchtlinge abzuschrecken, setzte die Regierung tausend abgefangene Juden in einen Sonderzug und schob sie über die Grenze nach Aachen ab. Die Presse berichtete in großer Aufmachung darüber. In den Synagogen munkelte man schon, Deutsche und Belgier steckten unter einer Decke, denn der belgische Geheimdienst dürfe mit Duldung der Nationalsozialisten im Rheinland Fluchthilfeorganisationen ausspähen und unterwandern.

Ein Umschwung in der öffentlichen Meinung erfolgte kurzfristig, als die belgische Regierung ein Exempel statuieren wollte und zweihundertfünfzig jüdische Kinder abschieben ließ. Angesichts landesweiter Proteste sah sich der Innenminister danach gezwungen, siebenhundertfünfzig unbegleiteten Kindern die Einreise zu erlauben. Die Pressebilder von der Ankunft der aus Deutschland abgeschobenen Kinder in Herbesthal, dem ersten belgischen Bahnhof, gingen um die Welt. Sie zeigten weinende, fröstelnde Kinder, die im ehemaligen Fürstenzimmer aus der Kaiserzeit von Mitarbeitern des Roten Kreuzes versorgt wurden.

In den nächsten Wochen sollten noch sechzehn weitere Kindertransporte aus Köln nach Belgien kommen. Im ganzen Land löste das Schicksal dieser Kinder eine Welle der Hilfsbereitschaft aus. In den Synagogen wurden die Gläubigen aufgerufen, den Zehnten, der eigentlich zum Unterhalt der Leviten vorgesehen war, für die Vertriebenen zu spenden. Wie viele andere verbrachte auch Elsa Rozenberg viele Stunden damit, Winterkleidung für Flüchtlingskinder zu nähen.

Im Cheder lernte Joshua eines dieser Kinder kennen. Peter Weis stammte aus Berlin und lebte nun in einer belgischen Pflegefamilie. Er war ein stiller Junge, der meist schweigsam in einer Ecke saß, weil er weder Französisch, Polnisch oder Jiddisch sondern nur Deutsch sprach.

Trotz dieser Welle der Solidarität belastete der Zustrom der Flüchtlinge das innenpolitische Klima. Unmerklich schlichen sich judenfeindliche Maßnahmen in die Gesetzgebung ein. Als das Ehepaar Rozenberg 1939 wie gewohnt beim Einwohnermeldeamt ihre Ausweise einreichte, um sie zu verlängern, wurden diese mit einem roten »J« abgestempelt. Als Rozenberg nachfragte, was das bedeute, behauptete der Beamte, das geschehe auf Wunsch der Schweizer Behörden, die genau wissen wollten, wer aus Belgien in ihr Land einreisen wolle.

Rozenberg registrierte die Maßnahme mit großem Unbehagen: Sein Leben lang hatte er sich bemüht, nicht aufzufallen, und nun knallte man ihm seine jüdische Herkunft wie ein Brandzeichen auf ein amtliches Dokument.

* * *

In dieser aufgeheizten Stimmung geschah etwas, womit niemand gerechnet hatte: Eines Tages tauchten Gerda Meyer und ihre Tochter Hedwig in der Rue du Buisson auf. Die Familien hatten zwar brieflich Kontakt gehalten, aber in Seraing hatte man keine Ahnung, dass die Meyers sich mit Fluchtgedanken trugen. Die Frauen waren unversehrt über die belgische Grenze gelangt. Die Freude über das Wiedersehen wurde getrübt durch die Sorge um den Konsul, der es vorgezogen hatte, sich von Frau und Tochter zu trennen, um es auf eigene Faust zu versuchen.

Nachdem diese sich etwas erholt hatten, fanden sie in der Wohnküche einen reich gedeckten Tisch vor. Mutter Rozenberg hatte das beste Stück Kalbfleisch aus der Ladentheke, der Vater eine Flasche von dem französischen Landwein aus dem Keller hervorgeholt, die eigentlich für die anstehende Bar Mizwa* Mendels vorgesehen war. Gerda Meyer berichtete, ihr Mann habe sich zur Flucht entschlossen, als man seinen Reisepass eingezogen und diesen durch eine Kennkarte ersetzt habe, der mit einem Judenstern abgestempelt war. Seinen Vornamen Siegmund hatte man mit Israel ergänzt, weil es sich für einen Juden angeblich nicht geziemte, einen arischen Rufnamen zu haben.

Ihr Mann habe die Zustände in Deutschland nicht mehr ertragen. Statt Recht und Ordnung, wie er sie verstand, hätten überall Willkür und blinde Gewalt geherrscht. Zunächst habe er an eine legale Auswanderung gedacht. Vermögende Juden konnten gegen ein hohes Lösegeld die Ausreise nach Palästina erkaufen, aber ihr Mann habe keine Lust verspürt, als Kameltreiber zu enden, wie er es abfällig formulierte. Eine andere Möglichkeit, das Land legal zu verlassen, hätte darin bestanden, mit einem Bananendampfer in die Karibik zu verschwinden. Für jede Schiffspassage hätte er 40.000 RM in ausländischen Devisen hinblättern müssen, wovon der deutsche Staat fünfzig Prozent einbehalten hätte. »Reichsfluchtsteuer« heiße das. Außerdem hätten die Nazis bei einer Auswanderung ihr gesamtes Vermögen beschlagnahmt.

Frau Meyer sagte, die Nacht vom 9. auf den 10. November sei zum Fanal geworden. Allen Juden im Reich hätten die blutigen Ausschreitungen vor Augen geführt, dass sie in Deutschland keine Daseinsberechtigung mehr hatten.

Am Vorabend des Pogroms habe ein städtischer Beamter, den ihr Mann aus besseren Tagen kannte, ihn gewarnt: Die Polizei habe Weisung erhalten, im Rahmen eines spontanen Volkszorns sämtliche Juden zu verhaften, zu entwaffnen und bei

Widerstand über den Haufen zu schießen. Am nächsten Morgen hätten sie das Haus nicht verlassen und von ihrem Fenster beobachten können, wie SA-Männer eine größere Gruppe Juden vor sich hergetrieben habe. Die SA-Standarte habe ein Mann getragen, dem ihr Mann einst eine Anstellung in seiner Firma besorgt hatte. Auf den Bürgersteigen gafften teilnahmslos Passanten, während Kinder die Juden schmähten, ohne zurechtgewiesen zu werden.

Nachher erfuhren sie, dass die Juden ins Alte Gymnasium getrieben worden waren, wo Konsul Meyer sein Abitur gemacht hatte. Von dort seien sie ins KZ Sachsenhausen gebracht worden. Nicht nur in Bremen, auch in den Vororten hätten die Nazis gewütet. In Hastedt hätten sie den Vorsteher der jüdischen Gemeinde gezwungen, in seinen liturgischen Gewändern mit den Thorarollen auf den Schultern singend durch die Hauptstraße zu ziehen. Die Ältesten seien ihm mit einer Schelle vorangegangen. Sie seien beschimpft und bespuckt, mit Stöcken geschlagen und mit Steinen beworfen worden. Auf dem Marktplatz von Hastedt hätten sie dem Rabbiner unter dem Gelächter der Menge die Haare mit Pferdemist gewaschen.

Am Abend habe sich ihr Mann aus dem Haus geschlichen, und als er zurückkam, sei er sehr nachdenklich gewesen. Er sei in die Bremer Altstadt, ins Schnoor, gegangen, um die geschändete Alte Synagoge zu sehen. Auf der Straße wären Gebetbücher und liturgische Gewänder verstreut gewesen. Obwohl er Protestant war, habe er angesichts der Verwüstung einen tiefen Schmerz in seiner Brust verspürt.

Seine Frau meinte, in jener Nacht sei wohl sein Glaube an das »ewige Deutschland« erschüttert worden. Als Hermann Göring im Rundfunk dann noch verkündete, dass nun die große Abrechnung mit den Juden kommen werde, habe er begriffen, dass es keine Hoffnung mehr gab und die Zeit drängte. Wenn sie überleben wollten, mussten sie Deutschland schleunigst verlassen.

Ihre größte Sorge galt den Kindern. Angesichts der öffentlichen Empörung über die sogenannte Kristallnacht hatte die britische Regierung sich bereit erklärt, 10.000 jüdische Kinder unter fünfzehn Jahren aufzunehmen. Meyer ließ seine Verbindungen spielen und sorgte mit einer Spende an den Innensenator dafür, dass ihr Sohn Emil zu den Auserwählten gehörte. Mit einem Namenskärtchen um den Hals und seinem Teddy im Arm ging es zum Bahnhof. Als sie gesehen habe, wie der Junge ihnen aus dem Fenster des abfahrenden Zuges fröhlich zugewinkt habe, als ginge es in den Urlaub, habe sie ihre Tränen nicht zurückhalten können, weil sie gespürt habe, dass es ein Abschied für lange Zeit sein würde. Die Kinder seien über Köln an die belgische Küste gebracht worden, wo eine Fähre nach Dover sie erwartete.

Nachdem sie ihr Söhnchen in Sicherheit wussten, habe ihr Mann ihre eigene Flucht vorbereitet. Als langjähriges Mitglied des Gemeindevorstandes von St. Stephani habe er vorher den Rat von Pastor Greiffenhagen eingeholt. Der Pastor gehöre zur Bekennenden Kirche und verabscheue die Nazis. Er habe von einer Organisation gewusst, die Juden über die belgische und niederländische Grenze bringe.

Der Weg habe sie zunächst ins Café Silberbach in der Kölner Glockengasse geführt. Von dort schickte man sie nach Aachen ins Schloss-Hotel, wo sie einen gewissen Simon Frankenthal trafen, einen jüdischen Studenten, der dem kommunistischen Widerstand angehörte.

Frankenthal riet den Frauen dazu, sich einer Prozession anzuschließen, die einmal die Woche von der Aachener Jakobskirche zu einem Gnadenbild der Gottesmutter nach Moresnet ins belgische Butterländchen ziehe. Viele Hausfrauen nutzten diese Wallfahrt, um sich in Belgien mit Kaffee, Schokolade und Butter zu versorgen, Waren, die im sogenannten »Tausendjährigen Reich« unerschwinglich geworden waren. Die deutschen Grenzer drückten gewöhnlich beide Augen zu, weil die Partei keinen Ärger mit der katholischen Kirche riskieren wolle. Im belgischen Pilgerkloster Moresnet, sagte der Student, gebe es einen Franziskanermönch, der allen Flüchtlingen weiterhelfe, egal ob es sich um Christen, Juden oder Marxisten handele.

Nachdem ihr Mann ihr sämtliche Wertpapiere anvertraut hatte, hatten Gerda und Hedwig Meyer sich unter die Pilger gemischt. Vorher hatten sie sich Rosenkränze zugelegt und die wichtigsten Gebete auswendig gelernt. Alles verlief nach Plan. Im Wallfahrtsort trafen sie besagten Franziskanerpater, der ihnen ein Taxi besorgte, das sie zum nächsten Bahnhof brachte.

Zwei Tage nach der Ankunft der Frauen stand auf einmal Siegmund Meyer vor der Tür. Gerda Meyer konnte es nicht fassen, auch wenn der Konsul, der immer Wert auf eine tadellose Erscheinung legte, einen fahrigen und verwahrlosten Eindruck machte. Er war von seinen Erlebnissen sichtlich mitgenommen. Rozenberg musste ihm einige Gläschen Péquet* einschenken, damit er sich aus seiner Erstarrung löste. Als er die Umstände seiner Flucht schilderte, versetzte das alle in ungläubiges Staunen.

Über einen Bekannten im Senat hatte Meyer sich falsche Papiere besorgt: einen Reisepass, der ihn zum Kommerzienrat Dr. Richard Dorenbeek machte. In Aachen habe er sich von Frau und Tochter getrennt und beschlossen, als Geschäftsreisender getarnt auszureisen. Aber schon auf dem Bahnsteig habe eine Frau Verdacht geschöpft und ihn bei einem Bahnpolizisten angezeigt. Der Schupo habe seine Papiere überprüft, und, da ihm Zweifel aufkamen, der Gestapo überstellt. Dass seine Papiere gefälscht waren, dass er in Wirklichkeit Meyer hieß, und er jüdischen Blutes war, ließ sich nicht lange leugnen. Ein einziges Telefonat mit der Polizei in Bremen hatte genügt, um ihn zu überführen.

Er wurde einem jungen Untersuchungsrichter vorgeführt, der bereits das goldene Parteiabzeichen trug. Im Laufe des Verhörs erwähnte Meyer beiläufig, dass man ihm im Krieg das Eiserne Kreuz verliehen habe. Das machte offenbar Eindruck.

Nachdem der SS-Mann das anhand der Dokumente, die Meyer mit sich führte, überprüft hatte, holte er aus der Schublade »Die Brennnessel« hervor. In dem satirischen Hetzblatt gab es eine Karikatur von einem Schiff voller Juden, das auf ein tropisches Eiland mit Strohhütten und Palmen zu segelte. »Der Führer schenkt den Juden eine Insel!«, lautete die Bildlegende.

Der Kommissar habe auf die Zeichnung gezeigt und gefragt, warum er nicht gleich gesagt habe, dass er die Absicht habe, nach Madagaskar auszuwandern, da die Insel nach dem Willen des Führers doch die künftige Heimstatt des jüdischen Volkes sein werde. Bevor Meyer sich versah, gab der Kommissar ihm seine Papiere mitsamt der Geldbörse zurück. Lediglich zehn Reichsmark, die er sich quittieren ließ, behielt er als Arbeitsgebühr ein, denn Ordnung muss sein.

Noch in der Nacht habe der Kommissar ihn in seinem Dienstwagen zum Losheimer Graben gebracht, genau an die Stelle in der Eifel, wo die Landstraße die Staatsgrenze bildet. Als er kurz darauf belgischen Gendarmen begegnete, habe er nur artig den Hut gelüftet. Vermutlich hatten sie ihn für einen Touristen gehalten. Seine wundersame Errettung hatte bei Meyer seinen Glauben an das ewige Deutschland wiederbelebt. Selbst unter Nationalsozialisten, schloss er seinen Bericht, gebe es noch Ehrenmänner.

* * *

Am nächsten Morgen suchten Ariel Rozenberg und Siegmund Meyer gemeinsam die Bank Nagelmackers auf. Der Konsul ließ sich die Monatsgelder auszahlen, die sich im Lauf der Jahre angesammelt hatten. Er bedankte sich überschwänglich bei seinem polnischen Verwandten für dessen Redlichkeit.

Einige Tage später machten die Meyers sich nach Antwerpen auf. Der Konsul hatte sich für die Hafenstadt entschieden, weil es dort eine größere deutsche Gemeinde gab, mit der er geschäftliche Verbindungen unterhalten hatte. Seine Hoffnung, eine eigene Kaffeerösterei zu eröffnen, sollte sich nicht erfüllen. Der Kaffeehandel gestaltete sich schwierig, weil Deutschland Handelsschranken errichtet hatte und hohe Zölle auf Luxusgüter erhob. Im Deutschen Reich herrschte Devisenknappheit, weil alle wirtschaftlichen Ressourcen in die Aufrüstung flossen.

Immerhin fand Meyer eine Anstellung als Vertreter. Sein wichtigster Kunde war seine ehemalige Rösterei in Bremen, die ihn so schäbig abserviert hatte. Im Wesentlichen lebte die Familie von ihren Ersparnissen.

Geschäftlich fasste Meyer in der flämischen Metropole nie richtig Fuß, da er weder Französisch noch Niederländisch sprach. Die orthodoxen Juden, die das Stadtbild rund um den Bahnhof prägten, schreckten ihn ab. Zur jüdischen Gemeinde vermied er jeglichen Kontakt. Nie ließ er durchblicken, dass er jüdischer Abstammung war. Antwerpen war gleichzeitig eine weltoffene Handelsstadt, ein Zentrum jüdischen Lebens und eine Hochburg des flämischen Nationalismus. Selbst in Antwerpen war das weite Spektrum des Judenhasses präsent. Hier tummelten sich rassistische Bewegungen wie die Schwarze Brigade, VNV oder der Kampfbund De Vlag. Mit ihren martialischen Aufmärschen kamen sie Meyer wie eine Parodie der Brüllaffen von der SA vor.

Im Juni 1939 legte das Kreuzfahrtschiff der Hamburger Reederei HAPAG, die St. Louis, mit 937 deutschen Juden an Bord im Hafen von Antwerpen an. Es waren Juden, die sich in Deutschland freigekauft hatten und nun abgeschoben werden sollten. Zwei Monate lang war das Urlauberschiff über die Weltmeere geirrt, aber weder in Kuba, noch in den USA oder in Kanada hatte man die Kinder Israels aufnehmen wollen.

Schließlich hatte die belgische Regierung der St. Louis erlaubt, in Antwerpen anzulegen. Während sie mit den Nachbarländern über eine Aufnahme der aus Deutschland abgeschobenen Juden verhandelte, wurde eine Quarantäne über das Schiff verhängt. Eines Tages ging Hedwig Meyer an den Pier, um das Schiff, von dem alle Welt sprach, aus der Nähe zu betrachten. Obwohl der Zugang zum Dampfer weiträumig abgeriegelt war, konnte sie die Hilferufe der verzweifelten Passagiere hören, die auf der Reling standen. Sie war danach ganz aufgewühlt. Als sie daheim davon erzählte, meinte ihr Vater nur, er habe schon den richtigen Riecher gehabt, als er seinerzeit das Angebot der NS-Behörden zur Auswanderung ausgeschlagen habe.

Im Sommer 1939 luden die Meyers die Rozenbergs für ein Wochenende nach Antwerpen ein. Sie wollten sich für die freundliche Aufnahme in Seraing bedanken. Anfangs waren Mendel und Joshua von der Aussicht, ein Wochenende im Hause des Konsuls zu verbringen, nicht sonderlich erbaut. Joshua war schlechter Laune, weil sein Vater ihm verboten hatte, Roro mitzunehmen. Er versuchte, den Hasen darüber hinwegzutrösten, indem er darauf hinwies, dass Petsy der Teddybär, mit dem Roro sich in Bremen angefreundet hatte, mit seinem Herrchen nach London verzogen war.

Der Besuch in Antwerpen verlief erfreulicher als erwartet. Da die Meyers nicht weit von der Centraal-Station wohnten, holten der Konsul und seine Gattin die Gäste persönlich am Bahnhof ab.

Rund um den Bahnhof lag das Diamantenviertel. Der Handel mit Edelsteinen war fest in jüdischer Hand. Seit dem 19. Jahrhundert hatte die Diamanterie jüdische Händler und Diamantenschleifer aus aller Welt nach Antwerpen gelockt. Nach dem Krieg hatte sich die Zahl der Juden versechsfacht.

Meist handelte es sich bei den Zugewanderten um orthodoxe Juden, die sich weitgehend von ihrer Umwelt abschotteten. Vom Rat der Großen Synagoge hatten sie verlangt, dass rund um das Diamantenviertel ein gesicherter Bezirk, ein Eruv*, errichtet würde, damit sie sich am Sabbat auch außerhalb des Hauses frei bewegen konnten, ohne Gefahr zu laufen, mit Ungläubigen und unreinen Dingen in Berührung zu kommen. Da eine Mauer oder ein Zaun nicht vorstellbar waren, kamen die Rabbiner auf den Gedanken, rund um das Bahnhofsviertel einen Bindfaden spannen zu lassen, der es in eine koschere Zone verwandelte.

Als Meyer mit seinen Gästen durch die Vestingsstraat ging, kreuzten sie orthodoxen Juden, die aus der Synagoge kamen und schnellen Schrittes nach Hause liefen. Ariel Rozenberg, die die Aschkenazim* aus Polen kannte, klärte den verstörten deutschen Cousin darüber auf, dass ultra-orthodoxe Juden immer in Eile seien, weil sie fürchteten, unterwegs abgelenkt und aufgehalten zu werden und dadurch die Ankunft des Messias zu verpassen. Die Begegnung mit den Orthodoxen in ihren schlabbrigen Mänteln und den breiten Pelzmützen war dem Konsul sichtlich unangenehm. Kein Wunder, sagte er, dass diese Figuren überall den Judenhass nährten.

Gerda Meyer machte gegenüber ihrer Freundin keinen Hehl daraus, dass sie sehr unter der Trennung von ihrem Sohn litt. Aus seinen Briefen hatte sie herausgelesen, dass auch der kleine Emil Heimweh hatte. Anders als die jüdischen Mädchen, die leicht Pflegeeltern gefunden hätten, wären die Jungen, die schwer zu vermitteln waren, in London hängen geblieben und in Internate gesteckt worden. Die Zustände dort wären nicht erbaulich. Jüdische Kinder würden wegen ihres deutschen Akzentes ständig gehänselt. Gerda Meyer klagte, sie habe ihren Mann gebeten, ihren Sohn nach Belgien zu holen, da er hier nichts zu befürchten hätte, aber ihr Mann habe davon nichts hören wollen. Offenbar misstraute er dem Frieden, in dem sich die meisten Menschen seit dem Münchener Abkommen wähnten.

Den großbürgerlichen Lebensstil aus den Bremer Tagen hatten die Meyers aufgeben müssen. Statt eines Herrenhauses bewohnten sie nun eine Etagenwohnung. Abgesehen davon, dass die Jungen bei Tisch wieder den ungebrochenen Hochmut und den jüdischen Selbsthass des Oheims ertragen mussten, war der Ausflug für sie ein unvergessliches Erlebnis.

Nachmittags besuchten die Jungen mit Hedwig den Zoologischen Garten. In malerischen Gehegen, die altägyptischen Bauten nachempfunden waren, konnten sie Elefanten, Löwen und Giraffen bewundern. Am meisten faszinierte Joshua eine Waldantilope, die verborgen im kongolesischen Regenwald lebte und erst vor wenigen Jahren entdeckt worden war. Während der lange Hals des Okapis dem einer Giraffe glich, erinnerten die gestreiften Schenkel und Oberbeine an ein Zebra.

Die Nacht verbrachten die Rozenbergs in einem nahen Gasthof, wobei Meyer es sich nicht nehmen ließ, die Rechnung zu begleichen.

Am nächsten Morgen machten alle gemeinsam einen ausgedehnten Stadtbummel. Mit der Straßenbahn ging es zunächst zur Keyserlei, einer belebten Geschäftsstraße, wo es das höchste Haus Europas zu bestaunen gab. Die 87 Meter hohen Boerentoren waren Sitz einer Kreditanstalt. Weil diese Meyers Hausbank war, besaß er einen Passierschein, der es ihnen erlaubte, mit einem Aufzug auf das Dach zu gelangen, wo man einen wunderbaren Blick auf den Fluss, den Hafen und die Altstadt hatte. Joshua und Mendel waren begeistert.

Danach unternahmen sie eine Bootsfahrt durch den Hafen, »dem größten Güterhafen der Welt«, wie der Konsul mehrmals betonte. Sie staunten über die riesigen Stückgutfrachtschiffe, die im Schlepptau kleiner Lotsenschiffe die Schelde hinauf fuhren, um ihre Ladung in den Docks zu löschen, um danach wieder den Fluss hinunter zu dampfen und Waren in alle Welt zu transportieren.

Den Tag beschlossen sie in einer Hafenkneipe, wo Joshua und Mendel Bekanntschaft mit der Leibspeise der Belgier machten: Miesmuscheln mit Fritten. Die Eltern hatten beide Augen zugedrückt, denn Schalenfrüchte sind den Juden eigentlich verboten. Auch die Kartoffelstäbchen waren in Schweinefett gekocht. Obwohl nichts von dem Gericht dem jüdischen Speisekodex, dem Kaschrut, entsprach, aßen alle mit großem Appetit.

In der Gewalt des Pharao

Was alle befürchtet hatten und niemand glauben wollte, traf am 1. September 1939 ein. Der Führer und Reichskanzler Adolf Hitler brach einen Krieg vom Zaun. Nachdem er der polnischen Regierung unerfüllbare Bedingungen gestellt hatte, befahl er den Überfall auf das Nachbarland im Osten, was Frankreich und Großbritannien mit einer Kriegserklärung beantworteten.

Joshua erinnerte sich genau an das Datum, einem Freitag, weil er an jenem Tag daheim Prügel bezogen hatte. Angesichts der drückenden Hitze, die in jenem Spätsommer herrschte, war er mit Mendel und einigen Kumpels nach der Schule über die hohe Mauer in den Schlosspark geklettert, um in den Brunnen und Teichen des Englischen Gartens Erfrischung zu finden. Als sie von einem Gärtner entdeckt wurden und überstürzt fliehen mussten, zerriss er sich beim Sprung über das Torgitter die Hose, was ihm zu Hause besagten Ärger einbrachte.

Das erste Zeichen, dass das Land an einer Zeitenwende stand, zeigte sich am nächsten Tag, als sich vor den Läden und Geschäften lange Menschenschlangen bildeten. In wenigen Stunden waren alle Vorräte an Mehl, Zucker, Zigaretten und sonstigen Dingen des täglichen Bedarfs ausverkauft.

Seit Kriegsausbruch verfolgte die polnische und jüdische Diaspora mit großer Sorge den deutschen Feldzug in Polen, der mit beispielloser Härte und Brutalität erfolgte. Adolf Hitler hatte in einer Reichstagsrede prophezeit, dass der Ausbruch eines neuen Krieges »den Untergang der jüdischen Rasse in Europa bedeuten« würde. Und nun war dieser Krieg da. Die Übergriffe auf Juden in Polen, von der die Presse aus den neutralen Ländern berichtete, ließen denn auch das Schlimmste befürchten.

Mit Kriegsbeginn war jeglicher Kontakt in die alte Heimat abgebrochen. Bei den Familientreffen kreisten nun alle Gespräche um die militärische Lage und das Schicksal der Verwandten. Es gab viele Gerüchte, aber nur wenige gesicherte Nachrichten. Die Hoffnung, dass die Polen sich solange behaupten würden, bis ihre Verbündeten im Westen angreifen und damit den Deutschen einen Zwei-Fronten-Krieg aufzwingen würden, erfüllte sich nicht. An der belgischen und französischen Grenze zu Deutschland herrschte eine trügerische Ruhe, den die Kommentatoren als »drolligen Krieg« oder »Sitzkrieg« bezeichneten.

Im Königreich Belgien hoffte man, durch Neutralität vom drohenden Waffengang verschont zu bleiben – auch wenn sich die Zwischenfälle an der Grenze häuften. Bei nebeligem Wetter hatte sich im Januar 1940 ein deutsches Jagdflugzeug im belgischen Luftraum verirrt und bei Mechelen eine Bruchlandung gemacht. Beim Piloten hatte man detaillierte Pläne für einen Angriff auf Belgien und die Niederlande gefunden, aber die Regierung und die Generalität hielten das für ein Täuschungsmanöver.

Dass zwischen dem Deutschen Reich und den Westmächten Krieg herrschte, merkten die Bewohner des Königreiches vor allem daran, weil auf einmal gewisse Waren und Lebensmittel in den Geschäften rationiert waren, um Hamsterkäufe zu verhindern.

Um die Jahreswende sickerte durch, dass die Deutschen das Judenviertel von Lodz, das nun Litzmannstadt hieß, in ein geschlossenes Ghetto verwandelt hätten. Dieses setzte sich aus den Vierteln Stare Miasto, Bałuty und Marysi zusammen, den ärmsten Stadtteilen. Viele Straßen verfügten noch nicht einmal über einen Abwasseranschluss. Rund um den Sperrbezirk wurde ein Zaun mit Stacheldraht gezogen, um ihn vom Rest der Stadt abzutrennen. Auf vier Quadratkilometern lebten nun zusammengepfercht 160.000 Menschen.

Elsa Rozenberg wagte nicht, sich auszumalen, in welchen Zuständen ihre beiden Schwestern, ihr Bruder und deren Familien nun leben mussten. Die wirklichen Verhältnisse, die im Ghetto herrschten, überstiegen jedes Vorstellungsvermögen.

Die Nachrichten von der Willkür der Deutschen im besetzten Polen versetzen weite Teile der belgischen Bevölkerung in

Angst und Schrecken. Das Bild, das die Belgier von den Deutschen hatten, war alles andere als schmeichelhaft. Allen waren die Gräueltaten der kaiserlichen Truppen vom August 1914 in lebhafter Erinnerung. Im Lande machte sich eine gewisse Resignation breit. Es gab eine nervöse Erwartung für das Unausweichliche, andererseits immer noch die Hoffnung, dass man es genau wie 1870 schaffen werde, sich aus einem Konflikt, der einen eigentlich nichts angehe, herauszuhalten.

Die Rozenbergs gingen nun öfter in die Synagoge, um den Allmächtigen um Schutz für ihre verfolgten Verwandten zu bitten und gleichzeitig dafür zu danken, in Sicherheit leben zu können. Während bei den wöchentlichen Gesprächsrunden die Männer meist betroffen schwiegen, redete Elias, der mittlerweile siebzehn Jahre zählte, umso mehr. Er verkündete lautstark, dass die Boches* es nicht wagen würden, Belgien anzugreifen. Sie würden sich am Fort von Eben-Emael, der größten und stärksten Festung der Welt, eine blutige Nase holen und die Zähne ausbeißen. Die Panzerung der Bunker und die Feuerkraft der Geschütze seien unerreicht. Freds Vater, der bereits den letzten Krieg in Belgien erlebt hatte, war da weniger zuversichtlich.

Am 10. Mai 1940 tauchten deutsche Fliegerverbände am Himmel auf. Bald hörte man auch in Seraing das Grollen schwerer Geschütze, das rasch näher kam. »Die Deutschen kommen!« Menschen schrien, Pferde wieherten, Autos hupten. Das allgemeine Tohuwabohu erinnerte an den Untergang Pompejis. Joshua hätte es nicht gewundert, wenn auf einmal eine der umliegenden Kohlehalden wie ein Vulkan explodiert wäre und die ganze Stadt unter Feuer und Asche begraben hätte. Maßgeblich Schuld am allgemeinen Chaos trug das Militär, das den Kommunalbehörden dazu geraten hatte, Kleinkinder, Kranke und ältere Personen zu evakuieren. Damit war ein Signal zur allgemeinen Flucht gesetzt.

Die deutsche Offensive erfolgte in ungeahntem Tempo. Nachdem das Fort von Eben-Emael von den Deutschen im Handstreich genommen wurde, gab es kein Halten mehr, Städte und Dörfer entvölkerten sich innerhalb von Stunden. Eine regelrechte Völkerwanderung setzte sich in Gang und alles, was Beine hatte, ergriff die Flucht. Selbst Betagte und Behinderte wurden in Hand- oder Schubkarren gesetzt und von ihren Angehörigen geschoben. Manche Karren waren so überladen, dass sie nach wenigen Hundert Metern zu Bruch gingen und in den Straßen liegen blieben.

Die Rozenbergs und die Goldsteins hatten für alle Fälle Vorkehrungen getroffen. Nathans Söhne hatten einen alten Lastwagen aufgetrieben, ihn wieder fahrtüchtig gemacht und zu einem kleinen Bus umgebaut, der Platz für die ganze Familie bot.

Ariel Rozenberg hatte seinerseits vier robuste Fahrräder besorgt und sie für die Flucht umgerüstet. Am Heck der Räder hatte er Ständer für das Gepäck schweißen lassen. Für Joshuas Stoffhasen, den er angeblich gerne auf den Mond geschickt hätte, hatte er ein Gestell schmieden und an Joshuas Lenkstange montieren lassen, sodass er einen Logenplatz besaß.

Die Rozenbergs konnten die Brücke von Seraing aufs andere Ufer der Maas gerade noch passieren, bevor sie von der abrückenden belgischen Armee gesprengt wurde. Die Eltern achteten darauf, dass sie in dem heillosen Durcheinander, das auf den Straßen herrschte, ihre Kinder nicht aus den Augen verloren.

Die belgischen Truppen waren vom massiven Angriff der Wehrmacht überfordert. Als die Deutschen in Lüttich einmarschierten, glich die Lichterstadt einer Geisterstadt. Während die meisten Einwohner die Flucht ergriffen, hatte Jean-François Stevens von der Bank Nagelmackers beschlossen, auszuharren. Das gebot seine Stellung als Direktor. Bei stürmischer See habe der Kapitän auf der Brücke zu bleiben, sagte er, als seine Frau nachfragte, ob es nicht ratsamer wäre mit den anderen zu fliehen.

Stevens hatte die Fenster seines Hauses mit Brettern vernagelt und im oberen Stockwerk eine weiße Fahne gehisst. Während die Familie im abgedunkelten Wohnzimmer den Rosenkranz betete, klopfte es mit einem Mal heftig an der Haustüre. In der Befürchtung, dass es sich um marodierende Soldaten handelte, spähte Stevens durch das Guckloch hinaus und sah einen jungen Mann in Lederhosen.

Außer »bonjour«, »merci« und »mossiö« sprach der Bursche kein Wörtchen Französisch. Stevens verstand immerhin so viel, dass er Albert Goor hieß und ein Neffe von Lambert Goor war. Lambert Goor war ein Getreidehändler aus Eupen und ein langjähriger Kunde der Bank. Also öffnete er die Tür und ließ ihn hinein.

Der junge Mann berichtete aufgeregt, er sei den Deutschen, die am frühen Morgen in seine Heimatstadt einmarschiert seien, gerade noch entkommen. Die Eltern hätten ihn weggeschickt, damit er ihnen nicht in die Hände fiele.

Stevens kannte sich in den belgischen Ostgebieten aus, weil seine Bank in allen größeren Ortschaften Zweigstellen unterhielt. Die Kreise Eupen und Malmedy waren 1920 durch den Versailler Vertrag an Belgien gekommen.

Die Bevölkerung war bezüglich des neuen Vaterlands gespalten. Die Brüder Lambert und Leopold Goor kämpften für den Verbleib bei Belgien. Deswegen waren sie bei der Heimattreuen Front, einer lokalen Tarnorganisation der Nationalsozialisten, verhasst. Als stramme Belgier mussten sie im Fall eines Anschlusses ihrer Heimat an das Deutsche Reich mit schlimmen Repressalien rechnen. Daher hatten sie für den Ernstfall vereinbart, dass Lambert Goor, der als Getreidehändler einen Lastwagen besaß, sich mit allen Kindern ins belgische Hinterland absetzen solle, während der Landwirt Leopold zurückbleiben werde, um über Haus und Hof zu wachen.

Der deutsche Einmarsch überraschte sie im Schlaf. Dem Futterhändler blieb keine Zeit, neben den drei eigenen auch noch die sieben Kinder seines Bruders einzusammeln. Da er nicht auftauchte, hielt Alberts Mutter es für klüger, dass ihr ältester Sohn sich aus dem Staub machte. Da er gerade das Abitur gemacht hatte und volljährig war, würden die Deutschen ihn in ein Strafbataillon der Wehrmacht einziehen und als Kanonenfutter einsetzen.

Mit zwei Kilo Kartoffeln im Rucksack schickte sie ihn in Richtung Lüttich los, denn es war vereinbart, dass Lambert bei der Bank Nagelmackers Station machen solle, um Geld abzuheben. Angesichts des raschen Vormarsches der Wehrmacht machte Lambert jedoch einen Bogen um die Maasstadt und steuerte mit Kind und Kegel schnurstracks die belgische Küste an.

Der junge Goor schaffte es gerade noch in die Straßenbahn. Doch die Fahrt nach Verviers endete schon nach wenigen Kilometern, weil die Kleinbahn von der deutschen Vorhut eingeholt wurde. Feldgendarmen, die ein Kollaborateur anführte, zwangen die Fahrgäste auszusteigen. Obwohl der ortskundige Begleiter der Deutschen, ein führendes Mitglied der »Heimattreuen Front«, ein fanatischer Nationalsozialist war, überredete er die Feldgendarmen, seine Landsleute laufen zu lassen. Selbst den Sohn des stadtbekannten Volksverräters Goor ließen sie auf seinen Wunsch hin laufen. Offenbar gab es in den umkämpften Ostkantonen* noch ein Gefühl der Solidarität über alle politischen Gräben und persönlichen Feindschaften hinweg.

Jean-François Stevens blieb nichts anderes übrig, als den jungen Mann bei sich aufzunehmen. Er wies ihn allerdings an, schleunigst seine Lederhosen auszuziehen, denn damit mache er in Lüttich eine komische Figur.

Stevens ahnte damals noch nicht, dass aus dem flüchtigen Besucher ein Dauergast werden sollte. Denn der Bauernsohn begann im Oktober 1940 an der Universität Lüttich ein Medizinstudium. Eigentlich hatten sich seine Eltern erhofft, er werde ins Priesterseminar eintreten, aber schließlich gaben sie seinem Wunsch nach, Medizin zu studieren, weil ihn das vor dem Zugriff der Besatzer beschützen würde. Es war allgemein bekannt, dass die belgischen Universitäten sich weigerten, die Namenslisten mit den Einschreibungen und Abschlüssen ihrer Studenten herauszurücken. All ihre persönlichen Daten wurden von den akademischen Räten an geheimen Orten aufbewahrt.

* * *

Unterdessen ergriffen zwei Millionen Belgier die Flucht. Die überfüllten Straßen entlang der Maas waren gesäumt mit zerstörtem Kriegsmaterial, totem Vieh, verlorenen oder weggeworfenen Gepäckstücken.

Den ersten Toten begegneten die Rozenbergs auf der Höhe von Andenne. Sie trafen auf ein altes Weiblein, das einsam und regungslos am Straßenrand saß. Die Mutter stieg vom Fahrrad, um zu schauen, was ihr fehle und wie sie ihr helfen könne. Da sie nicht reagierte, fasste sie die Alte bei der Schulter, worauf diese in sich zusammensackte und rückwärts in den Graben plumpste. Da erst erkannte sie, dass sie tot war.

Nach zwei Tagen passierten sie die französische Grenze. Joshua bemerkte, dass große Gruppen von Kindern alleine unterwegs waren, weil sie den Anschluss an einen Treck verloren hatten und in der Menschenmenge nach ihren Eltern suchten.

Die Rozenbergs schlossen sich einem größeren Flüchtlingsverband an. Das hatte den Vorteil, dass man sich untereinander helfen konnte, aber den Nachteil, dass sie für deutsche Jäger eine ideale Zielscheibe abgaben. Obwohl diese sehen konnten, dass es sich um Zivilisten handelte, flogen sie im Tiefflug über die Trecks, warfen ihre Bomben ab und schossen mit ihren Maschinengewehren. Die gefürchteten Sturzkampfbomber vom Typ Ju 87 waren mit einer Sirene ausgestattet, die wegen des höllischen Geheuls, das sie veranstalteten, von den Flüchtlingen die Trompeten von Jericho genannt wurden. Joshua erinnerten sie an das Jaulen der Schofarhörner, die den Beginn des jüdischen Neujahrsfestes ankündigen.

Jedes Mal, wenn ein deutsches Geschwader auftauchte, suchten die Menschen Deckung. In Windeseile stoben sie auseinander. Auch die Rozenbergs ließen ihre Fahrräder fallen, sprangen in den Straßengraben oder verkrochen sich in ein Kornfeld. Joshua war immer etwas langsamer als die anderen, weil er vorher Roro aus seinem Körbchen befreien musste. Das brachte den Vater in Rage und die Mutter zur Verzweiflung. Sobald sie Joshua zu packen bekam, warf sie sich schützend über ihr Söhnchen. Dem tat es gut, die Körperwärme seiner Mutter zu spüren. Dann fühlte er sich sicher und geborgen.

Die Flüchtlinge ahnten nicht, dass ihr Fluchtweg genau auf der roten Linie lag, die die Invasoren gezogen hatten, um rasch und weitgehend ungehindert ins Herz Frankreichs zu gelangen. Anders als 1914, als der Angriff über die belgische Tiefebene erfolgte, stießen die Deutschen diesmal südlicher durch die Ardennen nach Westen vor. Auf der Höhe von Sedan gab es für die deutschen Panzer ein Schlupfloch in der Maginot-Linie, dem gewaltigen Befestigungswerk, auf das die Franzosen alle Hoffnungen gesetzt hatten, um die Deutschen in Schach zu halten.

Unterwegs kreuzten die Rozenbergs belgische, französische und englische Truppen, die teils vorwärts, teils rückwärts marschierten. Die Soldaten schienen völlig orientierungslos zu sein. Vergeblich versuchten Militärpolizisten, die Straßen freizuhalten. Die Melder auf ihren Motorrädern fuhren kreuz und quer und schienen genauso verwirrt und verloren wie die Truppen, die sie leiten sollten.

Das Chaos auf den Straßen ließ für den weiteren Verlauf des Krieges, vor allem für die angekündigte Entscheidungsschlacht, nichts Gutes erwarten. Dass die alliierten Truppen desorganisiert waren, zeigte sich schon daran, weil es den Soldaten an Proviant mangelte. Immer wieder kam es vor, dass sie die Vertriebenen, die selbst Not litten, um Verpflegung oder um Trinkwasser baten.

Über der Landschaft lag ein bestialischer Gestank. Nach jedem Luftangriff waren die Straßen mit Leichen und Tierkadavern übersät. In den umliegenden Wiesen machten sich streunende Hunde, Füchse und Krähen über die verwesenden Reste von Rindern und Schafen her. In den Straßengräben lagen Hinweise auf die drohende Niederlage: verlorene Kleidungsstücke, aufgebrochene Koffer, zerschlagenes Porzellan.

Mehr als alle anderen wurden die Insassen von Autos, Autobussen und Lastwagen Opfer der Tiefflieger, weil sie die Gefahr nicht immer rechtzeitig kommen sahen oder nicht schnell genug das Fahrzeug verließen. Überall am Straßenrand lagen zerstörte Fahrzeuge. Einmal passierten sie ein ausgebranntes Auto, auf dessen Rücksitz die verkohlten Leichen von Kindern saßen. Da Mendel und Joshua wie angewurzelt auf das grausige Bild starrten, versuchte die Mutter sie vom Tatort wegzuziehen. Sie verdeckte Joshuas Augen mit ihren Händen, was ihr aber nur teilweise gelang.

Einmal tauchte am strahlend blauen Himmel ein einzelnes Flugzeug auf, das so herrlich in der Sonne funkelte, dass Joshua darüber vergaß, rechtzeitig Alarm zu schlagen. Im ersten Anlauf belegte der Jäger ihre Kolonne mit einem Sperrfeuer, drehte dann um und warf eine Bombe auf eine voll besetzte Karre ab. Sie hatte eine verheerende Wirkung. Durch die Wucht der Explosion wurden Gegenstände, Gliedmaßen und Fleischklumpen, die von Tieren und Menschen stammten, in die umliegenden Felder und Wiesen geschleudert. Die Jungen waren erschüttert. Bei der nächsten Rast wurde Joshua von einem heftigen Weinkrampf geschüttelt.

Je weiter sie kamen, umso chaotischer wurde es auf den Straßen. Angesichts der sich abzeichnenden Niederlage ergriffen nun auch viele Franzosen die Flucht. Nun waren es sechs bis acht Millionen Menschen, die nach Süden strömten.

Die Stimmung verschlechterte sich zusehends, weil die Franzosen immer feindseliger auf Ausländer reagierten. Man gab den Belgiern die Mitschuld am militärischen Desaster, weil das Königreich nach achtzehn Tagen einseitig kapituliert hatte. Immer wieder mussten die Rozenbergs sich Schmähungen anhören, die belgische Armee habe feige die Flinte ins Korn geworfen. Hatte man ihnen bisher bereitwillig Quartiere angeboten und sie mit Proviant versorgt, unterstellte man ihnen nun, sie würden wie die Heuschrecken über Gemüse- und Obstplantagen herfallen.

Über die Belgier kursierten teils absurde Gerüchte. Eines lautete, dass unter ihnen deutsche Spione seien, die für die Wehrmacht das Gelände auskundschafteten, Skizzen und Pläne anfertigten und diese in den Lenkrädern ihrer Fahrräder versteckten. Solche Gerüchte hatten für die Flüchtlinge mitunter böse Folgen. Häufig wurden sie als »belgische Boches« beschimpft, manchmal mit Steinen beworfen. In den Dörfern bildeten sich Bürgerwehren, die Flüchtlinge abwiesen oder sie ihrer Habseligkeiten beraubten.

Einmal gerieten auch die Rozenbergs mit ihrer Kolonne in eine Straßenblockade. Bauern hatten sich mit Sensen und Knüppeln bewaffnet und kontrollierten gründlich die Flüchtlinge. Als sie die Männer nach versteckten Waffen abtasteten, äußerte einer von ihnen den Verdacht, dass das Stofftier, das vorne auf Joshuas Lenkstange saß, dazu benutzt werde, Filmrollen und sonstige Kassiber zu schmuggeln. Nur mit Mühe gelang es Joshuas Mutter, den Mann davon abzubringen, Roro mit einem Messer den Bauch aufzuschlitzen, um ihn auszuschlachten.

Nachdem sie das obere Maastal hinter sich gelassen hatten, kamen sie zügiger voran. In Châlons-en-Champagne fasste der Vater den Entschluss, die Nationalstraße Nummer 3 zu verlassen und auf die Nationalstraße Nummer 77 zu wechseln, um Paris und seine Banlieue* großräumig zu umfahren.

Tatsächlich entspannte sich in der Champagne die Lage, weil die deutschen Panzer, von denen man glaubte, sie zielten auf Paris, unerwartet abdrehten und nach Nordosten zum Ärmelkanal drängten, um Franzosen und Engländern den Rückzug abzuschneiden.

Südlich von Paris schien tiefer Frieden zu herrschen. Die Sonne stand hoch am Himmel, und das Korn reifte auf den Feldern. Die Obstbäume waren in voller Blüte, und auf den Weiden graste friedlich das Vieh. Manche Dörfer schienen verlassen. Die wenigen Einwohner, denen sie begegneten, waren freundlich und zuvorkommend. Vermutlich lag es daran, dass sie an ihre eigenen Verwandten dachten, die nun auf den Straßen waren.

Als sie in einem Straßengraben eine Pause einlegten, entdeckte Roro einen gefalteten Zettel. Als Joshua ihn öffnete, sah er, dass es sich bei der Kritzelei um die Botschaft eines Kindes an seine Eltern handelte. Ein unbekanntes Mädchen bat den Finder des Briefes, die Eltern in Belgien davon zu unterrichten, dass es ihr gut gehe. Nach der Evakuierung ihres Internates seien sie unterwegs in Frankreich, um den Deutschen zu entkommen. Joshuas Mutter lobte Joshua für seine Wachsamkeit und versprach den Brief bei der ersten Gelegenheit abzuschicken. Dadurch angespornt spähte der Hase von nun an ständig im Gelände nach ähnlichen Wurfsendungen.

Roro thronte den ganzen Tag über auf seinem Sitz am Lenkrad und schaute wie ein Matrose im Mastkorb auf blühende Landschaften. Nur wenn es regnete, steckte Joshua ihn in seinen Rucksack. Das Massiv Central durchquerten sie bei trübem Wetter und erreichten ungehindert die Schluchten der Dordogne. In Sichtweite der Pyrenäen säumten Burgruinen auf schroffen Felsen ihren Weg. Die Nachrichten, die von der Front kamen, waren wenig ermutigend und widersprüchlich. Man hörte von einem geordneten Rückzug und einer baldigen Gegenoffensive.

In Carcassonne vernahmen sie, dass die französische Armee die Waffen gestreckt hatte. In der Bevölkerung herrschte Resignation und Entsetzen, aber auch so etwas wie Erleichterung darüber, dass dieser fürchterliche Krieg vorüber war. Die Behörden, die vom Ansturm der Flüchtlinge überfordert waren, versuchten die Lage zu meistern, indem sie jeden verfügbaren Quadratmeter für Quartiere nutzten. Da in den Schulen nicht nur die Klassenräume, sondern selbst Flure und Treppenhäuser bereits mit Flüchtlingen belegt waren, beschloss der Stadtrat angesichts des andauernden Zustroms, die Neuankömmlinge in den Torburgen der Cité unterzubringen.

Die Oberstadt von Carcassonne war eine mittelalterliche Burg mit gewaltigen Ausmaßen. Für Mendel und Joshua bot sich die Gelegenheit, das historische Gemäuer bis in seine geheimsten Winkel zu erkunden, denn seit Kriegsausbruch blieben die Touristen weg. Die Bauwerk hatte einen doppelten Bering mit zweiundfünfzig Wehrtürmen. In der Mitte der Burg stand das gewaltige Grafenschloss. Als sie nach zwei Wochen die Cité verlassen mussten und in einen Turnsaal in der Unterstadt verlegt wurden, trieben Mendel und Joshua sich tagsüber am Canal du Midi herum, wo es viel Interessantes zu sehen gab. Auf dem Kanal schipperten immer noch Kähne und Boote. Steuermänner, Flussschiffer und Freizeitsegler, taten so, als ginge sie dieser verdammte Krieg nichts an.

Mitte Juli tauchte unverhofft Vetter Fred in ihrem Quartier auf. Der pfiffige Cousin hatte in allen Unterkünften, in denen Belgier untergebracht waren, nach den Rozenbergs gefragt. Er berichtete ihnen, dass seine Familie früh aufgegeben hatte. Dabei habe alles so gut angefangen, aber auf der Höhe von Laon sei der Lastwagen zu Bruch gegangen. Die Vorderachse habe nicht mehr mitgemacht. Zunächst hätten sie noch versucht, die Flucht zu Fuß fortzusetzen, aber nach wenigen Kilometern hätten den Vater die Kräfte verlassen. Daraufhin hatten er und sein Bruder Hirsch die Fahrt mit gestohlenen Fahrrädern fortgesetzt. Auf der Höhe von Orange hätten sie sich getrennt, weil Hirsch nach Grasse in die Provence wollte, wo ein ehemaliger Studienfreund lebte, bei dem er unterzukommen hoffte.

Fred wollte auf keinen Fall unter die Fuchtel dieser verfluchten Schmocks geraten. Er plante über die Pyrenäen nach Spanien zu gelangen, und versuchte Ariel Rozenberg davon zu überzeugen, sich ihm anzuschließen. Aber der Metzger scheute das Risiko. Er wandte ein, die spanische Grenze sei schwer bewacht. Wer gefasst werde, den würden die Spanier zurückschicken oder – schlimmer noch – an die Deutschen ausliefern. Dieser General Franco sei ein Faschist und ein Verbündeter Hitlers, und einem Faschisten, egal ob es ein deutscher oder spanischer sei, könne man nicht trauen. Als Fred einsah, dass er nichts ausrichten konnte, machte er den Vorschlag, die beiden Jungen mitzunehmen, aber auch das verweigerten die Eltern. Nein, sie wollten sich nicht von ihren Kindern trennen. Am nächsten Morgen brach Fred alleine auf.

Beim Waffenstillstand in Compiègne hatten die Franzosen sich verpflichtet, die Flüchtlinge in ihre Heimatländer zurückzuschicken. Dies galt für alle Ausländer ungeachtet ihrer Abstammung und ihrer Nationalität. Im August fasste die französische Regierung auf deutschen Druck hin den Beschluss, die ausländischen Juden zurückzuhalten und zu internieren. Widerstand dagegen regte sich nicht, denn die Juden, die in den 30er Jahren vor den Nationalsozialisten ins westliche Ausland geflohen waren und der französischen Sprache nicht mächtig waren, waren den Franzosen überaus verdächtig.

Die Rozenbergs wurden von Carcassonne nach Rivesaltes an die Mittelmeerküste deportiert. Das Militärgelände in der Nähe von Perpignan diente bis dahin als Auffanglager für Spanier, die nach der Niederlage der Republikaner nach Frankreich geflüchtet waren. Nun wurden dort auch Juden und Zigeuner eingesperrt. Schmerzhaft war für Joshua und Mendel, von den Eltern getrennt zu werden, weil die Erwachsenen in getrennte Baracken untergebracht wurden. Joshua erinnerte sich gut daran, wie sie sich – angestachelt durch das Wachpersonal – häufig mit spanischen Kindern geprügelt hatten.

Da die Nachrichten, die aus dem besetzten Belgien zu ihnen durchdrangen, eher beruhigend klangen und von einer Normalisierung der Lage sprachen, drängte es Rozenberg Frankreich schleunigst zu verlassen und heimzukehren. Die Ungewissheit und die Untätigkeit nagten an seinen Nerven. Außerdem misstraute er dem neuen Regime, das sich in Vichy niedergelassen hatte. Wie er es schaffte, dass sie das Lager verlassen konnten, ob er die französischen Polizisten bestochen hatte oder ob man sie einfach laufen ließ, blieb ungewiss und rätselhaft. Sie taten jedenfalls gut daran aufzubrechen, denn gerade ergriffen die Behörden des Freien Frankreichs unter Marschall Pétain erste judenfeindliche Maßnahmen.

Mit dem Geld, das er in Carcassone für den Verkauf ihrer Fahrräder erhalten und in den Jacken seiner Söhne versteckt hatte, kaufte Rozenberg Fahrscheine dritter Klasse für eine Zugverbindung, die sie über Paris nach Brüssel bringen sollte.

Die Reise verlief umständlicher als erwartet. Die Züge waren überfüllt und wegen der chaotischen Zustände im besiegten Frankreich ging es oft nur mit Stück und Anlauf voran. Es gab Tage, da legten sie nicht mehr als zwanzig Kilometer zurück. In den Bahnhöfen blieben die Züge manchmal stundenlang liegen. Ständig gab es Streit um Sitzplätze und Stauplätze für das Gepäck. Wenn der Zug anhielt, wurde er von fliegenden Händlern belagert, die Profit aus der Notlage der Zugreisenden zogen.

Kurz vor der belgischen Grenze wurde der Zug auf freiem Feld von der Feldgendarmerie angehalten. Alle Reisenden mussten aussteigen, sich in Reihen aufstellen und ihre Ausweise vorzeigen. Zum ersten Mal standen Mendel und Joshua Auge in Auge mit den selbsternannten Herrenmenschen. Schon ihr Auftritt war furchterregend. Von allen Seiten gellten Pfiffe und Kommandos, so als wäre man auf einem Gefängnishof. Während die Militärpolizisten die Reisedokumente der Reisenden prüften, gingen Männer in schwarzen Uniformen und Schirmmützen, auf denen Totenköpfe zu sehen waren, mit Schäferhunden, die sie mühsam in Zaum hielten, durch die Reihen. Die Hunde kläfften und fletschten mit den Zähnen. Sobald die Hundeführer die Leinen etwas lockerten, setzten sie zum Sprung an. Beim Anblick der Bestien klapperte Joshua vor Angst mit den Zähnen.

Als der Befehl kam, alle Juden sollten aus der Reihe treten, signalisierte Rozenberg seiner Frau und den Söhnen, sich nicht vom Fleck zu rühren. Als sie kontrolliert wurden, zückten die Eltern statt der belgischen Kennkarten mit dem verräterischen »J« ihre polnischen Pässe, die zwar kritisch begutachtet und mit abfälligen Kommentaren bedacht wurden, aber kein Hindernis für eine Weiterreise waren. Als der Zug sich wieder in Bewegung setzte, atmeten alle auf. Sie waren fünf Monate unterwegs gewesen, aber Joshua und Roro kam es vor, als wären es fünf Jahre gewesen.

* * *

Lüttich schien auf den ersten Blick unverändert. Im Stadtzentrum hatte es kaum Zerstörungen gegeben. Da die Luftwaffe sich auf den Festungsgürtel an der Maas konzentriert hatte, war die Stadt weitgehend verschont geblieben. Der Hauptbahnhof im Stil der Belle Époque war bis auf einige Einschüsse unversehrt. Die Brücken über die Maas, die die belgische Armee bei ihrem Abzug gesprengt hatte, waren bereits durch Notbrücken ersetzt, sodass auf den wichtigsten Achsen wieder Kleinbahnen und Busse verkehrten.

Über der Stadt lag eine ungewohnte Stille. In den Straßen waren kaum Autos, dafür umso mehr Fahrräder und Fuhrwerke unterwegs. Die Rollläden vieler Geschäfte waren heruntergelassen, die Türen verschlossen, die Fenster verrammelt. Die Terrassen der Cafés, die der Stadt den Ruf eines Quartier Latin an der Maas eingebracht hatten, waren leer, Tische und Stühle weggeräumt.

An den Litfaßsäulen hing ein Aufruf des Bürgermeisters, der die Bevölkerung dazu ermahnte, Ruhe und Besonnenheit zu bewahren. An öffentlichen Gebäuden hingen langgestreckte rote Fahnen mit einem Hakenkreuz.

Joshua fiel auf, dass die Verkehrsschilder in französischer Sprache durch deutsche ersetzt worden waren: Aus Liège war Lüttich, aus Aix-la-Chapelle Aachen und aus Bruxelles Brüssel geworden. Die Wegweiser sollten den Landsern die Richtungen ins Feindesland weisen. Damit wurde allen Bewohnern klargemacht, wer jetzt das Sagen hatte: die Swastikas, die Hakenkreuzler.

Als sie Seraing erreichten, konnten sie zu ihrer Erleichterung an ihrem Haus, das der Vater vor ihrer Flucht mit Brettern verrammelt hatte, keine Schäden feststellen. Anders als Geschäfte in der Nachbarschaft, die geplündert worden waren, war selbst das verrammelte Schaufenster intakt geblieben. Aaron Rubinstein, Nathans Schwiegersohn, hatte vorübergehend seine Zelte in ihrem Haus aufgeschlagen und damit potenzielle Plünderer abgeschreckt.

Als abends alle in Lüttich beisammen waren, berichtete der Kantor von ihrer misslungenen Flucht. Nachdem der Lastwagen am Straßenrand liegen geblieben war, seien sie noch bis zum Örtchen Verdin gekommen, wo sie in einem katholischen Internat untergekommen wären. Das Klima der Promiskuität, das in dem überfüllten Schlafsaal geherrscht habe, sei ihm zuwider gewesen. Als Frankreich kapituliert habe und die Kämpfe eingestellt waren, hätten sie die Heimreise angetreten.

Hanna Goldstein klagte, ihr Mann habe unterwegs leichtfertig das gesamte Tafelsilber verscherbelt. Erfreut waren beide, Nachrichten von Fred zu hören. Als Ariel erzählte, dass er versuche, über Spanien nach England zu gelangen, um von dort gegen die Hakenkreuzler zu kämpfen, war Goldstein sichtlich stolz auf seinen Sprössling: Ja, der Junge habe Chuzpe*, sagte er, das habe er immer gewusst.

Die Zustände in der Stadt, meinte Nathan, seien weniger schlimm als befürchtet. Anders als 1914 sei es nicht zu Ausschreitungen gegen die Bevölkerung gekommen. Eigentlich verhielten sich die Deutschen korrekt. Bedenklich sei jedoch eine Maßnahme, die ausgerechnet von den belgischen Behörden ausgegangen sei: Die Handelskammer habe eine Liste mit Unternehmen veröffentlicht, die ausländischen Juden gehörten. Der Bürgermeister von Lüttich habe leer stehende Geschäfte, die Juden gehörten, beschlagnahmen lassen. Angeblich tat er es, um die Not der Bevölkerung zu lindern.

Goldstein hatte ein gutes Gespür für die Gefahr, die von diesem Register ausging. Zum ersten Mal wurden Juden in Belgien in einem amtlichen Papier als gesonderte Kategorie aufgeführt. Rozenberg nahm es eher gelassen, weil die Anordnung für ihn keine unmittelbaren Folgen hatte, da sie nur für die Stadt Lüttich und nicht für die Gemeinde Seraing galt.

Ansonsten, schloss Nathan seinen Bericht, habe sich für die Juden nichts geändert. Die Synagogen seien weiterhin geöffnet. Hochzeiten und Beerdigungen nach jüdischem Ritus seien erlaubt und jüdische Kinder besuchten weiterhin belgische Schulen.

Für die Rozenbergs begann wieder der Alltag. Mendel und Joshua nahmen in der Schule ihre gewohnten Plätze ein. Weder in der Stadt noch an der Schule war etwas von einer judenfeindlichen Atmosphäre zu spüren. Auffallend war nur, dass etliche Lehrer, die zur Armee eingezogen worden waren, nicht zurückkamen – entweder weil sie im Kampf gefallen oder weil sie in Gefangenschaft geraten waren. Sie wurden durch weibliche Lehrkräfte ersetzt, was in einer Knabenschule für Aufsehen sorgte. Bemerkenswert war auch, dass einige Schulkameraden abwesend waren und nicht wieder auftauchten.

Die Abneigung der Bevölkerung gegen die Besatzer machte sich in den ersten Wochen lediglich in Witzen Luft, die hinter vorgehaltener Hand auf der Straße und auf dem Schulhof erzählt wurden. Sie begannen meist damit, dass sich ein Belgier, ein Deutscher, ein Engländer oder ein Franzose trafen, um ihre nationalen Leistungen und Fähigkeiten zu vergleichen. Der Deutsche, der landläufig nur als Boche* oder Chleu* bezeichnet wurde, trat immer als Tölpel und Prahlhans auf und endete dann als dummer August.

Seit dem Sieg über die Westmächte standen Belgien und Nordfrankreich unter einer gemeinsamen Militärverwaltung. Anders als 1914, als die Deutschen mit allen staatlichen Einrichtungen Tabula rasa machten, gingen die Besatzer diesmal umsichtiger vor: Die lokalen Verwaltungen wurden nicht angetastet. Das besetzte Land wurde von Generalsekretären regiert, was den Anschein einer eigenständigen Verwaltung aufrecht hielt.

In Belgien wurde eine »wohlwollende Besatzung« eingerichtet. Das verdankte man dem König Leopold III., der entgegen dem Willen der Alliierten kapituliert und sich geweigert hatte, seiner Regierung ins Exil nach London zu folgen. Der König hatte sich in deutsche Schutzhaft begeben, wobei diese im Palast von Laeken ziemlich komfortabel ausfiel. Damit signalisierte er den Deutschen seine Bereitschaft zu einer gewissen Kollaboration. Seine Haltung stimmte überein mit der Grundstimmung einer Bevölkerung, die alle Illusionen verloren hatte und nur ihre Ruhe haben wollte.

Unterdessen waren Hitler und seine Spießgesellen noch unentschlossen, wie sie mit dem Land verfahren sollten. Anfangs ging das Gerücht um, Flandern würde mit den Niederlanden zu einem Reichsgau vereint und dem Großdeutschen Reich einverleibt. Aber nachdem Léon Degrelle, der Führer der wallonischen Faschisten, sich den Deutschen als williger Komparse angeboten und an der Ostfront eine gute Figur gemacht hatte, machten die Rassenideologen des NS-Staates auch in Wallonien germanische Wurzeln aus. Angeblich mussten die nur neu belebt werden. Insofern verschob man die Neuordnung

Belgiens auf die Zeit nach dem Sieg über Großbritannien und der Sowjetunion.

Die Besatzungsmacht verordnete den vier Großstädten Brüssel, Antwerpen, Lüttich und Charleroi eine grundlegende Verwaltungsreform. Die vierundzwanzig Gemeinden des Reviers an der Maas wurden zu einem Groß-Lüttich mit 410.000 Einwohnern zusammengefasst. Die Deutschen versprachen sich davon eine bessere Kontrolle und leichtere Handhabung der Bevölkerung.

Gleichzeitig traten die ersten judenfeindlichen Verordnungen in Kraft. Juden, die bei Ausbruch des Krieges ins Ausland geflüchtet waren, wurde nun die Rückkehr nach Belgien verweigert. Deutschen Juden wurde ihre Nationalität aberkannt, wodurch sie zu Staatenlosen deklassiert wurden.

Anfangs hielt Rozenberg die judenfeindlichen Erlasse für den üblichen Antisemitismus, den er aus Polen kannte. Daran hatten sich die Juden in Jahrhunderten gewöhnt. Im Jiddischen nannte man das ironisch »den guten alten Rischess«*. Aber bald legte er seine anfängliche Sorglosigkeit ab, denn es hagelte von nun an fast täglich neue Erlasse und Verordnungen mit dem Ziel, den Juden das Leben schwer zu machen.

Als erstes erhielt Rozenberg eine Vorladung ins Rathaus, um gegen eine stattliche Gebühr einen Aushang in drei Sprachen abzuholen, den er gut sichtbar an seinem Schaufenster anbringen musste: »Jüdisches Unternehmen – Joodsche Onderneming – Entreprise juive«.

Kaum hatte er das Plakat angebracht, pinselten Unbekannte einen Judenstern auf seine Haustür und das Schaufenster. Seltsamerweise war das alles dem Geschäft nicht abträglich. Es stellten sich Käufer ein, die Rozenberg vorher nie gesehen hatte. Offenbar ging es der neuen Kundschaft darum, Solidarität mit ihren jüdischen Mitbürgern zu üben und den Besatzern eins auszuwischen.

Im Oktober 1940 wurden die Juden aufgefordert, präzise Angaben über ihr Vermögen zu machen. Daraufhin meldete sich über Umwegen der besorgte Meyer aus Antwerpen bei Rozenberg.

Der Metzger konnte ihn beruhigen. Die Bank Nagelmackers werde den Besatzungsbehörden keinerlei Einblick in ihre Unterlagen gewähren und Direktor Stevens habe ihm versichert, dass die Nazis keinen Zugriff auf jüdische Konten bekämen. Da sich auch die Notare weigerten, Versteigerungen jüdischen Eigentums durchzuführen, erwies sich die Maßnahme, die auf die Ausplünderung der Juden abzielte, als Fehlschlag. Die hohen Erwartungen der Besatzer, mit dem Hab und Gut der Juden ihre Kriegskasse aufzufüllen, erfüllten sich jedenfalls nicht.
Mit der Niederlage hielt die Mangelwirtschaft ihren Einzug. Über Nacht verarmten weite Teile der Bevölkerung. Wegen der Seeblockade, die die Engländer über das besetzte Europa verhängt hatten, brach im August eine erste Versorgungskrise aus. Grundnahrungsmittel wie Fett, Fleisch, Butter, Milch, Käse, Zucker und Marmelade, aber auch Eier, Mehl und Kaffee, waren plötzlich aus den Regalen verschwunden.

Fortan kreisten alle Gedanken der Menschen um die Nahrungsbeschaffung. Die meiste Zeit verbrachten sie damit, vor Geschäften, die noch Waren anzubieten hatten, Schlange zu stehen, um irgendetwas Genießbares zu ergattern.

Die Preise für Lebensmittel explodierten: Kartoffeln, das Grundnahrungsmittel, verzehnfachten ihren Preis. Ein Kilo Speck kostete um die 150, das Kilo Butter um die 200 Franken. Ein Ei kostete je nach Jahreszeit und Angebot zwischen sechs und zehn Franken. Die Kopfrationen für Brot wurden von der Militärverwaltung von vierhundertfünfzig auf zweihundertfünfundzwanzig Gramm halbiert. Bei dem Brot handelte es sich um Roggenbrot von schlechter Qualität, denn der Weizen aus Übersee, mit dem früher Brot gebacken wurde, konnte nicht mehr eingeführt werden.1941 waren 1,5 Mio. Belgier, also ein Fünftel der Bevölkerung, auf Lebensmittelspenden des Roten Kreuzes angewiesen.

Um die Versorgung der Städte zu sichern und Hungersnöte abzuwenden, führte die Militärverwaltung nach deutschem Vorbild Lebensmittelmarken ein. Die Vergabe richtete sich nach der Kopfzahl einer Familie und war streng reglementiert. An der Kalorienmenge, die die Besatzungsmacht jedem Erwachsenen zugestand, ließ sich die Rangordnung ablesen, die das NS-Regime den unterjochten Nationen zugestand: In Belgien hatte ein erwachsener Mensch Anspruch auf 1.080 Kalorien täglich, etwa die Hälfte dessen, was den Deutschen zugestanden wurde. Das entsprach zwar nur einem Drittel des Vorkriegsniveaus, war aber verglichen mit Polen ein relativ hoher Satz. Die Polen mussten sich mit 855 Kalorien begnügen.

Nicht nur Lebensmittel sondern auch viele Güter des täglichen Bedarfs wie Seife oder Streichhölzer wurden rar. Waren, die früher selbstverständlich waren, wurden von einem Tag auf den anderen kostbar, andere unerschwinglich. Vieles gab es fortan nur noch auf dem Schwarzmarkt. Mit Textilien und Schuhen wurde ein schwunghafter Handel getrieben, denn auch dafür bedurfte es besonderer Bezugsscheine.

Besonders diese Maßnahme erregte Ärgernis, denn die Frauen achteten gerade in Notzeiten auf ihr äußeres Erscheinungsbild. Das war eine Frage der Selbstachtung. Da Elsa Rozenberg für eine Änderungsschneiderei arbeitete, konnte sie auf diesem Weg Textilien besorgen und sogar Schuhe kaufen, was für Juden eigentlich verboten war.

Der Mangel machte die Menschen erfinderisch. Für viele Waren gab es Ersatzprodukte: Kuchen wurden aus Mohrrüben gebacken, aus Steckrüben wurde Marmelade hergestellt. An Stelle des täglichen Brotes, das von zweifelhafter Qualität war, rückten Hülsenfrüchte. Getrocknete Brombeer- und Himbeerblätter dienten als Tee-Ersatz. Statt Bohnenkaffee gab es einen unbestimmten Muckefuck, der aus Eicheln, Gerste und Rübenschnitzeln gebraut wurde.

Im Verlauf des Krieges wurde in Seraing wie in den anderen Städten des Landes jede verfügbare Grünfläche für den Anbau von Gemüse benutzt, was wiederum zu Streitigkeiten zwischen den Anwohnern führte. Selbst auf den beiden Friedhöfen ließ die Stadtverwaltung Gärten anlegen.

Wenn es das Ziel der Nationalsozialisten war, die illegalen Juden auszuhungern, so kamen sie ihrem Ziel ziemlich nahe, denn nur Juden mit belgischer Staatsbürgerschaft, die gerade einmal sechs Prozent aller Juden ausmachten, hatten Anspruch auf Lebensmittelmarken. Damit wurden die Marken wichtiger als Bargeld. Da die meisten Juden keinen Anspruch darauf hatten, besorgten sie sich solche auf dem Schwarzmarkt. Bald gab es Fälscherwerkstätten für Lebensmittelmarken statt für die wertlose Landeswährung.

Um zu überleben, sahen sich die meisten Juden gezwungen, sich auf dem Schwarzmarkt zu versorgen. Aaron Rubinstein, Goldsteins Schwiegersohn, betrieb einen schwunghaften Handel mit Ersatzteilen für Fahrräder und Küchengeräte. Er verstand sich außerdem darauf, Luxus-Güter zu beschaffen, auf die die Besatzungssoldaten besonders scharf waren: Tabak von der Semois, Rübenzucker aus Brabant und Genever aus Limburg. Über einen Hehler bezog er Modeartikel aus Frankreich wie Netzstrümpfe, Damenunterwäsche und gefälschtes Parfüm. Das erlaubte ihm einen für die Zeitumstände aufwendigen Lebensstil zu betreiben, denn die Yekkers* zahlten für exotische Artikel vergleichsweise hohe Preise.

Für die Rozenbergs war die Situation nicht so dramatisch wie für viele andere Juden, weil der Vater aus seiner Metzgerei trotz aller Kontrollen das eine oder andere Stück Fleisch für die heimische Küche abzweigen konnte. Dennoch verlor seine Frau in wenigen Monaten drastisch an Körpergewicht. Über Nacht waren ihre hübschen Fettpölsterchen verschwunden.

Ihr Mann ärgerte sich, dass sie den Söhnen bei den Mahlzeiten immer die besten Stücke zuschob, indem sie vorgab, keinen Appetit zu haben. Er versuchte ihr klarzumachen, dass sie für die Familie nur dann hilfreich und nützlich sein könne, wenn sie bei Kräften bleibe und nicht, wenn sie verhungere.

In Elsa Rozenbergs Küche kamen die Rezepte ihrer Mutter wieder zu Ehren. Sie verstand es, aus einem Nichts noch etwas Genießbares zu zaubern. Eine ihrer Spezialitäten war die Brotsuppe. Dazu rieb sie ihren Kochtopf mit Knoblauch ein, bevor sie heißes Wasser hineingoss. Die Brotbrösel wurden vorher in Salz eingelegt. Die dünne Brühe reicherte sie mit etwas Schweineschmalz aus der Metzgerei an, sodass am Ende appetitliche Fettaugen auf der Oberfläche schwammen. Mendel und Joshua hatten ihren Spaß daran, zu zählen, in wessen Teller die meisten Bläschen schwammen.

Die Jungen litten zwar keinen Heißhunger, aber der Gedanke ans Essen beschäftigte sie von nun an rund um die Uhr. Um den Speisezettel der Familie aufzubessern, zogen Mendel und Joshua an den Wochenenden mit einem Handkarren los, um Fallobst einzusammeln. Für den häuslichen Eintopf steuerten sie das Gemüse bei. Sie sammelten Eicheln und ernteten Löwenzahn- und Zichorienwurzeln. Als Zugabe gab es Getreidekörner, die von der Mutter so lange geröstet wurden, bis sie angenehm rochen. So sparsam die Rationen auch ausfielen, Joshua achtete immer darauf, dass für Roro ein paar Krümel übrig blieben.

Auch Brennstoff war Mangelware. Mendel und Joshua sammelten im nahen Klosterwald Laub, Heu und Brennholz. Wenn es dunkel wurde, zogen sie los, um auf einer stillgelegten Abraumhalde nach Kohlenresten zu suchen. Kohle war so kostbar, dass sie sogar gegen Lebensmittel eingetauscht wurde. Doch das Schürfen nach dem Schwarzen Gold war nicht ohne Risiko. Zwei Jungen aus ihrer Schule wurden beim Kohlenklau auf einem Fabrikgelände ertappt und von den Wachposten kurzerhand erschossen.

An den Wochenenden zog die halbe Stadt aufs Land, um zu hamstern. Im Volksmund nannte man das »nach China reisen«.

Die Bauern verstanden es, an den Kontrolleuren vorbei Federvieh und Stallhasen zu halten und insgeheim auch das eine oder andere Hausschwein zu mästen. Teile der Gemüseernte, die eigentlich zur Gänze abgeführt werden musste, wurden in sicheren Verstecken gehortet. Von den darbenden Städtern wurden die Bauern als »Kellerratten« bezeichnet. Junge Männer verdingten sich als Hilfsarbeiter und Erntehelfer. Als Gegenleistung erhielten sie eine warme Mahlzeit.

Die Vorratskammer von Lüttich war der Hespengau. Die fruchtbare Landschaft lag direkt vor den Toren der Stadt oberhalb der Maas und war mit Bahn oder Bus leicht zu erreichen. An den Wochenenden bildeten sich vor den Gehöften lange Warteschlangen.

Die Städter tauschten Uhren, Werkzeuge und Küchengeräte gegen Lebensmittel ein. Eine Gießkanne oder eine Tonschüssel wurde gegen ein halbes Pfund Butter oder ein Stück Käse eingetauscht. Ganz oben auf dem Wunschzettel standen Butter, Eier und Speck. Mendel wäre gerne am Wochenende mit seinen Kameraden auf die Reise nach China gegangen, aber der Vater verbot es ihm. Denn vor allem die Rückkehr in die Stadt war riskant, weil belgische Polizei und deutsche Feldgendarmerie häufig Kontrollen machten, um gehamsterte Waren zu beschlagnahmen. Wehe dem »Chinesen«, der sich erwischen ließ und keine ordentlichen Papiere besaß. Er landete unverzüglich in einem Arbeitslager.

* * *

Mit der Niederlage und der Besetzung setzte eine systematische Ausplünderung des Landes ein. Wegen seiner Kohlevorkommen und der Stahlindustrie war Wallonien für die deutsche Kriegswirtschaft von besonderer Bedeutung. Die Raubzüge der Deutschen beschränkten sich nicht auf Rohstoffe und Industrieanlagen, sondern betrafen auch kulturelle Güter wie Kunstwerke und Musikinstrumente. Für Juden wurde eigens eine zentrale »Erfassungsstelle für Feind- und Judenvermögen« eingerichtet.

Zu Beginn der Besatzung zeigten die belgischen Behörden sich noch halbwegs fügsam, aber in der Bevölkerung regte sich sofort Widerstand. Anfangs waren es nur Flugblätter und Parolen an den Häuserwänden, die zum Widerstand aufriefen. Als 1940 ein allgemeiner Lohnstopp verhängt wurde, der in Wirklichkeit eine Lohnsenkung war, brachen in den Kohlegruben von Seraing trotz massiver Drohungen wilde Streiks aus. Zum Jahrestag des deutschen Angriffs auf Belgien fand in Lüttich eine Kundgebung mit 100.000 Teilnehmern statt. Die Deutschen sahen sich gezwungen, den Bergarbeitern eine Gehaltserhöhung von acht Prozent zu gewähren. Der Belegschaft der Waffenfabrik in Herstal gestand man eine monatliche Sonderration an Kartoffeln zu.

Im Revier bildeten sich im Untergrund freie Gewerkschaften, deren Ziel es war, die deutsche Kriegsmaschinerie zu stören, indem sie die Arbeiter zu Müßiggang und Schlendrian aufriefen. 1941 häuften sich Sabotageakte auf Bahngleise, Stromkabinen und Strommasten. Dann folgten erste Anschläge auf deutsche Einrichtungen und Geschäfte von Kollaborateuren und Kriegsprofiteuren. Im Großraum Lüttich registrierte die Gestapo innerhalb von zwei Jahren zweihundertfünfzig Anschläge und Vorfälle. Nachdem Deutschland 1941 die Sowjetunion überfallen hatte, erhielt der Widerstand regen Zulauf von Kommunisten, die für den Kampf im Untergrund gut gerüstet waren. Dank ihres Organisationstalentes und ihrer Entschlossenheit übernahmen sie meist die Führung in den Partisanenverbänden.

Die Kirchenführung war dem bewaffneten Widerstand gegenüber kritisch eingestellt, weil sie einen wachsenden Einfluss der Kommunisten befürchtete. Gleichzeitig wollte sie die Bevölkerung vor Repressalien der Besatzungsmacht bewahren. Die Verurteilung der Anschläge durch das Episkopat wurde von der Bevölkerung vielfach als Tolerierung, wenn nicht als Unterstützung der Besatzer gewertet. Die Besatzungsmacht steckte ihrerseits in einem Dilemma. Je stärker der Widerstand wurde, umso rabiater und repressiver trat sie auf.

Eine perfide Maßnahme zur Einschüchterung und Kontrolle der Bevölkerung war die Sperrstunde. Sie sollte helfen, jeden Widerstand schon im Keim zu ersticken. Bei Einbruch der Nacht mussten wegen des Bombenkriegs die Fenster verschlossen und die Häuser verdunkelt werden. Wer sich während der Ausgangssperre schnappen ließ, der wurde verhaftet und zum Arbeitsdienst eingezogen. Das alles stiftete ein Klima der Angst und der Unsicherheit.

Das Leben unter der Besatzung war unsäglich monoton. Es gab kaum Gelegenheiten zu Unterhaltung und Zerstreuung. Sportveranstaltungen fanden nur noch im kleinen Rahmen statt. Das Kino- und Theaterprogramm spielte sich in unbeheizten Sälen ab und war nicht sonderlich attraktiv, weil es sich entweder aus Vorkriegsfilmen oder Produktionen der deutschen UFA zusammensetzte. Da auf den Straßen ständig Gefahren lauerten, scheuten die meisten Menschen auszugehen und verbrachten ihre Freizeit lieber daheim.

Für die Juden war das Leben noch trostloser. Bereits im August 1941 hatten die Rozenbergs ihren Rundfunkempfänger abliefern müssen. Damals lautete die amtliche Begründung, dass die Juden Falschnachrichten verbreiteten. Ohne Radio schienen die Abende in der Rue du Buisson endlos zu sein, denn Mendel und Joshua waren von allen noch vorhandenen Kulturangeboten ausgeschlossen. Juden durften weder Museen und Bibliotheken, weder Schwimmbäder noch Theater und Kinos besuchen. Selbst der Zugang zu Spielplätzen und Parkanlagen wurde ihnen untersagt. Zwischen zwanzig Uhr abends und sechs Uhr morgens durften sie sich weder auf der Straße noch in Gärten oder Höfen aufhalten.

Wie schon in Lodz im Jahre 1936 musste Mendel wieder seinen Schachclub verlassen und Joshua die Besucherkarte in der öffentlichen Bibliothek abgeben. Ariel Rozenberg sah sich nun gezwungen, aus der Musikkapelle Polonia auszutreten. Er weigerte sich, seine Trompete abzugeben und versteckte sie lieber in seinem Schlafzimmer. Wenn er abends daheim einsam Trompete blies, hatte ihr Klang etwas Melancholisches. Es klang nach Tod und Verlust. Vielleicht lag es nur daran, dass die Blaskapelle häufig bei Beerdigungen aufgetreten war und viele Trauermärsche in ihrem Repertoire hatte. Aus Angst, seine Nachbarn könnten sich an seinem Spiel stören und ihn bei der Gestapo anzeigen, stellte er am Ende das Trompete blasen gänzlich ein und verschloss das Instrument für immer in seinem Kasten.

Unterdessen begann seine Frau mit ihrer Kusine Gerda einen intensiven Briefwechsel. Obwohl die Zensur sich bei der Inlandskorrespondenz mit Stichproben begnügte, achteten sie darauf, nur unverfängliche Dinge auszutauschen und wichtige Botschaften hinter Allgemeinheiten zu verbergen. Zwischen den Zeilen konnte Elsa lesen, wie sehr der Konsul unter den Anfeindungen litt, denen er als deutscher Jude ausgesetzt war.

Aber manchmal hatte die Freundin auch gute Nachrichten zu vermelden. Über das Schweizer Rote Kreuz hatten die Meyers die Verbindung mit ihrem Sohn in England aufrecht gehalten. Jeden Monat durften sie ihm eine Karte mit fünfundzwanzig Worten zuschicken. Wegen des Bombenkrieges war Emil von London aufs Land verschickt worden. Er lebte nun in einer kleinen Ortschaft nordwestlich der Hauptstadt, wo er von Gasteltern liebevoll aufgenommen worden war. Er schrieb, er spreche nun gut Englisch, besuche eine renommierte Schule und habe viele Freunde gewonnen.

Die Hetze gegen die Juden nahm unablässig zu. In den gleichgeschalteten Medien und im Stadtbild war der Antisemitismus allgegenwärtig. Überall waren Plakate mit hässlichen geifernden Männern zu sehen, die Hakennasen und abstehende Ohren hatten und entweder Geld rafften oder nach blonden Frauen und kleinen Kindern griffen. Das erinnerte Joshua an das Utzli Gutzli, ein polnisches Rumpelstilzchen, das kleine Kinder einfing, um sie aufzufressen. Mit der Drohung, den bösen Zwerg ins Haus zu lassen, hatten die Eltern einst für Ruhe im Kinderzimmer gesorgt.

Joshua konnte nicht verstehen, was die Deutschen dazu antrieb, so hässlich gegen die Juden zu sein, obwohl die ihnen nichts getan hatten. Als er einmal den Kantor nach den Gründen fragte, sagte der, das alles sei eine Fügung des Allmächtigen und schon im Buch des Propheten Daniel angekündigt. Die Juden seien wieder im Lande Goschen* gefangen. Als Joshua ihn fragte, wo dieses Land auf der Landkarte zu finden sei, wusste der Onkel darauf keine Antwort. Aber er wusste, dass der Gott Abrahams, Isaaks und Jakobs, der einst das Volk Israel vor dem Zorn des Pharaos bewahrt und aus der Knechtschaft in Ägypten befreit hatte, auch diesmal einschreiten werde und den Führer und Reichskanzler Adolf Hitler für seine Untaten bestrafen würde. Aber das solle er ja nicht laut sagen und lieber für sich behalten.

Joshua und Mendel litten unter der bedrückenden Atmosphäre, die sich überall breit machte. Selbst die Familientreffen, die nun notgedrungen tagsüber stattfanden, waren nicht mehr so zwanglos wie ehedem. Wenn über Politik geredet wurde, was nun unausweichlich war, war der Ton immer vorsichtig und verschwörerisch. Seit die Deutschen ihnen den Rundfunkempfänger weggenommen hatten, war es schwierig, an gesicherte Informationen heranzukommen. Man war von der Außenwelt abgeschnitten und auf amtliche Verlautbarungen und vage Gerüchte angewiesen.

Die wichtigste Nachrichtenquelle war das Straßengeflüster, weil es ohne jede Technik auskam, auf schnellem Weg von Mund zu Mund weitergereicht wurde und von den Deutschen nicht zensiert werden konnte. Aber die Nachrichten, die über »radio trottoir« verbreitet wurden, waren alles andere als zuverlässig.

Es gab zwar eine Untergrundpresse, aber die hatte mit Papiermangel zu kämpfen und konnte daher nur in kleiner Stückzahl erscheinen. Von den 16 illegalen Blättern, die in Seraing im Umlauf waren, war besonders das Satireheft »radiopatacoye« populär. Trotz aller Anstrengungen gelang es den Deutschen nie, die Zeitungsmacher dingfest zu machen.

Großer Beliebtheit erfreuten sich die Nachrichten, die täglich eine halbe Stunde von der BBC ausgestrahlt wurden. Die Sendungen hatten etwas Prickelndes, weil sie immer mit Losungen endeten, die für den Widerstand bestimmt waren. Die Passwörter klangen oft aberwitzig: »Der Löwe spielt Golf«, lautete ein Code, »Das Meerschweinchen hat Durchfall« und andere absurde Schlüsselworte. Radio London war bei Jugendlichen sehr beliebt, weil der englische »Feindsender« viel Musik von Glen Miller, Benny Goodman, Count Basie und anderen Größen des Swings ausstrahlte.

Eine scharfe Waffe der Wehrlosen war der politische Witz. Joshuas Lieblingswitz handelte von einem Papagei, der am offenen Fenster sitzt und jedes Mal, wenn eine deutsche Streife vorbeimarschiert, lauthals »sales boches« krächzt. Irgendwann sind die Deutschen der Sache überdrüssig, und der Offizier droht der Besitzerin: »Wenn Ihr Papagei noch einmal ›sales boches‹ ruft, erschieße ich ihn.«

Erschrocken bittet die Frau ihren Pfarrer um Rat. »Kein Problem, gute Frau«, antwortet der: »Wir tauschen einfach unsere beiden Papageien aus.« Als die Streife das nächste Mal vorbeikommt, geschieht nichts. Der Offizier ist darüber verwundert, zieht seine Pistole und droht dem Vogel: »Nun sag schon, was du immer sagst: Sales boches.« Da dieser beharrlich schweigt, brüllt er ihn an: »sales boches, sales boches, sales boches ...« Da schließt der Papagei die Augen und antwortet seelenruhig: »Herr, dein Wille geschehe.«

* * *

In aller Stille wurde die belgische Zivilgesetzgebung an deutsche Verhältnisse angepasst. Loyale Beamte wurden nach und nach kaltgestellt und alle einflussreichen Posten in der Verwaltung mit Kollaborateuren besetzt.

Die Juden sahen sich immer mehr in die Enge gedrängt. Die Ausübung gewisser Berufe war ihnen untersagt. Zuerst galt das für Lehrer, Anwälte und Journalisten, wurde dann auf Human- und Tiermediziner, Krankenpflegerinnen, Zahnärzte sowie Angestellte im öffentlichen Dienst ausgedehnt. Am Ende durften Juden nur noch als Ladenbesitzer und Handwerker tätig sein.

Obwohl Joshua wegen seines Alters von einem Studien- und Berufsvverbot nicht unmittelbar betroffen war, erkannte er instinktiv, dass er wie alle Juden in einem Räderwerk steckte, dessen Logik er nicht verstand, aber dessen Bestimmung er durchschaute: die Juden sollten ausgehungert und ausgeplündert werden. Für Mendel hingegen schienen die Verordnungen alle seine Träume auf eine wissenschaftliche Karriere zu vernichten.

Als Joshua davon hörte, dass den Juden künftig das Halten von Haustieren untersagt wurde, befürchtete er, man würde ihm Roro wegnehmen, aber die Mutter beruhigte ihn: dem Hasen werde schon nichts passieren, wenn er sich nur ruhig und unauffällig verhalten würde.

1941 erhielten die Juden neue Ausweise, auf denen in roter Farbe der Vermerk »Juif – Jood« gestempelt war. Alle Juden wurden verpflichtet ihren Wohnsitz in einer der vier Großstädte zu nehmen. Jeder Umzug von dort wurde ihnen untersagt. Sie wurden auch in ihrer Bewegungsfreiheit drastisch eingeschränkt. Einkäufe hatten sie zwischen fünfzehn und siebzehn Uhr zu tätigen. Alle Fahrzeuge in ihrem Besitz, vom Automobil über den Tretroller und das Dreirad bis zum Kinderwagen, mussten abgeliefert werden. Über die Juden wurde ein allgemeines Reiseverbot verhängt. In der Straßenbahn mussten sie sich mit Stehplätzen auf der Plattform am hinteren Ende begnügen.

Die Nazis machten sich ein Vergnügen daraus, ihre Verordnungen an jüdischen Festtagen wie dem Rosch Haschana, dem Neujahrsfest, dem Sukkot, dem Laubhüttenfest, oder dem Jom Kippur, dem Versöhnungstag, zu verkünden, was Rozenberg zu der sarkastischen Bemerkung verleitete, die Nazis würden den jüdischen Kalender besser kennen als der fromme Vetter Goldstein.

Im November 1941 richteten die Deutschen einen Nationalen Judenrat ein, um eine völlige Kontrolle des jüdischen Lebens zu erreichen. Die Vereinigung bestand aus angesehenen Mitgliedern der jüdischen Gemeinde. An ihrer Spitze stand der Oberrabbiner Salomon Ullman, der wie viele andere glaubte, man könne – wenn man nur guten Willen beweise – mit den Deutschen Kompromisse machen und Verbesserungen aushandeln.

In Lüttich hatte der Judenrat seinen Sitz am Quai Van Beneden 80. Kaum war er eingesetzt, wurde er von der Kommandantur aufgefordert, einen gesonderten Schulunterricht für jüdische Kinder einzurichten. Der Stadtverwaltung gelang es, die Maßnahme zu verschleppen. Obwohl die Maßnahme nur sechshundert Kinder betraf, behauptete sie, es gebe nicht ausreichend ausgebildete Lehrer und nicht genügend Klassenräume. Der Verzögerungen überdrüssig, zwangen die Deutschen per Dekret alle öffentlichen und privaten Schulen, ihre jüdischen Schüler einfach vor die Türe zu setzen.

Mendel und Joshua empfanden das als tiefe Demütigung. Es war ihnen unbegreiflich, und es war ungerecht. Anfangs wurden sie stundenweise im Cheder unterrichtet. Dort fehlte es an allem: an Tischen, Bänken, Heften und Büchern. Auch herrschte eine bedrückende Atmosphäre, obwohl die Lehrer, bei denen es sich um exmatrikulierte Studenten handelte, sich alle Mühe gaben, den Kindern etwas beizubringen.

Nach den Sommerferien des Jahres 1942 nahm in der Rue du Château die jüdische Volksschule ihren Betrieb auf. Die

Jungen ahnten nicht, dass sie diese nur wenige Wochen besuchen sollten.

Im Spätsommer 1942 lief der große Judenfang an. Die Sicherheitspolizei, im NS-Jargon Sipo-SD, verfolgte das Ziel, flüchtige Juden, Widerständler und sonstige Saboteure ausfindig zu machen und zu fassen. Die Ausgabe von Lebensmittelmarken war eine vortreffliche Gelegenheit, versteckte Juden zu ermitteln, da die Behörden angewiesen waren, Staatenlosen und Ausländern keine Essensmarken mehr auszuhändigen. Davon waren nahezu alle in Belgien lebenden Juden betroffen.

Die befanden sich damit in einem Dilemma: Entweder tauchten sie aus ihrer Anonymität und Illegalität auf, um die begehrten Marken zu ergattern, oder sie blieben versteckt und riskierten zu verhungern. Selbst für Juden mit belgischem Pass gab es keine Gewähr auf eine ausreichende Versorgung. Auf deutscher Seite fand man immer neue Vorwände, um sie um ihre Lebensmittelmarken zu prellen. Dem einen wurden die Essensmarken bei der Einweisung ins Krankenhaus abgenommen mit dem Hinweis, dass sie diese nicht mehr benötigten. Anderen verweigerte man die Marken unter dem Vorwand, dass die Juden sich sowieso auf dem Schwarzmarkt versorgen würden.

Solange Rozenberg noch seine Metzgerei betrieb, konnten sie ohne Lebensmittelmarken auskommen. Kritisch würde es erst, wenn man dem Vater die Betriebserlaubnis entziehen würde.

Das sollte nicht lange auf sich warten lassen. Bereits 1940 hatten die Deutschen ein landesweites Schächtungsverbot erlassen. Damit wurde den koscheren Schlachtereien in Brüssel und Antwerpen die Existenzgrundlage entzogen. Rozenberg glaubte, dass ihn das Verbot nicht zu kümmern brauche, weil seine Metzgerei längst den Handel mit koscherem Fleisch eingestellt hatte. Insgeheim dankte er dem Allmächtigen, dass er dem Drängen seines Vetters, die mosaischen Gesetze zu beachten, nicht nachgegeben hatte und nur »normales«, also treifes Fleisch verarbeitet und verkauft hatte.

Doch die Missachtung des Kaschruts bedeutete keine Rettung. Die Behörden gaben immer weniger Vieh zur Schlachtung frei. Der Leiter des Schlachthofes von Droixhe, von dem Rozenberg sein Fleisch bezog, belieferte lieber den Schwarzmarkt als den staatlich regulierten Markt. Außerdem war er dem Juden Rozenberg schlecht gesonnen. Er presste ihm hohe Gebühren ab, um ihm zu schaden und ihn womöglich zu vertreiben: Als das nichts half, verweigerte er ihm den Zugang zu Ställen, Schlachthallen und Kühlräumen. Das Hausverbot für Ariel Israel Rozenberg wurde durch einen Aushang am Eingang des Schlachthofes allen Beschäftigten und Kunden kundgetan.

Kurz darauf tauchten in der Rue du Buisson Schwarzhemden mit einem amtlichen Schreiben auf, in dem angeordnet wurde, dass die gesamte Einrichtung der Boucherie belgo-polonaise zu beschlagnahmen sei. Ohne eine Stellungnahme abzuwarten, begannen sie alles auf einen Lastwagen zu laden. Innerhalb einer Stunde war alles, was nicht niet- und nagelfest war, abgebaut und verladen. Zum Schluss musste der Beraubte noch ein Papier unterzeichnen, in dem er bestätigte, dass alles auf freiwilliger Basis geschehen sei.

Ariel Rozenberg, früher ein umtriebiger Mann, sah sich über Nacht auf Eis gelegt. Aus reiner Gewohnheit stand er weiterhin in aller Frühe auf, schlurfte auf seinen Pantoffeln die Treppe hinunter und drehte einige Runden durch die Räume seiner geplünderten Metzgerei, bis es Zeit war für das karge Frühstück, das alle gemeinsam einnahmen. Mit der Schließung der Metzgerei hatte er seinen Lebensinhalt verloren. Das Angebot von Goldsteins Schwiegersohn, in seinen Schwarzhandel einzusteigen, lehnte er aus moralischen Gründen ab. Es widere ihn an, beschied er ihn, Geschäfte mit diesen gottverdammten Schicksen* zu machen. Lieber wolle er verhungern.

Das Leben als Müßiggänger bekam ihm nicht. Rozenberg begann launisch und mürrisch zu werden. Den ganzen Tag über lungerte er in der Küche herum und ging seiner Ehefrau mit seinen Klagen über die Ungerechtigkeit der Welt gehörig auf die Nerven. Nicht nur sie, auch die Kinder bekamen seine schlechte Laune zu spüren. Während er sich früher kaum um ihre Erziehung gekümmert hatte, begann er nun die Schulaufgaben zu überwachen und an den Leistungen seiner Söhne herumzunörgeln, was zu Streitigkeiten mit der Ehefrau führte.

Seitdem der Vater einem Berufsverbot unterlag, lebte die Familie von den Näharbeiten der Mutter, die immerhin etwas abwarfen. Obwohl die Lage dramatisch war, ließ Mutter Rozenberg sich nicht unterkriegen. Hatte sie bisher im Schatten ihres Mannes gelebt, nahm sie nun das Heft in die Hand. Ihr Mann, der mit seinem Schicksal haderte, verletzte das in seinem Mannesstolz. Als er eines Morgens sah, dass seine Frau in der Nacht einen Berg an Kleidern abgearbeitet hatte, lästerte er über ihre »deutsche Tüchtigkeit«. Daran erkenne man, dass sie von fleißigen Schwaben abstamme. Obwohl er es in Polnisch sagte, damit die Kinder es nicht verstehen sollten, nahm seine Frau ihm das sehr übel.

Auch Schuster Goldstein sah sich immer mehr der Möglichkeiten beraubt, sein Gewerbe auszuüben. Da Leder als kriegswichtiger Rohstoff eingestuft war, durfte es nicht mehr an Juden ausgeliefert werden. Schlimmer noch. Alle Schustereien in jüdischem Besitz mussten ihre gesamten Bestände an die deutsche Lederzentrale abliefern.

Aber Goldstein wusste sich zu helfen. Sein Vater hatte ihm als Kind öfter erzählt, dass die Schuster in Galizien Baumrinde benutzten, wenn Mangel an Leder herrschte. Sie brauchten dazu den Bast oder die Borke von Buchen- und Eichenrinden. Also begann Goldstein damit, die Schuhe der Kunden, die ihm noch verblieben waren, mit Baumrinde zu besohlen.

Dafür mussten Mendel und Joshua im Klosterwald von Seraing mit den Schächtmessern ihres Vaters, die nicht mehr gebraucht wurden, Rinden von den Baumstämmen schälen.

Da hieß es immer auf der Hut vor dem Förster zu sein, denn der wusste sein Revier gegen jede Art von Waldfrevel zu verteidigen. Außerdem mussten sie abends daheim sein, bevor die Sperrstunde begann.

* * *

Die Judenhatz konzentrierte sich zunächst auf Antwerpen und Brüssel, wo die meisten Juden lebten. Die einhundert jüdischen Familien in Seraing, die aus Polen und Litauen stammten und deren Väter und Söhne in den umliegenden Kohlegruben arbeiteten, blieben lange unbehelligt, denn angeblich waren sie als Rüstungsarbeiter unentbehrlich.

Doch dann häuften sich die Festnahmen unter den »Arbeitsjuden«. Nun liefen alle Juden Gefahr, deutschen Spitzeln zu begegnen und auf offener Straße verhaftet zu werden. In einer roten Hochburg wie Seraing gab es deren zwar nicht viele, aber es hieß auch hier, ständig auf der Hut zu sein, weil es überall feindliche Späher und Horcher gab.

Mendel und Joshua lernten, außerhalb des Hauses den Deutschen und ihren lokalen Helfershelfern aus dem Weg zu gehen: Wenn sie Landser sahen oder Deutsch reden hörten, machten sie entweder einen Bogen oder sie kehrten auf den Absätzen um. Statt wie früher ständig in der Stadt herumzulungern, zogen sie es nun vor, zu Hause zu bleiben und sich mit Makao, einer polnischen Spielart von Mau-Mau, oder anderen Gesellschaftsspielen die Zeit zu vertreiben.

Niemand fühlte sich noch sicher, seit sich herumgesprochen hatte, dass es selbst unter Juden Handlanger der Gestapo gab, die in der trügerischen Hoffnung, auf diese Weise die eigene Haut zu retten oder ihre Angehörigen vor der Deportation zu bewahren, sich nicht scheuten, das eigene Volk zu verraten.

Ein berüchtigter Judenfänger war Icek Glogowski, genannt »der dicke Jakob«. Obwohl er als sogenannter Greifer im Dienst der Gestapo von Brüssel stand, lieh die ihren Meisterspion manchmal an ihre Lütticher Zweigstelle aus. Glogowski besaß die teuflische Gabe, auf Anhieb zu erkennen, ob ein Mensch jüdischer Herkunft war oder nicht. Er ließ sich im offenen Wagen durch die Stadt chauffieren, um Passanten zu mustern. Oder er bummelte wie ein harmloser Zeitgenosse über die Boulevards, um in der Menge Juden ausfindig zu machen. Auf einen Fingerzeig hin griffen zivile Häscher nach den Opfern und nahmen sie fest. Oft reihte er sich in die Warteschlangen an den Ausgabestellen der Lebensmittelmarken ein, um in der Menge Juden auszumachen, die eine andere Identität angenommen hatten.

Glogowski war von großer Treffsicherheit. Mehrmals versuchte der jüdische Widerstand den Verräter umzubringen, aber wie durch ein Wunder entkam der dicke Jakob allen Anschlägen.

Am 1. Mai 1942 ordneten die Nationalsozialisten für alle Juden das Tragen eines Judensterns an. Dieser war von den Nazis zuerst in Polen, danach im Dritten Reich eingeführt worden. Der Stern knüpfte an das gelbe Rad an, das die Juden im Mittelalter tragen mussten. In Belgien bestand der Judenstern aus zwei sich überlagernden gelben Dreiecken mit schwarzem Rand nach Art eines Davidsterns. Darin befand sich der Buchstabe »J«, dessen geschwungene Form an die hebräische Schrift erinnern sollte.

Die Verordnung besagte, dass alle Juden, die älter als sechs Jahre waren, den Stern gut sichtbar auf der linken Brustseite tragen mussten. Wer sich der Anordnung widersetzte und ohne Judenstern gefasst wurde, dem drohte Verhaftung und Verschleppung. Mit einem Mal bekamen die Juden, die der gewöhnliche Sterbliche wegen ihrer geringen Zahl meist nicht persönlich, sondern nur aus der NS-Propaganda kannte, ein konkretes Gesicht.

Dem stellvertretenden Leiter der Militärverwaltung SS-Gruppenführer Reeder schwante, dass die Einführung des Judensterns keine gute Idee war und in Belgien auf Widerstand stoßen würde. Bereits im Februar hatte er nach Berlin gemeldet, dass die Belgier nicht das geringste Verständnis für die Judenfrage aufbrächten. Er befürchtete, dass die Einführung des Judensterns eine Massenflucht auslösen würde und beklagte, dass die flüchtigen Juden in der Bevölkerung leicht Unterschlupf fänden. Da Reeder über die Jahre Erfahrung mit der Widerborstigkeit der Belgier gesammelt hatte, wäre es ihm lieber gewesen, man hätte diese Maßnahme auf das Kriegsende verschoben. Wie er es erwartet hatte, zeigte sich die Gemeindeverwaltung von Lüttich bei der Durchsetzung der Verordnung wenig kooperativ. Deshalb wurde die Kommandantur damit beauftragt, die Judensterne auszuliefern: Die Familienvorstände hatten gegen eine saftige Gebühr eine größere Stückzahl des schäbigen Kennzeichens, das zu einem Brandmal für alle Juden ab sechs Jahren werden sollte, bei ihr abzuholen. Auf einem Merkzettel war angegeben, wie und wo die Judensterne an Hemden, Blusen, oder Mänteln anzubringen seien.

Joshua erinnerte sich, wie deprimiert die Mutter gewesen war, als sie den Stern auf ihre Kleider nähte. Gewöhnlich wusste sie ihre Gefühle vor den Kindern zu verbergen. Aber diesmal hatte sie heftig geschluchzt und dicke Tränen vergossen. Während Joshua nicht so recht verstand, was den Kummer auslöste, versuchte Mendel ihr beizustehen und sie zu trösten.

Schließlich fasste sie sich wieder und sagte: »Merkt euch eins. Ihr seid beide unter einem guten Stern geboren, auch wenn es ein gelber ist. Und dieser Stern wird euch beschützen.« Als Joshua ein Hemd anprobieren sollte, scherzte sie schon wieder: »Schau dich an, Joshua, du siehst aus wie der Sheriff von Kansas City.« Sie musste selber lachen und gab ihm einen Klaps auf den Po, damit er verschwinden solle.

Mit einem Mal tauchten Mendel und Joshua aus der anonymen Masse auf. Während die Erwachsenen das Tragen des Judensterns als Schande empfanden, trugen die Brüder das Zeichen, das sie zu Untermenschen abstempeln sollte, anfangs mit einem gewissen Stolz – so als handele es sich um ein Sportabzeichen.

Als sie mit aufgenähtem Stern auf die Straße gingen, waren viele in ihrem Viertel überrascht, weil sie keine Ahnung hatten, dass es sich bei den Rozenbergs um Juden handelte. Einige Tage nachdem die Verordnung in Kraft getreten war, kam ein polnischer Bergmann, von dem Rozenberg ganz bestimmt wusste, dass er keinen Tropfen jüdischen Blutes hatte, mit einem gelben Stern an der Brust in die Metzgerei. Als der Vater davon beim Abendessen erzählte, waren alle erstaunt. Joshua regte der Bericht dazu an, mit einer Schere aus gelbem Papier einen Davidstern zu schnippeln und ihn Roro an die Brust zu kleben, was die Mutter erboste, als sie es entdeckte. Er musste den Stern umgehend entfernen.

Als die ersten Judensterne im Stadtbild auftauchten, taten die meisten Passanten so, als hätten sie es nicht bemerkt. Nur selten kam es vor, dass Juden auf offener Straße angepöbelt wurden, denn nur wenige glaubten den Lügen der deutschen Propaganda, die Juden trügen die Schuld an diesem verdammten Krieg, und es sei deshalb nur gerecht, wenn sie nun dafür büßen müssten.

Dennoch hörte Joshua damals zum ersten Mal das böse Wort von der »Smaus«, ein Schimpfwort, das Antisemiten in Umlauf gebracht hatten. Eine Smaus war ein gefräßiges Nagetier, Ungeziefer, das sich überall im Untergrund breitmache. Auch bei den Sioux sorgte der Stern für Ärger: Nachdem Donnernder Büffel sich mehrmals abfällig über die Juden geäußert hatten, indem er sagte, ein Jude könne niemals eine echte Rothaut und also auch kein Blutsbruder sein, beschlossen Mendel und Joshua freiwillig den Stamm zu verlassen.

Es gab aber auch positive Reaktionen auf den Stern. Es kam vor, dass Passanten Joshua freundlich anlächelten, wenn sie den Stern sahen. Manchmal gab es ein freundliches Schulterklopfen, oder man steckte ihm sogar ein Bonbon zu. Es gab durchaus Zeichen des Mitgefühls. Einmal standen in der Straßenbahn Unbekannte auf, um seiner Mutter, die mit ihrem Stern auf der Bluse hinten auf der Plattform stand, ihren Sitzplatz anzubieten. Ein Untergrundblatt hatte dazu aufgerufen, die Sternträger ostentativ zu grüßen und als Geste des Patriotismus den Hut vor ihnen zu ziehen, wenn sie ihnen begegneten.

Diese Form des zivilen Protestes versetzte die Deutschen und ihre Handlanger in Rage. Schlägertrupps spürten auf der Straße jene Bürger auf, die sich unbefugt einen gelben Stern auf den Mantel geheftet hatten. Wenn sie einen solchen zu fassen kriegten, verprügelten sie ihn auf offener Straße, damit ihm die Lust am Tragen des Sterns verging.

Obwohl die Mutter ihnen eingeschärft hatte, das Abzeichen immer und überall zu tragen, um unnötige Scherereien zu vermeiden, trugen Mendel und Joshua ihn nur, wenn es unumgänglich war. Öfter zogen sie ihre Hemden und Pullover seitenverkehrt an, damit man den Stern nicht sehen konnte. Es lag ihnen viel daran, sich überall frei bewegen und vor allem unbehelligt Straßenbahn fahren zu können. Die Kontrolleure, von denen viele der kommunistischen Gewerkschaft angehörten, kannten sie und ließen sie gewähren.

Wenn eine Polizeistreife auftauchte, warnten sie die Jungen, damit sie flugs von den Trittbrettern sprangen. Zwischen Schaffnern und Schwarzfahrern herrschte bald ein stilles Einverständnis. Als Gegenleistung dafür, dass die Schaffner beide Augen zudrückten, halfen die Jungen ihnen in Herbst und Winter, die Gleise von Laub oder Eis zu befreien.

* * *

Zu Beginn des Jahres 1942 brach der Kontakt zwischen den Familien Rozenberg und Meyer ab. Die Briefe nach Antwerpen kamen geöffnet mit dem Vermerk »mit unbekannten Ziel verzogen« zurück. Die letzte Nachricht aus Antwerpen war eine Postkarte zum Jahreswechsel, in der die Meyers ihnen für das kommende Jahr alles erdenklich Gute wünschten.

Je schlechter die Lage an der Front wurde, je höher die deutschen Verluste an Menschen und Material waren, umso mehr verlangte die deutsche Rüstungsindustrie nach Rohstoffen und billigen Arbeitskräften. In den besetzten Ländern warb die NS-Organisation Todt, eine paramilitärische Bautruppe, um Freiwillige für einen Arbeitseinsatz im Dienste des Reiches. Angesichts der hohen Arbeitslosigkeit hoffte sie, mit dem Versprechen auf gute Arbeitsbedingungen und der Aussicht auf guten Lohn qualifizierte Arbeiter zu ködern.

Da die Bemühungen nicht den gewünschten Erfolg hatten, waren die Deutschen darauf erpicht, das ungenutzte Arbeitspotential der Juden auszuschöpfen. In den größeren Arbeitsämtern, die mit Kollaborateuren durchsetzt waren, wurde für jede jüdische Arbeitskraft eine Akte angelegt. Im Juli 1942 forderte die Organisation Todt 2.220 belgische Juden zum Bau des Atlantikwalls an der Kanalküste an.

In Lüttich erhielten daraufhin alle jüdischen Männer über sechzehn Jahren eine Vorladung des Arbeitsamtes auf den Place Saint Christophe. Zu den Einberufenen gehörten Ariel Rozenberg und Nathan Goldstein, dessen ältester Sohn Leewi und sein Schwiegersohn Aaron.

Nach einer flüchtigen Untersuchung durch einen Vertrauensarzt, die den Metzger Rozenberg an die Visiten des Veterinärs im Schlachthof erinnerte, wurden alle Anwesenden, auch der betagte Nathan Goldstein, der an Asthma litt, für arbeitsfähig befunden. Sie sollten sich in drei Tagen in Arbeitskleidung vor dem Arbeitsamt einfinden und Verpflegung für vierzehn Tage, etwas Wäsche zum Wechseln, festes Schuhwerk, Geschirr und Ausweispapiere mitbringen. Um alles andere werde sich die Organisation Todt kümmern. Irgendwie klang das alles noch seriös und harmlos.

Jedem, der sich dem Befehl entzog, wurden schlimmste Repressalien wie der Einzug seines gesamten Besitzes und die Einweisung in ein Konzentrationslager angedroht. Jedem Stellungsbefehl lag ein Schreiben des Judenrates bei, worin dieser sich verbürgte, dass es sich lediglich um einen Arbeitseinsatz und nicht um eine Deportation handele. Auch versicherte der

Judenrat, der sich um Schadensbegrenzung bemühte, dass die Arbeit bezahlt werde und ein Anspruch auf Lebensmittelmarken bestünde. Die übrigen Familienangehörigen seien künftig von Arbeitseinsätzen verschont.

Am Abend trafen sich die Goldsteins und die Rozenbergs in der Rue du Parc, um die Lage zu beraten. Während die Erwachsenen in der guten Stube miteinander stritten, lauschten Mendel, Joshua und der kleine Benjamin nebenan in der Wohnküche. Die Diskussion verlief heftig und leidenschaftlich. Nathans Sohn Leewi und sein Schwager Aaron sprachen sich dafür aus, unterzutauchen, so wie es auch viele Belgier täten. Alle Illegalen könnten mit der Unterstützung der Bevölkerung rechnen. Selbst deutschen Deserteuren und fahnenflüchtigen Rekruten aus den annektierten Ostkantonen würde bereitwillig Unterschlupf gewährt, obwohl darauf Gefängnis, Verbannung oder Tod standen.

Ariel Rozenberg ermahnte die aufgebrachten jungen Leute dazu, Ruhe und Gelassenheit zu bewahren. Sie sollten einen kühlen Kopf behalten. Er werde sich zum Arbeitsdienst melden. So schlimm, wie manche behaupteten, werde es schon nicht kommen. Unter seinen Stammkunden seien welche, die von dort wohlbehalten heimgekehrt wären. Obwohl ein Arbeitseinsatz sicherlich kein Ferienlager sei, sei es auch keine Fronarbeit. Außerdem erhalte seine Familie, die derzeit große Not leide, damit einen Anspruch auf Lebensmittelmarken.

Da man sich nicht einig wurde, beschlossen beide Parteien, getrennte Wege zu gehen: Rozenberg wollte der Anordnung Folge leisten, um seine Familie abzusichern, die Goldsteins wollten schleunigst untertauchen. Sie verabschiedeten sich wortreich, wobei die Frauen reichlich Tränen vergossen und die Männer sich nach jüdischem Brauch ein Wiedersehen im nächsten Jahr in Jerusalem wünschten.

Sogleich machten sich die erwachsenen Kinder Goldsteins daran, vorbereitete Verstecke aufzusuchen. Leewi fand ein Versteck in Outremeuse, einem volkstümlichen Viertel mit vielen Hinterhöfen und verwinkelten Gassen. Nathans Tochter Bad-Sebah und ihr Mann Aaron, der wegen seiner Geschäfte auf dem Schwarzmarkt über etwas Kapital verfügte, fanden Aufnahme in Cointe auf den Höhen von Lüttich. Nur der Kantor tat sich schwer, für sich, seine Ehefrau und den kleinen Benjamin ein passendes Versteck zu finden.

Während die Familie Goldstein von der Bildfläche verschwand, fand sich Ariel Rozenberg wie befohlen beim Arbeitsamt ein. Von den zweihundertfünfzig einbestellten Juden waren allerdings nur hundertvierzig erschienen. Die anderen hatten es vorgezogen, fernzubleiben und unterzutauchen. Obwohl es ihnen schriftlich untersagt worden war, wurden viele Einberufene von ihren Angehörigen begleitet. Auch Elsa Rozenberg und die Söhne begleiteten den Vater. Sogar Roro war dabei. Als der Vater den Plüschhasen sah, musste er schmunzeln: »Na du kleiner Strolch, pass ja auf meinen Jüngsten auf«, sagte er und zwickte ihm in die Nase.

Joshua wunderte sich, dass unter den Männern, die sich für den Arbeitsdienst gemeldet hatten, manche schon im Rentenalter, andere noch halbe Kinder waren. Nachdem ein Kollaborateur von Rex* Rozenbergs Identität an Hand seiner Papiere festgestellt hatte, musste er sich in einer Warteschlange anstellen. Bevor die Kolonne sich in Bewegung setzte, legte Rozenberg seinen Söhnen die Hände auf und zitierte leise das Schma Jisrael: »Höre Israel, der Herr unser Gott, ist ein einiger Herr.« Dann sprach er einen Segensspruch aus dem Buche Mose: »So will ich Dich preisen mein Leben lang, bei Deinem Namen erheben meine Hände.« So fromm hatten die Jungen ihren Vater noch nie erlebt.

Als die Kolonne sich in Marsch setzte, wurde sie von bewaffneten Milizionären begleitet, so als handele es sich um Strafgefangene. Der Auszug der Juden aus der Stadt erregte einiges Aufsehen. Die Passanten blieben stehen und starrten stumm auf das makabre Schauspiel. Viele Anwohner kamen aus ihren Häusern und bildeten ein Spalier. Manche am Straßenrand zogen den Hut, als zöge hier nicht ein Haufen Geächteter, sondern ein Trauerzug oder die Fronleichnamsprozession vorbei. Es herrschte eine feierliche Stille, die selbst die Gestapo-Männer verwunderte: Aus Deutschland waren sie gewohnt, dass die Anwohner den Abtransport entweder nicht zur Kenntnis nahmen oder mit höhnischen Rufen begleiteten.

Ein Güterzug brachte die jüdischen Zwangsarbeiter nach Boulogne-sur-Mer an die Kanalküste. Das Arbeitslager war bereits überfüllt, die Ernährung miserabel. Die Männer mussten achtzehn Stunden am Tag hart arbeiten. Einigen gelang die Flucht, andere durften wegen ihres schlechten Gesundheitszustandes heimkehren. Mit ihrer Hilfe gelang es Ariel Rozenberg, einen Kassiber aus dem Lager hinauszuschmuggeln, der seine Familie erreichte.

Er ließ durchblicken, dass die Zustände im Lager verheerend seien. Er hoffe jedoch, dass die Zustände sich verbessern würden, weil sie demnächst nach Osteuropa, vermutlich nach Polen, verlegt würden. Dort kenne er sich aus. Insofern könne es nur besser werden. Diese Mitteilung sollte sein letztes Lebenszeichen sein.

Die plötzliche Abwesenheit des Vaters, dem gegenüber Mendel und Joshua es manchmal an Achtung und Respekt hatten mangeln lassen, hinterließ ein Vakuum, das sich nicht schließen ließ. Joshua wurde mit einem Mal klar, dass es der Vater, den er für kleinkariert gehalten hatte, gewesen war, der sie von den Wassern Babylons ins Gelobte Land geführt und ihnen gegen viele Widerstände ein menschenwürdiges Dasein gesichert hatte.

Mendel versuchte als ältester Sohn den Vater da zu ersetzen, wo er unersetzlich gewesen war. So durfte er auf Geheiß der Mutter von nun an am Freitagabend einige Sätze aus der Amida*, dem jüdischen Hauptgebet, aufsagen, um den Sabbat einzuläuten.

Ein Gebetsbund für Israel

Nach längerer Suche kamen Nathan Goldstein, seine Ehefrau und ihr Sohn gegen eine saftige Entschädigung bei einem Bäcker unter, der ihnen in seinem Keller ein Quartier einrichtete. Wegen der Besuche des Ordnungsamtes, das ab und an die Lagerbestände kontrollierte, schien es ihnen dort auf Dauer zu gefährlich. Einmal wäre der kleine Ben bei einer Inspektion fast entdeckt worden, was unweigerlich zur Verhaftung der ganzen Familie geführt hätte. Ben war pfiffig genug, sich rechtzeitig hinter einer Kiste zu verstecken.

Danach kamen die Goldsteins bei einer polnischen Familie unter, die ihnen auf dem Speicher einer Mietskaserne eine kleine Kammer einrichtete. Nachdem in dem Gebäude ein anderes jüdisches Ehepaar entdeckt und verhaftet worden war, drängte ihr Quartiermeister darauf, dass sie sich ein anderes Versteck suchten.

Nachdem sie überall Absagen bekommen hatten, klopfte Goldstein eines Nachts in der Rue Ambiorix an. Jean-François Stevens kannte den Mann, denn es handelte sich um einen langjährigen Kunden. Als er dem Schuster öffnete, bemerkte er im Hintergrund eine Frau und einen kleinen Jungen, die sich in einem Hauseingang versteckten.

Stevens bat sie ins Haus und fragte nach ihren Anliegen. Goldstein schilderte ihre dramatische Lage. Alle Freunde und Bekannte, von denen er sich Hilfe erhoffen könne, wären inzwischen entweder selber untergetaucht oder bereits verhaftet. Außerdem seien alle ihre Ersparnisse aufgebraucht. Niemand wäre noch bereit, sie zu beherbergen.

Nun war guter Rat teuer. Nachdem Jean-François Stevens sich mit seiner Frau beraten hatte, willigte er ein, das Ehepaar und seinen Sohn in ihrem Haus aufzunehmen. Denn über die geschäftlichen Verbindungen hinaus bestanden auch freundschaftliche Beziehungen zwischen beiden Familien. Goldsteins Sohn Hirsch hatte Geneviève Dupuis, die ledige Schwester seiner Frau Florentine, eine gelernte Krankenschwester, als Sprechstundenhilfe angestellt, als er 1939 eine Zahnarztpraxis eröffnete.

Jean-François Stevens stellte allerdings eine Bedingung für eine Aufnahme. Mit seinem fusseligen Bart und seinen Backenkringeln war der Kantor eine auffällige Erscheinung. Stevens bestand darauf, dass er seinen Bart abrasierte und sich das Haupthaar schneiden ließ. Dies lehnte Goldstein mit einem Hinweis auf den Talmud ab, denn dort heiße es: »Du sollst nicht zerstören die Ecken deines Bartes.« Er werde kein Messer und keine Klinge an sich heranlassen, beteuerte er. Lieber wolle er auf die Gastfreundschaft verzichten.

Es folgte eine heftige Auseinandersetzung mit seiner Frau, die damit endete, dass er sich in sein Schicksal fügte und den Wünschen ihres Quartiermeisters entsprach. Als seine Frau im Flur zu Schere und Klinge griff, um ihm den Bart zu rasieren und den Schädel zu scheren, rief er unablässig den Allmächtigen zum Zeugen an, dass man ihm Gewalt antue, und bat um Vergebung für die Schandtat. Nachher warf er seiner Frau vor, sie habe einen frommen Mann in einen waschechten Goy verwandelt.

Das Ehepaar bezog die geräumige ausgebaute Dachkammer des Hauses, die bis dahin Albert Goor als Studentenbude gedient hatte. Diesem fiel es sichtlich schwer das Feld zu räumen, denn er hatte sich unsterblich in Annie, die hübsche Tochter seiner Gastgeber, verliebt. Ben, der kleine Sohn der Goldsteins, wurde kurzerhand zum »Vetter aus Dingsda« erklärt und teilte fortan das Zimmer mit Jean, dem elfjährigen Sohn des Hauses.

Die neuen Bewohner mussten sich einer strengen Hausordnung unterwerfen. Dem Ehepaar Goldstein war es verboten, das Haus tagsüber zu verlassen. Ausgänge in den Garten waren ihnen nur nach Mitternacht und bei Neumond erlaubt. Die Fenstervorhänge mussten Tag und Nacht verschlossen bleiben. Der Kantor fügte sich widerwillig in das Reglement, denn er war ein störrischer eigenwilliger Mensch, der sich nicht gerne herumkommandieren ließ und sich schwer damit tat, sich einer Disziplin zu unterwerfen, die andere ihm aufzwangen.

Abgesehen davon, dass sie im Dachstuhl ihres Hauses einen Kriegsdienstverweigerer aus den Ostkantonen beherbergten, hatte der Krieg im Leben des Ehepaars Stevens bisher wenig geändert. Der Bankier ging seinen gewohnten Geschäften nach – auch wenn diese im Vergleich zur Vorkriegszeit sehr bescheiden ausfielen. Hin und wieder nahm die Kommandantur seine Dienste in Anspruch, weil er über gute Deutschkenntnisse verfügte. Aus gleichem Grund hatte er vor dem Krieg sowohl deutsche als auch jüdische Kunden betreut. Weder für die einen noch für die anderen hatte er eine besondere Abneigung oder Vorliebe gehegt. Weder teilte er den Antisemitismus konservativer Kreise noch den weit verbreiteten Deutschenhass, der sich aus der Erinnerung an den letzten Krieg nährte.

Bei ihrem Einsatz für die bedrängten Juden waren für das Ehepaar Stevens nicht nur humanitäre Motive, sondern vor allem religiöse Überzeugungen ausschlaggebend. Ihr Weltbild war vom Christentum geprägt. Demnach durfte man Hilfsbedürftige nicht abweisen. Man musste ihnen ohne Ansehen der Person oder ihrer Religion beistehen, wenn sie in Not waren.

Eine tiefe geistige Erfahrung war für sie die Mitgliedschaft im »Gebetsbund für Israel«, eine Bewegung, die sich für die Bekehrung der Juden einsetzte. In Lüttich hatte sie ihren Sitz in der Pfarrei St-Christophe. Sekretär der Vereinigung war der stadtbekannte Rechtsanwalt Max Van den Berg.

Die Bruderschaft sah in den Juden nicht mehr Gottesmörder, wie die katholische Kirche es über tausend Jahre getan hatte, sondern Gottes auserwähltes Volk. Sie waren die älteren Brüder im Glauben an den einen wahren Gott.

Nur selten verpassten Jean-François und Florentine Stevens die Vorträge im Pfarrsaal von St-Christophe. Dort tauchten sie in eine Welt ein, die ihnen bisher verschlossen gewesen war. Die Referenten sprachen wie der heilige Paulus von den »Hebräern«, wenn sie die Juden meinten. Sie betrachteten sie als die wahren Nachkommen Abrahams.

In St-Christophe wurde die Seelenverwandtschaft zwischen Thora und Evangelium betont. Jean-François und Florentine Stevens erfuhren, dass den Juden aus ihren heiligen Schriften und Gesetzestexten vieles von dem bekannt war, was Jesus lehrte und seinen Jüngern abforderte. Schon im dritten Buch Mose hieß es: »Sei unter denen, die verfolgt werden, aber nicht unter den Verfolgern. Sei unter denen, die beschämt werden, nicht aber unter denen, die andere beschämen.«

Das Ehepaar war von all dem, was es in St-Christophe hörte, sehr beeindruckt. Von nun an sahen sie die verfemten Juden mit anderen Augen. Nicht nur, dass Jesus, seine Mutter und die zwölf Apostel allesamt Juden waren. Jesus hatte sich mit seiner Botschaft an die Juden gewandt, was die katholische Amtskirche gerne unterschlug. Der Satz aus dem Johannesevangelium »Das Heil kommt von den Juden« grub sich tief in ihre Seelen ein: Das, was Jesus am Jakobsbrunnen zur Samariterin gesagt hatte, galt für alle Zeiten.

Das bedeutete, dass man nicht tatenlos zusehen durfte, wie das auserwählte Volk verleumdet und drangsaliert wurde und seinen Verfolgern wehrlos ausgeliefert war. Insofern war das Ehepaar Stevens nicht zufällig in seine Rolle als Judenretter hineingeschlittert.

Da die Bankgeschäfte seit Kriegsausbruch schlecht liefen, sah sich Florentine Stevens genötigt, eine Damenschneiderei zu eröffnen. Damit hatte sie einigen Erfolg, denn dank der gesellschaftlichen Stellung ihres Mannes hatte sie bald eine begüterte Kundschaft.

Um all die hungrigen Mäuler in seinem Haus satt zu kriegen, blieben Jean-François und Florentine Stevens jedoch auf die Hilfe ihrer Eltern angewiesen. Stevens Schwiegereltern, Gaston und Henriette Dupuis, waren Rentner und bewohnten in Stockay unweit von Lüttich ein geräumiges Haus mit einem großen Gemüsegarten und einer anliegenden Obstwiese, auf der Schafe, Ziegen, Hühner und Enten gehalten wurden. Mit den Erträgen aus der kleinen Landwirtschaft sicherten sie ihren Lebensunterhalt ab.

Stockay war eine Streusiedlung, von denen es im Hespengau viele gab. Abgesehen von einigen Großbauern waren die meisten Bewohner Kleinbauern oder Tagelöhner, die in den umliegenden Steingruben arbeiteten. Die Einwohner von Stockay hatten den Ruf, besonders fromm zu sein, was daran ersichtlich war, dass es neben der Pfarrkirche fünf Kapellen gab, die eine hinter der anderen entlang der Hauptstraße lagen.

Geneviève Dupuis, ihre ledige Tochter, hatte nach der Flucht ihres Arbeitgebers Hirsch Goldstein und der Beschlagnahme der Praxis ihre Stellung verloren und war ins Elternhaus zurückgekehrt, um sich um die Eltern zu kümmern und Haus und Hof zu bestellen.

Geneviève war eine resolute Person mit einer ausdrucksstarken Stimme. In jungen Jahren hatte sie am Konservatorium in Lüttich Gesang studiert und von einer Karriere als Opernsängerin geträumt. In Küche oder Garten schmetterte sie gerne die eine oder andere Arie, um ihre Stimme in Schuss zu halten. Im Dorf hatte sie den Spitznamen »La Castafiore« nach der Operndiva aus den Abenteuern von Tintin*. Wegen ihrer musikalischen Talente leitete sie den Kirchenchor der Gemeinde und war ehrenamtlich auch als Küsterin und Organistin tätig.

Das gute Ansehen der Familie Dupuis hatte im Krieg gelitten, seitdem sich im Dorf das Gerücht verbreitet hatte, dass der Schwiegersohn Devisengeschäfte mit den Besatzern machte. Verdächtig war jedenfalls, dass Jean-François Stevens trotz des Mangels an Ersatzteilen und der Benzinrationierung weiterhin einen Dienstwagen fuhr. Die vox populi sah darin eine Gunst der Besatzer, die nur wenigen Begünstigten zuteil wurde. Das alles waren Gründe genug, in ihm einen Kriegsgewinnler, wenn nicht einen Kollaborateur zu sehen.

Kaum hatten alle Bewohner des Hauses Stevens einen Modus vivendi gefunden, als erneut Flüchtlinge eine Herberge suchten. Goldsteins Tochter Bad-Sebah und ihr Mann Aaron hatten ihr Versteck aufgeben müssen, weil der Hausbesitzer ins Visier der Gestapo geraten war. Da sie wussten, wo ihre Eltern sich versteckten, hofften sie, ihrerseits in der Rue Ambiorix Unterschlupf zu finden.

Doch dies schien aus Platzgründen unmöglich, umso mehr als sich herausstellte, dass die junge Frau im dritten Monat schwanger war. Auf Drängen ihrer Tochter Florentine hin erklärten sich die Stevens Schwiegereltern und die Schwägerin in Stockay bereit, das Ehepaar bei sich aufzunehmen. Allerdings mussten auch sie sich strengen Regeln unterwerfen. Sie durften unter keinen Umständen das Haus verlassen, weil in einem Dorf, wo jeder jeden kennt, fremde Gesichter sofort auffallen.

Einer jungen schwangeren Frau Asyl zu gewähren, war insofern heikel, weil sich auf Dauer eine Geburt nicht verheimlichen ließ, denn man konnte einem Säugling schwerlich das Schreien verbieten. Ein Schwangerschaftsabbruch kam weder für die Tochter eines jüdischen Kantors noch für die katholischen Gastgeber infrage.

Nach langen Beratungen bot Geneviève Dupuis sich »in Gottes Namen« an, eine Schwangerschaft vorzutäuschen. Das verlangte von einer unverheirateten Frau in einer katholischen Umgebung eine gehörige Portion Zivilcourage, umso mehr als es sich bei dem ledigen Fräulein um die Küsterin und Organistin der Pfarrei handelte. Während Geneviève Dupuis mit Tüchern und Kissen, die sie sich unter ihre Kleider band, eine Schwangerschaft vortäuschte, machte im Dorf das böse Gerücht die Runde, sie habe sich von einem deutschen Soldaten schwängern lassen.

Mit dem Fortschreiten der Schwangerschaft schlug sich die anfängliche Verwunderung über die Schwangerschaft der angeblich so frommen Kirchgängerin in helle Empörung um. Am Ende kochte die Volksseele hoch und etliche Betschwestern drängten den Pfarrer, dass er einem Deutschenliebchen nicht länger erlaube, in der Kirche die Orgel zu spielen. Vor allem empörte sie, dass sie als öffentliche Sünderin die Dreistigkeit besaß, sonntags zur Kommunion zu gehen, so als wäre nichts geschehen. Auf Anraten des Pfarrers, der als ihr Beichtvater über alles im Bilde war, verzichtete das Fräulein auf Kirchgang und Orgelspiel und empfing die kirchlichen Sakramente daheim in aller Diskretion.

Am 25. Dezember 1943 wurde das Kind, ein gesundes Mädchen, geboren und auf den Namen Caroline in aller Stille getauft. Neben dem Pfarrer kannte nur der Landarzt, der die Entbindung vorgenommen hatte, die wahre Identität des Kindes. Als Caroline Dupuis wurde das Neugeborene ins Gemeinderegister eingetragen. Jedes Mal, wenn die ledige Mutter den Kinderwagen durch das Dorf schob, musste sie abfällige Blicke und unflätige Bemerkungen ertragen. Einmal drohte man ihr auf offener Straße, man werde eines Tages mit ihr abrechnen. Der Groll und der blanke Hass, den manche Einwohner von Stockay für den vermeintlichen Kriegsprofiteur Stevens hegten, übertrugen sich auch auf dessen Schwägerin.

In Lüttich nahmen unterdessen die Spannungen zwischen Stevens und seinen Gästen zu. Nachdem der kleine Ben sich mehrmals in der Schule verplappert hatte, drängte Stevens darauf, dass der Junge anderenorts eine neue Bleibe fand. Als er den Eltern vorschlug, Ben in einem katholischen Internat unterzubringen, und dafür schon Vorkehrungen getroffen hatte, lehnte Goldstein das kategorisch ab. Das wollte er als frommer Jude nicht zulassen. Alle Argumente, dass sie alle bei einem Verbleib des Jungen Gefahr liefen, enttarnt zu werden, ließ der Kantor nicht gelten. Er sträubte sich vehement dagegen, sein Kind in die Obhut einer christlichen Einrichtung zu geben.

Da erinnerte sich Stevens daran, dass seine Schwägerin, die in Stoumont in den Ardennen den Kirchenchor leitete, davon gesprochen hatte, dass dort jüdische Kinder versteckt wurden. Ein Ferienlager schien dem alten Goldstein weniger verwerflich als ein katholisches Internat. Als er nach langem Zögern einwilligte, lieferte Stevens aus Sorge, er könne es sich noch anders überlegen, den Jungen schon am nächsten Tag beim Pfarrer von Stoumont ab.

* * *

Während die Goldsteins untertauchten und die Rozenbergs sich ihrer Haut – so gut es ging – erwehrten, schnappte bei den Meyers die Menschenfalle zu. Siegmund Meyer hegte keine Fluchtgedanken. Als die Wehrmacht im September 1939 über Polen herfiel, hatte ihn das kaum berührt. Als die deutsche Offensive im Westen begann und die Wehrmacht in wenigen Wochen die Alliierten in die Knie zwang, schwankte er in seinen Gefühlen. Obwohl er für sich und seine Familie von einem deutschen Sieg nichts Gutes zu erwarten hatte, bewunderte er als ehemaliger Offizier der kaiserlichen Armee die Leichtigkeit, mit der die Wehrmacht eine Front durchbrach, an der seine Generation vier Jahre lang gescheitert war.

Nach der Kapitulation der belgischen Armee vertraute er darauf, dass die Wehrmacht, die im besetzten Belgien und in Nordfrankreich das Sagen hatte, für Ordnung sorgen und die Gestapo und die Sicherheitsdienste der SS in die Schranken weisen würde. Auf den Befehlshaber der Militärverwaltung, Generalleutnant Alexander von Falkenhausen, einen preußischen Offizier der alten Schule, hielt er große Stücke. Während seine Frau und seine Tochter sich keine Illusionen über die Absichten der Nationalsozialisten machten, glaubte Siegmund Meyer immer noch an einen Sieg der Vernunft und einen Frieden der Tapferen.

Viele deutsche Juden hatten sich in den 30er Jahren in Antwerpen niedergelassen, obwohl die Hafenstadt für Juden ein gefährliches Pflaster war. Denn hier gab es viele flämische Nationalisten, die aus ihrem Antisemitismus keinen Hehl machten. Nachdem sie bei Kriegsausbruch von der belgischen Regierung eingebuchtet worden waren, hatten sie sich 1940 bei ihrer Freilassung sofort den Besatzern als Handlanger angeboten und machten nun Jagd auf Juden, Kommunisten, Freimaurer und was sonst noch nach ihrem Weltbild zum Abschaum der Menschheit gehörte.

Am Ostersonntag 1941 veranstalteten sie ein Pogrom. Nach einer Vorführung des Propagandafilms »Der ewige Jude« im Kino Rex zogen Hunderte Rabauken grölend durch das Diamantenviertel. Hedwig war zufällig in der Oostenstraat, um dort Einkäufe zu tätigen, als der Mob die Straße hinunterkam. Sie sah, wie die Schwarzhemden Schaufenster zertrümmerten und den Geschäftsinhaber, einen alten Mann, an seinem Bart auf die Straße zerrten und ihn brutal zusammenschlugen. Hedwig war so geschockt, dass sie eiligst nach Hause lief und sich in ihrem Zimmer einschloss.

Am Abend brannten die beiden Synagogen in der Oostenstraat. Der Konsul konnte von seinem Fenster aus sehen, wie sich der dunkelgraue Himmel rötlich verfärbte. Alles erinnerte an die Kristallnacht. Danach traute er sich tagelang nicht mehr auf die Straße.

Nachdem die Deutschen beschlossen hatten, Antwerpen »judenrein« zu machen, wie sie es nannten, erhielten Siegmund Meyer und seine Tochter eine Vorladung der Kommandantur. Der »Volljude« Siegmund »Israel« Meyer und seine Tochter, der »jüdische Mischling« ersten Grades Hedwig »Sara« Meyer, waren für den Arbeitseinsatz im Osten vorgesehen. Gerda

Meyer geb. Scholl, die von der Maßnahme ausgespart blieb, beschloss, sie zu begleiten.

Meyer entschied, dem Erlass Folge zu leisten. Der Anordnung lag ein Papier bei, in dem die Gegenstände aufgelistet waren, die mitzunehmen waren. Nach Ansicht des Konsuls handelte es sich um leichtes Marschgepäck. Er schloss daraus, die Reise werde von kurzer Dauer sein.

Die Frauen verstanden hingegen, dass die Vorladung ihre Deportation bedeutete und beschworen den Konsul, unterzutauchen. Am Vorabend kam es darüber zu einem heftigen Streit. Meyer machte ihnen Vorhaltungen, sie sollten nicht immer so schwarz sehen. Außerdem habe körperliche Arbeit noch niemandem geschadet. Da er nicht gewohnt war, dass man ihm widersprach, beendete er die Diskussion mit einem Machtwort.

Als der Konsul zu Bett gegangen war, saßen die Frauen noch beisammen und kamen überein, dass die Tochter die Flucht alleine wagen und sich bis Seraing durchschlagen sollte. Die Rozenbergs würden sie sicherlich aufnehmen und ihr helfen, unterzutauchen. Als sie am nächsten Morgen gemeinsam aufbrachen, hielt Hedwig unterwegs zur Meldestelle Ausschau nach einer Fluchtgelegenheit. Vergeblich. Als sie am Sitz des Judenrates in der Langen Leemstraat eintrafen, fiel ihnen auf, dass in der Warteschlange viele Kinder und Greise waren, die für einen Arbeitseinsatz nicht besonders geeignet schienen. Meyer wertete das als Indiz dafür, dass es sich nicht um eine Deportation sondern eine geordnete Umsiedlung handele, weil man darauf achte, die Familien nicht auseinanderzureißen.

Während der Registrierung steckte die Mutter Hedwig einige Geldscheine zu und raunte, sie solle endlich verschwinden. Eine Gelegenheit bot sich an, als die Straßenbahn Nummer 6 in die Lange Leemstraat einbog. Irgendwie hatte ihr Vater etwas von dem Getuschel der Frauen mitgekriegt, denn er verwickelte einen Wachmann in ein Gespräch, um ihn abzulenken. Auf einmal schien es so, als billige er den Entschluss seiner Tochter zur Flucht. Ohne aufzufallen, konnte Hedwig sich aus der Warteschlange lösen und auf das Trittbrett der Straßenbahn, die in der Kurve ihr Tempo drosseln musste, aufspringen.

Noch während sie über die Straße lief, riss sie sich den elenden Judenstern von der Jacke. Sie konnte darauf vertrauen, dass sie wegen ihren blonden Haaren und den blauen Augen niemandem in der Kleinbahn auffallen würde. Ein Rucksack war nicht ungewöhnlich, da die Menschen, die ständig auf Hamstertouren waren, immer irgendwelche Tragetaschen bei sich hatten. Dennoch musterte sie in der Straßenbahn alle Gesichter, in der Furcht, man könne ihre Herkunft und ihre Absichten erkennen.

In der Centraal Station in Antwerpen löste sie einen Fahrschein nach Lüttich. Bei der Einfahrt in den Brüsseler Nordbahnhof bemerkte sie, dass alle Ausgänge bewacht waren, und es von Polizisten und Soldaten nur so wimmelte. Zu ihrem Glück wartete der Anschlusszug auf dem gleichen Bahnsteig. Im Zug überlegte sie, wie sie es in Lüttich anstellen sollte, um die Kontrollen zu umgehen. Bis auf eine Kennkarte, die sie als Halbjüdin auswies, hatte sie keine Ausweispapiere bei sich, musste also befürchten, jederzeit verhaftet zu werden.

Vor der Einfahrt in den Bahnhof sprang sie aus dem fahrenden Zug, wobei sie sich den Fuß verstauchte. Mühsam kroch sie eine Böschung hoch und kletterte über einen Zaun. Als sie den Vorplatz des Bahnhofes erreichte, setzte sie sich auf eine Bank um auszuruhen. Sie war völlig erschöpft und wusste nicht, wie es weitergehen sollte.

Es dunkelte schon, als sie einen Fahrradfahrer in einem schwarzen Regenmantel bemerkte, der mehrmals an ihr vorbei radelte und sie neugierig musterte. Sie fürchtete schon, dass es sich um einen Sittenstrolch handeln könnte oder, schlimmer noch, um einen Spitzel, der sie verraten würde. Ihre Mutter hatte sie immer vor solchen Begegnungen gewarnt.

Als der Mann dann anhielt, vom Fahrrad abstieg und sie ansprach, bekam sie es mit der Angst zu tun. Sie wäre gerne weggelaufen, wenn sie gekonnt hätte. Als der Fremde sah, welchen Schrecken er ihr einflößte, zeigte er auf den weißen Stehkragen unter seinem Mantel. Er sagte, sie brauche keine Angst zu haben, er sei katholischer Priester und werde ihr weiterhelfen. Wie sich später herausstellte handelte es sich um Émile Bouflette, einen der beiden Kapläne von St-Christophe.

Da Hedwig kein Sterbenswörtchen von dem verstand, was der Mann sagte, machte er ihr Zeichen, auf den Gepäckständer zu steigen. Sie tat es ohne Widerrede. Der Fremde brachte sie in ein Frauenkloster in der Nähe, wo man zunächst ihren verletzten Fuß behandelte. Von den Nonnen, von denen einige Niederländisch sprachen, erfuhr Kaplan Bouflette, dass sie aus Antwerpen komme und nach Seraing wolle.

Da sie ihm die Adresse der Rozenbergs mitgeteilt hatte, brach der Priester am nächsten Morgen nach Seraing auf, um die Familie, von der das Mädchen gesprochen hatte, ausfindig zu machen. Als er zurückkam, berichtete er, dass in dem betreffenden Haus niemand mehr mit dem Namen Rozenberg wohne. Die Bewohner hätten angegeben, nicht zu wissen, wohin die Familie verzogen sei.

Da erinnerte sich Hedwig, dass ihr Vater manchmal von einen gewissen Sevens oder Bevens gesprochen habe. Das sei der Direktor einer Bank, die etwas mit Nägeln zu tun hatte. Dem Vikar war sofort klar, dass es sich nur um Jean-François Stevens von der Privatbank Nagelmackers handeln konnte. In kirchlichen Kreisen hatte sich herumgesprochen, dass der Bankier flüchtigen Juden Unterschlupf gewährte.

Als der Kaplan von St-Christophe mit dem Mädchen bei Stevens auftauchte und diese sich als Tochter des Bremer Kaffeebarons Meyer, dessen Vermögen er verwaltete, zu erkennen gab, konnte der Bankier sie nicht abweisen. Er erklärte sich bereit, sie so lange aufzunehmen, bis ein anderes, besseres Quartier gefunden wäre. Hedwig Meyer hieß von nun an Leonie Degroote und war eine entfernte Verwandte aus Flandern, die in ihrer Gastfamilie Französisch lernte. Als Haushaltshilfe angemeldet teilte sie sich ein Zimmer mit Stevens' gleichaltriger Tochter Annie. Das fremde Mädchen war anfangs schweigsam und verschlossen. Sie weinte viel, weil sie sich um ihre Eltern sorgte, die nun den abscheulichen Nazis ausgeliefert waren. In Annie, der Tochter des Hauses, fand sie eine Vertraute, der sie ihre Ängste und Nöte anvertrauen konnte. Die beiden Mädchen schlossen Freundschaft und waren bald unzertrennlich, sodass sie für Geschwister gehalten wurden.

Nachdem Annis Mutter Florentine die beiden Mädchen angelernt hatte, gingen sie ihr in der Nähstube zur Hand. Bald empfand Hedwig das Leben in Lüttich als eine Art Befreiung. Bisher hatte ihr Vater sie ständig kontrolliert und bevormundet. Gegenüber ihrer Busenfreundin hatte sie häufig über die Verstocktheit und Verblendung ihres Vaters geklagt. Sie warf ihm vor, dass er das Unglück, das die Nazis über sie gebracht hätten, nicht habe kommen sehen.

Mit Hedwigs Ankunft wurde es noch enger in der Rue Ambiorix. Obwohl alle Hausbewohner versprochen hatten, sich am Riemen zu reißen und Disziplin zu halten, kam es öfter zu Reibereien. Der alte Goldstein störte sich am fröhlichen Gegacker der beiden Backfische und verkraftete zudem nicht, dass nicht er sondern die Gastgeber den Ton angaben. Wenn sich alle nach Einbruch der Dunkelheit in der Küche trafen, musste Florentine Stevens öfter Streit unter den Bewohnern schlichten.

Je länger der Krieg dauerte, umso stärker wütete der Bombenkrieg. Die Hochöfen und Waffenschmieden an der Maas waren ein bevorzugtes Ziel alliierter Bomber. Auch wenn sie strategische Punkte ins Visier nahmen, so wurden wiederholt auch dicht bewohnte Stadtviertel getroffen. Anders als in Deutschland, wo das Regime für die Volksgenossen sichere Unterkünfte und Luftschutzbunker baute, gab es im besetzten Belgien

keine Vorkehrungen und Schutzräume für Zivilisten. Mit der Zahl der Opfer wuchs in Teilen der Bevölkerung der Unmut über die alliierten Luftangriffe, der von den Deutschen noch geschürt wurde.
Jeder Sirenenalarm versetzte die Menschen in Angst und Schrecken. Während das Ehepaar Stevens mit den Kindern Schutz in einem benachbarten Kellergewölbe suchte, musste das Ehepaar Goldstein im Hause ausharren. Während einer Bombennacht machte sich ein Mann an die halbwüchsigen Mädchen heran. Besonders die Blondine schien ihn zu interessieren. Er begann ihr Komplimente zu machen und Fragen nach ihrer Herkunft zu stellen.

Jean-François Stevens befürchtete, dass es sich um einen Spitzel handelte, und er beschloss, Hedwig so rasch wie möglich auszuquartieren. Auf Vermittlung des Pfarrers von St-Christophe wurde sie in das Frauenkloster gebracht, wo sie am ersten Abend gestrandet war. Dort wurde sie unter dem Namen Célestine Duvet zum Schein als Novizin aufgenommen.

Das Missverständnis

Während ihre Tochter ihren Häschern entkommen konnte, reihten sich Siegmund und Gerda Meyer in die Warteschlage am Sitz des Judenrates ein. Als man ihre Personalien feststellte, hatte der Schreiber, der selber einen gelben Stern auf der Brust trug, Gerda Meyer anhand ihres Ausweises darauf hingewiesen, dass sie keine Jüdin sondern nur mit einem Juden verheiratet und damit nach den geltenden Rassengesetzen von der Verordnung ausgenommen sei. Sie hatte ihm geantwortet, solche Gesetze interessierten sie nicht. Der Schreiber schüttelte mit dem Kopf über so viel Dummheit und setzte daraufhin ihren Namen hinter den ihres Mannes.

Einmal registriert mussten die Juden in Lastwagen steigen, die sie nach Mechelen brachten. Als sie durch das Portal der Kaserne Dossin mit der deutschen Inschrift »Hof von Habsburg« schritten, fiel es Meyer schwer, Haltung zu bewahren. So hatte er sich seine Rückkehr ins Kasernenleben nicht vorgestellt. Im Innenhof mussten sie ihre Koffer abstellen und sich dann in Dreierreihen aufstellen. Wieder wurden ihre Personalien aufgenommen.

Meyer hatte seinen Kriegsorden hervorgeholt und ihn demonstrativ an seine Jacke geheftet. Die Auszeichnung hatte ihm schon einmal geholfen. Doch diesmal war alles anders. Als einer der SS-Männer den Orden sah, riss er ihn vom Rock und grinste hämisch: »Den brauchst du hier nicht mehr. Den kannst du dir an deinen jüdischen Arsch hängen.«

Als er feststellte, dass auf der Kennkarte von Gerda Meyer kein verräterisches »J« gestempelt war, hielt er ihr einen Vortrag über Rassenschande, den sie regungslos über sich ergehen ließ.

Die Neuankömmlinge mussten alle Wertsachen wie Geld, Uhren und Schmuck abliefern. Ein Schreiber notierte alles säuberlich auf eine Karte und händigte ihnen danach eine Quittung und ein Pappschild mit einer Nummer aus, unter der sie registriert waren. Das sei ihre neue Identität, sagte er. Siegmund Meyer erhielt die Nummer 672, seine Frau Elsa 673. Als sie sich das Nummernschild um den Hals hing, flüsterte sie, sie komme sich vor wie ein Stück Vieh, das zur Schlachtbank geführt würde, aber ihr Mann verbat sich solchen Defätismus. Er glaubte immer noch an ein Missverständnis. Irgendwann werde sich alles aufklären.

Man schickte sie in den rechten Flügel der Kaserne. Sie betraten einen karg möblierten Schlafsaal. Es gab weder Schrank noch Stuhl, lediglich einen längeren Tisch mit Bänken. Für die Notdurft stand in einer Ecke ein Eimer bereit. Die Habseligkeiten, die man ihnen gelassen hatte, mussten sie unter Hochbetten verstauen.

Sie wurden von einem Aufseher empfangen, der eine Armbinde mit Judenstern trug. Der Kapo erläuterte in knappen Worten den Tagesablauf. Um sechs Uhr sei allgemeines Wecken, danach gehe es zum Appell, um sieben Uhr sei Frühstück. Danach müsse jeder an die ihm zugeteilte Arbeit, die nur kurz für das Mittagessen unterbrochen werde. Dann ging es weiter bis neunzehn Uhr. Ab einundzwanzig Uhr habe absolute Ruhe zu herrschen.

Das Essen nahmen alle gemeinsam an dem langen Tisch ein. Aus einem Kessel wurde eine dünne Kohlsuppe geschöpft. Am Abend gab es wiederum zwei Schöpflöffel der gleichen Suppe mit etwas Schwarzbrot. Von Mitgefangenen erfuhren die Meyers, dass sie nur so lange in der Kaserne bleiben würden, bis genügend Gefangene für den nächsten Transport beisammen wären. Wohin dieser Transport gehen sollte, wusste niemand genau.

Als Gerda abends ein Kartenspiel aus ihrem Mantel holte, um eine Patience zu legen, schritt der Kapo ein. Er nahm ihr die Karten mit der Bemerkung weg, dies sei weder ein Casino noch ein Kurhaus. Als Meyer daraufhin drohte, sich beim Kommandanten zu beschweren, erntete er nur höhnisches Gelächter.

Die erste Nacht verbrachten sie schlaflos in einem Stockbett. Ihre Strohsäcke rochen noch nach dem Schweiß und Urin der vorherigen Benutzer. Das Bett unter ihnen teilten sich ein Hehler und eine Prostituierte.

Mitten in der Nacht gab es plötzlich einen Alarm. Soldaten polterten in den Schlafsaal und verlangten die Füße der »neuen Kurgäste« zu sehen. Wer schmutzige Füße hatte, den jagten sie aus dem Bett und trieben ihn oder sie auf den Hof, wo sie ein flämischer SS-Mann erwartete, der den Spitznamen »Pferdekopf« trug. Der Wachmann, von dem es hieß, er habe sich seine Sporen im Konzentrationslager Breendonk verdient, war wegen seiner Brutalität gefürchtet. Er ließ sie so lange barfuß im Kreis laufen, bis einige vor Erschöpfung zusammenbrachen.

Beim Morgenappell mussten alle sich in Dreierreihen aufstellen und nacheinander ihre Nummern aufrufen, während der Kommandant lässig an ihnen vorbeischlenderte. Einige SS-Männer machten sich ein Vergnügen daraus, einzelne Gefangene aus der Reihe zu holen und mit ihnen ihren Schabernack zu treiben. Nach einer halben Stunde Geschrei und Drohungen und Beleidigungen, wurden sie zur Morgentoilette entlassen. Direkt neben den Wassertrögen, die als Waschgelegenheit dienten, waren die Toiletten, stinkende Latrinen, vor denen sich sofort lange Warteschlangen bildeten.

Den ganzen Tag über wurden die Häftlinge mit leichter Musik berieselt. Ohne Unterbrechung dröhnten deutsche Gassenhauer aus den Lautsprechern: »Ausgerechnet Bananen …«, »Was machst du mit dem Knie lieber Hans? …«, »Ich hab das Fräulein Helen baden seh'n …«, »Olga, Tochter der Wolga …«, »Maier am Himalaya …«, »Veronika, der Lenz ist da …«

Auf Dauer war das kaum zu ertragen. Als Meyer sich dazu aufraffte, sich bei der Lagerleitung über den Lärm zu beschweren, fragte der Wachmann höhnisch, was er denn wolle? Das sei doch jüdische Musik. Er solle sich verpissen, sonst mache er ihm Beine. Da die Musik auch die unmittelbare Nachbarschaft der Kaserne beschallte, hieß diese im Volksmund »Alkazar« nach einem bekannten Varietétheater in der Landeshauptstadt Brüssel.

Am nächsten Morgen mussten nur die Männer zum Appell antreten. Sie mussten sich in Reihen aufstellen und nacheinander ihre Nummern aufrufen. Währenddessen stolzierte der berüchtigte Pferdekopf an ihnen vorbei und fragte den einen oder anderen, wer er sei. Als er zu Meyer kam, nahm der wie beim Militär Haltung an und antwortete: »Meyer Siegmund, Träger des Eisernen Kreuzes im Weltkrieg.« Daraufhin verpasste ihm der Pferdekopf einen solchen Kinnhaken, dass er zu Boden ging. Kaum hatte Meyer sich wieder aufgerappelt, musste er mit den anderen Männern mehrmals um den Hof laufen.

Aus dem Lautsprecher dröhnte dazu das Lied vom »kleinen Gardeoffizier« aus der Filmoperette von Robert Stolz. Nach wenigen Runden gaben die meisten auf, obwohl die Wachen sie mit Geschrei und Fußtritten immer wieder anfeuerten.

Danach standen Turnübungen auf dem Programm. Erst mussten alle in den Hockstand gehen, dann die Hände aufstützen und die Beine abwechselnd rückstrecken. Am Ende mussten sie Liegestützen machen. Da es sich meist um ältere Männer handelte, brachen viele bei der zweiten oder dritten Übung erschöpft zusammen. Bevor sie entlassen wurden, knüpfte sich der SS-Mann noch einmal den vorlauten Siegmund Meyer vor: »Das nächste Mal antwortest du richtig und sagst mir, was du wirklich bist, nämlich ein Drecksjude.«

Die Tage folgten einander, ohne sich zu gleichen. Einmal mussten sie unerwartet ihre Arbeit niederlegen und in den Hof kommen, um einem perfiden Spektakel beizuwohnen. Aus einem Lastwagen krochen zwanzig bis dreißig Männer mit langen Bärten und Schläfenlocken. Es waren orthodoxe Juden aus dem Diamantenviertel in Antwerpen. Manche trugen seitenverkehrt liturgische Gewänder. Die Wachen reichten ihnen Scheren und befahlen ihnen, sich gegenseitig die Bärte zu schneiden und die Köpfe zu scheren.

Währenddessen warfen flämische SS-Männer Bücher und Schriftrollen aus dem Lastwagen und türmten sie im Hof zu einer Pyramide auf. Nachdem sie den Stoß angezündet hatten, holte ein Wachmann eine Mundharmonika aus seiner Brusttasche und begann »O, du lieber Augustin« zu spielen.

Unter dem Gespött und Gelächter der Wachen mussten die Geschorenen zu der Melodie um den Scheiterhaufen tanzen. Gerda und ihr Mann waren von der Vorführung angewidert. Als sie endlich beendet war, hob Meyer heimlich einen zerrissenen Gebetsriemen vom Boden auf und steckte ihn in seine Hosentasche.

Als im Schlafsaal ein Mitgefangener über die Unglücklichen zu lästern begann: es geschehe ihnen recht, weil die Chassidim mit Blindheit geschlagen wären und jedes Angebot zur Auswanderung ausgeschlagen hätten, als es noch Zeit gewesen wäre. Stattdessen hätten sie auf die Rückkehr des Messias gewartet, der doch nie kommen werde. Ihr Gottvertrauen sei ihnen zum Verhängnis geworden.

Als Meyer das hörte, fuhr er dem Mann ordentlich in die Parade. Er verbat sich solche Häme. Es gehe nicht an, dass Juden sich in ihrem Unglück auch noch gegenseitig beschuldigen und übereinander herfallen. Seine Frau Gerda wunderte sich, dass ihr Mann sich auf einmal als Jude bezeichnete und sich mit den Orthodoxen, die er bisher immer verabscheut hatte, solidarisch erklärte.

Am nächsten Morgen sah es so aus, als nehme ihr Schicksal noch einmal eine Wende zum Guten. Einem eifrigen jüdischen Kontrolleur in der Schreibstube der Kaserne war aufgefallen, dass der Volljude Meyer in einer Mischehe mit einer Arierin verheiratet war. Nach der bizarren Logik der Nationalsozialisten waren Mischlinge und Mischehen bis auf weiteres von der Vernichtung ausgenommen. Den Meyers wurde daher erlaubt, den Block der Volljuden zu verlassen und hinüber in den der Halbjuden zu wechseln.

Auf den deutschen Amtsschimmel sei eben Verlass, sagte Meyer, als sie mit ihrem Bündel auf die bessere Seite des Hofes wechselten. Dass sie nun privilegierte Gefangene waren, zeigte sich schon daran, dass der Kapo Gerda das konfiszierte Kartenspiel zurückgab.

Im sogenannten »Blauen Block« waren hauptsächlich Juden, die die belgische Staatsbürgerschaft besaßen. Diese »Sonderjuden« fühlten sich vergleichsweise sicher und achteten auf Distanz zu den ausländischen Juden. Anders als in ihrem ersten Quartier, wo es von Ungeziefer, Läusen, Würmern und Flöhen wimmelte, herrschte im Blauen Block eine relative Sauberkeit. Es gab sogar eine separate Toilette. Jeder Häftling verfügte über eine Schlafkoje, die er mit eigenem Bettzeug beziehen konnte. Außerdem durften sie Lebensmittel in verschließbaren Schränken aufbewahren und besaßen Pfannen und Töpfe, um selber zu kochen. Es gab auch keine Kapos, sondern nur Stubenälteste.

Anders als die Juden auf der anderen Hofseite, denen man alles abgenommen hatte, verfügten die Sonderjuden auch über persönliche Dinge wie Zigaretten und Seife. Ihnen wurden leichtere Arbeiten als den anderen abverlangt. Sie waren Päckchen-Zusteller, Bademeister, Köche oder Aufseher in den Werkstätten.

Siegmund Meyer wurde mit der Leitung der Poststelle betraut. Damit hatte er eine halbwegs sinnvolle Aufgabe gefunden, die er gewissenhaft ausfüllte. Abends schilderte er seiner Frau voller Stolz das getane Tagewerk und meinte, es sei alles doch nur halb so schlimm. Siegmund Meyer ließ sich seine Illusionen nicht nehmen. Jüdische Hilfskräfte hatten ihm die Arbeitslager im Osten als eine Art Laubenkolonie beschrieben. In den Judenreservaten müssten die Evakuierten zwar harte und beschwerliche Arbeiten verrichten, fristeten aber auch ein geordnetes Leben in bunt gestrichenen Häuschen mit kleinen Schrebergärten.

Der Konsul griff solche Lügenmärchen bereitwillig auf. Für ihn widersprach es jeglicher Logik, dass die Deutschen, die in den Juden billige Arbeitskräfte sahen, ein Interesse daran haben könnten, deren Leistungskraft zu mindern oder sie gar zu töten. Seine Frau war sehr erbost, dass er solche Latrinenparolen, wie sie es nannte, für bare Münze nahm. Sie war sich sicher, dass man die Juden im Osten wie menschlichen Abfall behandeln würde.

* * *

Dass die Privilegien, die die Sonderjuden genossen, nur Makulatur waren und die Nationalsozialisten in ihrem Vernichtungskrieg keinen Unterschied zwischen Volljuden, Halbjuden und Sonderjuden machten, sollte sich bald herausstellen. Zwei Wochen nach ihrer Ankunft wurden alle Juden beim Morgenappell dazu aufgefordert, sich für den nächsten Transport bereit zu halten. Bei der Verlesung der Nummern kam es nicht mehr auf den Status an, den der Einzelne in der Kaserne innehatte, sondern lediglich auf die Nummer, die er am Hals trug.

Dennoch glaubten die meisten Sonderjuden immer noch den Versprechungen, die die deutschen Behörden der belgischen Königinmutter Elisabeth und dem Kardinal Van Roey gemacht hatten. Danach würde ihr Status als belgische Staatsbürger oder als getaufte Christen sie vor einer Deportation bewahren. Selbst als der Güterzug in den Hof einfuhr, konnte das viele nicht in ihrer Zuversicht erschüttern. Gerda Meyer bemerkte, dass manche Frauen ihres Blocks sich herausgeputzt, gekämmt, geschminkt und ein hübsches Kleid übergezogen hatten, als sie über die Bretterrampe in den Waggon einstiegen, so als ginge es auf eine Vergnügungsreise.

An den Nummern, die sie am Hals trugen, konnte Gerda Meyer ablesen, wie viele Häftlinge verladen wurden: es waren 1.744. Sie war sich sicher, dass dieser Zug sie ins Verderben bringen würde, weil für den Transport keine Personenwagen eingesetzt wurden, sondern nur Viehwagen. Als sie ihren Waggon betraten, schlug ihnen der widerliche Geruch von Kot und Urin entgegen. Die Wachen zwängten in jeden Waggon so viele Gefangene hinein, dass sie sich nicht mehr bewegen konnten und nach Luft rangen.

Siegmund Meyer hatten sie eine besondere Rolle zugewiesen. Da er besser als alle anderen die deutschen Kommandos verstand, hatten sie ihn zum Aufseher in einem besonderen Waggon bestimmt. Dieser war für besonders verwerfliche Subjekte vorgesehen: Juden, die geflüchtet und wieder eingefangen worden waren.

Seine Aufgabe bestand darin, während des Transports für Ruhe und Disziplin zu sorgen. Doch Meyer brauchte nicht einzuschreiten, denn die Insassen seines Abteils gaben keinen Muckser von sich. Sie hatten mit ihrem Leben abgeschlossen. Als die Schiebetür hinter ihnen ins Schloss fiel, stimmten einige das Kaddisch*, das jüdische Totengebet, an. Gerda glaubte zu hören, dass ihr Mann versuchte, es nachzubeten.

Der Güterzug war streng gesichert. Die Wachen waren sehr umsichtig, denn die belgische Staatsbahn galt den Deutschen als ausgemachtes Widerstandsnest. Viele Sabotageakte an Bahnanlagen und Zugmaschinen gingen auf das Konto der Eisenbahner, die in der kommunistischen Gewerkschaft organisiert waren. Auf dem Tender hinter der Lokomotive und auf den Trittbrettern des letzten Waggons waren Scharfschützen postiert. Bis zur Grenze waren die Deutschen auf belgische Eisenbahner angewiesen, denn die Signalisierung und die Spurenbreite der Gleise waren im Königreich Belgien anders als im Deutschen Reich.

Um die Besatzer zu ärgern, praktizierten die Eisenbahner Verzögerungen, indem sie alle Sicherheitsvorschriften über die Maßen beachteten und penibel anwandten. Für diesen Transport, es sollte der zwanzigste sein, der die Kaserne von Mechelen verließ, hatte die Nationale Eisenbahngesellschaft Albert Dumon als Lokomotivführer eingeteilt.

Wie viele Eisenbahner gehörte Dumon insgeheim der Résistance an. Der Maschinist ahnte nicht, dass ein Anschlag auf seinen Zug geplant war. Er verfolgte einen eigenen Plan. Er wollte einem gewissen Webermann, dessen Familie im Haus seiner Verlobten versteckt wurde, zur Flucht verhelfen. Geplant war, dass er unterwegs das Tempo des Zuges so verlangsamen würde, dass sich für Webermann eine Gelegenheit zur Flucht bot. Seine Frau hatte ihm – versteckt in einem Laib Brot – eine Feile zukommen lassen, mit der er die Gitterstäbe seines Waggons durchsägen sollte.

Obwohl es ein sternenklarer Himmel war, steuerte der Lokführer den Zug überaus gemächlich. Er beachtete peinlich jedes Signal, drosselte hin und wieder das Tempo, verlangsamte die Fahrt in den Kurven und machte bei jedem ungesicherten Straßenübergang eine Vollbremsung. Manchmal blieb der Zug trotz der Drohungen des Wachpersonals über eine halbe Stunde stehen. So fand Webermann genügend Zeit, die Stäbe durchzusägen, sich durch die Lichtluke zu zwängen und mit einigen anderen Deportierten zu entkommen.

Der Lokomotivführer glaubte seine Mission schon erfüllt, als etwas geschah, womit er nicht gerechnet hatte. Auf der Höhe von Tienen signalisierte eine Warnlampe auf einmal ein Problem auf den Gleisen. Prompt brachte Dumon die Lokomotive zum Halten. Während der Zug stillstand, eilten aus dem Dunkel zwei Fluchthelfer herbei, die mit Zangen die Schlösser und Plomben der beiden mittleren Waggons knackten, deren Schiebetüren öffneten und den Insassen zur Flucht verhalfen.

Ausgedacht hatte sich die tollkühne Aktion Youra Lichwitz, ein junger Arzt, der unter dem Kampfnamen Georges dem jüdischen Widerstand angehörte. Ursprünglich sollte ein bewaffnetes Kommando den Anschlag ausführen, aber die Kommunistische Befreiungsfront hatte den Plan, einen schwer bewachten Transport auf freier Strecke anzugreifen, verworfen, weil sie ein solches Unternehmen als zu aufwendig und gefährlich einstufte. Daraufhin hatte Lichwitz beschlossen, die Operation mit zwei Studienkameraden durchzuführen.

Der Anschlag war genau so verwegen wie stümperhaft. In Planung und Ausführung glich er eher einem Studenten- als einem Geniestreich. Das vermeintliche Signal, das den Zug zum Halten brachte, war eine gewöhnliche Sturmlampe, die Lichwitz mit rotem Papier überklebt hatte. Als einziger besaß er eine Pistole mit sieben Schuss Munition, die er sich bei einem Hehler besorgt hatte.

Als der Zug zum Stillstand kam, verballerte er gleich das ganze Magazin, um einen größeren Angriff vorzutäuschen. Während die deutschen Wachen in Deckung gingen, gelang es den Studenten, mit Hämmern und Zangen die Plomben des mittleren Waggons zu knacken und den Stacheldraht, mit dem sie gesichert waren, durchzuschneiden. Danach machten sie sich an weiteren Waggons zu schaffen.

Als Lichwitz sein Pulver verschossen hatte, begannen die Deutschen wie wild um sich zu schießen. Doch da waren schon ein paar Hundert Juden aus den Waggons gesprungen und in der Nacht untergetaucht. Augenzeugen berichteten später, dass auf den Schienensträngen und in den Wassergräben beiderseits der Gleise viele Leichen gelegen hätten. Ausländische Zwangsarbeiter waren damit beauftragt, diese einzusammeln und neben den Gleisen zu verscharren.

Als der Güterzug mit den Meyers auf freiem Feld stehen blieb und Schüsse fielen, wurde dies von den Insassen des Waggons ungläubig verfolgt. Schließlich hörten sie, wie jemand von draußen gegen den Verschlag hämmerte und versuchte, das Schloss zu knacken. Als sich die schwere Schiebetür öffnete und zwei junge Männer die Häftlinge aufforderten, aus dem Wagen zu springen und das Weite zu suchen, zögerten einige, weil sie das Risiko scheuten. Doch die meisten ließen sich nicht lange bitten. Sie hatten nichts zu verlieren. Sie sprangen hinunter und liefen, so schnell sie konnten, weg von der Bahnlinie, weil die Scharfschützen inzwischen auf alles feuerten, was sich bewegte. Da sie klare Sicht hatten, erschossen die Posten viele der Flüchtenden.

Als sich das Tor von außen öffnete, war Meyer zunächst wie versteinert. Er machte keine Anstalten, den Wagen zu verlassen. Seine Frau musste ihn am Ärmel packen und ins Leere stoßen, wobei er unsanft auf dem Schotter landete. Seine Knie waren aufgeschlagen, und er musste hinter ihr her humpeln. Er stolperte und fiel mehrmals hin. Doch aus Angst, den Anschluss zu verlieren, rappelte er sich wieder hoch und versuchte mit seiner Frau Schritt zu halten.

Statt sich wie die anderen schleunigst in die Büsche zu schlagen, begann er laut zu schreien, während er die Gleise entlang lief: »Ich bin ein deutscher Jude!«, schrie er, so laut er konnte. Immer wieder schrie er es, als wolle er sichergehen, dass alle es hörten: »Duitse Jood! Deutscher Jude!«

Durch sein Geschrei machte er die Scharfschützen auf sich aufmerksam. Mehrere Kugeln schlugen unmittelbarer in ihrer Nähe ein. Seine Frau spürte, dass die Schüsse ihnen galten. In ihrer Not sprang sie in einen Graben, in der Hoffnung, dass ihr Mann ihr folgen würde. Dort blieb sie regungslos liegen, bis der Zug sich wieder in Bewegung setzte. Als er endlich verschwunden war, suchte sie nach ihrem Mann. Als sie ihn nicht fand, lief sie alleine über einen Acker auf den nächsten Bauernhof zu.

Sie hatte Glück, denn sie traf auf redliche Leute, die sie aufnahmen und am nächsten Morgen, bevor noch die deutschen Häscher ausschwärmten, um die flüchtigen Juden wieder einzufangen, an die Résistance übergaben.

Kesseltreiben

Obwohl der Judenrat den Angehörigen derjenigen, die sich für den Arbeitseinsatz meldeten, versprochen hatte, dass sie von weiteren Repressalien verschont bleiben würden, wurde die Schlinge um den Hals der verbliebenen Juden immer enger gezogen.

Wenige Wochen nach der Einberufung ihres Mannes durch die Organisation Todt erhielt auch Elsa Rozenberg eine Aufforderung zum Arbeitseinsatz. Sie gehörte zu einem Kontingent von hundert Jüdinnen, das die Werksleitung der Fabrique Nationale beim Arbeitsamt angefordert hatte. Wie die gesamte Rüstungs- und Schwerindustrie stand auch die Waffenschmiede in Herstal unter deutscher Zwangsverwaltung. Während andere Unternehmen Arbeitskräfte entließen, wurde in der Fabrique Nationale die Belegschaft aufgestockt. Juden wurden als Arbeitskräfte bevorzugt, weil sie besonders billig und vollkommen wehrlos waren. Für jüdische Hilfsarbeiter gab es außerdem nur die Hälfte des gesetzlichen Mindestlohns.

Es war eine unsägliche Plackerei. Morgens um fünf Uhr musste die Mutter die erste Straßenbahn nehmen, um rechtzeitig den Vorort Herstal zu erreichen. Jüdische Zwangsarbeiter waren vom Verbot, öffentliche Verkehrsmittel zu nutzen, ausgenommen. Die Fahrt dauerte mit Umsteigen in Lüttich eine volle Stunde. An allen sechs Wochentagen stand Elsa Rozenberg zwölf bis vierzehn Stunden am Fließband, um leere Patronenhülsen mit Pulver zu füllen.

Da die deutsche Kriegsmaschinerie unersättlich war und die jüdischen Arbeitskräfte rechtlos waren, wurden am Sonntag häufig Sonderschichten gefahren. Es kam in der Fabrik zu Unfällen, weil Arbeiterinnen vor Müdigkeit und Erschöpfung unaufmerksam wurden oder im Stehen einschliefen. Der einzige Vorteil der Anstellung bestand darin, dass die Rozenbergs nun Bezugsmarken für Lebensmittel und Kleidung erhielten.

Die Fabrique Nationale war für die jüdischen Zwangsarbeiter eine wichtige Informationsbörse. Ständig wurden an den Fließbändern die neuesten Nachrichten ausgetauscht, aber auch Gerüchte, die jeder Grundlage entbehrten. Es gab falsche oder manipulierte Nachrichten, die von den Besatzern gezielt über die gleichgeschaltete Presse gestreut wurden.

Viele Juden griffen in ihrer Not diese Lügen begierig auf. Alle Hinweise und Warnungen aus dem jüdischen Untergrund, dass die Nationalsozialisten nichts anderes als die Vernichtung der jüdischen Rasse planten, wurden von den meisten als bolschewistische Gräuelmärchen abgetan. Bekannt war nur, dass die verhafteten Juden zuerst in einer Kaserne in Mechelen, einer Stadt auf halbem Weg zwischen Brüssel und Antwerpen, landeten, bevor man sie in ein Arbeitslager ins Ausland verschickte.

Wegen der langen Arbeitszeiten ihrer Mutter waren die Jungen tagsüber auf sich alleine gestellt. Sie streiften durch die Straßen, immer auf der Lauer, etwas Essbares oder Nützliches zu ergattern. Viel Zeit verbrachten sie damit, vor Geschäften, die noch Waren anboten, Schlange zu stehen. Sie lernten dabei die Preise vergleichen: was war der Tagespreis für fünfzig Gramm gesalzene Butter, für eine einzelne Zwiebel und für zwei Mohrrüben? Vor solchen Läden kam es häufig zu Rangeleien, weil die Warenausgabe zeitlich und mengenmäßig begrenzt war. Wenn die Jungen nach Schulschluss loszogen, waren die meisten Läden schon leergekauft.

Der Judenstern, den sie trugen, erwies sich manchmal als hinderlich, manchmal als förderlich: Manchmal wurden sie als lausige Judenbengel beschimpft und ans Ende der Warteschlange verbannt. Manchmal begegnete man ihnen mit auffallender Zuvorkommenheit. Es kam vor, dass man sie vorließ und Geschäftsleute ihnen etwas zuschanzten, weil alle wussten, dass die Juden ausgehungert wurden.

Früher war Joshua das Elternhaus wie ein Gefängnis vorgekommen. Nun bot es den Brüdern einen Raum der Ruhe und etwas Schutz in einer Umgebung, die feindselig und gefährlich war. Daheim vermissten sie nur die Eltern. Jedes Mal, wenn Joshua die leere Wohnung betrat, spürte er einen Schmerz, der tief innen saß.

Dabei kümmerte sich Mendel rührend um den kleinen Bruder. Er achtete darauf, dass er nicht wie andere Kinder verwahrloste. Ohne elterliche Aufsicht schwänzten viele Kinder die Schule und trieben sich wie herrenlose Hunde in der Stadt herum.

Wenn die Polizei solche Streuner aufgriff, wurden sie in ein Erziehungsheim eingewiesen, das einem Straflager glich. Wenn Mendel und Joshua unterwegs waren, achteten sie immer darauf, in ihren Hosentaschen eine Lebensmittelkarte und etwas Geld zu haben, um sich als seriöse Käufer ausweisen zu können, falls sie auf eine Polizeistreife stießen.

Nach dem Verschwinden des Ehemanns und Vaters rückten Elsa Rozenberg und ihre Söhne noch enger zusammen. Alle drei schliefen nun in einer Kammer. Die Jungen hatten ihre Betten auf dem Dachboden ab- und im Elternzimmer wieder aufgebaut. Bei der Mutter fühlten sie sich geborgen.

Auch wenn sie sich alle Mühe gaben, sich nichts anmerken zu lassen, die ständigen und unvorhersehbaren Repressalien der Deutschen, denen sie in ihrem Alltag ausgesetzt waren, nahmen die Jungen sichtlich mit. Von der sportlichen Haltung und der demonstrativen Verachtung, mit denen sie diese in den ersten Monaten der Besatzung weggesteckt hatten, war nichts übrig geblieben. Wenn Joshua nun einer deutschen Militärstreife begegnete, schlotterten ihm die Knie vor Angst. Das Knallen ihrer Stiefel klang ihm noch nach Stunden in den Ohren. Manchmal passierte es, dass er nachts unwillkürlich urinierte.

Außerdem plagten ihn Albträume. Einmal träumte er davon, dass die Deutschen ihre blutrünstigen Schäferhunde auf den armen Roro hetzten. Obwohl der wackere Hase flink seine Haken schlug, kamen die Bestien ihm immer näher und packten ihn schließlich an der Gurgel. Roros Hasenklage war so laut und durchdringend, dass Joshua schweißgebadet aufwachte.

Nach solchen Träumen konnte er nicht mehr einschlafen. Selbst Roro konnte ihn nicht mehr trösten. Wenn die Mutter mitten in der Nacht übermüdet heimkehrte, kroch er zu ihr ins Bett, weshalb sein Bruder ihm Vorhaltungen mache. Er sei kein kleines Kind mehr, und die Mutter brauche ihren Schlaf. Joshua schien von der Situation überfordert: Seine Schulleistungen gingen zurück, was der Mutter wiederum Kummer bereitete.

1942 lief in den besetzten Ländern die »Endlösung der Judenfrage« an. Das Muster dafür lieferte Paris, wo die Besatzer mit Hilfe der französischen Polizei tausende Juden festgenommen, in eine Radrennbahn gesperrt und schließlich nach Osteuropa deportiert hatten.

Ähnlich wollte man auch in Belgien vorgehen. Zuerst nahmen die deutschen Sicherheitsdienste Antwerpen ins Visier, wo auf engstem Raum die meisten belgischen Juden lebten und die örtliche Polizei sich kooperativ zeigte.

Vorher musste jedoch ein logistisches Problem gelöst werden. Das Auffanglager der SS in Breendonk bei Antwerpen war bereits mit politischen Häftlingen überfüllt und nicht in der Lage, zusätzliche Gefangene aufzunehmen. Aus Furcht, eine Überbelegung könne zum Ausbruch von Epidemien führen, beschlossen die Deutschen, die Juden anderweitig unterzubringen.

Ihre Wahl fiel auf die Infanteriekaserne Dossin in Mechelen. Die Kaserne hatte eine größere Aufnahmekapazität als das Fort an der Schelde und den Vorteil, über eine eigene Schienenanbindung zu verfügen. Damit war sie gut geeignet für eine diskrete Einweisung und den unauffälligen Abtransport der Juden über die Schiene.

Nachdem die Sicherheitsdienste mit Dossin über ein Sammellager verfügten, schlugen sie zu. Als erstes nahmen sie Antwerpen und Brüssel ins Visier. Bei drei verheerenden Razzien kam es zu 3.864 Festnahmen.

Als nächstes waren die wallonischen Großstädte Charleroi und Lüttich an der Reihe. In Lüttich gingen der Gestapo auf Anhieb fünfhundert Juden ins Netz. Das war zwar weniger als erhofft, aber nach Ansicht des SS-Sturmscharführers Wilhelm Schade hatte sich die Operation dennoch gelohnt. Die Deutschen hatten große Mengen an Bargeld und Wertsachen sichergestellt. Augenzeugen berichteten der Résistance, dass sich auf Schades Tisch die eingesammelten Geldscheine zu hohen Haufen getürmt hätten.

Die Razzien liefen immer nach dem gleichen Szenario ab. Rollkommandos tauchten mitten in der Nacht auf und veranstalteten einen gewaltigen Lärm, der die ganze Nachbarschaft in Angst und Schrecken versetzte. Nachdem man die jüdischen Bewohner verhaftet hatte, wurden deren Wohnungen am nächsten Morgen zur Plünderung freigegeben.

Die Firma Maréchal & Fils leerte die Wohnungen bis auf den letzten Stuhl. Die verwertbaren Teile des Mobiliars übergab sie der deutschen Spedition Kühne + Nagel, die sie ins Ruhrgebiet verfrachtete, um damit die ausgebombten Volksgenossen zu versorgen. Der unbrauchbare Rest der Einrichtungen landete entweder auf dem Trödelmarkt oder im Müll.

Angeblich wurden die geräumten »Judenwohnungen« bedürftigen Familien zugeteilt. In den meisten Fällen handelte es sich dabei aber um Kriegsprofiteure, Individuen, die mit den Deutschen sympathisierten oder kollaborierten.

Wie durch ein Wunder waren die Rozenbergs von der ersten Verhaftungswelle verschont geblieben. Vielleicht hatte es daran gelegen, dass die Arbeit der Mutter als »kriegswichtig« eingestuft wurde. Doch die Schonfrist sollte nicht lange andauern.

Die Gestapo startete ein neues Kesseltreiben. Unter dem Kommando des Sturmscharführers Böttcher durchkämmten Abordnungen von Wehrmacht, Feldgendarmerie und Wallonischer Legion nun alle sieben Polizeizonen von Lüttich. Diesmal sollten den Sicherheitsdiensten auch jene Juden ins Netz gehen, die ihnen bisher entkommen waren. Dazu gehörten die Mitglieder des Judenrates, die gerade in der Synagoge in der Rue Léon-Frédéricq damit befasst waren, Geschenke für inhaftierte Glaubensbrüder zu verpacken. Mit dieser Razzia schien das Schicksal der wallonischen Juden besiegelt. Zu den fünfundneunzig Verhafteten in Seraing gehörten auch Elsa Rozenberg und ihr jüngster Sohn Joshua.

* * *

Elsa Rozenberg schien eine Vorahnung zu haben, denn in jener Nacht fand sie keinen Schlaf. Sie lag stundenlang wach. Sie wusste, dass ihre Namen auf einer Liste standen und es nur eine Frage der Zeit war, bis sie kommen würden, um sie zu holen.

Als von der Straße her das Kreischen von Bremsen und das Quietschen von Reifen an ihre Ohren drangen, begriff sie sofort, dass ihre Stunde geschlagen hatte. Solchen Lärm konnte nur die Gestapo veranstalten, denn nur sie verfügte noch über Personenwagen. Als an der Haustür heftig geklopft und Sturm geläutet wurde, zog sie sich den Morgenmantel über um zu öffnen. Vor ihr standen drei Männer in Ledermänteln, einer mit einem Revolver im Anschlag. Während er sie an die Wand drückte, stürmten die beiden anderen die Treppe hoch, um alle Bewohner aufzuspüren.

Das Gepolter hatte auch die Jungen geweckt. Nachdem Mendel gesehen hatte, was auf der Straße los war, öffnete er das Fenster zum Hof, kletterte hinaus und rutschte die Regenrinne hinunter. Unten angekommen zischte er: »Nun komm schon, Joshua! Lass uns abhauen!« Aber Joshua traute sich nicht. Er schaute sich hilflos um und war wie gelähmt. Er sah noch, wie der Bruder über die Hofmauer kletterte und ins Nachbargrundstück sprang. Dann hüpfte er wieder in sein Bett und verkroch sich mit Roro unter die Bettdecke.

Als die Häscher das Elternzimmer betraten und Joshua entdeckten, scheuchten sie ihn auf den Flur. »Ist das dein einziges Kind?«, wollte der Legionär wissen. Elsa Rozenberg, die völlig überrascht war, Mendel nicht mehr im Zimmer vorzufinden, log geistesgegenwärtig: »Ja. Wieso fragen Sie?« Der Mann schnappte sich einen Bilderrahmen auf der Kommode, zerschlug den Rahmen und hielt ihr das Foto, auf dem das Ehepaar und die beiden Söhne zu sehen waren, unter die Nase: »Und der da«, brüllte er sie an und zeigte auf Mendel, »ist das vielleicht ein Gespenst?«

Dann verpasste er der Mutter eine schallende Ohrfeige: »Hältst du mich für blöd? Sein Bett ist noch warm. Lüg mich also nicht an, Sara, sondern sag mir, wo der Lümmel sich versteckt.«

Sie zuckte mit den Schultern, als verstehe sie nicht, was der Mann, von ihr wolle. Da bemerkte der Milizionär, dass das Fenster offen stand. Er spähte in den kleinen Innenhof, und da dieser leer war, begann er unter den Betten und in den Schränken nachzusehen. Dann stieg er in die Dachkammer.

Unterdessen befahl der Rädelsführer der Frau, ihre Sachen zu packen: »Beeilt euch, ich gebe euch drei Minuten.« Da der Legionär auf dem Dachboden nicht fündig geworden war, begann er im ersten Stock alle Schränke und Kommoden aufzureißen und hektisch zu durchwühlen, als gelte es, einen verborgenen Schatz zu finden. Letzten Endes fand er nur Rozenbergs Trompete, die in ihrem Kasten auf dem Kleiderschrank verstaut war. »Schaut euch das an: der Jude ist musikalisch. Die ist für mich. Er braucht sie nicht mehr. Ich werde stattdessen diesem Gesindel den Marsch blasen.« Unter dem Gelächter der Kameraden entlockte er dem Instrument ein paar schräge Töne.

Dann jagten sie Mutter und Sohn die Treppe hinunter. Auf der Straße stand ein Lastwagen mit laufendem Motor bereit. Unter der Plane hockten bereits einige Männer und Frauen und zwei leise weinende Kinder. Viele trugen noch ihre Schlafanzüge oder Morgenmäntel. Unter den Kindern im Lastwagen war auch der kleine Peter Weiß, der mit Joshua im Cheder gewesen war. Während Joshua sich eng an seine Mutter schmiegte, saß er wie angewurzelt neben seiner Pflegemutter und starrte stumm und teilnahmslos ins Leere. Er glich einer Kleiderpuppe in einem Schaufenster, die keiner menschlichen Regung fähig ist.

Dem Lastwagen folgte ein Kübelwagen mit Feldgendarmen, die dafür sorgten, dass keine Fluchtgedanken aufkamen. Es ging ohne Scheinwerfer auf die Place St-Lambert in Lüttich und von dort hinauf in die Zitadelle. Diese diente seit 1940 den wallonischen Kollaborateuren als Kaserne und Übungsplatz.

Über den Innenhof trieben Wachmänner sie in einen Backsteinbau, der mit Stacheldraht gesichert war. Dort wurden ihre Personalien aufgenommen und ihre Wertsachen in Verwahrung genommen. Joshuas Mutter nahmen sie neben der Geldbörse auch den Ehering ab. Jeder Häftling bekam ein Pappschild mit einer Nummer, das er um den Hals hängen musste. Joshua hatte die Nummer 11, was er als gutes Omen deutete, weil sie seinem Alter entsprach.

Statt ihrer belgischen Kennkarte zeigte Elsa Rozenberg ihren polnischen Reisepass auf den Mädchennamen Meyer. Sie wollte dem wallonischen Legionär klarmachen, dass sie eine Volksdeutsche aus Litzmannstadt war. Da sie ihn auf Deutsch ansprach, verstand er sie nicht. Stattdessen schnauzte sie ein deutscher SS-Mann an: »Was will das fette Judenweib?«

Als sie ihr Anliegen vortrug, musterte er ihren Pass und legte ihn achtlos beiseite: »Alle Juden heißen Meyer oder Mayer. Es ist mir Wurst, wie du heißt und woher du kommst. Hier steht Schwarz auf Weiß: du bist die Frau des Juden Ariel Rozenberg. Einmal Jude, immer Jude.«

Als sie einwandte, ihr Mann sei doch bereits beim Arbeitsdienst und der Judenrat habe versprochen, dass keine weiteren Angehörigen behelligt würden, lachte der Mann höhnisch auf: »Glaubst du etwa, der Judenrat hat hier etwas zu bestellen? Schau dich doch um. Den gibt es nicht mehr. Den haben wir kassiert. Der ganze jüdische Mob ist schon unterwegs nach Mechelen.«

Dann musterte er den Jungen an ihrer Seite: »Ist der Bengel dein Sprössling?« Das Stofftier hatte sein Interesse geweckt. »Gib das mal her«, befahl er. Er musterte Roro von allen Seiten: »Der hat hier nichts zu suchen«, entschied er. Er hob seine Blume hoch und schaute Roro zwischen die Beine »Der hat ja weder Eier noch einen Schwanz. Ist der überhaupt beschnitten?«

Dann schleuderte er den Plüschhasen unter dem Gelächter der Wachen zu den abgelegten Gepäckstücken. Joshua riss sich von der Mutter los und eilte in die Ecke, um sich seinen Hasen zu schnappen. Selbst als einer der Hilfspolizisten ihn beim Kragen packte und mit Tritten traktierte, ließ Joshua ihn nicht los. Erst als der Wachmann feststellte, dass er nichts ausrichten konnte, ließ er von dem Jungen ab.

Die Neuankömmlinge wurden in Pferdestallungen gesperrt. In jede Box wurden zwanzig Männer und Frauen gepfercht. »Willkommen im Wartesaal für Auschwitz«, raunte ihr eine Mitgefangene zu. Es war das erste Mal, dass Elsa und Joshua Rozenberg den Namen Auschwitz hörten. Als Joshua die Frau fragend anschaute, sagte sie:»keine Bange, mein Kleiner, das hier ist noch nicht die Endstation. Das ist nur ein Durchgangslager.«

Da Elsa Rozenberg aufgefallen war, dass in dem Block nur wenige Kinder waren, fragte sie die Frau nach dem Grund. Sie erfuhr, dass viele Eltern ihre Kinder vorsorglich in die Obhut eines kirchlichen Hilfswerks gegeben hatten. Das Ganze habe ein Rechtsanwalt namens Van den Berg organisiert. Elsa Rozenberg beschloss, sich den Namen zu merken.

Als sie auf ihrer Pritsche lag, musste die Mutter ständig an ihren Ältesten denken, der den Häschern entwischt war. Sie machte sich große Sorgen, wie Mendel alleine zurechtkommen sollte. Wohin sollte er sich wenden?

An Schlafen war sowieso nicht zu denken. Die ganze Nacht über drangen von gegenüber aus dem Block 24 entsetzliche Schreie. Sie wurden von einem lauten Geratter begleitet, das von Metallstücken stammte, mit denen andere Gefangene gegen die Gitterstäbe rieben, um die Schreie zu übertönen.

Am Morgen hörte man im Hof Schüsse. Eine Frau verlor darüber die Fassung: »Sie werden uns alle umbringen«, jammerte sie: »Sie bringen uns um.« Ihr Schluchzen steigerte sich zu hysterischem Kreischen. Ihr Mann versuchte sie zu beruhigen, aber als es ihm nicht gelang, verpasste er ihr eine Ohrfeige, die sie erschrocken verstummen ließ.

Zum Appell wurden sie in den Innenhof gerufen. Es waren ungefähr hundert Erwachsene und zehn Kinder. Sie mussten sich den Nummern nach in einer Doppelreihe aufstellen und Turnübungen machen. Wenn einer schlapp machte, halfen ihm die Wachen mit ein paar Schlägen wieder auf die Beine. Nach dem Frühsport wurde eine wässerige Suppe ausgeschenkt. Danach ging es zurück in die Pferdeboxen.

Mittags mussten sie wieder auf den Hof. Dort warteten Lastwagen mit laufendem Motor auf sie. Ein Mitglied der Legion erklärte ihnen, dass sie nach Mechelen in die Kaserne Dossin verlegt würden. Es werde ihnen nichts passieren, wenn sie gehorchten und sich kooperativ zeigten.

Elsa Rozenberg hatte von dieser Kaserne gehört: es hieß, sie diene als Sammellager für Juden, bevor es nach Osten ginge. Während der Legionär noch Anordnungen für die Abreise gab, fuhr ein Personenwagen auf den Hof. Ein Zivilist sprang heraus und überreichte einem der Offiziere ein Dokument aus seiner Aktentasche. Nachdem dieser das Papier ausgiebig studiert hatte, forderte er alle Häftlinge, die in der Fabrique Nationale arbeiteten, auf vorzutreten.

Elsa Rozenberg verstand, dass irgendjemand die Werksleitung der FN davon unterrichtet haben musste, dass die Gestapo angelernte Arbeiterinnen festgenommen hatte, was offenbar den Anordnungen widersprach. Ihr war es zum Glück gelungen, ihren Arbeitsausweis durch alle Kontrollen zu schmuggeln. Zusammen mit einer anderen Frau meldete sie sich. Dabei hielt sie Joshua so fest an der Hand, dass es ihn schmerzte.

Der Mann prüfte aufmerksam die Arbeitsausweise. Dann eröffnete er ihnen, dass sie vorläufig vom allgemeinen Arbeitseinsatz im Osten entbunden seien. Dann zeigte er auf Joshua: der Junge müsse allerdings hier bleiben. Joshuas Mutter antwortete, dann verzichte sie auf eine Freilassung, denn ohne ihren Sohn würde sie nicht gehen. Es folgte ein längeres Palaver zwischen dem Offizier und dem Vertreter der Waffenfabrik, an dessen Ende es hieß, dem Antrag werde stattgegeben, weil der Junge noch unmündig sei.

* * *

Wenige Minuten später sahen sich die beiden Frauen mit dem Jungen auf die Straße befördert. Als das schwere Portal hinter ihnen ins Schloss fiel, lagen sie sich in den Armen. Doch in der Furcht, dass alles nur ein Missverständnis war, eilten sie rasch hinunter auf den Place St-Lambert, wo sie sich trennten. Da man Elsa Rozenberg alles Bargeld abgenommen hatte und Betteln streng verboten war, konnten sie nicht die Straßenbahn nehmen, sondern mussten die zehn Kilometer nach Seraing zu Fuß zurücklegen.

Es dunkelte bereits, als sie ihr Haus in der Rue du Buisson erreichten. Die Haustür war aufgebrochen und nur notdürftig mit einem Klebeband verschlossen. Das Räumungskommando der Firma Maréchal war bereits dagewesen und hatte ganze Arbeit geleistet. Alle größeren Möbel waren verschwunden, einige kleine zertrümmert. Auf dem Boden lagen zerschlagene Teller, Glasscherben und einige herausgerissenen Seiten aus Roros Hasenbuch. Als Elsa Rozenberg ihre Wohnung so verwahrlost vorfand, begann sie heftig zu schluchzen. Joshua stand hilflos neben ihr und wusste nicht, was er tun sollte.

Da stand mit einem Mal Mendel in der Tür. Joshua dachte zuerst an eine Erscheinung, an eine Sinnestäuschung. Aber er war es wirklich. Immer noch im Schlafanzug wirkte er übermüdet und erschöpft, aber unversehrt. Als die Mutter ihn vor sich sah, schrie sie vor Schreck auf. Dann herzte sie ihn so heftig, dass er fast keine Luft mehr bekam. Alle drei weinten vor Glück.

Danach erzählte Mendel, dass er sich nach dem Überfall in einem nahen Schuppen verkrochen und den ganzen Tag das Elternhaus im Blick behalten habe. Er hatte beobachtet wie die Möbelpacker kamen und alles aus dem Haus holten. Er hatte zusehen müssen, wie einer von ihnen sein Schachspiel unter dem Arm forttrug und in der Fahrerkabine ablegte.

Als die Mutter sich etwas von dem Schrecken erholt hatte, stand ihr Entschluss fest. Sie mussten verschwinden. Sofort. Der Arbeitsausweis der FN bot ihnen auf Dauer keine Sicherheit. Auch dort verschwanden regelmäßig Arbeiter und Arbeiterinnen, auch wenn es von der Betriebsleitung beschwichtigend hieß, sie hätten sich krank gemeldet oder sie seien aufgrund eines Fehlverhaltens entlassen worden. Die letzte Nacht hatte ihre letzten Zweifel ausgeräumt, dass die Deutschen etwas anderes planten als die Vernichtung der Juden. Sie war nicht gewillt, die nächste Katastrophe untätig abzuwarten.

In dem Durcheinander, das die Häscher in der Wohnung angerichtet hatten, suchte sie hastig nach brauchbaren Kleidungsstücken. Als sie auf den Hemden und Pullovern die in der Kammer herumlagen, die aufgenähten gelben Sterne sah, kriegte sie einen Wutanfall und begann sie abzureißen. So wütend hatten Joshua und Mendel ihre Mutter noch nie erlebt.

Dann holte sie in der Dachkammer hinter einer Leiste einen Umschlag mit Geldscheinen, Papieren und sonstigen Unterlagen hervor. Ihr Mann hatte das Versteck für den Ernstfall vorbereitet. Sie wusste, was zu tun war. Sie hatte sich den Namen Van den Berg gemerkt, den die Mitgefangene genannt hatte. Sie wollte sich nach dieser Organisation erkundigen. Obwohl sie wusste, dass die Beziehungen zwischen Juden und Christen nicht sonderlich freundschaftlich waren, wollte sie nach diesem Strohhalm greifen.

Sie nahm die Familienfotos aus den zertrümmerten Glasrahmen, die am Boden lagen, und steckte sie ein. Als es dunkel wurde, schlichen sie aus dem Haus. Als Joshua fragte, wohin es gehe, flüsterte sie: »Zum Bischof von Lüttich.« Joshua hatte Onkel Nathan einmal gefragt, was ein Bischof sei, und der hatte ihm geantwortet, das sei so eine Art Oberrabbiner für Christen.

Joshua erinnerte sich daran, dass er von diesem Bischof schon einmal in der Schule gehört hatte. Der Bischof von Lüttich hatte sich zum Jahreswechsel im ersten Kriegsjahr in einer Botschaft an die Gläubigen gegen die weit verbreitete Ansicht gewandt hatte, der Krieg sei schon zugunsten des Deutschen Reiches entschieden. Abschriften des Briefes waren damals von Hand zu Hand gegangen. Selbst die Lehrer an seiner Schule, die allesamt der Sozialistischen Gewerkschaft angehörten und von denen es immer hieß, sie würden am liebsten schon zum Frühstück einen Pfaffen verspeisen, hatten dafür gesorgt, dass der Brief unter die Leute kam.

Im Schutz der Dunkelheit erreichten sie die Kirche St-Barbe, die nur einige Häuserblocks entfernt war. Als sie am Presbyterium klingelten, öffnete ein älterer Mann. Erstaunt musterte er die fremden Gestalten. Was wollten die mitten in der Sperrstunde? Da die Frau und die Kinder einen verstörten Eindruck machten, dämmerte ihm, dass es sich um Juden handeln musste, obwohl sie keinen Davidstern trugen. Als er versuchte, die Türe wieder zu schließen, schob die Frau entschlossen ihren Fuß in die Spalte, sodass er sie widerwillig in den Hausflur lassen musste.

Aus dem, was sie sagte, verstand der Pfarrer, dass sie die Ehefrau des polnischen Metzgers um die Ecke war. Sie seien nur knapp einer Deportation entkommen. Immer wenn ihr die passenden Worte fehlten, half der größere der beiden Jungen ihr weiter. Die Frau verlangte, den Bischof von Lüttich zu sprechen. Der Priester war verärgert über solche Dreistigkeit. Was bildete die Frau sich ein? Als ob jeder hergelaufene Jude einen Anspruch darauf habe, den Bischof zu sprechen.

Er blieb misstrauisch und wollte vor allem sichergehen, dass dies keine Falle war, die ihm die Gestapo stellte. Vielleicht war die Frau nur vorgeschickt, um ihn zu erproben und auszuhorchen. Er traute den Deutschen jede Perfidie zu. Als sie den Namen Van den Berg erwähnte, wurde der Mann hellhörig. Er kannte diesen Anwalt, weil er die Sozialwerke des Bistums leitete und die rechte Hand des Bischofs war. Etwas freundlicher gestimmt dachte er nach, wie er ihnen weiterhelfen sollte.

Zu dieser späten Stunde war der Anwalt nicht mehr zu erreichen, und mitten in der Nacht während der Sperrstunde zur Wohnung des Bischofs aufzubrechen, war zu gefährlich. Also griff er zum Telefon und ließ sich mit dem Bistum verbinden. Vielleicht wussten die Rat.

Als die Leitung hergestellt war, fragte der Pfarrer, ob Monseigneur im Hause sei und ob er einige Kilo Kartoffeln vorbeibringen könne. Selbst Joshua verstand, dass es sich bei den Kartoffeln um einen Code handeln musste. Während sie auf Antwort warteten, flüsterte der Pfarrer, immer eine Hand auf der Ohrmuschel, man könne nicht vorsichtig genug sein, denn alle Gespräche mit dem Bistum würden von der Gestapo abgehört.

Schließlich meldete sich am anderen Ende der Leitung eine schläfrige Stimme und sagte, über die Kartoffeln würde sich der Bischof freuen, er solle sie morgen früh abliefern. Der Bischof bedanke sich für die Spende.

Bis zum Morgen musste der Pfarrer die ungebetenen Gäste beherbergen. Er richtete ihnen im Sprechzimmer mit einigen Kissen und Decken ein notdürftiges Nachtlager ein. In aller Frühe weckte er sie. Ihm lag daran, sie so rasch wie möglich loszuwerden.

Mit einem Sack Kartoffeln ging es mit der Straßenbahn nach Lüttich, dann zu Fuß durch ein Labyrinth von Gassen bis in die

Rue de l'Église, wo sich hinter hohen Mauern der Bischofssitz verbarg. Als der Pfarrer ans Tor klopfte, spähte ein Wachmann durch das Oberlicht. Als er etwas von Kartoffeln hörte, öffnete er unverzüglich. »Machen Sie sich keine Sorgen«, sagte der Pfarrer von St-Barbe, bevor er sich davonmachte: »Seine Exzellenz wird sich um Sie kümmern!«

Der Hausmeister brachte sie in einen düsteren Backsteinbau, der an eine Schule erinnerte. Unter der Wohnung eines Bischofs hatte Joshua sich etwas anderes vorgestellt – nämlich ein großartiges Palais wie das auf der Place St-Lambert, wo einst die Fürstbischöfe Hof gehalten hatten. Sie gelangten über ein Treppenhaus in einen Flur mit vielen Türen. Über einer Doppeltür hing ein Wappen, auf dem unter einem flachen breiten Hut Korngarben, ein Stern und ein blutendes Herz zu sehen waren. Darunter stand ein Spruch in einer unbekannten Sprache: »Quia ergo servus.«

Als der Hausmeister anklopfte, rief jemand laut von innen: »Nur hereinspaziert!« Der Pedell öffnete die Tür: »Treten Sie ein, Monseigneur erwartet Sie.«

* * *

Obwohl sie sich bemühten, auf leisen Sohlen zu gehen, knarrten die Bohlen des Fußbodens. Da die Vorhänge zugezogen waren, nahmen sie anfangs nur einen Schatten wahr. Als sie sich an das Halbdunkel gewöhnt hatten, sahen sie einen Mann mittleren Alters mit Nickelbrille. Er saß hinter einem schweren Schreibtisch aus Eiche und trug einen Morgenmantel. An der Wand hinter ihm hing ein überdimensionales Kruzifix, daneben das Porträt eines hageren Mannes mit Brille, der ganz in Weiß gekleidet war und die rechte Hand zum Segen hob.

Der Bischof stand auf und begrüßte sie: »Seien Sie willkommen. Entschuldigen Sie die Aufmachung. Es schickt sich nicht, seine Gäste im Schlafanzug zu empfangen, aber ich hatte diese Nacht noch einiges zu erledigen.« Er schien in seinen Gedanken immer noch in den Akten: »Sie sind sicherlich müde. Sie sollten sich etwas ausruhen. Nachher können wir in Ruhe über alles reden.«

Er wandte sich an den Hausmeister: »Nestor, bringen Sie bitte die Herrschaften ins Gästezimmer und sorgen Sie dafür, dass sie etwas Ordentliches zu essen bekommen. Ach ja, Nestor«, fügte er hinzu: »vergessen Sie bitte nicht, die angelieferten Kartoffeln bei Schwester Clarissa abzugeben.«

Das Gästezimmer lag im oberen Stockwerk. In der Mitte des Zimmers stand ein frisch bezogenes Eisenbett. Auf einer Waschkommode lagen neben einer Kanne mit Wasser und einer Schüssel Seife und Handtücher bereit. Es roch muffig. Vermutlich war seit Tagen nicht gelüftet worden. Die Mutter öffnete das Fenster, damit frische Luft hereinkam.

Dann legten sie sich auf das frisch gedeckte Bett, das Joshua wie ein Himmelbett vorkam. Erschöpft von den Aufregungen der letzten Tage schliefen sie ein. Es war fast Mittag, als ein vorsichtiges Klopfen sie weckte. Der Hausmeister führte sie in die Küche, wo eine Nonne ihnen einen Eintopf mit Brot servierte, den sie mit großem Appetit aßen. Als alle satt waren, folgten sie dem Pedell die Treppe hinauf ins Bischofszimmer.

Der Bischof war noch nicht da. Dafür saß an einem Nebentisch ein Priester in einer abgenutzten Soutane vor einem Aktenstapel. »Schalom«, sagte der Mann. Als die Rozenbergs das hörten, schauten sie sich verwundert an. »Monseigneur ist noch in der Hauskapelle, um den ›Engel des Herrn‹ zu beten«, sagte der Mann, »aber es wird nicht lange dauern.«

Joshua fiel auf, dass der Mann einen fremdländischen Akzent hatte. Ein waschechter Belgier war er jedenfalls nicht. Der Mann bat sie, sich hinzusetzen.

Während sie warteten, musterte Joshua die Bilder und Gemälde an der Wand. Es waren Szenen aus der Bibel, aber zwei von ihnen unterschieden sich von allen anderen. Sie waren in grellen Farben gemalt, und die Figuren und Gegenstände hatten seltsame Formen. Die Häuser, die Bäume, die Straßenlaternen, alles war schief und schräg. Auf beiden Bildern sah man einen Geiger tanzen: der eine hatte einen grünen, der andere einen blauen Rock an.

Als der Mann am Schreibtisch Joshuas Interesse bemerkte, sagte er: »Das da ist ein Klezmer. Weißt du, was das ist, ein Klezmer?« Joshua verneinte, aber Mendel kannte sich aus: »Ja, ein fahrender Musikant.« Das schien den Priester zu freuen. »Genau,« bestätigte er: »das sind Bilder von Marc Chagall. Das ist ein berühmter Maler. Eigentlich heißt er Moïche Chagalov. Er hat oft das Leben im Schtetl gemalt. Wisst ihr, was ein Schtetl ist?« Diesmal nickten beide. »Chagall hat oft Musikanten gemalt. Der Geiger ist sein Lieblingsmotiv.«

Der Mann verstummte einen Moment: »Habt ihr schon einmal dem Klang einer Geige gelauscht …? Ja?« Der Priester schloss die Augen, als lausche er einer Musik, die tief in seinem Innern war: »Das Lied der Geige hat etwas Klagendes, Melancholisches, findet ihr nicht auch?« Der Mann erwartete keine Antwort. Er führte Selbstgespräche: »Ich glaube, es gibt kein Instrument, das die menschlichen Gefühle besser ausdrücken könnte als eine Geige«, sagte er. Joshua war beeindruckt von dem Mann.

Der Mann begann zwanglos mit ihnen zu plaudern. Als er erfuhr, dass Mendel dreizehn Jahre alt war, wollte er wissen, ob er schon seine Bar Mizwa begangen habe. Mendel schüttelte den Kopf. Nein, antwortete die Mutter an dessen Stelle in gebrochenem Französisch: dazu sei wegen des Krieges weder Zeit noch Geld da gewesen. Der Mann schloss wieder die Augen und zitierte auf Hebräisch den Lobspruch, den die Knaben bei Beginn der Zeremonie aufsagen: »Gesegnet bist Du, o Herr unser Gott, König des Universums, der Du uns aus allen Völkern ausgewählt hast und uns die Thora gegeben hast. Gesegnet bist Du, o Herr, Geber der Thora. Amen.« Während die Jungen noch rätselten, was es mit diesem Priester auf sich hatte, kehrte der Bischof zurück.

Statt eines Morgenmantels trug er nun ein schwarzes Gewand mit roten Knöpfen, das bis zum Boden reichte. Über dem Bauch hatte er eine breite rote Schärpe. Auf seiner Brust baumelte ein Kreuz. »Na, hat euch mein Sekretär gut unterhalten?«, fragte er: »Passt ja auf, der Abbé ist ein kluger Mann. Der kennt sich in vielen Dingen aus, vor allem in Dingen, von denen ich nichts verstehe.« Der Sekretär schmunzelte und vertiefte sich wieder in seine Akten.

Der Bischof fragte die Mutter, was sie auf dem Herzen habe. Als sie mit Blick auf den Sekretär zögerte, sagte der Bischof: »Keine Bange. Abbé Toussaint und ich haben keine Geheimnisse voreinander.« Da fasste sie Vertrauen und schilderte ihre hoffnungslose Lage. Mendel übersetzte. Der Bischof fragte nach ihren Namen, ihrer Herkunft, ihrem Wohnort und der Schule, die sie besuchten. Ihn interessierte alles, wie sie durch den Krieg gekommen waren, wie sie ihren Lebensunterhalt bestritten und wie sie ihren Verfolgern entkommen waren.

Mendel beantwortete die vielen Fragen, so gut er konnte. Wenn er etwas nicht verstand oder nicht wusste, wandte er sich in Jiddisch an die Mutter. Der Bischof horchte auf. »Ihr sprecht Jiddisch?« Die Jungen nickten. »Wirklich? Könnt ihr mir etwas in Jiddisch aufsagen oder vorsingen?« Die Jungen schauten sich ratlos an. Der Sekretär wollte ihnen aus ihrer Verlegenheit helfen: »Monseigneur würde sich freuen, wenn ihr mameloschen würdet.« Da sie ihn nicht gleich verstanden, fügte er hinzu: »Könnt ihr etwas in eurer Muttersprache singen?«

Nachdem die Jungen sich mit der Mutter beraten hatten, stimmten sie »My Yiddishe Momme« an, ein Lied, das jedes jüdische Kind halbwegs kannte und das oft im Familienkreis gesungen wurde. Auch der Bischof schien das Lied zu kennen, denn er summte die Melodie mit.

Das Lied begann mit allerlei Fragen: »Was ist das Kostbarste, das Gott uns geschenkt hat? Was kann man nicht mit Geld kaufen? Wofür vergießt man bittere Tränen, wenn man es verliert?« Im Refrain hieß es: »Nichts ist besser und schöner auf Erden als eine jiddische Mama ...« Jedes Mal, wenn sie stockten und nicht weiter wussten, gab ihnen der Sekretär ein Stichwort, um ihnen aus der Patsche zu helfen. Als sie geendet hatten, schwieg der Bischof eine Weile, um nachzudenken. Dann sagte er: »Das war wunderbar. Es erinnert mich an meine Mutter ...«

Doch dann kam er zur Sache: »Ihr müsst nun genau hinhören. Das, was ich euch vorschlagen werde, wird für euch nicht einfach sein. Ihr müsst mir versprechen, tapfer zu sein. Es gibt nur eine Lösung: ihr müsst schleunigst untertauchen, euch verstecken. Und dazu müssen wir euch trennen.« Als er sah, dass die Jungen darüber erschraken, fügte er hinzu: »Keine Sorge. Es wird nur für eine gewisse Zeit und nicht für immer sein.«

Joshua begann bitterlich zu weinen. Erst als die Mutter ihm gut zuredete, beruhigte er sich etwas.

»Ihr braucht keine Angst zu haben, wir werden uns gut um eure Mutter kümmern. Wir sollten keine Zeit verlieren. Aber vorher solltet ihr euch noch ein bisschen stärken.«

Er klingelte mit einem Glöckchen den Pedell herbei und sagte ihm, er solle sie in die Küche zu Schwester Clarissa bringen. Dort standen ein Tablett mit Wurstbroten und einige Gläser mit Wasser bereit. Die Nonne schüttete etwas Pulver in die Gläser und sogleich begann das Wasser zu schäumen und zu brubbeln. Seit Jahren hatte Joshua keine Limonade mehr getrunken.

Als sie in den Innenhof kamen, wartete der Bischof bereits an seinem Wagen. Es war eine stattliche Limousine der Marke Adler von Chenard & Walcker. Die Fahrerkabine war dunkelrot, das Fahrgestell schwarz. Der Bischof hatte einen großen flachen Hut auf dem Kopf. Er drängte zum Aufbruch. Die Jungen sollten sich neben ihn auf die Fahrerbank setzen. Der Mutter blieb gerade noch Zeit, sich zu verabschieden und Mendel zu ermahnen, gut auf seinen kleinen Bruder aufzupassen.

Als sie das Eisentor passierten, bemerkte der Bischof auf Joshuas Schoß ein blaues Wollbündel, das sich beim näheren Hinschauen als Stofftier entpuppte: »Haben wir etwa einen blinden Passagier an Bord?« Joshua drückte Roro verlegen an sich. »Du brauchst keine Angst zu haben. Wir werfen ihn nicht über Bord«, lachte der Bischof. »Was ist das doch für ein hübsches Kerlchen. Hat es einen Namen?« Joshua schüttelte den Kopf. »Wie wäre es, wenn du ihn Louis taufen würdest? So wie ich, ich heiße auch Louis. Dann wäre ich sein Patenonkel.« Der Bischof wollte ihn nur necken, aber als er spürte, dass er den Jungen beschämte, unterließ er es.

Als sie die Chaussee Charlemagne, die Ausfallstraße in die Ardennen, erreichten, stießen sie auf eine Straßensperre. Den Jungen gefror das Blut in den Adern, bis sie an den Helmen mit dem Löwen und den blauen Umhängen der Männer erkannten, dass es sich um belgische Polizisten handelte. Sie schienen das Auto des Bischofs zu kennen und verzichteten auf eine Kontrolle. Sie salutierten und winkten den Wagen durch. Auf der Fahrt klärte der Bischof sie auf, dass die Reise nach Banneux ginge. Dort hätten sich vor ein paar Jahren unerhörte Dinge zugetragen. Achtmal sei die Gottesmutter einem Mädchen erschienen.

Als sie den beschriebenen Ort erreichten, wirkte er wie eine verlassene Baustelle. Der Bischof steuerte einen Bruchsteinbau in einem weitläufigen Park an. Sofort kamen einige Nonnen und eine Horde lärmender Kinder herbeigelaufen. Obwohl der Bischof es zu vermeiden suchte, küssten die Ordensfrauen den Ring, den er am Finger trug. Offensichtlich war er ein gern gesehener Gast.

Er stellte die beiden Jungen vor und ermahnte die Nonnen, dafür zu sorgen, dass sie etwas Ordentliches auf die Rippen bekämen. Der Bischof redete mit den Ordensfrauen in einer Sprache, die sie noch nie gehört hatten. Es hörte sich verdächtig nach Deutsch an. Als der Bischof ihre Verwunderung bemerkte, musste er lachen. »Das ist Plattdeutsch, das ist meine Mameloschn.«

Dann öffnete er den Kofferraum seines Wagens. Mendel und Joshua staunten, denn er war bis oben hin mit Lebensmitteln gefüllt. Auch das Säckchen mit den Kartoffeln des Pfarrers von St-Barbe war dabei.

Im Schoß der Jungfrau

Die Herberge *Unserer Lieben Frau* war eigentlich ein Heim für kranke und behinderte Kinder. Als Albert Van den Berg nach Unterkünften für die vielen jüdischen Kinder suchte, die plötzlich eine Bleibe brauchten, kam er auf die Idee, sie in den wegen des Krieges halb leeren Erholungsheimen in Banneux unterzubringen. Dort würden sie nicht sonderlich auffallen.

Anfangs fühlte sich Joshua in dem verlassenen Pilgerort verloren. Er hatte die Trennung von seiner Mutter nicht verwunden. Auch Roro und Mendel konnten ihn über den Verlust nicht hinwegtrösten. Joshua war lustlos und hatte keinen Appetit mehr. Nachts weinte er sein Kopfkissen nass.

Damals schrieb Joshua seinen ersten Brief an seine Mutter. Es sollten ihm noch viele andere Briefe folgen, aber keiner von ihnen sollte je abgeschickt werden. Joshua wollte immer nur von seiner Mutter hören, wie es ihr gehe, wann sie sich wiedersehen, wollte wissen, ob sie Nachrichten vom Vater habe? Wenn er seine Briefe schrieb, malte er sich aus, wie schön es wäre, wenn sie wieder alle vier vereint in ihrem Haus in der Rue du Buisson wären, wenn sie sonntags wieder gemeinsam einen Spaziergang entlang der Maas machen würden, obwohl er das immer gehasst hatte. Es waren Briefe voller Liebe und Zärtlichkeit gespickt mit Beobachtungen aus der neuen Welt, in der er nun lebte.

Wenn er einen Brief beendet hatte, traute er sich nicht, ihn abzuschicken, weil er nicht wusste, wo seine Mutter sich aufhielt, und weil er fürchtete, der Brief könne in falsche Hände geraten. Also versteckte er ihn irgendwo, wo niemand ihn finden würde – in der Hoffnung, dass ein Engel oder ein guter Geist ihn der Mutter überbringen werde. Da der Brief nach einigen Tagen ungeöffnet in seinem Versteck fand, nahm er ihn wieder an sich und versteckte ihn in seiner Bettmatratze.

Die Nonnen, die Mendel und Joshua aufgenommen hatten, gehörten dem Orden der Franziskanerinnen von der Hl. Familie aus den ehemals belgischen Ostkantonen* an. Für Joshua sahen sie in ihrer braunen Tracht wie Gespenster in einem Gruselfilm aus. Wegen eines Stehkragens war ihr Blickfeld eingeschränkt. Es sah aus, als trügen sie Scheuklappen. Auf der Brust hatten sie ein gesticktes Monogramm mit dem Buchstaben »M«. Darüber war ein Kreuz eingenäht.

Anfangs waren die Brüder erschrocken, als sie feststellten, dass die Nonnen untereinander Deutsch sprachen, die Sprache der verhassten Besatzer. Wenn sie in den letzten Monaten etwas gelernt hatten, dann war es, vor Schicksen, also vor Frauen, die Deutsch reden, auf der Hut zu sein.

Je zwanzig Kinder standen unter der Aufsicht einer Ordensfrau. Für Mendel und Joshua war Schwester Amanda zuständig. Die Schwester litt an einer Munddeformation, die ihr Gesicht arg entstellte und sie beim Sprechen behinderte. Dadurch war ihre Rede ein oft unverständliches Genuschel. Bei den Kindern hieß sie wegen ihres schrecklichen Aussehens »die Hexe Koukibouki«.

Wenn sie abends in den Schlafsaal kam, um den Jungen etwas Weihwasser für die Nacht zu reichen, zog Joshua ängstlich das Bettlaken über den Kopf. Als Schwester Amanda eines Abends Roro entdeckte, wollte sie ihn segnen, aber Joshua glaubte, sie wolle ihn wegnehmen und steckte den Hasen rasch unter die Decke.

Bald entpuppte sich das Schreckgespenst als Schutzengel, denn Schwester Amanda hatte das Herz auf dem rechten Fleck. Gleich nach ihrer Ankunft hatte sie den beiden Jungen die nötige Kleidung, vom Schlafanzug bis zu den Schuhen und den Hosenträgern besorgt. Kein Tag verging, an dem sie ihnen nicht irgendetwas, einen Apfel oder ein Stück Zuckerbrot zusteckte. Nachdem sie ihren Schrecken verloren und Joshua Zutrauen gefasst hatte, fragte er sie, warum sie keinen Mann habe und nicht verheiratet sei. Sie sagte ihm, sie sei eine Braut Christi. Sie habe ihr Leben Gott geweiht. Joshua fand das seltsam, denn der Kantor und der Rabbi hatten ihr Leben auch dem Allmächtigen geweiht, was sie aber nicht daran hinderte, Frau und Kinder zu haben.

Tagsüber wurden die Kinder in Räumen, die eigentlich als Speise- oder Vortragssäle für Pilger vorgesehen waren, unterrichtet. Es gab keine Schulbänke, sondern nur Klapptische und Bierbänke. Da die Räume für den Unterricht nicht geeignet waren, mussten die Lehrer ohne Schiefertafeln auskommen. Sie steckten mit Heftzwecken lose Blätter an ein Anschlagbrett. Bei den Lehrern handelte es sich um Pädagogen, die entweder pensioniert oder auf Druck der Deutschen von der staatlichen Aufsichtsbehörde entlassen worden waren.

Joshua liebte es, abends alleine durch den Park zu schlendern und zu beobachteten, wie hinter den Bäumen der Mond aufging. Dann fragte er sich, ob Vater und Mutter jetzt auch den Mond sähen und an ihn dachten. Das tröstete irgendwie. Da die Beleuchtung wegen des Verdunkelungsgebotes abgestellt war, glich die Anlage einem verwunschenen Ort, der von Schatten und krächzenden Vögeln bevölkert war. Wenn er sich der Gnadenkapelle näherte, verspürte Joshua ein Gruseln und Kribbeln in der Brust, denn die Kerzen, die Pilger hinterlassen hatten, flackerten schaurig. So musste es im Bauch des Fisches ausgesehen haben, in dem der Prophet Jonas hatte hausen müssen.

Eines Abends beobachte er in der Kapelle eine junge Frau mit einer Baskenmütze. Sie lehnte gegen eine Säule, als könne sie so die Last, die auf ihren Schultern lag, besser ertragen. Von Schwester Amanda erfuhr er, dass es sich bei der Frau mit der Baskenmütze um Mariette Beco, der Seherin, handeln müsse.

Tatsächlich erkannte Joshua sie auf den vergilbten Fotos auf einer Schautafel wieder. Im Begleittext stand, sie sei das älteste von sechs Kindern gewesen und nur selten zur Schule gegangen, weil sie daheim die jüngeren Geschwister hüten musste.

Eines Tages habe sie im Vorgarten des Elternhauses eine wunderschöne Dame gesehen, die sie in ihrer Muttersprache, in Wallonisch ansprach. Joshua versuchte sich vorzustellen, wie er sich verhalten würde, wenn ihm so etwas widerfahren sollte. Ob sie Jiddisch mit ihm reden würde?

Als Joshua bei Schwester Amanda nachhakte, brachte er in Erfahrung, dass die Familie Beco in der Nähe der Kapelle eine Gaststätte mit Fremdenzimmern betrieb. Das nähmen viele fromme Seelen ihr übel. Im Kloster hörte Joshua auch allerlei Despektierliches über die Seherin. Wie konnte es sein, dass ein Mädchen, dem die Jungfrau Maria erschienen war, keine Anstalten machte, in einen Orden einzutreten, so wie es die Seherkinder in Lourdes oder Fatima getan hatten? Statt den Schleier zu nehmen, hatte sie geheiratet. Die Ehe war dem Vernehmen nach unglücklich, was böse Zungen als Strafe des Himmels deuteten.

Unweit der Kapelle befand sich eine Quelle, der man Heilkräfte nachsagte, weil die Jungfrau Maria sie hervorgezaubert hatte. Das hinderte die Maurer, die mit Bauarbeiten befasst waren, nicht daran, mit dem Wunderwasser ihren Mörtel anzurühren, was Joshua befremdlich und respektlos fand.

Auf der Mauer des Brunnens stand eine Frauenfigur, die der Beschreibung entsprach, die Mariette Beco von der Dame gegeben hatte. Wenn Joshua sich unbeobachtet fühlte, schöpfte er mit der hohlen Hand etwas Wasser aus dem Becken, und während er es schlürfte, wünschte er sich inständig, dass die schöne Dame dafür sorgen möge, dass er und sein Bruder bald wieder mit Vater und Mutter vereint wären.

Eines Tages hatte Joshua im Park eine sonderbare Begegnung. Er traf auf den Rabbi Dombrowicz, den Rabbi, der ihn im Cheder unterwiesen hatte. Im ersten Augenblick dachte er an eine Verwechslung, weil der Rabbi sein Aussehen verändert hatte. Er trug keinen Bart mehr, sondern war glatt rasiert. Außerdem trug er eine Soutane und hatte auf dem Kopf ein viereckiges

Hütchen, das die katholischen Priester trugen, wenn sie das Haus verließen. Joshua ließ sich durch die Aufmachung und die Verkleidung nicht täuschen. Es handelte sich zweifellos um den Vorsteher der Synagoge.

Obwohl der Rabbi bemerkt haben musste, dass ein Junge ihn aufmerksam musterte, schien ihn das nicht zu stören. Als Joshua ihn mit »Gelobt sei Jesus Christus« begrüßte – so wie er es inzwischen gelernt hatte – zog der Rabbiner artig sein Birett und antwortete: »In Ewigkeit, Amen.« Genauso wie man es von einem Priester gewohnt war.

Als Joshua sich bei Schwester Amanda nach dem Priester erkundigte, sagte sie, dass es sich bei dem Abbé Joseph Botty um einen entfernten Cousin des Bischofs handele. Er betreue die ausländischen Pilger, deren Zahl leider drastisch abgenommen habe. Als Joshua seinem Bruder von der Begegnung erzählte, kam der aus dem Staunen nicht heraus: ein Rabbi als Priester?

Der Rabbiner schien seine Rolle als christlicher Pilgervater zu genießen. Unter Eingeweihten, die seine wahre Identität kannten, hatte er wiederholt für Aufregung gesorgt, weil er behauptete, die Jungfrau Maria sei ihm erschienen und habe ihm eine wichtige Botschaft mitgeteilt. Nach der ersten Erscheinung verlangte er den Bischof zu sehen, um ihm eine Botschaft der Jungfrau Maria zu übermitteln. Louis-Joseph Kerkhofs reiste wie gewünscht an, um ihn zu sprechen, schwieg sich aber nachher über den Inhalt des Gespräches aus.

In der Folgezeit häuften sich die Visionen des verkleideten Rabbis. Einmal forderte ihn ein Engel auf, seine Söhne taufen zu lassen. Danach fühlte er sich berufen, »sein Judentum zu beerdigen« und das Volk Israel zu Christus zu führen. Während die einen seine Erleuchtungen auf Depressionen zurückführten, sahen andere darin ein Zeichen Gottes, dass die Juden unter dem besonderen Schutz der Gottesmutter stünden.

* * *

Vom Christentum hatte Joshua keine genaue Kenntnis. Seit jeher hatten gläubige Juden sich von ihrer christlichen Umgebung abgeschottet. Dafür gab es gute Gründe: Die Priester hörten nicht auf, von den Kanzeln ihrer Kirchen gegen das gottlose Volk der Juden zu wettern. Sie bezeichneten sie als Brunnenvergifter und Gottesmörder, schlimme Übeltäter, die gottesfürchtige Christen mit Wucherzinsen überzögen.

Wenn Joshua und Mendel in Lodz einem Mann in einer Soutane oder in einer Mönchskutte begegneten, wechselten sie aus Vorsicht die Straßenseite. Auch in Seraing hielten die Rozenbergs Distanz zur katholischen Kirche. Hinzu kam, dass in einer roten Hochburg wie Seraing die Pfaffen, denen man nachsagte, sie machten mit Kapitalisten und Ausbeutern gemeinsame Sache, nicht sonderlich hoch im Kurs standen.

Nathan Goldstein hatte Joshua erklärt, dass die Christen glauben, mit einem Wanderprediger namens Joshua, der von den Römern gekreuzigt worden war, sei der Messias gekommen. Das sei aber ein Irrglaube, denn in den heiligen Schriften stehe, dass der Gesalbte Gottes das jüdische Volk aus seinem Exil heimführen, den Tempel in Jerusalem neu errichten und das Volk Israel wieder in seine Rechte einsetzen werde.

Außerdem werde der Messias den Weltfrieden stiften, indem er die Menschheit dazu zwinge, die Gesetze Mose anzuerkennen. Dieser Jesu von Nazareth habe aber die Gesetze Moses missachtet. Demnach könne es sich bei ihm nicht um den verheißenen Retter Israels handeln, sondern um einen falschen Propheten, von denen es viele gegeben habe. Die Christen behaupteten zwar, Jesus habe aus dem Hause Davids gestammt, zogen das aber selbst in Zweifel, indem sie von einer Jungfrauengeburt sprächen. Als Joshua ihn fragte, was die vier Buchstaben bedeuteten, die über dem Gekreuzigten auf einer Tafel standen, wusste Onkel Nathan keine Antwort. Er spreche nun mal kein Latein.

Abschließend sagte er Joshua »ganz im Vertrauen«, wenn er die ganze ungefärbte Wahrheit über diesen Jesus von Nazareth erfahren wolle, solle er den babylonischen Talmud lesen, aber dafür sei er noch zu klein.

Immerhin hatte Joshua aus alle dem verstanden, dass dieser Jesus Jude war. Das war ihm wichtig. Jedes Mal, wenn er an einer Straßenkreuzung oder in einem Klassenraum ein Kruzifix sah, grüßte er insgeheim den Schmerzensmann.

Zwischen den beiden gab es ein stilles Einvernehmen. Sie hatten nicht nur den gleichen Vornamen. Joshua wusste, dass sich unter dem Lendentuch etwas verbergen musste, was die Christen niemals erwähnten, obwohl es in ihrer Heiligen Schrift stand: Jesus hatte genau wie er als Säugling die Brit Mila, das Zeichen des Bundes, empfangen. Die jüdische Tradition verlangte, dass alle männlichen Nachkommen Abrahams am achten Tag nach ihrer Geburt beschnitten wurden.

Der Judenstern, den Joshua getragen hatte, war dagegen nur ein Flicken Stoff gewesen, den man ablegen oder verbrennen konnte, aber das da unten an seinem Körper war ein Brandmal, das unauslöschlich war und in diesen unsicheren Zeiten jedem Juden zum Verhängnis werden konnte. Sollte Jesus wiederkehren, würden die Deutschen ihn daran unweigerlich als Juden erkennen und wieder ans Kreuz nageln. Da war er sich sicher.

Die christliche Lehre wirkte auf Joshua ziemlich verworren. Während es bei den Juden klare Gebote für jede Lebenslage gab, war im Christentum vieles widersprüchlich. Die Christen gaben zwar an, an den gleichen Gott wie die Juden zu glauben, unterschieden aber mehrere Personen. Völlig schleierhaft war Joshua die Rolle, die Maria, die Mutter Gottes, in dem Ganzen spielte. In Banneux konnte er jeden Tag beobachten, dass die Jungfrau von den Gläubigen öfter und inständiger angerufen wurde als der Allmächtige.

Die Gebete und Rituale dieser fremden Religion regelten von nun an sein Leben wie ein Uhrwerk. Beim Aufstehen wurde am Fuß des Bettes ein kurzes Gebet gesprochen. Nach der Morgentoilette ging es im Entenschritt in die Hauskapelle, wo in einer ihm unbekannten Sprache ein Gottesdienst gefeiert wurde, den die Nonnen »heilige Messe« nannten.

Was genau da oben am Altar geschah, konnte man von unten nicht erkennen, denn anders als in der Synagoge, wo der Rabbi mit den Thorarollen singend herumspaziert, wandte der Priester dem Volk den Rücken zu und beugte sich öfter vor, als habe er etwas zu verbergen. Wenn der Gottesdienst sich lange hinzog, konnte es passieren, dass Joshua schläfrig wurde und zu schockeln* begann, so wie er es aus der Synagoge gewohnt war. Mendel musste ihm dann in die Rippen stoßen, um ihn wieder zur Besinnung zu bringen.

Im Speisesaal wurde vor und nach jedem Essen gebetet. Jede Unterrichtsstunde begann mit einem Gebet. Mittags ertönte das Glöckchen für den »Engel des Herrn«, ein Gebet, das sich zehn Minuten lang hinzog. Jeder Tag endete mit einer Andacht, die bei gutem Wetter draußen vor der Gnadenkapelle, ansonsten im Speisesaal stattfand.

Als Zeremonienmeister betätigte sich der Rektor des Wallfahrtsortes, ein gewisser Abbé Schalon, der stets darauf achtete, dass die Kinder beim Gebet stramm standen und brav die Hände falteten. Die älteren Jungen nannten ihn »Bulldogge«, weil er angeblich jeden Verstoß gegen die Regeln mit einem Biss in die Waden ahndete.

Joshua brauchte eine Weile, bis er die wichtigsten Gebete beherrschte und den Durchblick hatte, wer im Himmel wirklich wichtig war. Das war nicht eben einfach, denn überall, wo er hinkam, sah er viele unterschiedliche Engel und Heilige. Sie hingen als Bilder an der Wand oder standen als Statuen auf hohen Sockeln und schauten auf eine sündige Menschheit herab.

Joshua fiel auf, dass jeder Heilige eine Beigabe hatte, die an ein Ereignis seines Lebens oder die Art seines Todes erinnerte: eine Axt, ein Schwert, ein Buch, ein Löwe oder ein Adler. Ein Heiliger hatte einen Hund, der ihm das Bein leckte, was Joshua ziemlich ekelig fand. Das sei der heilige Rochus, belehrte ihn

Schwester Amanda. Er gehöre zu den vierzehn Nothelfern und schütze vor der Pest und anderen schlimmen Plagen. Joshua überlegte, mit welchem Attribut man ihn darstellen würde, wenn er einmal zur Ehre der Altäre gelangen sollte. Vielleicht würde man ihm einen Hasen zur Seite stellen.

Nach einigen Wochen geschah etwas, was Mendels und Joshuas Leben gründlich verändern sollte. Nach der Sonntagsmesse wurden sie aufgerufen, sich in den Empfangsraum der Herberge zu begeben. Dort erwarteten sie ein eleganter hochgewachsener Herr, der sein Haar streng nach hinten gekämmt hatte und einen Kneifer und eine Fliege trug, und ein etwas kleinerer Mann, der offenbar sein Sekretär war.

Der Sekretär schien ein Spaßvogel zu sein, denn er sagte ihnen, sie seien gekommen, um sie unsichtbar machen. Wenn sie diesen Raum verlassen würden, wäre es so, als habe es Menahim und Joshua Rozenberg nie gegeben. Der andere Mann teilte ihnen mit, dass sie einen neuen Namen erhalten würden und damit in eine andere Haut schlüpfen müssten. Das sei nötig, um sie vor Verfolgungen der Besatzer zu schützen.

Die Namensgebung fiel kurz und bündig aus. »Menahim Rozenberg«, sagte der Wortführer feierlich: »Von nun an wirst du Thonnar heißen, Jean-Marie Thonnar.« Er schaute Mendel fragend an: »Gefällt dir das?« Mendel wusste nicht, was er sagen sollte. Der Sekretär fasste es als Zustimmung auf und trug den Namen in eine Liste ein. Dann wandte er sich an Joshua: »Und du heißt ab heute Pierre, Pierre Thonnar. Achtet bitte darauf, wir schreiben Thonnar mit einem »h«. Das klingt irgendwie echter und authentischer. Was haltet ihr davon?« Mendel und Joshua antworteten nicht. Sie waren einfach sprachlos.

Nachdem der Sekretär die Namen in ein Heft eingetragen hatte, trug er sie säuberlich auf ein vorgedrucktes Formular ein, das bereits den Stempel des Einwohnermeldeamtes besaß. Es waren Kennkarten, die sie zu belgischen Staatsbürgern machen sollte. »So«, sagte er, »das waren die Nummern

50 und 51. Genug für heute. Es fehlen nur noch drei Namen, dann ist die Liste komplett.«

Als der Herr mit der Fliege ihnen die Ausweise überreichte, ermahnte er sie, sie sorgsam aufzubewahren. Das sei ihre Lebensversicherung. Bevor die Männer sie entließen, schärften sie ihnen ein, gegenüber niemandem ihre Herkunft zu erwähnen und niemandem ihre wahre Identität preiszugeben. Sie sollten sich eine unverfängliche Biografie ausdenken. Es fehle ihnen diesbezüglich sicherlich nicht an Fantasie.

Bevor sie den Raum verließen, raffte Mendel allen Mut zusammen und fragte nach ihrer Mutter. Da bräuchten sie sich keine Sorgen zu machen, beschied ihn der Mann: Sie lebe an einem sicheren Ort, aber es sei besser, sie wüssten nichts Genaues über ihren Verbleib.

Als Joshua abends mit Roro die Lage erörterte, meinte der, es sei schon recht komisch, wenn man von einem Augenblick zum anderen in die Haut eines anderen unbekannten Menschen schlüpfen müsse. Es brauche sicherlich eine gewisse Zeit, bis er sich an Joshuas neuen Namen und an seine neue Identität gewöhnt habe. Joshua stellte die Frage, ob er nicht auch einen neuen Namen annehmen wolle, aber der Hase hielt nichts davon.

Am nächsten Tag erkannten sie, warum die beiden Männer es so eilig mit der Namensgebung gehabt hatten. Die Gestapo hatte das Château de Fawes durchsucht und dort vier Ehepaare entdeckt und festgenommen. Die Deutschen hatten offensichtlich einen Hinweis bekommen, dass sich in Banneux namhafte Mitglieder der jüdischen Gemeinde versteckt hielten. Unter den Verhafteten waren die alten Eltern des Rabbis. Aus Sorge, sie könnten beim Verhör die neue Identität des Sohnes verraten, brachte der Bischof den falschen Abbé noch am gleichen Tag in ein neues Versteck.

Mit ihrer Verhaftung läuteten am Boulevard d'Avroy die Alarmglocken. Der Notar Van den Berg und seine Helfer mussten befürchten, dass die deutschen Sicherheitsdienste diesen Pilgerort näher anschauen würden und sich dabei auch für die Kinderheime interessieren könnten.

Er beschloss, sofort alle jüdischen Kinder aus Banneux zu entfernen und in kleinere Gruppen aufgeteilt in Internate, Klöster, Krankenhäuser, Erholungs- und Ferienheime zu verbringen. Dort würden sie weniger auffallen. Das war ein gefährliches Unterfangen, denn Van den Berg kannte viele Leiter und Verantwortliche dieser Einrichtungen nur flüchtig aus seiner Tätigkeit als bischöflicher Verwalter. Nun musste er sie notgedrungen in das geheime Rettungswerk der Kirche einweihen. Zu seiner Erleichterung sollte sich keiner von ihnen der Bitte des Bischofs verweigern – trotz der Gefahr für Leib und Leben, denen sie sich damit aussetzten.

Stoumont

Am Tag nach der Namensgebung brachen die Thonnar-Brüder mit unbekanntem Ziel auf. Mit anderen Jungen mussten sie sich in aller Frühe im Flur der Herberge versammeln, wo sie mit ihren neuen Namen aufgerufen wurden, um zu erfahren, welche Einrichtungen sie künftig aufnehmen sollten. Während Jean-Marie zu einer Gruppe gehörte, die für eine Ferienkolonie irgendwo in den Ardennen bestimmt war, sollte Pierre in einem Blindenheim im benachbarten Theux unterkommen.

Als die Brüder feststellten, dass man sie trennen wollte, weigerten sie sich, zu gehorchen. Pierre klammerte sich an seinen Bruder. Er hatte schon Vater und Mutter verloren und wollte nicht zulassen, dass man ihm auch noch den Bruder wegnahm. Auch zehn Pferde hätten die beiden nicht auseinander gebracht. Als gutes Zureden und selbst Drohungen nichts ausrichteten, resignierte die Oberin der Franziskanerinnen und entschied, die Brüder beisammen zu lassen, obwohl das den Anordnungen, die sie erhalten hatte, widersprach.

Bevor sie das Pilgerheim verließen, steckte ihnen Schwester Amanda noch rasch ein Rosinenbrot mit guter Butter zu. Das sei eine Stärkung für den langen Marsch, sagte sie. Außerdem gab sie jedem eine Medaille mit einem Kettchen, damit sie diese um den Hals tragen konnten. Auf der Vorderseite war die Jungfrau Maria zu sehen, die mit ihren Füßen den Kopf einer Schlange zertrat. Auf der Rückseite befand sich das Monogramm der Franziskanerinnen.

Schwester Amanda versuchte ihnen in ihrem Kauderwelsch klarzumachen, dass dies die wundertätige Medaille sei und dass die sie beschützen werde. Auch für Roro hatte sie eine Überraschung parat: ein putziges Pullöverchen. Das werde ihn warm halten, meinte sie, denn in den Ardennen seien die Winter streng.

Insgesamt dreizehn Jungen machten sich unter Führung eines jungen Mannes, eines kleinen drahtigen Kerls, der sich Carlos nannte und einen südländischen Akzent hatte, auf den Weg. Keiner von den Jungen war älter als vierzehn Jahre. Unterwegs schloss Pierre mit einem, der Moshe hieß, Freundschaft. Moshe war erst am Vortag in Banneux eingetroffen und hatte daher noch keinen neuen Namen erhalten. Er war ein schüchterner Junge. Wenn er überhaupt etwas sagte, sprach er von seiner Schwester, die in einem Waisenhaus in Verviers lebte. Man habe ihm versprochen, dass er sie an dem Ort, zu dem sie aufgebrochen seien, wiedersehen werde.

Das Dorf Stoumont, das fünfundzwanzig Kilometer von Banneux entfernt lag, war zu ihren Refugium bestimmt worden. Um unterwegs nicht zufällig einer deutschen Streife in die Hände zu fallen, ging es über Karrenwege und Waldpfade. Der Weg führte durch dichte Buchen- und Eichenwälder. Die riesigen Baumstämme erinnerten Pierre an Kaminschlote. Besonders das letzte Stück des Weges war steil und mühselig.

Nach fünfeinhalb Stunden waren sie am Ziel: Das Dorf lag auf einer Hochebene zwischen einem Flusstal und den Ausläufern des Hohen Venns. Im Windschatten einer Kirche aus Naturstein duckten sich kleine Bauernhäuser, deren Stroh- oder Schieferdächer fast bis auf den Boden reichten. Um die Höfe wuchsen hohe Buchenhecken, die sie gegen den scharfen Westwind, der von der Küste blies, abschirmten.

Ihr Wanderführer steuerte das Presbyterium an, das neben der Kirche lag und wie dieses aus Blaustein war. Eine ältere Frau öffnete die Tür, bat alle in die Küche und bot ihnen eine Tasse heiße Milch an. Der Geschmack war ungewohnt, denn es handelte sich um nicht pasteurisierte Milch. Diesen herben Geschmack sollte Pierre nie vergessen. Vom ersten Tag an roch es für ihn in Stoumont – vor allem im Frühling, wenn das Vieh auf die Weiden durfte – nach frisch gemolkener Rohmilch.

Nachdem sie ausgetrunken hatten, folgten sie der Haushälterin ins Büro des Pfarrers. Monsieur le Curé saß hinter einem alten Schreibtisch aus massiver Eiche, ein großer kräftiger Mann mit schütterem Haar und einer dicken Hornbrille. Er strahlte die sprichwörtliche Bonhomie eines Landpfarrers aus.

Der Raum war vollgestopft mit Büchern. Der Hausherr war offensichtlich ein Bücherwurm und ein starker Raucher, denn es roch nach verbranntem Gras, nach einer Mischung aus Buchenlaub und Brombeerblättern. Echter Tabak war schon lange unerschwinglich.

Der Pfarrer rauchte und schmauchte unablässig, war ständig mit seiner Pfeife beschäftigt, die er nacheinander reinigte, neu stopfte, um sie wieder zu entzünden. Wenn die Rauchfahne zu kräftig wurde, verscheuchte er sie mit einer Handbewegung, als handele es sich um ein lästiges Insekt. Während er mit der linken Hand in der Luft herumfuchtelte, sah Pierre, dass er am Arm eine kostbare Uhr mit vielen Zifferblättern trug.

Zu Füßen des Pfarrers lag ein riesiger Hund. Wie die meisten Juden hatte Pierre eine gewisse Scheu vor Hunden. Es gab dafür eigentlich keinen Grund, denn weder in der Thora noch im Talmud war das Halten von Hunden verboten, aber in den heiligen Büchern kamen sie nicht gut weg. Im Buch der Könige wurde damit gedroht, dass »Hunde dein Blut lecken werden«, wenn man sich nicht dem Willen des Allmächtigen unterwarf. Pierre kannte keine jüdische Familie, die einen Hund gehalten hätte. Im Unterbewusstsein der Juden waren Hunde gefährlich, blutrünstig und unberechenbar.

Vermutlich wussten die Nazis das, denn ihre Schergen hetzten mit sichtlichem Vergnügen Schäferhunde auf die Juden. Auch in der Festung von Lüttich hatte die SS solch kläffende Bestien mit sich geführt – bereit, sie beim kleinsten Vergehen von der Leine zu lassen.

Der Pfarrer bemerkte, dass Pierre den Hund ängstlich anstarrte: »Vor Cäsar brauchst du keine Angst zu haben. Der beißt nicht und gehorcht aufs Wort. Das ist ein Matin Belge. Solche Hunde sind von Natur aus gutmütig. Sie sind fügsamer als jeder Dackel.«

Als Pierre den Namen Matin Belge hörte, erinnerte er sich, dass er in einem Buch gelesen hatte, welche Heldentaten diese Hunde im letzten Krieg vollbracht hatten. Die belgische Infanterie hatte sie an der Front eingesetzt, um Munition zu transportieren und ihre Maschinengewehre in Stellung zu bringen. Einige dieser starken Hunde waren wegen ihrer Tapferkeit von der Heeresführung dekoriert worden.

Der Pfarrer sagte, es gebe leider nur noch wenige ihre Art. Früher hätte man sie überall in den Ardennen angetroffen, weil sie als Karrenhunde gedient hätten, um Milchkannen, Gemüse und Kleinvieh zu transportieren. Obwohl der Pfarrer die Jungen ermunterte, die Bestie zu streicheln, wagte sich niemand vor. Auch sie schienen mit Hunden keine guten Erfahrungen gemacht zu haben.

Abbé Stenne hieß sie willkommen. Sie könnten sich glücklich schätzen, dass sie in einem so schönen Flecken in Gottes Garten gelandet seien. Das Klima hier oben sei etwas rau, was auf den Charakter der Menschen abfärbe. Die Bewohner der Ardennen seien als Dickschädel bekannt, aber es seien ehrliche und zuverlässige Leute. Er lege für sie seine Hand ins Feuer.

Die Sprache des Pfarrers war lebhaft und witzig. Er streute gerne flapsige Bemerkungen in seine Rede ein und benutzte saloppe Redewendungen. Viele Sätze begannen mit »Caramba« und endeten mit »Sapperment«. Wenn ihn etwas erfreute oder überraschte, rief er laut: »Potztausend, bei meiner Pfeife!«

Der Pfarrer ging die Namensliste durch, die Carlos mitgebracht hatte. Hin und wieder konnte er sich ein Schmunzeln nicht verbeißen, als er feststellte, dass man den meisten Kindern Allerweltsnamen wie Dupont oder Durand verpasst hatte. Aber einige hatten ausgefallene Namen. »Caramba, wer von euch heißt Jambon?«, wollte er wissen. Als der Betreffende, der nur mühsam einige Brocken Französisch herausbrachte, sich meldete, klärte der Pfarrer ihn auf, dass sein Nachname so viel bedeutete wie Knochenschinken, was einiges Gelächter auslöste, weil die Juden es nicht mit Schweinefleisch haben.

Einen anderen Jungen hatte man nach einem populären Journalisten bei der BBC, der jeden Abend auf Sendung war, Max Varenne getauft. Der Pfarrer hielt das nicht für sonderlich klug und riet ihm, dem Journalisten nicht nachzueifern und seine patriotische Gesinnung nicht allzu sichtbar aus dem Fenster zu hängen.

Als letzter stand Moshe auf der Liste, seinen Namen hatte man handschriftlich angefügt. »Moj-sesz Schar-go-rods-ki?«, buchstabierte der Pfarrer. Dann setzte er eine ernste Miene auf. »Mit dem Namen, mein Lieber, wirst du nicht alt werden. Aber das werden wir gleich ändern.«

Er griff nach einem Telefonbuch und ging mit seinem Zeigefinger die Namen der Abonnenten der Stadt Lüttich durch, bis er beim Buchstaben »P« fündig wurde: »da haben wir schon etwas Passendes. Ab heute heißt du Pirenne. Kennst du Henri Pirenne? Nein? Das macht nichts. Du sollst ja auch nicht Henri heißen wie der berühmte Historiker sondern Arnaud Pirenne. Gefällt dir das? Na, prima: Dann werden wir dafür sorgen, dass du rasch die entsprechenden Papiere bekommst.«

Bevor er sie entließ, schärfte er ihnen ein, sich niemandem anzuvertrauen, weil sie sonst Gefahr liefen, enttarnt zu werden. Von nun an seien sie für alle innnerhalb und außerhalb der Kolonie ganz gewöhnliche Ferienkinder. Wenn sie Fragen und Probleme hätten, sollten sie sich an ihn und an niemanden sonst wenden.

Bevor sie in ihre Quartiere dürften, müssten sie sich noch einer gründlichen Hygienekontrolle unterwerfen, weil man sicher gehen wolle, dass sie keine Kopfläuse, Flöhe oder sonstiges Ungeziefer in die Kolonie einschleppten. Danach werde Carlos, den der Pfarrer Charles nannte, sie ihren neuen Kameraden vorstellen.

Die Gruppe wurde aufgeteilt. Die Jüngeren folgten dem Erzieher zu einem Haus, das etwas oberhalb des Dorfes lag. Hôme St-Hubert stand über der Tür. Obwohl die Außentemperaturen schon ziemlich kühl waren, mussten sie sich, bevor sie ihr Quartier betraten, nacheinander im Hof gründlich duschen. Das Wasser kam aus einer Tonne, die das Regenwasser aus den Dachkandeln einsammelte.

Während sie halbnackt auf neue Kleider warteten, drehte sich die Diskussion um die Uhr, die der Pfarrer am Gelenk trug. Einer der Jungen, der sich scheinbar in diesen Dingen auskannte, meinte, das sei eine echte Fliegeruhr gewesen. Darauf könne der Pilot nicht nur die Zeit sondern auch die Temperatur und den Luftdruck ablesen. Sie gebe die Zeitzonen an und erlaube die Geschwindigkeit seines Flugzeuges zu erkennen.

* * *

Marcel Stenne war ein gebildeter und musischer Mann, den es aus Gottes unergründlichem Ratschluss als Seelsorger in die Einöde der Ardennen verschlagen hatte. Als Ghislain Marcel Léon Jean Lambert Joseph Stenne war er am 8. Mai 1895 als Sohn von Lambert Joseph Stenne und seiner Ehefrau Jeanne Marie Orban in Verviers geboren. Sein Vater hatte in der Rue de Liège, später in der Rue de Dison ein kleines Fuhrunternehmen betrieben.

Im Dorf wusste niemand etwas Genaues über ihn. Im Krieg war er vier Jahre lang als Meldegänger und Sanitäter an der Yserfront in Flandern gewesen. Man erzählte sich, dass ein älterer Bruder im Krieg Pilot gewesen sei und als Kundschafter zum Einsatz gekommen war, bis das berühmte deutsche Fliegerass, der Rote Baron, seinen Doppeldecker abgeschossen habe und er dabei ums Leben gekommen war. Zum Gedenken an ihn trage er nun als sein jüngerer Bruder die Pilotenuhr.

Andere, die sich besser auskannten, bestritten das. Die Uhr sei ein Geschenk der Familie zu seiner Primiz gewesen. Ihnen zufolge besaß Marcel Stenne gar keinen Bruder sondern nur eine Schwester, Léonie Stenne verheiratete Schmitz, die seit 1939 mit ihrem Mann und ihren beiden Söhnen im Pfarrhaus lebte.

Nach seiner Ausbildung am Priesterseminar in Sint-Truiden war Marcel Stenne acht Jahre lang Jugendkaplan in der Pfarrei Saint Hubert, einem Arbeiterviertel in der Wollstadt Verviers, gewesen, bis man ihn 1935 zum Pfarrer von Stoumont ernannte. Das war für ihn etwas überraschend, denn er fühlte sich zum Jugendseelsorger und nicht zum Landpfarrer berufen.

Da er die erbärmlichen sozialen und sanitären Zustände in den industriellen Ballungsräumen aus eigener Anschauung kannte, kam er auf den Gedanken, hier oben an der frischen Luft eine Ferienkolonie für Stadtkinder zu eröffnen. In den Sommerferien sollten sie hier gesundheitlich und moralisch aufgerüstet werden. Bald erstreckte sich das Einzugsgebiet des neu gegründeten Erholungsheimes bis nach Charleroi am anderen Ende Walloniens.

Da Stoumont eine kleine Pfarrei mit gerade mal dreihundertfünfzig Seelen war, blieb dem Pfarrer genügend Zeit, seinen privaten Steckenpferden nachzugehen.

Seine große Leidenschaft war die Exegese, die Auslegung der Bibel. Abbé Stenne besaß eine umfangreiche Sammlung an theologischer Fachliteratur, und es hieß im Dorf, dass er mit gelehrten Häusern, mit Professoren und Schriftgelehrten korrespondiere.

Stenne befasste sich mit Vorliebe mit theologischen Randthemen, wie der Rolle der Schutzengel oder der Frage, ob Tiere eine Seele hätten, und wie es bei ihnen mit dem Weiterleben nach dem Tod aussehe. Er beschäftigte sich aber auch mit ernsthaften und kontroversen Themen. So bezweifelte er entgegen der kirchlichen Lehrmeinung, dass der Evangelist Johannes, der Lieblingsjünger Jesu, mit dem gleichnamigen Apostel gleichzusetzen sei.

Die klassische Musik war Marcel Stennes andere Passion. Als Pierre das Pfarrbüro betrat, waren ihm sofort die vielen Schallplatten im Bücherregal aufgefallen. Auf einem Ecktischchen stand ein Grammophon. Auf einem Messingschildchen mit der Inschrift »His Master's Voice« sah man einen Hund, der sein Ohr an die Muschel des Tonträgers hielt. Später erfuhr Pierre, dass Marcel Stenne geistliche Lieder und sogar eine lateinische Messe komponiert hatte, die mehrmals mit beträchtlichem Erfolg vor größerem Publikum aufgeführt worden war.

Abbé Stenne hatte im Dorf den Spitznamen »Kapitän Haddock« nach dem raubeinigen Seemann aus dem Comic »Tintin«, das jedem Kind geläufig war. Mit dem Seebär teilte er nicht nur die Statur, sondern auch das aufbrausende Temperament. Der Abbé konnte, wenn es nötig war, schimpfen wie ein Rohrspatz.

Schon bei seiner Ankunft war Pierre aufgefallen, dass er über einen schier unerschöpflichen Wortschatz an Scheltwörtern verfügte, was für einen geistlichen Herrn ungewöhnlich war. Sein Repertoire reichte von »Himmel, Hölle, Sapperment« über »Hagel und Granaten« bis zu »Hunderttausend Höllenhunde«. Manchmal kamen ihm handfeste Flüche über die Lippen. Er konnte sehr ungehalten werden, wenn ihm etwas gegen den Strich ging. Dann traktierte er die Jungen, die das Pech hatten, ihm aus irgendwelchen Gründen zu enttäuschen oder zu missfallen, mit allerlei Schimpfwörtern: von Schlingel oder Bengel bis zu Satansbraten oder Galgenvogel.

In seiner ruhigen Art hatte Abbé Stenne etwas von der Gelassenheit eines Kaltblüters, einer jener schweren genügsamen Ackergäule, die seit undenklichen Zeiten in den Ardennen gezüchtet werden. Denn sein Ärger war meist gespielt und verflog so schnell, wie er gekommen war. Alle in der Kolonie wussten, dass das Gepolter, das der Abbé veranstaltete, Theaterdonner war und sich hinter seiner strengen Fassade ein weicher Kern verbarg.

Mochte er hin und wieder auch etwas ruppig und launenhaft sein, die Jungen wussten, dass der Abbé immer ein offenes Ohr für ihre Nöte und Sorgen hatte. Ungeachtet seines ungestümen

Temperaments war er um ein freundschaftliches väterliches Verhältnis zu seinen Zöglingen bemüht.

Im Winter versammelte er die kleineren Jungen um sich wie eine Henne ihre Küken, um ihnen im Speisesaal der Kolonie vor dem Schlafengehen schöne oder auch schaurige Geschichten zu erzählen. Alle kauerten sich dann um den alten Kanonenofen, ein gusseisernes Monstrum, das in der Mitte des Raumes stand und eine angenehme Wärme verbreitete, und lauschten andächtig, was er aus alten Zeiten zu berichten wusste, als in den Ardennen noch böse Geister und wilde Tiere ihr Unwesen trieben.

Wenn der Sommer kam und das Wetter besser wurde, saß er draußen im Garten auf einer Bank, las in einem Buch oder betete den Rosenkranz. An gewissen Stunden drehte er mit seinem Brevier in der Hand auf der Wiese hinter dem Pfarrhaus seine Kreise. Am ausgetretenen Gras konnte man ablesen, welch weite Strecken er schon lesend zurückgelegt hatte. Währenddessen lag Cäsar, der nie von seiner Seite wich, unter einem Apfelbaum und döste vor sich hin. Nachmittags spazierten sie gemeinsam durch das Dorf, um mit dem einen oder anderen Nachbarn einen Plausch zu halten.

Am Samstag endete der Spaziergang gewöhnlich im Schloss Froidcour, das etwas außerhalb des Dorfes auf halben Weg zum Nachbardorf La Gleize lag. Von der Straße aus konnte man es nicht sehen. Man musste dazu einen landwirtschaftlichen Weg einschlagen, der über eine Anhöhe führte. Mit seinen zahlreichen Zinnen und Türmchen wirkte das neugotische Bauwerk aus der Ferne wie ein Märchenschloss. Das Kastell war auf den Ruinen einer mittelalterlichen Burg erbaut worden. Die Grabplatte seines Erbauers der Burg, des Ritters Wilhelm von Froidcour, konnte man noch in der Kirche im Nachbardorf La Gleize bewundern.

Der jetzige Besitzer von Froidcour war Baron Charles-Albert de Harenne, ein Patriarch der alten Schule. Jedes Jahr gaben er und seine Gattin im weitläufigen Park des Schlosses ein Sommerfest, zu dem neben den Kindern des Dorfes auch die Jungen der Ferienkolonie und die Mädchen aus dem Erholungsheim der Vinzentinerinnen eingeladen waren. Seit Ausbruch des Krieges fiel das Fest etwas bescheidener aus, aber es gab immer noch einen selbst gemachten Baumkuchen, der mit Honig gesüßt war, und eine selbst gebraute Limonade.

Die Familie de Harenne war im 18. Jahrhundert in den Reichsritterstand erhoben worden. Der belgische Zweig gehörte dem Lütticher Landadel an und fühlte sich der Krone und der katholischen Kirche sehr verbunden. Mit Mitteln aus einer Erbschaft hatte sie an ihrem Wohnsitz in Stoumont die neue Pfarrkirche gestiftet. Daher besaß sie unveräußerliche Erbrechte an der Kirche Sankt Hubertus. Das alte Gotteshaus, das man säkularisiert hatte, diente der Gemeinde nun als Knabenschule.

De Harenne besaß große Waldungen und ausgedehnte Weideflächen. Das halbe Dorf stand in seinen Diensten. Da er eine Sägerei betrieb, die auch die Wehrmacht belieferte, waren er und sein ältester Sohn vom Arbeitsdienst in Deutschland befreit worden.

De Harenne war nicht nur der reichste Mann im Dorf, sondern auch der Bürgermeister. Jeden Morgen schaute er kurz im Rathaus, einem Paradebau aus dem 19. Jahrhundert, vorbei und hielt dort am Samstagmorgen Sprechstunden für die Bürger ab.

Der Baron machte keinen Hehl aus seiner Abneigung gegen die Besatzer. Die bekundete er dadurch, dass er, wenn er privat oder von Amts wegen mit einem deutschen Waffenträger zu tun hatte, die Arme auf dem Rücken verschränkte, um seinem Gegenüber nicht die Hand reichen zu müssen. Im Interesse der Bevölkerung blieb er aber bemüht, Konflikten mit der Besatzungsmacht aus dem Weg zu gehen.

Wenn der Abbé seinen Besuch im Schloss ankündigte, gesellten sich manchmal der Lehrer Ernest Natalis und der Landarzt Léon Robinson hinzu. In dieser Runde wurde während einiger Stunden Coinche, die Spielart von Skat, gespielt. Zwischen den einzelnen Partien wurden alle wichtigen Belange des Dorfes besprochen. Es war ein seltsames Quartett, dass sich da zu konspirativen Gesprächen traf: zwei ältere gediegene Honoratioren, die mit Vorsicht und Verstand die Geschicke des Dorfes bestimmten, und zwei junge ungeduldige Heißsporne, die sich lieber heute als morgen mit den Deutschen anlegen wollten.

Obwohl sie keine Kombattanten waren, hatten alle vier Verbindung zum Front de l'Indépendance, einer Widerstandsbewegung, die zwar von Kommunisten gegründet worden war, der sich aber Mitglieder aus unterschiedlichen weltanschaulichen Lagern angeschlossen hatten. In der Bibliothek des Barons konnten sie delikate Angelegenheiten ungestört erörtern und bei Anbruch der Dunkelheit gemeinsam Radio London hören. Wichtige Informationen, die sie ausgetauscht hatten, konnte jeder nachher nach Belieben über seine eigenen Kanäle an den Widerstand weiterleiten.

Bei ihren Treffen tranken sie gerne einen guten Tropfen, denn der Baron verfügte – wie es sich für einen Schlossherrn gehörte – über einen Weinkeller. Der war 1940 zwar geplündert worden, aber inzwischen wieder gut bestückt.

Dazu wusste der Baron eine hübsche Geschichte zu erzählen. Ein deutscher Offizier, der bei ihm einquartiert war, hatte einmal damit geprahlt, dass die Wehrmacht in diesem Krieg ihr Ehrenkleid nicht besudelt habe. Als de Harenne Zweifel daran anmeldete, habe der Deutsche wissen wollen, was die Wehrmacht sich denn ihm gegenüber habe zuschulden kommen lassen.

Der Baron erwähnte das wüste Saufgelage, das Soldaten der Wehrmacht 1940 in seinem Weinkeller veranstaltet hatten. Daraufhin wurde am nächsten Tag mit einem Lastwagen der Wehrmacht ein großer Stoß besten französischen Weins angeliefert. Der Offizier wollte den Baron offenbar für die erlittenen Verluste entschädigen und damit die Ehre der Wehrmacht wieder herstellen.

Der Wein, mutmaßte der Baron, stamme vermutlich aus dem Keller eines unglücklichen Landsmannes. Jedes Mal, wenn de Harenne eine neue Flasche öffnete, forderte er alle auf, auf das Wohl des unbekannten Spenders zu trinken.

* * *

Verglichen mit der Bedrängnis, der Jean-Marie und Pierre jahrelang ausgesetzt gewesen waren, war das Leben in der Kolonie heiter und unbeschwert. In dem abgelegenen Landstrich, in dem sie lebten, herrschte tiefer Frieden. Weder im Dorf noch in den umliegenden Ortschaften waren Deutsche zu sehen.

Das bedeutete noch nicht, dass Stoumont eine Insel der Seligen war. Aber sie brauchten nicht mehr ständig auf der Hut zu sein vor irgendeinem Ungemacht und konnten mit den Menschen, denen sie begegneten, ungezwungen umgehen. Sie fühlten sich befreit. Ohne Stern auf der Brust wurden sie nicht mehr angestarrt oder gar angepöbelt.

Sie waren auch ihre Alltagssorgen los. Früher hatten sie sich selber um alles kümmern müssen, ihre Nahrung selbst besorgen müssen, wenn sie überleben wollten. Das erledigten nun andere für sie.

Die Ferienkolonie war vom Nationalen Kinderhilfswerk und vom belgischen Winterhilfswerk anerkannt – auch wenn die Unterstützung, die damit verbunden war, eher symbolisch ausfiel. Die Kolonie bestand aus drei Unterkünften, die über das Dorf verstreut waren. Neben dem Hôme St-Hubert am oberen und dem Hôme Ste-Anne am unteren Ende des Dorfes, die beide angemietet waren, gab es im Ortskern den Saal Don Bosco, ein flacher Anbau, der der Familie de Harenne gehörte. Angesichts der großen Menge an Kindern, die in der Kolonie auf engstem Raum untergebracht waren, hatte die Familie sie dem Abbé kostenlos überlassen. Die Halle war früher ein Materiallager gewesen und diente seitdem der Dorfjugend als Tanzsaal.

Seit Ausbruch des Krieges war die Kolonie das ganze Jahr über geöffnet. In normalen Zeiten lebten dort um die siebzig bis achtzig Jungen zwischen elf und vierzehn Jahren, darunter auch solche mit einer geistigen oder körperlichen Behinderung. In den Sommerferien wuchs die Zahl der Pensionäre noch einmal deutlich an, weil die Kolonie viele Stadtkinder aufnahm, die aufs Land verschickt wurden.

Stoumont wurde auch als Durchgangslager für Flüchtlingskinder und Kriegswaisen genutzt. Immer wieder kam es vor, dass einzelne Jungen nur für ein paar Tage oder Wochen blieben, um dann – ohne eine Anschrift zu hinterlassen – wieder zu verschwinden. Wegen des ständigen Kommens und Gehens wirkte die Kolonie auf Außenstehende wie ein Taubenschlag. Im Dorf war bekannt, dass in der Kolonie und im Pfarrhaus nicht alles mit rechten Dingen zuging, weil dort häufig das Personal wechselte.

Obwohl die Aufnahmefähigkeit der Kolonie längst an ihre Grenzen stieß, zögerte der Abbé keinen Augenblick, als der Bischof ihn über seinen Rechtsbeistand Van den Berg bat, eine größere Anzahl jüdischer Kinder aufzunehmen. Damit wuchs die Zahl der ständigen Bewohner auf neunzig bis hundert an.

Das Ferienlager war nicht die einzige Einrichtung ihrer Art in Stoumont. In der Nähe ihres Sanatoriums für Mädchen unterhielten die Schwestern des Heiligen Vinzenz von Paul in einem Altbau eine Jugendherberge, die im Sommer und während der Schulferien bedürftige Mädchen aus der Stadt aufnahm.

Das Sanatorium war ein massiver langgestreckter Bau im landestypischen Blaustein, der Platz für zweihundert Pensionäre bot. Das Heim für geistig behinderte und sozial schwache Mädchen war eine Verlegenheitslösung gewesen. Die Vinzentinerinnen hatten in Stoumont ursprünglich ein Altenheim eröffnen wollen, aber dieses wurde von der Bevölkerung nicht angenommen, weil man es auf dem Land vorzog, seinen Lebensabend daheim zu verbringen. Im Sanatorium wurden etwa zwanzig jüdische Mädchen versteckt. Unter ihnen war auch Esther, die kleine Schwester von Arnaud Pirenne.

Der laufende Betrieb der Kolonie mit über hundert Kindern erforderte viel organisatorisches Talent und stellte den Abbé vor große finanzielle Probleme. Als Herbergsvater bestand seine größte Sorge darin, die vielen hungrigen Mäuler jeden Tag satt zu kriegen. Obwohl Van den Berg und das Bistum ihm eine finanzielle Unterstützung versprochen hatten, erfolgte diese nur sporadisch und blieb am Ende ganz aus. Die Lebensmittelmarken, die von der Gemeinde ausgegeben wurden, reichten nicht aus, denn viele Kostgänger waren amtlich nicht gemeldet. Manchmal gab es Hilfspakete vom Roten Kreuz oder vom Winterhilfswerk, ansonsten war der Abbé auf sich allein gestellt.

Die meisten Nahrungsmittel bezog die Kolonie aus der Obstwiese und einem Gemüsegarten, der von den Jungen bestellt wurde. Ansonsten war man auf Spenden und Hilfe von außen angewiesen. An den Wochenenden zogen die Jungen mit Körben und Säcken von Haus zu Haus, um Lebensmittel, aber auch Altkleider, Schuhe und andere brauchbare Güter einzusammeln. Kaum ein Nachbar verweigerte seine Hilfe, weil niemand Gefahr laufen wollte, sich Ärger mit dem Pfarrer einzubrocken und den Zorn des Himmels auf sein Haupt herabzurufen. Von allen Hausarbeiten, die den Jungen abverlangt wurden, waren die Betteltouren die beliebtesten, denn häufig steckten mitleidige Nachbarinnen ihnen ein Butterbrot oder etwas anderes zu.

Der Pfarrer warb regelmäßig von der Kanzel um milde Gaben, und das sorgte auf Dauer für ein gewisses Unbehagen. Manche im Dorf murrten über die ständige Bettelei, die immer dringlicher wurde. Andere beanstandeten, dass der Pfarrer alle Kraft und Energie in die Kolonie steckte und darüber seine Rolle als Seelenhirte vernachlässigte. Es gab sogar Lästermäuler, die behaupteten, der Pfarrer verdiene sich mit seiner Ferienkolonie eine goldene Nase, denn die Eltern der jüdischen Schattenkinder würden ihm seine Barmherzigkeit versilbern. Es sei ja allgemein bekannt, dass die Juden reich wären.

Um das, was er seine Kriegskasse nannte, aufzubessern und die Vorratskammern der Kolonie aufzufüllen, war der Abbé nie um neue Ideen verlegen. Im ehemaligen Dorfsaal, wo die größeren Jungen wohnten, fanden Theatervorführungen und Gesangskonzerte statt, für die der Abbé kräftig die Werbetrommel rührte.

Vielerorts waren Laienbühnen entstanden, um die herrschende Langeweile in den Dörfern für ein paar Stunden zu unterbrechen und gleichzeitig etwas Geld für soziale Werke hereinzuholen. Bei den Stücken handelte sich um deftige Schwänke in Wallonisch, in denen man ohne Gefahr für Leib und Leben über die tumben Besatzer herziehen konnte, weil die den Dialekt nicht verstanden.

Die wichtigste Einnahmequelle des Abbés waren die Filmvorführungen, die jeden zweiten Sonntag im Keller der Kirche stattfanden. Während Kinder freien Eintritt hatten, mussten Erwachsene fünfzig Centimes pro Kopf bezahlen. Auf dem Programm standen Stummfilme mit Charlie Chaplin oder Buster Keaton in den Hauptrollen, aber es gab auch Tonfilme, meist religiöse Stücke oder Abenteuer- und Degenfilme.

Letztere waren einer strengen Zensur unterworfen. Anzügliche Szenen, die Schäden bei sensiblen Seelen verursachen konnten, ließ der Abbé herausschneiden, was bei der Vorführung immer wieder zu Pannen führte, weil die Filmbänder an den schlecht bearbeiteten Stellen rissen und es einige Zeit brauchte, bis der Schaden behoben war und das Schauspiel fortgesetzt werden konnte.

Das Hôme St-Hubert war der Mittelpunkt der Kolonie. Dort befanden sich das Büro des stellvertretenden Direktors Charles Chavez, die Küche und der Speisesaal. Meist mussten die Jungen aus Platzmangel in Schichten essen. Der Speisesaal, der einzige große Raum, über den die Kolonie verfügte, diente auch als Studiensaal und Refektorium. Im ersten Stock und auf dem Dachboden befanden sich drei größere Zimmer mit Schlafkojen für je elf Betten. In einem Verschlag, der notdürftig aus Brettern zusammengezimmert war, schlief der Erzieher, der nachts die Aufsicht hatte.

Jeder Junge hatte auf dem Flur einen Spind mit einem eigenen Schlüssel. Dort legte Pierre seine Habseligkeiten und die Briefe an seine Mutter ab, denn er hatte nicht aufgehört, ihr Briefe zu schreiben. Da er nicht wusste, wie er die Briefe zustellen sollte, sammelte er sie in einer leeren Zigarrendose.

In der Ablage des Blechkastens richtete er mit Stoffresten ein gemütliches Plätzchen für Roro ein. Jedes Mal, wenn er sich für längere Zeit entfernen musste, brachte er ihn in sein Versteck. Nachdem der Hase sich mehrmals darüber beklagt hatte, dass es in seinem Quartier dunkel und muffig sei und er sich wie in einem Gefängnis, ja wie in einem Grab vorkomme, beschaffte Pierre sich beim Hausmeister einen Fräser und bohrte in den Deckel der Kiste einige Löcher, sodass Roro in seinem Quartier über frische Luft und etwas Tageslicht verfügte.

Damit ihm nicht langweilig wurde, besorgte Pierre ihm Schulhefte und Malstifte, damit er sich die Zeit vertreiben konnte. In seiner Loge aus Blech, die er mit Stoffen gemütlich ausstaffierte, sollte Roro alle Zeit dieser Welt finden, um seinen Hobbies zu frönen.

Die sanitären Anlagen waren im Hof und beschränkten sich auf eine Brause und einige Wasserhähne an steinernen Bottichen, die früher als Pferdetränken gedient hatten. Darüber waren Spiegel angebracht. Vor allem im Winter war die Morgentoilette eine Zitterpartie. Die Jungen begnügten sich meist mit einer Katzenwäsche, was zu Ärger mit den Erziehern führte, die darauf bestanden, dass sich alle gründlich wuschen.

Außerhalb des Hauses standen entlang der Straße sieben bunt bemalte Klohäuschen. Jedes hatte eine Nummer und ein Guckloch in Form eines Herzchens. Weil die Aborte hübsch angemalt waren und hintereinander in einer Reihe standen, nannten die Dorfbewohner die Rue de Spa die »Avenue der Sieben Glückseligkeiten«.

Auf der anderen Straßenseite befand sich ein ehemaliges Backhaus, das nun als Sanitätszimmer und Krankenstation diente. Dort hielt Dr. Robinson einmal die Woche kostenlose Sprechstunden ab.

Dass es in einem kleinen Dorf wie Stoumont überhaupt einen Arzt gab, hatte man dem Pfarrer zu verdanken. Für eine kurze Visite im Auftrag des Roten Kreuzes war Dr. Robinson 1940 ins Dorf gekommen. Nachdem er die Schulkinder und die Kinder in beiden Ferienkolonien untersucht hatte, erwähnte er im Plausch mit dem Pfarrer, dass er demnächst heiraten werde. Daraufhin bot ihm dieser ihm an, sich dauerhaft in Stoumont niederzulassen.

Er köderte den jungen Arzt damit, indem er ihm für wenig Geld das Haus, das gleich neben der Kirche lag, als Wohnung anbot. Die Jungen der Kolonie, die bis dahin in dem Haus wohnten, mussten das Quartier wechseln und nach Don Bosco umziehen. Das Sälchen war als Quartier nicht sonderlich beliebt, weil es für jede Vorstellung oder Veranstaltung komplett geräumt werden musste, was bedeutete, dass die Betten jedes Mal ab- und wieder aufgebaut werden mussten.

Neben dem Bosco-Saal und dem Hôme St Hubert gab es noch eine dritte Unterkunft, die nach der heiligen Anna benannt war. Die alte Villa inmitten des Dorfes hatte früher als Fremdenpension gedient. Dort waren nun vor allem die älteren Jungen untergebracht. In den Pferdestallungen befanden sich die Kleiderkammer und die Waschküche der Kolonie.

Im Pfarrhaus lebten neben dem Pfarrer und der Haushälterin, einem betagten Fräulein, die alle bei ihrem Vornamen Paulina riefen, Stennes Schwester Leonie und ihr Mann Robert Schmitz. Der Abbé hatte sie nach seiner Rückkehr aus Belgisch Kongo aufgenommen. Das erwies sich als Glücksfall, weil Léonie Stenne sich als gute Köchin und resolute Verwalterin erwies. Schwager Robert war ein geübter Handwerker, der in der Ferienkolonie den Hausmeister abgab. Außerdem koordinierte und überwachte er die wöchentlichen Betteltouren der Heiminsassen.

Ihre beiden Söhne Marcel und Emmanuel wollten in die Fußstapfen des Onkels treten und bereiteten sich in Sint-Truiden auf das Priesteramt vor. Der ältere hatte ursprünglich die Absicht gehabt, das Noviziat der Weißen Väter zu besuchen, um als Missionar in den Kongo zu gehen, aber der Krieg hatte ihm einen Strich durch die Rechnung gemacht. An den Wochenenden und während den Ferien kamen beide nach Stoumont, um in der Kolonie auszuhelfen.

Neben diesem Stammpersonal gab es im Pfarrhaus noch häufig Gäste, meist Priester oder Ordensleute, die gesundheitlich angeschlagen waren und Erholung brauchten. Aber auch Männer und Frauen der katholischen Aktion, die für einige Zeit untertauchen mussten. Pierre erinnerte sich an einen Priester, der längere Zeit Gast im Pfarrhaus gewesen war. Er war ihnen als Abbé Anselme vorgestellt worden, aber allen war klar, dass dies nicht sein richtiger Name war.

Im Dorf erzählte man sich, dass er aus Bertrix weiter südlich in den Ardennen stamme. Dort war er der Gestapo als rühriger Jugendkaplan aufgefallen. Um ihn zu neutralisieren, wollte man ihn zum Arbeitsdienst nach Deutschland einziehen. Aber der tauchte unter und bot dem Abbé seine Mitarbeit in der Kolonie an. Abbé Anselme war bei den Jungen sehr beliebt. Aber die Gestapo kam ihm auf die Spur. Nachdem Männer in schwarzen Ledermänteln sich auf dem Bürgermeisteramt nach den Bewohnern der Ferienkolonie »Au grand air« erkundigt hatten, und man den Pfarrer davon unterrichtet hatte, hielt der es für angebracht, dem Mitbruder zu raten, sich ein neues Versteck zu suchen.

Bei den Erziehern, deren Zahl häufig wechselte, handelte es sich entweder um verhinderte Studenten oder um arbeitslose Jugendliche. Chefanimator war Charles Chavez, ein gebürtiger Spanier, der in den Wirren des spanischen Bürgerkriegs nach Belgien gekommen war. »Carlos« war vor dem Krieg mit einer

Jugendgruppe für ein Ferienlager gekommen, und da er sich im Umgang mit Kindern als rührig und fähig erwies, hatte der Abbé ihn engagiert.

Sehr beliebt war Oscar Evrard, ein ehemaliger Seminarist, der aus unbekannten Gründen sein Theologiestudium abgebrochen hatte, um danach als Krankenpfleger zu arbeiten. Mit einem Empfehlungsschreiben des Bischofs war er nach Stoumont gekommen.

Die sieben Erzieher waren für Ordnung und Disziplin in der Kolonie zuständig und gestalteten auch das Freizeitprogramm. Sie hatten auch die Aufsicht im Studiersaal und gaben den Kindern bei Bedarf Nachhilfeunterricht. Trotz der Autorität, die sie genossen, war allen klar, dass im Hintergrund der Abbé die Fäden zog.

Die Versorgungslage war zwar schlecht, aber nicht so dramatisch wie in den Städten. Obwohl die kargen Böden der Ardennen sich nicht für Ackerbau eigneten, hatten die Bauern damit begonnen, sie für den Anbau von anspruchslosen Getreidearten wie Dinkel und Roggen zu nutzen. Auch pflanzten sie Kartoffeln und Zuckerrüben an. Die Kost in der Kolonie war nach dem Urteil des Roten Kreuzes ausreichend. Jedenfalls zeigte kein Kind akute Hungersymptome.

In der Küche schaltete und waltete Stennes Schwester wie eine Matrone. Sie tat es angesichts des allgemeinen Mangels mit großem Geschick und schaffte es jedes Mal irgendwie, die hungrige Meute halbwegs satt zu kriegen. Bei der Küchenarbeit halfen ihr einige junge Frauen aus dem Dorf. Sie standen ihr auch in der Kleiderkammer und in der Nähstube zur Seite. Leonie Schmitz hatte den Spitznamen »Mama Margareta« nach der Mutter des heiligen Don Bosco. Die hatte die Straßenkinder, die ihr Sohn in den Gassen von Turin aufgelesen hatte, so lange mit Pasta und Polenta abgefüttert, bis ihnen davon die Haare ausfielen.

Trotz Mama Margaretas Kochkünsten war in der Kolonie Schmalhans Küchenchef. Auf dem Speisezettel standen Gerichte, deren Zutaten entweder aus dem eigenen Garten oder dem Dorf stammten, also Mehlprodukte, Kartoffeln, Kohl und Rüben, die entweder zu Suppen verkocht oder zu Brei aufbereitet wurden. Eier gab es selten, weil die Bauern sie für sich zurückhielten. Soweit Pierre sich erinnern konnte, gab es sie in all den Jahren nur zweimal: einmal an Ostern und einmal zum Namenstag von Charles Chavez, der gute Beziehungen zu einem Bauern unterhielt.

Zum Frühstück gab es entweder einen undefinierbaren trüben Muckefuck aus Chicorée, Malz und Getreide oder Tee. Tee gab es im Überfluss: Es gab Tee in allen Schattierungen: aus Minze, Hagebutten, Melissen, Salbei, Löwenzahn, Brennnessel, Schafgarbe und Ringelblume. Je nach Jahreszeit gab es Früchtetee aus Schlehen oder aus Wald- und Preiselbeeren.

Das Brot wurde aus dem Roggen gebacken, der in der Gegend angebaut wurde. Es war meist so hart, das man es nur essen konnte, wenn man es in warmes Wasser oder in den Tee tunkte. Der Brotaufstrich bestand aus Birnen- oder Apfelkraut. Im Sommer wurden die Jungen in den Wald geschickt, um Blaubeeren, Brombeeren oder Heidelbeeren zu pflücken, die zu Konfitüre verarbeitet wurden.

Fleisch gab es eigentlich nie, aber umso öfter Heringe, denn seltsamerweise gab es seit Beginn des Krieges in der Nordsee einen wundersamen Fischfang, den selbst Meeresforscher nicht erklären konnten. Im Winter 1942 fingen belgische Fischkutter in der Nordsee mehr als 40.000 Tonnen Heringe, die größtenteils zu Bücklingen oder Sprotten verarbeitet wurden. Mama Margareta beherrschte die Kunst, ihre Heringe, die entweder getrocknet, gesalzen oder gepökelt wurden, in Verbindung mit Rüben oder Kartoffeln in immer neuen Varianten aufzubereiten. Mit jedem Kriegsjahr verschlechterte sich die Versorgungslage. Um die Jahreswende 1943 waren alle Reserven aufgebraucht. Da wegen des verstärkten Seekrieges die Kutter nicht ausfahren konnten, blieb selbst der Hering aus. Zum Glück erbarmte sich ein großzügiger Spender der Kolonie und schenkte Mama Margareta zwei Fässer Sauerkraut.

Über Wochen konnte sie danach wieder aus dem Vollen schöpfen. Es gab Sauerkraut in vielerlei Arten. Am Sonntag gab es ihn als Eintopf, der mit Speckstückchen aufgebessert wurde. Die waren so winzig, das jeder Fund mit einem lauten Hallo begrüßt wurde, so als habe der glückliche Finder auf seinem Teller eine Perle gefunden. Als auch das Sauerkraut aufgebraucht war, gab es einen undefinierbaren Brei aus Kartoffeln, Eicheln, Bucheckern und Kastanien.

Mama Margareta sorgte nicht nur fürs Essen sondern gab den Kindern etwas mütterliche Wärme und achtete darauf, dass sie sauber und adrett gekleidet waren. Alles, was die Jungen am Körper trugen, stammte aus zweiter Hand. Entweder waren es Spenden des Roten Kreuzes oder milde Gaben aus der Nachbarschaft.

Schwierig war es, an Schuhe zu kommen. Einmal erhielt die Kolonie eine größere Menge Holzschuhe, die in einem Lehrlingsheim angefertigt worden waren. Die Klumpen leisteten zwar gute Dienste, waren aber klobig und erzeugten lästigen Lärm. Hausmeister Robert Schmitz kam auf den Gedanken, eine Technik anzuwenden, die er aus Afrika kannte. Er schnitt aus abgewetzten Autoreifen Gummistreifen und nagelte diese unter die Holzklumpen, sodass die Jungen fortan – selbst bei Schnee und Schlamm – auf leisen Sohlen herumlaufen konnten.

* * *

Wie in einem Kloster gab es in der Kolonie für alles feste Zeiten: Es gab Gebetszeiten, Essen- und Schlafenszeiten, Zeiten für Schularbeiten, Hausdienste und Freizeit. Ein geregeltes Leben sollte Kindern, die vielfach aus ärmlichen oder zerrütteten Verhältnissen kamen, Halt und Orientierung geben.

Dahinter steckte ein pädagogisches Konzept. Der Abbé bemühte sich, trotz der bescheidenen Mittel, über die die Kolonie verfügte, dort ein Klima zu stiften, in dem die Talente der Kinder entdeckt und gefördert wurden. Anders als in den Hinterhöfen von Seraing, wo das Gesetz des Stärkeren galt, wurde in Stoumont darauf geachtet, dass auch die Schwächeren zum Zug kamen.

Mit der Moral der Jungen, die ihm anvertraut waren, nahm der Abbé es sehr genau. Keuschheit hatte in der Kolonie einen hohen Stellenwert. Schlüpfrige Witze und Doktorspiele, wie Pierre und Jean-Marie sie aus Seraing kannten, wurden nicht geduldet.

Die allgemeine Prüderie hatte den Vorzug, dass sie für die jüdischen Schattenkinder einen unsichtbaren Schutzschild bildeten und ihnen half, ihre wahre Identität zu verheimlichen. Nie wäre es einem Jungen aus der Kolonie in den Sinn gekommen, sich vor einem anderen zu entblößen.

Stoumont verfügte über zwei Grundschulen: eine für Mädchen, eine für Jungen. Die Knabenschule war in der früheren Dorfkirche untergebracht. Wegen des Krieges und der Kinderlandverschickung hatte sich die Zahl der schulpflichtigen Kinder vervielfacht, sodass die Gemeindeschulen von dem Zustrom überfordert waren. Die älteren Kinder, zu denen auch Jean-Marie gehörte, waren deshalb genötigt, die Schule in Remouchamps, eine knappe Stunde von Stoumont entfernt, zu besuchen.

Als das Weihnachtsfest näher rückte, unterrichtete der Dorflehrer den Pfarrer über die mangelhaften Leistungen und die schlechten Noten des kleinen Thonnar. Der Abbé, der für die meisten Kinder der Kolonie Vormund und Erziehungsberechtigter war, rief den Jungen zu sich, um nachzuforschen, woran es wohl läge.

Der Junge war ihm im Gedächtnis geblieben, weil er sich kurz nach seiner Ankunft in der Kolonie einen Fauxpas geleistet hatte. Es gehörte zu den Regeln der Kolonie, dass die Jungen zwei Mal in der Woche, am Mittwoch und am Freitag, morgens einer heiligen Messe beiwohnten. Das stieß allgemein auf wenig Begeisterung. Auch Pierre war davon nicht sonderlich erbaut, weil das Schauspiel, das in der Kirche geboten wurde, sich ständig wiederholte. Ein wenig Bewegung kam lediglich gegen Ende der Veranstaltung auf, wenn die größeren Jungen die Kommunion empfingen.

Einmal verließ er mit ihnen die Bank und folgte ihnen bis zur Kommunionbank, wo sich alle hinknieten, um den Leib Christi zu empfangen. Als die Reihe an ihn war, wurde der Abbé stutzig, hielt eine Sekunde inne und überschlug ihn dann. Als er die nächste Reihe begann, kniete Pierre immer noch an seinem Platz und streckte erwartungsvoll seine Zunge heraus. Wieder ignorierte ihn der Priester.

Beim dritten Durchgang hatte er ihm widerstrebend die Hostie gegeben, weil er kein Aufsehen erregen wollte. Aber nach der Messe hatte er ihn ordentlich zurechtgestaucht und eindringlich verwarnt, er solle den Blödsinn künftig unterlassen. Der Leib Christi sei keine Süßigkeit, sondern eine heilige Speise, der wahrhafte Leib Christi.

Als der Pfarrer ihn nun nach den Ursachen seiner schlechten Schulleistungen befragte, gestand Pierre, dass er alle Lust am Leben und am Lernen verloren habe, weil alles keinen Sinn mache und ihm die Eltern so sehr fehlten. Vor allem vermisse er seine Mutter. Er habe ihr viele Briefe geschrieben, aber nie eine Antwort erhalten. Er besitze noch nicht einmal ein Foto von ihr. An den dicken Tränen, die dem Jungen über die Wangen kullerten, konnte der Pfarrer ermessen, wie tief der Schmerz saß.

Einige Wochen später bestellte er die Gebrüder Thonnar ins Pfarrhaus und übergab ihnen einen handgeschriebenen Brief ihrer Mutter. Wie er das bewerkstelligt hatte, blieb sein Geheimnis. Der Brief war in polnischer Sprache verfasst und trug weder Anschrift noch Unterschrift, aber die Jungen erkannten sofort die Handschrift. Jean-Marie las vor und übersetzte Satz für Satz.

Elsa Rozenberg richtete ihren Söhnen aus, dass es ihr gut gehe, dass sie ständig an sie denke und zu Gott bete, dass er sie beschützen solle. Leider gebe es keine Nachrichten vom Vater. Sie hoffe aber sehr, dass sie bald wieder vereint sein würden.

Obwohl Pierre Polnisch kaum noch verstand und noch nicht einmal lesen konnte, drängte er den Bruder, ihm den Brief zu überlassen. Der gab nach und händigte ihn aus, obwohl der Abbé sie ausdrücklich ermahnt hatte, den Brief besser zu vernichten, um keine Spuren zu hinterlassen.

Tagsüber musste Roro auf den Brief aufpassen. Pierre legte ihn in das Kistchen im Spind zu den gesammelten Briefen an seine Mutter. Abends holte er ihn heraus und versuchte ihn zu lesen. Danach schob er ihn unter sein Kopfkissen. Dann fühlte er sich so wohl wie damals als kleines Kind, als er zu seiner Mutter ins Bett kriechen durfte.

Anders als sein jüngerer Bruder tat sich Jean-Marie Thonnar mit der Umstellung nicht schwer. Er passte sich rasch an die neuen Verhältnisse an. Bald war er auch in Remouchamps Klassenprimus. Dennoch war er in der Kolonie allgemein beliebt, weil er sich auf seine Intelligenz nichts einbildete, sondern bescheiden blieb und nie um einen Streich verlegen war.

Pierre war alarmiert, als man ihm eines Tages zutrug, sein Bruder habe auf dem Schulweg mit einem Mädchen angebändelt. Damit bewegte er sich auf gefährlichem Terrain, denn der Abbé und die Vinzentinerinnen achteten gleichermaßen darauf, dass Jungen und Mädchen immer auf Distanz zueinander blieben. Jegliches Poussieren war verboten und wurde sanktioniert.

Pierre machte dem Bruder Vorhaltungen, beschwor ihn, im Umgang mit Mädchen vorsichtig zu sein, denn es war bekannt, dass Jungen wegen unmoralischen Verhaltens aus der Kolonie verwiesen wurden. Pierre erinnerte seinen Bruder daran, dass er erst kürzlich Ärger mit dem Abbé gehabt hatte, weil man ihn mit anderen Jugendlichen in der Kneipe der Mutter Grégoire gesehen hatte, was streng untersagt war.

Aber Jean-Marie schlug die Warnungen des Bruders in den Wind. Er meinte, Pierre sei nur neidisch und auch noch zu klein und unerfahren, um in solchen Dingen mitreden zu können.

Da sie in unterschiedlichen Quartieren lebten, waren Pierre und Jean-Marie zum ersten Mal in ihrem Leben getrennt. Während der kleine Thonnar im Hôme St-Hubert wohnte, hatte Jean-Marie das Pech gehabt, im Saal Don Bosco zu landen. Pierre trat damit aus dem Schatten seines älteren Bruders und musste lernen, sich ohne seine Hilfe zu behaupten. Immerhin blieben ihm Roro, sein flauschiger Mümmelmann, und Moshe alias Arnaud, mit dem er schon am ersten Tag Freundschaft geschlossen hatte. Arnaud wurde von allen wegen seiner Pausbacken Bouboule, Dickerchen, genannt.

Pierrot und Bouboule waren unzertrennlich. Beide verband eine Art Seelenverwandtschaft. Sie waren gut aufeinander eingespielt. Arnaud war jemand, der zuhören konnte und Pierre der geborene Erzähler. Bouboule war neben Jean-Marie der Einzige, der von Roros Existenz wusste.

Arnaud war von Natur aus schüchtern. Selten sah man ihn fröhlich und niemals ausgelassen. Er galt als Sonderling und Eigenbrötler. Das lag auch daran, dass er einen Sprachfehler hatte. Wenn ihn der Lehrer aus irgendeinem Grund an die Tafel zitierte, brachte er meistens kein Wort heraus. Er litt an einer Sprechblockade: er stotterte! Sobald er die Buchstaben »B« oder »P« aussprechen sollte, begann er zu röcheln und zu würgen, bis er am Ende völlig verstummte.

Das führte dazu, dass er weder seinen neuen Namen, der mit einem »P« begann, noch seinen Spitznamen mit seinem doppelten »B« aussprechen, geschweige denn buchstabieren konnte. Die Hänseleien seiner Klassenkameraden setzten ihm ordentlich zu. Umso wertvoller schien ihm die Freundschaft, die Pierre ihm entgegenbrachte.

Beide wussten voneinander, dass sie Juden waren. Das ließ sich nicht verheimlichen, denn schließlich waren sie gemeinsam aus Banneux gekommen. In der Lebensgeschichte, die Arnaud sich zu seiner Tarnung ausgedacht hatte, war er zum Sohn eines rumänischen Bergmanns geworden.

Dennoch verhielt er sich öfter ungeschickt. Einmal, als die Jungen der Kolonie gemeinsam über die Boches herzogen, ließ er sich dazu hinreißen, diese als »Schicksen« zu bezeichnen. Das stieß bei den anderen auf Verwunderung. Noch nie hatte einer von ihnen dieses Schimpfwort gehört. Pierre, der es von zu Hause kannte, weil sein Vater es häufig benutzt hatte, wollte nachher den Freund zurechtweisen, unterließ es aber, weil der Pfarrer ihnen verboten hatte, solche Gespräche überhaupt zu führen. Die Spielregeln verlangten, dass die Schattenkinder auch untereinander nie aus ihren früheren Leben erzählten.

Arnaud verstieß öfter gegen das ungeschriebene Gesetz, seine jüdische Herkunft zu verschweigen, was Pierre beunruhigte. Einmal erzählte er ihm von einem Wanderzirkus, den er vor dem Krieg mit seiner Schulklasse besucht hatte. Von den Zirkustieren hatten ihm besonders die Braunbären gefallen, weil der Dompteur ihnen allerlei Purzelbäume abverlangte. Einer der Bären war sogar Fahrrad gefahren.

Ganz begeistert war er von den Clowns, die herumgealbert hätten und über ihre eigenen Latschen gestolpert wären. Er hatte über ihre Späße so sehr lachen müssen, dass er darüber fast zwischen die Bänke der Zirkusarena in den Abgrund gerutscht wäre, wenn ihn Schulkameraden nicht im letzten Moment aufgefangen hätten.

Daheim habe er kaum etwas vom Zirkus erzählt. Das mit den Clowns habe er ganz verschwiegen, weil lautes Lachen im Elternhaus verpönt war: »Wer zu viel lacht, den holen die bösen Geister«, habe der Vater gesagt: so stehe es im Talmud. Bouboule sagte, sein Vater sei ein strenger und frommer Mann, der nicht dulde, dass man sich zu kindischen Gefühlsausbrüchen hinreißen lasse.

Das Wichtigste in Bouboules Leben war seine Schwester Esther. Wenn er von ihr sprach, benutzte er stets ihren richtigen Namen, obwohl sie einen anderen, unverfänglichen Vornamen haben musste. Gleich nach ihrer Ankunft in Stoumont hatte er den Pfarrer darum gebeten, dafür zu sorgen, dass seine kleine Schwester aus Verviers nach Stoumont verlegt werde, und Abbé Stenne hatte dafür gesorgt, dass sein Wunsch in Erfüllung ging.

So oft er konnte, besuchte Arnaud das Schwesterchen im Sanatorium, das nur einen Steinwurf vom Dorf entfernt lag. Manchmal begleitete Pierre ihn. Im weiträumigen Park der Heilanstalt stand auf einem Sockel eine Statue aus Gips, die der Mutter Gottes seiner wundertätigen Medaille glich.

Vor den Nonnen hatte Pierre eine gewisse Scheu, denn sie trugen auf dem Kopf riesige Hauben, die wie Flügel aussahen und ihnen das Aussehen von Raubvögeln oder außerirdischen Wesen gaben. Selbst bei der Arbeit im Garten oder in der Küche legten sie die Hauben nicht ab. Von einer Schautafel, die an der Pforte des Klosters hing, erfuhr Pierre, dass die sonderbare Tracht auf flämische Bäuerinnen zurückging.

* * *

Die Knabenschule von Stoumont verfügte nur über zwei Klassenräume. In jedem Raum wurden drei Jahrgänge von einem Lehrer unterrichtet. Die Verhältnisse waren beengend und es fehlte an Lehrmaterialien.

Anders als in Seraing, wo die Lehrer ungezogenen oder unachtsamen Schülern die Ohren langzogen oder sie mit einem Stock traktierten, waren sie in Stoumont bemüht, Strafen zu vermeiden und stattdessen bei den Schülern Interesse zu wecken und sie zu Leistungen anzuspornen.

Mit Ernest Natalis hatte Pierre einen begabten und ehrgeizigen Pädagogen als Klassenleiter. Natalis hatte wegen des Kriegsausbruches keine weiterführenden Studien machen können. Trotz seines jugendlichen Alters hatte er schon Lehrbücher für die Unterstufe verfasst und im Selbststudium verschiedene

Fremdsprachen, Latein, Niederländisch, Englisch und Deutsch erlernt. Im Dorf sprach man voller Respekt von einem Universalgenie. Es hieß, er arbeite am Wörterbuch einer Negersprache aus dem Kongo.

Wegen seiner guten Deutschkenntnisse wurde Natalis oft als Dolmetscher hinzu gerufen, wenn es Ärger mit den Besatzern gab – sei es, dass diese ein Pferd requirieren oder eine trächtige Sau aus dem Stall holen wollten. Es war kein Geheimnis, dass Natalis der Résistance angehörte. Die Gerüchte hatten dazu geführt, dass die Gestapo ihn einmal in Schutzhaft genommen hatte. Dank der Intervention des Bürgermeisters wurde er nach einigen Tagen aus Mangel an Beweisen wieder entlassen.

Über den von der Schulbehörde verordneten Lehrstoff hinaus vermittelte Ernest Natalis den Kindern ungewohnte Einblicke in die Geschichte, Geographie, Geologie und Meteorologie ihrer Heimat. Er liebte die Natur und war bemüht, diese Liebe an seine Schüler weiterzugeben. Im Unterricht lernten die Kinder alles Erdenkliche über Ackerbau und Viehzucht. Sie lernten nicht nur das Leben der Haustiere kennen, sondern auch das der Bienen, Frösche, Käfer und Würmer.

Nach den Bewohnern des Waldes, dem Fuchs, dem Hirsch und dem Reh war irgendwann auch der Feldhase an der Reihe. Als Pierre Roro davon erzählte, geriet der in helle Aufregung. Der Lehrer hatte bestätigt, dass der Feldhase ein kluges Tier sei. Das erkenne man schon daran, dass er im Volksmund verschiedene Namen habe: Löffelmann, Krummer oder Rammler, um nur einige zu nennen.

Pierre erfuhr, dass der Hase vornehmlich nachts unterwegs war und sich ausschließlich von Pflanzen ernähre. Wenn er äse oder im Gras ruhe, bliebe er wachsam, denn er habe viele Feinde, die ihm ans Fell wollen. Um zu sehen, ob die Luft rein war, stelle er sich auf die Hinterpfoten, was in der Jägersprache »einen Kegel machen« heiße.

Allerdings, klagte der Lehrer, ließe der Hase während der Paarungszeit jegliche Vorsicht vermissen. Dann komme sein wildes, ungezügeltes Temperament durch. Er prügele sich mit Artgenossen, wenn sie ihm beim Werben um eine Häsin in die Quere kämen. Roro drängte Pierre beim Lehrer nachzufragen, weil er mehr über das Liebesleben des Feldhasen erfahren wollte. Obwohl das von der Schulbehörde nicht vorgesehen war, veranstaltete Lehrer Natalis regelmäßig Ausflüge in die freie Natur. Entweder ging er mit seinen Schülern in den Wald, um den Waldarbeitern zuzuschauen, wie sie mit ihren schweren Gäulen die dicksten Bäume aus dem Wald rückten, oder sie besuchten einen Imker im Dorf, der ihnen nachher einen Topf mit Waldhonig schenkte, der als Brotaufstrich auf den Tisch der Kolonie kam.

Eines Tages besuchten sie die Höhlen von Remouchamps. Die Tropfsteinhöhlen hatte ein unterirdischer Bach, der im Volksmund »Rubicon« hieß, in den Kalkstein gebohrt. Ein Bediensteter der Anlage, die wegen Besucherschwund nur noch selten geöffnet war, führte sie durch riesige unterirdische Säle und bizarre Säulengalerien. Dort erklärte er ihnen den Unterschied zwischen den hängenden Stalakmiten und den aus dem Boden wachsenden Stalaktiten.

An einer Stelle war die Höhle so groß, dass sie an das Innere einer Kathedrale erinnerte. Es hatte sich ein See gebildet, der nur mit einem Kahn zu überqueren war. Pierre fühlte sich in den Mittelpunkt der Erde versetzt wie in dem Roman von Jules Verne, den er kürzlich gelesen hatte.

Der Lehrer sagte, es sei wissenschaftlich erwiesen, dass in der Höhle einst Menschen gelebt hätten, denn man habe menschliche Überreste, Knochen von Neandertalern, gefunden. Pierre stellte sich vor, wie es wohl wäre, wenn er abends von der Jagd heimkehren und in der Höhle auf einen Säbeltiger oder einen Höhlenbären stoßen würde, die ihm seinen Platz streitig machen wollten.

Öfter führte Ernest Natalis sie ins nahe Venn von Banase, um ihnen die Bedeutung des Moores für die Umwelt und den

Wasserhaushalt zu erklären. Das Hohe Venn sei wie ein riesiger Schwamm, belehrte er sie, der Regenwasser aufsauge und es für trockene Zeiten speichere. Viele Bäche und Flüsse nähmen hier ihren Anfang. Das Klima hier oben sei rau und feucht wie das der Tundra oder Arktis. Daher sei das Hohe Venn ein Rückzugsgebiet für seltene Tiere wie Schwarzstorch, Birkhahn, Biber, Schleiereule und Wildkatze.

An vielen Stellen war das Moor von Wassergräben durchzogen. Mancherorts ragten seltsame Pyramiden aus dem Pfeifengras hervor, die an gestapelte Briketts erinnerten. Der Lehrer erklärte ihnen, dass sich im Laufe der Jahrtausende aus abgestorbenen Pflanzen im feuchten Erdreich ein organisches Sediment herangebildet habe, das man Torf nenne. Torf werde als Brennmaterial oder Dünger genutzt. Er werde im Frühjahr zu Ziegeln gestochen und zu Haufen gestapelt, damit er während des Sommers trocknen könne.

Früher hätten die Bauern den Torf nur für den Eigengebrauch gestochen. Obwohl es sich um minderwertiges, übel riechendes Heizmaterial handele, das viel Rauch verursache und nur wenig Heizwärme verbreite, sei er seit Ausbruch des Krieges wieder ein begehrter Brennstoff geworden. Wegen des Kohlenmangels bauten die Bauern den Torf nun massenhaft ab, um ihn zu verkaufen. Das verursache große Schäden, denn die Natur brauche eintausend Jahre, um einen einzigen Kubikmeter Torf heranzubilden.

Der Lehrer warnte sie mehrmals davor, alleine durch das Hohe Venn zu streifen, weil überall Gefahren lauerten. Es gebe unsichtbare Wasserlöcher und von Gras überwucherte Tümpel, die dem unkundigen Wanderer zum Verhängnis werden könnten. An die Unglücklichen erinnerten die vielen Kreuze, die man im Hohen Venn antreffe. Vor etlichen Jahren habe sich in der Nähe zur deutschen Grenze bei einem Schneesturm ein Liebespaar verirrt und sei dabei erfroren. Erst im folgenden Frühjahr habe man ihre Leichen gefunden.

Deswegen hätten sich im Mittelalter Einsiedler im Hochmoor niedergelassen, die abends eine Glocke läuteten, um verirrten Wanderern den Weg zu weisen. Pierre wusste, wovon der Lehrer sprach. Er hätte ihm gerne von seiner Flucht durch das Hohe Venn erzählt, aber es war ihm verboten, aus seinem früheren Leben zu berichten.

Einmal machten sie einen Tagesausflug zur Benediktinerabtei von Stavelot*. Da diese fünfzehn Kilometer entfernt war, stellte der Bürgermeister der Schule einen alten Trecker mit einem Karren zur Verfügung.

Unterwegs auf dem Karren erzählte der Lehrer von der Abteigründung. Der heilige Remaclus sei ein Einsiedler gewesen, der mit einem Esel durch die Wälder der Ardennen gezogen sei. Als er eines Tages am Ufer der Amel lagerte, erschien ihm ein Engel des Herrn im Traum und befahl ihm, an diesem Ort ein Kloster zu gründen. Als er morgens aufwachte, stellte er fest, dass es in der Gegend nur Schiefergestein gab, was sich zum Bau eines Klosters nicht gerade eignete.

Daraufhin versprach ihm der Engel, er werde ihm eine Grube zeigen, wo es reichlich Blaustein gebe. Tatsächlich fand Remaclus am nächsten Tag dicke Felsbrocken aus Granit und begann mit den Bauarbeiten. Als ein Wolf seinen Esel, der die Steine heranschleppte, auffraß, stockten die Arbeiten. Das erboste den Heiligen so sehr, dass er dem Wolf befahl, an Stelle seines braven Gesellen die Steine heranzuschleppen, was das böse Tier dann auch tat.

In Stavelot besuchten sie zunächst die Stadtkirche oberhalb des Klosters. Dort gab es einen Schrein aus dem 13. Jahrhundert, in dem die Gebeine des heiligen Remaclus aufbewahrt wurden. Pierre starrte mit offenem Mund auf das goldene Gehäuse, das mit kostbaren Edelsteinen verziert war und viele Gestalten von Heiligen und Engeln zeigte. So ungefähr musste die Bundeslade im Tempel von Jerusalem ausgesehen haben.

Der Eindruck von der Abtei war enttäuschend, denn die frühere Kirche war nur noch ein Ruinenfeld. Nur das Kloster war noch erhalten. Es diente als Rathaus, Hospital und Waisenhaus. Die Abteikirche, die ursprünglich größer als zwei Fußballfelder war, war während der Französischen Revolution als Steinbruch benutzt worden. Bis auf das Portal, das wie ein hohler Zahn aus der Erde ragte, war von ihr nichts übrig geblieben.

Der Lehrer nahm das zum Anlass, kräftig über die gottlosen französischen Revolutionäre herzuziehen, die sich wie Barbaren aufgeführt hätten. Sie hätten die frommen Mönche vertrieben, obwohl man ihnen so viel zu verdanken habe. Denn es wären die Benediktinermönche gewesen, die die Ardennen urbar gemacht und neben vielen anderen Ortschaften in den Ardennen auch Stoumont gegründet hätten. Mit Heugabeln und Sensen hätten die Bauern sich daher heftig gegen die fremden Besatzer gewehrt. Alle verstanden, was der Lehrer gemeint hatte, als er sagte, man solle sich auch heute nicht alles gefallen lassen.

* * *

Im Gegensatz zu seinem Bruder, der nüchtern und pragmatisch war, war Pierre verträumt und melancholisch. Er schwankte ständig in seinen Gefühlen und Stimmungen. An dem einen Tag war er himmelhoch jauchzend, am anderen am Boden zerstört, ohne dass ein Grund ersichtlich war.

Abseits von den anderen Jungen der Kolonie lebte Pierre in seiner eigenen Welt. Diese war von Abenteurern und Entdeckern, von Helden und Heiligen bevölkert. Als ausgesprochene Leseratte war er einer der besten Abonnenten der kleinen Bibliothek in der Kolonie. Da Jean-Marie für die Ausleihe zuständig war, konnte er sicher sein, dass sein Bruder ihm die begehrtesten Titel, die oft vergriffen waren, beiseite legte.

Über der Tür der Bibliothek hatte der Abbé den Ausspruch eines gewissen Ciceros anbringen lassen: »Ein Haus ohne Bücher ist wie ein Körper ohne Seele.« Pierre nahm sich das zu Herzen. Er las alles, was ihm in die Finger kam. In der Hausbücherei gab es vor allem erbauliche religiöse Literatur, aber Pierre war mehr an Abenteuern interessiert. Als Erstes wählte er die »Sagen der Ardennen«. Das waren die Geschichten vom törichten Müller von Quarreux, vom blutigen Felsen von Nierbonchera, vom verwunschenen Fährmann von Sougnez und von den Zwergen von Remouchamps.

Am meisten gefiel ihm die Sage von den vier Haimondskindern. Diese hatten ein Wunderpferd mit dem Namen Bayard, ein Ross mit außergewöhnlichen Kräften. Wenn es schnaubte, kam wie bei einem Drachen Feuer aus seinen Nüstern. Da die Haimondskinder im Streit ihren Vetter Ludwig, den einzigen Sohn Karls des Großen, erschlagen hatten, flohen sie vor der Rache des Kaisers auf dem Rücken des Rosses in die Ardennen. Dank seiner Schnelligkeit und seiner Ausdauer rettete es sie aus allen misslichen Lagen.

In der Sage war Karl der Große kein gütiger und weiser Herrscher, sondern ein Despot. Als er den Mörder seines Sohnes, den ältesten der vier Brüder, endlich zu fassen kriegte, verurteilte er ihn zu einer Pilgerfahrt nach Jerusalem. Das Wunderross ließ er fangen und ihm einen Mühlstein um den Hals binden, um es in der Maas zu ertränken. Doch Bayard zerschlug den Stein mit seinen Hufen und erreichte das rettende Ufer. Seitdem, so erzählten die Leute, geistere es immer noch durch die Wälder. Bauern und Köhler wollten es im Morgengrauen gesehen haben. Wenn Pierre nachts nicht schlafen konnte, zog er mit Bayard in den Kampf gegen die Deutschen.

Danach erweiterte er seine Auswahl. Nacheinander verschlang er die Romane von Jules Verne, Alexandre Dumas, Walter Scott und Jack London – soweit sie in der Bücherei vorrätig waren. Jeden Abend vor dem Einschlafen schlüpfte er in die Haut eines seiner Helden, um in ihrer Gestalt alle erdenklichen Feinde in die Flucht zu schlagen. Die Rolle der Bösewichte übernahmen stets die Deutschen.

Für den Fall, dass der Krieg noch länger andauerte, hatte er beschlossen, sich in die dunklen Wälder der Ardennen zurückzuziehen, um den Deutschen aufzulauern und ihnen ordentlich zuzusetzen, so wie es Robin Hood im Sherwood Forest mit den Normannen gemacht hatte.

Wenn er im Geiste eine siegreiche Schlacht geschlagen hatte, nahm er vom Balkon des Schlosses von Froidcour die Huldigung der Menge entgegen. Einmal erschien sogar Seine Majestät König Leopold III., um ihm zu huldigen und ihm und seinem Knappen Roro die höchste Auszeichnung des Landes, den Leopoldorden mit Stern am Bande zu verleihen.

Seine imaginären Heldentaten weckten in ihm eine seltsame Vorliebe für alles, was mit Waffen und dem Militär zu tun hatte. In der Bücherei lieh er sich ein Handbuch der belgischen Armee aus der Vorkriegszeit aus, in dem neben allerlei Kriegsgerät die Soldaten des Heeres, der Marine und der Luftwaffe in ihren schmucken Uniformen abgebildet waren.

Wenn die Erzieher zusammenhockten und mit großem Sachverstand militärische Fragen erörterten, gesellte Pierre sich diskret zu ihnen, um ihnen voller Ehrfurcht zuzuhören. Als Oscar Evrard das Interesse Pierrots bemerkte, steckte er ihm eine abgegriffene Beilage der Tageszeitung »Le Soir« zu, die seit Beginn der Besatzung unter deutscher Aufsicht erschien und in Wort und Bild die glorreichen Feldzüge der Wehrmacht beschrieb.

Pierre begann heimlich alles zu sammeln, was mit Krieg und Kriegsgerät zu tun hatte. Er suchte Wiesen und Felder nach Flugblättern ab, die von Aufklärern der Alliierten abgeworfen wurden, um über die wahre Kriegslage zu informieren. Das war nicht ungefährlich war, weil die Deutschen das als »Feindpropaganda« betrachteten. Seine gesammelten Schätze verbarg er im Spind, in dem Roro tagsüber steckte. Der Hase beobachtete es mit Befremden. Er hielt Pierres Waffenwahn für einen zweifelhaften Spleen.

Der Abbé, dem die Leselust des kleinen Thonnar nicht entgangen war, regte eines Tages an, die Biografie Damian De Veusters zu lesen. Das Buch handelte von einem flämischen Bauernsohn, der an Stelle eines erkrankten älteren Bruders in die Mission gegangen war und sich auf den Sandwich-Inseln, die irgendwo in der Südsee lagen, freiwillig für eine Lepra-Kolonie gemeldet hatte. Dort erkrankte er an Aussatz und ging elendiglich zugrunde.

Pierre las das Buch in einem Atemzug. Im Anhang waren Bilder von der feierlichen Überführung der sterblichen Überreste von Pater Damian nach Belgien zu sehen. Ein endloser Trauerzug zog von seinem Geburtsort bis nach Löwen, wo er seine letzte Ruhestätte fand. Pierre träumte von nun an davon, wie Pater Damian die christliche Botschaft den Kopfjägern und den Kannibalen zu verkünden.

Neben den heißgeliebten Büchern und seiner seltsamen Passion für Militaria beflügelte das Kino Pierres Fantasie. Die sonntäglichen Filmvorführungen in der Krypta der Kirche, die selbst an heißen Sommertagen stattfanden und immer überfüllt waren, waren für ihn der Höhepunkt der Woche.

Unvergesslich war für ihn der Film Ben Hur, obwohl es sich dabei um einen älteren amerikanischen Stummfilm handelte. Die Geschichte spielte zur Zeit der Römer in Jerusalem. Die Juden waren keine Wucherer, Kindesmörder und Kretins, wie er sie aus den meisten seiner Romane kannte, sondern edle Charaktere. Juda Ben Hur war ein jüdischer Prinz, der als Galeerensklave eine Seeschlacht überlebte und am Ende seinen Widersacher in einem dramatischen Wagenrennen besiegte. Am Ende wurden seine Mutter und seine Schwester vom auferstandenen Christus vom Aussatz geheilt.

Pierre war nach der Vorstellung wie gelähmt. Während die anderen Jungen lebhaft diskutierten, saß er selbstversunken in einer Ecke und dachte darüber nach, was die Zukunft für ihn bereit halte. Er war sich sicher, dass er für etwas Besonderes, für etwas wirklich Großes bestimmt war.

Pierre überlegte, ob er Feldherr, Förster, Missionar oder Archäologe werden sollte. Zuerst schied der Beruf des Försters aus, weil man ihn aufgeklärt hatte, dass ein solcher die meiste Zeit nicht damit verbringe, durch den Wald zu schleichen, das Wild zu beobachten und Wilderern aufzulauern, sondern damit Holzverkäufe auszuschreiben und geschlagenes Holz zu vermessen.

Außerdem war Roro von der Aussicht, sein Leben in dunklen Wäldern und im Hohen Venn zu verbringen, nicht begeistert. Ihm schwebte vor, über grüne Koppeln zu hoppeln, weil es da reichlich Klee und Löwenzahn gab. Er verspürte keine Lust, zwischen ungenießbarem Pfeifengras und fauligen Wassertümpeln zu leben.

Pierre entschied sich schließlich für eine Karriere als Schriftsteller. Um sein literarisches Talent zu prüfen, beschloss er, einen Ritterroman zu schreiben. Es sollte ein Buch voller Spannung werden, in dem kühne Recken, böse Zauberer, Hofdamen und Minnesänger vorkamen. Auf den Umschlag eines Heftes schrieb er in großen Lettern den Titel des Werkes, das einmal in die Weltliteratur eingehen würde: »Der rote Ritter und das Geheimnis des verborgenen Schatzes – Ein Roman von Pierre Thonnar.«

Den Plan, einen Roman zu schreiben, besprach er ausführlich mit Roro. Er spornte ihn an, sich seinerseits als Schriftsteller zu versuchen. Warum schrieb er nicht die Hasenbiografie, von der er oft gesprochen hatte? Um ihn dafür zu begeistern, besorgte er ihm Bleistift und Papier und dachte sich einen attraktiven Titel für das Œuvre aus: »Das abenteuerliche Leben des Roro Rozenberg – Erzählt von ihm selbst.«

Pierre erhoffte sich davon, dass Roro sein geheimes Vorleben schildern würde. Er sollte beschreiben, was er alles in der Werkstatt erlebt hatte, in der man ihn angefertigt hatte. Er wusste von ihm nur, dass er in einer Puppenwerkstatt in Böhmen zur Welt gekommen war. Das bezeugte eine verwaschene Wortmarke an seinem linken Löffel. Pierre wollte wissen, wie er damals von Pilzen nach Lodz gekommen war, wo ihn seine Mutter im Schaufenster eines Spielwarengeschäftes entdeckt hatte.

Aber Roro fand keinen Spaß an der Schriftstellerei und lieferte nur leere Seiten ab. Pierre kam selber mit seinen literarischen Ambitionen nicht voran. Er stockte schon nach den ersten Sätzen. Sein Roman begann so: »Als der Rote Ritter die Waldlichtung erreichte, sah er, wie die Sonne glühend hinter dem dunklen Tann versank. Er wunderte sich, dass die Sonne nicht rot, sondern gelb wie der Dotter eines Hühnereis war ...«

Weiter kam er nicht. Obwohl er in den nächsten Tagen immer wieder neu ansetzte, versagte an dieser Stelle seine Inspiration. Daher beschloss er, seine Tätigkeit als Schriftsteller auf spätere Zeiten und günstigere Umstände zu vertagen.

An der frischen Luft

Pierres Leben hatte sich bisher zwischen Fabrikhallen und Industrieschloten abgespielt. In der unversehrten Natur der Ardennen lebte er förmlich auf. Anders als in Seraing, das in einem Talkessel lag, in dem die Luft manchmal so dick war, dass man sie mit einem Messer hätte schneiden können, wehte auf der Hochebene von Stoumont immer ein frisches Lüftchen. Pierre sog alles, was er um sich herum sah, hörte und roch, förmlich in sich auf.

Während die anderen Jungen sich mit Fußball- oder Versteckspielen vergnügten, zog er es vor, alleine durch die Wiesen oberhalb des Dorfes zu streifen oder sich in der Nähe des Schlosses mit Roro auf einen Felsvorsprung zu setzen, um von dort in die tiefe Schlucht zu starren, durch die die Amel floss. Der Graben war so eng, dass selbst der Fußpfad, der entlang des Flusses führte, das Tal verließ, um über steile Hänge auf das Hochplateau zu klettern.

Die Einheimischen nannten diese Schlucht Kongo, denn an dieser Stelle war das Tal so undurchdringlich wie die afrikanische Wildnis. Alles war von dichtem Buschwerk und mannshohen Gräsern überwuchert. Pierre war sich sicher, dass dieser Urwald von Riesenechsen, Dinosauriern und anderen Tieren der Urzeit bevölkert war.

Der Felsen wurde zu seinem Observatorium. Im Winter beobachtete er, wie die Grashalme auf der Wiese sich mit Kristallen schmückten. Im Frühling sammelten sich unten die Nebel. Wenn die Sonne aufging, begann es im Tal wie in einem Wäschetrog zu dampfen. Wenn die Sonne genügend an Höhe gewonnen hatte, stiegen die Nebel den Hügel hinauf und legten sich als bläuliche Bänder über die Fichten.

Pierre beobachtete staunend, wie die Narzissen sich durch das dürre Stroh, das vom Gras des Vorjahres übrig geblieben war, einen Platz an der Sonne erkämpften. Er hörte die Bienen behäbig brummen und sah die Maiglöckchen sprießen, um den

Sommer einzuläuten. Er beobachtete, wie das Bärenkraut, der Fingerhut und die Glockenblumen sich in Purpur kleideten, um dann doch von Unkraut überwuchert zu werden.

Wenn sich im Herbst unten das Laub der Bäume färbte, schien die ganze Schlucht in Flammen zu stehen. Pierre genoss es, wenn die Mücken um ihn herum noch einmal flirrten, der Wind zum Abschied das Gras streichelte und in den Bäumen flüsterte. Dann dachte er daran, dass der Lehrer gesagt hatte, dass man in der Natur ganz still werden und in sich hinein horche müsse, um im Säuseln des Windes den Pulsschlag des Lebens zu spüren.

Als Pierre gegenüber Arnaud einmal die Vermutung äußerte, das Ross Bayard könne sich im Dickicht des Kongo verborgen haben, bot der an, mit ihm auf die Suche zu gehen. Gemeinsam stiegen sie ins Flusstal hinab, um nach dem Wunderpferd Ausschau zu halten. Sie suchten es in Berghängen und Hohlgassen, hinter schroffen Felsen und in dichtem Gestrüpp. Manchmal glaubten sie im Uferschlamm Abdrucke von Hufen zu erkennen. Es sah aus, als habe das Ross an dieser oder jener Stelle mit den Hufen gescharrt oder zum Sprung über den Fluss angesetzt.

Manchmal waren sie sich sicher, Bayard im Gehölz zu erspähen. Aber als sie näher kamen, entdeckten sie nur einen Kaltblüter, der unter Anleitung eines Waldarbeiters gerade einen Baumstamm aus der Böschung schleppte.

Da ihre Suche in der Schlucht vergeblich war, beschlossen sie die Suche zu erweitern und im Venn von Banase zu suchen. Jedes Mal wenn Pierre ins Hochmoor kam, war er von dem Anblick wie berauscht. Hier war die Natur noch wild und unberührt. Sie war ganz nach seinem Geschmack: dramatisch, magisch, mysteriös. Wenn sie lange herum geschweift waren, setzten sie sich ins Heidekraut, um schweigend zuzusehen, wie die Libellen von Tümpel zu Tümpel tanzten. Am schönsten war es, wenn die Sonne am Horizont versank. Dann tauchte sie das

Moor in gelbe, grüne und rote Farben, so als wäre alles in Pastellfarben gemalt.

Das Hohe Venn schlug sie so in ihren Bann, dass sie beschlossen von der Suche nach dem verwunschenen Ross abzulassen und dafür das Hochmoor zu erforschen. Pierre lieh sich dazu in der Bücherei ein Buch über Flora und Fauna der Ardennen aus. Anhand der Abbildungen lernten sie die Moorlilie, das Knabenkraut, den Lungen-Enzian und den Sonnentau kennen und Blaubeeren von Moosbeeren zu unterscheiden.

Mehr als alle anderen Pflanzen faszinierte sie das Wollgras, das fröhlich im Wind wippte. Mit ihren weißen Lockenköpfchen gaben die Gräser dem Moor ein feenhaftes Gepräge. Im Herbst lösten sich die weißen Wattebäusche von ihren Stengeln und der Wind wehte den Samen tausendfach über das Moor. Es sah aus, als tanzten silberne Haarsträhnen in der Luft.

Das Wollgras erinnerte an Baumwolle. Sie kamen auf die Idee, Wollgras massenhaft zu züchten und die weißen Wollschöpfe zu ernten. Angesichts der Textilknappheit versprachen sie sich davon ein einträgliches Geschäft. Also legten sie eine Wollgras-Plantage in einer windgeschützten Mulde an. Dort pflanzten sie Halme und Büschel von dem zähen Gewächs, das sie anderweitig aus dem nassen Boden gerissen hatten. Leider schlugen die Setzlinge nicht an, und ihr Traum vom großen Geld löste sich am Ende in Luft auf.

Doch die beiden ließen sich davon nicht entmutigen. Um die ungelösten Rätsel dieser Welt zu entschlüsseln, riefen Pierre und Arnaud einen Forscher-Club ins Leben. Dieser verfolgte das Ziel, die Natur zu schützen und die Menschheit mit bahnbrechenden Entdeckungen zu beglücken. Dazu legten sie sich Statuten und akademische Titel zu.

Sie begannen, sich mit den unterschiedlichsten Wissenschaften zu befassen. Dazu gehörte auch die Astronomie. Aufgrund von Berechnungen, die sie in einer klaren Sommernacht angestellt hatten, waren sie zu dem Schluss gekommen, dass die

Welt im Jahre 1950 untergehen würde. Strittig war nur, ob der Weltuntergang durch eine gewaltige Sturmflut, eine riesige Feuersbrunst oder durch den Einschlag eines Meteoriten erfolgen würde.

Nach der Apokalypse, die nahezu alles Leben vernichten werde, würde die Menschheit in den Zustand der Barbarei zurückfallen. Dann läge es an ihnen beiden, die geistigen und kulturellen Leistungen der Vergangenheit an die Überlebenden weiterzugeben. Zu den wenigen Auserwählten zählten Pierres Bruder Jean-Marie und Arnauds Schwester Esther. Auch der eine oder andere Junge aus der Kolonie fand Gnade vor ihren Augen. Strittig war lange, ob auch Erwachsene gerettet würden. Schließlich kamen sie überein, dass neben ihren Eltern auch Mama Margareta, Ernest Natalis, Abbé Stenne sowie der eine oder andere Erzieher überleben sollte.

Als Pierre abends Roro davon erzählte, ermahnte der Pierre, sie sollten sich nicht anzumaßen, den lieben Gott zu spielen.

Danach plädierte Pierre dafür, Roro in den Forscherclub aufzunehmen. Er argumentierte, der Feldhase habe sich für den Club qualifiziert, weil er Nachforschungen über den Osterhasens betrieben und sie weit vorangetrieben habe. So habe er herausgefunden, dass schon der heilige Ambrosius im fünften Jahrhundert eine Verbindung zwischen Hasen und Ostern hergestellt hatte.

Bouboule war von dem Vorschlag, einen Plüschhasen in den erlauchten Kreis aufzunehmen, nicht sonderlich angetan, aber er willigte ein, weil er spürte, dass Pierrot sehr viel daran gelegen war, seinen Hasen immer dabei zu haben. Anlässlich seiner feierlichen Aufnahme in den Geheimbund überreichten die Professoren Thonnar und Pirenne dem neuen Mitglied als Geschenk einen kleinen Tropenhelm. Den hatte Bouboule, der flinke Finger hatte, aus Pappelholz geschnitzt. Roro sollte ihn jedes Mal tragen, wenn sie zu einer Expedition aufbrachen.

Ihre erste größere Feldforschung widmeten sie dem heimischen Kongo. So wie der amerikanische Forscher und Abenteurer Stanley im Auftrag des Königs Leopold II. die Urwälder Innerafrikas erkundet hatte, wollten sie diese geheimnisvolle Schlucht zu Füßen des Schlosses erkunden und damit einen weißen Flecken von der belgischen Landkarte tilgen.

Hatte Henry Stanley seine Expeditionen mit Elfenbein finanziert, beabsichtigten sie, es mit dem Gold zu tun, das – nach Aussagen ihres Lehrers – in der Amel vorkam. Ernest Natalis hatte behauptet, die seltsamen Erdhaufen entlang der Amel gingen auf Glücksritter zurück, die hier nach Gold geschürft hatten. Zum Beweis holte er aus seiner Hosentasche einen Kieselstein, der an der Oberfläche weiße Punkte hatte: das seien Goldäderchen, belehrte er sie.

Trotz intensiven Suchens im Flussbett fanden sie kein einziges Nugget. Ihren Misserfolg schrieben sie dem Halbdunkel zu, das selbst tagsüber in der Schlucht herrschte, und der Tatsache, dass sie nicht über das Werkzeug echter Goldschürfer verfügten. Sie besaßen nur einen Eimer, einen Eisenstab und eine verrostete Schaufel. Sie hatten weder Gummistiefel noch eine Waschpfanne geschweige denn ein ordentliches Sieb.

Neben dem Kongo war bald das Hohe Venn ihr wichtigstes Forschungsterrain. Dort nahmen sie Messungen und archäologische Grabungen vor. Im Venn von Banase gab es eine befestigte Trasse, die im Volksmund Bischofsweg hieß, weil der Bischof von Lüttich über diesen Weg zur Abtei von Stavelot gelangte. Die Steinquader, die noch stellenweise aus dem Moor ragten, waren in Wirklichkeit Überreste einer alten Römerstraße.

Am höchsten Punkt des Venns gab es einen Tumulus, den die Leute Monthouet nannten. Sicherlich hatten die Römer dort einen Wachturm errichtet, denn von dem Hügel hatte man einen herrlichen Ausblick über die Hochebene bis weit ins Lütticher Land. Von dort konnte Pierre sogar die Fabrikschlote und Kohlehalden seiner Heimat sehen.

Aufgrund von astronomischen Berechnungen waren die drei Gelehrten zu dem Schluss gekommen, dass die Welt im Jahre 1950 untergehen würde. Strittig war nur, ob der Weltuntergang durch eine gewaltige Sturmflut, eine riesige Feuersbrunst oder durch den Einschlag eines Meteoriten erfolgen würde.

Nach der Apokalypse, die alles vernichten werde, würde die Menschheit in den Zustand der Barbarei zurückfallen. Dann läge es an ihnen, an Roro, Pierre und Arnaud, die geistigen und kulturellen Leistungen der Vergangenheit an die Überlebenden weiterzugeben. Zu den wenigen Auserwählten zählten Pierres Bruder Jean-Marie und Arnauds Schwester Esther. Auch der eine oder andere Junge aus der Kolonie fand Gnade vor ihren Augen. Strittig war lange, ob auch Erwachsene das Ende der Welt überleben würden.

Roro beendete die leidige Diskussion, indem er sie ermahnte, sich nicht anzumaßen, den lieben Gott zu spielen. Schließlich kamen sie überein, dass neben ihren Eltern auch Mama Margareta, Ernest Natalis, Abbé Stenne sowie der eine oder andere Erzieher überleben sollte.

Als der Herbst kam, beobachteten sie in den Wiesen oberhalb des Dorfes Vogelfänger, die sich hinter den Laufhecken verbargen, um Zugvögel zu fangen. Obwohl den beiden Jungen bekannt war, dass der Vogelfang ein wallonischer Volkssport war, ließ ihr Selbstverständnis als Naturschützer es nicht zu, das Massaker tatenlos hinzunehmen.

Bei den Vogelfängern handelte es sich meist um Stahlarbeiter oder Bergleute, die am Wochenende in die Ardennen zogen, um mit Schlingen, Netzkloben und Fangkäfigen Bergfinken, Feldlerchen und andere Singvögel zu fangen. Dabei gingen ihnen auch kleine Greifvögel ins Netz. Stoumont war als Fanggebiet besonders beliebt, weil es dort wegen der Nähe zum Hohen Venns auch seltene Vögel wie Braunkehlchen, Gebirgsstelzen, Wiesenpieper und Goldregen- und Sandregenpfeifer gab. All diese Vogelarten wurden jedenfalls in dem Handbuch genannt, das Pierre sich in der Bücherei besorgt hatte.

Die Forscher beschlossen, den Frevlern aufzulauern und ihnen das Handwerk zu legen. Um sie zu vergraulen, veranstalteten sie aus sicherer Distanz einen höllischen Lärm, um die Vögel zu vertreiben. Daraufhin griffen die Vogelfänger zu Stöcken und Knüppeln und liefen ihnen hinterher, um ihnen eine ordentliche Tracht Prügel zu verabreichen.

Da sie es mit solch starken Kerlen nicht aufnehmen konnten, griffen die Jungen zu einer anderen Taktik. Sie versuchten, die spitzen Schreie von Finken und Lerchen nachzuahmen, um sie von den Fangstellen fernzuhalten. Bouboule war darin sehr geschickt: Er formte seine Hände zu einer Kugel, drückte die Daumen an die Lippen und blies mit seinen dicken Backen durch die Finger, sodass ein helles Pfeifen ertönte.

Da auch damit der Erfolg nur mäßig war, entschieden sich die Vogelschützer zu gröberen Mitteln. Wenn die Fallensteller ihr Versteck verließen, schlichen sie zu den Netzen, um die gefangenen Vögel zu befreien. Das war brandgefährlich, denn die Vogelfänger konnten sehr rabiat werden, wenn ihnen jemand in die Quere kam oder sich an ihren Fangnetzen zu schaffen machte.

Als in der Kolonie ruchbar wurde, dass Pierre und Arnaud sich mit den Vogelfängern anlegten, hatten die Erzieher sie eindringlich verwarnt. Darum herrschte eines Abends große Aufregung, als sie nicht zur gewohnten Zeit zum Abendbrot erschienen. Man befürchtete, dass sie bei einer ihrer gewagten Anschläge von Vogelfreunden geschnappt worden waren. Als sie endlich auftauchten, war die Erleichterung groß.

Wie sich herausstellte, hatten sie sich lediglich im Hohen Venn verlaufen. Als Strafe wurden sie zu zwei Wochen Hausarrest verdonnert. Dieser bestand darin, dass sie von allen Freizeitaktivitäten ausgeschlossen und zu allen erdenklichen Hausarbeiten herangezogen wurden. Das Gefühl, zu Unrecht bestraft worden zu sein, schmiedete die Freunde noch enger aneinander.

* * *

Marcel Stenne hatte einen Pfadfinderstamm ins Leben gerufen. Sein Vorgänger im Pfarramt hatte sich damit begnügt, die Dorfkinder mit Hilfe ungelernter Helfer ein paar Stunden in der Woche sinnvoll im christlichen Geist zu beschäftigen. Stenne hatte die Pfadfinderbewegung als Jugendkaplan in Verviers kennengelernt. Ihn beeindruckte nicht so sehr der militärische Drill sondern der Kameradschaftsgeist, den diese Bewegung unter den Kindern stiftete: Jungen verschiedenen Alters und unterschiedlicher Herkunft lebten in kleinen Gruppen und verwalteten sich selbst, wobei die Jüngeren unter der Aufsicht der Älteren standen.

Die Pfadfinder hatten den Ruf, sich vornehmlich an Sprösslinge des Bürgertums zu wenden. Das lag schon an der aufwendigen Uniform. Die Jungen, mit denen der Abbé es zu tun hatte, kamen jedoch aus einfachen Verhältnissen. Dennoch sah Marcel Stenne in den Pfadfindern mehr als in anderen Jugendbewegungen eine Antwort auf die Versuchungen einer neuen Zeit und den Verlockungen einer unmoralischen Gesellschaft.

Charles Chavez, der einige Erfahrungen in der Jugendarbeit hatte, ernannte er zum Stammesleiter: »Chef de troupe« hieß das. Abbé Stenne blieb im Hintergrund, aber allen war klar, dass er als Präses über die wöchentliche Leiterrunde die Strippen zog. Nicht von ungefähr hieß er im Pfadfinderjargon »Wachsamer Bär«. Untereinander nannten die Jungen ihn jedoch »Baloo« nach dem tapsigen gutmütigen Bären, dem Gefährten des Wolfsjungen Mowgli aus dem Dschungelbuch von Kipling.

Nachdem der Spanier die anderen Erzieher mit den Regeln und Ritualen der Pfadfinderbewegung vertraut gemacht hatte, wurden diese zu Patrouillenführern ernannt. Eine Patrouille war ein Grüppchen von sechs bis acht Jungen. Jede Gruppe hatte einen Wimpel mit einem Wappentier. Im Stamm St-Hubert gab es vier solcher Sippen, die in ständigem Wettstreit miteinander standen: Adler, Kängurus, Hirsche und Biber. Pierre, sein Bruder Jean-Marie und Arnaud gehörten zur Patrouille der Kängurus.

Pierre kannte aus Seraing andere Jugendgruppen wie die Roten Falken und die Jungen Pioniere, aber die verfolgten politische Ziele und waren deshalb im Elternhaus verpönt. Es gab in Seraing auch Pfadfinder, aber die waren in den besseren Vierteln, wo die Beamten und höheren Angestellten wohnten. Pierre hatte sie öfter am Jahrestag des Waffenstillstandes oder am Nationalfeiertag beobachtet, wenn sie in ihren schmucken Uniformen am Kriegerdenkmal vor dem Rathaus die Ehrenwache stellten.

Das Vereinslokal befand sich im Keller der Kirche. Dort lag aufgebahrt wie eine Bibel ein Buch, das man Tally nannte. Es war eine Sammlung von Rundbriefen, die das Pfadfinderleben in den Vorkriegsjahren schilderten. Schriftführer war Stennes Neffe Emmanuel gewesen, der seine Beiträge mit »Okapi« unterzeichnete. In jeder Ausgabe gab es ein Begleitwort des Präses, der sich Wachsamer Bär nannte, mit moralisierendem Charakter. Es ging fast immer darum, die Jungen zu bewegen, die Gottesdienste regelmäßig zu besuchen.

Seit dem Somnmer 1940 gab es keine Eintragungen in dem Tally mehr, weil alle Publikationen, selbst die harmlosesten, von den Besatzern verboten wurden. Außerdem gab es kein Papier mehr. Nachdem der Matrizendrucker, auf dem der Brief vervielfältigt worden war, ungenutzt herumstand, hatte der Abbé ihn dem Lehrer Natalis überlassen, von dem alle im Dorf wussten, dass er dem Widerstand angehörte. Mit dem Blaudrucker konnte der Lehrer bis zu zweihundertfünfzig Flugblätter ziehen.

Für Pierre waren die Pfadfinder so etwas wie ein Leuchtturm, der seinem Leben einen tieferen Sinn und eine Orientierung gab. Die Pfadfinder verwandelten die Kolonie in ein endloses Sommerlager. Sobald das Wetter es erlaubte, wurde auf der Obstwiese das grüne Banner mit der weißen Lilie gehisst.

Keiner der Jungen besaß eine Kluft. Das Tragen von Uniformen war nur den Jugendverbänden der Kollaborateure gestattet. Außerdem hätte das die finanziellen Möglichkeiten der

Kolonie überfordert. Immerhin hatte jeder Junge ein Halstuch aus grünem Stoff mit einem weißen Rand, das die Mädchen in der Haushaltsschule des Sanatoriums aus verschlissenen Vorhängen genäht hatten.

Das Halstuch machte die Jungen zu einer verschworenen Gemeinschaft. Er verpflichtete sich zu Gehorsam gegenüber den Leitern und Treue gegenüber den Kameraden. Jedes Mal, wenn Pierre sein Halstuch anlegte, kam es ihm vor, als wäre es Teil einer Rüstung, um in eine Schlacht gegen die Deutschen oder sonstige Unholde zu ziehen.

Aus Stoffresten schnippelte er Roro ein Halstuch, das dieser anzog, wenn er heimkehrte, um von seinen Abenteuern zu berichten. Roro war von dem, was er hörte, so begeistert, dass Pierre eine Zeitlang überlegte, ob er den Leitern nicht vorschlagen sollte, Roro als Maskottchen in den Stamm aufzunehmen. Fußballvereine und Musikkapellen hatten doch auch ihre Maskottchen. Doch dann verwarf er den Gedanken, weil er fürchtete sich damit lächerlich zu machen und Roro unnötig Gefahren auszusetzen.

Ähnlich wie bei den Sioux benutzten die Pfadfinder viele Begriffe aus der Indianersprache, aber anders als bei den Straßengangs in Seraing, wo das Recht des Stärkeren zählte, standen bei den Pfadfindern Werte wie Respekt, Redlichkeit, Gerechtigkeit und Gemeinsinn im Vordergrund. Bei den Pfadfindern durfte jeder seine Begabungen und Talente einbringen.

Die Pfadfinder hatten ein eigenes Gesetz mit zehn Artikeln. In Artikel 6 hieß es, dass der Pfadfinder Pflanzen und Tiere schützt, was Pierres und Arnauds Idealen als Naturforscher entsprach. Alle Pfadfinder mussten sich zudem verpflichten, täglich eine gute Tat zu vollbringen.

Irgendwann erhielten Jean-Marie, Pierre und Arnaud ein Totem. Totems waren Schutzgeister der Indianer. Im Stamm St-Hubert kamen als Totems nur einheimische Tiere infrage. So kam es, dass Jean-Marie von nun an »Ausharrender Specht«, Pierre

»Strebsame Nachtigall« und Arnaud »Munterer Zaunkönig« hießen. Allen dreien wäre es lieber gewesen, man hätte ihnen statt der kleinen Singvögel den Namen von Greifvögeln wie den Falken oder den Bussard als Schutzgeister gegeben, Tiere, die Respekt und Furcht einflößten.

Nach einigen Monaten befanden die Leiter, die sich nach Indianersitte »Saschems« nannten, dass die drei würdig wären, das Pfadfinderversprechen abzulegen. Die eine Hand an der belgischen Fahne, die andere zum Schwur erhoben, gelobten sie feierlich und bei ihrer Ehre Gott, dem König und dem Vaterland treu zu dienen.

Das Pfadfinderleben war voller Romanik und Abenteuer. An schönen Sommerabenden wurde auf der Obstwiese ein Lagerfeuer entfacht. Bis spät in den Abend wurden Fahrtenlieder gesungen, Sketche geboten und Witze erzählt. Pierre hätte gerne einen von Vaters jiddischen Witzen zum Besten gegeben, aber Jean-Marie riet dringend davon ab.

Zu später Stunde stieß manchmal Baloo hinzu, um im Kreis der Pfadfinder ein Pfeifchen zu schmauchen. Er kam nie mit leeren Händen. Meist hatte er einige Zwiebeln oder Kartoffeln dabei, die in der Glut gebacken schön knusprig wurden und mit großem Appetit gegessen wurden.

Wenn der Himmel klar war, konnte man sehen, wie Sternschnuppen durch den Nachthimmel fegten. Man sagte ihnen Wunderkräfte nach. Jedes Mal, wenn Pierre einen dieser Kometen erblickte, dachte er an Mutter und Vater und wünschte sich, sie bald wieder in seine Arme schließen zu können.

Jedes Lagerfeuer endete damit, dass die Pfadfinder eine Menschenkette bildeten und das Abendlied anstimmten, um Gott um seinen Schutz für die Nacht zu bitten: »O Herr, Abend ist nun geworden. Die Sonne sinkt, die Nacht bricht an. Die Hände zu Gebet sich falten, die ganze Schöpfung betet mit …« Wenn der Abbé ihnen abschließend den Segen gab, lief Pierre ein wohliger Schauer über den Rücken. In solchen Momenten fühlte er sich geborgen und mit dem Schicksal versöhnt.

Pierres großes Vorbild war der Erzieher Oscar Evrard, der bei den Pfadfindern »Sorgender Storch« hieß. Als Patrouillenführer der Kängurus verkörperte er alle Pfadfindertugenden. Immer hatte er die Jüngeren und Schwächeren seiner Gruppe im Blick und sorgte dafür, dass diese nicht zu kurz kamen.

Sorgender Storch war ein Stimmungsmacher. Er hatte immer eine Mundharmonika dabei und spielte Wander- und Fahrtenlieder, die für gute Laune sorgten. Wenn sie irgendwo rasteten, löste er sich manchmal von der Gruppe, um für sich allein zu sein, um zu lesen oder auf seinem Instrument zu spielen. Einmal ertappte Pierre ihn dabei, wie er die Hymne der Legionäre anstimmte. Die kannte er, weil die Schwarzhemden sie lauthals in den Straßen von Seraing gegrölt hatten: »Die Neue Zeit marschiert voran …«

Oscar wechselte sofort die Melodie, als er merkte, dass jemand horchte. Damals schenkte Pierre dem Ganzen keine weitere Beachtung.

Sorgender Storch war ein Teufelskerl. Er konnte alle Sternbilder am Firmament unterscheiden, den Großen vom Kleinen Bären, das Große vom Kleinen Rad. Er wusste, wie man den Polarstern und die Venus findet, was wichtig für Trapper und Waldläufer war, um ihnen auch nachts die Richtung zu weisen.

Er brachte den Jungen das Morsen bei. Mit Hilfe von Flöten oder Fähnchen konnten sie nun über weite Distanzen geheime Botschaften austauschen. Pierre und Arnaud fühlten sich wie die jungen Meldegänger, die der Gründer der Pfadfinder Baden-Powell, ein englischer Offizier und Gentleman, bei der Belagerung von Mafeking im Burenkrieg eingesetzt hatte, um hinter den feindlichen Linien zu operieren.

Sorgender Storch kannte alle Knoten, die ein Pfadfinder kennen muss, und brachte ihnen alle Kniffe und Tricks bei, die man kennen muss, um in der freien Wildbahn zu überleben. Er zeigte ihnen, wie man sich an das scheueste Wild heranpirscht und was die Natur alles an genießbaren Köstlichkeiten zu bieten hat. Für die Ratschläge zum Überleben waren Pierre und

Arnaud dankbar, weil sie für sie als Abenteurer und Entdecker sehr nützlich waren.

Für den Fall, dass sie einem Grizzlybären begegneten, empfahl ihnen Sorgender Storch, nicht davonzulaufen, sondern sich tot zu stellen. Sie sollten sich auf den Bauch legen und ihre Arme im Nacken verschränken, damit der Bär nicht zupacken konnte und nicht an ihre Eingeweide kam, die er als Leckerbissen betrachtete.

Die Aktivitäten der Pfadfinder wechselten mit den Jahreszeiten. Im Winter fanden im Haus Gesellschaftsspiele statt. Im Frühling gab es auf der Wiese sportliche Wettkämpfe und Hindernisläufe, im Sommer Wanderungen in die Umgebung.

An einem heißen Sommertag des Jahres 1943 machten sie einen Ausflug zu den Wasserfällen von Coo. Das war die Stelle, an der die Mönche von Stavelot das Wasser der Amel gestaut hatten, um die Wasserkraft für ihre Mühlen zu nutzen. Vor dem Krieg war Coo ein beliebtes Ausflugsziel für Familien, Sommerfrischler und Klassenfahrten gewesen, aber seit Ausbruch des Krieges war der Ort verlassen. Selbst der Kiosk mit den Andenken war geschlossen.

Der kleine künstliche See eignete sich als Schwimmbecken. Pierre und Arnaud scheuten sich ins Wasser zu gehen. Sie hatten noch nie eine Badeanstalt besucht, und Baden in offenen Gewässern war ihnen verboten worden. Hinzu kam, dass sie eine natürliche Scham hatten, sich vor anderen zu entkleiden.

Während die anderen Jungen im Wasser herumtollten, saßen die beiden Nichtschwimmer trübselig am Wasserrand. Als Sorgender Storch sie aufforderte, ins feuchte Nass zu springen, und sie sich weigerten, zog er die Widerstrebenden einzeln in die Fluten und zog sie bis auf einen Felsen, der aus dem Wasser ragte. Es blieb ihnen nichts anderes übrig, als aus eigenen Kräften zurück zum Ufer zu rudern. Von dem Tag an konnten Pierre und Arnaud schwimmen.

Es war der Beginn einer Freundschaft. Der Erzieher behandelte die beiden Jungen nicht wie Kinder sondern wie Gleichaltrige. Oscar Evrard hörte sich alle Fragen an, die sie beschäftigten, und sprach mit ihnen auch von dem, was ihn bewegte. Er redete von Dingen, von denen sie vorher nie gehört hatten und von denen sie nicht viel verstanden. Er sprach von Psychoanalyse und versuchte ihnen den Surrealismus zu erklären. Manchmal las er ihnen Gedichte von einem gewissen Paul Éluard vor.

Obwohl die Jungen von dem, was er ihnen erzählte, wenig verstanden, fühlten sie sich geschmeichelt, weil er sie ins Vertrauen zog. Oscar hegte große Pläne für die Nachkriegszeit. Sein Leben würde sich von Grund auf ändern, denn er würde Arzt oder Anwalt werden. Dann wäre er ein gemachter Mann und kein hübsches Mädchen könne ihm widerstehen. Denn sie sollten sich eines merken: die hübschesten Frauenzimmer hielten immer Ausschau nach einer guten Partie.

Auffallend war, dass Oscar in diesen persönlichen Gesprächen nie die Jahre erwähnte, die er am Priesterseminar verbracht hatte. Manchmal ließ er sich zu abfälligen Bemerkungen über die Pfaffen und das ganze »klerikale Gesocks« hinreißen. Auch erzählte er gerne schlüpfrige Witze über den Klerus. Die Gründe für seine Wut auf alles, was mit Kirche oder Religion zu tun hatte, blieben schleierhaft. Allerdings hörten sie nie die leiseste Kritik an Abbé Stenne, dem Direktor der Ferienkolonie.

Da Jugend- und Zeltlager verboten waren, waren Gewaltmärsche, Hikes genannt, die Höhepunkte im Jahresprogramm. Hikes waren mit kniffeligen Aufgaben verbunden. Einmal verlangten die Leiter von den vier Patrouillen, gemeinsam ein Kartenwerk zu erstellen, das den genauen Verlauf und das Einzugsgebiet der Amel zeigte. Es sollte als Vorlage für eine Wanderkarte dienen.

Die Wahl der Kängurus fiel auf die Warche, einen Venn- und Wiesenbach, der an der deutschen Grenze entspringt und bei Stavelot in die Amel mündet. Sorgender Storch hatte bei seiner Wahl nicht bedacht, dass die Landesgrenze sich seit dem Anschluss der Ostkantone an Deutschland im Jahre 1940 um dreißig Kilometer weiter nach Westen verschoben hatte und der Bach seitdem nicht mehr auf belgischem, sondern nur noch auf deutschem Staatsgebiet floss.

Sie hatten gerade damit begonnen, den Unterlauf der Warche zu erkunden, als sie einer deutschen Zollstreife in die Arme liefen. Den Grenzschützern kamen die Jugendlichen mit dem Kartenmaterial verdächtig vor. Entweder waren es Schmuggler oder Menschenhändler oder gar Spione, die im Auftrag des Feindes das Gelände auskundschafteten.

Pierre lief es kalt den Rücken hinunter. Er fürchtete schon, sie würden alle verhaftet, aber irgendwie gelang es Sorgendem Storch den Deutschen zu vermitteln, dass es sich nicht um feindliche Späher sondern um harmlose Pfadfinder handelte, die sich bei einer Schnitzeljagd verlaufen hatten. Aus der Distanz beobachteten die Jungen, wie selbstbewusst der Erzieher gegenüber den Boches auftrat. Nach einem längeren Palaver klopften sie ihm sogar freundschaftlich auf die Schulter. Danach durften sie sich unbehelligt aus Feindesland zurückziehen.

Auf dem Heimweg beschwor Evrard die Jungen, niemandem von ihrem Missgeschick zu erzählen, weil das für ihn und für sie selbst unliebsame Folgen haben würde. Sowieso sei der Vorfall für die Kängurus blamabel. Wie konnte es passieren, dass Pfadfinder, die gewohnt waren, mit einem angefeuchteten Finger die Windrichtung zu bestimmen und am Wuchs des Mooses die Himmelsrichtung abzulesen, unfähig waren, eine Landesgrenze zu erkennen? Außerdem würde der Abbé danach alle Ausflüge verbieten, und sie wüssten ja, er konnte sehr ungemütlich werden, wenn man seine Anweisungen missachtete.

Abschied von der Synagoge

Schon in Banneux war Pierre aufgefallen, dass die Christen im Umgang mit Kindern nachsichtig und aufmerksam waren. Bei den Juden legte man eher Wert auf Zucht und Strenge. Typisch war das Verhalten Onkel Nathans, der schon die geringste Verfehlung des kleinen Benjamin streng ahndete. »Wer von euch den Stock scheut, hasst seinen Sohn, wer ihn liebt, schlägt ihn beizeiten«, pflegte er zu sagen. Pierres Vater, dem er immer wieder vorwarf, in der Erziehung der Söhne zu milde und nachgiebig zu sein, hatte er geraten, sich an die Lehren der Thora zu halten, die da sagten: »Stock und Tadel helfen, klug zu werden. Ein Kind, das man sich selbst überlässt, macht seiner Mutter Schande. Erziehe deinen Sohn mit Strenge, dann wird er für dich zur Quelle der Zufriedenheit und Freude.«

In der Kolonie herrschten andere Prinzipien. Überall sah man Bilder, die Jesus als Kinderfreund zeigten, als Zwölfjähriger im Tempel inmitten von Schriftgelehrten, als Lehrling in der Werkstatt seines Vaters oder als Erwachsener im Kreis von Kindern. In Pierres Schlafsaal hing das wunderschöne Bild von einem Schutzengel, der zwei Kinder im Gebirge beschützte, die auf einem Steg über ein Wildwasser gingen.

Pierre war davon so angetan, dass er Roro ein ähnliches Bild schenkte, das er selbst gemalt hatte. Darauf war ein großer weißer Hase zu sehen, der Männchen machte und zwei braune Hasenjungen bewachte, die sich im Klee duckten. Im Hintergrund sah man ein wildes Tier, das ein Fuchs, aber auch ein Marder sein konnte.

Soweit Pierre sich erinnerte, schenkte man in der Synagoge Kindern kaum Beachtung. Es gab zwar religiöse Feste, bei denen Kinder im Mittelpunkt standen, wie die Beschneidung und die Auslösung des erstgeborenen Sohnes, aber eigentlich spielten Kinder im religiösen Leben keine große Rolle.

Im Cheder, das schon ab dem dritten Lebensjahr für alle Jungen verpflichtend war, verbrachten sie die meiste Zeit damit, lange Passagen aus den heiligen Büchern, aus Thora, Talmud und Halacha* auswendig zu lernen. Außerdem trichterte man ihnen einige Sprachbrocken Hebräisch ein. Die Lehrer, egal ob es sich um den Kantor oder um den holländischen Rabbi handelte, legten größten Wert darauf, dass die Jungen möglichst viele der 631 Gebote aus dem Buch Moses herunterleiern konnten, auch wenn sie nicht immer wussten, was sie bedeuteten.

Ganz anders war es bei den Christen. Dem Abbé war es wichtig, dass die Kinder nicht nur die Rituale beherrschten, sondern auch den Kern der christlichen Lehre verstanden. Wenn er Geschichten aus der Bibel erzählte war es so spannend, dass man meinen konnte, er wäre selber dabei gewesen.

Eines seiner Paradestücke war die Hochzeit zu Kanaan. Jesus war unangemeldet mit seinen Aposteln, zwölf trinkfesten Burschen, bei einer Hochzeit aufgetaucht. Kein Wunder, dass bald der Weinvorrat aufgebraucht war. Um den Gastgeber nicht zu beschämen, bat Maria ihren Sohn darum, Wasser in Wein zu verwandeln. Pierre malte sich aus, wie schön es wäre, wenn Jesus einmal in Mama Margaretas Küche vorbeischauen würde, um ihr das eine oder andere, das gerade nicht aufzutreiben war, herbei zu zaubern.

Wenn die Kinder im Religionsunterricht aufmerksam waren, beendete der Abbé den Unterricht vorzeitig, indem er aus dem Leben der Heiligen erzählte. Pierre erinnerte sich an die Geschichte vom heiligen Hubertus, dem die Kirche im Dorf geweiht war. Der hatte als junger Edelmann ein liederliches Leben geführt. Als er eines Tages in den Ardennen auf der Pirsch war, erspähte er einen prächtigen Vierzehnender. Er wollte den Hirsch gerade erlegen, als er in seinem Geweih ein Kreuz erblickte. Er sah es als Zeichen des Himmels, dass er sein Leben ändern und es dem lieben Gott weihen sollte.

Nach seinem Tod wurde Hubertus zum Schutzpatron der Jäger und Hunde, der Büchsenmacher, Optiker und der Metzger erkoren. Letzteres machte ihn für Pierre besonders sympathisch. Von nun an bat er ihn öfter, beim lieben Gott ein gutes Wort für seinen Vater einzulegen.

Der Abbé hatte immer neue Einfälle, um das Interesse der Jungen an Religion zu wecken. Eines Tage schleppte er eine Papptonne ins Klassenzimmer. Darin steckten lauter Stoffbahnen. Anfangs dachte Pierre, es handele sich um Thorarollen, ähnlich denen, die er aus der Synagoge kannte. Aber als der Abbé sie entrollte, waren darauf Bilder aus der Bibel: Adam und Eva, Kain und Abel, der Turmbau zu Babel, die Sintflut, die Sieben Plagen Ägyptens und der zornige Moses, der die Gesetzestafeln an einem Felsen zertrümmert.

Pierre fiel auf, dass auf den Bildern die Menschen seltsam gekleidet waren: die Männer trugen wallende Gewänder und Turbane, die Frauen Wasserkrüge auf dem Kopf. Im Hintergrund waren fremdartige Tiere und Pflanzen, Esel und Kamele, Palmen und Dattelbäume zu sehen. Wenn er abends alleine mit Roro war, schwärmte Pierre ihm vom Heiligen Land vor. In Palästina würde es niemals regnen, behauptete er, und das Wetter dort sei auch nachts so mild, dass die Menschen auf den flachen Dächern schlafen könnten.

Ein anderes Mal brachte der Abbé ein seltsames Gestell mit. Als er es aufklappte, war es ein großformatiges Bild, das in drei Felder aufgeteilt war. Im oberen Teil thronte die Dreifaltigkeit. An ihrer Seite standen singende und musizierende Engel, die Jungfrau Maria, Johannes der Täufer und Adam und Eva. Der untere Teil des Bildes sollte das Paradies darstellen. In der Mitte stand auf einem Altar ein schneeweißes Schaf, aus dessen Seite Blut sprudelte.

Rundherum standen unzählige Männer und Frauen mit Palmzweigen in den Händen. Das seien Märtyrer und Jungfrauen, Patriarchen und Kirchenlehrer, erklärte ihnen der Abbé. Seitlich hatten sich die Ritter und Richter, die Eremiten und Pilgerväter aufgebaut. Der Abbé sagte, es handele sich bei dem Bild um etwas Besonderes: ein Flügelaltar.

Der Abbé hatte eine Lupe mitgebracht, die er herumreichte, damit die Jungen alle Einzelheiten des Bildes bewundern konnten. Mit der Lupe waren selbst winzige Dinge, Blumen, Blüten und Grashalme, die Barthaare der Apostel und die Locken der Jungfrauen zu erkennen.

Der Abbé erklärte ihnen, was es mit dem Bild auf sich hatte. Bei den Juden habe der Brauch bestanden, die Sünden des vergangenen Jahres auf Zettel zu schreiben und diese einem unschuldigen Lamm ans Fell zu heften. Das arme Tier wurde dann mit dem Sündenregister des Volkes auf dem Buckel in die Wüste gejagt, wo es der sichere Tod erwartete. So wie der Sündenbock die Schuld der Juden, habe Jesus freiwillig die Schuld der ganzen Menschheit auf sich genommen.

Dieses wunderbare Gemälde hätten zwei große flämische Maler, die Gebrüder Van Eyck, geschaffen. Es sei früher in der Kathedrale von Gent ausgestellt gewesen, aber es sei nicht mehr dort, weil es gestohlen worden sei. Der Abbé nannte weder Namen noch Täter, aber allen in der Klasse war klar, dass dies nur die Deutschen gewesen sein konnten. Diesen verfluchten Boches war nichts heilig und ihnen war jede Schandtat zuzutrauen.

Abends erzählte Pierre Roro aufgeregt von dem Bild. Hunderte Heilige seien darauf abgebildet. Er habe versucht, sie zu zählen, aber bei zweihundertfünfzig habe er es aufgegeben. In der Menge habe er die heilige Anna, den heiligen Georg, die heiligen Remaclus, Hubertus und Lambertus erkannt. Sie hätten ihm freundlich zugewinkt. Roro wollte wissen, ob auf dem Bild auch Hasen zu sehen seien. Pierre wollte ihn nicht enttäuschen und log, er habe versteckt im Gras zwei Langohren entdeckt. Nun hielt auch Roro die Anbetung des Lammes für ein bemerkenswertes Kunstwerk.

Sie fassten den Plan, ihrerseits einen Flügelaltar zu erschaffen. Dazu nahm Pierre ein Blatt Papier, faltete es in drei Felder und begann diese einzeln zu bemalen. Als die Zeichnung am nächsten Tag im Unterricht heimlich von Bank zu Bank wanderte, löste das in der Klasse große Heiterkeit aus.

Durch das Getuschel und Gekicher aufmerksam geworden, verlangte der Abbé die Zeichnung zu sehen. Da er damit nichts anfangen konnte, forderte er den Urheber auf, sich zu melden. Pierre war auf das Schlimmste gefasst, denn solche Sachen begannen gewöhnlich mit einer Standpauke und endeten mit Strafarbeiten.

Als Pierre sich meldete und kleinlaut gestand, der Urheber der Zeichnungen zu sein, musste er vortreten. Der Abbé wollte wissen, was der Blödsinn zu bedeuten habe. Pierre erklärte ihm, dass das Gemälde mit dem Lamm Gottes ihn dazu inspiriert habe.

Das große Bild in der Mitte stelle die Himmelfahrt Jesu da. Jesus sei so schnell in den Himmel aufgefahren, dass man von ihm nur noch seine Füße auf einer Wolke am oberen Rand des Bildes sehen könne. Das rechte Feld zeige die Flucht nach Ägypten. Das sehe man am Schwanz des Esels, der noch am rechten Rand des Bildes herausgucke. Das linke Feld, das völlig leer war, habe er der Unbefleckten Empfängnis gewidmet.

Der Abbé war von dem, was er da zu sehen und zu hören bekam, so verblüfft, dass er sich ein respektvolles »Caramba« nicht verkneifen konnte: der Bengel hatte den Schalk im Nacken. Aber das Reglement verlangte, dass er bestraft wurde. Pierre musste zur Strafe eine Seite des Telefonbuches abschreiben, was ihn einen halben Tag beschäftigen sollte.

* * *

Wochen und Monate gingen ins Land. Nachdem Pierre die Anfangsschwierigkeiten in der Schule überwunden hatte, war er wieder der aufgeweckte und wissbegierige Junge von ehedem. Er hatte sich gerade gut in seinem neuen Leben eingerichtet, als etwas Unerwartetes geschah, was in seiner Seele Verwirrung stiftete: er hatte sich in ein Mädchen verguckt. Während er noch am lockeren Verhalten seines Bruders herumnörgelte und mit ihm hart ins Gericht ging, verspürte er mit einem Mal selber ein wachsendes Interesse am anderen Geschlecht.

Pierre hatte ein Auge auf ein Mädchen in St-Édouard geworfen. Alles begann mit scheuen Blickkontakten. Das Mädchen saß sonntags in der Kirche in einer der vorderen Bänke auf der Seite, die für Frauen und Mädchen reserviert war. Bei den Prozessionen an Christkönig, Palmsonntag und Fronleichnam gehörte es zu den Streuengelchen, die dem Priester mit der Monstranz vorangingen, um Blumen und Blüten auf den Parcours zu streuen. Immer wenn der Priester und sein Gefolge irgendwo anhielten, kam Pierre nicht umhin, das Mädchen anzustarren. Als sie es bemerkte, lief ihr Gesicht rot an.

Pierre sprach mit niemandem über seine Gefühle, selbst nicht mit Roro, dem er ansonsten alles anvertraute. Bald geisterte das Mädchen durch seine Wachträume, und in seiner Fantasie vollbrachte er große Heldentaten, um sie zu beeindrucken.

Pierre stachelte Arnaud an, über seine Schwester etwas über das Mädchen in Erfahrung zu bringen. So erfuhr er, dass sie zehn oder elf Jahre alt war und Melanie Polet hieß. Im Sanatorium erzählte man sich, dass sie ein Findelkind sei, das von Kindesbeinen an von Heim zu Heim weitergereicht worden war, bis es wegen einer chronischen Bronchitis im Sanatorium gelandet war.

Pierre ließ ihr über Esther eine Botschaft zukommen. Es galt sehr vorsichtig zu sein, denn in der Kolonie gab es reichlich Klatsch und Tratsch, den es zu vermeiden galt. Bei der Botschaft handelte es sich um einen Zettel in einem Umschlag, auf den in roter Farbe ein Herzchen gemalt war. Darunter stand: »Für Melanie – von P. T.« Pierre begnügte sich mit seinen Initialen für den Fall, dass die Botschaft von den Nonnen abgefangen würde, wodurch er Melanie in große Verlegenheit bringen würde. Als sich ihre Blicke am nächsten Sonntag in der Kirche kreuzten, errötete sie noch heftiger als sonst. Da wusste er, dass sie den Zettel erhalten hatte. Bald sollte Pierre Gelegenheit haben, seinen Schwarm öfter aus der Nähe zu sehen.

Am Aschermittwoch des Jahres 1943 begann der Abbé mit dem Taufunterricht für die Jungen und Mädchen, bei denen es weder Unterlagen noch Hinweise darauf gab, dass sie getauft waren oder eine religiöse Unterweisung genossen hatten.

Dem Bischof von Lüttich war bekannt, dass sich in kirchlichen Einrichtungen, die Kinder im Schulalter zur Taufe anmeldeten, jüdische Schattenkinder befanden, aber er gab diesbezüglich keine konkreten Anweisungen, sondern ließ die Verantwortlichen weitgehend gewähren, weil er meinte, diese könnten die Lauterkeit eines Taufbewerbers besser einschätzen als eine kirchliche Behörde. Immerhin verlangte er, von jedem Konvertiten ein ausführliches Dossier zu sehen, das er aufmerksam studierte.

Der Taufunterricht zog sich vierzig Tage hin. Zweimal in der Woche kamen die Taufbewerber in der Kirche zusammen, um das Einmaleins des Christentums zu erlernen. Neben zwölf Jungen aus der Kolonie waren auch acht Mädchen aus dem Sanatorium dabei. Pierre fiel auf, dass Bouboule der Katechese fernblieb. Wenn er ihn darauf ansprach, fand Arnaud immer neue Ausreden.

Die Einführung ins Christentum begann mit dem katholischen Glaubensbekenntnis. Danach nahm der Pfarrer im Wechselspiel von Frage und Antwort die einzelnen Artikel des Katechismus durch.

Um sicher zu sein, dass er alle Fragen beantworten konnte, ließ Pierre sich von Roro abfragen. Es begann immer mit einer Fragestellung: »Wozu sind wir auf Erden?«

»Wir sind auf Erden, um Gott zu dienen und einst in den Himmel zu kommen«, lautete die Antwort. So ging es über mehrere Wochen, bis Pierre alle wichtigen Wahrheiten des katholischen Glaubens abgearbeitet hatte.

Meist beendete der Abbé die Katechese vorzeitig, um aus einem Buch mit dem Titel »Joel« vorzulesen. Es handelte von einem Jungen, der zu Zeiten Jesu in Galiläa lebte. Dieser Joel hatte einen Spielkameraden, der Joshua hieß. Es brauchte nicht lange, bis alle verstanden, dass es sich bei diesem Joshua um den kleinen Jesus handelte. Damals erfuhr Pierre, was der hebräische Name Joshua bedeutet, nämlich »Gott rettet.« Das klang gut und stimmte ihn zuversichtlich.

Im Katechismus stand, dass es Adam und Eva, die Stammeltern der Menschheit, waren, die die Erbsünde verschuldet hatten. Der gebrochene Bund zwischen Gott und den Menschen sollte durch die Taufe wiederhergestellt werden. Vorher sollten sie jedoch Hausputz in ihrer Seele halten. Dazu bedurfte es der Beichte. Sie sollten einen Beichtvater aufsuchen und im vertraulichen Gespräch ihre Sünden und Verfehlungen bekennen. Nur dann konnten sie auf göttliche Vergebung hoffen.

Das erforderte eine längere Gewissenserforschung, was sich als schwierig erwies, denn Pierre fielen nur kleine Verfehlungen ein, unbedeutender Kleinkram. Das eine Mal war er in der Schule unaufmerksam, ein anderes Mal eifersüchtig auf einen Klassenkameraden gewesen. Mal hatte er sich mit Bouboule oder Jean-Marie gestritten oder Obst auf der Wiese stibitzt. Mehr fiel ihm beim besten Willen nicht ein.

Anfangs hatte Pierre die Befürchtung, dass der Abbé ihn im Beichtstuhl nach seinem Techtelmechtel mit der kleinen Melanie befragen würde. Aber die Sorge war unbegründet. Nachdem er seine lässlichen Sünden heruntergerasselt hatte, fragte ihn der Abbé nach dem sechsten Gebot: Pierre konnte sich darunter nichts Genaues vorstellen. Der Beichtvater half im weiter, indem er sich erkundigte, ob er »unkeusche Gedanken« habe oder »verbotene Werke« tue. Nein, das habe er nicht getan und das tue er auch nicht. Die einzige Sünde, derer er sich bewusst war, war der abgrundtiefe Hass, den er für die Deutschen empfand, aber danach erkundigte sich der Abbé nicht.

Jeden Freitagabend gab es Gelegenheit zur Beichte. Das Angebot fand regen Anklang, weil die Jungen, die zur Beichte gingen, das Studium im Refektorium unterbrechen durften und nachher draußen ungestört herumtollen konnten. Wenn das Glöckchen läutete, rannten alle um die Wette, um in der Kirche die ersten Plätze zu ergattern.

Eines Tages ergab es sich, dass Pierre einen Platz in einer der vorderen Bänke erwischt hatte. Kaum hatte er Platz genommen, als er einen starken Druck in der Harnblase verspürte. Wenn er die Kirche verlassen würde, um sich zu erleichtern, hätte das bedeutet, seinen günstigen Platz aufzugeben und sich wieder hinten anzustellen. Also kniff er die Knie zusammen, in der Hoffnung, die Notlage bis zur Absolution zu meistern.

Er hatte gerade damit begonnen, sein übliches Sündenregister abzuspulen, als das Verhängnis seinen Lauf nahm. Er spürte, wie sich zu seinen Füßen ein Rinnsal bildete, das sich einen Weg nach außen suchte. Vor Scham begann er heftig zu schluchzen, sodass der Beichtvater erschrocken nachfragte, welche schwere Sünde diesen Schmerz verursache, denn solch großen Seelenkummer hatte er bei einem Kind noch nicht erlebt.

Als Pierre etwas Unverständliches murmelte, versicherte ihm der Abbé, dass alles nicht so schlimm sei und Gott ihm verzeihen werde. Als Buße gab es statt des üblichen Rosenkranzes nur ein Vaterunser. Pierre war sehr erleichtert, als er endlich wieder an der frischen Luft war. Niemand sollte je von seinem Malheur erfahren.

Der Taufunterricht endete mit einem Besinnungstag. Alle Taufbewerber erhielten Gelegenheit Fragen zu stellen zu Dingen, die ihnen unverständlich waren. Pierre wollte wissen, was es mit der Dreifaltigkeit auf sich hatte. Für die Juden war die Vorstellung, dass Gott in drei Personen sein sollte, unerträglich. In Pierres Ohren klang das Schma Jisrael nach, das sein Onkel Nathan tagtäglich voller Inbrunst gebetet hatte: »Höre Israel, der Herr ist unser Gott, der Herr allein.«

Gewöhnlich pflegte der Abbé diese kniffelige Frage mit einem Paradigma zu erklären, etwa indem er auf ein dreiblätteriges Kleeblatt oder auf drei brennende Streichhölzer verwies, die gemeinsam eine einzige Flamme ergaben.

Doch da er spürte, dass er die älteren Jungen sich mit solch simplen Antworten nicht zufrieden geben würden, holte er weiter aus. Mit der Dreifaltigkeit sei es wie mit einer Familie. Gott sei die Liebe selbst, und da er diese Liebe nicht für sich alleine behalten könne, müsse er sie mit jemandem teilen. So sei es auch zwischen Gott Vater und Gott Sohn. Und das Band dieser Liebe sei der Heilige Geist. Pierre leuchtete das irgendwie ein.

In der Osternacht zogen zwanzig Täuflinge feierlich in die Kirche ein und stellten sich um das Taufbecken auf. Bevor sie das Sakrament erhielten, wurden sie nach ihren Absichten befragt. Sie sollten sich vom Teufel lossagen. Sie hatten in der Katechese gelernt, sich vor dem großen Versucher, der überall am Werk war, in Acht zu nehmen. Als Pierre an der Reihe war und der Abbé ihn befragte, ob er dem Satan abschwöre, bezeugte er es laut und gut vernehmbar: »Ja, ich widersage!«

»Und all seinen Werken? Und all seinen Verlockungen?« Es klang, als wolle der Priester sichergehen, dass Pierre es ernst meinte.

Danach salbte der Priester ihn mit heiligem Öl und goss aus einem Kännchen Weihwasser auf sein Haupt. In der Kirche gab es bei jedem Täufling lang anhaltenden Applaus. Nun war es amtlich. Aus Joshua Rozenberg war Pierre Thonnar geworden.

Tatsächlich fühlte Pierre sich wie neugeboren. Vor einigen Tagen hatte er sich an Karfreitag noch anhören müssen, wie die Ältesten der Juden im Matthäus-Evangelium den Tod Christi auch in seinem Namen forderten. »Sein Blut komme über uns und unsere Kinder«, hatten sie geschrien. Als anschließend für die »treulosen Juden« gebetet wurde, hätte er sich am liebsten unter eine Bank verkrochen. Nun fühlte er sich von allen Makeln reingewaschen. Er war auf der richtigen Seite. Ihm und seinem Bruder konnte nichts mehr passieren. Sie waren von nun an Jungen wie alle anderen.

Während den Vorbereitungen zu Pierres Taufe, war beim Hasen der Wunsch wach geworden, seinerseits vom Judentum zum Christentum zu konvertieren. Schon als Pierres Mutter ihnen aus dem Buch vom Osterhasen vorgelesen hatte, war ihm aufgefallen, dass der Hase bei den Christen eine viel höhere Wertschätzung erfuhr als bei den Juden. Obwohl er nachweislich ein Wiederkäuer war, hielten die Juden ihn für unrein. Und das nur, weil er keine gespaltenen Klauen hatte, wie das Gesetz Moses es für den Verzehr von Tierfleisch vorschreibt.

Da Pierre im Religionsunterricht aufgepasst hatte, wusste er, dass in Notfällen jeder mündige Christ befugt ist, das Sakrament der Taufe zu spenden. Roro war unbedingt ein Notfall, denn er lebte im Untergrund, immer in Gefahr entdeckt zu werden. Mehrmals war er nur knapp dem Tode entronnen.

Da Pierre zusammen mit dem Hasen den Katechismus gepaukt hatte, konnte er davon ausgehen, dass dieser mit den Wahrheiten des Christentums bereits vertraut war. Damit stand einer Taufe eigentlich nichts im Wege. Schwierig war es nur, die nötigen Ingredienzien zu besorgen. Weihwasser war leicht zu beschaffen. Schwieriger war es an Öl für die Salbung zu kommen. Pierre stibitzte in Mama Margaretas Küche etwas von dem Speiseöl, das sie in einem Schrank aufbewahrte und argwöhnisch bewachte.

Bevor Pierre zur Tat schritt, musste Roro sich eine längere Predigt anhören. Sein Herr und Meister schilderte ihm das Fegefeuer und die Hölle, die den Ungläubigen drohte, in den düstersten Farben. Den Teufel beschrieb er für Roro so, wie er ihn aus dem Hasenbuch kannte, als Fuchs mit spitzen Ohren und einer buschigen Lunte.

Dann musste Roro niederknien und die Pfoten falten. Pierre taufte ihn auf den Namen Louis. Pierre begründete die Namenswahl, indem er daran erinnerte, dass auch der Bischof so heiße und der sich angeboten habe, sein Taufpate zu sein. Er fand sowieso, dass es an der Zeit wäre, dass der Hase seinen Kosenamen aus seiner Kindheit ablege.

Zur Erinnerung an seine Aufnahme in die katholische Kirche schenkte Pierre dem Täufling ein Bild mit dem zwölfjährigen Jesus im Tempel. Dieses hatte er im Religionsunterricht vom Abbé als Fleißkärtchen erhalten. Roro war von dem Bildchen so begeistert, dass er es in seinen Spind aufhängte, um es ständig anzuschauen.

* * *

Um ein vollwertiger Christ zu sein, bedurfte es noch der Firmung. Die sollte wenige Wochen später zu Pfingsten stattfinden. Diesmal war der Kreis der Auserwählten größer, weil die halbe Dorfjugend einbezogen wurde. Eigentlich hatten Pierre, Melanie und etliche andere Jungen und Mädchen das vorgeschriebene Alter noch nicht erreicht, aber der Abbé hatte im Einverständnis mit seinem Bischof beschlossen, dass in diesen schlimmen Zeiten alle Kinder des Beistandes des Heiligen Geistes bedurften.

Da nur ein Bischof das Sakrament spenden durfte, hatte der seine Ankunft angekündigt. Für den Empfang des hohen Gastes wurden in der Schule Gesänge oder Gedichte einstudiert und die Jungen der Kolonie wurden abkommandiert, die Kirche gründlich zu putzen.

Die Vorbereitungen zur Firmung boten den Jungen Gelegenheit, sich unbehelligt den Mädchen zu nähern. Zwar blieben Jungen und Mädchen auch in der Kirche auf Abstand, aber das dämpfte nicht die Anspannung, sondern schürte sie geradezu. Sobald die Mädchen im Entenschritt in die Kirche kamen, um artig auf der linken Seite Platz zu nehmen, ging ein erwartungsvolles Raunen durch die Bänke auf der rechten Seite. Die Jungen lärmten und blödelten, um die Aufmerksamkeit der Mädchen zu wecken. Auch Pierre wurde jedes Mal von einer seltsamen

Unruhe erfasst. Der Abbé musste mehrmals in die Hände klatschen, um die Disziplin wiederherzustellen.

Nach der Katechese trafen sich die Jugendlichen auf dem Platz vor der Kirche, um miteinander zu schäkern. Die Jüngeren kamen sich dabei überflüssig vor. Pierre fand, dass die Älteren sich ausgesprochen kindisch verhielten. Jeder Kalauer, jede Plattitüde löste ein sinnloses Gekicher aus. Sein Bruder Jean-Marie beteiligte sich rege an dem Blödsinn. So albern hatte Pierre ihn noch nicht erlebt. Andererseits beneidete er ihn, weil er offenbar gut bei den Mädchen ankam.

Wenn es an der Zeit war heimzukehren, begleiteten die älteren Jungen die Mädchen ein Stück des Weges. In Sichtweite des Sanatoriums kehrten sie um, weil sie wussten, dass die Ordensfrauen das nicht duldeten und streng ahndeten.

Das Kommen des Bischofs bereitete den Dorfvorstehern einiges Kopfzerbrechen. Die Besatzer hatten seine Limousine beschlagnahmt, denn sie hatten das Versteckspiel, das der Bischof von Lüttich mit ihnen trieb, durchschaut. Als alle Warnungen nicht wirkten, gingen sie dazu über, ihn nach Kräften zu schikanieren. Bischof Kerkhofs war seit Beschlagnahme seines Fahrzeugs in seiner Bewegungsfreiheit beschränkt und auf öffentliche Verkehrsmittel angewiesen.

Damit stellte sich für die Verantwortlichen in Stoumont die Frage, wie er vom Bahnhof von Stoumont ins Dorf gelangen sollte. Zwischen beiden lag ein steiler Aufstieg von vier Kilometern. Ein solcher Anmarsch war dem hochwürdigsten Herrn nicht zuzumuten.

Bürgermeister de Harenne beauftragte den Dorfschmied Lacrosse mit der Fertigung einer Karosse. Der Schmied verwandelte die Vorderachse eines alten Mähdreschers in eine Kalesche, die von einem Pferd gezogen wurde. Auf einer Bank aus Brettern war gerade Platz genug für zwei Personen: den Kutscher und den Fahrgast. Obwohl es an jenem Sonntag ununterbrochen regnete und Monseigneur wegen des fehlenden Daches völlig durchnässt war, glich sein Einzug ins Dorf einem Triumphzug.

Trotz des miserablen Wetters drängten sich viele Menschen auf dem Kirchplatz. Die Schulkinder bildeten Spalier. In der Hoffnung, dass der Bischof ihn wiedererkennen würde, hatte Pierre, der der Begegnung seit Tagen entgegengefieberte, sich in die vordere Reihe gedrängt. Er hatte Roro mitgenommen und so geschickt in seine Jacke eingepackt, dass er oben herausschauen konnte, um seinen Taufpaten aus nächster Nähe zu sehen.

Der Bischof trug bei seiner Ankunft den gleichen flachen Hut, den er auf ihrer gemeinsamen Fahrt nach Banneux getragen hatte. Als er im festlichen Ornat aus dem Pfarrhaus kam, hatte er eine Art Stofftüte auf dem Kopf. Er glich sehr dem heiligen Nikolaus, den Pierre zur Weihnachtszeit in den Straßen von Seraing gesehen hatte. Genau wie der heilige Mann trug er einen Krummstab in der Hand, aber es fehlte der schwarze Geselle mit seiner Rute.

In der vollbesetzten Kirche hielt Pierre nach Melanie Ausschau. Als er sie entdeckte und sie es bemerkte, waren beide sehr verlegen. Die Firmung selbst verlief im Vergleich zur Taufe unspektakulär. Der Bischof saß auf einer Art Thron und fertigte die Firmlinge im Eilverfahren ab. Neben ihm standen der Baron und die Baronin als Firmpaten. Als die Reihe an Pierre war, stutzte der Bischof einen Moment, so als erinnere er sich an dieses Gesicht. Aber dann setzte er beflissen sein unverständliches Gemurmel fort. Während der Baron eine Hand auf Pierres Schulter legte, machte Monseigneur ihm ein Kreuz auf die Stirn und gab ihm einen Klaps auf die Wange.

Das sollte ein Weckruf für den Heiligen Geist sein. Pierre kam es vor wie ein Ritterschlag – so als wäre er in die Tafelrunde von König Artus aufgenommen worden.

Nach dem Hochamt gab es zur Ehre des Tages für alle Firmlinge im großen Saal des Sanatoriums ein Festmahl, das von den Firmpaten spendiert wurde: Hühnersuppe mit frischem Graubrot. Solch einen Schmaus hatte es lange nicht gegeben. Auch für den Abbé war es ein besonderer Tag, denn der Bischof steckte ihm bei ihrem Plausch im Pfarrbüro eine kubanische Zigarre zu, die ihn das üble Kraut vergessen ließen, das er ansonsten paffte.

* * *

Durch seine Umgebung und die ständige Auseinandersetzung mit dem christlichen Glauben verblasste Pierres Erinnerung an seine jüdische Herkunft. Sein Eifer und sein Streben nach Anpassung und Anerkennung blieben nicht unbemerkt und führten dazu, dass er zu besonderen Diensten in der Kirche berufen wurde. Er wurde sowohl in den Kirchenchor St. Cäcilia wie in den ausgesuchten Kreis der Ministranten aufgenommen. Beides geschah zwar zu Ehren Gottes, war aber mit handfesten Vorteilen verbunden.

Da Ernest Natalis unmusikalisch war, hatte er den Pfarrer gebeten, den Musikunterricht an seiner Stelle zu übernehmen. Weil es an der Schule keine Instrumente oder keine Notenhefte gab, beschränkte der Unterricht sich auf Gesang. Der Abbé studierte mit den Kindern vornehmlich Volkslieder und patriotische Lieder ein, neben der Brabançonne, der Nationalhymne, auch Kampfgesänge aus glorreichen Zeiten wie den »Valeureux Liégeois«*. Dieser kriegerische Gesang wurde besonders laut geschmettert, so als wollten die Jungen sichergehen, dass die Besatzer mitbekämen, was sie zu erwarten hatten, wenn sie erst einmal erwachsen wären.

Wer beim Musikunterricht durch eine gute Stimme auffiel, den lud der Abbé nach der Schule ins Pfarrhaus zum Vorsingen ein. Da Pierre eine klare Sopranstimme und Arnaud eine warme Altstimme hatte, wurden beide in den Kirchenchor St. Cäcilia aufgenommen. Von da an hieß es täglich Noten pauken, was die erste Begeisterung merklich minderte. Doch dann kamen sie in den Genuss der erhofften Vorteile und Vergünstigungen. Dazu gehörte, dass sie für die Proben am Freitagabend vom Studium befreit waren.

Chorleiterin war ein Fräulein Dupuis, das großen Wert darauf legte, mit Mademoiselle angesprochen zu werden. Wie Pierre später erfuhr, war Geneviève Dupuis die Schwägerin des Bankiers Jean-François Stevens. Der Abbé hatte sie bei einem Dekanatstreffen der Kirchenchöre kennengelernt und sie vom Fleck weg als Dirigentin engagiert.

Zu den Proben reiste sie gewöhnlich mit dem Fahrrad an. Bei schlechtem Wetter nahm sie den Zug. Der Abbé holte sie dann am Bahnhof mit seinem Motorrad ab. Da es freitags meist spät wurde und der Chor am Sonntag die heilige Messe zu gestalten hatte, blieb das Fräulein über Nacht in Stoumont. Sie nächtigte – wie es sich für eine ledige Frau schickte – in St-Édouard bei den Ordensschwestern.

Bei den Proben benutzte Mademoiselle ein Metallstäbchen, mit dem sie vor jedem Einsatz gegen den Notenständer schlug, um es dann aufmerksam an ihr Ohr zu halten. Immer wieder wiederholte sie diesen sonderbaren Vorgang. Pierre kam es vor wie ein Zauberstab.

Als Mademoiselle einmal während einer Pause die Stimmgabel einzustecken vergaß und auf dem Pult liegen ließ, konnte Pierre nicht widerstehen. Er schnappte sich den Wunderstab, um ihn auszuprobieren. Aber so sehr er auch horchte und lauschte, er vernahm nach jedem Klopfen nur ein leises Summen. Unglücklicherweise kehrte in diesem Moment das Fräulein zurück und ertappte ihn mit dem Instrument am Ohr. Sie glaubte, er habe es stehlen wollen, zog ihm die Ohren lang und schickte ihn zur Strafe zum Abbé, der ihm eine lange Gardinenpredigt hielt.

Wenn der Chor außerhalb des Dorfes ein Konzert gab, wurden die Sänger dort bewirtet. Nachdem Pierre und Arnaud ihr erstes Duett gegeben hatten, durften sie am Ehrentisch Platz nehmen. Pierre sagte sich, dass seine Eltern sehr stolz sein würden, wenn sie ihn in dieser erlauchten Runde sehen könnten. In seinen Träumen sah er sich schon am Beginn einer großen Sängerkarriere. Wenn er vor dem Einschlafen nicht gerade ein gefährliches Abenteuer zu bestehen hatte, trat er in einem Opernhaus als gefeierter Sänger auf.

Geneviève Dupuis bot sich für billigen Spott an, weil sie näselte und mancherlei Macken hatte, die man landläufig mit einer alten Jungfer in Verbindung brachte. Darum sorgte die Nachricht, dass Mademoiselle guter Hoffnung sei, im Dorf für Furore. Es kursierten die wildesten Gerüchte. Böse Zungen munkelten, dass das Kind, das sie erwartete, von einem Deutschen sei und sie deswegen in Stockay von allen Dorfbewohnern geschnitten würde und vom Pfarrer sogar vom Empfang der Sakramente ausgeschlossen worden war.

Als diese Gerüchte dem Abbé, den das Fräulein Dupuis über den wahren Sachverhalt ins Bild gesetzt hatte, zu Ohren kamen, hielt der es für nötig, dem versammelten Chor eine Standpauke zu halten. Er drohte jedem, der sich an solchen Verleumdungen beteiligte, mit sofortigem Rausschmiss.

Als Mademoiselle »hochschwanger« war und die Anreise mit dem Fahrrad zu beschwerlich wurde, brachte ihr Schwager Jean-François Stevens sie nach Stoumont. Bei dessen Automobil handelte es sich um einen dunkelroten Austin, ein englisches Fabrikat aus dem Jahre 1938. Jedes Mal, wenn es auftauchte, erregte das in der Kolonie Aufsehen.

Eines Tages hatte der Bankier neben der Dirigentin einen zweiten Passagier an Bord. Am Abend bestellte der Abbé die Gebrüder Thonnar ins Büro, um ihnen den Neuankömmling vorzustellen: es war der kleine Ben, ihr Halbvetter Benjamin Goldstein. Der Abbé beobachtete amüsiert, wie die drei Jungen sich wie junge Hunde gegenseitig beschnupperten, bis es kein Halten mehr gab und sie sich überglücklich in den Armen lagen.

Jean-Marie und Pierre bestürmten Ben mit Fragen, und der gab sich alle Mühe, sie zu beantworten: Er sagte, er habe mit seinen Eltern bei Monsieur und Madame Stevens in Lüttich gelebt. Was aus seinen älteren Geschwistern geworden sei, wisse er nicht, aber aus den Gesprächen der Erwachsenen habe er mitbekommen, dass seine Schwester und ihr Ehemann nun irgendwo auf dem Lande lebten. Nachdem in Lüttich noch ein Mädchen aus Flandern aufgetaucht sei, sei es dort eng geworden und Monsieur Stevens habe deshalb beschlossen, ihn anderweitig unterzubringen.

Nachdem die Freude des Wiedersehens abgeklungen war, erinnerte der Abbé sie an das eherne Gesetz der Kolonie, nichts über ihre Herkunft verlauten zu lassen, sich niemandem anzuvertrauen. Auch dürfe niemand erfahren, dass sie sich kannten und miteinander verwandt seien: »Pass ja auf, dass ich dich nicht erwische, wie du mit deinen Vettern Jiddisch sprichst«, drohte der Abbé dem kleinen Ben.

Ben hieß von nun an Jos, mit vollem Namen Joseph Fraiture. Angeblich war er Vollwaise und seine Eltern waren 1940 bei den Kämpfen an der Maas umgekommen. Anfangs hing der kleine Jos wie eine Klette an den Gebrüdern Thonnar, doch bald verflüchtigte sich seine Angst und Schüchternheit. Da er der Jüngste in der Kolonie war, spielte er bald die Rolle eines Maskottchens, das gehätschelt und getätschelt wurde, was er sich gerne gefallen ließ.

Als Abbé Stenne die Gebrüder Thonnar eines Tages fragte, ob sie nicht Lust hätten, Messdiener zu werden, fassten die Brüder das als Auszeichnung aus. Um der Ehre des Altars würdig zu sein, mussten Jean-Marie und Pierre zunächst viele Gebete in lateinischer Sprache auswendig lernen. Dass sie nichts von dem verstanden, was sie da plapperten, störte sie nicht, denn das war in der Synagoge nicht anders gewesen. Nachdem Pierre mit Roros Hilfe fleißig geübt hatte, beherrschte er alle Gebete, die wichtig waren. Am schwierigsten war das Confiteor, das Sündenbekenntnis, das sehr lang war und im Wechsel mit dem Priester gebetet wurde.

Abbé Stenne liebte das Gepränge der römischen Liturgie. Schon die Einkleidung in der Sakristei hatte etwas Feierliches. Zunächst zogen die Ministranten einen roten Talar an, streiften dann das Chorhemd, das Rochett, darüber und legten am Ende den Schulterkragen, die Mozetta, um. An hohen Feiertagen wie an Weihnachten oder Ostern oder zum Patronatsfest des hl. Hubertus trugen sie sogar weiße Handschuhe. Mama Margareta achtete darauf, dass die liturgischen Gewänder immer gebügelt waren und alles frisch nach Kräutern roch.

Da es in Stoumont keinen fest angestellten Küster gab, mussten die Messdiener dem Priester oft beim Ankleiden behilflich sein. Sie reichten ihm nacheinander Schultertuch, Albe und Stola und halfen ihm das Messgewand überzustülpen. Pierre stellte sich manchmal vor, er sei ein Knappe, der seinem Ritter vor dem Turnier in die schwere Rüstung helfe. Wenn dann der Schlag einer Glocke ertönte, und er mit dem Priester in die Kirche einzog, kam er sich wie ein gefeierter Künstler vor, der seine Bühne betritt.

Zum Leidwesen aller Anwesenden zogen die Messen sich manchmal endlos hin, weil der Abbé ein leidenschaftlicher Prediger war. Obwohl die meisten Menschen, mit denen Marcel Stenne es zu tun hatte, Kinder und einfache Leute waren, Kleinbauern, Pächter, Mägde und Hausfrauen, behelligte er sie Sonntag für Sonntag mit tiefschürfenden theologischen Erörterungen, zu denen ihn seine Bibelstudien verleiteten.

Er vertrat gewagte Positionen, die ihm eine Rüge des Bischofs eintrugen, als sie diesem zu Ohren kamen. Doch der Abbé ließ sich nicht beirren und nannte weiterhin die Dinge, die ihm nicht passten, bei ihrem Namen und legte ohne Scheu seinen Finger in offene Wunden.

Obwohl Pierre von dem, was der Abbé von der Kanzel herab zum Besten gab, nicht viel verstand, fiel ihm auf, dass er nie etwas Böses oder Abfälliges über die Juden sagte. Wenn in einer Predigt vom Volk Israel die Rede war, verglich er es mit einem Kind, dem man die Augen verbunden habe und das daher im Dunkeln tappe.

Für einen Ministranten gab es in der Messe zwei Momente, in denen es auf ihn ankam: die Wandlung und die Kollekte. Die

Verwandlung von Brot und Wein in den Leib und das Blut Jesu Christi begleiteten die Messdiener mit dem heftigen Klingeln ihrer Handglocken. Pierre war sich sicher, dass ohne dieses Schellen das Wunder nicht zustande kam.

Für die Kollekte musste Pierre mit einem Säckchen, das am Ende eines langen Stockes baumelte, durch die Reihen der Gläubigen gehen, um Geld einzusammeln. Das verlangte Konzentration, und er musste sich sputen, um rechtzeitig zur Wandlung zurück zu sein. Nach der Messe gehörte es zu seinen Aufgaben, das eingesammelte Geld zu zählen. Im Klingelbeutel fanden sich neben Pfennigen, Kieselsteinen und Hosenknöpfen auch kleine Kostbarkeiten wie Glasmurmeln oder Lebensmittelmarken.

Im Hinblick auf die Sonntagsmessen mussten die Ministranten am Vorabend die nötigen Oblaten stanzen. In der Sakristei gab es ein Tischchen, auf dem eine Maschine aus Gusseisen montiert war. Wenn man unten ein Pedal betätigte, senkte sich oben ein Knopf aus Stahl, der in das hauchdünne Brot die Umrisse eines Corpus Christi druckte. Wie von Geisterhand erschien auf der Oberfläche der Oblate der Schattenriss eines gekreuzigten Menschen, was selbst ungläubigen Lästermäulern Ehrfurcht einflößte.

An der Maschine war ein Zählwerk angebracht. Die Messdiener waren angehalten die Zahl Dreihundert einzugeben. Das entsprach in etwa der Anzahl der Gläubigen in der Kirchengemeinde von Stoumont. Anhand der Hostien konnte Abbé Stenne genau ablesen, wie fromm seine Schäfchen waren und wie regelmäßig sie die Sakramente empfingen. Für den Fall, dass nicht genügend geweihte Hostien vorhanden waren, gab es immer eine Reserve im Tabernakel.

Das Hostien-Stanzen war eine beliebte Abwechslung, weil die Jungen in der Sakristei dann unbeaufsichtigt waren und sich die Gelegenheit bot, etwas von dem süßen Messwein zu nippen oder gar einen ordentlichen Schluck zu riskieren. Wenn der zu großzügig ausfiel, verdünnten sie den Wein nachher mit Wasser. Jedenfalls fiel dem Pfarrer nie auf, dass seine Ministranten sich an seinen Tropfen labten.

Wenn im Presbyterium fremde Kleriker zu Gast waren, was häufig vorkam, wurden die Messdiener auch von diesen beansprucht – auch wenn es sich dabei meist um stille Messen handelte. An den hohen Feiertagen kamen alle Ministranten zum Einsatz. An Weihnachten wurden hintereinander drei heilige Messen gelesen, was nicht nur für die Gläubigen sondern auch für den Priester und die Ministranten eine Zumutung war. Immerhin bemühte sich der Abbé, die beiden letzten im Eiltempo hinter sich zu bringen.

Bei jedem Wind und Wetter fanden an Feiertagen feierliche Prozessionen und Wallfahrten zu den Gnadenorten der Umgebung statt. Der Abbé beendete dem Zug mit dem Allerheiligsten. Er schritt unter einem sogenannten Himmel, der von vier Kriegsveteranen getragen wurde. Vorab kam es immer zu einem Gerangel unter den Messdienern, wer von ihnen das Prozessionskreuz tragen durfte.

Pierre war eher darauf erpicht, bei den Andachten das Weihrauchfass zu schwenken. Er tat es mit viel Schwung, sodass der ganze Chor bald in eine dichte Wolke gehüllt war und der Abbé am Altar husten musste. Er wies ihn nach der Andacht an, nicht zu übertreiben und mit dem Räucherwerk Maß zu halten, denn seit der Seeblockade der Engländer sei der Weihrauch, das Olibanum, das aus dem Orient komme, rar und teuer geworden.

Wenn der Abbé auswärts die Messe lesen musste, um einen erkrankten Mitbruder zu ersetzen, packte er die Ministranten in den Beiwagen seines Motorrads und brauste mit ihnen über Land, was immer ein Heidenspaß war. Nachher gab es gewöhnlich bei einem Bauern, der das Amt des Kirchners innehatte, ein deftiges Frühstück.

Ende der Schonzeit

Der vierte Kriegswinter war schlimm. Wegen starker Schneefälle waren die Dörfer auf dem Hochplateau mehrere Tage von der Außenwelt abgeschnitten. Jean-Marie hatte schulfrei, weil die Straße nach Remouchamps, die die Jugendlichen nehmen mussten, zugeschneit war. Das behagte ihm nicht, weil er dadurch keine Gelegenheit mehr zum Flirten hatte. Da der Hausmeister nicht mehr ins Tal konnte, um Nahrungsmittel zu besorgen, gab es in Mama Margaretas Küche tagelang den gleichen undefinierbaren Brei.

Mit jedem Kriegsjahr gab es neue Einschränkungen, die die Bewohner des Königreiches, Arme und Reiche, Bedürftige wie Begüterte gleichermaßen trafen. Auch im Schloss Froidcour wurden keine rauschenden Feste mehr gefeiert. Als Édouard de Harenne, der älteste Sohn des Barons, eine Mamsell Marie-Berthe David de Lossy, zum Altar führte, war dies ein Ereignis, das viele Neugierige und Schaulustige anlockte, auch wenn das Aufgebot bescheiden blieb. Das Brautkleid war aus den Schonbezügen einer Bettdecke geschneidert und als Hochzeitskutsche diente das einzig verfügbare Fahrzeug, ein weiß überstrichener Leichenwagen.

Da Stoumont abseits der großen Verkehrswege lag, verloren sich nur selten Soldaten der Wehrmacht in diese Einöde. Einmal kam ein Haufen streng bewachter russischer Kriegsgefangener die Landstraße hoch. Es waren ausgehungerte Gestalten, die von den Deutschen zu Rodungsarbeiten im Wald eingesetzt wurden.

Als sie an der Dorfkirche eine kurze Rast einlegten, reichten ihnen Frauen aus der Nachbarschaft, die Mitleid mit den geschundenen Kreaturen hatten, Trinkwasser und Brot. Um die Bewacher freundlich zu stimmen, gaben die Frauen diesen eine Flasche selbstgebrannten Schnaps. Die Gefangenen boten ein Bild des Jammers. Pierre musste unwillkürlich an seinen Vater denken: Hoffentlich hatte er es besser getroffen als diese armen Schlucker.

Auch wenn der Lärm des Schlachtgetümmels nicht bis Stoumont vordrang, wurden die neuesten Nachrichten über die militärische Lage im Café der Witwe Grégoire und in den Schlafsälen der Kolonie aufgeregt kommentiert. Die Rückschläge der Wehrmacht an allen Fronten wurden mit großer Schadenfreude aufgenommen.

Nach der deutschen Niederlage in Stalingrad erzählte man sich folgenden Witz: Im Himmel treffen sich die großen Eroberer der Weltgeschichte und plaudern über ihre militärischen Leistungen. Cäsar sagt, wenn er damals Panzer gehabt hätte, hätte er ganz Germanien erobert. Friedrich der Große meint, wenn er Flugzeuge gehabt hätte, hätte er ganz Europa bezwungen. Da meldet sich Napoleon: »Wenn ich damals Goebbels gehabt hätte, wüsste man heute noch nicht, dass ich die Schlacht von Waterloo verloren habe.«

Im Januar 1943 sprach sich in Windeseile ein Husarenstück herum, das auf das Konto eines belgischen Jagdfliegers ging, der im Dienst der Royal Air Force stand. Der Pilot hatte nach einem Bombeneinsatz über dem Bahnhof von Gent abgedreht, um im Tiefflug über die Brüsseler Innenstadt zu fliegen. In der Avenue Louise hatte er das Hauptquartier der Gestapo mit seinem Maschinengewehr unter Beschuss genommen. Als das Hochhaus in Flammen stand, lockte das viele Neugierige an, die kräftig applaudierten, was die Gestapo wütend machte und mit einer Verhaftungswelle beantwortete.

Durch die militärischen Erfolge der Alliierten fassten die Menschen wieder Hoffnung, hüteten sich aber ihre Freude offen zu zeigen, denn die Deutschen traten nach jedem Rückschlag gereizter und brutaler auf. Die Lethargie, die die Bevölkerung nach der Niederlage von 1940 ergriffen hatte, machte vor allem in der Jugend einer gewissen Entschlossenheit Platz.

Im April wurde überall gemunkelt, dass es einigen jungen Leuten gelungen war, einen hoch gesicherten Güterzug, der jüdische Zwangsarbeiter ins Reich transportieren sollte, auf offenem Feld zu stoppen und die Insassen zu befreien.

Da niemand genau wusste, wer die Aktion ausgeheckt hatte, wie sie zustande gekommen und abgelaufen war, kursierten die wildesten Gerüchte. Die Deutschen, denen die Sache überaus peinlich war, verhängten eine Nachrichtensperre. Immerhin sickerte durch, dass die jungen Saboteure den Chleus entkommen waren.

Nach jedem gelungen Handstreich hatten die Partisanen regen Zulauf. Für viele Jugendliche war der Krieg im Untergrund ein unverhofftes Abenteuer, eine Art sportlicher Wettbewerb. Eines Tages war auch ein Erzieher der Kolonie verschwunden. Am liebsten wären ihm einige der älteren Jungen gefolgt, aber der Abbé, der auf der Hut war, wusste das zu verhindern.

Ein dicht besiedeltes Land wie Belgien war kein gutes Gelände für einen Guerilla-Krieg. Da die Partisanen den Schutz der Wälder brauchten, wurden die Ardennen zum bevorzugten Schauplatz bewaffneter Auseinandersetzungen. Bald operierten südlich von Maas und Sambre nicht nur der Front de l'Indépendance und das Rote Orchester, die beide von den Kommunisten beherrscht wurden, sondern auch Verbände anderer Couleur.

Angesichts ihrer kritischen militärischen Lage ergriffen die Besatzer eine Maßnahme, die die Bevölkerung schwer in Mitleidenschaft zog. Wegen des Mangels an Arbeitskräften in der deutschen Rüstungsindustrie wurden alle Männer zwischen achtzehn und fünfzig Jahren und alle unverheirateten Frauen zwischen einundzwanzig und fünfunddreißig Jahren zum Arbeitseinsatz in Deutschland verpflichtet. Von der Maßnahme war nicht nur die städtische sondern auch die ländliche Bevölkerung betroffen.

Obwohl jedem, der sich der Einberufung entzog, drakonische Strafen angedroht wurden, tauchten nun erst recht viele junge Männer im Maquis* unter. Unter ihnen waren nun auch gläubige Christen, denn die katholischen Bischöfe, die vergeblich auf die Militärverwaltung eingewirkt hatten, um die Zwangsarbeit im Reich abzuwenden, hatten sich zu einer scharfen Verurteilung aufgerafft, was viele Christen als Aufforderung verstanden, sich dem Widerstand anzuschließen.

Die Deutschen versuchten die wachsende Unsicherheit in den Griff zu bekommen, indem sie Sondereinheiten losschickten, um mit den Partisanen aufzuräumen. In Stavelot wurden ukrainische Hilfswillige einquartiert, die im ganzen Kanton Angst und Schrecken verbreiteten. Wochenlang traute sich keine Frau mehr aus dem Haus. Statt Terroristen zu jagen, verbrachten sie die meiste Zeit mit Saufgelagen und Plünderungen. Da sie keine Erfolge vorzuweisen hatten, zogen die Deutschen die Ukrainer schließlich wieder ab.

Hatte bisher zwischen der deutschen Militärverwaltung und der katholischen Kirche eine Art Burgfrieden geherrscht, nahmen ab 1943 die Spannungen merklich zu. Ein ständiger Stein des Anstoßes waren die Umtriebe der sogenannten Legionäre, die mit den Deutschen kollaborierten.

Bei einem Heimaturlaub von der Ostfront wurde ihrem Anführer Léon Degrelle und etlichen seiner Kameraden in Bouillon, am anderen Ende der Ardennen, der Empfang der hl. Kommunion verweigert. Entgegen einer kirchlichen Anordnung hatten die Legionäre, die sich als Vorkämpfer des christlichen Abendlandes ausgaben, die Sonntagsmesse in der Uniform der Waffen-SS besucht.

Degrelle, der als Choleriker bekannt war, ohrfeigte den diensttuenden Dechanten und ließ ihn nach dem Gottesdienst im Weinkeller seines Elternhauses einsperren. Als das dem zuständigen Bischof von Namur gemeldet wurde, exkommunizierte der den Faschistenführer, was großes Aufsehen verursachte. Die allgemeine Schadenfreude sollte nur von kurzer Dauer sein, denn aus dem Umfeld von Mgr. Charue wurden etliche Priester von den Deutschen verhaftet und in Konzentrationslager gesteckt.

Im August ordneten die Besatzer an, dass die Kirchenglocken eingesammelt und nach Deutschland abtransportiert würden, um dort eingeschmolzen und als Rüstungsmaterial genutzt zu werden. Die Beschlagnahmung der Glocken löste einen Proteststurm aus. In vielen Pfarreien wurden die Glocken vorsorglich aus den Türmen geholt, eiligst vergraben oder in Tümpeln und Teichen versenkt. Bischof Kerkhofs weigerte sich, den Schlüssel zum Turm der Kathedrale herauszurücken, sodass die von den Deutschen bestellten Spediteure unverrichteter Dinge wieder abziehen mussten.

Der Pfarrer von Stoumont hielt es für klüger, sich der Anordnung zu fügen. Er wollte nicht riskieren, dass die Deutschen oder ihre Helfershelfer Suchaktionen starteten und ihre Nasen in seine Ferienkolonie steckten. Das hätte sie unweigerlich auf die Fährte der versteckten Kinder geführt.

Als die Glocke von Sankt Hubertus aus dem Turm herabgelassen wurde, stand das halbe Dorf ergriffen auf dem Vorplatz, um Abschied zu nehmen. Die Frauen, die den Rosenkranz beteten, konnten ihre Tränen nicht zurückhalten.

Die Tatsache, dass die Deutschen auch die Schulglocke beschlagnahmten, löste hingegen Belustigung und hämische Kommentare aus: Wie schlimm musste es um das Großdeutsche Reich und seine glorreiche Wehrmacht bestellt sein, wenn sogar das Pausenglöckchen als kriegswichtig eingestuft wurde.

Während im Volk der Ruf nach Rache und Vergeltung immer lauter wurde, gab der Abbé sich alle Mühe, die Gemüter zu beruhigen. Die Gläubigen sollten statt zu rebellieren, lieber für die Befreiung des Landes beten und auf Gott vertrauen. Aber solche Empfehlungen, die ihm die Kirche vorschrieb, widersprachen seinem hitzigen Temperament. In den heiligen Schriften, die er eifrig studierte, um eine Antwort auf die Fragen der Zeit zu finden, fand er sowohl Rechtfertigungen für ein friedliches Verhalten wie für offene Rebellion.

In einem Land, das sich im Krieg befand, war das Gebot der Feindesliebe eine Zumutung. Die Feinde, das waren in allen Augen die Deutschen, die innerhalb einer Generation schon zweimal grundlos über sie hergefallen waren. Der Pfarrer versuchte die Gläubigen damit zu trösten, indem er daran erinnerte, dass Jesus auch unter einer Fremdherrschaft gelitten habe, weil die Römer als Besatzer die Juden drangsaliert und ausgebeutet hätten.

An sechsten Sonntag im Jahreskreis, als das entsprechende Evangelium nach Matthäus auf der Tagesordnung stand, behauptete der Abbé, Jesus habe den Juden gar nicht verboten, sich zu wehren, wenn sie geschlagen würden. Das sei ein Missverständnis. Seine Aufforderung, einem Schläger auch die andere Backe hinzuhalten, spiele auf einen jüdischen Brauch an, der darin bestanden habe, dass Menschen, die im Streit miteinander lagen, pro forma Ohrfeigen austeilten, ohne sich zu verletzen.

Als Pierre sich beim Sorgenden Storch, der sich in diesen Sachen besser auszukennen schien, erkundigte, wie das alles zu verstehen sei, meinte der, der Abbé verstehe sich darauf, die Dinge immer so zu drehen, dass sie ihm in den Kram passten.

Abbé Stennes Fähigkeit, seine Feinde zu lieben, sollte bald auf die Probe gestellt werden. Es kam zu einem denkwürdigen Vorfall in einer Sonntagsmesse, der im Dorf lange für Gesprächsstoff sorgte. Es begann damit, dass hinten die Tür der Kirche aufgestoßen wurde und ein undefinierbares Rumpeln zu vernehmen war. Als Pierre sich umdrehte, sah er drei deutsche Soldaten durch den Mittelgang kommen. Sie gehörten zu einer Infanterieeinheit, die auf dem Durchmarsch war und in Stoumont eine Tagesrast einlegte.

Das Verbot Uniformen im Gottesdienst zu tragen, zielte eigentlich die belgischen Milizionäre, aber nun tauchten in einer Messe auf einmal feindliche Soldaten in voller Kriegsmontur auf. Wegen der Gefahr von Anschlägen durch Partisanen war es ihnen verboten worden, irgendwo ihre Waffen abzulegen oder sie aus der Hand zu geben.

Dass deutsche Soldaten eine Kirche besuchten, war schon ungewöhnlich, denn sie hatten nicht den Ruf, besonders fromm zu sein. Der Abbé erfasste die Situation erst, als er sich zum »Dominus vobiscum«* umdrehte. Bis zur Gabenbereitung beherrschte er sich. Doch dann konnte er es nicht länger ertragen. Er wollte nicht zulassen, dass dem heiligen Opfer schwerbewaffnete Krieger beiwohnten.

Der Pfarrer verließ den Altar und begann auf die Deutschen einzureden. Da diese ihn nicht verstanden, kam der Lehrer hinzu, um zu übersetzen. Nach einem kurzen Wortwechsel verließen die Soldaten verärgert die Kirche.

Alle glaubten das Problem behoben, als plötzlich einer der Soldaten zurückkehrte und mit dem Karabiner in der Hand festen Schrittes zum Altar marschierte. Die Anwesenden hielten den Atem an. Aber der Landser legte nur sein Gewehr auf der untersten Stufe des Altars ab und gesellte sich dann wie selbstverständlich zu den anderen Gläubigen.

* * *

Der Pfarrer und der Bürgermeister gaben sich alle Mühe, die wachsende Wut der Bevölkerung im Zaum zu halten. Bisher waren die Bevölkerung und die Kolonie weitgehend von den Einwirkungen des Krieges verschont geblieben. Abgesehen von gelegentlichen Laus- oder Flohbefällen in Schule oder Kolonie, denen man mit gründlichen Haar- und Kleiderwäschen oder dem Ausmisten und Verbrennen von Strohsäcken zu Leibe rückte, hatte der zuständige Arzt Dr. Robinson in den ersten Kriegsjahren die gesundheitliche Lage gut im Griff.

Das sollte sich 1943 ändern. Obwohl die Erzieher angewiesen waren, darüber zu wachen, dass die Regeln der Hygiene überall im Hause eingehalten wurden, brach im Frühjahr im Hôme St-Hubert eine Epidemie aus. Dr. Robinson diagnostizierte bei einigen Jungen Paratyphus, der offenbar von Salmonellen übertragen worden war. Mama Margareta machte sich große Vorwürfe und schwor dem Abbé bei allen Heiligen des Himmels, in ihrer Küche gebe es keine Bakterien. Es könne nur am Trinkwasser liegen. Tatsächlich stellte sich heraus, dass die Bazillen mit Gemüse, das von den Helferinnen nicht gründlich genug gereinigt worden war, ins Haus gekommen waren,

Auch Bouboule erkrankte. Er bekam hohes Fieber und schwebte einige Tage zwischen Leben und Tod. In seinen Fieberträumen bekam er Halluzinationen: er sah seine Mutter an seinem Bett stehen und begann laut Jiddisch mit ihr zu reden, was die anderen Jungen in der Stube verwunderte und Oscar Evrard, der als gelernter Krankenpfleger die Aufsicht im Krankenzimmer hatte, alarmierte. Um die Seuche in den Griff zu kriegen, beschloss Dr. Robinson schließlich die erkrankten Jungen ins Sanatorium auszuquartieren, wo sie dank der Fürsorge der Nonnen bald genasen.

Im Herbst brach erneut eine lebensbedrohliche Epidemie aus. Diesmal musste Dr. Robinson über alle Bewohner des Heims St-Hubert eine Quarantäne verhängen. Begonnen hatte alles mit den Halsschmerzen einiger Jungen, die sich mit Schluckbeschwerden paarten. Beides hielt der Arzt anfangs für jahresübliche Erkältungen. Bald zeigten die Kinder jedoch Symptome wie Fieber und Schlappheit, sodass er die Diagnose Diphtherie fällte.

Da Dr. Robinson nur über Hausmittelchen verfügte, war er diesmal gegen die Seuche machtlos. Wegen der räumlichen Enge und den primitiven sanitären Verhältnissen, in denen die Kinder lebten, griff der Erreger rasch um sich. Jean-Marie und Pierre waren besorgt, weil sich unter den vielen Infizierten auch der kleine Jos befand.

Die Erkrankten wurden in einem der drei Schlafsäle interniert. Die gesunden Kinder bekamen Stubenarrest. Die Isolierungsmaßnahmen, die sich über Wochen hinzogen, waren für alle eine harte Geduldsprobe. Nicht nur, dass die Jungen die Schule nicht besuchen durften, was noch zu verschmerzen war, sie durften auch ihr Zimmer nicht verlassen. Selbst das Refektorium durften sie nicht betreten, aus Angst die Kinder aus den anderen Häusern anzustecken.

Mit der Zeit wuchsen unter den sequestrierten Kindern die Langeweile und der Überdruss, und damit nahmen auch die Spannungen zu. Es gab immer öfter Streit, die manchmal zu handfesten Raufereien ausarteten. Die Erzieher hatten alle Mühe die Internierten in Schach zu halten. Immer öfter musste der Abbé persönlich eingreifen, um die Lage zu beruhigen.

Dr. Robinson kontaktierte über Telefon die Krankenhäuser der Umgebung. Aber entweder besaßen diese den entsprechenden Impfstoff nicht, oder sie verschwiegen es, weil sie ihn nicht herausrücken wollten, weil er schwer zu besorgen war. Auch das Hôpital de Bavière* in Lüttich, an dem Dr. Robinson seine medizinische Ausbildung absolviert hatte, winkte ab. Der Chefarzt riet ihm aber, im deutschen Militärhospital von Spa nachzufragen. Das Feldlazarett sei gut mit Medikamenten und Impfstoffen aller Art ausgestattet. Nachdem Dr. Robinson sich mit Abbé Stenne beraten hatte, vereinbarten sie – angesichts der dramatischen Lage – gemeinsam dort vorzusprechen.

Dr. Robinson und Abbé Stenne wurden tatsächlich von einem Oberstabsarzt im Rang eines Majors empfangen. Der Ton war anfangs freundlich und locker. Man plauderte über dies und jenes. Der Stabsarzt wollte von Robinson wissen, wie er zu seinem englischen Namen käme. Der sagte, den habe er einem schottischen Vorfahren zu verdanken: ein gewisser John Robinson sei mit dem englischen Industriepionier Cockerill ins Lütticher Stahlrevier gekommen

Dann ging es in medias res. Nachdem Dr. Robinson die heikle Situation geschildert hatte, meinte der Sanitätsoffizier, der vorzüglich Französisch sprach, er sei eigentlich nur zuständig, um die Kampfkraft der deutschen Soldaten zu stärken, die im Osten in einem schweren Abwehrkampf gegen den jüdischen Bolschewismus stünden, aber die Deutschen seien keine Unmenschen, obwohl das die meisten Belgier von ihnen glaubten. Er werde sehen, was sich machen lasse.

Als Dr. Robinson im Verlauf des Gespräches beiläufig erwähnte, dass in der Ferienkolonie und im Sanatorium von Stoumont etliche Kinder geistig oder körperlich behindert wären, wurde Dr. Hagenberg merklich reservierter. Der Stabsarzt machte einen Rückzieher, indem er sagte, die Deutsche Wehrmacht sei nicht dazu da, unwertes Leben zu retten, zumal wenn es nicht deutschen Blutes sei. Wenn die belgische Nation so verkommen sei, läge das daran, dass sie – anders als das deutsche Volk – keinerlei Maßnahmen ergriffen habe, um einen gesunden Volkskörper heranzuzüchten. Damit war das Gespräch, das so gut begonnen hatte, beendet.

Betroffen verließen Dr. Robinson und Abbé Stenne das Hospital. Die verruchten Chleus hatten wieder einmal ihre menschenverachtende Haltung und ihre mörderischen Absichten bewiesen.

Als Jean-François Stevens am nächsten Freitag seine Schwägerin zur Chorprobe nach Stoumont brachte, vernahm er zu seinem Schrecken, dass auch der kleine Ben Goldstein unter den Infizierten war. Der Bankier versprach schnelle Hilfe und unterrichtete telefonisch seinen früheren Untermieter, der mittlerweile an der Katholischen Universität zu Löwen Medizin studierte. Der Kontakt zu seinem früheren Untermieter war eng geblieben, denn an den Wochenenden kam Albert Goor nach Lüttich, um Stevens Tochter Annie den Hof zu machen.

Goor überredete den zuständigen Professor im Mikrobiologischen Institut der Universität, ihm eine Dosis des Diphtherie-Serums zu überlassen, was eigentlich streng verboten war. Nachdem der Professor, der mit dem Widerstand sympathisierte, den Sachverhalt hörte, willigte er ein. Goor nahm den nächsten Zug nach Lüttich, wo ihn Jean, der kleine Bruder seiner Verlobten, bereits am Bahnhof erwartete. Mit Fahrrädern erreichten sie in einer knappen Stunde Stoumont, wo Dr. Robinson den Infizierten rechtzeitig die rettende Injektion verabreichen konnte.

Anfangs war der Abbé gegenüber diesem Studenten, der einen verräterischen deutschen Akzent hatte, reserviert, aber nach der Impfaktion legte er seine Vorbehalte ab. Die ganze Anspannung der letzten Tage und Wochen fiel von ihm ab. Um die Rettung der Kinder zu feiern, lud er den Studenten und den Arzt zu einem Glas Bier ins Presbyterium ein. In seinem Keller bewahrte er immer einige Flaschen für besondere Gelegenheiten auf. An eine Rückkehr nach Löwen war wegen der fortgeschrittenen Uhrzeit und der Ausgangssperre sowieso nicht zu denken. Zusammen mit dem kleinen Stevens würde Goor die Nacht in Stoumont verbringen müssen.

Da ihm aufgefallen war, dass der Pfarrer an seiner Sprache Anstoß nahm, wollte Albert Goor dessen Misstrauen zerstreuen, indem er von sich und seinem Elternhaus erzählte. Er stamme zwar aus den Ostkantonen, erklärte er, aber er selber und seine ganze Familie verabscheuten die Nationalsozialisten. Er sei auf ihren Wunsch hin bei Ausbruch des Krieges geflohen und habe längere Zeit im Hause des Bankiers Stevens gewohnt.

Wenn keine Vorlesungen stattfanden, habe ihn sein Hauswirt zu seinen Schwiegereltern nach Stockay geschickt, um dort im Garten auszuhelfen. Als Bauernsohn kenne er sich sowohl mit Gartenarbeiten wie mit der Kleintierhaltung aus. Jedes Mal, wenn er ein Hühnchen oder ein Kaninchen habe schlachten müssen, habe er sich vorgestellt, er werde einem dieser Verbrecher in Berlin, diesem fetten Großmaul von einem Göring oder diesem geilen Giftzwerg von einem Goebbels, die Gurgel durchschneiden.

Der Abbé fand Gefallen an dem Burschen. Er war ein lustiger Geselle. Abbé Stenne wollte wissen, wie die Stimmung der Bevölkerung in den annektierten Gebieten sei. Goor meinte, soweit er das beurteilen könne, habe die Begeisterung sich gelegt, nachdem die Arbeiter und Angestellten nach dem Anschluss an das Großdeutsche Reich festgestellt hätten, dass ihre Löhne um zwei Drittel gekürzt worden seien. Gänzlich gekippt sei sie, nachdem alle wehrtüchtigen Männer zur Wehrmacht eingezogen worden wären. Sie würden an der Ostfront eingesetzt, um sicherzustellen, dass sie an der Westfront nicht das Weite suchen könnten.

Die jungen Leute, die sich dem Stellungsbefehl durch die Wehrmacht durch Flucht entzogen und untertauchten, hießen im Volksmund Refraktäre*. Goor sagte, das Leben eines Wehrdienstverweigerers sei nicht eben einfach. Er könne von Glück reden, dass seine Eltern ihm helfen würden, seinen Lebensunterhalt zu bestreiten. Das Geld für seine Immatrikulation und sonstige Studienkosten stamme aus den Notgroschen der Kirche. Seine Mutter sei eine eifrige Kirchgängerin und mit dem Küster von Sankt Nikolaus bekannt. Der tausche das ganze Kleingeld, die Kupfer- und Messingmünzen aus den Opferstöcken oder dem Klingelbeutel, bei ihr gegen Brot, Butter oder Eier ein. Das scheinbar wertlose Rotgeld löse er bei einem Metall- und Altwarenhändler in Löwen gegen belgische Franken ein.

Alles, was er sonst noch zum Leben brauche, Kartoffeln, Butter, Schinken, Wurst, Eier und Mehl, lasse ihm die Mutter per Kurier zustellen. Bei diesem handele es sich um einen Nachbarn, der als Reserveoffizier mobilisiert worden sei und nun im Stab des Generals von Falkenhausen in Brüssel als Dolmetscher diene. Der Kerl sei der typische Etappenhengst. Er habe viel Freizeit und Ausgang, weil sein Dienstherr jede Lust an seiner Arbeit verloren habe und die meiste Zeit mit seiner Geliebten, einer italienischen Prinzessin, im Château de Seneffe verbringe.

Goor schilderte, wie er den Nachbarn bei seinen Dienstfahrten nach Brüssel auf dem Bahnsteig in Löwen abfange. Als Mitglied des Generalstabes dürfe dieser beliebig Waren mit sich führen und habe keinerlei Kontrollen durch die Feldgendarmerie zu befürchten. Vor jeder Dienstfahrt schenke ihm der Vater daheim einige Gläschen Schnaps ein. Manchmal werde er leutselig und plaudere manches aus, was seinen Dienstherrn und die deutsche Besatzungspolitik betreffe. Sein Vater sorge dafür, dass diese Informationen schleunigst an die richtige Stelle im Bistum gelangten.

Der Abbé wollte wissen, wie er mit seinen dürftigen Sprachkenntnissen zurechtkäme. Goor entgegnete, sein mangelhaftes Französisch habe ihm an der Universität gute Dienste erwiesen, etwa wenn er bei einer Prüfung nicht die genaue Antwort parat gehabt habe oder nach einem Kneipenbesuch in der Sperrstunde einer deutschen Polizeistreife in die Arme gelaufen wäre.

Dann begann er zum allgemeinen Vergnügen Studentenstreiche zum Besten zu geben. Einer handelte von zwei Kommilitonen, die kürzlich die Straßenbahn vom Bahnhof zum Place Ladeuze genommen hätten. Während der eine vorne Platz genommen habe, habe sein Kumpel hinten auf der Plattform gestanden und ihm lauthals zugerufen. »Hast du gestern Radio London gehört?« -- »Nein«, habe der andere zurückgebrüllt: »ich hatte leider keine Zeit.« – »Ich auch nicht«, tönte es zurück, bevor beide aus der fahrenden Bahn sprangen. Sie wollten nicht riskieren, dass ein Spitzel oder ein »Geheimer«, die sich gerne unter die Fahrgäste mischen, einschreiten konnten.

Der Student musste hin und wieder seinen Redefluss bremsen, weil seine Zuhörer sich vor Lachen schüttelten und nach Luft schnappten. Wie doof die Deutschen doch waren …

* * *

Für die Bewohner der Ardennen war der Krieg weit weg. Wenn er überhaupt stattfand, dann spielte er sich hoch über ihren Köpfen ab. Dort tobte ein unerbittlicher Luftkrieg. Das Dröhnen der alliierten Bomber hatte etwas Drohendes und gleichzeitig etwas Verheißungsvolles, denn mit jedem Geschwader rückte das Kriegsende ein Stückchen näher.

Wenn sie das Brummen der Motoren vernahmen, schlichen Pierre und Roro sich nachts aus dem Haus, um die Leuchtraketen und Lichtkegel der deutschen Flak zu sehen, die den Nachthimmel nach feindlichen Flugzeugen abtasteten. Das

Gebrumm, das anfangs nur nachts zu hören war, ertönte bald auch tagsüber.

Mit wachsender Begeisterung beobachteten die Kinder die Flugzeuge, die in immer größerer Zahl am Himmel erschienen. An manchen Tagen waren sie so zahlreich, dass man glauben konnte, ein Wespen- oder Hornissenschwarm sei unterwegs. Dass die Bomberflotten in Deutschland tausendfachen Tod bringen würden, begrüßten die allermeisten.

Das Zählen der fliegenden Festungen wurde zu einem beliebten Ratespiel. Die Jungen in der Kolonie wetteiferten damit, wer zwischen englischen und amerikanischen Bombern unterscheiden könne. Englische Verbände flogen in lockerer Formation eher westlich in Richtung Rheinland und Ruhrgebiet, während die amerikanischen in geschlossener Formation weiter östlich flogen.

Besser als alle anderen verstand Pierre sich darauf, die verschiedenen Flugzeugtypen zu erkennen. Bei klarem Wetter und wolkenlosem Himmel konnte er mit bloßem Auge eine britische Avro Lancaster von einer amerikanischen Boeing B-17 oder B-29 unterscheiden. Am leichtesten zu identifizieren waren wegen ihrer ausladenden Flügel die viermotorigen amerikanischen Hochdecker vom Typ B-25.

Bei ihrem Rückflug vom Einsatz zu ihrer Basis warfen die alliierten Bomber die übrig gebliebenen Sprengsätze ab, bevor sie das Reichsgebiet verließen. Es kam jedoch vor, dass die Piloten auf den Höhen um Stoumont ihre Bomben abwarfen, weil sie sich noch in Deutschland glaubten.

Eines Tages traf eine Fliegerbombe das Gehöft des Bauern Richard. Obwohl es ihnen verboten, liefen die Schulkinder hinaus, um das Desaster zu begutachten. Die Stallung war dem Erdboden gleichgemacht, der Hof brannte lichterloh. Aus den Trümmern wurden zwei Leichen geborgen. Als Pierre abends Roro davon erzählte, bestand er darauf, den Schaden mit eigenen Augen zu begutachten.

Im Januar 1944 stürzte bei schlechtem Wetter eine deutsche Transportmaschine vom Typ JU 52 mit 35 Mann an Bord im Venn von Banase ab. Auf dem Flug von Bremen nach Chièvres im belgischen Hennegau hatte offenbar der Höhenmesser der Propellermaschine versagt. Jedenfalls streifte die dreimotorige Maschine bei dichtem Nebel einen Fichtenwald und stürzte ab. Einige Insassen konnten sich selber aus dem brennenden Flugzeugs retten. Da sie sich in Feindesland wussten und Vergeltung für die Missetaten ihrer Landsleute befürchteten, schleppten sie sich in den nahen Wald, um sich dort zu verstecken.

Anwohner, die den Absturz beobachtet hatten, alarmierten den Lehrer. Ernest Natalis eilte herbei, um nachzuschauen, ob es Überlebende gebe. Es gelang ihm und einigen Bauern noch andere Passagiere schwer verletzt aus dem Wrack zu ziehen. Natalis sagte ihnen, sie hätten nichts zu befürchten. Die Dorfbewohner bargen sechs Überlebende. Alle hatten Knochenbrüche und schlimme Brandwunden. Die Bauern schleppten sie auf einem Ochsenkarren zu Dr. Robinson, der sie auf seinem Küchentisch notoperierte.

Niemand im Dorf konnte ahnen, dass sich an Bord der abgestürzten Junker Wissenschaftler und hochkarätige Techniker der Wehrmacht befanden. Als Natalis die Feldgendarmerie in Stavelot von dem Absturz der Maschine telefonisch unterrichtete, eilte diese herbei, um die Absturzstelle weiträumig abzuriegeln und das Wrack bis in alle Einzelheiten zu untersuchen.

Das war ungewöhnlich, denn normalerweise machten die Kriegsparteien wegen eines einzelnen Flugzeugs kein solches Aufheben. Gewöhnlich wurden nur die verwertbaren Ersatzteile gesichert und weggebracht. Die Trümmer wurden in der Regel den Anliegern überlassen, die es bis auf den letzten Nagel ausschlachteten. In Kriegszeiten war alles brauchbar, Gummireifen genauso wie Metallteile, Fallschirme, Propeller und sonstige Gerätschaften.

Nachdem die Deutschen die Toten geborgen, die Augenzeugen befragt und die Überlebenden ins Militärhospital von Spa gebracht worden waren, wurde das Flugzeug, oder zumindest das, was noch von ihm übrig war, säuberlich in Einzelstücke zerlegt, auf Karren verladen und zum Bahnhof gebracht, wo es von Spezialisten der Wehrmacht inspiziert wurde.

Das alles löste im Dorf wilde Spekulationen aus. Seit Monaten las man in den Zeitungen von den neuen Wunderwaffen, die bald zum Einsatz kommen würden. Alle rätselten, welche Mission das Flugzeug und seine Besatzung gehabt hatten und warum die Gestapo dem Unfall eine solche Bedeutung beimaß.

Wie alle Ereignisse, die ihm wichtig erschienen, notierte Natalis auch diesen Vorfall in seinem Notizbuch, das er immer mit sich führte.

Wenige Wochen nach dem Vorfall fanden Waldarbeiter unweit des Dorfes einen verwundeten US-Piloten, der auf dem Rückflug von einem Einsatz in Deutschland mit seinem Fallschirm aus seiner brennenden Maschine abgesprungen war und sich hatte retten können. Während die alliierten Piloten in den besetzten Ländern als Helden gefeiert wurden, waren sie in Deutschland, wo sie Tod und Verderben brachten, verhasst. Wenn eines ihrer Flugzeuge von der Flak oder der Luftwaffe abgeschossen wurde und sie den Absturz überlebten, riskierten sie von einer aufgebrachten Bevölkerung an Ort und Stelle gelyncht zu werden.

Deshalb strebten die abgeschossenen Flieger danach, möglichst rasch die Grenze zu erreichen. Einmal im Ausland wurden sie versteckt und über geheime Kanäle nach England geschleust. Obwohl sie wussten, dass es verboten war, brachten die Waldarbeiter den verletzten Piloten ins Sanatorium, wo die Vinzentinerinnen ihn notdürftig verarzteten. Als er transportfähig war, brachten Rektor Noirfalisse und der Gärtner Lejeune ihn nach Targnon. In dem Weiler wohnte ein Bauunternehmer, von dem alle wussten, dass er Verbindungen zur Résistance hatte.

Am nächsten Tag klopfte die Feldgendarmerie im Sanatorium an und fragte nach dem amerikanischen Piloten. Die Deutschen mussten einen Tipp bekommen haben. Die Oberin und der Rektor wurden zum Verhör nach Stavelot gebracht. Während die Ordensfrau sich herausreden konnte, gab der Rektor treuherzig zu Protokoll, dass es seine Pflicht als Christ und Priester sei, sich ungeachtet der Rasse, Religion oder Nationalität aller Menschen in Not anzunehmen. Damit hatte er sein Todesurteil gesprochen, denn in solchen Fällen machte die Gestapo kurzen Prozess. Obwohl der Priester schon betagt war, landete er vor einem Erschießungskommando.

Die Verhaftung des Rektors warf viele Fragen auf, denn die Rettung des US-Piloten war nur einem kleinen Kreis von Eingeweihten bekannt gewesen. Allen war klar, dass es in Stoumont einen Verräter geben musste, der Zugang zum inneren Kreis der Entscheidungsträger hatte.

Der Vorfall hatte für Pierre ungeahnte Folgen. Denn nun gab es im Sanatorium keinen Seelsorger mehr und Abbé Stenne war fortan für die Frühmessen im Kloster zuständig. So kam es, dass Pierre öfter Gelegenheit hatte, die kleine Melanie zu sehen, weil alle Pensionäre an der Morgenmesse teilnehmen mussten. Dadurch ergaben sich öfter Möglichkeiten, ihr eine Botschaft zukommen zu lassen. Pierre war nun nicht mehr auf die Kurierdienste von Arnauds Schwester angewiesen, die zudem die Gefahr bargen, dass ihr Geheimnis offenbar wurde.

Sofort nach der Entlassung von Sœur Germaine aus der Untersuchungshaft hatte die Gestapo für das Sanatorium eine Hausdurchsuchung angeordnet. Glücklicherweise hatte die Oberin ihre Vorkehrungen getroffen. Sie hatte allen Kindern eingeschärft, dass sie beim Auftauchen deutscher Uniformen demonstrativ husten und röcheln sollten, so als litten sie an einer Infektion.

Als die Gestapo mit einem Sanitätsoffizier auftauchte, überreichte ihnen die Oberin für die Hausdurchsuchung Gesichtsmasken – mit dem Hinweis, es gebe einige Fälle von Keuchhusten und Tuberkulose. Es sei daher angebracht, einen Mundschutz zu tragen. Überall wo die vermummten Männer auftauchten, wurden sie mit heftigem Husten empfangen, sodass die Visite kurz und oberflächlich ausfiel und die deutschen Spürhunde aus Furcht, sich zu infizieren, schleunigst wieder abzogen.

Dennoch behielten die deutschen Sicherheitsdienste das verschlafene Dorf, das den Feinden des Reiches so bereitwillig Unterkunft und Hilfe anbot, weiter im Auge. Sie hatten festgestellt, dass es in der Gemeinde weitaus mehr zugezogene als einheimische Kinder gab. Außerdem war ihnen aufgefallen, dass im Pfarrhaus ein reger Publikumsverkehr stattfand. Dort tauchten immer wieder verdächtige Personen auf.

Kurz nach der Verhaftung des Abbés Noirfalisse folgte eine weitere Hiobsbotschaft: Rechtsanwalt Albert Van den Berg und sein Sekretär Pierre Coune waren verhaftet worden. Die deutschen Sicherheitsdienste hatten Wind von einer geheimen Organisation bekommen, die Juden zur Flucht verhalfen, und hatte– um die Hintermänner zu fassen – ein hohes Kopfgeld auf die Täter ausgesetzt. Der Notar war daraufhin denunziert und in seiner Amtsstube verhaftet worden. Gleichzeitig wurde Idel Steinberg, der jüdische Schatzmeister der Organisation, mit seiner Frau und seinem Sohn auf offener Straße festgenommen.

Während der Jude Steinberg und seine ganze Familie sofort im Holocaust verschwanden, kamen der Notar und sein Sekretär Coune vor ein belgisches Zivilgericht. Ihr Strafverteidiger konnte nachweisen, dass selbst nach dem deutschen Strafgesetzbuch das Verstecken von jüdischen Kindern nicht strafbar war. Das Gericht verurteilte die beiden wegen Urkundenfälschung zu fünf Monaten Gefängnis. Aber die Gestapo ließ sich nicht an der Nase herumführen. Sie kassierte das Urteil, entzog die beiden der belgischen Justiz und verlegte sie in ein deutsches Sicherheitsgefängnis. Von da an wanderten die beiden durch den Stalag* der Nationalsozialisten, bis sich ihre Spur irgendwann verlor.

Mit der Verhaftung des Rechtsanwalts und Notars Van den Berg schellten im Bistum die Alarmglocken. Alle rechneten damit, dass das Netzwerk, das er mühevoll gestrickt hatte, zerrissen würde und die Gestapo die versteckten jüdischen Kinder enttarnen und aufspüren werde. Aber bald gab es Entwarnung. Die beiden Verhafteten hatten in den Verhören durch die Gestapo dichtgehalten und keine Namen preisgegeben. Dass ihnen keine einzelnen Judenretter sondern die Köpfe einer weitverzweigten Organisation ins Netz gegangen waren, sollte sich den deutschen Sicherheitsbehörden nicht erschließen.

Van den Bergs Nachfolge traten sein Schwager Georges Fonsny und seine Schwester Germaine Van den Berg an. Die kannten die Verstecke mit den Namenslisten und Anschriften der Kinder, die der Notar angelegt hatte. Fonsny verlegte den Sitz der Organisation aus der verwaisten Kanzlei ins Pfarrhaus St-Christophe. Alle wichtigen Unterlagen versteckte er im Turm der Kirche.

In der Bedrängnis

Während die Nachrichten von der Front lebhaft diskutiert wurden, blieb die sogenannte Judenfrage für die Bewohner der Ardennen etwas Rätselhaftes und Absonderliches. Die meisten interessierten sich nicht dafür, in der Annahme, dass es keine Juden auf dem Land, sondern nur in den großen Städten gab.

Eines Nachts kam die Judenfrage in der Gestalt eines Flüchtlings ins Pfarrhaus von Stoumont, wo man ihre Existenz lange erfolgreich vertuscht hatte. Der Fremde, der an der Türe des Presbyteriums klopfte, wirkte müde und abgekämpft. Er hatte keine Papiere bei sich und sagte nur, er überbringe dem Abbé Stenne schöne Grüße von Abbé Péters in Malmedy.

Als Marcel Stenne den Namen Péters hörte, war er sofort im Bilde, denn alle in der Gegend wussten, dass der Mitbruder im annektierten Nachbarstädtchen Fahnenflüchtige, Kriegsgefangene und sonstige Verfolgte aufnahm und ihnen über die Grenze nach Belgien verhalf. Da Stoumont seit der Annexion der Ostkantone im Jahre 1940 unmittelbar an der deutschen Grenze lag, war das Dorf für viele Flüchtlinge die erste Anlaufstelle in der Heimat geworden.

Viele illegale Grenzgänger verfügten über Anschriften und Namen von Personen, die ihnen auf der Flucht behilflich sein würden. Auch der Fremde hatte einen Spickzettel dabei, auf dem neben Stoumont auch der Name Marcel Stenne verzeichnet war. Nachdem der Abbé sich mit einigen Fangfragen vergewissert hatte, dass es sich nicht um einen Spitzel handelte, nahm er den Mann auf, ohne weiter Fragen zu stellen. Je weniger man wusste, umso besser war es.

Der Mann war wortkarg. Er gab nur an, aus einem deutschen Arbeitslager geflohen zu sein. Er gehöre zur Kommunistischen Befreiungsfront und schien nur das Bedürfnis zu haben, eiligst wegzukommen. Seltsamerweise versäumte er keine Frühmesse, was für einen überzeugten Marxisten sonderbar war. Bei Bedarf sprang er sogar als Messdiener ein.

Am Abend vor der Nacht, in der er wieder verschwand, nannte er dem Pfarrer seinen wahren Namen. Er heiße Victor Martin und sei im Auftrag des Komitees für die Verteidigung der Juden ins besetzte Polen gereist, um an Informationen über das Schicksal der verschleppten Juden zu kommen. Er spreche Deutsch und habe als promovierter Soziologe vor dem Krieg über gute Kontakte in die deutsche akademische Welt verfügt. Tatsächlich habe er die Erlaubnis erhalten, zu Studienzwecken nach Breslau und Oberschlesien zu reisen.

Unweit der Ortschaft Auschwitz im Generalgouvernement habe er von französischen Fremdarbeitern erfahren, dass die SS aus jedem Transport, der dort ankam, Alte und Kranke, Frauen und Kinder aussondere, um sie in ein Lager namens Birkenau zu bringen, um sie umzubringen. Das hätten ihm Juden aus dem Ghetto von Sosnowitz, die in den umliegenden Fabriken der IG-Farben arbeiteten, bestätigt.

Wie die Juden umgebracht wurden, wusste angeblich niemand. Er habe sich Gewissheit über das Schicksal der Deportierten verschaffen wollen, und es sei ihm tatsächlich gelungen, unter einem Vorwand, das Lager Birkenau zu besuchen, wo er die Krematorien, in denen die Juden vergast und verbrannt würden, mit eigenen Augen gesehen habe.

Auf der Rückreise aus dem Generalgouvernement sei er von der Feldgendarmerie geschnappt worden. Man habe ihn für einen Industriespion gehalten und in ein Arbeitslager gesperrt. Nachdem ihm die Flucht gelungen war, wolle er nun auf schnellstem Weg nach Brüssel, um das Komitee über seine schrecklichen Erkenntnisse zu unterrichten. Die Juden sollten wissen, was sie erwarte, wenn sie in die Hände der Deutschen fielen. Alle Welt solle über Radio London die Wahrheit über die sogenannten Arbeitslager im Osten erfahren.

Die Zeit drängte, denn während die Wehrmacht an allen Fronten zurückwich, machten die Deutschen in den besetzten Ländern alle Kräfte mobil, um zumindest an der weltanschaulichen

Front den Endsieg davonzutragen. Mit der Versetzung des SS-Obersturmbannführers Anton Burger von Athen nach Brüssel wurde allen, die mit der Judenfrage vertraut waren, klar, dass die Vernichtung der belgischen Juden in die Endphase ging. Burger hatte bereits das Judentum in Griechenland weitgehend ausgerottet. Im Angesicht der drohenden Niederlage lief nun auch in Belgien die Vernichtungsmaschine der Nationalsozialisten auf Hochtouren an.

Da die Sicherheitsdienste die vier Großstädte des Landes inzwischen für »judenfrei« erklärt hatten, fuhr Burger nun seine Fühler bis in die Dörfer der Ardennen aus, um dort versteckte Juden aufzuspüren. Er hegte schon länger den Verdacht, dass in Klöstern, Hospitälern und Internaten die schlimmsten Feinde des Reiches, die Juden, versteckt wurden.

In Stavelot wurden die Leiter aller kirchlichen Einrichtungen, die verdächtig schienen, ins Büro der Gestapo vorgeladen. Auch Marcel Stenne gehörte zu den Vorgeladenen, und in Stoumont rechnete man mit dem Schlimmsten.

Da niemand von den betroffenen Priestern und Ordensleuten ordentlich Deutsch sprach, ergriff der deutsche Abt von Val-Dieu* Bruder Alberich Steiger im Namen seiner Mitbrüder das Wort. Der Zisterziensermönch, der aus dem Westerwald stammte und in dessen Kloster dutzende Juden versteckt waren, hatte in weiser Voraussicht der Dinge, die ihnen allen drohten, eine Kiste Cognac mitgebracht, um die Ermittler milde zu stimmen. Außerdem war er in seinem Plädoyer so wortgewandt und überzeugend, dass die Gestapo alle Vorgeladenen nach einem flüchtigen Verhör wieder laufen ließ und sich lieber den Spirituosen widmete.

Die Freude über den glücklichen Ausgang sollte nicht lange andauern. Marcel Stenne traute dem Frieden nicht. Er ahnte, dass das Ende der Schonzeit für die Ferienkolonie gekommen war. Eines Abends fand er unter der Türe seines Hauses einen merkwürdigen Briefumschlag: »Wichtig. Persönlich.«

Als er den Umschlag öffnete, fand er ein Papier mit einer Botschaft, die sich aus Papierschnipseln zusammensetzte: »Warnung eines Freundes: Bringen Sie die Kinder in Sicherheit. Morgen ist eine Razzia.« Marcel Stenne nahm die Warnung ernst. Seit der Verhaftung des Rektors von St-Édouard wusste er, dass er unter ständiger Beobachtung stand.

Da seine beiden Neffen Marcel und Emmanuel gerade im Hause waren, schickte er den einen ins Sanatorium, um die Vinzentinerinnen zu warnen, damit auch sie rasch ihre Schattenkinder evakuierten. Über den anderen ließ er Charles Chavez die Anweisung zukommen, unverzüglich siebzehn namentlich genannte Jungen ins Pfarrhaus zu schicken.

Als Chavez die Liste der Namen durchging, wusste er gleich, worum es ging. Dass unter den Zöglingen Juden waren und er sich seit Jahren an einer Maskerade beteiligte, war ihm nicht entgangen. Das unablässige Kommen und Gehen in der Kolonie und die ständige Geheimniskrämerei hatte früh seinen Argwohn geweckt. Zu den genannten Jungen gehörten einige, mit denen er aus Banneux gekommen war, aber auch andere, von denen er nie vermutet hätte, dass es sich um Juden handelte. Dabei glaubte der Spanier doch, die persönlichen Hintergründe aller Kinder, die hier landeten, zu kennen.

Für Pierre kam der Aufruf so überraschend, dass ihm keine Zeit blieb, Roro aus seinem Spind zu befreien. Als sich alle im Pfarrhaus einfanden, dunkelte es bereits. Die Jungen glaubten, sie seien herbestellt worden, weil sie etwas Dringendes erledigen sollten oder weil sie etwas ausgefressen hätten, für das sie nun gemaßregelt würden. Weil der Abbé auch den Erzieher Evrard ins Pfarrhaus bestellt hatte, hegten sie den Verdacht, dass der Abbé von der Begegnung der Kängurus mit den deutschen Grenzwächtern Wind bekommen hatte.

Abbé Stenne fackelte nicht lange. Er befahl ihnen, unverzüglich nach Stavelot aufzubrechen. Blutproben des Roten Kreuzes hätten ergeben, dass sie sich mit einem gefährlichen Virus infiziert hätten und deshalb umgehend isoliert werden müssten. Alles sollte in aller Stille geschehen, um keine Panik auszulösen. Man werde sie im Hospital von Stavelot einige Tage internieren, bis sie wieder gesund wären.

Dem Erzieher gab er einen verschlossenen Brief für die Mutter Oberin mit. Er ermahnte ihn, aufzupassen, dass der Brief nicht in fremde Hände fiele. Er solle nur Schleichpfade nehmen, um allen Kontrollen aus dem Weg zu gehen und sich auch in der Stadt Stavelot vorsehen, denn dort wimmele es von Spitzeln. Notfalls solle er den Brief vernichten. Der Abbé gab Evrard seine Taschenlampe mit, die er sonst nie aus der Hand gab. Der war sichtlich geschmeichelt, ob des Vertrauens, das der Pfarrer ihm entgegenbrachte: »Sie können sich auf mich verlassen, Monsieur l'Abbé. Ich werde aufpassen.«

Nachdem sich alle niedergekniet und ein kurzes Gebet gesprochen hatten, segnete der Abbé sie. Kaum hatten sie das Pfarrhaus verlassen, kramte der Abbé aus einer Schublade das Taufregister hervor. Im naiven Glauben, dass das Pfarrregister für die Nationalsozialisten ohne Interesse wäre, hatte er – wie es das kanonische Recht vorsah – neben den Namen der jüdischen Konvertiten einen lateinischen Vermerk hinzugefügt: »Abjuratio ab errore judaica*.«

Anders als Bischof Kerkhofs, der jedes Dokument, das Juden oder jüdische Kinder betraf, nach der Lektüre sofort verbrannte, hatte er es nicht für nötig befunden, die Bekehrung der Kinder in seinen Büchern zu verheimlichen. Nun wurde ihm auf einmal bewusst, dass dies ihr Todesurteil wäre, wenn das Taufregister gefunden würde. Darum riss er hastig das verräterische Blatt heraus und ersetzte es durch ein neues mit unverfänglichen Eintragungen.

Wie der anonyme Informant es angekündigt hatte, fand im Morgengrauen eine Razzia statt. Als Abbé Stenne den Lärm von Motoren vernahm, streifte er rasch seine Soutane über und lief, so schnell er konnte, zum Hôme St-Hubert. Als er sich näherte, sah er, dass das Haus bereits von Schwarzhemden umstellt war.

Mit großem Gebrüll hatten Milizionäre den Schlafsaal gestürmt und die Jungen aus den Betten gejagt. Nun standen diese verstört neben ihren Betten. Ein behinderter Junge bekam einen Weinkrampf. Als Charles Chavez versuchte, ihn zu beruhigen, wurde es nur noch schlimmer. Er schrie noch lauter und schlug wild um sich. »Sorge dafür, dass dieser Knallkopp aufhört zu toben, sonst jage ich ihm eine Kugel in den Kopf«, drohte ein Legionär. Der Junge beruhigte sich erst, als der Abbé den Schlafsaal betrat.

Noch außer Atem fragte Stenne den Rädelsführer, was das alles zu bedeuten habe. Er solle sich da heraushalten, antwortete der ihm. Er solle nicht so scheinheilig tun. Man suche nach versteckten Juden. Sie seien sich sicher, dass einige sich hier versteckten. Der Abbé beteuerte lautstark, dass in seinem Internat kein einziger Jude sei. Das werde man ja sehen, lautete die Antwort

Dann forderte der Legionär alle Juden im Saal auf, auf die linke Seite zu gehen. Da sich niemand rührte, begann er zu drohen: »Es nutzt nichts, sich zu verstecken. Ich weiß genau, dass unter euch Judenbengel sind. Ich werde ihnen schon Beine machen.« Da niemand parierte, zog er seinen Revolver: »Also, ich zähle bis drei. Bis dahin habt ihr eure Hose heruntergelassen.« Er begann zu zählen: »Eins, zwei …« Weiter kam er nicht, denn alle Jungen sprangen in Windeseile aus ihren Schlafanzügen und ihrer Unterwäsche und standen nun splitternackt neben ihren Betten. Einige versuchten, ihre Scham mit den Händen zu verdecken. »Die Hände bleiben am Körper«, brüllte der Legionär.

Der Abbé war entsetzt. Das konnte er nicht dulden. Er wandte sich an einen SS-Mann, der wie unbeteiligt dabeistand und sich damit begnügte, mit einer Reitergerte gegen seine blank gewienerten Schaftstiefel zu klopfen. Der Pfarrer versuchte ihm klarzumachen, dass es eines Kulturvolkes unwürdig sei, Kindern einen solchen Schrecken einzujagen und sie nackt zur Schau zu stellen.

Der Sturmbannführer, der kein Sterbenswörtchen von dem verstand, was der Mann ihm sagen wollte, schob ihn rüde beiseite und herrschte den Kollaborateur an: »He du, der Pfaffe geht mir auf die Nerven. Sag ihm, er soll das Maul halten, oder wir nehmen ihn mit!« Marcel Stenne verstand, dass es klüger wäre, Ruhe zu bewahren. Nicht auszudenken, was passieren würde, wenn er verhaftet würde und die Kinder schutzlos zurücklassen müsste.

Es begann eine peinliche Leibesvisitation. Mit einem Stöckchen untersuchte ein Milizionär aufmerksam das Geschlechtsteil jedes Jungen. Der Abbé kochte innerlich vor Wut, aber er beherrschte sich. Wie lange die beschämende Prozedur dauerte, konnte er nachher nicht mehr sagen, aber es war eine gefühlte Ewigkeit.

Als sich abzeichnete, dass die Suche nach verstümmelten Geschlechtsorganen erfolglos bleiben würde, ordnete der SS-Mann eine Hausdurchsuchung an. Zunächst richtete sich der Verdacht auf die Spinde, die nebeneinander auf dem Flur standen und ideale Verstecke abgaben.

Der Hausmeister wurde gerufen, um mit einer Zange die Schlösser zu knacken. Dann rissen die Legionäre alles heraus, was sie fanden und warfen es zu Boden. Roro hatte sich nach ganz hinten in sein Fach verkrochen und gab keinen Muckser von sich. So blieb er unentdeckt.

Da sich ihr Verdacht, in den Blechkisten die vermuteten Juden vorzufinden, nicht bestätigte, steigerte die Wut der Legionäre. Sie begannen, die Strohsäcke mit Messern aufzuschneiden, die Vorhänge abzureißen und alle Schränke aufzubrechen. Doch obwohl sie das Haus auf den Kopf stellten und alles durchwühlten, wurden sie nirgendwo fündig. Schließlich mussten sie einsehen, dass sie entweder einer falschen Information oder einem bösen Scherz aufgesessen waren. Der heiße Tipp, den sie erhalten hatten, hatte sich als Rohrkrepierer erwiesen.

Nach einigen Drohungen zogen die Milizionäre und ihre deutschen Führungsoffiziere unverrichteter Dinge ab. Sie verzichteten sogar darauf, die beiden anderen Häuser der Kolonie zu durchsuchen. In St-Hubert hinterließen sie ein Bild der Verwüstung. Die Jungen waren nach dem Überfall traumatisiert. Wie ein Paukenschlag war der Krieg über sie hereingebrochen und hatte ihnen seine hässliche Fratze gezeigt. Man hatte ihnen vorgeführt, wie nichtig und wertlos ihr Leben war.

Unterdessen verbrachten die Evakuierten in Stavelot zwei Tage voller Ungewissheit. Die Sorge um Roro, den er schutzlos in seinem Versteck zurückgelassen hatte, raubte Pierre den Schlaf. Was wäre, wenn sie ihn entdeckt und ihm etwas angetan hätten?

Als sie endlich nach Hause zurückkehren durften, erkannten sie die Kolonie nicht wieder: Die lockere Gelassenheit, die sie auszeichnete, war zerstoben. Es sollte Tage dauern, bis sich die Stimmung wieder etwas hob und ein halbwegs normales Leben einkehren sollte.

Pierres erster Weg führte in die Dachkammer zu seinem Spind, um nach Roro zu schauen. Gott sei Dank, er war unversehrt, wenn auch nicht bei guter Laune. Pierre war dem Hasen überaus dankbar, weil er dafür gesorgt hatte, dass die Häscher die Dose mit seinen Briefen an die Eltern und das Schreiben der Mutter nicht gefunden hatten. Das wäre fatal gewesen.

Der Abbé rätselte unterdessen, wer ihm die Warnung hatte zukommen lassen. Es musste jemand sein, der über die Identität der Kinder und den Zweck der Einrichtung im Bilde war und gleichzeitig Verbindung zur Gestapo hatte. Welche Motive auch immer er hatte, ihm war es zu verdanken, dass die Kinder in letzter Minute gerettet worden waren.

* * *

Am 6. Juni 1944 landeten die Alliierten in der Normandie. Der Abbé hatte versucht, die lang ersehnte Landung vor den Kindern geheim zu halten, damit keine Unruhe aufkam, aber die Nachricht ging in Windeseile von Mund zu Mund. Darauf hatten alle vier Jahre lang gewartet. Die Stunde der Befreiung war nahe.

Obwohl die deutsche Propaganda ankündigte, man werde den Feind ins Meer zurückwerfen, wussten die Menschen nun, dass die Tage der Besatzer gezählt waren. Die erfolgreiche Landung löste eine allgemeine Nervosität aus. Die Frauen begannen, insgeheim weiße Fahnen und belgische Trikoloren zu nähen, um für die Ankunft der Befreier gerüstet zu sein.

Auch die Deutschen ergriff eine große Unruhe. Im Juli wurde die Militärverwaltung für Belgien und Nordfrankreich aufgehoben. Nun waren die deutschen Sicherheitsdienste und die Geheime Staatspolizei auch formal die wahren Herren des Landes.

Ungeachtet dessen machte sich in der Bevölkerung eine lang angestaute Wut Luft. Der Pfarrer und der Bürgermeister befürchteten eine Spirale der Gewalt. Mit ihrer Zurückhaltung, die von manchen als Feigheit ausgelegt wurde, versuchten sie zu vermeiden, dass der Feind auf das Dorf und die versteckten Kinder aufmerksam wurde. Dem Baron, der gute Kontakte zum Widerstand hatte, gelang es, einige Kommandeure davon zu überzeugen, sich nicht in Stoumont festzusetzen, da jede bewaffnete Aktion, die von dort ausging, unweigerlich eine verheerende Vergeltung der Besatzer auslösen würde.

Die Partisanen wurden unterdessen immer dreister und verwegener. Hatten sie sich bisher darauf beschränkt, Sabotageakte durchzuführen und Verrätern und Kollaborateuren aufzulauern, verging nun, da sie aus der Luft mit Waffen und Material versorgt wurden, kaum ein Tag, an dem sie nicht blutige Anschläge verübten.

Die bewaffneten Verbände waren eine bunte Mischung aus jungen Idealisten, aufrechten Patrioten, untergetauchten Juden, Kleinkriminellen, entlaufenen Zwangsarbeitern und Kriegsgefangenen.

Ende Juli brachen in der Normandie die deutschen Verteidigungslinien ein. Als der Feind bis nach Belgien zurückgedrängt wurde, taten die Partisanen alles, um ihn bei seinem Rückzug zu behindern, indem sie Brücken sprengten und Straßen mit gefällten Bäumen blockierten.

Dass die Besatzer den belgischen König und seine Familie in aller Eile als Geiseln ins Deutsche Reich deportierten, schien kaum jemanden zu interessieren. In Stoumont ging das Gerücht um, dass Prinz Charles, der Bruder des Königs, in den Ardennen untergetaucht sei. Ein Viehhändler wollte ihn unweit von Stoumont in der Ortschaft Sart-lez-Spa in Bauernkleidung gesichtet haben.

Auf ihrem Rückzug richtete eine deutsche Infanterieeinheit im Schloss von Froidcour ein Feldlazarett ein. Der Rittersaal diente ihr als Stabsquartier. Voller Schadenfreude beobachtete der Baron die Nervosität und Ratlosigkeit der Deutschen. Wenn amerikanische Jäger im Tiefflug über das Gelände donnerten, flohen sie Hals über Kopf in den Keller. Statt ihnen zu folgen, stieg der Baron auf die Dachterrasse des Schlosses, um den Piloten mit seinem Taschentuch zuzuwinken.

Als einer der Offiziere ihn dabei ertappte, sprach er von Wehrzersetzung und drohte damit, ihn in ein Konzentrationslager zu stecken. Am Ende blieb es bei Drohungen. »Sie sollten sich nicht zu früh freuen«, beschied der Offizier den Baron beim Abschied: »Der Krieg ist noch nicht vorbei. Wir kommen wieder!« De Harenne hielt das für leere Prahlerei. Nie würde sich die Wehrmacht von den Niederlagen der letzen Monate erholen.

Als die Amerikaner die Maas erreichten, verordnete der Abbé allen Kindern in der Kolonie Stubenarrest. Er wollte kein Risiko eingehen, denn in vielen Ortschaften war es wegen der Anschläge der Partisanen zu Vergeltungsmaßnahmen der Deutschen gekommen. In dem Dörfchen Forêt, wo deutsche Soldaten in einen Hinterhalt gelockt worden waren, veranstalteten sie ein Gemetzel unter der Zivilbevölkerung mit dreiundvierzig Toten.

In Schalin waren sie in ein Behindertenheim eingedrungen, wo dreißig jüdische Kinder versteckt wurden. Den Kindern gelang zwar die Flucht, aber die Pfleger und Erzieher wurden verhaftet und ins Reich verschleppt.

Fast genauso wie den Terror der Deutschen fürchteten der Pfarrer und der Bürgermeister die Racheakte der Partisanen, denn in ihren Reihen tummelten sich zwielichtige Elemente, denen es eher um die Begleichung privater Rechnungen ging als um die Bekämpfung des Feindes.

In diesen chaotischen Tagen dachten die Jungen in der Kolonie nur an eines: den Deutschen an den Kragen zu gehen. Sie sannen auf Rache für die Entbehrungen und Demütigungen, die sie jahrelang erduldet hatten.

Einige Jungen glaubten ihre Stunde gekommen, als sich in der Schmiede gegenüber dem Hôme eine deutsche Fernmeldetruppe niederließ. Sie sollte zwischen den zerstreuten Truppenteilen, die ungeordnet ins Reich zurück fluteten, unterbrochene Funkverbindungen wieder herstellen und gleichzeitig den feindlichen Fernmeldeverkehr abhören. Zu diesem Zweck verlegten Funker quer durch Wiesen und Felder Kabel, an deren Ende sich seltsame Apparate befanden.

Das brachte Charles Chavez auf die Idee, den Deutschen einen bösen Streich zu spielen. Da er eine technische Ausbildung genossen hatte und sich in elektrischen Dingen auskannte, beschloss er, die freiliegenden Kabel zu kappen, um die Kommunikationsstränge der Wehrmacht lahmzulegen.

Nach Mitternacht schlich er mit einigen Gehilfen, zu denen auch Pierres Bruder Jean-Marie gehörte, aus dem Haus, um mit einer Kneifzange Drähte und Kabel durchzuschneiden. Am Morgen verfolgen die Saboteure schadenfroh, wie die Deutschen aufgeschreckt durchs Gelände liefen.

Da sie sich mit ihrer Tat brüsteten, dauerte es nicht lange, bis sie dem Abbé zu Ohren kam. Der verlor darüber fast die Fassung. Besonders erboste es ihn, dass ausgerechnet Charles Chavez, sein Vertrauensmann, der als besonnen und umsichtig galt, den zweifelhaften Husarenstreich ausgeführt hatte.

Nachdem er ihn ordentlich zusammengestaucht hatte, knüpfte er sich seine Helfershelfer vor. Ob sie ermessen könnten, in welche Gefahr sie alle gebracht hätten? In solchen Fällen fackelten die Deutschen nicht lange: Wenn die dahinter kämen, wer das angerichtet habe, würden sie das Dorf in Brand stecken, die Bewohner verschleppen und sie alle in ein Arbeitslager stecken.

Die selbsternannten Freiheitskämpfer waren ziemlich kleinlaut, als sie das Pfarrhaus verließen. Zu ihrem Glück hatten die Deutschen Dringlicheres zu tun, als einigen Halbstarken nachzuspüren.

Am 7. September befreiten die Amerikaner Lüttich. Bei ihrem Vormarsch durch Belgien hatten die Alliierten ein solches Tempo vorgelegt, dass die Deutschen weder die Zeit gefunden hatten, die Docks im Hafen von Antwerpen noch die Brücken über die Maas zu sprengen. Während nun alle der Ankunft der Befreier entgegenfieberten, schlossen die Jungen untereinander Wetten ab, wer von beiden zuerst in Stoumont sein würde. Die Engländer oder die Amerikaner?

Die Bauern waren eher in Sorge, dass die Deutschen ihnen vorher noch die letzte Kuh aus dem Stall holen würden. Man hörte von Plünderungen, die auf das Konto wallonischer Kollaborateure und einer litauischen und ukrainischen Soldateska gingen, die nichts mehr zu verlieren hatten.

Das Gros der deutschen Verbände strömte über die Chaussee Charlemagne, die Lüttich mit Aachen verbindet, heim ins Reich. Die versprengten Einheiten, die durch die Ardennen abzogen, kämpften nicht, sondern plünderten die Vorratskeller und nahmen alles mit, was ihnen wertvoll erschien. Mit vorgehaltener Pistole verlangten abrückende Landser von den Bauern Proviant und Heu für ihre Pferde.

Irgendwann drangen einige ausgehungerte Gestalten in die Küche von Mama Margareta ein, die gerade das Essen zubereitete. Ihr fiel vor Schrecken fast der Löffel aus der Hand. Die Soldaten schauten misslaunig in ihre Töpfe und da ihnen der Brei, der gerade auf dem Herd kochte, nicht zusagte, begannen sie, die Schränke und den Vorratsraum nach Besserem zu durchsuchen. Wichtiger noch als Lebensmittel schien ihnen der Alkohol zu sein.

Sie hatten es sich gerade mit einer Flasche Schnaps am Küchentisch bequem gemacht, als sie von oben verdächtige Geräusche hörten. Sofort vermuteten sie versteckte Partisanen. Während die Köchin beteuerte, dass im Haus nur arme Waisenkinder lebten, stiegen die Männer die Treppe hinauf, um nach dem Rechten zu sehen. Als sie nichts als verängstigte Kinder entdeckten, waren sie sichtlich enttäuscht.

Sie befahlen einigen Jungen, zu denen auch Arnaud gehörte, hinunterzusteigen und ihnen in den Garten zu folgen. Vom Dachfenster aus beobachtete Pierre, was passierte. Die Jungen mussten in der Obstwiese auf Bäume klettern, das Obst herunterschütteln und es in Körben einsammeln. Als alle Körbe und Wannen voll mit Früchten waren, luden die Soldaten diese in ihren Kübelwagen und brausten davon. Fast gleichzeitig stimmte Mama Margareta in ihrer verwüsteten Küche ein lautes Gezeter an.

Das Letzte, was Pierre von der ruhmreichen Wehrmacht sah, waren einige Landser mit einer Haubitze, die von zwei Panjepferdchen gezogen wurde. Auf einem Karren hatten sie Möbel und anderes Beutegut geladen. Nun war allen klar: die Stunde der Befreiung war da. Die Deutschen waren geschlagen.

Der falsche Friede

In der Nacht, als die Deutschen abzogen, fanden Pierre und Roro vor Aufregung keinen Schlaf. Am Himmel brummten ununterbrochen Flugzeuge. Aus der Ferne hörte man die Einschläge von Bomben und Granaten. Am nächsten Morgen, einem Sonntag, dem Fest der Unbefleckten Empfängnis, regnete es.

Eine unheimliche Stille lag über dem Dorf. Nur wenige Gläubige trudelten zum Gottesdienst ein. Die meisten trauten dem Frieden nicht, blieben lieber daheim und warteten ab, was der Tag bringen würde.

Auch der Abbé war besorgt. Er befürchtete immer noch Racheakte einer versprengten deutschen Einheit. Als deutlich wurde, dass die Deutschen wirklich fort waren, hätte er gerne die Kirchenglocke Sturm läuten lassen – wenn er sie noch gehabt hätte. Kurz entschlossen beschloss er die Befreiung des Dorfes mit einem Hochamt zu feiern. Obwohl von den Befreiern noch nichts zu sehen war, zogen Pierre und Jean-Marie mit lautem Klingeln und Schellen in die Kirche ein.

Im Nachmittag zeigte sich am Waldesrand ein amerikanischer Spähpanzer. Nachdem die Besatzung offenbar festgestellt hatte, dass die Ortschaft vom Feind geräumt war, kamen aus dem Wald ein Dutzend Sherman-Panzer und rollten die Rue de Spa hinunter. Die Infanteristen, die neben ihnen herliefen, blieben wachsam und hielten ihre Gewehre im Anschlag. Zwischen den Tanks kurvten wendige Jeeps, die mit Antennen und Telefonen ausgestattet waren.

Den Panzern folgten in sicherer Distanz motorisierte Geschütze und Truppentransporter. Die Lastwagen waren dunkelgrün gestrichen und hatten einen Stern auf der Motorhaube. Auf ihren Dächern waren orange Tücher gespannt, um zu verhindern, dass sie ins Feuer eigener Tiefflieger gerieten.

Von den Deutschen waren die Menschen gewohnt, dass sie laut und martialisch auftraten. Wegen ihrer genagelten Stiefel hörte man sie schon von Weitem kommen. Meistens grölten sie irgendwelche Marschlieder.

Die Amerikaner hingegen kamen auf leisen Gummisohlen. Sie waren salopp gekleidet, hatten wasserdichte Parkas an, trugen Schuhe aus Kautschuk mit Gamaschen aus Baumwolle. Sie hatten keine Rangabzeichen und machten einen entspannten Eindruck.

Als sie das Dorf erreichten, kamen die Menschen trotz des heftigen Regens aus ihren Behausungen gelaufen, um sie zu begrüßen. Ein unbeschreiblicher Jubel brach aus: »Sie sind da. Die Amerikaner sind da!«

Nun gab es kein Halten mehr. Die Stoumontesen waren so ausgelassen wie auf einer Dorfkirmes. Die Kinder schwenkten Taschentücher und Fähnchen, die Männer warfen ihre Hüte und Mützen in die Luft und junge Frauen kletterten auf die Tanks, um den Befreiern Blumen zu überreichen und sie abzuküssen. Die GIs nahmen die Begeisterung gelassen auf. Sie hatten sich auf ihrem Siegeszug von der Normandie an mancherlei gewöhnt und zierten sich nicht. Wie bei einem Karnevalsumzug warfen sie von den Panzertürmen und aus ihren Sattelschleppern Kaugummi und Zigaretten in die Menge.

Etwas abseits beobachteten Jean-Marie, Pierre und Arnaud scheinbar teilnahmslos das Treiben, was einige Anwohner zu bösen Bemerkungen veranlasste. Sie konnten nicht ahnen, dass es sich bei ihnen um Juden, um Kinder Israels handelte, deren Leben über Jahre am seidenen Faden gehangen hatte. Nun, in der Stunde der Erlösung, blieben sie ungläubig. Doch dann lagen sie sich auf einmal in den Armen, schluchzten und weinten vor Glück. Es war vorbei. Sie würden nach Hause gehen und Vater und Mutter wiedersehen. Als auf einmal einer in der Gruppe »God bless America« brüllte, stimmten alle begeistert ein.

Die motorisierte Kolonne, die durch Stoumont rollte, gehörte zur 3. US-Panzerdivision. Die Wannen der Panzer waren mit Schmähungen bekritzelt: »Tod dem Adolf«, »À bas les boches«, »Vive Roosevelt«. Auf den Motorhauben der Lastwagen waren die Namen von Städten und Ortschaften zu lesen, durch die die Amerikaner gekommen waren: Mons, Huy, Amay, Liège … »Schau bloß, Pierrot«, rief Jean-Marie voller Begeisterung und zeigte auf einen Schriftzug mit dem Namen Seraing: »Sie waren auch bei uns in Srää.«

Ein Junge, der sich ein Stück Kreide besorgt hatte, kletterte auf einen Panzer und kritzelte »Stoumont« auf die Vorderplatte: »Stoumont est libre« schallte es nun durch das ganze Dorf.

Am Rathaus, das mit belgischen und amerikanischen Fahnen beflaggt war, erwarteten der Bürgermeister und seine beiden Schöffen die Befreier. Der Baron hatte zur Feier des Tages seine Bürgermeisterschärpe in den Landesfarben angelegt.

Als ein Jeep mit zwei ranghohen Offizieren vor dem Gemeindehaus hielt, ließ er ihnen zwei randvolle Cognac-Schwenker reichen. Der eine nahm einen kräftigen Schluck, während der andere dankend ablehnte. Der Baron wollte nicht glauben, dass jemand solch einen guten Tropfen verschmähen konnte: »Trinken Sie nur, genieren Sie sich nicht«, ermunterte er den zögernden Major: »Den haben wir all die Jahre vor den Deutschen versteckt und für Sie aufbewahrt.« Doch der Offizier schlug den Willkommenstrunk aus. Er sagte, er stamme aus Utah und sei Mormone. Und die »Heiligen der letzten Tage« tränken nun mal keinen Alkohol.

Da es aufgehört hatte zu regnen, gab der Mormone den Befehl, eine Rast einzulegen. Die Soldaten warfen ihre Tornister ab und machten es sich im Straßengraben bequem. Ehrfürchtig musterten die Jungen die rastenden Krieger. Jeder Soldat verfügte über ein eindrucksvolles Waffenarsenal, ein automatisches Gewehr, eine Maschinenpistole, einen Karabiner M1 und einen

Colt 45. Außerdem hingen in seinem Gürtel Handgranaten, die aussahen wie Hühnereier.

Anders als die Landser, die immer hungrig aussahen, machten die Amis einen gut genährten Eindruck. Etliche nutzten die Pause für einen Imbiss. Dazu kramten sie aus ihren Tornistern Kekse und Dosen mit Fleisch hervor, das sie mit dem Löffel aßen. Während die einen genüsslich schmausten, rauchten andere oder plauderten miteinander.

Pierre fiel auf, dass viele Amis unentwegt kauten, so wie man es von Kühen auf der Weide gewohnt war. Manchmal bliesen sie sich in die Backen, sodass eine Blase aus dem Mund kam, die langsam wuchs und größer wurde, bis sie platzte. Als einer der Soldaten sah, dass einige Jungen am Straßenrand große Augen machten, winkte er sie herbei und reichte ihm einen Streifen Dubble Bubble. Einmal im Mund wurde daraus eine süß-saure klebrige Masse. Der Soldat versuchte Pierre vorzumachen, wie er es anstellen sollte, um Blasen zu bilden. Auch Jean-Marie durfte probieren. Da es ihnen nicht gelang, ernteten sie helles Gelächter.

Am Hals des Soldaten mit dem Kaugummi baumelte ein Kettchen mit einem Davidstern. Ob er Jude war? Jean-Marie und Pierre wagten nicht, ihn darauf anzusprechen. Der Soldat bemerkte ihre Neugier und wollte ihnen Mut zu machen: »Come on, boys, I am Barry. What's your name?«

Die Brüder schauten sich fragend an. Die Erfahrung hatte sie gelehrt, dass sie sich einem Fremden gegenüber niemals als Juden zu erkennen geben durften. Das saß so tief, dass sie auch nun das auf Englisch stammelten, was sie auch sonst immer gesagt hatten: »My name is Pierre« und »My name is Jean-Marie.«

Da stieß Bouboule auf einmal zu ihnen. Auch er hatte das Amulett mit dem Davidsstern bemerkt. Er ging geradewegs auf den Soldaten zu und sagte unumwunden: »I am Jewish.« Pierre war verblüfft über Bouboules Dreistigkeit. Er musste das von langer Hand geübt und geplant haben. Wie zum Beweis stimmte Bouboule das Schma Jisrael* an, das jedem Juden von Kindesbeinen an geläufig ist: »Schema jisroëil adaunoi elauhëinu adaunoi echod.«

Der Soldat war sichtlich gerührt. Er stand auf und umarmte Arnaud. Etwas betreten verfolgten Jean-Marie und Pierre die Szene. Dann holte der Soldat aus seinem Tornister einige Riegel Milchschokolade hervor und gab sie den Jungen. Die Schokolade war so hart, dass Pierre fürchtete, sich daran die Zähne auszubeißen.

Die Rast war nur von kurzer Dauer, denn die 7. Kompanie wollte den Krauts keine Atempause gönnen. Es hieß, sie würde weiter in Richtung Aachen vorstoßen: die deutsche Kaiserstadt werde nur noch von ein paar Hundert demoralisierten Soldaten der Wehrmacht verteidigt. Den Deutschen trauten die Amerikaner keine nennenswerte Gegenwehr mehr zu. Sie waren sich sicher, der Krieg würde Weihnachten beendet sein.

* * *

Kaum waren die Amerikaner weg, da tauchten angetrunkene Partisanen auf. Die Zahl der »Weißen«, wie die Freischärler im Volksmund genannt wurden, war in den letzten Wochen sprunghaft angewachsen, denn nun griffen auch die Helden der letzten Stunde zu den Waffen.

Sie trieben einen Gefangenen vor sich her, den sie übel zugerichtet hatten. Der Anführer fuchtelte mit einer Waffe in der Luft herum und rief nach Rache und Vergeltung, während die anderen den Mann mit Schlägen und Fußtritten traktierten. Zu ihrem Schrecken erkannten die Jungen in dem geschundenen Individuum ihren Erzieher Oscar Evrard.

Sie hatten ihn nicht sogleich erkannt, weil er keine Brille mehr trug und sein Gesicht von Schlägen ganz entstellt war. Sie waren wie vor den Kopf gestoßen: Was passierte da? Sorgender Storch sollte ein Spießgeselle der Boches sein? Ein Landesverräter? Das schien ihnen unmöglich, denn Oscar galt allen Jungen in der Kolonie als Pfundskerl.

Doch die Partisanen schienen sich ihrer Sache zu sein. Sie sagten, sie hätten Beweise, dass der Kerl ein Schurke, ein Verräter sei. Sie hätten seine Personalakte im Büro der Gestapo in Stavelot gefunden, das die Nazi-Schergen fluchtartig verlassen hätten, wobei sie viele Akten und geheime Unterlagen zurückgelassen hätten. Daraus ginge klar hervor, dass Evrard ein Verräter sei. Zusammen mit anderen Kollaborateuren habe er versucht, sich nach Deutschland abzusetzen, sei ihnen aber in der Gegend von Vielsalm ins Netz gegangen.

Über Evrards Motive, seine Landsleute zu verraten und sie damit dem sicheren Tod auszuliefern, konnte nur spekuliert werden. Die Jungen schwankten zwischen Entsetzen und Mitgefühl. Oscar war ihr Idol gewesen. Sie hätten für ihn ihre Hand ins Feuer gelegt. Abgesehen von der fragwürdigen Begegnung mit den deutschen Grenzschützern beim Fährtenspiel an der Warche war niemandem je etwas Verdächtiges aufgefallen. Dass er kurz vor dem Eintreffen der Amerikaner spurlos verschwunden war, konnte viele Gründe haben.

Die Partisanen sagten, sie hätten das Schwein an den Ort seiner Verbrechen zurückgebracht, um hier Gericht über ihn zu halten. Sein Schicksal schien besiegelt, denn es war bekannt, dass die »Armée Blanche«* mit Kollaborateuren kurzen Prozess machte.

Was Pierrot und Bouboule schockierte, war der blanke Hass, der ihrem Patrouillenführer allenthalben entgegenschlug. Selbst Dorfbewohner, von denen sie wussten, dass sie gut mit ihm ausgekommen waren und nie etwas an ihm auszusetzen hatten, zeigten ihm nun ihre Fäuste, bespuckten und bedrohten ihn. Da die verhassten Deutschen weg waren, wollten sie sich an einem ihrer Helfershelfer schadlos halten. Die ganze Wut, die sich in vier Jahren Besatzung angestaut hatte, entlud sich auf diesen einen Erdenbürger.

Die Weißen hätten ihn vermutlich an Ort und Stelle aufgeknüpft, hätte man den Abbé nicht alarmiert. Es kam zu einem heftigen Wortgefecht zwischen ihrem Kommandeur, einem kleinen Ganoven aus der Nachbarschaft, und dem Pfarrer. Der Abbé baute sich in seiner ganzen Größe vor dem kleinen Kerl auf, aber der ließ sich nicht einschüchtern: »Ihr benehmt euch schlimmer als die Gestapo«, brüllte Stenne. Aber es half nichts. Die Weißen wären zur Tat geschritten und hätten den Verräter gelyncht, wäre nicht zufällig eine amerikanische Militärpatrouille vorbeigekommen, die den Gefangenen in Gewahrsam nahm, um ihn den belgischen Behörden zu übergeben.

Das änderte nichts am Schicksal, das ihn erwartete. Oscar Evrard wurde in die Festung von Lüttich gebracht, an den Ort, wo die Deutschen jahrelang Juden und belgische Patrioten eingesperrt und gequält hatten. Dort tagte nun eine Art Volksgerichtshof.

Während eines rasch anberaumten Schauprozesses schwieg der Angeklagte zu allen Vorwürfen. Er hatte offenbar mit seinem Leben abgeschlossen. Die Ankläger warfen dem früheren Seminaristen vor, mehrere Priester, darunter den Pfarrer und die beiden Kapläne von St-Christophe denunziert zu haben. Es hieß, dass man sie ins Konzentrationslager Dachau bei München gebracht habe, wo es einen Priesterblock gab.

Ob die Verhaftung der Priester wirklich auf das Konto von Evrard ging, war mehr als zweifelhaft, denn das Pfarramt St-Christophe war der Gestapo schon lange als Widerstandsnest bekannt gewesen. Im Bistum hatte es geheißen, Pfarrer Ernest Rixon sei verhaftet worden, nachdem er von der Kanzel den Brief der Bischöfe gegen die Deportation belgischer Arbeiter ins Deutsche Reich verlesen und diesen noch mit eigenen Kommentaren angereichert hatte.

Mit dem Motorrad reiste Marcel Stenne zum Prozess an, um zugunsten des früheren Erziehers auszusagen. Er sagte, er könne nicht beurteilen, ob die schlimmen Sachen, die ihm zur Last gelegt würden, stimmten, aber beschwören könne er, dass er sich in der Kolonie nichts habe zuschulden kommen lassen.

Er habe keines der versteckten jüdischen Kinder verraten, obwohl ihm ihre Anwesenheit und Identität sicherlich bekannt gewesen seien. Er selber habe Evrard in einem kritischen Moment etliche Kinder anvertraut, um sie vor der Gestapo in Sicherheit zu bringen. Es wäre ihm ein Leichtes gewesen, sie ihren Verfolgern auszuliefern. Marcel Stenne äußerte die Vermutung, dass Oscar Evrard der anonyme Warner gewesen war, der ihn von einer drohenden Razzia der Gestapo in Kenntnis gesetzt hatte.

Es half alles nichts. Nach einer kurzen Verhandlung wurde der Erzieher zum Tod durch den Strang verurteilt. Das Urteil wurde sofort vollstreckt. In der Presse hieß es nachher, Oscar Evrard sei bei der Gestapo als Agent unter der Nummer 589 registriert und insgeheim auch Mitglied der Wallonischen Legion gewesen. Die deutschen Sicherheitsdienste hätten ihn auf den katholischen Klerus und Mitglieder der Freimaurerei, deren es im Lütticher Raum viele gab, angesetzt. In Stoumont vermuteten viele, dass Evrard es war, der den Rektor Noirfalisse aus dem Sanatorium ans Messer geliefert und seinerzeit auch Ernest Natalis denunziert hatte, obwohl das noch glimpflich für den Lehrer ausgegangen war.

Mit der Befreiung schlug überall im Lande die Stunde der Vergeltung. Das gedemütigte Volk, das lange unter der fremden Besatzung gelitten hatte, forderte nun, dass mit Verrätern abgerechnet wurde. Besonders streng und gemein ging man mit Frauen um, die der »horizontalen Kollaboration« angeklagt oder dessen nur verdächtigt waren.

Um ein Haar wäre auch Geneviève Dupuis der vendicta popular, dem Volkszorn, zum Opfer gefallen. Es war allgemein bekannt, dass sie ein uneheliches Kind hatte, das dem Vernehmen nach aus einer Beziehung mit einem deutschen Soldaten stammte. Sie riskierte wie viele Frauen, die während der Besatzung eine Beziehung mit einem Vertreter des Feindes gehabt hatten, von einem aufgebrachten Mob durch die Straßen getrieben zu werden. Solche Frauen betrachtete man als Schandflecken, denen man den Schädel kahl schor und die man an den Pranger stellte.

Aus Sorge, der blinde Volkszorn könne sich gegen das Fräulein Dupuis wenden, nagelte der Pfarrer von Stockay vorsorglich am Tag der Befreiung eine Ehrenerklärung an die Kirchenpforte, um falschen Vorwürfen die Spitze zu nehmen.

* * *

Eine gute Woche nach dem Abzug der Deutschen tauchte in Stoumont ein ganzes Bataillon US-Infanteristen auf. Angeführt von der »Military Police« und dem »Messenger« rollte eine schier endlos scheinende Lastwagenkolonne aus dem Tal den Hügel hinauf. Den Abschluss bildete die Intendanz mit den Köchen und den Sanitätern.

Auf den Wiesen beim Schloss schlugen die Amerikaner ein Feldlager auf. Verblüfft stellten die Jungen fest, dass die Soldaten, die aus den Lastwagen sprangen, schwarz waren. Es waren Neger*, richtige Neger. Wenn sie lachten, strahlten ihre Zähne so weiß wie die des Mohrenjungen auf einer Kaffeereklame.

In Windeseile bauten die Schwarzen eine komplette Zeltstadt auf: mit Küche, Klinik und Feldkapelle. In der Mitte des Camps errichteten sie zwei Hangars. Während sie noch die letzten Zeltpflöcke in den Boden rammten, begannen die Köche schon damit, auf Gasherden zu kochen. Bald schwebte der betörende Duft von gebratenem Fleisch über den Wiesen.

Leibhaftige Schwarze hatten die meisten Jungen noch nie in ihrem Leben gesehen. Die kannten sie nur aus Tarzan- und King Kong-Filmen, und darin waren sie nichts anderes als halbnackte Tölpel und Angsthasen. Pierre, der kürzlich den Roman »Onkel Toms Hütte« gelesen hatte, wusste, dass es in Amerika neben Bleichgesichtern und Rothäuten auch Nachkommen schwarzer Sklaven gab und unter diesen viele edle hochstehende Charaktere.

Als er abends Roro die Ankunft der Schwarzen schilderte, wusste der zu berichten, dass es in der böhmischen Manufaktur, in der er das Licht der Welt erblickt hatte, ganze Regale voll mit schwarzen Puppen und Kuscheltieren gegeben habe: schwarze Bären, schwarze Panther und einiges mehr. Er glaubte sich zu erinnern, dass es selbst einen schwarzen Plüschhasen gegeben habe.

Seinen ersten »echten« Afrikaner hatte Pierre auf der Kirmes in Seraing gesehen. Der schwarze Mann hatte einen Fez auf dem Kopf und trug einen Bauchladen mit Lakritze vor sich her, die er bei Bedarf mit einem Hämmerchen zertrümmerte. Das Zeug, das er verkaufte, war teils süß, teils salzig und so schwarz wie er selber. Der rote Kegel aus Filz auf seinem Kopf war ein Teil der Uniform der Force Publique, der belgischen Schutztruppe im Kongo. Aus unerfindlichen Gründen war der schwarze Mann im belgischen Mutterland gelandet und hier hängen geblieben.

Kurz vor Kriegsausbruch war Pierre auf dem Platz vor dem Rathaus einer großen Gruppe von Afrikanern begegnet. Es handelte sich um eine Abordnung von Kolonialsoldaten, die durch das Lütticher Revier tourte. In vielen Städten veranstaltete das belgische Militär mit den schwarzen Rekruten ein Schauturnen, das bei der Bevölkerung großen Anklang fand. Nach der Parade kam es zu einer Verbrüderung von Belgiern und Kongolesen, als Zuschauerinnen unter allgemeinem Gejohle den schwarzen Athleten ihre Kleinkinder reichten, damit sie diese umarmen und küssen konnten.

Wie bei den Belgiern im Kongo unterstanden auch bei den Amerikanern die schwarzen Soldaten weißen Offizieren. Diese hatten ihre Zelte in gebührender Distanz zur Truppe aufgeschlagen.

Gleich nach Schulschluss liefen die Jungen zum Feldlager, um sich von dem aufregenden Treiben nichts entgehen zu lassen. Sie beobachteten, wie in Kanistern Unmengen an Fleisch,

Gemüse, Teigwaren und Reis ins Küchenzelt geschafft und in großen Kesseln und Trommeln zubereitet wurden.

Eines Abends winkte einer der Köche Pierre, Jean-Marie und Bouboule, die am Rande der Wiese lauerten, herbei, um ihnen einen Karton mit gepökeltem Rindfleisch, das sie Corned Beef nannten, zu überreichen. Mama Margareta machte ein Festessen daraus. Obwohl das Gericht gewöhnungsbedürftig war, übertraf es alles, was die Jungen in den letzten Jahren auf ihren Tellern gehabt hatten. Manche aßen so viel von dem Dosenfleisch, dass ihnen übel wurde und sie erbrechen mussten. Auch in den nächsten Tagen zeigte sich der Koch, der sich Uncle Jerry nannte, ausgesprochen spendabel: neben diversen Fleischkonserven gab es auch Bohnen in Tomatensoße und Tüten mit getrockneten Früchten.

Einmal schenkte der Koch Pierre eine Flasche mit einem bräunlichen Getränk, das im Mund wie Brause sprudelte und einen süßlichen Geschmack hatte. Auf der Flasche stand in schön geschwungener Schrift der Name des seltsamen Gebräus: Coca-Cola.

In jeder freien Minute lungerten die Jungen aus der Kolonie um das Feldlager, wo es vieles zu begaffen und manches abzustauben gab. Schon die Morgentoilette der schwarzen Männer war ein Spektakel. Splitternackt stiegen sie in einen Lastwagen, in dem offenbar Duschen eingebaut waren. Das Wasser für die Badeanstalt lieferte ein Tankwagen gleich daneben.

Wenn die Soldaten sich nachher rasierten, brauchten sie dafür weder Seife noch Klappmesser, sondern nur Klingen, die nachher in eine Abfalltonne wanderten. Tagsüber liefen die Schwarzen meist in Unterhemden umher. Selbst bei regnerischem Wetter trugen sie Sonnenbrillen, was ihnen ein verwegenes Aussehen gab.

Da die Temperaturen noch sommerlich waren und das Wetter trocken blieb, gab es abends auf der Wiese ein Freilichtkino.

Die Jungen schlichen sich dicht an die Absperrung heran, um von ferne dem Schauspiel beizuwohnen.

Die Vorführung begann mit den neuesten Nachrichten von der Front. Dann folgte ein Zeichentrickfilm mit einem Seemann, der ungeheure Mengen an Spinat verschlang, was ihm außerordentliche Kräfte verlieh. Erst dann begann der Hauptfilm, der in Farbe war und in dem eine freizügige Diva die Hauptrolle spielte. Bei jedem ihrer Auftritte wurde sie mit Gegröle und Pfiffen begrüßt. Pierre kannte die Schauspielerin, weil ihr Bild auf nahezu allen Kotflügeln der US-Transporter klebte: sie hieß Jane Russel. Bei schlüpfrigen Szenen und selbst bei harmlosen Küssen veranstalteten die Zuschauer auf der Wiese einen regelrechten Tumult.

Angelockt durch das Gejohle eilte der Abbé mit wehender Soutane herbei, scheuchte die Jungen auf und schickte sie schnurstracks ins Bett. Am nächsten Morgen beklagte er sich gegenüber dem Lehrer Natalis, dass die Disziplin in der Kolonie sehr zu wünschen übrig ließe, seitdem die Amerikaner im Lande wären.

Als die Amerikaner nach einigen Tagen wieder abzogen, hinterließen sie Berge von Müll. Das halbe Dorf suchte die Wiese nach verwertbaren Resten ab. Selbst im Abfall fand sich noch Brauchbares: Seife, Kekse, Rasierklingen, Toilettenpapier. Aus unerfindlichen Gründen hatten die Amerikaner einen Hangar zurückgelassen – zur Freude der Bauern und Handwerker, die ihn rasch zerlegten, um die Wellbleche untereinander aufzuteilen.

Den Menschen, die vier Jahre unter den Deutschen gedarbt hatten, kam es vor, als habe der Himmel ein Füllhorn über sie ausgeschüttet. Von den Boches waren sie nur gewohnt gewesen, dass sie wie Heuschrecken über sie herfielen, plünderten und alles verwüstet zurückließen.

* * *

Für viele Belgier schien der Krieg Ende September 1944 beendet. Für die 300.000 belgischen Kriegsgefangenen und Zwangsarbeiter im Dritten Reich und die unzähligen nach Osteuropa verschleppten Juden dauerte er noch an. Die Regierung war jedoch wieder im Land und versuchte Ordnung in das Chaos zu bringen, das die Besatzer hinterlassen hatten.

In Erwartung des nahen Kriegsendes bemühte man sich, eine vorläufige Bilanz zu ziehen. Nicht nur viele Juden und Freimaurer waren aus rassischen und weltanschaulichen Gründen verschleppt oder umgebracht worden, sondern auch zahllose aufrechte Patrioten. Von allen politischen Parteien hatten die Kommunisten, die die bewaffnete Speerspitze des Widerstandes stellten, die meisten Opfer zu beklagen.

Aber auch die katholische Kirche hatte herbe Verluste erlitten. In Lüttich war der Gebetsbund für Israel förmlich enthauptet worden. Nicht nur der Sekretär Max Van den Berg, sondern auch die geistlichen Räte Ernest Rixon, der Pfarrer von St-Christophe, und seine beiden Kapläne waren im Stalag* des NS-Regimes verschwunden.

Die überlebenden Juden, die nun aus ihren Verstecken auftauchten, begannen eine rastlose Suche nach ihren verschwundenen und verschleppten Angehörigen. Dazu gehörten Tausende von Schattenkindern. Dank der Listen, die das Komitee zur Verteidigung der Juden und der Rechtsanwalt Van den Berg angefertigt hatten, fanden viele Familien wieder zusammen.

Sobald er vom Abbé die Erlaubnis erhalten hatte, war Jean-Marie Thonnar nach Seraing aufgebrochen, um dort ihre Mutter anzutreffen. Ohne dass ihre Söhne es ahnten, war sie über die letzten Jahre nur wenige Kilometer von Stoumont entfernt im Dörfchen Werbomont versteckt gewesen. Dort hatte sie als Magd und Köchin auf einem Bauernhof gearbeitet.

Pierre erinnerte sich später, dass ihn die Betteltouren für die Kolonie einige Male in dieses kleine Dorf geführt hatten. Er stellte sich vor, wie es gewesen wäre, wenn er sie bei einem seiner Bittgänge zufällig angetroffen hätte. Auch die Mutter hatte keine Ahnung gehabt, dass ihre beiden Söhne, die sie so sehr vermisste, in ihrer unmittelbaren Nachbarschaft lebten.

Nachdem Jean-Marie die Mutter daheim angetroffen hatte, benachrichtigte er telefonisch Pierre, damit der nach der erforderlichen ärztlichen Untersuchung durch das Nationale Kinderhilfswerk aus der Kolonie entlassen wurde. Pierre packte in aller Eile einige Habseligkeiten in einen Pappkarton. Obenauf legte er den Plüschhasen und die Briefe an seine Mutter. Er vergaß nicht, einige Kriegssouvenirs einzustecken: die gesammelten Flugblätter, einige amerikanische Patronen und eine deutsche Gasmaske, die er im Wald gefunden hatte. Nachdem er vom Abbé, den Erziehern und den Kameraden Abschied genommen hatte, beeilte er sich zum Bahnhof zu kommen

Elsa Rozenberg, die das Wiedersehen mit ihrem jüngsten Sohn nicht erwarten konnte, kam ihm bis Lüttich entgegen. Im Bahnhof schloss sie überglücklich ihren Kleinen, der in den letzten Jahren einen ordentlichen Schuss getan hatte, in die Arme. Sie hatten alle drei überlebt und waren wieder vereint.

Wenn sie abends zusammen in der Kammer saßen, dachten alle – ohne es auszusprechen – wie schön es wäre, wenn der Krieg zu Ende wäre und der Vater heimkehren würde. Sogar Roro hatte mitfühlende Gedanken für den Vermissten. Er meinte, Ariel Rozenberg werde sicherlich traurig sein, wenn er feststellen werde, dass seine geliebte Trompete nicht mehr da sei.

Nicht nur Jean-Marie und Pierre, auch Roro hatte sich verändert. Er war reifer und selbstbewusster, aber auch aufmüpfiger geworden. Mit seinen neun oder zehn Jahren hatte er für ein Plüschtier ein respektables Alter erreicht. In den Jahren, die er im Spind verbracht hatte, hatte er genügend Zeit gehabt, um über seine Zukunft nachzudenken. Wie er Pierre gestand, war er zu der Einsicht gekommen, dass er nicht ewig sein Anhängsel bleiben konnte. Irgendwann werde Pierre seiner überdrüssig.

Dann würde er ihn in eine Kiste stecken oder in der Rumpelkammer ablegen, bis er vergessen sein würde.

Nun, da er dem Krieg entronnen war, wollte Roro ein Leben als freier Feldhase führen und dieses selbstständig gestalten. Wie Pierre in einem Brief an Arnaud, der in Stoumont geblieben war, erläuterte, schwebte ihm eine Karriere als Wissenschaftler vor. Seine Studien zum Osterhasen hätten ihn auf den Geschmack gebracht. Das Forschungsfeld, habe Roro behauptet, sei sehr weit, denn der Feldhase, den die Wissenschaft Lepus europaeus nenne, habe im Laufe der Jahrhunderte nahezu alle Kontinente erobert. Nicht nur die alten Griechen, auch Indianer und Chinesen hätten ihn in Ehren gehalten und sogar mit den Mondgottheiten in Verbindung gebracht. Nein, habe Roro ihm versichert, langweilig würde ein Leben als Privatgelehrter nicht werden.

Das Haus in der Rue du Buisson war in einem desolaten Zustand, weil die Nachbewohner es gründlich verschandelt hatten. Die Mutter nahm es gelassen. Sie meinte, verglichen mit den Ausgebombten, den Vertriebenen und Heimatlosen, die überall umherirrten, hätten sie allen Grund dankbar zu sein, denn sie hätten immerhin ein Dach über dem Kopf. Sie war zuversichtlich, dass nach dem Sieg der Alliierten über Deutschland der Vater heimkehren würde. Mut machte ihr, weil immer mehr Überlebende auftauchten, die man tot geglaubt hatte. Alle hofften nun, dass dieser verdammte Krieg bald vorüber sein werde.

Tiefe Bestürzung löste in der jüdischen Gemeinde die Nachricht vom Schicksal Nathan Goldsteins und seiner Ehefrau Hanna aus. Sie waren mit dem letzten Konvoi, der im Juli die Kaserne in Mechelen verlassen hatte, nach Osten verschleppt worden.

Tragisch waren die Umstände ihrer Verhaftung gewesen. Demnach war der Kantor in Erwartung der Befreiung durch die Amerikaner leichtsinnig geworden und hatte es an Vorsicht und Wachsamkeit fehlen lassen. Obwohl es ihm verboten war, ging er in warmen Sommernächten, wenn alle schliefen, mit seinem Schtreibel* auf dem Kopf und einem Gebetsschal um die Schultern in den Garten, um dort halblaut seine Gebete zu verrichten.

Bei Vollmond muss ihn ein Nachbar gesehen haben, denn wenige Tage später stürmte ein Kommando der Gestapo Stevens Haus, durchsuchte es vom Keller bis zum Dachboden, bis es dort das Ehepaar vorfand und es mit Fußtritten und Schmähungen die Treppe hinunter auf die Straße trieb.

Auch Jean- François Stevens, ihr Quartiermeister, wurde verhaftet. Als Fluchthelfer von Juden drohte ihm die Todesstrafe. Gleich nach dem Überfall hatte seine Frau Florentine ihren Sohn Jean mit dem Fahrrad nach Stockay geschickt, um dort Alarm zu schlagen, weil sie ahnte, dass die Gestapo, die gewöhnlich allen Spuren nachging, auch dort auftauchen würde.

Goldsteins Tochter Bad-Sebah und ihr Mann Aaron versteckten sich in einem nahen Wäldchen, wo Mitglieder des Widerstands sie fanden und in Sicherheit brachten. Die kleine Tochter ließen sie bei ihrer Amme Geneviève zurück. Als die Gestapo in Stockay auftauchte, fand sie in dem Haus nur ein altes belgisches Ehepaar und eine ledige Mutter mit ihrem Kleinkind vor.

Nach Stevens Verhaftung wurde seine Frau Florentine bei der Feldkommandantur vorstellig, um die Freilassung ihres Mannes zu erwirken. Als man sie schroff abwies und selber mit Verhaftung bedrohte, schaltete sich der Eigentümer der Bank, Baron Nagelmackers, ein, der mit dem Platzkommandanten von Lüttich Ranze persönlich bekannt war.

Der Baron hinterlegte eine beträchtliche Geldsumme, um den Leiter seiner Bank freizukaufen. Obwohl er auch eine saftige Summe für die Auslösung der verhafteten Goldsteins zahlte, blieben diese entgegen den Absprachen in Haft. Sie verschwanden im Holocaust.

Bad-Sebah und ihr Ehemann Aaron kehrten nach der Befreiung mit ihrem Töchterchen nach Lüttich zurück. Da ihre Eltern als verschollen galten, nahmen sie den kleinen Ben bei sich auf, als er aus Stoumont zurückkehrte.

Im November meldete sich Hirsch Goldstein aus Südfrankreich zurück. Das Städtchen Grasse in der italienischen Besatzungszone hatte sich als sicheres Refugium erwiesen, weil die Italiener weit weniger als die Deutschen darauf erpicht waren, Juden zu jagen. Hirsch eröffnete wieder seine Zahnarztpraxis in Lüttich, obwohl es noch an Medikamenten und medizinischen Instrumenten mangelte. Mademoiselle Dupuis trat wieder ihre Stelle als Sprechstundenhilfe an.

Irgendwann tauchte auch der smarte Vetter Fred auf. Er gehörte zur belgischen Brigade Piron, die mit den Engländern Brüssel befreit hatten. Jean-Marie und Pierre staunten über den feschen Kampfanzug mit dem grünen Barett in der Schulterklappe.

Als Fred vom Schicksal seiner Eltern hörte, war er tief getroffen und ungewohnt schweigsam. Doch bald war er wieder der Strahlemann von eh und je, schwärmte von Jazz und Swing und rauchte unablässig Zigaretten der Marke Lucky Strike. Wie er ihnen damals in Carcassonne angekündigt hatte, war er über Schleichpfade nach Spanien und von dort nach Portugal gelangt. Dort hatte er auf einem Schiff angeheuert, das nach Kuba auslief. Mit einem Frachter ging es zurück nach England, wo er dem belgischen Korps beitrat, um gegen die Deutschen zu kämpfen.

Die Brigade Piron bestand ursprünglich aus einem Häufchen versprengter belgischer Soldaten, die dem Hexenkessel von Dünkirchen entronnen war. Bald wuchs sie durch entlaufene Kriegsgefangene und Überläufer zu einer kampfkräftigen Truppe von 5.000 Mann an. So lange England die Gefahr einer deutschen Invasion drohte, wurden die Belgier als Wachen an der Kanalküste eingesetzt. Nach der Landung in der Normandie hatte die Brigade an allen wichtigen Schlachten teilgenommen. Nun rüstete sie sich für den Endkampf.

Auch Fred wollte nicht ruhen, bis er diesen blutrünstigen Wolf Adolf Hitler in seiner Höhle aufgespürt und unschädlich gemacht habe – egal ob er sich in einem Keller in Berlin oder in einer Höhle in den Alpen verkrochen hatte. Was seine Zukunftspläne betraf, stand fest, dass er nach dem Krieg nach Amerika auswandern würde, um es dort zum Millionär zu bringen.

Die wirtschaftliche Lage in Belgien war trostlos. Viele Menschen waren arbeitslos, weil die Fabriken wegen der Kriegszerstörungen oder aus technischen Gründen geschlossen blieben. Im November erhielt Elsa Rozenberg eine Anfrage des Roten Kreuzes, ob sie Kenntnisse über den Verbleib von Hedwig Meyer, nunmehr siebzehn Jahre alt, Tochter von Siegmund und Gerda Meyer geborene Scholl, früher wohnhaft in Antwerpen, habe. Ihre Mutter suche nach ihr.

Elsa Rozenberg war hocherfreut, ein Lebenszeichen ihrer tot geglaubten Kusine zu erhalten. Sie ließ sie wissen, dass ihre Tochter wohlbehalten durch den Krieg gekommen war. Sie habe eine Zeit lang im Hause des Bankiers Stevens gelebt und sei später in ein Frauenkloster gebracht worden, wo sie heute noch sei. Sie habe sich wiederholt bei ihr gemeldet, um nachzufragen, ob es Neuigkeiten von ihrer Mutter gäbe.

Gerda Meyer schrieb ihr daraufhin, dass sie durch eine wunderbare Fügung aus einem Zug entkommen sei, der sie nach Osteuropa bringen sollte. Dabei habe sie aber ihren Mann verloren. Später habe sie unter ihrem Mädchennamen Scholl in Hasselt gelebt, wo sie eine Anstellung als Buchhalterin bei einem Bauunternehmer fand.

Elsa Rozenberg lud die Kusine nach Seraing ein, um dort ihre Tochter zu treffen. Da Gerda Meyer in ihrer Korrespondenz durchblicken ließ, dass sie nicht die Absicht hegte, nach Antwerpen zurückzukehren, sondern lieber mit ihrer Tochter nach England auswandern würde, wo ihr Sohn Emil lebe, bot Elsa Rozenberg beiden an, so lange in Seraing zu bleiben, bis sie alle Papiere für die Ausreise beisammen hätten.

Jean-Marie war über die Aussicht, sein Zimmer für längere Zeit räumen und das seines kleinen Bruder teilen zu müssen, nicht begeistert. Das änderte sich schlagartig, als Hedwig erschien. Die Tochter des Konsuls war zu einem hübschen Mädchen herangewachsen, und zur Belustigung der beiden Mütter machte der 15-jährige der 17-jährigen unverhohlen den Hof.

Nachdem Pierre erfahren hatte, dass Gerda Meyer in dem Transport gewesen war, der 1943 von einem Kommando des Widerstandes gestoppt worden war, konnte er ihren Besuch kaum erwarten, um diese unglaubliche Geschichte aus erster Hand zu hören. Der zwanzigste Transport, dem Gerda Meyer wie durch ein Wunder entkommen war, war für die Deutschen nicht so reibungslos abgelaufen wie die vorherigen und die folgenden.

Pierre hatte alle Presseartikel über die heroische Tat gesammelt, die er finden konnte. Was ihn an der Geschichte so begeisterte, war, dass hier ein Jude den Swastikas das Fürchten gelehrt hatte. Wenn dieser Krieg noch länger andauern sollte, würde er diesem Youra Lichwitz, der die jungen Leute angeführt hatte, nacheifern und kämpfen wie ein Löwe, statt sich wie die meisten Juden ohne Gegenwehr zur Schlachtbank führen zu lassen.

Als Gerda Meyer eintraf, musste Pierre sich eine Weile gedulden, bevor er seine Neugier stillen konnte, denn die Konsulin hatte nur Augen und Ohren für ihre Tochter Hedwig. Das Wiedersehen war herzergreifend. Immer wieder musste die Tochter die Umstände ihrer Flucht und ihr Leben als Schattenkind erzählen. Als Hedwig endlich geendet hatte, begann ihre Mutter ihren Bericht. Gleich zu Beginn belehrte Pierre sie, dass laut einer Untersuchung des Innenministeriums insgesamt 25.500 Juden und 352 Zigeuner aus Mechelen verschleppt worden seien.

Als Gerda Meyer die Ereignisse in der Nacht vom 19. April 1943 schilderte, stockte sie immer wieder, weil die Erinnerung daran sie überwältigte. Die knappe Stunde, die sie im Güterzug verbracht habe, sei ihr wie eine Ewigkeit vorgekommen. Jedes Mal, wenn die Lokomotive einen Pfeifton von sich gab, habe es sich angehört, als hätten die Insassen des Zuges in Todesangst um Hilfe gerufen. »Rettet uns, rettet uns«, habe es durch die

Nacht geschallt. Aber sie habe nie daran gedacht, dass jemand den Hilferuf hören würde.

Während sie berichtete, wurde Gerda Meyer öfter von Pierre unterbrochen, weil der alles ganz genau wissen wollte und sie verbesserte, wenn er glaubte, dass sie sich in Einzelheiten irrte. So wusste er beizutragen, dass nach Angaben der Gendarmerie, die alle Unterlagen in Dossin sichergestellt habe, zweihunderteinunddreißig Flüchtende dem Kugelhagel der SS entkommen waren.

Gerda Meyer war etwas irritiert über die ständigen Unterbrechungen dieses vorlauten Bürschchens, der den Neunmalklugen spielte. Schließlich war auch seine Mutter der Besserwisserei überdrüssig und wies Pierre aus dem Raum.

Der fügte sich widerwillig, ließ aber Roro zurück, in der Hoffnung, dass dieser ihm nachher alles en Detail berichten würde. Da er sich aber nicht sicher sein konnte, dass der Hase dieser Aufgabe gewachsen war, hielt er im Treppenhaus an und presste sein Ohr gegen die Tür des Wohnzimmers, um von dem Gespräch nichts zu verpassen. Als Gerda Meyer unter Tränen das tragische Ende ihres Mannes schilderte, tröstete Elsa Rozenberg sie, indem sie meinte, ihr Mann habe zuletzt seine wahre Bestimmung erkannt und diese auch angenommen.

Pierre war von dem, was er hörte, sehr beeindruckt. Als er sich nachher mit Roro austauschte, gestand er, dass er diesen Popanz von einem Kaffeebaron nie sonderlich gemocht habe, aber dessen Haltung im Angesicht des drohenden Todes ihm allen Respekt abnötige. Der Hase schien sich nun seinerseits zu wundern, wie weise und scharfsinnig ein halbwüchsiger Junge sein konnte.

* * *

Im Hause Rozenberg kehrte langsam so etwas wie Normalität ein. Die Mutter hatte inzwischen eine Arbeit in einer Fahrrad-

Fabrik gefunden. Sie verdiente zwar wenig, aber sie brauchte sich nicht mehr so arg zu schinden wie einst in der Fabrique Nationale. Pierre musste sich in den ersten Tagen noch daran gewöhnen, wieder unbeschwert durch die Straßen laufen zu können. Er ertappte sich hin und wieder dabei, dass er an den Häuserwänden entlang schlich, als würden noch überall Gefahren lauern.

Die Sioux hatten sich im Laufe des Krieges aufgelöst. Donnernder Büffel hatte sich bei der Wallonischen Legion gemeldet und kämpfte nun für die Deutschen an der Ostfront. Einige »Blutsbrüder« hatten sich einem Ring von Hehlern und Schiebern angeschlossenen, der mit gestohlenen Waren aus amerikanischen Beständen handelte.

Dass der Krieg noch nicht vorüber und auch noch nicht gewonnen war, bewiesen die zahlreichen Einschläge der Vergeltungswaffen. In drei Monaten schlugen mehr als dreißig V1 und V2 im Raum Lüttich ein. Die Stadt war Ziel von Raketenangriffen, weil die Amerikaner auf einer Maasinsel große Benzin- und Munitionsreserven für ihren finalen Feldzug gehortet hatten. Da die Geschosse oft ungenau waren, richteten sie in dicht besiedelten Gebieten erheblichen Schaden an.

Die deutschen Wunderwaffen waren für jeden Waffennarren eine Herausforderung: Pierre lernte rasch die V1 von den V2 zu unterscheiden. Die ersten veranstalteten ein schreckliches Getöse, um kurz vor dem Einschlag zu verstummen. Dann hieß es schleunigst unter den Tisch springen oder in ein sonstiges Versteck zu kriechen. Die V2 waren heimtückischer. Man hörte sie nicht kommen, und wenn sie einschlugen, war es meist zu spät, um in Deckung zu gehen.

Weil es keine Luftschutzbunker und keine Flugabwehr gab, kamen im Raum Lüttich 2.400 Zivilisten durch die fliegenden Bomben um, mehr als während des alliierten Bombenkrieges. Obwohl die Amerikaner über die Wirkung der deutschen Wunderwaffen landesweit eine Nachrichtensperre verhängt hatten, lagen die Nerven der Bevölkerung blank.

Pierre und Jean-Marie besuchten nun eine höhere Bildungsanstalt, das Collège St-Martin in der Rue de la Province. Abbé Stenne hatte beim Direktor, einem Studienfreund am Seminar, ein gutes Wort für sie eingelegt. Eingetragen waren sie auf ihren richtigen Namen Rozenberg, aber sie benutzten im Umgang mit ihren Mitschülern weiterhin ihre Leihnamen Jean-Marie und Pierre, weil sie fanden, dass die besser zu ihnen passten. Die Brüder passten sich problemlos an: sie nahmen an den Schulmessen teil und empfingen als getaufte Christen auch die Sakramente.

Bald glänzte Jean-Marie wieder mit seinen Schulleistungen. Pierre übte hingegen in der Quinta eifrig die lateinische Deklination: »Rosa, rosa, rosae, rosae, rosam, rosa.« Jeden Tag lernte er etwas mehr von dieser rätselhaften Sprache, die er als Messdiener auswendig heruntergeleiert hatte.

Die Lehrer an der Bischöflichen Schule, von denen die meisten einen Priesterrock trugen, legten nicht nur großen Wert auf moralisches Verhalten sondern auch auf sportliche Übungen und musische Bildung. Der schuleigene Knabenchor hatte Ende September mit den Proben für ein Singspiel nach einem Märchen der Gebrüder Grimm begonnen. Es sollte beim nächsten Schulfest aufgeführt werden. Es handelte von einem Hasen und einem Igel, die eine Wette abgeschlossen hatten, wer von beiden, Langohr oder Swinegel, der Schnellere sei.

Pierre, dessen gute Stimme man rasch erkannt hatte, erhielt eine Hauptrolle. Er sollte die Frau des Igels spielen, die mit ihrem Mann den Hasen düpiert. Als Pierre Roro voller Begeisterung von den Proben erzählte, war dieser davon gar nicht angetan, weil in dem Märchen der Hase immer der Dumme war. Um Pierre zu ärgern, fragte er ihn, ob er wisse, dass er bei der Aufführung Mädchenkleider tragen müsse? Er solle ja aufpassen, sich nicht lächerlich zu machen.

Um die jungen Sänger für das Schauspiel zu motivieren, besuchten sie mit dem Lehrer, der Regie führte, das Grand Théâtre in

Lüttich. Trotz der ständigen Bedrohung durch deutsche Raketen fanden auf der Place de l'Yser jeden Morgen Vorstellungen für Schulen statt. Auf dem Programm stand diesmal eine Farce von Carlo Goldoni: »Der Diener zweier Herren«.

Die Verwirrung, die der durchtriebene Diener Truffaldino am Hof stiftete, sorgte im Saal für Heiterkeit und brausenden Applaus. Das Bühnenstück mit seiner verzwickten Handlung und seinem wunderbaren Dekor war von einem ganz anderen Kaliber als die Bauernschwänke, die Pierre aus den Ardennen kannte.

Pierre und Jean-Marie wären rundum glücklich gewesen – wäre da nicht die ständige Sorge um den Vater gewesen. Seit zwei Jahren gab es kein Lebenszeichen mehr von ihm. Man spürte, dass im Haus eine ordnende Hand fehlte. Seit ihrer Rückkehr befanden sich Mutter Rozenberg und ihre Söhne in einem emotionalen und geistigen Vakuum. Obwohl sie wieder die Synagoge besuchten, trugen die Jungen am Hals weiterhin die wundertätige Medaille, die ihnen Schwester Amanda gegeben hatte. Pierre wäre aus reiner Gewohnheit lieber sonntags in die Kirche gegangen, unterließ es aber, weil das unweigerlich für Ärger in der Familie gesorgt hätte.

Die Wankelmütigkeit der Rozenberg-Söhne blieb der Synagoge nicht verborgen. Eines Tages wurde der Rabbi vorstellig. Efraim Dombrowicz, dem in Banneux angeblich die Jungfrau Maria erschienen war, hatte wieder seine Rolle als Vorsteher der jüdischen Gemeinde eingenommen. Sein Bart war fast wieder so lang wie vor dem Krieg, und im Cheder unterrichtete er wie zuvor die Gebote und Verbote der Thora.

Er erinnerte Elsa Rozenberg daran, dass ihre Söhne Nachkommen Abrahams seien und es an der Zeit wäre, sie für die Bar Mizwa anzumelden. Sie sollten nicht vergessen, was Mizwa bedeute, nämlich Pflicht und Befehl. Das feierliche Gelöbnis, von nun das Gesetz Mose zu befolgen, wäre sicherlich im Sinn ihres verschollenen Mannes: Joshua werde demnächst dreizehn

Jahre alt und damit mündig. Menahim habe schon das vorgeschriebene Alter überschritten.
Pierre sah sich in einer Zwickmühle. Er wusste, was es bedeuten würde, den Gebetsriemen anzulegen, sich den Gebetsschal überzuwerfen und die Stufen der Bima* hochzusteigen, um aus der Thora vorzulesen. Wenn er einmal öffentlich der Halacha, den jüdischen Religionsvorschriften, Folge geleistet habe, gebe es keinen Weg zurück mehr. Er würde unwiderruflich zum Mitglied der jüdischen Gemeinde und müsse alle 613 Gebote Mose einhalten.

Er war zwar nicht prinzipiell abgeneigt, aber auch nicht sonderlich motiviert. Einer von den Sprüchen, die der Vetter Fred, der ein lockeres Mundwerk hatte, lautete: »Lass nicht zu, dass sie über Nacht aus einem Esel einen Ochsen machen«. Obwohl Pierre nicht genau wusste, wie das gemeint war, wollte er sich daran halten.

Der Rabbi machte der Mutter auch Vorhaltungen, dass ihre Söhne statt eines staatlichen ein katholisches Gymnasium besuchten. Dort würden sie christlich indoktriniert, warf er ihr vor.

Am Ende seines Besuches hatte der Rabbi die Unverfrorenheit zu verlangen, die junge Untermieterin der Rozenbergs zu sprechen. Er hatte irgendwie erfahren, dass das Mädchen, das bei ihnen lebte, den Krieg in einem Frauenkloster verbracht und dort eine innere Verwandlung erfahren hatte. Es hieß, sie sei im christlichen Sinne fromm geworden worden und trage sich mit dem Gedanken, Nonne zu werden, was ihre Mutter, die in religiösen Dingen eher gleichgültig war, wenig kümmere, aber ihn als Vorsteher der jüdischen Gemeinde alarmiere.

Als Hedwig erschien, gab sich Rabbi Dombrowicz alle Mühe, ihr die, wie er meinte, kindischen Flausen auszureden. Da Hedwig, die den Rabbi ihren Widerwillen spüren ließ, sagte, sie habe an einem Streitgespräch kein Interesse, wurde der ausgesprochen giftig: Mit ihrer Abkehr von Judentum, warf er ihr vor, hätten die Nazis doch noch ihr Ziel erreicht, die Juden zu vernichten und auszurotten.

Wenige Tage nach dem Besuch des Rabbis klopften zwei weitere Besucher an die Haustür. Eine freundliche Dame und ein adretter junger Mann stellten sich als Abgesandte des Jüdischen Weltkongresses vor. Zuerst dachte die Mutter, es handele sich um Vertreter eines Hilfswerkes aus Übersee, das den überlebenden Glaubensbrüdern zu Hilfe käme. Tatsächlich erkundigte sich die Frau, ob sie und ihre Kinder etwas benötigten. Elsa Rozenberg wollte wissen, ob sie etwas über den Verbleib der verschleppten Juden in Deutschland in Erfahrung gebracht hätten. Ihr Mann gehöre dazu. Die Frau sagte, dafür müsse man leider das Ende des Krieges abwarten.

Dann meldete sich der Mann zu Wort. Er sprach gebrochen Jiddisch mit amerikanischem Akzent. Der Jüdische Weltkongress, sagte er, habe es sich zum Ziel gesetzt, die verlorenen Kinder Israels heimzuführen. Viele versteckte Kinder wären unrechtmäßig adoptiert, manche sogar getauft und als Christen erzogen worden. Manche christlichen Familien weigerten sich nun, die Kinder wieder herauszugeben.

Der Mann sagte, er habe von ihrem Rabbiner erfahren, dass ihre Söhne Joshua und Menahim in einer christlichen Einrichtung eine schreckliche Zeit verbracht hätten. Nun würde ihnen Gelegenheit geboten, in den Schoß Abrahams zurückzukehren. Er lade sie zu einem kostenlosen Jugendlager ein, wo sie ausgiebig die Thora und den Talmud studieren könnten. Damit würden sie von dem religiösen Trauma, dem sie ausgesetzt gewesen seien, befreit.

Pierre hätte dem Mann gerne widersprochen. Er hatte nicht den Eindruck, dass man ihm in Stoumont Gewalt angetan hatte. Die schreckliche Zeit, die der Mann ständig im Munde führte, hatte er durchaus in anderer Erinnerung. Er spürte, dass man ihn einer Gehirnwäsche unterziehen wollte, damit er alles verleugne, was man ihm in Stoumont beigebracht hatte und den Überzeugungen, die er dort gewonnen hatte, abschwöre.

Er wagte nicht, sich in dem Streit, den die Mutter mit dem Mann austrug, einzumischen, aber er atmete hörbar auf, als sie sehr reserviert auf das Angebot reagierte. Sie sagte, sie habe ihre Kinder lange schmerzlich vermisst und verspüre keine Lust, sie schon wieder in fremde Hände zu geben.

Der Mann wurde ärgerlich und sagte, dieses Land sei nicht gut für die Juden. Von den Juden, die im Untergrund gewesen wären, wären bereits Fünftausend nach Palästina ausgewandert, und es würden immer mehr. Sie sollte einmal darüber nachdenken. Er könne ihnen behilflich sein, dort eine neue glückliche Existenz zu gründen.

Elsa Rozenberg verstand das als versteckte Drohung. Sie sagte, sie habe keine Lust auszuwandern, solange das Schicksal ihres Mannes nicht geklärt sei. Der Mann ließ nicht locker: er warf ihr vor, sie benehme sich wie eine Ungläubige und begehe Verrat am eigenen Volk. Nun reichte es ihr. Sie knallte den Emissären des Jüdischen Weltkongresses einfach die Türe vor der Nase zu.

Die Rückkehr des Krieges

Der Lütticher Bahnhof, ein pompöses Bauwerk aus der Belle Époque, hat den Krieg bis auf einige Einschüsse heil überstanden. Als Pierre die Bahnhofshalle betritt, wundert er sich, dass an einem gewöhnlichen Werktag wie dem Samstag so wenige Fahrgäste unterwegs sind. Als er den Fahrschein löst, weist ihn der Schalterbeamte darauf hin, dass er für Stoumont den Zug in Richtung Luxemburg nehmen, aber bereits in Rivage umsteigen müsse, um die Regionalbahn nach Trois-Ponts zu nehmen.

Auf dem Bahnsteig herrscht kaum Betrieb. Die wenigen Reisenden, die sich die Füße vertreten, sprechen im Flüsterton miteinander, so wie sie es in den Zeiten der Besatzung gewohnt waren, als es von Spitzeln und Denunzianten nur so wimmelte. Um den Grund der Nervosität, die überall mit den Händen greifbar ist, zu erfahren, nähert Pierre sich einer Gruppe von wartenden Reisenden, um sie zu belauschen.

Es ist von Gefechten an der belgischen Grenze und von deutschen Truppenbewegungen die Rede. Pierre misst dem Gerede keine Bedeutung bei. Wenn dem wirklich so wäre, hätte die belgische Bahn die internationale Zugverbindung nach Luxemburg, die er ein Stück weit nehmen muss, längst vom Fahrplan gestrichen.

Dass sich die Amerikaner irgendwo an der Grenze Kämpfe mit den Deutschen liefern, ist nichts Neues. Es kann sich nur um ein letztes Aufbäumen der Deutschen handeln. Pierre hat im September mit eigenen Augen gesehen, in welch kläglichem Zustand die Wehrmacht ist. Als die ersten US-Panzer auftauchten, hatten die verhassten Boches sich davongemacht, ohne einen einzigen Schuss abzugeben.

Ihr Rückzug hatte einer wilden Flucht geähnelt. Die paar Lastwagen, über die die Deutschen noch verfügten, dienten nur dazu, Beutegut wegzuschaffen. Nein, die Deutschen waren geschlagen und würden es nicht wagen, noch einmal gegen die übermächtigen Amerikaner anzutreten.

Seit Tagen herrscht südlich der Maas trübes, nasskaltes Wetter. Im Zugabteil ist es lausekalt, weil der Wind durch alle Ritzen fegt. Die Personenzüge der belgischen Staatsbahn, soweit sie im vierten Kriegsjahr überhaupt noch verfügbar und einsetzbar sind, haben während der deutschen Besatzung sehr gelitten. Die wenigen Reisenden haben sich in dicke Mäntel gehüllt, um die Kälte halbwegs zu ertragen. Auch Pierre friert, obwohl er unter der Jacke einen dicken Pullover trägt. Seine eiskalten Finger schiebt er hin und wieder unter die Achselhöhlen, um sie aufzuwärmen.

Der Zug rumpelt durch scheinbar menschenleere Ortschaften. In jeder Kurve spürt man, wie marode das Schienennetz ist, denn die Reisenden werden ständig geschüttelt und gerüttelt. An jeder Bahnstation steigen einige Fahrgäste aus, aber niemand steigt zu. Pierre schaut sich um. Das Abteil ist nun völlig leer. Es macht einen verlotterten Eindruck. Es fehlen einige Bänke, andere sind notdürftig repariert. Kein Schaffner lässt sich blicken. Pierre kommt es vor, als fahre er in einer Geisterbahn.

Pierre hat die Stationen seiner Reise auf einem Spickzettel notiert. Als er in Rivage den Zug verlässt, um umzusteigen, schlägt ihm der kalte Wind ins Gesicht. Der unbeheizte Wartesaal ist leer, beide Schalter sind geschlossen. Selbst der kleine Kiosk hat die Rollläden herabgelassen.

Auf dem Bahnsteig sind nur zwei Personen. Als der erwartete Schienenbus aus Trois-Ponts in den Bahnhof einfährt, werden die wenigen Passagiere, die aussteigen, von dem Pärchen mit Fragen überschüttet. Doch die zucken mit den Schultern. Nein, von Truppenbewegungen hätten sie nichts bemerkt. Der Mann und die Frau diskutieren eine Weile miteinander und beschließen dann, den Bahnsteig zu verlassen.

Beim Vorübergehen spricht der Mann Pierre an: »Ich gebe dir einen guten Rat, mein Jüngelchen: Mach dich aus dem Staub, bevor es zu spät ist.« Die Herablassung, mit der der Mann ihn behandelt, behagt ihm nicht, aber Pierre ist einen Moment lang verunsichert. Sollte er sich so wie die beiden davonmachen und umkehren? Doch dann gibt er sich einen Ruck. Er wird nicht Reißaus nehmen, sondern jeglicher Gefahr trotzig ins Auge sehen.

Pierre spielt vor Roro gerne den starken Mann. Dabei ist ihm selber etwas bange vor der eigenen Courage. So ganz selbstlos und uneigennützig war seine Entscheidung, unverzüglich nach Stoumont aufzubrechen, auch nicht gewesen.

Pierre freut sich darauf, in ein paar Stunden Bouboule wiederzusehen. Der hat es vorgezogen in der Kolonie zu bleiben, bis Klarheit über das Schicksal seiner Eltern besteht. Außerdem will er in der Nähe seiner Schwester bleiben, die aus dem gleichen Grund bis auf Weiteres in der Obhut der Vinzentinerinnen bleibt. Insgeheim hofft Pierre, obwohl er das nie eingestehen würde, seinen heimlichen Schwarm, die kleine Melanie Polet, wiederzusehen.

Ursprünglich hatte er gehofft, Mendel würde ihn nach Stoumont begleiten. Doch der verspürte dazu keine Lust, weil er die Schulferien, die gerade begonnen hatten, lieber mit alten Freunden und Spielkameraden, die er so lange vermisst hatte, verbringen wollte. Außerdem hat er sich in die hübsche Hedwig verguckt, die neuerdings bei ihnen zur Untermiete wohnt.

Der Mutter war mulmig zumute, als sie hörte, Pierre werde allein aufbrechen. Die Zeiten seien noch unsicher, hatte sie ihn gewarnt. Gestern habe man in der Stadt erzählt, die Deutschen wären an der luxemburgischen Grenze zu einer Offensive angetreten.

Als Pierre das hörte, hatte er patzig geantwortet, er kenne sich in diesen Dingen besser aus als sie. In der Presse könne sie nachlesen, dass die Deutschen sich hinter ihren Westwall zurückgezogen und dort eingegraben hätten. Das mit der deutschen Offensive sei nur eines von vielen Gerüchten, die täglich die Runde machten. Alle wüssten, dass die Tage der Swastikas gezählt seien. Die ruhmreiche Wehrmacht habe auf ihrem Rückzug aus Frankreich und Belgien so schwere Verluste erlitten, dass sie nur noch zu Abwehrkämpfen fähig sei.

Die Mutter war über seinen Entschluss vor allem deshalb so betrübt, weil sie mitten im Chanukka* waren. Es sollte das erste gemeinsame Lichterfest nach zwei Jahren sein. 1942 war noch der Vater dabei gewesen. Das Fest war damals sehr bescheiden ausgefallen, weil es nichts zu essen gab und sie in einem abgedunkelten Zimmer saßen und nicht wagten, brennende Kerzen auf die Fensterbank zu stellen.

Die Mutter hatte zum kommenden Fest eine neue Menora* aus Zink auf dem Lütticher Flohmarkt am Boulevard de la Sauvenière erstanden. Der Trödler hatte einen ganzen Haufen solcher Kerzenständer besessen. Als sie ihn fragte, ob die vielen Leuchter aus jüdischem Besitz stammten, hatte sich der Händler ahnungslos gegeben.

Die Mutter hatte sich mit den Vorbereitungen alle Mühe gegeben, denn es sollte die Kinder an bessere Zeiten erinnern. Pierre selber hatte wiederholt davon geschwärmt, wie üppig das Lichterfest früher gefeiert wurde. Vor dem Krieg war die ganze Familie am siebten Tag um einen reich gedeckten Tisch versammelt gewesen und im Herdofen hatte eine Gans geschmort, die das ganze Haus mit ihrem Duft erfüllte.

An solch einen Festschmaus war zwar diesmal nicht zu denken, denn im fünften Kriegswinter herrscht Hunger. Die Versorgungslage ist schlechter denn je. In Antwerpen werden statt der dringend benötigten Lebensmittel vor allem Panzer und Kriegsmaterial für die Alliierten umgeschlagen. Grundnahrungsmittel sind auch deshalb rar und teuer, weil die Bauern sich weigern, den Markt zu den staatlich festgelegten Preisen zu beliefern.

Trotz der Notlage hatte die Mutter sich etwas ganz Besonderes einfallen lassen. Sie hatte auf dem Schwarzmarkt einige Dosen Ölsardinen ergattert. Dazu sollte es Kartoffelpuffer und Chleb, polnisches Brot, geben.

Um ihren jüngsten Sohn von seinem Vorhaben abzubringen, hatte Elsa Rozenberg an den fälligen Gehorsam der Kinder gegenüber ihren Eltern appelliert. Darauf hatte Pierre frech erwidert, dass er bald dreizehn Jahre alt sein werde und damit nach dem mosaischen Gesetz volljährig. Er könne also selbst bestimmen, was er zu tun und zu lassen habe.

Da hatte die Mutter resigniert und ihm vorzeitig seine Geschenke zum Fest, warme Socken und einen selbstgestrickten Pullover, überreicht. Dann hatte sie ihm geholfen, sein Bündel zu packen.

Als sie für den Abbé eine Flasche Wacholderschnaps in seinen Rucksack stecken wollte, hatte sie Roro entdeckt. Sie konnte es sich nicht verbeißen, ihren Sohn zu fragen, ob er es normal finde, dass ein Junge, der bald mündig sein werde, immer noch ein Kuscheltier brauche. Pierre tat so, als habe er es nicht gehört. Er war solchen Spott gewohnt und hatte es mit einem Achselzucken quittiert.

Nun sitzt er im Zug und hat Gewissensbisse, weil er seine Mutter so ruppig behandelt hat. Um auf andere Gedanken zu kommen, beginnt er Buchstaben und Figuren auf die beschlagene Fensterscheibe zu malen. Hin und wieder bläst er in die Hände, um seine eiskalten Finger zu erwärmen. Einmal schreibt er ein »P« und ein »M« auf die Scheibe und malt dazwischen ein geschwungenes Herzchen. Das P steht für Pierre, das M für Melanie. Obwohl niemand im Abteil ist, wischt Joshua aus Angst, man könne seine Gedanken lesen, rasch alles ab. Selbst Roro soll nicht wissen, welch innige Gefühle er für ein kleines Mädchen hegt.

Unterdessen rattert der Schienenbus unermüdlich durch das enge Flusstal. Als er den Bahnhof von Stoumont erreicht, steckt Pierre den Hasen wieder in den Rucksack. Das Bähnchen rumpelt im Nebel davon, ohne dass das Trillern und Pfeifen eines Bahnwärters ertönt. Die kleine Station, die mit der angeschlossenen Lagerhalle einem Pferdestall gleicht, ist verschlossen. Auf dem Bahnsteig herrscht gähnende Leere. Selbst die kleine Gastwirtschaft nebenan hat geschlossen.

Pierre schaut sich um, um zu sehen, ob der Abbé wie versprochen da ist, um ihn abzuholen. Er hat sich offensichtlich verspätet: Ob er ihn vergessen hat? Vielleicht hat er Wichtigeres zu tun.

Um diese Jahreszeit lässt sich die Sonne hier unten im Tal nur selten blicken. Der Morgen und der Abend gehen dann unmerklich ineinander über. Im Dezember ist die Natur an einem Tiefpunkt angelangt. Der Nebel, der selbst tagsüber über dem Tal liegt, ist so dicht, dass Pierre den Fluss nicht sehen kann, sondern nur sein Rauschen hört. Als er näher kommt, sieht er, dass die jüngsten Regenfälle die Amel in ein reißendes Gewässer verwandelt haben.

Mit der Amel verbinden ihn schöne Erinnerungen. Aber nun wirkt das Flüsschen kalt und abweisend. Mit dem hohen Wasserstand sind tote Äste, Stroh und Müll ans Ufer angeschwemmt worden. Die knorrigen Weiden, die selbst im tiefsten Winter Knospen treiben, recken mutlos ihre dürren Finger in den Himmel und scheinen ohne jede Lebenskraft.

In Erwartung des Pfarrers setzt Pierre sich unter das Vordach des Bahnhofes. Da er etwas Hunger verspürt, knabbert er den Kuchen an, den die Mutter zum Fest gebacken. Sie hat ihm ein großes Stück als Reiseproviant mitgegeben. Auch Roro kriegt ein paar Krümel ab. Im Kuchen sind sogar Rosinen drin. Die gibt es erst wieder, seitdem die Amerikaner im Land sind.

Pierre rätselt, wo der Abbé bleibt. Hat er ihn vergessen? Hat er sich etwa im Datum oder in der Uhrzeit geirrt? Vielleicht ist der Abbé gerade unabkömmlich? Pierre erinnert sich, dass vor Weihnachten in der Pfarrei viel Arbeit anfällt. Die Kirche muss gründlich geputzt und der Altar geschmückt werden. Im Wald müssen Christbäume geschlagen, Brennholz für den Ofen in der Krypta und Moos für die Krippe gesammelt werden.

Als sich nach einer geschlagenen Stunde immer noch nichts tut, beschließt er, sich zu Fuß auf den Weg zu machen. Vom Bahnhof bis zum Dorf sind es vier Kilometer. Die Straße, die steil den Hügel hochführt, ist in miserablem Zustand. Bis auf kümmerliche Reste ist der Asphalt von Schnee und Regen weggeschwemmt worden. Die Landschaft um ihn herum, die ihm so vertraut ist, kommt ihm fremd, ja feindselig vor – so als bewege er sich in einer Schimäre, in einem Trugbild.

Im Örtchen Targnon auf halbem Weg zum Dorf setzt Nieselregen ein. Obwohl es schon duster ist, sieht man im Weiler kein Licht. Wäre da nicht das Bellen eines Hofhundes, man könnte glauben, es wäre eine Wüstung, die von ihren Bewohnern aufgegeben wurde.

* * *

Als Pierre das Pfarrhaus erreicht, dämmert es bereits. Er wundert sich, dass innen kein Licht brennt. Da niemand auf sein Klingeln und Klopfen reagiert, hockt er sich auf die Stufen des verschlossenen Presbyteriums und harrt der Dinge, die da kommen sollen.

Pierre ist klatschnass und schlottert vor Kälte. Leichter Schneefall hat inzwischen den Nieselregen abgelöst. Er sieht, wie der Schnee eine dünne Decke über die Dächer der umliegenden Häuser zieht. Die Häuser erinnern ihn an eine Herde von Schafen, die sich aneinander drängen, um etwas Schutz zu finden, als fürchteten sie, dass von irgendwo eine Gefahr heraufzieht

Unwillkürlich steigt in ihm die dumpfe Angst wieder hoch wie damals als Kind, als er sich von allen verlassen glaubte. Um seine düsteren Gedanken zu vertreiben, öffnet er rasch seinen Rucksack, greift nach Roro und drückt ihn fest an seine Brust.

Es ist schon dunkel, als er endlich ein vertrautes Knattern vernimmt. Pierre kennt dieses Knallen und Krachen, das manchmal vom Schuss einer Motorzündung unterbrochen wird. Diese Art von Lärm macht nur Stennes legendäre Knatterbüchse, eine Durandel Baujahr 1928.

Während der Besatzungszeit, als alle Fahrzeuge requiriert wurden, hatte der Abbé sein Motorrad unter einer Decke in der Sakristei versteckt. Das nötige Benzin für seine Ausfahrten hatte er sich bei Dr. Robinson besorgt, der für seine ärztlichen Visiten eine gewisse Menge des rationierten Treibstoffs bezog. Pierre wusste das so genau, weil er mehrmals in einer Milchkanne ein paar Liter Benzin abgeholt hatte.

Wenn der Abbé mit seinem Motorrad unterwegs war und von einer Polizeistreife angehalten wurde, täuschte er einen Versehgang vor. Deshalb hatte er in seiner Satteltasche immer die nötigen »Hilfsmittel« für die Letzte Ölung dabei. Mit diesem Trick war er während des Krieges mobil geblieben.

Das Motorrad biegt auf den Kirchplatz ein und bremst vor seinen Füßen. Der Abbé trägt über seiner Soutane eine abgewetzte Lederjacke, dazu eine Kopfhaube und einen Wollschal. Er sieht ziemlich verwegen aus. Während er die Motorradbrille hochschiebt, entschuldigt er sich für die Verspätung: »Sapperment, ich bin in eine Straßensperre geraten. Die haben mich stundenlang festgehalten. Darum bin ich so spät.«

Dann wechselt er das Thema: »Pierrot, kennst du schon die Neuigkeiten?« Der schüttelt den Kopf, ahnt aber nichts Gutes. »Es heißt, die Deutschen würden angreifen. Es scheint eine größere Sache zu sein. Die Amerikaner sind jedenfalls sehr nervös. Sie vermuten überall Spione. Darum die vielen Kontrollen. Meinen Ausweis haben sie gar nicht beachtet. Stell dir vor, sie haben mich für einen Fritz gehalten, der sich verkleidet hat.« Er muss selber über sein Missgeschick lachen. »Zum Glück kam irgendwann einer vorbei, der mich kannte und sie darüber aufklärte, dass ich der Kaplan in dem Dorf da oben sei. Sonst hätten die mich dabehalten.«

Der Abbé wirkt angespannt: »Diese Amerikaner sind nette Burschen, aber sie benehmen sich manchmal wie Kinder. Sie sind so siegessicher, doch sie sollten die Deutschen nicht unterschätzen. Denen ist alles zuzutrauen.« Er wundere sich jedenfalls immer wieder über die Einfalt der Amerikaner. Seit

Tagen könne er sie aus nächster Nähe beobachten, da eine Fernmeldeeinheit ihre Zelte neben dem Hôme St-Hubert aufgeschlagen habe.

Gestern Abend seien alle Soldaten nach Eupen kutschiert worden, weil dort Marlene Dietrich ein Gastspiel geben sollte. »Kennst du Marlene Dietrich?«, fragt er unvermittelt. Pierre nickt, obwohl er sich nicht ganz sicher ist. »Das ist eine berühmte Schauspielerin. Eigentlich ist sie eine Deutsche, aber eine gute Deutsche. Wie viele andere Künstler hat sie sich für die Truppenbetreuung an der Front gemeldet. Sie sollen den Soldaten Mut machen und sie für ein paar Stunden auf andere Gedanken bringen.«

Das Gastspiel habe in Eupen stattgefunden, weil die Stadt an der deutschen Grenze den Krieg fast unversehrt überstanden habe. Die Amerikaner hätten in Städten wie Eupen und Spa alle Hotels, Gaststätten und Säle requiriert, damit ihre Soldaten sich dort vergnügen könnten, als Urlaub von der Front sozusagen.

Pierre hat von diesen Recreation Centers gehört, weil sein Bruder Jean-Marie eines in Chaudfontaine vor den Toren Lüttichs besucht hat, um mit den Amis Geschäfte zu machen.

»Bei der Abfahrt«, fährt der Abbé fort, »waren die Boys noch außer Rand und Band. Aber gegen Mitternacht waren sie schon wieder zurück, weil sich die Schreckensnachricht verbreitet hatte, deutsche Panzer stünden vor den Toren der Stadt. Das habe zwar nicht gestimmt, aber die Diva habe mitten in der Vorstellung ihr Konzert abgebrochen und überstürzt die Koffer gepackt. »Alle mussten auf schnellstem Wege in ihre Stellungen zurück. Nun ist der Katzenjammer groß.«

Nun erst bemerkt der Abbé, dass Pierre vor Kälte und Nässe zittert. Er bittet ihn ins Haus und zündet ein Herdfeuer an. Während Pierre den Wacholderschnaps, den seine Mutter mitgegeben hat, aus dem Rucksack holt, fragt er nach Neuigkeiten aus der Kolonie. Der Abbé berichtet, dass nur noch zwanzig Jungen in der Kolonie seien. Die anderen seien entweder in ihre Familien zurückgekehrt oder über die Feiertage in Gastfamilien untergebracht. Unter den verbliebenen Jungen seien zehn Schattenkinder, die auf Nachricht des Roten Kreuzes bezüglich des Schicksals ihrer Familie warteten. Darunter sei auch Bouboule, aber das wisse er sicherlich.

Der Abbé sagt, er sei für ein paar Tage Herr im eigenen Haus, weil seine Schwester über die Feiertage bei Verwandten in Visé, und Paulina, die Haushälterin, in Jalhay bei ihrer Familie sei. Es ärgere sich über die beiden Erzieher, die noch da seien, weil sie lieber den Mädchen im Dorf nachstellten oder in der Dorfkneipe bei der Witwe Grégoire herumhingen, anstatt sich um die Jungen zu kümmern. Zum Glück schaue hin und wieder eine Nachbarin nach ihnen.

Der Abbé redet mit Pierre so, als habe er es nicht mit einem seiner Zöglinge, sondern mit einem alten Vertrauten zu tun. »In den letzten Monaten ist viel passiert. Stell dir vor wir kriegen unsere Glocke wieder. Sie gehört zu den Glocken, die Bahnarbeiter vor ihrem Abtransport nach Deutschland heimlich weggeschafft und in der Nähe eines Güterbahnhofs vergraben hatten. Anhand der Nummer, der Inschrift und des Abbildes des heiligen Hubertus hat man sie identifizieren können. Sie lagert noch auf einer Maasinsel, soll aber bald freigegeben werden.«

Es gebe aber nicht nur gute Nachrichten. Im November sei ein guter Kamerad verstorben, der ihm sehr nahe gestanden habe. Pierre denkt an einen Verwandten oder einen engen Freund, aber der Abbé spricht von seinem Hund: »Der alte Cäsar hat es am Ende nicht mehr gepackt und ist in die ewigen Jagdgründe eingegangen. Ich habe ihn unter dem Apfelbaum im Obstgarten, an dem Platz, den er so geliebt hat, begraben. Nun wird er wissen, ob der liebe Gott einen Himmel für Hunde vorgesehen hat oder nicht.« Der Tod seines Hundes sei auch für das Dorf ein großer Verlust, denn er sei weit und breit der letzte seiner Art gewesen.

Pierre genießt es, so locker und ungezwungen mit dem Abbé zu plaudern. Zum Abendessen gibt es Rührei mit Weißbrot aus amerikanischem Weizen. »Ist es nicht merkwürdig«, sinniert der

Pfarrer, »als wir Hunger hatten und es bitter nötig war, haben die Viecher keine Eier gelegt, und nun, da die Deutschen weg sind, legen sie sogar im Winter Eier am laufenden Band.« Als er die Eier mit frischer Milch verrührt, steigt Pierre ein aparter Duft in die Nase, ein Geruch, den er seit seiner Ankunft in Stoumont nie vergessen hat.

Während des Essens erkundigt sich der Abbé nach seiner Mutter und nach Jean-Marie. Pierre schildert den Kummer daheim, weil es vom Vater keine Nachricht gibt, seitdem die Boches ihn zum Arbeitseinsatz an die Kanalküste verschickt haben. Vermutlich sei er nun in einem Arbeitslager in Polen. Sie hofften alle, dass es nicht mehr lange dauere, bis er freikäme, denn die Russen setzten den Deutschen ordentlich zu. Sie stünden ja bereits an der Weichsel und es werde jetzt nicht mehr lange dauern, bis sie auch in Lodz, in seiner früheren Heimat, seien. Nach dem Essen beten sie einen Rosenkranz in der Meinung, dass bald überall Friede einkehrt und Pierres Vater dann zurückkehren wird.

Beim Abwasch erwähnt Pierre, dass er neuerdings Probleme mit seiner Stimme habe. Er spüre ein seltsames Kratzen im Hals und kriege das Hohe C nicht mehr hin. Er wisse nicht, ob er den Erwartungen, die Mademoiselle für das Duett in der Mitternachtsmette in ihn setzt, erfüllen könne.

»Papperlapapp!«, unterbricht ihn der Abbé. »Mach dir nichts daraus. Das ist völlig normal. Das sind die ersten Anzeichen der Pubertät. Bald kommst du in den Stimmbruch. Dann veränderst du dich. Dann sprießen dir Haare auf Wangen und Brust. Aber bis dahin dauert es noch etwas. Das Problem mit deiner Stimme lösen wir ganz einfach mit einer Zitrone. Ich werde sehen, ob ich bei den Amis eine auftreiben kann. Notfalls hilft auch eine Tasse gesalzener Tee. Das ölt die Stimme. Warte nur ab, du wirst bald wieder singen wie eine Nachtigall.«

Pierre bleibt skeptisch. Er denkt daran, dass Roro ihm gesagt hat, seine Stimme höre sich so an, als wäre er die Treppe heruntergefallen. Er hatte das mit einer gewissen Schadenfreude gesagt, weil er wusste, was das für Pierre bedeuten würde. Wenn seine Stimme versagt, würde er die Hauptrolle im Singspiel vom Hasen und vom Igel abgeben müssen.

Es ist spät geworden. Der Abbé unterrichtet Pierre, dass er im Saal Don Bosco übernachten werde. Die US-Armee habe nämlich sein altes Quartier in Beschlag genommen. »Bevor die Amis auch nur einen Fuß ins Hôme St-Hubert gesetzt haben, haben Sanitäter riesige Mengen an Desinfektionsmitteln versprüht, als wäre alles mit Ratten, Wanzen und Läusen verseucht. Alles, was nicht niet- und nagelfest war, haben sie herausgerissen. Die Holzbetten und eure Strohsäcke haben sie verbrannt und durch Stahlbetten und Matratzen ersetzt. Als Entschädigung haben sie uns einen Stapel Decken aus echter Schurwolle überlassen. Du wirst also kommende Nacht nicht frieren.«

Als Pierre nach Don Bosco aufbricht, ist die dünne Schneedecke bereits geschmolzen. Bouboule erwartet ihn voller Ungeduld. Um die anderen Jungen, die bereits schlafen, nicht zu stören, setzen sie sich in den Vorraum, der bei Veranstaltungen als Garderobe dient. Sie haben sich viel zu erzählen.

Zuerst beraten sie gemeinsam die Kriegslage. Das Gerücht mit der deutschen Offensive scheint Arnaud wenig glaubhaft, weil die Lage an der Westfront seit Wochen stabil sei. Das gute Wetter zu Beginn des Monats hätten die Amerikaner für die Bombardierung strategischer Ziele im Rheinland genutzt, was auf eine baldige Schlussoffensive der Alliierten schließen ließ. Bald würden die Amis den Chleus* den Garaus machen.

Arnaud nennt sich nun wieder Moshe. Entgegen seinen Gewohnheiten ist er ausgesprochen leutselig und erzählt viel von sich und seinen Eltern. Die stammten aus Bessarabien. Lange sei das Land, von dem Pierre nicht weiß, wo es liegt, für Juden ein gelobtes Land gewesen. Über zweihundert Synagogen habe es dort gegeben. Um die Jahrhundertwende habe jedoch ein Pogrom stattgefunden und die Eltern hätten daraufhin beschlossen, auszuwandern. Der Vater habe bis zum Kriegsausbruch in Lüttich eine gutgehende Bäckerei mit vier Gesellen betrieben.

Sein Vater habe das Unglück, dass die Deutschen anrichten würden, kommen sehen und vorgesorgt. Einem Bauern habe er Geld gegeben, damit er ihnen in seinem Vorratskeller hinter Kartoffeln und Rüben ein Versteck einrichte. Ihre Kammer habe sogar einen eigenen Ausgang gehabt, der ihnen als Fluchtweg dienen sollte.

Der Bauer, der sie versteckt hatte, sei jedoch beim Schwarzschlachten erwischt worden und bei einer Hausdurchsuchung hätte die Gestapo auch seine Eltern entdeckt. Den Bauern hätten sie ins KZ Breendonk gesteckt, die Eltern seien nach Mechelen in die Kaserne Dossin gekommen.

Zum Glück hätten die Eltern ihn und seine Schwester rechtzeitig in die Obhut des Komitees für die Verteidigung der Juden gegeben. Zuerst hätte man ihnen wechselnde Quartiere bei Privatleuten besorgt. Irgendwann habe man sie getrennt. Die Schwester sei in ein Waisenhaus in Verviers und er nach Banneux gekommen. Am Ende seien sie beide in Stoumont gelandet.

Von seinen Eltern, sagt Bouboule, habe er nichts mehr gehört. Aber er bleibt zuversichtlich: »Es wird ihnen nichts passieren, weil der Allmächtige über sie wachen wird. Wir vertrauen auf ihn. Im Buch der Psalmen heißt es: ›Der Herr ist meine Stärke und beschützt mich. Ich habe ganz auf Ihn vertraut und Er hat mir geholfen. Darum freue ich mich und danke Ihm …‹«

Bouboule ist stolz darauf, Jude geblieben zu sein. Er sagt, es habe ihn viel Überwindung gekostet, in der Kolonie unreine Speisen zu essen und das auch noch mit Besteck, das nicht gekaschert* sei. »Erinnerst du dich, Pierrot? Wenn es im Speisesaal Suppe mit Speckwürfeln gegeben hat, was selten genug vorkam, habe ich sie anfangs immer meinem Tischnachbarn zugeschoben. Ich hatte Angst, ich könnte mich verunreinigen. Dabei hatte ich ständig Kohldampf. Am Ende habe ich mich in mein Schicksal ergeben und wie alle anderen gegessen, was auf den Tisch kam, um nicht zu verhungern.«

Die religiöse Erziehung, die er genossen habe, sagt Arnaud, sei der Grund dafür, dass er sich hartnäckig und erfolgreich den Bekehrungsversuchen des Abbés widersetzt habe. »Selbst wenn ich mich zum Schein hätte taufen lassen, ich hätte meinem Vater nicht mehr in die Augen treten können. Dann hätte ich mir auch die Bar Mizwa abschminken können.«

Es habe einige Zeit gedauert, bis der Abbé eingesehen habe, dass bei ihm alle Bekehrungsversuche vergeblich seien. »Schließlich haben wir einen Kompromiss geschlossen: Er hat in der Kolonie das Gerücht verbreiten lassen, dass ich ein Protestant sei. Damit blieb mir die Taufe erspart und ich war vom Empfang der Sakramente befreit.«

Aber die christlichen Gebetsübungen habe er mitmachen müssen. Dabei habe er sich über mancherlei geärgert, was er da zu hören bekam. Zum Beispiel die Sache mit der Erbsünde: »Kannst du das verstehen? Wenn ein Christ gesündigt hat, muss er zur Beichte gehen. Er braucht also die Vermittlung eines Priesters, eines Menschen, um mit dem Allmächtigen ins Reine zu kommen. Da haben wir Juden es einfacher. Wir brauchen nur einmal in eine Mikwe einzutauchen, um uns von aller Schuld zu reinigen.«

Da Pierre ihn fragend anschaut, fragt er: »Weißt du nicht, was eine Mikwe ist?« Es klingt herablassend. Pierre schüttelt den Kopf. Nein, er hat keine Ahnung. »Die Mikwe ist ein rituelles Bad«, belehrt ihn Bouboule: »In Bessarabien gab es in jeder Gemeinde ein besonders Becken. Jedes Mal, wenn ein frommer Jude glaubte, sich verunreinigt zu haben, stieg er die sieben Stufen hinunter und tauchte unter. Da es in Lüttich kein einziges Judenbad gab, hat mein Vater sich eines bei uns im Keller einrichten lassen. Es ist wasserdicht verputzt. Das Wasser wird über eine Regenrinne in den Keller geleitet.«

Bouboule lässt den Freund, der gewöhnlich den Ton angibt, spüren, dass er ihm in Dingen, die die Religion betreffen, überlegen ist. Er will wissen, wie Pierres Familie es mit der Thora und dem Talmud hält. Pierre weicht aus, betont aber, dass sein

Vater schon in Polen Metzger und Schächter war. Dass er in Seraing sein Geld vor allem mit treifem* Fleisch verdient hat, verschweigt er.

Er wechselt lieber das Thema und beginnt vom Gymnasium zu erzählen und vom Pfadfinderstamm, dem er nun angehört: »Stell dir vor, sie haben uns von Kopf bis Fuß neu eingekleidet, weil die Jungen, denen die Klamotten gehören, während des Krieges aus den Sachen herausgewachsen sind. Nun haben Jean-Marie und ich eine komplette Kluft mit einem blauen Hemd, einer Cordhose, einem echten Rangerhut und einem Ledergürtel mit Metallschnalle. Sogar Sockenhalter, wie sie die Schotten tragen, haben wir bekommen.«

* * *

Am nächsten Morgen frühstücken sie gemeinsam im Pfarrhaus. Roro ist übel gelaunt, weil er trotz der warmen Decke schlecht geschlafen hat. Er hat die ganze Nacht über verdächtige Motorengeräusche gehört und ist sich sicher, dass sie nicht von alliierten Bombern sondern von deutschen Dornier- und Junkermaschinen stammten. Seinen langen Löffeln entgeht nichts. Als er Pierre seine Beobachtung mitteilt, hat der seine Zweifel. Es ist schon lange her, dass deutsche Flieger am Himmel gesichtet wurden. Auch weiß er nicht, was er mit dieser Information anfangen soll. Soll er eine Warnung aussprechen? Wer würde schon einem Plüschhasen Glauben schenken?

Roro hat sich nicht getäuscht: die Luftwaffe hat ihre letzten Reserven mobilisiert und alle Transportmaschinen zusammengezogen, über die sie noch verfügt. In der Nacht sind im Hohen Venn 1.200 Fallschirmjäger abgesprungen. Der Brüsseler Rundfunk weiß davon nichts. Er meldet nur einen starken Beschuss des Hafens von Antwerpen durch Hitlers Wunderwaffen. Die Nachricht des Tages ist, dass eine Rakete das Kino Rex in der Keyserlaan während einer ausverkauften Vorstellung getroffen hat. 600 Tote und einige Hundert Verletzte seien zu beklagen. Die meisten seien US-Soldaten gewesen.

Deutsche Angriffe an der Westfront werden in den Nachrichten nicht erwähnt. Den Abbé scheint das zu beruhigen. »Die Gerüchte über eine deutsche Offensive erweisen sich mal wieder als Blödsinn. Sollten die Deutschen es wirklich wagen anzugreifen, werden sie nicht weit kommen. Die Amerikaner sind den Deutschen haushoch überlegen. Die US-Army ist wie eine Dampfwalze, die über alles hinweg rollt und jeden Widerstand zermalmt. Da bin ich mir sicher.«

Sie ahnen nicht, dass eine Großoffensive der Wehrmacht unter dem Decknamen »Herbstnebel« schon angelaufen ist. Die Front erstreckt sich über 92 Kilometer quer durch die Eifel von Monschau im Norden bis nach Echternach im Süden. Nach einem mörderischen Trommelfeuer haben am frühen Morgen des 16. Dezember drei deutsche Armeen auf breiter Front losgeschlagen. Der Angriff erfolgt mit äußerster Härte.

Die Amerikaner an der Reichsgrenze sind völlig überrumpelt und verhängen eine Nachrichtensperre, die an der Front für Verwirrung sorgt und im Hinterland Sorglosigkeit stiftet. Die Alliierten zweifeln immer noch, dass die Deutschen es ernst meinen. Es wäre doch töricht, ausgerechnet in der kalten Jahreszeit auf so schwierigem Gelände einen Angriff zu wagen. Sie glauben die Wehrmacht nach den Niederlagen der letzten Monate bereits geschlagen. Die Amerikaner fühlen sich ihrer Sache so sicher, dass sie in die Ardennen, einem seit Monaten ruhigen Frontabschnitt, Rekruten verlegt haben, die noch in der Ausbildung sind.

Während Pierre und der Abbé frühstücken, sind die Angreifer bereits 100 Kilometer weit vorgerückt. Vor dem Hochamt um halb elf Uhr geht Pierre noch nach Don Bosco, um Bouboule und seinen Mitbewohnern zu helfen, den Schlafsaal zu räumen, denn für den Abend hat die Dorfjugend das Sälchen für einen Tanzabend gebucht.

Nach dem Gottesdienst versammelt sich der Kirchenchor um seine Dirigentin, um die Mitternachtsmette vorzubereiten. Da inzwischen die Hintergründe ihrer Schwangerschaft bekannt sind, umgibt das Fräulein Dupuis, das früher Zielscheibe von Häme und Spott war, nun eine Aura des Respekts und der Hochachtung. Im Mittelpunkt der Probe steht das Krippenspiel, das der Abbé komponiert hat, und in dem Pierre und Arnaud als Solisten auftreten sollen.

Kaum hat die Probe begonnen, stürmt ein aufgeregter Mann in die Kirche und verlangt nach dem Pfarrer. Er soll rasch ins Sanatorium kommen. Dort gebe es eine handfeste Auseinandersetzung. Der Abbé rennt los, um nach dem Rechten zu sehen. Von Neugier getrieben laufen Pierrot, Arnaud und einige andere Sänger hinterher. Mademoiselle ist verärgert und beendet vorzeitig die Probe.

Am Sanatorium haben Militärpolizisten alle Mühe, die streitenden Parteien zu trennen. Flüchtlinge, die aus dem Tal den Hügel hinauf strömen, verlangen Einlass ins Sanatorium. Sie sprechen Deutsch und kommen aus Dörfern an der Grenze. Sie führen sich auf wie aufgeschreckte Hühner. Sie wissen nicht mehr, wohin sie sich wenden sollen. Die einen laufen die Straße hinauf, die anderen hinunter.

Sie können nicht weiterziehen, weil die Amerikaner ihnen den Weg versperren. Die Amerikaner lassen sie nicht durch, weil sie fürchten, dass eine Massenflucht eine allgemeine Panik verursachen werde. Chaotische Zustände auf den Straßen würden sie daran hindern, Verstärkungen an die Front zu bringen. Der Exodus von 1940 soll sich nicht wiederholen. Etliche Dorfbewohner schwingen sich auf ihre Fahrräder und suchen über Wald- und Wiesenpfade das Weite.

Die, die im Dorf bleiben, bewaffnen sich mit Sensen, Heugabeln und Knüppeln und wollen nicht zulassen, dass die Flüchtlinge ins Sanatorium eindringen. Für viele Wallonen sind diese deutschsprachigen Landsleute, deren Heimat vier Jahre lang zum Deutschen Reich gehörte und deren Väter, Brüder und Söhne immer noch auf deutscher Seite kämpfen, Vaterlandsverräter. Es fallen böse Worte, und es kommt zu Handgreiflichkeiten.

Der Pfarrer und der Bürgermeister geben sich alle Mühe, die aufgebrachten Gemüter zu beruhigen. Angesichts des Widerstandes der Stoumontesen, die Flüchtlinge in die Heilanstalt zu lassen, überredet der Baron die Vinzentinerinnen, ihnen die Jugendherberge neben dem Kloster zu überlassen. Da das Gebäude nicht alle Flüchtlinge fassen kann, bietet der Pfarrer an, die restlichen im Keller seiner Kirche unterzubringen. Im Kellergewölbe haben sich bereits die Nachbarn und die Jungen der Kolonie eingerichtet.

Als diese Deutsch reden hören, kommt es auch hier zu einem Gerangel. In ihren Augen sind diese Chleus Spione. Eine Frau will gesehen haben, wie »einer von diesen da« hinter einer Hecke eine Funkanlage bediente. Die Meinung der Dorfbewohner ist einhellig: die Boches sollen draußen bleiben. Denen kann man nicht trauen. Die würden mit den deutschen Scheusalen gemeinsame Sache machen. Der Abbé spricht ein Machtwort: »Ich bin hier der Hausherr«, brüllt er, »und ich entscheide, wer aufgenommen wird und wer nicht.«

In kurzer Zeit ähnelt das Dorf einem Geisterort. In ängstlicher Erwartung der Dinge, die da kommen werden, verkriechen sich die Dorfbewohner entweder in ihre Keller und Ställe oder mit den ungeliebten Flüchtlingen in den Untergrund der Kirche .

Ungerührt von der allgemeinen Aufregung fährt die Dorfjugend mit den Vorbereitungen für ihren Ball fort. Tatsächlich finden sich am frühen Abend dreißig bis vierzig junge Leute im Saal Don Bosco ein. Ein kleines Orchester spielt auf, aber es will keine rechte Stimmung aufkommen. Die Feiernden werden immer wieder von durchziehenden Flüchtlingen gestört, die von der Musik und den bunten Lampions angelockt werden. Als die Mädchen ängstlich werden und beschließen heimzukehren, ziehen die Burschen nach. Der Ball wird vorzeitig beendet.

Weil das schlechte Wetter Luftaufklärer daran hindert aufzusteigen, hat das US-Oberkommando auch am zweiten Tag der Offensive keine klare Vorstellung von der Gesamtlage. Erst am nächsten Morgen, als ein Hochdruck über dem Atlantik den Himmel für kurze Zeit aufklaren lässt, wird das Ausmaß der Offensive erkannt. Als allen bewusst wird, dass die Deutschen die amerikanischen Linien durchbrochen haben und die Front näher rückt, löst das in der US-Armee und in der Bevölkerung jene Panik aus, die das alliierte Oberkommando unbedingt verhindern wollte.

Pierre hat nur noch einen Gedanken: raus aus dem Keller, bloß weg von hier, solange es noch möglich ist. Er glaubte den Krieg beendet und nun kommt er zurück. Nun bereut er es bitter, dass er nach Stoumont zurückgekehrt ist. Hätte er doch auf seine Mutter gehört! Hätte er doch mit Mademoiselle und den anderen Sängern rechtzeitig die Flucht ergriffen, anstatt zum Sanatorium zu laufen. Nun sitzt er in der Falle. Nur eines ist sicher: er will diesen verfluchten Fritzen* nicht noch einmal in die Hände zu fallen.

Pierre muss wieder an die schreckliche Nacht denken, die er mit seiner Mutter in der Festung von Lüttich verbracht hat. Er denkt an die schlimmen Dinge, die Gerda Meyer über die Kaserne von Dossin erzählt hat. Diese Bilder spuken nun durch seinen Kopf. Er sieht sich mit Roro im Arm von Bluthunden gehetzt auf einen Güterzug zulaufen. Er hört das Knallen einer Schiebetüre, die hinter ihnen ins Schloss fällt. Er hört das Pfeifen der Lokomotive, die sie ins Verderben bringt.

Pierre will nur noch weg von hier. Der Abbé wird es verstehen. Der hat sowieso andere Sorgen. Pierre überlegt, wie er es anstellen soll. Niemand weiß genau, wo der Feind steht und ob er überhaupt bis hierher kommen wird. Die Amerikaner lassen zwar keinen Flüchtling mehr durch, aber er kennt sich gut im Gelände aus. Er weiß, wie man unbemerkt durch die amerikanischen Linien kommt.

Da er sich die Flucht nicht alleine zutraut, bittet er Arnaud mitzukommen, aber der lehnt ab. Er will nicht ohne sein Schwesterchen weg von hier. Aber die Nonnen würden es nie erlauben, dass er sie mitnimmt. Außerdem zweifelt er am Sinn des

Manövers: »Jetzt gilt es die Nerven zu bewahren, Pierrot. Du wirst sehen, die Boches holen sich eine blutige Nase. In ein paar Tagen ist der Spuk vorbei.« Pierre widerspricht: »Schau dich doch um, Bouboule, selbst die Amis packen ihre Sachen und hauen ab.«

Tatsächlich herrscht auf der Obstwiese und im Hôme St-Hubert hektische Betriebsamkeit. Die Amerikaner verladen in aller Eile Geräte und Munitionskisten in Lastwagen und fahren dann mit Karacho über den Bergrücken davon.

Währenddessen erreicht eine neue Welle von Flüchtlingen das Dorf. Diesmal sind es Bewohner der Nachbardörfer. Manche tragen kleine Kinder auf den Schultern, andere schieben Handkarren und Kinderwagen vor sich her. Hier und da hat ein Bauer ein paar Kühe im Schlepptau. Alles erinnert an 1940.

Die Flüchtlinge sind vor Angst völlig aufgelöst. Einwohner von Trois-Ponts berichten, die Deutschen hätten im Château de Petit Stay, das viele Waisenkinder beherberge, kurz gerastet und grundlos den Spiritus Rector des Hauses Pater Prégardien erschossen. Daraufhin hätten alle Einwohner die Flucht ergriffen. Angesichts des Tempos, das die Boches vorlegen, sagen sie, seien sie ihnen nur knapp entkommen.

Auch Flüchtlinge, die aus Stavelot kommen, wissen Schreckliches zu berichten. Nachdem die SS die Stadt eingenommen habe, seien an der Brücke über die Amel einige Schüsse gefallen. Niemand habe gewusst, woher sie kamen, aber die Deutschen hätten das zum Vorwand genommen, etliche Zivilisten aus ihren Häusern zu holen und standrechtlich zu erschießen.

Als sie die diese Horrorgeschichten hören, verkriechen sich die Einheimischen noch tiefer in ihre Keller und Stallungen und verrammeln so gut es geht alle Türen. Währenddessen irren immer mehr Flüchtlinge hilflos durch das Dorf, in der Hoffnung irgendwo einen Unterschlupf zu finden.

Das Inferno

»Sie kommen! Die Deutschen kommen!« Nach diesem Schreckensschrei herrscht im Keller der Kirche, in dem sich die verängstigten Anwohner und viele Flüchtlinge verkrochen haben, Totenstille. Einige schlagen voller Verzweiflung die Hände über dem Kopf zusammen, andere stecken ihren Kopf in Jacken und Pullover, um nichts mehr zu hören und zu sehen.

Pierre hört in der Ecke, in der die Jungen aus der Kolonie hocken, eines von den Schattenkindern maulen, es sei eine Dummheit gewesen, aus der Anonymität aufzutauchen und sich als Juden erkennen zu geben. Jetzt hätten sie den Salat. Der Abbé hat es mitbekommen. Er kann dieses Gejammer nicht ertragen. Er sagt, sie sollen Ruhe bewahren, es werde alles schon gut ausgehen.

Er schickt einige der größeren Jungen los, um die Flüchtlinge, die noch planlos im Dorf umherirren, einzusammeln und in den Keller der Kirche zu lotsen. Er selber holt das Allerheiligste aus dem Tabernakel in der Kirche und bringt es in der Krypta in Sicherheit.

Kaum ist die Kellertür verriegelt, als von den Höhen her ein dumpfes Dröhnen und Rumpeln zu vernehmen ist. Es ist soweit. Die Panzer sind da. Alle hoffen nun, dass die Deutschen wie 1940 nur auf der Durchfahrt sind und sich in einem Dorf ohne strategische Bedeutung nicht länger aufhalten werden. Während alle mäuschenstill sind und die Luft anhalten, wird Arnaud unruhig. Er flüstert Pierre zu, er werde den Abbé darum bitten, den Keller verlassen zu dürfen. Er wolle sich zum Sanatorium durchschlagen, um bei seiner Schwester zu sein. Nur mit Mühe kann Pierre ihn zur Räson bringen.

Als das Rattern näher rückt, wird Roro seltsam nervös. Er rappelt und zappelt und gibt keine Ruhe, bis Pierre mit ihm auf eine Holzkiste steigt, damit er alles aus dem Kellerfenster aus nächster Nähe beobachten kann. Da der Hase nicht locker lässt, tut Pierre ihm seinen Willen. Er steigt auf die Kiste und zieht ihn aus dem Säckchen hervor, das er unter dem Pullover trägt. Der Hase stützt sich mit seinen Vorderpfoten auf der Fensterkante ab, um die stählernen Monster, die er von Abbildungen und Beschreibungen in seinem Versteck kennt, mit eigenen Augen zu sehen.

Die Panzer haben eine braun-gelbe Tarnfarbe und sind mit Tannenzweigen bedeckt, um sie für feindliche Flieger unsichtbar zu machen. Auf ihren Türmen und Wannen hocken Scharfschützen. Neben den schweren Kettenfahrzeugen laufen Fallschirmjäger und Panzergrenadiere in Wintermänteln. Die Deutschen fühlen sich offenbar sicher, denn die Panzerkommandanten stehen wie bei einer Parade aufgerichtet in offenen Luken.

Als die berüchtigten Tiger, die überall an der Front Angst und Schrecken verbreiten, vorbeirollen, sind Pierre und Roro wie hypnotisiert. Die Stahlkolosse sind doppelt so groß wie die amerikanischen Sherman-Panzer. Pierre kann ohne Probleme den Tiger I vom verbesserten Tiger II unterscheiden. Der Königstiger hat im Gegensatz zu seinem kleineren Vorgänger eine 88-mm-Kanone, dessen Geschosse eine höhere Durchschlagskraft haben. Er kennt auch den Unterschied zwischen einem leichten Panzer vom Typ Panther und einem Mark IV. Insgesamt zählen Pierre und Roro fünfzig Panzer und Schützenpanzerwagen, dazu ein halbes Dutzend gepanzerte Spähwagen und etliche Zugmaschinen für die Flak.

Die Deutschen ahnen nicht, dass am Waldesrand feindliche Feldhaubitzen auf sie lauern, die freies Schussfeld haben. Gerade als einer ihrer Kampfwagen, ein Panther, auf der Höhe des Kellerfensters ist, erhält er aus heiterem Himmel einen Volltreffer. Die Explosion ist so gewaltig, dass der Kübelwagen, der neben ihm herfährt, zehn Meter weit weg ins Feld geschleudert wird.

Der ganze Kirchenbau bebt. Pierre und Roro werden von der Wucht der Detonation zu Boden geschleudert. »Geschieht dir recht!«, brüllt der Abbé, »bist du noch bei Trost?« Er ist aufgebracht, überschüttet Pierre mit Vorwürfen: »Kruzitürken, du bringst uns in höchste Gefahr. Wenn die Deutschen uns bemerken, werden sie alles in die Luft jagen.«

Tatsächlich stoppt in diesem Moment die Kolonne. Alle halten den Atem an. Was passiert da gerade? Haben die Deutschen sie bemerkt? Schon hört man die Kommandos: »Heraus, alle heraus!« Alle rechnen mit dem Schlimmsten. Aber die Deutschen haben nicht die Kirche sondern das benachbarte Haus, in dem die Familie Robinson wohnt, ins Visier genommen.

Ein Funker hat einen feindlichen Funkspruch aufgefangen, der nur von dort kommen kann. Tatsächlich haben sich im Keller des Hauses dreißig US-Infanteristen versteckt, die genauso von der Ankunft der Deutschen überrascht worden waren wie die Dorfbewohner. Da die Amerikaner erkennen, dass jeder Widerstand zwecklos ist, ergeben sie sich und verlassen mit erhobenen Händen den Keller. Auch die Zivilisten, die dort Schutz gesucht haben, allen voran Dr. Robinson, seine hochschwangere Frau und ihre drei kleinen Kinder, müssen den Keller verlassen und sich mit erhobenen Händen an die Hauswand stellen. Als die Deutschen erkennen, dass es sich bei den Robinson und den anderen Zivilisten um harmlose Zeitgenossen handelt, dürfen sie in den Keller zurückkehren.

Als die US-Soldaten feststellen, dass sie es nicht mit gewöhnlichen Krauts, sondern mit der Sturmstaffel zu tun haben, schlottern sie vor Angst. Bevor sie abgeführt werden, werden sie nach versteckten Handwaffen abgetastet. Panzergrenadiere beginnen das Haus zu durchsuchen. Sie finden neben einem Bündel US-Flaggen einige Beutestücke, die der Feind auf seinem ununterbrochenen Siegeszug gemacht hat: einige Koppelschlösser, einen Ehrendolch und etliche Orden und Kampfabzeichen des Totenkopfordens. Bei den Deutschen besteht kein Zweifel: die haben die Amis toten oder gefangenen Kameraden abgenommen. Die jungen Rekruten schnauben vor Wut. Sie drohen damit, die Gefangenen vor Ort und Stelle zu erschießen. Sie hätten ihren

Entschluss auch umgesetzt, wenn einige ältere SS-Männer mit Fronterfahrung sie nicht davon abgehalten hätten.

Als von draußen erneut das Rasseln der schweren Panzerketten zu vernehmen ist, weil sich die Kolonne wieder in Bewegung setzt, löst das im Keller einen hörbaren Seufzer der Erleichterung aus. Pierre, der immer noch regungslos am Boden liegt, stammelt halblaut eine Entschuldigung, schnappt sich seinen Plüschhasen und rappelt sich wieder hoch. Roro ist zum Glück unverletzt. Er steckt ihn rasch in sein Säckchen. Niemand scheint etwas bemerkt zu haben.

Als sich die Lage im Keller entspannt, nimmt er den Plüschhasen ins Gebet. Er gibt ihm die Schuld an dem Vorfall. Zum ersten Mal, seit er denken kann, ist er über den Hasen richtig erbost. Er hat sie in die Bredouille gebracht und alle Insassen des Kellers unnötig großer Gefahr ausgesetzt.

Aber der Hase schert sich nicht um die Vorwürfe. Ihn interessieren andere Dinge. Er ist sich sicher, dass er kurz vor der Explosion den Anführer der Kampfgruppe in einem erbeuteten Jeep ausgemacht hat: ein strammer Kerl mit einer Offiziersmütze und einem Fernrohr in den Händen. Pierre kümmert sich nicht um das Gebrabbel des Hasen. Er zieht die Kordel des Säckchens fest zu, um ihn nicht länger hören zu müssen.

Obersturmbannführer Joachim Peiper ist trotz seiner neunundzwanzig Jahre bereits eine Legende. Er hat an allen großen Schlachten dieses Krieges teilgenommen. Den Ritterkreuzträger mit Eichenlaub und Schwertern umgibt ein martialischer Nimbus. Seine Männer bewundern ihn als kühnen Strategen und kaltblütigen Haudegen. Seine Vorgesetzten in der Wehrmacht sind da zurückhaltender, sie sagen ihm Arroganz und Überheblichkeit nach.

Jochen Peiper verkörpert für seinen Mentor, den Reichsführer SS Heinrich Himmler, zu dessen persönlichen Stab er gehört, das, was einen SS-Führer ausmachen soll: er ist schneidig, blond, blauäugig, draufgängerisch, unerschrocken und unerbittlich.

Peiper hat die Allüren eines sogenannten Herrenmenschen. Die Niederlagen der Wehrmacht haben an seiner nationalsozialistischen Grundhaltung und Gesinnung nichts geändert.

In der Offensive durch die Ardennen, die die ersehnte Wende im Westen bringen soll, ist seinem Panzerregiment eine entscheidende Rolle zugedacht. Die »Kampfgruppe Peiper« soll in achtundvierzig Stunden die Maas erreichen. Peiper hat seine Männer auf dieses Ziel eingeschworen und ihnen eingeschärft, jeden Widerstand zu brechen und keine Rücksicht auf Zivilisten und Kriegsgefangene zu nehmen. In der Offiziersmesse hat er damit geprahlt, dass er spätestens in zwei Tagen über die Maas setzen werde.

Die 1. SS-Panzerdivision Leibstandarte Adolf Hitler, zu der das Regiment gehört, hat beim Rückzug aus Frankreich schwere Verluste erlitten. Sie ist für die Offensive notdürftig aufgerüstet und mit jungen Rekruten aufgefüllt worden.

Es sind fanatisierte Jugendliche, die im Dritten Reich aufgewachsen sind und darauf brennen, sich gegenüber dem Feind, der nun an den Grenzen des Reiches steht, zu bewähren. Ihre Ausbilder haben ihnen eingebläut, dass der Feind grausam und unerbittlich ist und sich hinter jedem Zivilisten ein Partisan verstecke. Bevor man sie in die Schlacht geschickt hat, hat man ihnen reichlich »Panzerschokolade« verabreicht. Das Pervitin ist eine von Hitlers Geheimwaffen, eine Droge, die bei den Soldaten die Angstzustände dämpfen und die Kampfkraft erhöhen soll.

Schon beim ersten Feindkontakt stellen Peipers Männer ihre Brutalität unter Beweis. Wo immer sie auftauchen, hinterlassen sie eine Blutspur. Im Weiler Weret in der belgischen Eifel, wenige Kilometer von ihren Ausgangsstellungen entfernt, töten sie elf gefangene Afro-Amerikaner aus reiner Mordlust. Die SS-Männer schneiden den Toten sogar die Finger ab, um ihre Eheringe zu erbeuten.

Als in der Nähe von Malmedy Peipers Vorhut zufällig auf die Nachhut der 7. US-Panzerdivision trifft, kommt es zu einem

Massaker. Die SS eröffnet das Feuer auf Hunderte von Gefangenen, die sie gerade entwaffnet und auf ein Feld getrieben hat. Einige Tage später werden an der Straßenkreuzung von Baugnez die Leichen von vierundachtzig GIs geborgen.

Nach diesem Scharmützel stoßen sie kaum noch auf Widerstand. Als sie in Stavelot, das sie kampflos einnehmen, beim Überqueren der Brücke über die Amel beschossen werden, stellen sie ein Dutzend unbeteiligter Zivilisten an die Wand.

In Trois-Ponts, unweit von Stoumont, gerät die Kampfgruppe Peiper erstmals unter feindlichen Beschuss. US-Pioniere haben vor ihrem Abzug noch rechtzeitig die drei Brücken sprengen können. Da heftige Regenfälle die Amel in einen reißenden Strom verwandelt haben und ein Passieren für Panzer unmöglich machen, muss Peiper einen anderen Übergang über den Fluss finden. Als die Kampfgruppe versucht, in Werbomont überzusetzen, tauchen am Himmel plötzlich amerikanische Kampfbomber auf, die in wenigen Minuten drei deutsche Panzer und fünf Schützenpanzerwagen zerstören. Nur der frühe Einbruch der Nacht verhindert Schlimmeres.

Peiper weiß nun, dass die Amerikaner seine genaue Position kennen. Da er auf direktem Weg durch das Tal nicht weiterkommt, wählt er den Umweg über die Höhenstraße N 633. Sie führt zunächst ins Dörfchen La Gleize, das die Amerikaner fluchtartig aufgeben. Einige US-Infanteristen, die den Anschluss an ihre Einheit verloren haben, werden kaltblütig erschossen.

Das benachbarte Stoumont wirkt auf den ersten Blick verlassen. Lediglich am Ortseingang hat der Feind zwei Maschinengewehre in Stellung gebracht, die von den Panzern einfach überrollt werden. Im Café Grégoire, wo sich einige überraschte GIs im Keller versteckt haben, machen die Deutschen ein Dutzend Gefangene.

Als die Panzer das Dorf passiert haben und die Straße zum Bahnhof im Tal hinunterrollen, werden sie aus dem Sanatorium beschossen. Zuerst glauben die Deutschen, dass sich Partisanen in dem wuchtigen langgestreckten Bau verschanzt haben. Aber es sind versprengte US-Infanteristen, die entschlossen sind, den Vormarsch der Deutschen zu stoppen. Obwohl sie auf verlorenem Posten stehen, sind sie unerschrocken und bereit, bis zum letzten Mann zu kämpfen.

Als die Deutschen sich nähern, um das Widerstandsnest auszuräuchern, erkennt die Oberin der Vinzentinerinnen die tödliche Gefahr und beschwört die Verteidiger, den Kampf aufzugeben, weil ein Angriff der schweren Panzer den sicheren Tod für alle bedeuten würde, die im Keller Zuflucht gefunden haben. Wenn sie nur noch einen Schuss abgeben würden, warnt sie die Amerikaner, würden die Deutschen das Gebäude mit Granaten beschießen und alles mit ihren Flammenwerfern niederbrennen.

Es gelingt Sr. Germaine Martin, den Amerikanern den Heldentod auszureden. Sie strecken die Waffen. Dreißig Gefangene werden nach Froidcour abgeführt und ins Kellergewölbe des Schlosses gesperrt.

Als die deutschen Fallschirmjäger vom Sanatorium abrücken, bemerken sie im benachbarten Altbau verdächtige Gestalten. Als sie näher kommen, treten Männer mit erhobenen Armen aus dem Haus und rufen: »Nicht schießen, Kameraden! Nicht schießen! Wir sind Landsleute.«

Die Deutschen zeigen sich überrascht, so tief im Feindesland auf Volksgenossen zu treffen. Sie bleiben misstrauisch und sind unschlüssig, wie sie verfahren sollen. Sie rufen nach ihrem Kommandanten. Im Verhör durch Peiper behaupten die Männer, aus der belgischen Eifel zu stammen und von den Amerikanern aus ihren Dörfern vertrieben worden zu sein.

Um sicherzugehen, dass es sich nicht um verkappte Partisanen handelt, stellt Peiper ihnen einige Fangfragen. Er will von ihnen den Namen des Gauleiters im Rheinland wissen. »Josef Grohé«, lautet die Antwort. Auch den Bauernführer Walter Darré kennen die Männer.

Damit entspannt sich die Lage. Peiper reicht ihnen erbeutete amerikanische Zigaretten. Im Gespräch gibt er sich siegessicher. »Ihr könnt bald nach Hause gehen. Wir werden die Amis fertigmachen. Die haben schon jetzt die Hosen voll. Wo wir hinkommen, laufen sie weg wie die Hasen. Spätestens Weihnachten sind wir in Lüttich.«

Als einer der Männer Zweifel daran anmeldet und sagt, er habe die gewaltige Streitmacht der Amerikaner mit eigenen Augen gesehen, die solle man nicht unterschätzen, wird Peiper wütend und droht, den Mann wegen Defätismus über den Haufen zu schießen.

* * *

Als die Kampfgruppe wieder Fahrt aufnimmt, stellen sich ihr im Weiler Targnon, auf halbem Weg zum Bahnhof, unerwartet zehn Sherman-Panzer entgegen. Diese kommen gerade aus der Reparatur und kreuzen auf dem Weg zu ihrer Einheit rein zufällig die deutschen Panzerspitzen. Drei US-Panzer werden sofort abgeschossen. Da die brennenden Wracks nun die Straße blockieren, müssen die Deutschen eine Nebenstrecke durch den Wald nehmen, um ins Tal zu gelangen. Sie wollen gerade auf einer hölzernen Notbrücke über den Fluss setzen, als die Brücke in sich zusammenbricht und der vordere Panzer mitsamt seiner Mannschaft in den Fluten versinkt.

Entmutigt kehren die Deutschen um und sammeln sich wieder in Stoumont. Peipers Stellvertreter, Sturmbannführer Poetschke, ein brutaler Haudegen, gibt ihnen den Befehl, erneut über die Dorfstraße anzugreifen, koste es, was es wolle. Da die Panzerkommandanten zögern, den Befehl auszuführen, gerät er so in Wut, dass er zu einer Panzerfaust greift und damit droht, den vordersten »Panther« abzuschießen, wenn er sich nicht sofort in Bewegung setze.

Diesmal versuchen die Deutschen es über die Flügel. Aus Furcht, in die Zange genommen zu werden, ziehen sich die

Amerikaner aus Targnon zurück. Aber bevor sie sich absetzen, gelingt ihnen noch ein Treffer, der einen der vorderen Panther manövrierunfähig macht, sodass die folgenden Panzer alle Mühe haben, das Hindernis zu umfahren.

Die Verzögerung nutzen die Amerikaner, um am Bahnhof von Stoumont neue Stellungen zu beziehen. Als die Deutschen dort auftauchen, empfängt sie heftiges Abwehrfeuer. Neben den verbliebenen Sherman-Panzern, die sich im Gebüsch verschanzt haben, kommen zwei Haubitzen und eine Feldkanone zum Einsatz.

Die Kanone feuert nur einen einzigen Schuss ab, aber der trifft den vordersten Panzer. Als der nächste Panzer versucht, das brennende Wrack zu umfahren, rollt er auf eine Mine. Einen anderen, der es auf der anderen Seite versucht, trifft eine Rakete. Nun ist die Straße vollends blockiert und der Zugang ins Tal versperrt.

Die Fehlschläge des Tages haben Peiper zugesetzt. Er muss feststellen, dass er und seine Männer es nicht mehr mit unerfahrenen Rekruten sondern mit dem 117. Regiment der 30. US-Infanterie-Division zu tun haben, dem ein legendärer Ruf vorausgeht. Peiper ist wütend über die Rückschläge und ständigen Verzögerungen. Immer wieder genügen ein paar entschlossene feindliche Kämpfer, um die Kampfgruppe für Stunden aufzuhalten.

In Stresssituationen wie diesen spürt er Schmerzen in der Brust, die von einem angeborenen Herzmuskelfehler stammen. In der Normandie hat er einen leichten Herzinfarkt erlitten. Er glaubte nach einer längeren Kur das Problem behoben, nun meldet es sich wieder. Er braucht dringend ein paar Stunden Ruhe. Er schlägt einen Befehlsposten im Schloss Froidcour auf.

Nachdem er sich erholt hat, überdenkt er die Lage. Er steckt in der Klemme. Durch den hartnäckigen Widerstand des Feindes ist die Kampfgruppe in einer misslichen Lage. Die schweren Panzer stecken in diesem verfluchten Kaff fest und alle Ausfallstraßen sind ihnen versperrt. Da die Amerikaner die Handvoll

Männer, die Peiper im eroberten Stavelot zurückgelassen hat, vertrieben haben, ist die Kampfgruppe von der 6. SS-Panzerarmee abgeschnitten. Verstärkung ist nicht zu erwarten. Die Kampfgruppe Peiper ist auf sich allein gestellt.

Um den Feind über seine Absichten zu täuschen, will Peiper ihm vorgaukeln, dass er seine Pläne verändert hat, die Amel verlassen und über die Hoegne zur Maas vorstoßen will. Als Ablenkungsmanöver schickt Peiper einige Schützenpanzer in Richtung Spa los. Als der deutsche Stoßtrupp in den Wäldern um Spa von Partisanen gesichtet wird, bricht in der Bäderstadt Panik aus. Der kommandierende General Hodge beschließt die Stadt kampflos zu räumen. Der Bürgermeister glaubt alles verloren, lässt die amerikanischen Flaggen einholen und entlässt alle inhaftierten Kollaborateure aus dem Gefängnis.

Vor ihrem fluchtartigen Rückzug lassen die Amerikaner die riesigen Lagerbestände an Benzin und Munition, die sie in der Nähe des Städtchens angelegt haben, in die Luft jagen. Sie wissen, dass es den Deutschen an Sprit mangelt und ihr strategischer Erfolg von der Einnahme alliierter Treibstoffreserven abhängt.

Doch das Städtchen wird der deutsche Stoßtrupp nicht erreichen. Ein paar gefällte Bäume, die die Straße blockieren, reichen aus, um ihn zur Umkehr zu bewegen.

Von den Wechselfällen der Schlacht bekommen die Insassen des Kellers nichts mit. Sie hören nur hitzige Kommandos und Geräusche von Kettenfahrzeugen, die die Straße hinauf und hinab fahren. Daraus schließen sie, dass die Deutschen nicht wie 1940 auf dem Durchmarsch sind, sondern sich festbeißen und sich bittere Gefechte mit den Amerikanern liefern.

Die Deutschen bleiben länger als gedacht. Die Panzergrenadiere beziehen im Erdgeschoss von St-Édouard Stellung und Peiper richtet im Pförtnerhaus des Schlosses Froidcour dauerhaft einen Gefechtsstand ein. Das Schloss dient ihnen als Gefangenenlager und Feldlazarett.

Da die Kampfgruppe von der 1. SS-Panzerarmee abgeschnitten ist und keinen Proviant mehr bekommt, lässt Peiper seine Männer ausschwärmen, um sich im Dorf zu versorgen. Dabei kommt es in einem abgelegenen Gehöft zu einem Schusswechsel, den die SS den verhassten Partisanen zuschreibt.

Peiper, dessen Nerven schon länger blank liegen, sinnt auf Vergeltung. Der Vorfall liefert ihm einen Vorwand, um ein Exempel zu statuieren. Er gibt den Befehl, das Dorf nach Partisanen zu durchkämmen. Alle Dorfbewohner seien aus ihren Behausungen zu holen und zur Kirche zu treiben.

Wie alle anderen Dorfbewohner werden auch die Robinsons aus ihrem Keller gescheucht und zur Kirche getrieben. Unter den aufgeschreckten Zivilisten ist auch der Lehrer Ernest Natalis. Als der sieht, dass rund um die Kirche Schützen und Fallschirmjäger Position beziehen, hat er eine böse Vorahnung. Ihm schwant, dass die SS aus Wut darüber, nicht weiterzukommen, sich an den Stoumontesen rächen könnte.

Tatsächlich sinnen die jungen Soldaten, für die es der erste Kampfeinsatz ist, auf Rache. Um ihren Kampfgeist zu schüren und blinde Wut auf den Feind zu wecken, haben ihre Ausbilder sie kurz vor Beginn der Offensive nach Düren zu Aufräumungsarbeiten eingesetzt. Die Stadt war nach einem verheerenden Luftangriff völlig zerstört. Die Burschen haben unzählige Tote aus den Trümmern bergen und die Leichen von Greisen, Frauen und Kindern auf Schuttbergen stapeln müssen. Die grausigen Bilder von verbrannten und verstümmelten Leibern haben bei ihnen kalte Wut und Empörung ausgelöst und rufen nach Vergeltung.

Die Halbwüchsigen sind nach vier Tagen ununterbrochener Kämpfe erschöpft und von der ausweglosen Lage, in der sie sich befinden, überfordert. Natalis spürt in ihren Gesichtern angestauten Hass und wilde Entschlossenheit. Diese fanatisierten Burschen werden jeden Befehl ausführen. Das hat man ihnen beigebracht. Jeder Belgier weiß inzwischen, dass der »Schwarze Orden« eine Mörderbande und ihr alles zuzutrauen ist.

Natalis hat in der Presse die Fotos eines Massakers gesehen, das die Waffen-SS auf dem Rückzug aus Südfrankreich angerichtet hat. Als Vergeltung für einen Partisanenüberfall hatte sie in einem Dorf die Bewohner in der Kirche eingesperrt, Feuer gelegt und mit ihren Maschinengewehren alle, die versuchten der Feuersbrunst zu entkommen, erschossen. Über 600 Dorfbewohner kamen dabei ums Leben.

Natalis fürchtet, dass den Einwohnern von Stoumont das gleiche Schicksal droht. Er rafft allen Mut zusammen und geht auf einen der Offiziere zu, um ein gutes Wort für seine Landsleute einzulegen. Bevor er seinen Mund öffnen kann, schlägt der Untersturmbannführer ihm die Mütze vom Kopf: »Was nimmst du dir heraus, du Hampelmann«, herrscht er ihn an: »Vor einem deutschen Offizier hast du den Hut zu ziehen.«

Ernest Natalis lässt sich nicht beeindrucken. Seelenruhig hebt er seine Mütze auf, setzt sie wieder auf, und geht wieder auf den SS-Mann zu, obwohl der schon seinen Revolver gezogen hat: »Du wirst dein Maul halten«, herrscht er ihn an: »Du gehst keinen Schritt weiter! Wir kennen euch, ihr seid alle verkappte Terroristen.«

Schon will er abdrücken, als hinter ihm jemand fragt: »Was will der Kerl von dir?« Es ist der Kommandant der Kampfgruppe. Der Lehrer erkennt ihn an der Schirmmütze und dem Eisernen Kreuz auf der Brust. »Nun sag schon, was willst du?«, raunzt Peiper ihn an.

»Die Leute haben nichts verbrochen«, beteuert Natalis, »tun Sie ihnen nichts.«

Peiper imponiert der Mut und die Kaltschnäuzigkeit des Mannes, aber er lässt sich nichts anmerken: »Solche Sprüche kennen wir. Erst schießt ihr uns in den Rücken, und dann tut ihr so, als wäre nichts gewesen. Wir wissen, dass ihr mit den Terroristen gemeinsame Sache macht. Mit solchem Gesindel machen wir kurzen Prozess.«

»Das stimmt nicht, wir haben uns nichts zuschulden kommen lassen«, erwidert Natalis, »wissen Sie denn nicht, was sich hier im letzten Januar zugetragen hat?« Peiper zuckt mit den Schultern. Was soll da schon passiert sein? Den Moment des Zögerns nutzt der Lehrer, um knapp zu schildern, was sich in der Nacht vom 29. auf den 30. Januar 1944 in Stoumont zugetragen hat.

Eine JU 86 sei im Venn von Banase abgestürzt. An Bord seien hohe Offiziere und Wissenschaftler gewesen. Ein Teil der Besatzung sei beim Absturz umgekommen. Die Überlebenden hätten die Dorfbewohner aus dem brennenden Wrack gezogen und zu Dr. Robinson, dem hiesigen Landarzt, gebracht. Der habe die Schwerverletzten auf seinem Küchentisch notoperiert. Das könnten hier alle bestätigen. Der Lehrer übertreibt den Beitrag seiner Landsleute bei der Rettungsaktion. Er tut so, als sei das halbe Dorf daran beteiligt gewesen.

Peiper bleibt skeptisch. Das dürfte ein Manöver sein, um ihn zu täuschen und die eigene Haut zu retten. Schon gibt er dem Untersturmbannführer einen Wink, den lästigen Kerl abzuweisen, als Natalis hastig seine Agenda hervorholt, in der er alles Wichtige vermerkt.

Er zeigt Peiper die Eintragung vom 30. Januar 1944: »Bruchlandung eines deutschen Transporters in Banase. Überlebende gerettet. SD in Stavelot unterrichtet. Notoperationen durch Dr. Robinson.« Peiper liest die Notiz einmal, zweimal. Er scheint auf einmal unsicher.

Um sicher zu gehen, dass dies keine Finte ist, steigt er mit seinem Adjutanten in den Keller hinab, um sich selber davon zu überzeugen, dass hier nur Zivilisten sind und sich unter ihnen keine feindlichen Soldaten und Partisanen verbergen.

Als die Jungen ihren Lehrer mit SS-Männern die Kellertreppe hinunterkommen sehen, sind sie zu Tode erschrocken. Sie glauben sich verloren und verkauft. Der Anführer geht schnurstracks auf den Pfarrer zu, schiebt ihn aber rüde beiseite: »Mach mal Platz, du Kanzelkasper.« Ihn interessieren nur die jungen Burschen in seinem Windschatten. Er mustert sie und muss schmunzeln: »Das sind ja prächtige Kerle. Aus denen könnte man gute Soldaten machen.«

Als Peiper die Angst in ihren Augen sieht, will er sie beruhigen: »Keine Bange, euch passiert schon nichts. Ich habe selbst zwei Jungs in eurem Alter.« Er sagt es in tadellosem Französisch. Dann streichelt er dem einen oder anderen wohlwollend über den Kopf. Bouboule zwickt er gönnerhaft in die Backen. Der ist vor Schreck und Abscheu wie versteinert.

Als Peiper wieder aus dem Keller steigt, berät er sich mit seinen Zugführern. Dann pfeift er die Schützen und Fallschirmjäger, die rund um die Kirche Aufstellung genommen haben und auf ein Zeichen ihres Kommandeurs warten, um loszuschlagen, zurück. Es wird in Stoumont kein Massaker wie in Oradour-sur-Glane geben.

* * *

Peiper lässt im Keller zwei junge Panzergrenadiere als Bewacher zurück. Beim kleinsten Versuch des Widerstandes oder eines Fluchtversuches sollen sie von der Schusswaffe Gebrauch machen.

Die Burschen scheinen über den Auftrag nicht sonderlich erbaut. Missmutig hocken sie sich auf die Kellertreppe. Pierre schätzt ihr Alter auf sechzehn bis siebzehn Jahren. Während der eine Wache schiebt, schlendert der andere gelangweilt durch die Reihen. Man spürt, dass er die Autorität, die er ausstrahlt, die Angst, die er verbreitet, genießt.

Bevor er sich zu seinem Kameraden setzt, fragt er in barschem Ton: »Zigaretten. Wer hat amerikanische Zigaretten?« Er sagt es in sauberem Französisch mit einem leichten unbekannten Akzent. Wieso, fragen sich alle, spricht ein SS-Mann unsere Sprache? Als man ihm eine Zigarettenpackung reicht, sagt der Schütze süffisant: »Sieh mal einer an, echte Chesterfields.« Er zündet eine Zigarette an und macht genüsslich einen Lungenzug.

Die Wachen wirken müde und erschöpft. Nach einer Weile beginnen sie, vor sich hin zu dösen. Wenn einer der beiden droht einzunicken, weckt ihn der andere mit einem Stoß in die Rippen. Sie bleiben auf der Hut. Als einige Geiseln miteinander tuscheln, sind sie sofort hellwach. »Ein Wort noch, und wir stopfen euch für immer das Maul«, droht der, der Französisch spricht.

Als der Morgen graut, hört man draußen auf der Weide laut die Kühe blöken. Sie brüllen vor Schmerz, weil sie nicht gemolken werden. Da sich gleichzeitig bei einigen kleinen Kindern der Hunger meldet, fragt eine Frau, ob sie den Keller nicht verlassen dürfe, um auf der Wiese Milch zu besorgen. Die Wächter lehnen ab. Sie hätten Befehl, niemanden heraus zu lassen.

Als immer mehr Kinder zu quengeln beginnen, sind die Wachen genervt und schicken einen alten Mann mit einem leeren Eimer los. Als er nicht zurückkehrt, zucken sie nur mit den Schultern: »Das war zu erwarten: Entweder ist er getürmt, oder eine Kugel hat ihn erwischt.« Nun erlauben sie der Frau, den Keller zu verlassen, um die Kühe zu melken. Ihren Säugling muss sie zurücklassen, um sicherzugehen, dass sie zurückkommt.

Währenddessen mustert der eine Schütze die Halbwüchsigen, die ihm gegenüber an der Mauer lehnen und etwas verlegen die Decke anstarren. Er ahnt nicht, dass die meisten von ihnen Juden sind.

Pierre denkt gerade daran, dass heute der siebte Tag des Chanukka-Festes ist und daheim die letzte Kerze des Leuchters entzündet wird. Wie gerne wäre er jetzt in der warmen Stube bei Mutter und Bruder, statt hier als Geisel dieser verfluchten Swastikas in einem nasskalten Keller zu sitzen.

Während er vor sich hin grübelt, streichelt er unwillkürlich das Säckchen, in dem Roro steckt. Einmal späht er hinein, um nach ihm zu schauen und ihm etwas zuzuflüstern. Das kommt dem Schützen, der ihn schon eine ganze Weile im Auge hält, verdächtig vor. Wieso führt das Bürschchen Selbstgespräche?

Und was mag in dem Säckchen stecken, das er auf seiner Brust trägt? Vielleicht ist es eine Sprechanlage, über die er mit dem Feind kommuniziert.

»He, Bürschchen, komm mal her«, schnauzt er Pierre an. Der wird bleich vor Schrecken. »Zeig mir mal, was du in dem Säckchen verbirgst.« Da Pierre so geschockt ist, dass er starr und steif wie ein Stock ist, tastet der SS-Mann selber den Beutel ab und holt ein flauschiges Etwas heraus. Als er ein Plüschtier findet, ist er verblüfft. Er prüft es von allen Seiten: »Schaut euch das an: ein Hase, ein kleines Häschen.« Als er genauer nachsieht, muss er lachen: »Das Kerlchen hat ja weder einen Schniedel noch Klöten am Sack.«

Er hebt den Hasen hoch und dreht ihn nach allen Seiten, damit alle sehen können, dass da unten etwas fehlt. Pierre könnte vor Scham in den Boden versinken. Der Schütze wirft das Stofftier in die Luft und hebt sein Gewehr blitzartig hoch, als wolle er ihn abschießen: »Peng«, ruft er, »peng, peng!« Er tut so, als wäre er auf einer Schützenwiese und schieße auf Tontauben.

Roro ist alles andere als ein Angsthase, aber jedes Mal, wenn er durch die Lüfte wirbelt, glaubt er, sein letztes Stündlein habe geschlagen. Als Pierre ihn endlich auffängt und in den Beutel steckt, lästert der Schütze: »Schämst du dich nicht, wie ein kleines Mädchen ein Püppchen mit dir herumzutragen? Bist du dafür nicht ein bisschen zu groß?«

Pierre ist bis auf die Knochen blamiert. Er will sich davonstehlen, aber der SS-Mann lässt es nicht zu: »He du, Kleiner, warte mal. Komm mal her. Ich zeig dir was!« Er drückt ihm sein Sturmgewehr in die Hände. »Schau dir das mal an! Das ist eine StG-44. Wäre das nichts für dich?« Während Pierre nicht so recht weiß, was er mit dem Karabiner anfangen soll, beginnt der Schütze von den Heldentaten der SS zu schwärmen.

Im Abwehrkampf gegen das internationale Judentum habe sich die Sturmstaffel bewährt. Für den Endkampf, der nun begonnen habe, hätten sich Freiwillige aus vielen Ländern gemeldet. »Alle, die gegen den jüdischen Bolschewismus kämpfen wollen und von einer neuen Ordnung in Europa träumen, sind uns willkommen«, tönt er. »Schau dir unsere besten Bataillone an: es gibt in den Reihen der Waffen-SS Elsässer, Südtiroler und Siebenbürger Sachsen. Es gibt aber auch Kameraden aus den besetzten Ländern, aus Holland, Belgien und Norwegen. Es gibt bei uns sogar Mohammedaner. Statt der schwarzen Feldmütze haben sie einen feldgrauen Fez auf dem Kopf.«

Der Bursche mustert Pierre von oben bis unten: »Eigentlich hast du schon das passende Alter, um bei uns zu mitzumachen. Warum meldest du dich nicht? Du könntest bei der Jungmann-Staffel anfangen. Hast du schon von der SS-Panzer-Division Hitlerjugend gehört? Nein? Die Jungs sind nicht viel älter als du. Glaub mir, die machen einen ganzen Mann aus dir.«

Dann zwinkert er mit den Augen und raunt ihm zu: »Warte mal, ich zeig dir was, etwas Besonderes.« Er holt aus seinem Tornister den Dolch hervor, den er im Hause Robinson gefunden hat. Ganz vorsichtig zieht er ihn aus der Scheide. »Schau ihn dir genau an. So etwas sieht man nicht oft. Das ist ein Ehrendolch der SS. Der wurde Alten Kämpfern beim Fahneneid verliehen.«

Er dreht und wendet die Klinge so vorsichtig und behutsam, als wäre sie ein Kleinod. Er zeigt auf eine Zahl, die in den Schaft eingestanzt ist. »Sag mir, was steht hier?«

Pierre beugt sich vor. »29.892!«

»Ist das nicht ist unglaublich?«, fragt der SS-Mann. »Du musst nämlich wissen: es gibt nur 30.000 von der Sorte.« Nach einer Pause fragt er: »Und was steht da auf der Klinge?«

Pierre bemüht sich, die Runen zu entziffern: »Mein … Eer … ist …«, stottert er unbeholfen.

»Genauso ist es«, tönt der Schütze: »meine Ehre heißt Treue. Das ist unser Wahlspruch. Bei uns ist es wie bei den drei Musketieren: einer für alle, alle für einen!«

Er scheint auf einmal gut aufgelegt und beginnt zu plaudern. Er erzählt, er stamme aus der Gegend von Colmar, habe das Gymnasium unter den Franzosen begonnen und bei den Deutschen vorzeitig beendet. Mit siebzehn Jahren habe er das Sportabzeichen gemacht und sich zur Waffen-SS gemeldet. Im

Schnellverfahren habe man ihn zum Panzerschützen ausgebildet. Nun sei er schon acht Monate dabei, und er bereue nichts.

Sein erster Einsatz sei in Südfrankreich gewesen. »Wir haben Partisanen gejagt, schlimme Typen, lauter Juden, Kommunisten und andere Verbrecher. Ich sage dir, wenn mir einer von denen vor die Flinte kommt, lege ich ihn um.« Er macht eine entsprechende Handbewegung: »Wenn dieser Scheißkrieg vorbei ist, kann ich von mir sagen, dass ich geholfen habe, die jüdisch-bolschewistische Pest von der Oberfläche der Erde zu tilgen.« Der Gedanke, dass Deutschland den Krieg verlieren könne, kommt ihm nicht in den Sinn.

Der Schütze streckt seine Hand aus: »Ich heiße Bernd oder Bernard, ganz nach Belieben.« Notgedrungen schlägt Pierre in die angebotene Hand ein. Als der SS-Mann ihn nach seinem Namen und seiner Herkunft fragt, tischt Pierre ihm eine Lügengeschichte vom ausgebombten Stadtkind auf. Während des Gespräches hört Roro nicht auf, in seinem Säckchen zu zappeln. Das Ganze widert ihn an. Der Kerl hat ihn vor allen Leuten lächerlich gemacht. Pierre soll dieses makabre Spiel endlich beenden.

Auch der Abbé kann kaum fassen, was er da sieht und hört. Der blöde Kerl hat keine Ahnung, wen er da vor sich hat und für seine Todesschwadron anwerben will: einer von denen, deren Vernichtung er eben noch beschworen hat. Er zieht Pierre von dem Burschen weg und raunt ihm zu: »Halte dich ja von dem Burschen fern. Siehst du denn nicht, dass er mit Drogen vollgepumpt ist?« Pierre ist sich keiner Schuld bewusst, aber heilfroh, dass er diesem aufdringlichen Kerl entkommt.

* * *

Unterdessen beginnt die US-Artillerie, die in den umliegenden Dörfern Position bezogen hat, ein Trommelfeuer. Mehrere Explosionen erschüttern den Keller. Eine Granate schlägt im Turm von Sankt Hubertus ein, in dem sich Scharfschützen verschanzt haben. Beim Einsturz wird das Kirchendach durchschlagen, aber die Kellerdecke aus Beton hält stand.

Die Eingeschlossenen glauben bei jeder Detonation, ihr letztes Stündlein habe geschlagen. Sie jammern, schreien und rufen alle Engel und Heiligen im Himmel um Hilfe an. Das scheint irgendwie Wirkung zu zeigen, denn das Trommelfeuer wechselt die Richtung. Die US-Kanonen nehmen nun das Sanatorium ins Visier, das sie als Hauptquartier der Krauts ausgemacht haben.

Im Keller wird es still. Der Strom ist ausgefallen. Die wenigen Kerzen, die in der Dunkelheit flackern, werfen lange Schatten an die Kellerwände. Es wirkt alles sehr gespenstig. Pierre fühlt sich in die römischen Katakomben versetzt, von denen der Abbé ihnen öfter erzählt hat. In Zeiten der Bedrohung waren die verfolgten Christen in die Unterwelt der Stadt Rom geflüchtet, um dort zu beten, das Abendmahl zu feiern und ihre Toten zu bestatten. Bei diesem Gedanken ist ihm unwohl. Er kann nur hoffen, dass die Krypta von St. Hubertus nicht zu seinem Grab wird.

Während die Amerikaner aus allen Rohren schießen, beginnen einige Frauen den Rosenkranz und dann die Heiligenlitanei zu beten. In einer Gefechtspause fragt Pierre den Abbé, was das für ein Heiliger sei, den die Frauen da ständig anrufen. Von einem heiligen Donatus hat er noch nie gehört.

Abbé Stenne klärt ihn auf, dass dieser Heilige für das Wetter zuständig ist. Sankt Peter sei nur für die Großwetterlage zuständig. Zumindest in Eifel und Ardennen kümmere sich der heilige Donatus um günstiges Wetter und reiche Ernten. Dann flüstert er: »Wir können nur hoffen, dass er bald eingreifen wird, um uns aus dieser beschissenen Situation zu befreien. Warte nur ab, Pierre. Wenn sich der Nebel hebt, kommt die US-Luftwaffe zum Einsatz. Und die macht mit den Deutschen kurzen Prozess.«

Pierre findet es praktisch, dass es bei den Katholiken für jede Notlage einen zuständigen Heiligen gibt. Doch vorläufig haben der Abbé und die frommen Frauen allen Grund, mit ihrem Wetterpatron zu hadern. Jedenfalls kann von einer Wetterwende keine Rede sein. Im Gegenteil: vom Atlantik her rückt ein neues Tiefdruckgebiet heran.
Währenddessen brütet Peiper im Schloss über seinen Stabskarten. Die Rückschläge können ihn nicht entmutigen. Er bereitet den nächsten Angriff vor. Er denkt keine Sekunde daran, aufzugeben oder umzukehren. Von Jugend an kennt er nur eine Parole: »Vorwärts für Führer und Volk.« Mit seinen Männern hat er es immerhin geschafft, fünfundsiebzig Kilometer tief in die amerikanischen Linien einzubrechen. Es sind nur noch fünfundvierzig Kilometer bis Lüttich. Morgen wird er den Durchbruch schaffen. Er schickt Sturmbannführer Knittel mit siebenhundertfünfzig Männern los, um Stavelot, das so leichtfertig aufgegeben wurde, zurück zu erobern und so wieder Anschluss an die 6. SS-Panzerarmee zu finden.

Auch die Amerikaner bleiben nicht untätig. Im Schutze der Nacht führen sie Verstärkungen heran. Es sind Fallschirmjäger der 82. Airborne, einer Luftlandedivision, die an der Westfront die Rolle der Feuerwehr spielt und ständig gefechtsbereit ist. Das erste von drei Bataillonen soll den Verkehrsknotenpunkt in Trois-Ponts sichern, das zweite die Kampfgruppe Peiper über La Gleize in den Rücken fallen, das dritte die 30. Infanterie-Division bei ihrer Abwehrschlacht in Stoumont unterstützen. Als noch ein Panzerbataillon den Bahnhof von Stoumont erreicht, fühlen sich die Amerikaner stark genug, um einen Gegenangriff zu wagen.

Doch zunächst ist Peiper am Zug. In aller Frühe lässt er die feindlichen Stellungen unterhalb des Sanatoriums angreifen. Doch die US-Infanteristen und das frisch eingesetzte 3. Fallschirmjägerbataillon leisten erbitterte Gegenwehr. Gleichzeitig ergießen sich über Stoumont Unmengen an Raketen und Granaten.

Dagegen können die deutschen Feldkanonen nichts ausrichten. Angesichts des Flächenbombardements und der Tatsache, dass der Gegner nicht zu sehen ist, sondern sich weiter im Wald versteckt hält und die offene Feldschlacht meidet, verordnet Peiper nachmittags einen taktischen Rückzug. Seine Panzer kehren ins zerschossene Dorf Stoumont zurück, um in den Ruinen Deckung zu finden.

Während die Deutschen sich neu ordnen, schlagen die Amerikaner zu. Es gelingt US-Infanteristen, das Sanatorium im Handstreich einzunehmen. Als die Nonnen, die mit ihren Angestellten und Schützlingen im Keller ausharren, englische Sprachbrocken vernehmen, glauben sie sich gerettet. »Die Amerikaner sind da.« Alle sind fröhlich und ausgelassen. Auch die Befreier sind zuversichtlich, denn morgen werden sie diese verfluchten Krauts endgültig verjagen. Sie werden nicht lockerlassen, bis sie die Deutschen über den Rhein gejagt haben.

Am Abend kommen die deutschen Panzer aus der Deckung. Es ist kälter geworden, und die Stahlkolosse, die sich am Morgen im Morast schwertaten, finden bei Bodenfrost ihre Manövrierfähigkeit zurück. Als die ersten Granaten im Sanatorium einschlagen, greift im Keller, wo gerade noch Hochstimmung herrschte, Verzweiflung um sich: Die Deutschen, die man schon vertrieben glaubte, greifen wieder an.

Diesmal sind es die US-Infanteristen, die dem Sperrfeuer der Panzer nichts entgegenzusetzen haben. Nachdem eine Rakete ein riesiges Loch in die Fassade des Klosters gerissen hat, treten die Fallschirmjäger zum Sturm an. In den Gängen, im Treppenhaus, in allen Zimmern tobt ein mörderischer Kampf Mann gegen Mann. Im Nahkampf erweist sich die kampferprobte SS als überlegen.

Am nächsten Morgen wird der Wehrmachtsbericht vermelden, dass eine Sturmstaffel der 6. SS-Panzerarmee im hart umkämpften Stoumont, einer Ortschaft in den Ardennen, von dem niemand im Reich so genau weiß, wo sie liegt, einen glänzenden Sieg errungen hat.

Die überlebenden US-Amerikaner und ihre Verwundeten werden ins Schloss gebracht. Den verängstigten Zivilisten, die sie im Kellergewölbe vorfinden, sagen die Sieger, sie hätten nichts zu befürchten, solange sie sich ruhig verhalten würden. Als die Deutschen unter einer Decke einen verwundeten US-Soldaten entdecken, schlägt die Stimmung sofort um. Ein Untersturmführer beginnt lautstark zu fluchen und feuert einen Warnschuss ab. Er droht damit, alle Insassen des Kellers zu erschießen.

Doch dann wird er abgelenkt, weil am Kellereingang die Flüchtlinge aus der benachbarten Jugendherberge auftauchen. Sie nutzen die Gefechtspause, um das völlig zerschossene Gemäuer zu verlassen, in der Hoffnung im Sanatorium Schutz zu finden. Als der SS-Offizier deutsche Laute hört, beruhigt er sich. Diesmal findet sich unter den Insassen des Sanatoriums niemand, der es wagt, den Flüchtlingen den Zutritt zu verweigern.

Ungeachtet dessen, dass im Keller zweihundertfünfzig Zivilisten hocken, erklären die Deutschen das massive Gebäude zur Festung. Im Erdgeschoss verschanzen sich Panzergrenadiere. Scharfschützen nisten sich in den Fenstern und in den Ausgängen ein. An den Enden des Gebäudes werden Maschinengewehre eingegraben. Rund um den wuchtigen Bau postieren die Deutschen schweres Gerät, Panzer und Haubitzen. Vor dem Haupteingang geht eine mobile Flakbatterie in Stellung. So gerüstet erwarten sie den Gegenangriff der Amerikaner.

Das US-Kommando hat beschlossen, das Sanatorium zu stürmen. Dank der Verstärkungen, die nun stündlich eintreffen, hat sich die Schlagkraft der Einheiten erhöht. Der Angriff beginnt mit einem beispiellosen Granatfeuer. Es handelt sich nicht um gewöhnliche Granaten, sondern um neuartige Geschosse, die eine gewaltige Wirkung haben, weil sie mit Zündern ausgestattet sind, die kurz vor dem Einschlag explodieren und die Sprengkraft vervielfachen.

Nachdem die US-Artillerie das Gelände rund um das Sanatorium gründlich umgepflügt hat, verlassen zwei Kompanien den schützenden Wald und greifen frontal an. Es wird ein blutiges Gemetzel, denn auf freiem Feld geben die Amerikaner leichte Zielscheiben ab. Die wenigen Infanteristen, die das Sanatorium überhaupt erreichen, werden von einem Panther, der sich hinter dem langgestreckten Bau verbirgt, und den Maschinengewehren so lange unter Beschuss genommen, bis es von ihnen kein Lebenszeichen mehr gibt.

Von den achthundert US-Infanteristen, die zum Sturm angetreten sind, überleben nur einhundert. Als der Feind sich zurückzieht, will Peiper ihm keine Atempause gönnen. Er schickt ihm eine Panzerspitze hinterher, in der Hoffnung, diesen verflixten Bahnhof, an dem er schon zweimal gescheitert ist, einzunehmen.

Aber die Amerikaner wehren auch diesmal den Vorstoß ab. Im Gegenzug besetzen sie die Verbindungsstraße nach La Gleize und schieben so einen Keil zwischen die deutschen Einheiten. Peiper wittert die Gefahr und ruft seine Panzer zurück, um die Amerikaner von der Straße zu vertreiben. Bei der Säuberungsaktion machen die Fallschirmjäger einige Gefangene, darunter den Kommandanten des 2. Bataillons Major Hal Dale McCown.

* * *

Während rund um das Sanatorium ein Kampf auf Leben und Tod tobt, beginnen die Vinzentinerinnen damit, in der Kapelle im Obergeschoss des Klosters eine eucharistische Anbetung abzuhalten. Die Mutter Oberin, die mit der Rückkehr der Deutschen alles verloren glaubt, hat ungeachtet des heftigen Beschusses das Allerheiligste aus dem Tabernakel holen lassen und es zur Anbetung ausgestellt. Jetzt kann nur noch der liebe Gott helfen.

Zum ewigen Gebet wechseln die Nonnen sich ab. Während des Sturmes der Amerikaner auf die Festung hatte gerade Germaine Martin die Gebetswache übernommen. Als Mitschwestern die Oberin ablösen wollen, finden sie sie blutüberströmt zu Füßen des Altars. Eine verirrte Kugel hat zuerst ein Fenster der Kapelle, dann die Glasschale der Monstranz durchschlagen und sie schließlich mitten in der Brust getroffen.

Sœur Germaine hat viel Blut verloren, aber sie lebt noch. Als sie die verzagten Gesichter um sich herum sieht, sagt sie, es gäbe keinen Grund zu weinen und zu jammern: »Ich wollte das so. Der Herr hat mich erhört.«

Nachdem sich die Lage rund um das Sanatorium etwas beruhigt hat, beschließen die Nonnen nach einem Priester zu rufen, damit er der sterbenden Mutter Oberin die Krankensalbung gibt. René Lejeune, der Gärtner des Sanatoriums, meldet sich freiwillig für den Botengang.

Der Mutter Oberin hat er viel zu verdanken. Lejeune heißt eigentlich Ladislas Reisinger, ist Jude und lebt seit Jahren mit Frau und Tochter in einem Ferienhaus gleich um die Ecke. Im Kloster hat er eine Anstellung als Gärtner und Hausmeister gefunden. Jahrelang hat ihn sein ungarischer Pass vor Verfolgung und Deportation bewahrt. Seitdem aber die Ungarn im Krieg die Seiten gewechselt haben und im besetzten Europa die Endlösung der Judenfrage angelaufen ist, muss auch er um sein Leben fürchten. Ungeachtet der Gefahren läuft er los, um aus dem Dorf den Pfarrer zu holen.

Im Schutz der Dunkelheit erreicht Reisinger unbehelligt das Dorf, das nur noch ein Trümmerhaufen ist. Da das Pfarrhaus völlig zerschossen ist, vermutet er den Pfarrer in der Krypta. Als er beginnt, draußen zu lärmen und an der verschlossenen Kellertür zu rammeln, feuert eine der Wachen von innen eine Salve ab. Als es draußen still wird, öffnet der Schütze vorsichtig die Kellertür, um nachzuschauen, wer da ist und was da los. Durch die offene Tür kollert der schwer verwundete Gärtner die Treppe hinunter. Als der Abbé ihn erkennt, schreit er den Schützen an: »Mein Gott, was tust du? Was hat der Mann dir getan?«

Pierre schlottern vor Angst die Knie. Der Bursche, der sich eben noch so freundlich tat, entpuppt sich als gnadenloser Killer. Der Elsässer zuckt mit den Schultern: »Warum treibt er sich dann hier herum? Er hat hier nichts zu suchen.« Doch dann schaut er sich flüchtig den Verwundeten an: »Das ist nur ein Durchschuss. Davon stirbt man nicht!« Dr. Robinson schaut sich den Verletzten an. Tatsächlich, es ist nur eine Schusswunde: »Er hat Recht, es besteht keine Lebensgefahr.« Als Lejeune zu sich kommt, fasst er den Priester am Ärmel, zieht ihn zu sich hinab und raunt: »Monsieur l'Abbé, schnell …, die Mutter Oberin …, die Mutter Oberin liegt im Sterben. Sie bittet um die Letzte Ölung.«

Wenn eine arme Seele in ihrer Todesstunde des seelischen Beistands bedarf, lässt sich der Abbé nicht lange bitten. Doch der SS-Mann weigert sich, ihn gehen zu lassen. »Du bleibst hier. Wir haben unsere Befehle, und daran halten wir uns.« Der Abbé überlegt, wie er ihn umstimmen kann und greift dann zu einer List. Er streift seine Armbanduhr ab und reicht sie dem Elsässer: »Gefällt sie dir?« Die Augen des Schützen leuchten auf: »Ist das eine Piloten-Uhr? Ist die echt?«

»Ja, das ist ein Schweizer Fabrikat. Du kannst sie haben. Ich schenk sie dir …«

Der Elsässer greift schon nach der Uhr, aber der Abbé zieht seine Hand zurück: »Dafür musst du mich gehen lassen.«

Beim Anblick der Uhr kriegt der Schütze kugelrunde Augen. »Einverstanden«, sagt er und steckt sie sich rasch in die Tasche, als fürchte er, der Pfaffe könne es sich noch anders überlegen: »Nun mach schon: du kannst abhauen.« Seinem Kameraden murmelt er zu: »Wir lassen ihn laufen. Weit wird er sowieso nicht kommen.«

Der SS-Mann hat den Köder genommen. Doch der Abbé ist noch nicht zufrieden. Er zeigt auf Pierre: »Der Junge da kommt mit. Ich brauche einen Messdiener. Das ist so üblich«, behauptet er. Der Pfarrer will den Jungen nicht diesem dubiosen Kerl überlassen. Wer weiß, was der noch mit ihm anstellt. »Meinetwegen«, brummt der Elsässer. Er hat nur noch Augen für die Uhr. »Los Pierrot«, drängt der Abbé, »nun mach schon, wir müssen uns beeilen.«

Damit hat Pierre nicht gerechnet. Er hat den Abbé zwar öfter auf Versehgängen begleitet, aber diesmal ist es etwas anderes. Er verspürt keine Lust, den Keller zu verlassen und über ein Schlachtfeld zu laufen. Aber er fügt sich. Dem Abbé würde er nie widersprechen.

Nun ist es der Lehrer, der versucht, den Pfarrer umzustimmen: »Lassen Sie das. Das ist ein Himmelfahrtskommando«, warnt ihn Natalis. Doch der Abbé ist entschlossen: »Das weiß ich auch, aber der Leidensweg unseres Herrn war auch kein Spaziergang. Manchmal hat man keine Wahl.« Das leuchtet selbst dem Lehrer ein.

Bouboule, der bisher unbeteiligt in seiner Ecke kauerte, ist mit einem Mal hellwach. Als er begreift, was der Abbé vorhat, wittert er eine Chance, doch noch zu seiner Schwester zu gelangen. Er bittet und bettelt, man solle ihn mitnehmen, doch der Abbé lässt sich nicht erweichen: »Kommt nicht infrage. Was sollst du da? Du bleibst hier!« Als Arnaud erkennt, dass er nichts erreicht, veranstaltet er ein solches Gezeter, dass der halbe Keller in Aufruhr gerät. So aufgebracht hat Pierre den Freund noch nicht erlebt.

Die Wachen scheinen in dem Durcheinander die Kontrolle zu verlieren. Als die Dinge drohen, aus dem Ruder zu laufen, gibt der Elsässer einen Warnschuss ab, der gegen die Decke knallt und neben einem Kleinkind einschlägt. Danach herrscht Ruhe. »Was soll das?«, brüllt er, »ich habe die Schnauze voll von euch.« Er schnaubt vor Wut: »Hör mal zu, Hochwürden: Entweder du nimmst diesen Jammerlappen mit, oder du bleibst selber hier.«

Nun ist es der Abbé, der vor Wut kocht. Dieser Grünschnabel wird noch alles vermasseln. Aber es bleibt ihm nichts anders übrig, als den Schreihals mitzunehmen. »Kruzitürken, dann komm schon«, faucht er Arnaud an, »aber eins sag ich dir, du tust, was ich dir sage.«

Dann eilen sie zu dritt die Treppe hoch. Um zur Sakristei zu gelangen, müssen sie das zerschossene Kirchenschiff durchqueren, über Steine, Balken und die Leichen der Scharfschützen steigen. In der Sakristei durchwühlt der Pfarrer die Wandschränke und greift nach einem reich bestickten Chormantel. Offenbar will er damit Eindruck schinden. Selbst jetzt will er nicht auf den Prunk und den Pomp der katholischen Kirche verzichten. Während er die Schnalle um seinen Hals schließt, fährt er Arnaud an: »Wenn du schon da bist, kannst du den anderen Messdiener abgeben. Los, Pierre, zeig ihm, was er zu tun hat!«

Während Pierre seinem Freund hilft, den roten Talar überzustreifen und die Schnur um seinen Bauch festzurrt, um zu verhindern, dass er sich nachher verheddert und stolpert, legt der Abbé eine Handvoll geweihter Hostien in ein goldenes Schälchen. Dann schüttet er Öl in einen kleinen Kupferkessel, den er Pierre übergibt. Sie wollen gerade losziehen, als der Abbé sich an die Stirn greift: »Sapperment, fast hätte ich es vergessen. Arnaud, so geht das nicht. So kannst du nicht mitkommen.« Nicht auszudenken, wenn diesem Schreihals unterwegs etwas zustoßen und der Bengel ungetauft an der Himmelspforte erscheinen sollte. »Du kommst nur mit, wenn du dich taufen lässt. Ich diskutiere das nicht mit dir. Das ist mein letztes Wort.«

Bouboule versucht zu protestieren, aber der Abbé kennt kein Pardon: »Willst du nun mitkommen, oder nicht? Wenn ja, dann tust du, was ich dir sage. Sonst lasse ich dich hier.« Während Bouboule noch etwas Unverständliches stammelt, packt der Abbé den Widerspenstigen beim Kragen und zerrt ihn zum Taufbecken. »Nun komm schon. Wir haben keine Zeit zu verlieren.« Dass das Weihwasser völlig verdreckt ist, stört den Pfarrer nicht. Es ist sauber genug, um den Bengel von seinen Sünden reinzuwaschen.

Es ist eine Nottaufe, und sie dauert nur wenige Minuten. Pierre übernimmt die Rolle des Taufpaten. Im Eiltempo muss

Arnaud dem Teufel und seinen Verlockungen entsagen. Auf jede Frage nickt er stoisch mit dem Kopf. Er sträubt sich nicht mehr. Er will die Sache nur noch hinter sich bringen. Während Bouboule alles nachplappert, was man ihm vorsagt, fällt Pierre auf, dass sein Freund sein krankhaftes Stammeln abgelegt hat. Er spricht vollkommen normal.

Bevor es endlich losgeht, fragt der Abbé sie, ob sie die Vierzehn Nothelfer kennen? Pierre kennt nur den heiligen Rochus, den mit dem Hund am Bein. Abbé Stenne ist verärgert und sagt, der werde derzeit nicht gebraucht, es käme auf drei andere von ihnen an: nämlich die heilige Barbara, den heiligen Georg und den heiligen Cyriacus. Die Erste schütze sie vor Blitz und Feuer, der Zweite vor Krieg und Kriegsgefahr, der Letzte vor Todesangst. Alle drei zusammen würden sie vor allem Bösen bewahren.

Als sie durch das Kirchenportal schreiten, denkt Pierre einen Moment an die Wetterprognose vom Vortag. Der heilige Donatus ist immer noch im Verzug, denn das Wetter ist nebelig, nass und trübe. Insofern stellt er sich die Frage, ob die Vierzehn Nothelfer verlässlicher sind.

Doch für solche Überlegungen bleibt keine Zeit mehr. Der Abbé drückt Pierre, der schon den Kupferkessel in der einen Hand hält, die Glocke in die andere. Arnaud muss das schwere Prozessionskreuz stemmen. Das Döschen mit den geweihten Hostien verbirgt der Abbé unter seinem Umhang

Pierre trägt das Säckchen, in dem Roro steckt, offen über dem Chorrock. Seit dem Vorfall mit dem Schützen braucht er ihn nicht mehr zu verstecken. Die wundertätige Medaille an seinem Hals trägt er darüber. Sie soll ihn gegen jegliches Unglück schützen. Dann stolpern sie hinaus in die Dämmerung.

Auf den ersten Blick ist es wie an Fronleichnam, wenn eine Prozession mit dem Allerheiligsten auszieht. Doch statt des Duftes von Blumen und blühenden Bäumen schlägt ihnen der üble Geruch von Schwefel und Pulver entgegen. Als Pierre auf einmal das Pfeifen und Simmern der Kugeln, das Zischen und

Heulen der Granaten vernimmt, packt ihn ein solches Entsetzen, dass sich seine Nackenhaare sträuben. Jedes Mal, wenn ein Geschoss in der Nähe einschlägt, zieht er unwillkürlich den Kopf ein und muss mehrmals laut stöhnen. Doch der Abbé ist unerbittlich: »Vorwärts, Jungs, vorwärts, in Gottes Namen!«

Sie marschieren durch ein Stahlgewitter. Arnaud trägt das Kreuz eher wie ein Sturmgewehr als wie ein Banner vor sich her, und Pierre läutet dem Herrgott mit der Glocke den Weg frei. Die Kombattanten trennt meist nur der Straßengraben. Die Straße ist in dichte Rauchschwaden gehüllt, die aus den umliegenden Wiesen herüber schwappen. Die Morgennebel haben sich mit dem Rauch der Schlacht vermischt, sodass man den Weg nur erahnen kann.

Während sie durch das Schlachtgetümmel laufen, beginnt Roro in seinem Säckchen zu rumoren. Er kriegt kaum noch Luft. Er steckt sein Köpfchen durch die Öffnung, um zu sehen, was da draußen los ist, und als er sieht, dass sie mitten durch ein mörderisches Gemetzel laufen, will er nicht mehr mitmachen sondern so schnell wie möglich davonlaufen. Er beginnt zu zappeln und zu strampeln, um auf sich aufmerksam zu machen.

Aber Pierre achtet nicht auf ihn. Das Einzige, was ihn jetzt interessiert, sind seine Einsätze im Sündenbekenntnis. Denn der Abbé hat gerade mit dem Confiteor begonnen und Pierre muss trotz des Lärms um ihn herum darauf achten, dass er nicht den Faden verliert.

Jede Granate, die in ihrer Nähe einschlägt, quittiert der Abbé mit der Anrufung eines Nothelfers. »Heilige Barbara, bitte für uns!«, brüllt es zurück. Es soll wie ein Schlachtruf klingen, der Mut macht, aber es sind Schreckensschreie. Mehrmals ruft der Abbé »Corpus Christi, Corpus Christi« in das Schlachtgetümmel, als sei das eine Aufforderung an wilde Krieger, die Waffen niederzulegen.

Und da passiert das Unerhörte. Die Kämpfenden, die oft nur wenige Meter voneinander entfernt und gerade dabei sind, sich gegenseitig umzubringen, sind von dem Spektakel überwältigt. Sie halten inne und starren auf die Prozession, die da durch Rauch und Qualm an ihnen vorüberzieht. Pierre sieht, wie einzelne Soldaten ihren Karabiner fallen lassen, in die Knie gehen und sich bekreuzigen. Andere bleiben wie angewurzelt aufrecht stehen und beginnen wie Kinder zu schluchzen und zu wimmern. Andere heben die Hände hoch und blicken entzückt zum Himmel, als hätten sie eine Erscheinung.

Für einige Minuten legt sich eine seltsame Stille auf das Schlachtfeld. Niemand achtet mehr auf das Donnern der Kanonen. Alle lauschen nur noch dem Bimmeln der kleinen Glocke, deren Klang aus einer anderen Welt zu kommen scheint.

Von der Kirche bis zum Kloster ist es nur einen Kilometer weit, aber Pierre kommt es vor, als seien sie eine Ewigkeit unterwegs. Bouboule stemmt das Passionskreuz gegen den scharfen Westwind, der ihnen entgegen bläst, als wäre es eine Feldstandarte. Als sie durch den verwüsteten Park des Sanatoriums laufen, sieht Pierre, dass man der Mutter Gottes von der Immerwährenden Hilfe den Kopf abgeschossen hat, sie aber immer noch ihre Arme und Hände zum Segen ausstreckt.

Am Portal des Sanatoriums treten die Panzergrenadiere wie selbstverständlich zur Seite, um die seltsamen Kuriere durchzulassen. Diese rauen Gesellen, denen nichts heilig ist, verhalten sich so, als käme eine himmlische Abordnung, um Frieden zu stiften. Kaum sind die drei über die Schwelle der Festung getreten, setzt draußen wieder ein schreckliches Gemetzel ein.

* * *

Der Keller, den sie betreten, gleicht dem Hades, den Pierre aus Beschreibungen in den griechischen Sagen kennt. Es ist die Unterwelt mit all ihren Schrecken. Er würde sich nicht wundern, wenn Cerberus, der Höllenhund, um die Ecke geschossen käme, um sie auf der Stelle zu verschlingen.

Seit Tagen haben die Eingeschlossenen das Tageslicht nicht mehr gesehen. Sie hocken dicht gedrängt in ständiger Dunkelheit, sind durchnässt, unterkühlt, hungrig und durstig. Manche lecken aus schierer Verzweiflung das Regenwasser ab, das von der Decke tröpfelt und die Wände hinunter rinnt.

Das schmutzige Wasser hat bei manchen von ihnen Durchfall ausgelöst, was alles nur noch schlimmer macht. Im Keller herrscht ein bestialischer Gestank. Pierre glaubt sich in eine Jauchegrube oder in eine Latrine versetzt. Denn anders als in der Krypta, die über eine eigene Wasserleitung und sanitäre Anlagen verfügt, verrichten die Menschen hier ihre Notdurft hinter einem Betttuch. Die Zustände sind unerträglich.

Schwester Germaine lebt noch. Obwohl sie ihre Augen geschlossen hat, bewegt sie die Lippen, um zu signalisieren, dass sie ansprechbar ist. Der Abbé spricht die vorgeschriebenen Gebete und beugt sich zu ihr herab, um ihr die Beichte abzunehmen. Es folgt ein unverständliches Flüstern. Danach legt er ihr ein Stückchen Hostie auf die Zunge. Das Schlucken macht ihr sichtlich Mühe. Er besprengt sie mit Weihwasser und salbt ihr mit heiligem Öl die Stirn, die Hände und Füße, so wie es das Ritual der Kirche vorschreibt.

Die Sterbende raunt ihm zu, sie habe das Risiko gekannt, als sie trotz des Beschusses in der Kapelle blieb, doch sie habe entschieden, im Gebet auszuharren und notfalls ihr Leben zu opfern, damit die Menschen, die ihr anvertraut waren, es behielten.

Als der Abbé geendet hat, spricht ihn ein Vertriebener an: da gebe es noch einen Sterbenden, der nach ihm verlange. Er führt ihn zu einem schwer verwundeten SS-Mann. Der Soldat bittet ihn, mit ihm das Sterbegebet zu sprechen, so wie es der Pfarrer in seinem Dorf tue. Er sei katholisch und habe daheim fünf unmündige Kinder. Abbé Stenne tut ihm seinen Willen. Dann kramt der Deutsche mühsam seine Brieftasche hervor und reicht sie ihm: »Er bittet Sie nach dem Krieg seine Frau zu benachrichtigen«, übersetzt der Vertriebene, »und ihr auszurichten, dass er als guter Christ gestorben ist.«

Als der Abbé sich umschaut, sieht er nur Hoffnungslosigkeit und Verzweiflung. Die Menschen, die in dieser stinken Grube gefangen sind, wirken wie eine Herde ohne Hirten. Angesichts der Verzweiflung, die überall greifbar ist, beschließt er, allen, die es wünschen, die Beichte abzunehmen. Als Beichtstuhl dient ein Stuhl in einer Ecke. Sofort bilden sich lange Warteschlangen, denn alle wollen mit dem Herrgott ins Reine kommen, bevor ihr letztes Stündlein schlägt.

Auch die Flüchtlinge aus der Grenzregion wollen beichten, obwohl der Beichtvater kein Wörtchen von dem versteht, was sie ihm da an Sünden auflisten. Auch sie werden von aller Schuld losgesprochen.

Pierre holt den Hasen aus dem Säckchen, um ihn aufzumuntern. Roro hat sehr gelitten. Sein flauschiges Fell ist von Staub und Dreck verkrustet. Pierre nimmt ihn in den Arm. Es ist ihm egal, was die Leute denken. Aber der Hase ist ungehalten. Er hat es nicht geschätzt, dass ihn dieser Lümmel wie eine Tonscheibe in die Luft geworfen hat und so getan hat, als würde er ihn abknallen. Auch Pierres Entschluss, mit dem Abbé über ein Schlachtfeld zu laufen, kann er nicht gutheißen. Nun hätten sie den Salat.

Roro ist so wütend, dass Pierre befürchtet, er werde gleich aus dem Fell fahren. Es ist das erste Mal, dass sein treuer Kamerad offen gegen ihn aufbegehrt. Der Hase findet, Pierre habe es ihm gegenüber an Respekt und Rücksicht mangeln lassen. Der hätte gerne erwidert, daran könne er ersehen, wohin seine verrückte Vorliebe für Waffen führe, aber er will den Streit nicht auf die Spitze treiben. Stattdessen sagt er, dass es ihm leid tue, aber es gebe Dinge zwischen Himmel und Erde, die könne er nicht alleine bestimmen.

Über den Ärger mit Roro hat Pierre Bouboule aus den Augen verloren. Er entdeckt ihn schließlich, wie er eng umschlungen mit dem Schwesterchen auf dem nasskalten Fußboden sitzt. Bouboule schenkt dem Freund keinerlei Beachtung. Den roten Rock hat er ausgezogen, um ihn um die Schultern des Schwesterchens, das vor Kälte zittert, zu legen. Als Pierre ihn anspricht, bleibt er wortkarg und macht damit deutlich, dass er dessen Verhalten bei seiner Zwangstaufe nicht geschätzt hat.

Pierre kommt sich in dem Durcheinander überflüssig vor. Da entdeckt er Melanie. Anders als die anderen Kinder, die sich in die Kutten der Nonnen verkrochen haben, kauert sie abseits von den anderen. Sie bibbert vor Kälte und scheint ganz in Gedanken versunken zu sein.

Pierre ist von der Trauer, die von diesem Mädchen ausgeht, überwältigt. Er überlegt, wie er sie trösten kann. Er würde sie gerne in den Arm nehmen, ihr sagen, dass sie nichts mehr zu befürchten hat, weil er nun da ist und auf sie aufpassen wird. Aber er traut sich nicht. Sicherlich wäre es ihr peinlich. Außerdem fürchtet er, sich lächerlich zu machen und von den Nonnen zurechtgewiesen zu werden.

Innerlich schwankt er zwischen Mitgefühl und Mitleid, zwischen Zuneigung und Zärtlichkeit. Solch ein widersprüchliches Gefühl hat er noch nie verspürt. Es ist ihm gleichzeitig fremd und vertraut. Es tut weh und verleiht zugleich Flügel. Es ist auf alle Fälle anders als die Gefühle, die er für seine Eltern oder für seinen Bruder empfindet.

Unwillkürlich reicht er dem Mädchen sein Plüschtier. Es ist ein spontaner Reflex. Tief in seinem Innern fühlt es sich an, als habe er sein Alter Ego aus der Hand gegeben, als habe er seinen Schatten verloren. Das Mädchen wirft ihm einen fragenden Blick zu, beginnt dann aber, das arg gerupfte Tierchen zu streicheln und zu liebkosen. Dabei huscht ein flüchtiges Lächeln über ihr Gesicht. Pierre ist wie verzaubert. Etwas beschämt schleicht er sich davon.

Trotz des unablässigen Kanonendonners dösen viele der Eingeschlossenen erschöpft vor sich hin. Sie sind völlig amorph. Hin und wieder steigen deutsche Soldaten in den Keller, um sich etwas auszuruhen. In ihren abgestumpften Gesichtern spiegelt sich Mutlosigkeit und Resignation. Die Zahl der Verteidiger ist auf ein Häufchen von fünfzig bis sechzig zusammengeschmolzen. Seit zwei Tagen verteidigen sie verbissen die Stellung gegen eine feindliche Übermacht. Sie haben jeden Angriff zurückgeschlagen, aber ihre Kräfte erlahmen, und der versprochene Nachschub lässt auf sich warten.

Als die Flüchtlinge aus den Grenzgebieten das Adventslied »Tauet Himmel den Gerechten« anstimmen, stehen einigen dieser ruppigen Gesellen, die schon lange mit Gott und der Religion gebrochen haben, Tränen in den Augen.

Ihre Verwundeten legen die Deutschen unter der Kellertreppe ab. Darunter sind Männer ohne Arme und Beine, mit offenen Bäuchen und Löchern im Kopf. Das Klagen der Verwundeten dringt bis in die letzte Ecke des Kellers. Einer, der seinen rechten Arm verloren hat, schreit fürchterlich. Alle Versuche, ihn ruhig zu stellen, versagen. Er hört erst auf zu schreien, als er verblutet ist.

Pierre kann das Geschrei, den Gestank, den Anblick dieser zerschossenen und stinkenden Leiber nicht mehr ertragen. Der deutsche Sanitäter ist hilflos, weil ihm schon lange das Verbandszeug ausgegangen ist. Eine Nonne, die etwas Deutsch spricht, klärt den hilflosen Pfleger auf, dass unter den Gefangenen im Schloss ein amerikanischer Kollege mitsamt seiner Ausrüstung ist. Daraufhin wird dieser über Funk angefordert.

Als er eintrifft, macht er sich sofort ans Werk. In seinem Ranzen sind nicht nur die üblichen Hilfsmittel eines Sanitäters wie Verbandszeug, Pillen und Puder, die Instrumente für den Notfall wie Scheren, Zangen und Pinzetten, er verfügt auch über Sulfonamide, die als Antibiotika eingesetzt werden, und über das Wundermittel Morphium. Nach einer Weile hat er die meisten Verwundeten ruhiggestellt. Die Schreie werden leiser und verstummen am Ende. Nachdem er die deutschen Verwundeten versorgt hat, kümmert er sich um seinen verletzten Landsmann, den sie versteckt unter der Decke gefunden haben.

Der verwundete US-Soldat liegt nun neben dem deutschen Zugführer, der ihn vor kurzem noch umbringen wollte. Der hat nun selbst schwere Schussverletzungen an Bein und Unterkörper und ist außer Gefecht gesetzt. Die beiden wechseln ein paar Worte und tauschen dann Fotos aus, auf denen Ehefrauen oder Bräute zu sehen sind. Der GI, der sich kaum noch bewegen kann und nach Luft ringt, zeigt auf seine Brusttasche: »Schau mal nach, Kamerad, da müssen noch Zigaretten sein.« Der SS-Mann tastet ihn ab und holt ein blutverschmiertes Päckchen hervor. Er zündet sich eine Zigarette an und steckt auch dem Amerikaner eine in den Mund.

Pierre glaubt sich in den Wilden Westen versetzt, wo Indianer das Kriegsbeil begraben, um die Friedenspfeife zu rauchen. Das alles passt nicht so recht ins Bild, das er sich von den Deutschen gemacht hat. Für ihn waren die Boches bisher alles Unholde, Verbrecher, und nun zeigt sich, dass selbst sie so etwas wie Gefühle haben.

Der Deutsche wundert sich, dass der Ami so gut Deutsch spricht. »Wo hast du Deutsch gelernt, Kamerad?«

»Meine Eltern stammen aus der Pfalz und sind ausgewandert.«

»Ich heiße Klaus, Klaus Müller. Ich bin Ostpreuße«, stellt sich der SS-Mann vor.

»Drucker, Sammy Drucker aus Alabama«, hechelt der andere.

Als Pierre den Vornamen Samuel hört, stockt ihm der Atem. Bei einem solchen Namen kann es sich nur um einen Juden handeln. Doch der Sturmbannführer scheint es nicht zu bemerken oder es stört ihn nicht. Als dem Soldaten aus Alabama die brennende Zigarette aus dem Mund gleitet, steckt der SS-Mann sie ihm wieder zwischen die Lippen und hält sie fest, bis der Sterbende seinen letzten Atemzug gemacht hat.

In diesem Moment schlägt eine Granate ein, die genau über ihren Köpfen krepiert. Alle im Keller ducken sich. Es ist der Auftakt für ein stundenlanges Flächenbombardement, mit dem die US-Artillerie den Deutschen den Garaus machen will. Nach den schweren Verlusten des Vortages scheuen die Amerikaner einen frontalen Angriff.

Zweitausend Granaten prasseln auf das Dorf und die Festung. Bei jedem Einschlag gellen Angstschreie durch den Keller, werden Flüche ausgestoßen und Gebete gemurmelt. Als der Pfarrer beginnt, den Schmerzhaften Rosenkranz zu beten, stimmen alle ein. Da jeder den Rosenkranz in seiner Muttersprache betet, artet es zu einem heillosen Kauderwelsch aus, bis der Abbé Vorbeter benennt, die im Wechsel beten.

Am Nachmittag beginnt es wieder zu frieren. Auf dem gefrorenen Boden rücken die Amerikaner mit Panzern vor. Die deutschen Panzerkampfwagen, die sich eingegraben haben, nehmen sie ins Visier und verabreichen den beiden vorderen Sherman-Panzern einen Volltreffer.

Danach sehen die Amerikaner von weiteren Vorstößen ab. Sie wollen lieber warten, bis sich der Himmel aufklart. Bis zum erhofften Wetterwechsel setzen sie auf die Artillerie. Stundenlang bebt das Haus unter den Erschütterungen. Schließlich setzt eine Mörsergranate den Dachstuhl des Sanatoriums in Brand. Kurz darauf reißt eine zweite ein Loch in die Kellerdecke, sodass Steine, Bretter und Balken in den Keller stürzen. Es sprühen Funken, und Rauch breitet sich aus. Ängstlich schreien die Menschen im Keller auf. Pierre erwartet regungslos den nächsten Treffer. Er weiß, der würde tödlich sein.

Doch dann folgt unerwartet eine Feuerpause. Als der Rauch sich hebt, schauen die Eingeschlossenen sich nach ihren Bewachern um. Sie sind fort. Da sie jeden Mann im Kampf brauchen, haben die Deutschen die Wachen abgezogen. Die Zivilisten sind sich selbst überlassen und beraten aufgeregt, was sie nun anstellen sollen, um dem drohenden Tod zu entkommen. Alle sind sich einig, diesen Keller schleunigst zu verlassen, sonst wird er ihr Grab.

Sie beschließen Parlamentäre zu schicken, um die kämpfenden Parteien zu überreden, das Feuer kurz einzustellen und ihnen freien Abzug zu gewähren. Sie bestimmen drei Parlamentäre. Der Pfarrer soll sie anführen, denn auf einen Priester wird man nicht schießen. Die Flüchtlinge benennen ihrerseits einen Vertreter. Die Dorfbewohner wählen aus ihren Reihen einen, der etwas Englisch spricht. Vorsorglich werden die Kinder geweckt. Sie sollen sich für einen Ausbruch bereithalten.

Als die Parlamentäre die Treppe hochsteigen, stellen sich ihnen deutsche Soldaten in den Weg. Der Vertriebene versucht, sie mit freundlichen Worten davon zu überzeugen, sie gehen zu lassen. Der SS-Mann lehnt ab. »Das kommt nicht infrage. Ihr bleibt hier. Ihr seid unsere Lebensversicherung.«

Der »Volksgenosse« wendet ein, dass die Amerikaner doch gar nicht wüssten, dass im Keller nur Zivilisten und Verwundete seien. »Sie werden weiter schießen, bis hier kein Stein mehr auf dem anderen steht. Wenn das nicht bald aufhört, gehen wir alle zugrunde.« Als er sich zu der Bemerkung hinreißen lässt, die Deutschen sollten aufgeben, weil die Schlacht sowieso verloren sei, wird der SS-Mann wütend. »Wenn ihr nicht sofort verschwindet, mach ich euch Beine.« Drohend richtet er sein Gewehr auf ihn.

Da die Abgeordneten erkennen, dass sie nichts ausrichten werden, kehren sie entmutigt um. Aber der junge Mann beschließt, es alleine zu versuchen. Er tut so als wolle er sich den beiden anderen anschließen, aber dann läuft er los. Kaum biegt er um die Ecke, pfeifen ihm Kugeln um die Ohren. Ein US-Scharfschütze hat ihn entdeckt und nimmt ihn aufs Korn. Er duckt sich, kehrt schleunigst um und taumelt in den Keller. Er muss erst einmal durchatmen. »Da ist kein Durchkommen. Die schießen auf alles, was sich bewegt.«

Nun gibt es keine Hoffnung mehr. Bevor der nächste Beschuss einsetzt, der der Festung und seinen Bewohnern den Rest geben wird, will der Pfarrer den Männern und Frauen die Generalabsolution erteilen – so wie es sein Feldkaplan im letzten Krieg mit ihnen vor jedem Sturmangriff im Schützengraben gehalten hat. Die Menschen sollen für den letzten Gang gerüstet sein. Seine Hände zittern, als er den verzagten Menschen zu seinen Füßen den Segen gibt. Selbst ein Mitglied des »Schwarzen Ordens« bekreuzigt sich.

* * *

Am Abend beruhigt sich die Lage. Das Sperrfeuer der US-Artillerie nimmt ab. Die Deutschen, denen die Munition knapp wird, begnügen sich mit sporadischen Salven aus ihren Maschinengewehren. Am Morgen gibt es nur noch vereinzelten Schusswechsel. Gelegentlich feuert die Haubitze vor dem Haupteingang einen Schuss ab. Die Amerikaner kümmert das nicht. Sie scheinen abzuwarten.

Laut dem Julianischen Kalender beginnt an diesem 21. Dezember der Winter. Das entspricht dem Fest der Sonnenwende im heidnischen Kalender der Nationalsozialisten. Für Peiper ist es ein gutes Omen.

Tatsächlich beginnt es zu schneien. Das schlechte Wetter wird weiterhin jedes Eingreifen der US-Luftwaffe vereiteln. Als der Kommandant der Kampfgruppe über Funk erfährt, dass eine Vorhut der 5. Panzerarmee die Ortschaft Celles erreicht hat und nur noch sechs Kilometer von der Maas entfernt ist, schöpft Peiper neuen Mut und wittert eine Chance, das Blatt noch zu wenden.

Da alle Ausfallstraßen blockiert sind und die Amerikaner ihren Ring um Stoumont geschlossen haben, beschließt er, sich mit seinem Verband ins Nachbardorf La Gleize abzusetzen und dort die Verstärkungen abzuwarten, die die Wehrmacht versprochen hat. Angeblich rücken frische Truppen bereits auf

Trois-Ponts vor. Mit vereinten Kräften werden sie den Durchbruch schaffen und über die Nationalstraße Nr. 66 bis zur Ourthe, einem Nebenfluss der Maas, vorstoßen.

Um schnell und unbemerkt nach La Gleize zu gelangen, muss Peiper die Kriegsgefangenen und die Verwundeten zurücklassen. Er weiß, dass seit dem Massaker von Malmedy, von dem er über Funk erfahren hat, das Kriegsrecht außer Kraft gesetzt ist und nun auch von den Amerikanern kein Pardon mehr gegeben wird. Um das Überleben der eigenen Verwundeten sicherzustellen, nimmt Peiper den gefangenen US-Major McCown in die Pflicht.

Peiper verlangt von ihm, dass er sich mit seinem Ehrenwort als Offizier für die Sicherheit seiner Kameraden verbürgt. Seinerseits verspricht er, den amerikanischen Gefangenen kein Haar zu krümmen, solange sie sich seinen Anordnungen fügen. Um beides zu gewährleisten, wird er den Major als Geisel betrachten. Baron de Harenne wird als Zeuge hinzugezogen, um sich nach dem Abzug der Deutschen bei den Amerikanern für das Abkommen zu verwenden.

Mit Einbruch der Nacht brechen die Reste der Kampfgruppe Peiper auf. Im Sanatorium lässt der Kommandant nur einige Scharfschützen zurück, die regelmäßig schießen, um bei den Amerikanern keinen Verdacht aufkommen zu lassen. Sie sollen die Angreifer in ihren Stellungen festnageln und sich als Letzte absetzen. In aller Stille schließen sich dem Tross auch die Panzergrenadiere und Fallschirmjäger an, die noch im Dorf ausharren.

Als die Deutschen beginnen, ihre Sachen zu packen, macht ihr Sanitäter Anstalten sich ihnen anzuschließen. Sein amerikanischer Kollege bittet ihn zu bleiben: er könne all die vielen Verwundeten nicht alleine versorgen. Wenn seine Leute einträfen, werde er ein gutes Wort für ihn einlegen. Daraufhin beschließt der Deutsche im Einverstädnis mit seinem Kommandanten zu bleiben.

Die Deutschen operieren so geschickt, dass die Amerikaner von dem Absatzmanöver nichts mitbekommen. Erst am Morgen bemerken sie den Stellungswechsel. Als sie den neuen Standort des Feindes ausgemacht haben, überzieht die US-Artillerie die Ortschaft mit einer solchen Feuerwalze, dass von dem Dörfchen La Gleize bald nur rauchende Trümmer übrig bleiben.

In den Ruinen finden die deutschen Panzer keine Deckung mehr. Sie ziehen sich aus dem Ortskern in den Wald zurück, aber die Infanteristen des 117. und 36. US-Regiments bleiben ihnen auf den Fersen. Beim Kampf Mann gegen Mann zahlen die Amerikaner auch diesmal einen hohen Blutzoll, denn die Deutschen sind kampferprobt und wehren sich verbissen.

Bei der Waffen-SS macht sich der Mangel an Munition, an Treibstoff und Lebensmitteln immer mehr bemerkbar. Alle Versuche der Wehrmacht, die Eingeschlossenen aus der Luft mit Nachschub zu versorgen, schlagen fehl. Die am Boden markierte Landezone am Dorfrand ist zu klein, und die Fallschirme, die die Luftwaffe abwirft, werden vom Wind abgetrieben. Außer einigen Paketen mit Schnaps und Zigaretten landen die Kisten außerhalb des Kessels in den Händen des Feindes. Auch der Versuch, Munition und Treibstoff die Amel hinunter zu flößen, scheitert. Unter Peipers Männern macht sich Mutlosigkeit breit.

Am Samstag kommt der Wetterwechsel, den die Amerikaner herbeigesehnt und die Deutschen befürchtet haben. Der Himmel klart auf. Die Flugzeuge der US Air Force können aufsteigen. Sofort nehmen ihre Jagdbomber die Kampfgruppe Peiper ins Visier. Da viele deutsche Panzer wegen der leeren Tanks bewegungslos auf den Wiesen stehen, werden viele wie Attrappen abgeschossen.

Als der Weiler Cheneux, wo sich die letzte offene Brücke über die Amel befindet, von den Fallschirmjägern aufgegeben wird, dämmert selbst einem Haudegen wie Peiper, dass die Schlacht verloren ist. Er wird die Maas nicht mehr erreichen und beauftragt die Pioniere alle verbliebenen Fahrzeuge und Geschütze unbrauchbar zu machen.

Danach bricht er mit den achthundert Überlebenden seiner Kampfgruppe auf, um sich im Schutze der Nacht bis zu den deutschen Linien durchschlagen.

Während Peipers Mannen in Nacht und Nebel untertauchen, hören die Eingeschlossenen im Sanatorium wieder das bedrohliche Brummen und Rasseln von Motoren. Diesmal sind es amerikanische Panzer, die auf die Festung zurollen. Sie nehmen die Fassade so lange unter Feuer, bis von ihr nur Reste übrig bleiben.

Die Panzerbesatzungen wundern sich, dass ihr Beschuss keine Gegenwehr auslöst. Da sie überzeugt sind, dass die Deutschen ihnen eine Falle stellen, fordern sie Jagdbomber an. Angesichts der schweren Verluste der Infanterie wollen sie darauf verzichten, die Festung im Sturm zu nehmen. Das Sanatorium soll so lange aus der Luft bombardiert werden, bis es vom Erdboden getilgt ist.

Doch da der Wind an diesem Weihnachtsabend wieder von Westen bläst und dicke Wolken auf die Hochfläche treibt, kommt die US-Luftwaffe nicht zum Einsatz.

Während draußen eine merkwürdige Ruhe einkehrt, macht sich im Keller Ratlosigkeit breit. Was wäre, wenn die Deutschen abgezogen wären? Aber warum sollten sie ihre Verwundeten zurücklassen?

Der junge Mann, der zu den Parlamentären gehörte, meldet sich um nachzuschauen. Er schleicht die Treppe hoch, um zu sehen, was da draußen los ist. Tatsächlich, die Deutschen sind weg. Als er US-Panzer erkennt, winkt er freudig mit einem weißen Tuch. Doch die Amerikaner verstehen nicht, was er will, und verscheuchen ihn mit einer Maschinengewehrsalve.

Immerhin schicken die Amerikaner nun einige Infanteristen als Späher los. Sie erreichen unbeschadet die Festung, von der nur noch rauchende Trümmer übrig geblieben sind. Vom Feind ist nichts zu sehen. Angesichts der Zerstörungen, die die Schlacht angerichtet hat, rechnen die Sieger nicht mit Überlebenden, bis sie ein Wimmern und Stöhnen vernehmen, das aus dem Untergrund kommt. Als ein Soldat die Treppe hinuntersteigt, schlägt ihm ein unerträglicher Gestank entgegen. Im Schein einer Taschenlampe sieht er verwahrloste Gestalten, die aussehen wie arme Seelen aus dem Fegefeuer.

Ein hünenhafter Mann löst sich aus der Menge: »Belgians, no soldiers, women and children«, versichert er. »No Germans, no Germans«, bestätigt eine Stimme im Hintergrund. Es ist Pierre, der sich wie ein Schatten an die Fersen des Abbés heftet. Nachdem der Kundschafter erkannt hat, dass im Keller nur Zivilisten sind, sagt er: »Habt keine Angst, Leute. Don't be afraid, folks!«

Durch den Keller geht ein Raunen, das sich rasch zu Freudenschreien steigert. Die Spannung löst sich. Es ist vorbei, es ist überstanden. Nach drei endlosen Nächten ist der Albtraum zu Ende. Die Waffen schweigen. Die Menschen, die drei Tage im Keller eingeschlossen waren, atmen durch. Sie sind befreit. Sie waren im Auge des Orkans, aber sie haben überlebt. Sie liegen sich lachend und weinend vor Glück in den Armen.

Als der erste Amerikaner die Treppe hinunterstieg, hat Germaine Martin ihren letzten Atemzug getan – so als hätte sie ausgeharrt, um noch zu erleben, dass ihr Opfer nicht vergeblich war. Als der Abbé sie tot sieht, segnet er den Leichnam und zitiert aus dem Gedächtnis das Johannes-Evangelium: »Solange ich bei ihnen war, habe ich sie in Deinem Namen erhalten. Alle, die Du mir gegeben hast, habe ich bewahrt, und keiner von ihnen ist verlorengegangen.«

Immer mehr neugierige US-Soldaten drängen nun in den Keller. Als sie die verdreckten, halb verhungerten Kinder sehen, sind sie gerührt. Sie geben ihnen Schokolade und Süßigkeiten, ziehen ihre Jacken aus und legen sie um die Schultern der Knirpse und der Frauen, die vor Kälte schlottern.

Da das schwer beschädigte Gemäuer jeden Moment einzustürzen droht, kommt der Befehl, es schleunigst zu räumen: »Hurry up, go out!«, rufen die US-Soldaten. Während die Erwachsenen die Treppe eiligst hochstolpern, tragen Soldaten die Kinder auf den Schultern. Einer von ihnen hat sich ein Mädchen geschnappt, das ein blaues Plüschtier an sich drückt.

Im Keller bleiben nur die verwundeten SS-Männer zurück. Die Amerikaner wissen nicht, was sie mit ihnen anfangen sollen. Angesichts der Gräuel, die die Waffen-SS überall angerichtet hat, würden sie am liebsten kurzen Prozess mit ihnen machen. Gerade rechtzeitig kommt Charles de Harenne herbeigelaufen, um sicherzustellen, dass sie als Kriegsgefangene nach der Genfer Konvention behandelt werden. Aufgeregt berichtet er von den US-Gefangenen im Schloss und dem Abkommen, das Obersturmbannführer Peiper mit Major McCown geschlossen hat.

Pierre steckt immer noch in seinem verschmutzten Ministrantenrock. Als er aus dem Keller taumelt, ist er zunächst von dem fahlen Licht, das ihm entgegenschlägt, geblendet. Als sich der Nebel vor seinen Augen hebt, sieht er, dass vom Sanatorium nur Trümmer übrig sind: die Fassade ist durchlöchert, das Dach zerschossen, die Decke eingebrochen. An den Park erinnern nur verkohlte Baumstümpfe. Weit verstreut liegen auf dem Gelände rund um das Sanatorium zerstörte und weggeworfene Waffen und zahllose Leichen mit ausgestreckten Armen und offenen Mündern. Viele der Gefallenen sind unkenntlich und ohne Gliedmaßen. Die verstümmelten Körper zeugen von der Erbitterung, mit der der Kampf ausgetragen wurde.

Vorsorglich ziehen die Ordensfrauen mit ihren wallenden Gewändern einen Kreis um die Kinder, um ihnen den schaurigen Anblick zu ersparen. Aber den süßlichen Leichengeruch, der überall wabert, können sie nicht verscheuchen. Dann verlesen sie die Namen aller Kinder, Pflegekräfte und Pflegefälle, die im Sanatorium gemeldet sind. Sie sind vollzählig, wenn auch in miserabler Verfassung. Einige haben Blessuren, die von Glasscherben oder Schutt verursacht wurden, aber niemand ist ernsthaft verletzt. Auch die Flüchtlinge haben keine Verluste zu vermelden. Für die Nonnen besteht kein Zweifel, dass ihre wunderbare Errettung auf das Konto von Mutter Germaine geht.

Während draußen ein heftiges Schneetreiben einsetzt, lassen die Amerikaner alle jungen Männer aus der Reihe treten, weil sie sichergehen wollen, dass sich unter den verdreckten Gestalten, die aus dem Untergrund auftauchen, keine deutschen Soldaten verbergen.

Auch Pierrot und Bouboule werden nach Waffen abgetastet und müssen den linken Oberarm freilegen, damit man überprüfen kann, dass es keine Tätowierung gibt, die sie als Mitglied des Totenkopfordens ausweist. Bouboule, der sich dafür von seiner Schwester trennen muss, reagiert mürrisch auf die Anordnung: »Sollen wir vielleicht auch noch unsere Hosen herunter lassen, um sie zu überzeugen, dass wir keine Boches sind?«, fragt er sarkastisch.

Unterdessen tauchen Lastwagen des Roten Kreuzes mit Sanitätern und Krankenpflegerinnen auf, die Schinken- und Käsebrote verteilen und warme Getränke ausschenken. Als Pierre sich umschaut, sieht er, wie sich vom Dorf der Zug mit den Insassen der Krypta nähert, der von Ernest Natalis angeführt wird. Auch sie haben anscheinend keine Verluste zu beklagen.

Pierre befragt einige Jungen aus Don Bosco nach dem Schicksal ihrer Bewacher. Sie glauben, dass einer der beiden überlebt habe. Sie sind sich aber nicht sicher, welcher. Die beiden Blödiane hätten gar nicht bemerkt, dass ihre Kameraden heimlich das Feld geräumt hätten. Als auf einmal die Amerikaner aufgetaucht seien, hätten sie versucht, sich zu verdrücken, indem sie sich in der Menge verstecken.

Doch das sei ein sinnloses Unterfangen gewesen, denn alle im Keller hätten mit dem Finger auf sie gezeigt. Als der erste entdeckt wurde, habe er wie wild um sich geschossen, woraufhin die Amerikaner ihn wie ein Sieb durchlöchert hätten. Der andere habe die Hände auf den Kopf gehoben und sich ergeben. »Stell dir vor. Er hat sich vor Angst in die Hosen gemacht. Er hat geheult und geschluchzt wie ein Kind.«

Der Junge erzählt es mit einer Mischung aus Verachtung und Schadenfreude. Als die Amis gesehen hätten, dass es sich um ein junges Bürschlein handelte, hätten sie höhnisch von einem Kindergarten gesprochen. »Sie haben ihm sein Rangzeichen von der Schulter gerissen, ihm die Koppel und den Dolch abgenommen. Die Amis lieben solche Sachen. Soviel ich weiß, haben sie ihn nicht erschossen, sondern abgeführt.«

Der Kamerad aus Don Bosco macht keinen Hehl daraus, dass es ihm lieber gewesen wäre, die Amerikaner hätten dieses verdammte Schwein abgeknallt oder irgendwo aufgehängt. Als Pierre die Sache mit dem Dolch hört, vermutet er, dass es der Elsässer war, der überlebt hat, aber sicher sein, kann er sich nicht.

Während die Einwohner evakuiert werden, riegeln Militärpolizisten die Landstraße ab. Neben dem Bürgermeister dürfen nur der Pfarrer und der Schulleiter im Dorf bleiben. Pierre hat genug von Krieg und Lagerleben. Er verspürt keine Lust, irgendwohin interniert zu werden. Der Grund für ihn, nach Stoumont zu kommen, war die Weihnachtsmette, und die wird nicht stattfinden. Jedenfalls nicht so, wie geplant.

Er bittet den Abbé darum, ein gutes Wort für ihn einzulegen, damit er bei ihm bleiben kann. Marcel Stenne hat dem Jungen gegenüber ein schlechtes Gewissen, weil er ihn hierher gerufen hat und damit vielen Gefahren ausgesetzt hat. Auf sein Drängen hin erhält der Bürgermeister vom Commander die entsprechende Erlaubnis.

Nun drängt die Zeit, sich zu verabschieden. Nachdem er Arnaud und Esther, die sich schon für den allgemeinen Aufbruch rüsten, ausfindig gemacht hat, will Pierre unbedingt erfahren, wann und wo sie sich wiedersehen werden. Bouboule wirkt irgendwie abwesend, desinteressiert. Er behandelt Pierre wie einen entfernten Bekannten, fast wie einen Fremden: »Am besten nächstes Jahr in Jerusalem«, antwortet er lakonisch.

Pierre kennt den Segensspruch, den die Juden zum Passahfest austauschen. Aus Arnauds Mund klingt er unpersönlich, fast zynisch. Es ist, als wolle er ihre gemeinsame Vergangenheit abschütteln, weil sie ihm lästig geworden ist. Offensichtlich hat er die Erlebnisse der letzten Tage noch nicht verarbeitet. Pierre nimmt es ihm nicht übel, auch wenn der Abschied eher reserviert ausfällt.

Dann entdeckt er Melanie. Sie steckt mitten in einem Pulk Mädchen, die eingerahmt von den Nonnen sich zum Abmarsch bereit machen. Ihr Gesicht ist voller Schmutz und Ruß, aber als sie Pierre sieht, leuchtet es auf. Sie hebt den Plüschhasen, den sie in ihrer Jacke verborgen hält, hoch, damit Pierre ihn sehen kann. Er soll sehen, dass es ihm gut geht.

Pierre reut es mit einem Mal, dass er das Tierchen, diesen lieben Kerl, der ihm so am Herzen lag, in einer plötzlichen Gefühlswallung leichtfertig abgegeben hat. Er hätte ihn gerne zurückgeholt, aber dazu fehlt ihm der Mut. Er will Roro noch einmal den Hals kraulen, weil er weiß, dass er das liebt.

»Wie heißt der Hase eigentlich?«, will das Mädchen wissen.

»Louis. Er heißt Louis«, lügt Pierre.

»Louis«, wiederholt das Mädchen freudestrahlend: »Welch ein schöner Name. So hieß auch mein kleiner Vetter, der gestorben ist.«

Pierre ist erleichtert, dass Roro ihm nicht widerspricht. Denn er schämt sich, fühlt sich wie ein mieser Kerl, der seinen besten Freund, einen, der mit ihm durch dick und dünn gegangen ist, für das Lächeln eines kleinen Mädchens verrät. So muss sich der Apostel Petrus gefühlt haben, als er im Palast des Hohen Priesters seinen Herrn verleugnete.

Aber dann glaubt er zu sehen, wie Roro ihm mit seinen süßen Glasaugen zuzwinkert, als wolle er sagen: »Du hast alles richtig gemacht. Mach dir keine Sorgen. Du brauchst dich nicht zu grämen. Sie braucht mich mehr, als du mich brauchst.« Mit einem Mal ist Pierre klar, dass seine Kindheit beendet und es an der Zeit ist, sein Leben in eigene Hände zu nehmen und es ohne Roro zu meistern.

Die Überlebenden aus dem Keller sind sehr mitgenommen. Sie schleppen sich förmlich zu den Lastwagen, die sie in ein Auffanglager bringen werden. Die Erwachsenen haben Decken um die Schultern geschlagen. Da vor allem die Kinder entkräftet sind und sich kaum noch auf den Beinen halten können, werden sie von Sanitätern getragen.

Der Trauermarsch wird von den Ordensfrauen angeführt. Es sieht aus wie der Auszug der Kaiserlichen Garde aus dem brennenden Moskau. Die Nonnen lassen nicht zu, dass Soldaten den Leichnam der Mutter Oberin berühren. Sie legen ihn vorsichtig auf eine Bahre, hieven diese hoch und tragen sie auf ihren Schultern. Pierre kennt das aus seinen Ritterromanen. Wenn die Schlacht vorüber ist, betten die Recken ihren toten Helden, der sich wacker geschlagen hat, auf ihre Schilde, um ihn vom Schlachtfeld zu tragen und in allen Ehren zu bestatten.

Epilog

Pierre schaut den Fahrzeugen nach, bis sie im Schneetreiben verschwinden. Dann begleitet er den Baron, den Pfarrer und den Lehrer, dieses Dreigespann, das jahrelang sein Leben bestimmt hat, ins Schloss. Das Kastell ist das einzige Bauwerk, das fast unversehrt geblieben ist. Seine exponierte Lage am Rand des Hochplateaus hat es vor der Zerstörung bewahrt. Lediglich eines der Türmchen hat einen Treffer abbekommen. Vom Dorf selber sind nur Schutt und Trümmer übrig geblieben. Die US-Artillerie hat ganze Arbeit geleistet und das Hochplateau in eine Kraterlandschaft verwandelt.

Zwischen zerstörten Kanonen und ausgebrannten Panzern liegen Leichen. Während die ersten Bagger und Kranwagen heran rollen, um das Gelände zu planieren, sind Sanitäter dabei, die toten Amerikaner zu identifizieren. An den Leichen der Deutschen machen sich dubiose Gestalten zu schaffen. Während die einen an Andenken und Trophäen interessiert sind, an Orden und Abzeichen, die sie den Toten abnehmen, suchen andere nach Waffen und Ausrüstung. Sie nehmen alles, was noch irgendwie nützlich erscheint oder sich zu Geld machen lässt: Rucksäcke, Lederstiefel und Wintermäntel.

Alle vier sind angewidert. »Schau dir diese Aasgeier an, Pierrot«, murmelt der Lehrer, »das sind richtige Leichenfledderer. Solche Kreaturen tummeln sich seit Anbeginn der Welt auf allen Schlachtfeldern dieser Erde.« Während er das sagt, knirscht er mit den Zähnen.

Die Leichenschänder verdrücken sich, als Militärpolizisten auftauchen. Diese führen deutsche Kriegsgefangene heran, die die undankbare Aufgabe haben, ihre gefallenen Kameraden zu bergen und das Schlachtfeld zu säubern. Manche Körper sind so tief im Morast versunken, dass man sie freischaufeln muss. Andere sind festgefroren, und man muss sie mühsam mit Hacken und Stangen aus dem Boden befreien.

Selbst im Tod bleiben Freund und Feind säuberlich getrennt. Amerikanische Leichname werden mit US-Fähnchen gekennzeichnet, in saubere Tücher gewickelt und auf Tragbahren zu Lastwagen gebracht, wo man sie in schlichte Holzsärge legt. Die anderen Leichen werden einfach am Straßenrand gestapelt. Die Bulldozer heben bereits Gruben für Massengräber aus.

Auf dem Weg ins Schloss durchqueren sie das Dorf und sehen, dass einzelne Bauern trotz des Verbotes zurückgeblieben oder zurückgekehrt sind, um Haus und Hof, oder zumindest das, was davon übrig geblieben ist, vor Dieben und Plünderern zu bewahren. Mit Riemen und Seilen schleifen sie das erschlagene Vieh aus den Ruinen, um die Kadaver zu verbrennen.

In einem Innenhof ist ein Mann dabei, mit einem großen Messer einen Tierkadaver, dessen Verwesung fortgeschritten ist, zu häuten. Offensichtlich will er das faulige Fell noch nutzen, um es zu verkaufen. »Da kann man sehen, was der Krieg aus uns Menschen macht«, entrüstet sich der Abbé. »Er wirft sie in die Steinzeit zurück.«

Vor dem Schloss zeugt eine gesprengte 75-mm-Kanone davon, dass hier die deutsche Kommandostelle war. Im Untergeschoss hat sich schon die amerikanische Generalität eingerichtet.

Die Männer und der Junge gehen ins obere Stockwerk, wo sie Gelegenheit erhalten, sich zu waschen und ihre Kleider zu wechseln. Um Pierre kümmert sich die Frau Baronin. Sie lässt ihm ein heißes Bad einlaufen und legt ihm auf einer Kommode frische Wäsche, Hemd, Pullover und karierte Knickerbocker bereit, die einem ihrer Söhne gehören. Pierre steigt ins warme Wasser, schließt die Augen und fühlt sich wie im siebten Himmel. In Sekunden fallen der Schmutz und die Angst der letzten Tage von ihm ab.

An Abend beginnt es draußen wieder zu schneien. Die Baronin hat Pierre in einer Kammer unter dem Dach ein Bett bezogen. Abgesehen von den Nächten, die er im Krankenhaus von Stavelot verbracht hat, hat Pierre nur selten eine Nacht ohne Roro verbracht. Ob es ihm gut geht?

Unruhig wälzt er sich in seinem Bett. Als er endlich einschläft, geistern zunächst vertraute Gestalten, der Abbé, Mama Margareta und Bouboule durch seine Träume. Dann folgen Bilder von Vater und Mutter, von Onkel Nathan und Vetter Fred, vom Donnernden Büffel und vom Sorgenden Storch. Die Bilder rasen an ihm vorbei wie in einem Film, der aus der Spule geraten ist.

Es folgen beklemmende Szenen mit brüllenden Schwarzhemden, schreienden Verwundeten und verstümmelten Leichen. Irgendwann taucht auch Roro in seinen Albträumen auf. Die Boches sind dabei, ihn zu foltern, um von ihm zu erfahren, wo sich sein jüdischer Kompagnon versteckt hat. Um ihn zum Reden zu bringen, stoßen sie ihm Messer und spitze Nadeln ins Fell, sodass er aussieht wie eine Voodoo-Puppe. Bei jedem Stich, dem man ihm verpasst, stöhnt Pierre im Schlaf auf, so als bohre sich ein Stachel in sein Fleisch.

Da der Hase stumm bleibt, greifen die Folterknechte zum äußersten Mittel. Sie beginnen, ihm mit einer Schere den Bauch aufzuschlitzen. Als die ersten Strohhalme hervorquellen, hört man Roro schreien. Pierre hat ihn noch nie schreien gehört. Schweißgebadet wacht er auf und greift instinktiv nach Roro. Aber der Platz neben ihm ist leer: Der Hase ist nicht mehr da. Da erinnert Pierre sich, dass er ihn Melanie anvertraut hat, und die hat versprochen, gut auf ihn aufzupassen.

Am Morgen liest der Abbé in der unbeheizten Schlosskapelle eine Messe. Dazu braucht er keinen Messdiener. Der Baron bedient das Glöckchen und reicht dem Priester bei der Opferung Wasser und Wein. Obwohl Weihnachten ist, kommt keine Feststimmung auf, aber man spürt immerhin eine große Erleichterung.

In einer der Lesungen ist davon die Rede, dass das Volk Israel aus der Gefangenschaft nach Zion heimkehrt. In seiner Predigt fasst der Abbé sich ausnahmsweise kurz. Er spricht davon, dass

Gott nie an den Menschen verzweifelt, selbst wenn sie von allen guten Geistern verlassen sind.

Als die Baronin das Weihnachtslied »Il est né le divin enfant« anstimmt, das so gar nicht in die verhaltene Stimmung passt, fällt Pierre auf, dass seine Stimme so brüchig geworden ist, dass nur noch ein Krächzen zu vernehmen ist. Es gibt keinen Zweifel mehr. Er hat nicht nur seine Stimme, sondern auch seine Unschuld verloren.

Nach der Messe frühstücken alle gemeinsam. Pierre sitzt mit den anderen am gleichen Tisch. Es gibt warme Milch mit einem Zwieback, danach selbst gebackenes Brot mit Corned Beef aus amerikanischen Beständen.

Während sie essen, hören sie Radio Brüssel. Der Rundfunk meldet, dass die US-Army in den Ardennen deutsche Kundschafter in amerikanischen Uniformen gefasst hätte, mit denen man kurzen Prozess gemacht habe. Vermutlich gebe es tausende solcher Spione, die frei herumliefen, sagt der Reporter. Als der Baron das hört, schüttelt er mit dem Kopf: »Das wird langsam bei den Amerikanern zu einer Paranoia.«

Dann heißt es in den Nachrichten, die Stadt Malmedy sei vom Feind eingenommen und daher von alliierten Bombern in Schutt und Asche gelegt worden. Man meldet außerdem schwere Kämpfe um Bastogne weiter südlich in den Ardennen. Die Deutschen hätten die Stadt umzingelt, wären aber mit allen Versuchen, sie einzunehmen, kläglich gescheitert. Von der Kampfgruppe Peiper ist nirgendwo die Rede. Weder dass sie in Stoumont gestoppt, noch dass sie in La Gleize vernichtet wurde.

Der Bürgermeister berichtet, dass in Stoumont die meisten Häuser zerstört und die restlichen vermutlich so schwer beschädigt seien, dass sie unbewohnbar seien. Es werde Jahre brauchen, alles wieder aufzubauen. Immerhin seien kaum Verluste unter der Bevölkerung zu verzeichnen. Es gebe nur vier Todesopfer zu beklagen: ein Mann und drei Frauen. Sie hätten sich im Dorf vor den Deutschen versteckt und seien durch den Beschuss der

US-Artillerie ums Leben gekommen. In den Nachbardörfern La Gleize und Cheneux, wo die SS ihre letzten Schlachten geschlagen habe, seien viel mehr Tote zu beklagen.

Nach einem gemeinsamen Gebet zum Gedenken an die Opfer sprechen die Männer über ihre persönlichen Pläne. Der Baron und seine Frau wollen zu ihren Kindern aufbrechen, die seit Beginn der Ferien bei Verwandten in Verviers sind. Natalis will den Lehrerberuf an den Nagel hängen, um ein Sprachenstudium zu beginnen. Der Abbé sagt, es mache keinen Sinn, alleine in Stoumont zu bleiben, da das Dorf für lange Zeit unbewohnbar sei.

Er plant, ein paar Kilometer weiter in der Ortschaft Nonceveux eine neue Ferienkolonie zu gründen. Dort stünde schon länger ein großes Haus zum Verkauf, das für solche Zwecke gut geeignet sei. Es habe einen ausgebauten Keller, der sich für Kinoaufführungen eigne und im Obergeschoss gebe es sogar eine Hauskapelle.

Die Männer befragen auch Pierre nach seinen Absichten. Er sagt, er wolle zunächst das Abitur machen und danach studieren, um einen Beruf zu ergreifen, der etwas mit Musik oder Literatur zu tun habe. Der Abbé wundert sich, wie verständig und vernünftig der kleine Pierrot schon ist.

Nach dem Frühstück bittet Pierre darum, entlassen zu werden, seine Mutter und sein Bruder würden sich sicherlich Sorgen machen. Außerdem werde er morgen dreizehn Jahre alt und damit nach dem jüdischen Gesetz volljährig. Diesen Tag möchte er im Kreis seiner Familie verbringen. Da es wegen der Kämpfe keine Zugverbindungen mehr gibt, bietet ihm der Abbé an, ihn mit seinem Motorrad nach Chênée, einem Vorort von Lüttich, zu bringen.

Als Pierre und Abbé Stenne nach Stoumont zurückkehren, sind die Wunden, die der Krieg dem Land geschlagen hat, kaum noch zu sehen, weil der Winter ein weißes Tuch darüber geworfen hat. Um in die Sakristei, die das Bombardement halbwegs überstanden hat, zu gelangen, müssen sie über Berge von Schutt steigen.

Unter einer verdreckten Plane holt der Abbé seine wackere Durandel hervor. Der Beiwagen ist ziemlich demoliert, aber die Maschine selbst scheint intakt zu sein. Es bleibt zu prüfen, ob sie noch fahrtüchtig ist. Marcel Stenne macht sich an der Zündung zu schaffen. Bevor er den Anlasser anwirft, schickt er ein Stoßgebet gen Himmel. Tatsächlich, diesmal erhört ihn der Himmel. Der Motor springt an.

Pierre schwingt sich auf den Sozius. Unterwegs zieht er den Kopf ein, weil ihm der eiskalte Wind zusetzt. Er klammert sich an seinen Vordermann, weil die Fahrt eine reine Rutschpartie ist. Abbé Stenne muss ständig bremsen und lavieren, weil die Straße vielerorts vereist ist und es häufig Schneeverwehungen gibt. Auch müssen sie hin und wieder anhalten, weil sie langen Kolonnen von Infanteristen und schwer beladenen Trucks, die an die Front marschieren oder rollen, den Vortritt lassen müssen. Dank eines Passierscheines, den ihnen der US-Commander ausgestellt hat, kommen sie durch alle Kontrollen.

Die Brücke über die Ourthe, die wegen des Dauerregens der letzten Tage Hochwasser führt, steht noch. Am anderen Ufer ist die Endstation der städtischen Straßenbahn. Während sie auf die Tram warten, rumpelt eine Lastwagenkolonne nach der anderen über die Notbrücke aus Bahnschwellen und Stahlrohren. Die vermummten Männer, die mit ihren Karabinern auf den Ladepritschen sitzen, frösteln und blicken traurig und teilnahmslos drein.

Pierre tun die armen Kerle leid. Die meisten sind nur ein paar Jahre älter als er. »Wer weiß, wer von ihnen morgen noch leben wird«, denkt er. »Wann wird dieses sinnlose Morden aufhören? Wann wird endlich Friede sein?«

»Genau weiß ich es auch nicht«, meldet sich der Abbé. Es ist, als habe er Pierres Gedanken gelesen. »Aber ich glaube, es wird nicht mehr lange dauern, bis dieser Krieg vorüber ist. Danach werden wir wohl eine Art Frieden bekommen. Aber es wird so sein, wie nach dem letzten Krieg. Alle werden behaupten, dass dies der letzte Krieg gewesen ist. Aber das stimmt nicht. Es wird immer Kriege geben, solange zumindest, wie die Menschen sich nicht mit Gott versöhnen. Der wahre Friede wird erst mit dem Messias kommen.«

Pierre schaut den Abbé etwas schräg an. Wieder einer dieser frommen Sprüche, denkt er. Der Abbé spürt die Skepsis. »Erinnerst du dich, was in der Heiligen Schrift steht?« Ohne eine Antwort zu erwarten, zitiert er aus der Lesung der Mitternachtsmesse, die nicht stattgefunden, und der Predigt, die er nicht gehalten hat: ›Das Volk, das im Finstern wandert, sieht ein großes Licht, und über denen, die da wandern im finstern Lande, strahlt es hell.‹«

Er macht eine Pause: »Damit sind nicht nur die Juden sondern alle Menschen gemeint. So steht es beim Propheten Jesaja. Kennst du diesen Propheten?«

Pierre schüttelt den Kopf.

»Das wundert mich nicht. Bei den Juden ist er schlecht gelitten, weil er den Messias nicht als Triumphator sondern als Schmerzensmann gesehen hat. Jesaja hat vorhergesehen, dass der Messias von den Menschen verspottet, geknechtet, misshandelt und umgebracht werde. Darum wird er in der Synagoge auch gerne totgeschwiegen.«

Pierre wundert sich ein letztes Mal, was der Abbé so alles weiß.

Marcel Stenne hätte dem Jungen gerne noch das eine oder andere erklärt und erläutert, aber er unterlässt es. Er hält es nicht für angebracht, einen 13-jährigen, der gerade einem Inferno entkommen ist, theologisch zu belehren. Also schweigen beide und vermeiden es, sich anzublicken. Pierre spürt, dass dem Abbé dieser Abschied genau so schwer fällt wie ihm. Er wird diesen gutmütigen polternden schwarzen Riesen nicht wiedersehen. Er durfte sich ein paar Jahre lang hinter seinem breiten Rücken verstecken und hat überlebt. Jetzt ist es an der Zeit, aus seinem Windschatten herauszutreten und das Leben allein zu meistern.

Endlich taucht die Straßenbahn auf und erlöst sie aus ihrer Erstarrung. Als Pierre dem Abbé die Hand reicht, drückt der ihn an sich und macht ihm ein Kreuz auf die Stirn: »Alles Gute, Joshua.« Es ist das erste Mal, dass er ihn mit seinem jüdischen Vornamen anspricht. Er hat ihn sich also über die Jahre gemerkt, denkt sich Pierre. »Merk dir eines, Joshua«, sagt der Abbé, »was immer auch geschehen mag, du brauchst dich nicht zu fürchten. Gott hat dich bei deinem Namen gerufen. Du bist sein.« Da Pierre ihn verständnislos anstarrt, fügt er schmunzelnd hinzu: »Das ist auch aus Jesaja: Kapitel 43, Vers 1b.«

Obwohl die Straßenbahn leer ist, stellt sich Pierre aus reiner Gewohnheit hinten auf die Plattform der Tram, den Teil, der während der Besatzung den Juden vorbehalten war. Als er sich umdreht, sieht er, wie der Abbé ihm nachwinkt. Er winkt zurück – so lange, bis er ihn aus den Augen verliert.

»Gerechte unter den Völkern«

In Yad Vashem, der Gedenkstätte des Holocaust in Jerusalem, werden die Namen von 26.973 Menschen aufbewahrt, die im Zweiten Weltkrieg jüdische Mitbürger aufnahmen und vor Verhaftung und Ermordung bewahrten. In dieser Liste finden sich 1.873 Belgier – bei einer Bevölkerung von 7,5 Mio. (1940) eine ungewöhnlich hohe Zahl.

Mgr. Louis-Joseph Kerkhofs

Foto: A.Ev.L

Bischof von Lüttich
1927–1961

Louis-Joseph Kerkhofs, 1878 als Sohn flämischer Kleinbauern in der Provinz Limburg geboren, wuchs im Klima des Kulturkampfes zwischen Liberalen und Katholiken auf. Er studierte u. a. am Collegium Germanicum in Rom, wo Mgr. Giovanni Pacelli, der spätere Papst Pius XII., Vorlesungen gab. Großen Eindruck machte auf ihn das Rundschreiben Rerum Novarum des Papstes Leo XIII., das für frischen Wind in der katholischen Kirche sorgte.

1927 wurde er zum Bischof von Lüttich ernannt, einem schwierigen Bistum, in dem drei verschiedene Sprachen gesprochen wurden und das als eine Hochburg des Marxismus galt. Anders als seine Mitbrüder im Bischofsamt, die aus adeligen und großbürgerlichen Häusern stammten und mit autoritären Ideen sympathisierten, war Kerkhofs aufgeschlossen für soziale Ideen. Mitten im Krieg weihte er den ersten Arbeiterpriester, der als Schmelzer an einem Hochofen in Seraing arbeitete.

Während der deutschen Besatzung stellte Kerkhofs sich hinter die Christliche Arbeiterbewegung (CAJ), die an der Spitze des kirchlichen Widerstandes stand. Fünfzig Mitglieder der CAJ wurden von den Deutschen umgebracht. Von 1940 bis 1943 waren in Belgien insgesamt fünfhundertfünfzig katholische Priester inhaftiert, von denen mindestens achtzig ermordet wurden. Der Pfarrer von St-Christophe Rixhon etwa wurde beim Verhör durch die Gestapo so sehr gefoltert, dass er schon halb tot war, als er das Konzentrationslager Bochum erreichte.

Louis-Joseph Kerkhofs erkrankte 1950 und starb am 31. Dezember 1962 in Lüttich, ohne irgendwelche Notizen oder Erinnerungen über seinen Einsatz für die Juden im Zweiten Weltkrieg zu hinterlassen.

Max-Albert Van den Berg

Foto: Yad Vashem

Notar und Rechtsanwalt
1890–1945

Der Notar und Rechtsanwalt Max-Albert Van den Berg war der juristische Berater des Bischofs von Lüttich. Als Verantwortlicher der Sozialwerke des Bistums organisierte er mit seinem Sekretär Pierre Coune eine Rettungsaktion für jüdische Kinder. Während Van den Berg sich selber um die Unterbringung von Kindern zwischen sieben und vierzehn Jahren kümmerte, übernahm Marie-Josée Colinet-Marchal mit ihrer Stiftung »Le Relais fleuri« die Betreuung der jüngeren Kinder. Beide Organisationen hatten ihren Sitz in der Privatwohnung des Notars auf dem Quai de la Boverie 78 in Lüttich.

Im Frühjahr 1943 wurde Van den Berg aufgrund einer Denunziation verhaftet. Um seine jüdische Frau zu retten, hatte ihn ein Häftling, dem Van den Berg falsche Papiere besorgt hatte, für ein Kopfgeld von 5.000 belgischen Franken im Verhör durch die Gestapo verraten.

Max-Albert Van den Berg und sein Sekretär Pierre Coune landeten vor einem belgischen Zivilgericht. Dieses verurteilte sie zu fünf Jahren Gefängnis wegen Dokumentenfälschung. Doch die Gestapo kassierte das Urteil und schickte den Rechtsanwalt und seinen Sekretär auch ohne Urteil durch den Stalag der SS.

Zuerst landete Van den Berg im Konzentrationslager Vught in den Niederlanden, danach in Neuengamme bei Hamburg, einem Arbeitslager der deutschen Rüstungsindustrie. Dort waren politische Gefangene aus 28 Ländern. Von 106.000 Inhaftierten kamen 55.000 um.

Die Spur von Albert Van den Berg verliert sich in den letzten Kriegswochen. Unklar ist, ob er 1945 in Neuengamme an Typhus starb oder bei der Versenkung der Cap Arcona durch englische Bomber in der Lübecker Bucht umkam. Der frühere Luxusdampfer war von den Nationalsozialisten in ein schwimmendes KZ umgewandelt worden. Die letzte Botschaft Van den Bergs, die seine Familie erreichte, schließt mit dem Satz: »Das Leben ist schön!«

Pierre Coune überlebte die Lagerhaft, starb aber 1950 an Tuberkulose.

Andrée Geulen (links) und Ida Sterno (rechts)

Foto: Yad Vashem

Mitglieder des jüdischen Widerstandes CDJ

Andrée Geulen erlebte als Hilfslehrerin hautnah wie Kinder, die den Judenstern trugen, von der Gestapo verhaftet und verschleppt wurden. Sie beschloss sich gegen den Terror, den die Besatzer gegen die Juden veranstalteten, zu wehren und trat dem Comité de Défense des Juifs (CDJ) bei, einer jüdischen Untergrundbewegung, die im August 1942 von Hertz und Yvonne Jospa gegründet worden war. Das CDJ verfügte seit 1943 über gesicherte Informationen über die deutschen Vernichtungslager im besetzten Polen.

Andrée Geulen, die in der Résistance den Tarnnamen Claude Fournier trug, richtete in Drogerien und Bäckereien geheime Briefkästen für Schutzbedürftige und Verfolgte ein. Die Namen der Kinder, die sie auf diesem Weg einsammelte und in sichere Verstecke brachte, lernte sie auswendig. Ihre Mitstreiterin Estera Heiber, die im Untergrund als Madame Pascale bekannt war, richtete ein Namensregister mit den Anschriften ein und hinterlegte es an einem sicheren Ort.

Die betroffenen jüdischen Familien erfuhren nicht, wohin Andrée Geulen ihre Kinder brachte. Wenn Kleinkinder betroffen waren, gaukelte sie den verzweifelten Eltern vor, sie werde sie bald unversehrt zurückbringen. In Abstimmung mit der Präsidentin des Nationalen Kinderhilfswerks Yvonne Nevejean wurden sie jedoch in privaten Haushalten und in staatlichen oder kirchlichen Einrichtungen untergebracht.

Zusammen mit Ida Sterno gelang es Andrée Geulen an die 4.000 Kinder vor dem Zugriff der Gestapo zu bewahren. Andrée Geulen wurde nie von den deutschen Sicherheitsbehörden gefasst. Ida Sterno wurde 1944 von den Amerikanern vor der Deportation nach Auschwitz gerettet. 2007 wurde Andrée Geulen zur Ehrenbürgerin Israels ernannt.

Abbé Marcel Stenne

Fotos: privat

1895–1970
Porträt von Marcel Stenne. (rechts) –
Links Prozession mit Reliquien der heiligen Anna (1942)

Nach den Verwüstungen, die die Ardennenschlacht in seiner Pfarrei Stoumont angerichtet hatte, eröffnete Abbé Stenne im Januar 1946 im benachbarten Nonceveux in der Villa Miroda eine neue Ferienkolonie. Unter den siebzig Sprösslingen, die er dort aufnahm, waren geistig oder körperlich behinderte, aber auch jüdische Kinder, von deren Familie es keine Nachrichten gab. Die Kinder wurden von Hauslehrern unterrichtet.

Das Spielzimmer im Erdgeschoss des Herrenhauses stand den Kindern des Dorfes offen. Im Keller richtete Stenne einen Kinosaal ein und gründete im Dorf einen Knabenchor. Ab 1954 war er Seelsorger im Klarissen-Orden.

Marcel Stenne verstarb am 23. Januar 1970 in seiner Heimatstadt Verviers. Zwanzig Jahre nach seinem Tod, wurde ihm die Ehre eines »Gerechten unter den Völkern« zuteil. Eine entsprechende Tafel wurde an der Kirche angebracht. Auf Initiative des Erziehers Charles Chavez und Pierre Thonnars trafen sich die Schattenkinder viele Jahre lang einmal jährlich in Stoumont.

Abbé Marcel Stenne ist heute weitgehend vergessen. Weder in seiner Heimatstadt Verviers, noch im Bistum Lüttich oder in der Gemeinde Stoumont-La Gleize ist die Erinnerung an ihn noch lebendig.

Nachtrag

Im Zweiten Weltkrieg kamen 60 bis 65 Mio. Menschen um. Die Ardennenschlacht, bei der das Deutsche Reich seine letzten strategischen Reserven mobilisierte, kostete die Wehrmacht 67.652 Tote, 38.600 Verletzte und 22.500 Vermisste. Auf amerikanischer Seite waren 87.733 Tote, 42.316 Verletzte und 21.000 Vermisste zu beklagen. Gleichzeitig verloren 2.500 belgische Zivilisten ihr Leben. Während ihres Einsatzes im Dezember 1944 ermordete die Kampfgruppe Peiper in sieben Tagen 362 amerikanische Kriegsgefangene und 111 belgische Zivilisten.

Unter der NS-Herrschaft wurden in Europa etwa 6,2 Mio. Juden umgebracht, davon 28.518 aus Belgien. Aus der Kaserne Dossin in Mechelen wurden 24.907 Juden und 351 Zigeuner in die Vernichtungslager deportiert. Vom 4. August 1942 bis zum 31. Juli 1944 verließen 28 Transporte Mechelen in Richtung Auschwitz. 15.621 wurden gleich nach ihrer Ankunft vergast. 8.091 starben an Hunger und Misshandlungen oder als Sklavenarbeiter für die Rüstungsindustrie.

Etwa 60 bis 70 Prozent der etwa 100.000 bis 110.000 belgischen Juden, darunter 30.000 Kinder, konnten untertauchen und entkamen dem Holocaust.

Foto: © Bundesarchiv, Bild 183-R65485 / CC-BY-SA 3.0

Joachim Peiper, SS-Sturmbannführer, wurde 1946 im sogenannten Malmedy-Prozess mit 42 Mitgliedern seiner Kampfgruppe wegen Kriegsverbrechen zum Tode verurteilt. Das Massacker, das unter seinem Kommando im September 1943 in Boves in Norditalien stattfand, wurde vom Gericht in Dachau nicht behandelt. Das Todesurteil wurde 1951 in lebenslange Haft umgewandelt. Wahrscheinlich bewahrte die Zeugenaussage des Majors Dan McCown, der in Stoumont und La Gleize sein Gefangener gewesen war, ihn vor dem Galgen. Der Major hatte Peiper als wirklichen Gentleman geschildert.

1956 wurde Peiper vorzeitig entlassen und fand eine Anstellung bei Porsche und VW. Nach Protesten von Nazi-Opfern wurde er entlassen und ließ sich als Übersetzer und Lektor für Militärbücher in Traves (Frankreich) nieder. Dort wurde er 1976 von ehemaligen Partisanen ermordet.

Bouboule und Pierrot (1943)

Joshua Rozenberg alias Pierre Thonnar lebte nach dem Zweiten Weltkrieg mit seiner Mutter und seinem Bruder in Seraing. Sein Vater wurde in Auschwitz ermordet. Pierre Rozenberg studierte, wurde Beamter und heiratete Melanie Polet. Das Ehepaar hatte zwei Töchter, Hélène und Carole. Pierre Rozenberg war bis zu seinem Tod im August des Jahres 1987 im Vorstand der jüdischen Gemeinde in Lüttich. Zeitlebens setzte er sich dafür ein, dass Max-Albert Van den Berg und Marcel Stenne als »Gerechte unter den Völkern« anerkannt wurden.

Pierres Bruder **Menahim Rozenberg** studierte in Lüttich Architektur und Ingenieurwissenschaften und wanderte später nach Kanada aus.

Mojsesz (Moshe) Schargorodski alias Arnaud Pirenne, genannt Bouboule, zog in den 50er Jahren mit seiner Schwester Esther nach Großbritannien. Ihre Eltern kamen beim Todesmarsch aus Bergen-Belsen im April 1945 um.

Auch **Gerda Meyer** und ihre Tochter Hedwig gingen nach Großbritannien, wo bereits ihr Sohn und Bruder Emil lebte. **Hedwig Meyer**, die zeitweise die Absicht hatte, Nonne zu werden, wurde zu einer frommen Jüdin und glühenden Anhängerin des Staates Israel.

Nathan und Hanna Goldstein wurden mit dem 25. Konvoi von Mechelen nach Auschwitz deportiert, wo sie umkamen. Ihre Nachkommen leben heute in Antwerpen, Tel Aviv und New York.

Fotos: privat

Albert Goor und Annie Stevens 1942

Albert Goor und Annie Stevens heirateten 1945. Sie ließen sich in Goors Heimatstadt Eupen nieder, wo Goor eine Arztpraxis eröffnete. Im Jahre 2016 wurde Annie Goor zusammen mit ihren Eltern **Jean-François und Florentine Stevens** und ihrer Tante **Geneviève Dupuis** vom Staate Israel posthum in die Liste der »Gerechten unter den Völkern« aufgenommen.

Ernest Natalis wurde Ordentlicher Professor an der Universität Lüttich und ein international anerkannter Linguist. Er veröffentlichte 1961 ein Wörterbuch in Kiswahili.

Der Soziologe **Victor Martin**, der erste Augenzeuge der Schoah*, erreichte Ende April 1943 Brüssel und machte über den CDJ die Todeslager im besetzten Polen publik. Im Borinage, einer Industrielandschaft in der belgischen Provinz Hennegau, schloss er sich dem Widerstand an, wurde verhaftet, konnte aber aus dem Lager Vught in den Niederlanden entkommen.

Salomon Ullmann überlebte den Krieg unbeschadet in Lüttich. Bei Kriegsende übernahm er wieder das Amt des belgischen Oberrabbiners. 1957 wanderte er nach Israel aus.

Quellen

Die in diesem Memoir* geschilderten Ereignisse sind frei erfunden, stützen sich aber auf mündliche und schriftliche Erinnerungen einzelner Akteure oder sind das Ergebnis von Gesprächen, die der Autor mit Zeitzeugen und Überlebenden der Ferienkolonie »Au grand air« führen konnte. Joshua Rozenberg alias Pierre Thonnar lernte er im Rahmen einer Filmdokumentation für den Westdeutschen Rundfunk kennen (Verlorene Kinder – WDR 2000).

Literatur

La tragédie de St-Édouard à Stoumont (19–22 décembre 1944) – Abbé C. Hanlet, Liège 1945

Décembre 1944 – Les Panzer de Peiper face à l'U.S. Army – Gérard Grégoire, Stavelot 1986

Les SS n'ont pas eu les gosses – Sylvain Brachfeld, Bruxelles 1989

Judenverfolgung und Fluchthilfe im deutsch-belgischen Grenzgebiet – Hans-Dieter Arntz-Kümpel, Euskirchen 1990

Stoumont d'autrefois – Jean-Pierre Dumont, Stavelot

Stille Rebellen – Der Überfall auf den 20. Deportationszug nach Auschwitz – Marion Schreiber, Berlin 2001

La Persécution des Juifs en Belgique (1940-1945) – Maxime Steinberg, Bruxelles 2004

Hidden Children of the Holocaust – Belgian Nuns and their Daring Rescue of Young Jews from the Nazis – Suzanne Vromen, Oxford 2008

La conversion des enfants juifs cachés dans la région liégeoise – Vincent Genin, Liège 2014

Seraing, une commune façonnée par les luttes – Jean Faniel, Seraing 2009

Une cité si ardente – les Juifs de Liège sous l'Occupation – Thierry Rozenblum, Liège 2010

Holocaust et droits de l'homme – Kazerne Dossin et Hermann Van Goethem, Mechelen 2012

Himmlers Krieger – Joachim Peiper und die Waffen-SS in Krieg und Nachkriegszeit – Jens Westemeier, Paderborn 2013

Meticulous Records – David Herszlikovicz, Hertford 2014

The Bitter Woods: The Battle of the Bulge – John S. D. Eisenhower, Boston 2014

Ardennes 1944: Le va-tout de Hitler – Antony Beevor – Calmann-Levy, Paris 2015

Un pays occupé et ses juifs – Maxime Steinberg, Bruxelles 1998

Churches and the Holocaust: Unholy Teaching, Good Samaritans, Reconciliation – Mordecai Paldiel, New Jersey 2006

Archive der Stadt Verviers, der Gemeinde Stoumont, des Bistums Lüttich und der Verlagsgruppe Le jour–Le Courrier

Unser Dank für ihre Hilfe und Beratung bei der Recherche geht an **Jean-Pierre Nyssen** und **Werner Mießen** aus Eupen und **Jean-Pierre Dumont** aus Stoumont. Besonders bedanken möchte sich der Autor bei **Christine Kaula** für ihr sorgfältiges und sachkundiges Lektorat und **Stefanie Thur** für die Umsetzung.

Glossar

Abjuratio ab errore judaica: lateinische Formel für »hat dem jüdischen Irrtum abgeschworen«.

Armée blanche: belgische Widerstandsbewegung

Aschkenazim: Begriff für mittel-, nord- und osteuropäische Juden und ihre Nachfahren

Amida (auch Schmone Esre oder Achtzehnbittengebet) ist das Hauptgebet im jüdischen Gottesdienst.

Au grand air: An der frischen Luft

Banlieue: (wörtlich »Bannmeile«) bezeichnet die Randzone einer Großstadt.

Bar Mizwa bezeichnet im Judentum die religiöse Mündigkeit. Jungen erreichen sie im Alter von dreizehn Jahren, Mädchen im Alter von zwölf Jahren.

Bima ist das Podium, das sich in der Mitte der Synagoge befindet und den Altar im Tempel symbolisiert, auf dem Gott Opfer gebracht wurden. Auf der Bima werden die Thora verlesen und Gebete gesprochen.

Boche ist das gängigste Schimpfwort für Deutsche in Frankreich und Belgien. Es ist wahrscheinlich von »caboche« abgeleitet für Dickschädel oder Holzkopf.

Chanukka: achttägiges Lichterfest zum Gedenken an die Wiedereinweihung des Zweiten Tempels durch die Makkabäer 164 v. Chr. Diese begründeten das königliche und priesterliche Geschlecht der Hasmonäer.

Chasan: Kantor (Vorsänger) in der Synagoge

Chassidismus: jüdische Frömmigkeits- und Erneuerungsbewegung in Osteuropa

Cheder: Das hebräische Wort für Zimmer bezeichnet traditionelle religiös geprägte Schulen

Chleu (ausgesprochen Schlö): Schimpfwort für Deutsche. Ursprünglich bezog es sich auf französische Besatzungssoldaten in Marokko.

Chuzpe: (aus dem Hebräischen) Unverfrorenheit, Dreistigkeit

Dominus vobiscum: »Der Herr sei mit euch«, lateinischer Friedensgruß

Eretz Israel: hebräische Bezeichnung für das Land Israel

Eruv: gesicherter Bezirk

Fritz: Kurzform von Friedrich. Spottname für die Deutschen im Zweiten Weltkrieg.

Goschen bezeichnet in der Thora entweder ein Gebiet in Ägypten oder eine Stadt in Juda.

Goy (oder Goi) bedeutet Heuschrecke und ist ein Schimpfwort, mit dem man einen Nichtjuden oder einen Juden bezeichnet, der sich nicht an die Vorschriften des jüdischen Gesetzes hält.

Halacha bezeichnet das gesamte Gesetz-System im Judentum.

Hohes Venn: eine Hochfläche im Osten Belgiens mit weiten Waldungen und dem letzten Hochmoor Westeuropas.

Hôpital de Bavière: ehemaliges Universitätshospital von Lüttich. Es geht auf die Stiftung eines bayerischen Fürstbischofs zurück.

Jeschiwa: eine jüdische Hochschule

Jewiche: jiddisches Wort für Jude

Jom Kippur: (Versöhnungsfest) höchster jüdischer Feiertag. Der strenge Ruhe- und Fastentag fällt auf unterschiedliche Daten im September oder Oktober.

Kaddisch: jüdisches Totengebet

Kantor: Vorsänger

Kaschrut sind traditionelle Vorschriften für die Zubereitung und den Genuss von Speisen und Getränken. Sie basieren auf den Speisegeboten der Thora.

Kaschern: koscher machen, reinigen, säubern

Kippa: die runde Kopfbedeckung symbolisiert die Ehrfurcht und Demut gegenüber dem Allmächtigen.

Klezmer: (im Plural Klezmorim) jiddischer Musikant

Koscher bedeutet tauglich, genießbar. So werden alle Lebensmittel bezeichnet, die die jüdischen Speisegesetze (siehe Kaschrut) erlauben.

Mamelosch: Jiddisch für Umgangs- oder Muttersprache

Maquis bezeichnet ursprünglich einen undurchdringlichen Buschwald in den Mittelmeerländern. Da sich dort traditionell Banditen und Gesetzlose versteckt hielten, wurde der Begriff zum Synonym für die Résistance.

Memoir ist ein erzählendes Sachbuch, in der Menschen ihre ungewöhnliche Lebensgeschichte aufschreiben.

Menora: Siebenarmiger Leuchter

Mischpoche (oder Muschpoke) umgangssprachlicher Begriff für Familie, Gesellschaft, Sippschaft.

Meschugge: Jiddisch für verrückt

Mohel: Beschneider. Rituelle Beschneidung erfordert eine besondere Ausbildung.

Neger: von lateinisch »niger« (schwarz). Der Begriff war ursprünglich nicht abfällig oder bösartig. Afrikanische Intellektuelle und Künstler rühmten sich ihrer »Negritude«. Erst mit der Dekolonisierung und vor allem mit der amerikanischen Bürgerrechtsbewegung wurde er problematisch und erhielt eine negative rassistische Bedeutung.

Ostkantone: Die Kantone Eupen, Malmedy und St. Vith gehörten von 1815 bis 1920 zu den Preußischen Rheinlanden. Durch den Versailler Vertrag von 1920 kamen sie an Belgien.

Ovum paschalibum: Osterei

Péquet: klarer Schnaps

Refraktär: das französische Wort bedeutet fahnenflüchtig. Darüber hinaus bezeichnet es Jemanden, der sich nicht unterwirft und sich jeder staatlichen Gewalt entzieht.

Rex: lat. für König, Ehrentitel Christi. So nannte sich die faschistische Bewegung in Wallonien, die ab 1940 mit den Deutschen kollaborierte.

Rischess: Antisemitismus

Sanhedrin: hebräische Form für Synedrion, Hoher Rat der Juden in griechischer und römischer Zeit.

Schabbat: der Samstag (Sabbat) ist der siebte Wochentag, ein Ruhetag, an dem keine Arbeit verrichtet werden soll. Seine Einhaltung ist eines der Zehn Gebote.

Schächten: rituelles Schlachten. Mit einem großen Schnitt in der Halsunterseite werden die Blutgefäße sowie Luft-und Speiseröhre des Tieres durchtrennt, um sein Ausbluten zu gewährleisten. Der Verzehr von Blut gilt im Judentum als unrein.

Schacharif: jüdisches Morgengebet

Schalom bedeutet Unversehrtheit und Heil und ist die übliche Begrüßung unter Juden.

Schickse bezeichnete ursprünglich ein nichtjüdisches Mädchen. Wurde zum Schimpfwort und bedeutet in etwa »Schlampe«. Sein männliches Gegenstück ist der **Schegez**.

Schma Jisrael: »Höre Israel, der Herr unser Gott, ist ein einiger Gott.« Damit beginnt das jüdische Glaubensbekenntnis.

Schoah: bedeutet im Hebräischen Sturm oder Unwetter. Mit Schoah umschreibt man die Verfolgung und den Massenmord an den Juden im Nationalsozialismus zwischen 1933 und 1945.

Schochet: jüdischer Begriff für Schlachter

Schockeln: Wippen mit dem Oberkörper

Schtetl: (auch Stetl) ist die Bezeichnung für Siedlungen mit hohem jüdischem Bevölkerungsanteil.

Schtreibel: Kopfbedeckung verheirateter chassidischer Juden während religiöser Feste und Feiern. Er besteht aus einer Samtkappe mit einem breiten Pelzrand aus Schwänzen russischer Zobel.

Stalag: Abk. für Stammlager, Kriegsgefangenenlager der Wehrmacht

Stavelot (oder Stablo) ist eine kleine Stadt in den Ardennen, Sitz einer ehemaligen Benediktinerabtei.

Stoumont: Ardennendorf mit 350 Einwohnern. Die heutige Großgemeinde Stoumont-La Gleize zählt 3.102 Einwohner und umfasst die Ortschaften Chevron, La Gleize, Lorcé, Rahier und Stoumont.

Swastika ist ein Kreuz mit vier etwa gleich langen, einheitlich abgewinkelten Armen. Im Orient ist es ein Glücksbringer. In Deutschland ist es ein heraldisches Zeichen, das als Hakenkreuz bezeichnet wird. Die Juden gebrauchten den Begriff, um die Nationalsozialisten (Hakenkreuzler) zu umschreiben.

Synagoge: jüdisches Gebetshaus

Tacheles bedeutet offen und unverblümt seine Meinung äußern.

Talmud ist eine der Säulen des Judentums. In ihm sind alle Gesetzestexte gesammelt.

Thora ist der erste Teil des **Tanach**, der hebräischen Bibel. Diese besteht insgesamt aus fünf Büchern.

Tintin: zu Deutsch »Tim und Struppi«, belgische Comic-Figur

Treif (oder trefe) bedeutet unrein und ist das Gegenteil von koscher.

Val-Dieu: (zu Deutsch Gottesthal) alte Zisterzienserabtei im Herver Land

Valeureux Liégeois (Kühne Lütticher): patriotisches Lied von 1790

Vennbahn: Name eines Teilstückes der Eisenbahnlinie, die quer durch die Eifel führt und das Aachener Kohlerevier mit dem lothringischen Stahlrevier verband. Seit 1920 durch den Versailler Vertrag belgisch.

Yekkers: jiddischer Spitzname für Deutsche

Marcel Bauer, 1946 in Eupen / Belgien geboren, studierte Soziologie und Geschichte in Löwen und Berlin. Er ist Mitglied der Europäischen Akademie der Wissenschaften und Künste (EASA). 1968 erschien sein erster Lyrik-Band. Über vierzig Jahre lang bereiste er im Auftrag großer Hilfswerke alle fünf Kontinente. Seine Reportagen mit den Schwerpunkten Kultur und Religion erschienen in GEO, der FAZ, dem Rheinischen Merkur und anderen namhaften Publikationen. Etliche seiner TV-Dokumentationen für Arte und öffentlich-rechtliche Sender in Europa und Nordamerika wurden international prämiert.

Marcel Bauer ist Autor mehrerer Sachbücher zur Geschichte im Dreiländereck. Im Jahre 2016 veröffentlichte er seinen ersten Roman »Shango – Im Bann des Voodoo«. Im Rahmen einer TV-Dokumentation für den WDR (Die verlorenen Kinder) begegnete er im Jahre 2000 Joshua Rozenberg alias Pierre Thonnar. Dessen Lebensgeschichte dient als Vorlage für diesen Roman.

Jetta-Schapiro-Rosenzweig
»Sag niemals, das ist dein letzter Weg«

Flucht aus Ponar – eine Mutter und ihre kleine Tochter kämpfen ums Überleben

Jetta Schapiro-Rosenzweig wurde als Tochter einer wohlhabenden Familie in Wilna geboren. Als die Stadt 1939 von sowjetischen Truppen erobert wurde, war Jetta schon mit Jascha Schapiro verheiratet und hatte mit ihm eine Tochter – Tamar. Im Herbst 1940 beschlagnahmten die Sowjets ihre Wohnung, und so kam die Familie auf Umwegen nach Ponar, in der Nähe von Wilna. Dort wurden sie Zeugen des deutschen Einmarsches und der Ermordung vieler Wilnaer Juden. Ihr Kampf ums Überleben begann: Flucht aus Ponar, Versteck in einem Kloster, Transport ins Wilnaer Ghetto. Mit der Auflösung des Ghettos zerbrach die Familie. Der Vater kommt ins KZ, die Mutter kann flüchten … Nach 1945 kehren beide nach Wilna zurück und erfahren, dass der Vater im KZ ermordet wurde. Tamar Dreifuß, ihre Tochter, hat diese Aufzeichnungen für das hier vorliegende Buch »Sag niemals, das ist dein letzter Weg« aus dem Jiddischen übersetzt.

ISBN 978-3-89801-005-4 • 136 Seiten • Broschur • 9,90 EUR